傅承洲◎主编

中国古代小说考论

中国社会科学出版社

图书在版编目（CIP）数据

中国古代小说考论/傅承洲主编.—北京：中国社会科学出版社，2017.12
ISBN 978 - 7 - 5203 - 1061 - 1

Ⅰ.①中…　Ⅱ.①傅…　Ⅲ.①古典小说—小说研究—中国　Ⅳ.①I207.41

中国版本图书馆 CIP 数据核字(2017)第 231870 号

出 版 人	赵剑英
责任编辑	张　林
特约编辑	文一鸥
责任校对	张依婧
责任印制	戴　宽

出　　版	中国社会科学出版社
社　　址	北京鼓楼西大街甲 158 号
邮　　编	100720
网　　址	http://www.csspw.cn
发 行 部	010 - 84083685
门 市 部	010 - 84029450
经　　销	新华书店及其他书店

印　　刷	北京明恒达印务有限公司
装　　订	廊坊市广阳区广增装订厂
版　　次	2017 年 12 月第 1 版
印　　次	2017 年 12 月第 1 次印刷

开　　本	710 × 1000　1/16
印　　张	27.75
插　　页	2
字　　数	443 千字
定　　价	128.00 元

目　　录

《山海经》为"小说之最古者"辨析 ………………………… 魏崇新（1）

《山海经》的巫文化解读 …………………………………… 罗小东（10）

关于《幽明录》《宣验记》的再思考 ………………… 张庆民（17）

唐人小说寺院游寓故事的文化解读 ……………………… 俞晓红（26）

宋代"说话"家数再探 ……………………………………… 王齐洲（41）

宋元小说在俄罗斯的翻译和研究 ………………………… 高玉海（55）

明清以来"三国"说唱文学编创经验综探 ……………… 纪德君（70）

明代隋唐历史题材小说的文体探索 ……………………… 雷　勇（85）

从道德官场到世俗官场

　　——明末清初通俗小说官场描写管窥 ………… 莎日娜（100）

招安：成功即失败

　　——宋江悲剧再认识 ………………………………… 井玉贵（109）

神怪小说批评中的偏见与误解 …………………………… 刘勇强（123）

论古代通俗文艺伦理叙事中角色的"道德困境"

　　——以"江流儿"故事中的殷氏为例 ………… 赵毓龙（144）

《西游记》与"目连戏"渊源辨 …………………………… 胡　胜（158）

关于《西游补》的几个问题 ……………………………… 傅承洲（172）

吴晓铃《金瓶梅》作者"李开先说"述议 …………… 许振东（184）

论《金瓶梅词话》叙事时间的若干问题 ………………… 张石川（191）

朱谋㙔《异林》小说辑佚价值初探 …………… 刘天振　卢怡羊（206）

《聊斋》丛脞录

　　——说"亚魁" ……………………………………… 赵伯陶（213）

《聊斋志异》"路遇鬼使"母题域外渊源及

　　冥间正义崇拜 ……………………………… 王　立　花　卉（225）

《四库全书总目》"退置"于小说家类的

　　作品考辨及其他 ………………………………… 张红波（240）

纪昀笔记体小说及其写作思想的再认识 ………… 吴兆路（252）

《子不语》的作者命名与时代选择 ……………… 李小龙（265）

雅俗之辨与《儒林外史》的隐性评价体系 ……… 张国风（279）

杨执中原型人物考论 ……………………………… 叶楚炎（292）

生日与《红楼梦》婚恋故事的艺术构思

　　——从芒种饯花与怡红寿宴谈起 ……………… 曹立波（323）

论《红楼梦》中婚姻习俗的文学意蕴 …………… 刘相雨（333）

《红楼梦》私人空间及相关物象书写的文化意蕴 ……… 刘紫云（350）

《红楼梦》演述《牡丹亭》折子戏的功能与价值 ……… 杨绪容（365）

家庭文化视野下的王熙凤 ………………………… 段江丽（379）

论清代《红楼梦》批评"幻不失真"的审美观念 ……… 薛　蕾（398）

《风月鉴》作者生平及家世考 …………………… 贾海建（413）

《老残游记》三论 ………………………………… 苗怀明（426）

后　记 ……………………………………………………（438）

《山海经》为"小说之最古者"辨析

魏崇新

北京外国语大学

《山海经》是中国上古的一部奇书，关于它的性质自古以来就有不同的看法，或曰地理书，或云史书，或称之为巫书，或认为是"古今语怪之祖""小说之最古者"，众说纷纭。本文旨在梳理古今关于《山海经》性质问题的著录与讨论，探讨关于《山海经》为"小说之最古者"的渊源脉络，辨析《山海经》之于小说史的意义。

一 目录学著录中的《山海经》

在现存文字材料中最早提及《山海经》的是司马迁的《史记·大宛列传》，司马迁称："言九州山川，《尚书》近之矣。至《禹本纪》《山海经》所有怪物，余不敢言之也。"① 认为《山海经》记载了众多怪物与神话，不是真实的地理之书。最早著录《山海经》的是东汉班固的《汉书·艺文志》。在《汉书·艺文志》中，班固将《山海经》列入"数术类""形法家"一类图书的部首。根据班固的说法，"数术者，皆明堂羲和卜史之职也"。数术类的内容比较驳杂，含有天文、历谱、五行、占卜、形法等。"形法者，大举九州之势以立城郭室舍形，人及六畜骨法之

---

① 司马迁：《史记》，中华书局 1989 年版，第 3179 页。

度数、器物之形容，以求其声气贵贱吉凶。"①《汉书》"形法家"所列的书目有《山海经》《国朝》《宫宅地形》《相认》《相六畜》《相宝剑刀》六部，由此可以推知"形法"类似于相术，大者可以相山川地形、城郭、宫殿房舍，与后世所谓的"看风水"相似；小者可以相人、六畜以及剑、刀等器物。在班固眼中，《山海经》是相山川地形、相人、相物的，属于风水占卜巫筮之书，具有巫术性质。既然是相山川地形，与地理也有一定的关系，只是地理附属于相术。章学诚在《文史通义》中指出："《汉志》仅据刘氏《七略》，而于职方图籍领于他官者，未尝著录，是以不立地理专门。而形家之书，幸见收于任宏之《兵略》，《山海》之经，乃仅见于术数家之形法，皆非地理之正文。"② 指出"形法家"虽非地理类但与地理有一定的关联。《汉书》之后的目录学著述，多将《山海经》纳入史部类的地理著作，如《隋书·经籍志》就将《山海经》与《神异经》《十洲记》一起列为地理类著作。之后的《旧唐书·经籍志》《新唐书·艺文志》皆沿袭《隋书·经籍志》的做法，将《山海经》列入地理类著作。

到了宋代，对隋唐著录将《山海经》视为地理书予以质疑，陈振孙《直斋书录解题》虽然将《山海经》列入地理类，但又对其持怀疑态度，在著录时引用司马迁关于《山海经》的评价，认为《山海经》并非真正的地理书，因将《山海经》视为地理类之书是古今相沿已久的习惯，所以才"姑以冠地理书之首"。郑樵的《通志》认同司马迁的说法，将《山海经》看作记述远方怪物与神话之书，将其与《神异经》《异物志》一并列入"方物类"。宋代的《道藏》则将《山海经》作为记述天地之道与神灵事迹的著作收入其中，使《山海经》成为道教的典籍。③ 元人修《宋史》就沿用宋人的观点，在《宋史·艺文志》中把《山海经》列入"五行类"，回溯到班固《汉书·艺文志》的分类系统，再次确认《山海经》作为形法之书的占卜巫术性质。而《明史·艺文志》与清初黄虞稷的《千顷堂书目》，则又将《山海经》拉回到地理类，值得注意的是《千顷

---

① 班固：《汉书》，中华书局 1989 年版，第 1775 页。
② 仓良修编：《文史通义新编》，上海古籍出版社 1993 年版，第 348 页。
③ 陈连山认为是张君房首先将《山海经》收入《道藏》的，见氏著《〈山海经〉学术史考论》，北京大学出版社 2012 年版，第 107 页。

堂书目》将《山海经》与吴承恩的《西游记》同列入地理类。

至清代纪昀主编《四库全书》，则正式将《山海经》列入子部"小说家""异闻"类之首。《四库全书总目》称《山海经》：

> 叙述山水，多参以神怪，故《道藏》收入太元部竞字号中。究其本旨，实非黄老之言。然道里山川，率难考据，案以耳目所及，百不一真。诸家并以为地理书之冠，亦为未允。核实定名，实则小说之最古者。①

《四库全书总目》否定了将《山海经》作为"地理书之冠"的看法，认为《山海经》是最古的小说，将其定性为古代小说的开山之作。其理由有两点：一是《山海经》虽叙山水，但所讲的多是神怪内容；二是《山海经》所记录的山川道里"百不一真"，虚多实少。这种观点受到了明代胡应麟的影响。纪昀将《山海经》列为志怪小说，或与其本人对志怪小说的兴趣有关，纪昀著有志怪小说《阅微草堂笔记》，内容笔法模仿汉魏晋六朝小说，在《姑妄言之》卷首，他提到自己所推崇的汉魏朝作者："缅昔作者，如王仲任（充）、应仲远（劭），引经据古，博辨宏通；陶渊明、刘敬叔、刘义庆，简淡数言，自然秒远。"② 其中陶渊明、刘敬叔、刘义庆皆为小说作者。《阅微草堂笔记》："俶诡奇谲，无所不载；洸洋恣肆，无所不言。"③ 内容以志怪奇闻为多，成为《聊斋志异》之后清代志怪小说的代表。

《四库全书》将《山海经》作为小说之祖的观点，对后来的中国古代小说研究者者有很大启示与影响，20 世纪以来的中国小说史著述，大多将《山海经》作为古代小说的源头。如鲁迅在《中国小说史略》中把《山海经》称为"古之巫书"，作为志怪小说的源头。袁行霈、侯忠义编的《中国文言小说书目》首列《山海经》，李剑国的《唐前志怪小说史》

---

① 《四部精要》第 10 册《四库全书总目》，上海古籍出版社 1993 年版，第 677 页。
② 纪昀：《阅微草堂笔记》，天津古籍出版社 1995 年版，第 356 页。
③ 盛时彦：《阅微草堂笔记序》，载《阅微草堂笔记》附录，天津古籍出版社 1995 年版，第 561 页。

将《山海经》称之为"古今语怪之祖"，作为战国时期的"准志怪小说"予以论述。① 廖群的《中国古代小说发生研究》第一章专章论述了《山海经》与中国小说的起源问题，分析了《山海经》神话中包含的小说因素，将《山海经》视为中国古代小说的源头之一。②

二 关于《山海经》志怪性质的讨论

汉代以来关于《山海经》的目录学著录，对《山海经》的属性定位从相书到地理书再到小说之祖，不仅反映出历代著者对《山海经》性质的认识，也折射出人们心目中的小说观念，从一个侧面反映出随时代而变化的小说观念的发展。历代学者在论及《山海经》时关注讨论的焦点是其中的志怪描写与神话叙述，对《山海经》志怪叙述的不同认识与理解，则成为判定《山海经》属类性质的关键因素。因《山海经》在地理叙述的框架之内包含了丰富的巫术、志怪、神话内容，自汉代起就引发了关于此书志怪性质的讨论。司马迁在《史记·大宛列传》中说：

> 太史公曰：《禹本纪》言"河出昆仑。昆仑其高二千五百余里，日月所相避隐为光明也。其上有醴泉、瑶池。"今自张骞使大夏之后也，穷河源，恶睹本纪所谓昆仑者乎？故言九州山川，《尚书》近之矣。至《禹本纪》《山海经》所有怪物，余不敢言之也。③

司马迁借用张骞出使西域穷河之源实地考察的结果，否定了《禹本纪》关于"河出昆仑"的记载，也否认了《山海经》中关于昆仑山及其神话叙述的真实性。司马迁从史家追求"实录"的角度认为《禹本纪》《山海经》所述多"怪物"，虚诞奇怪，不切实际，其言外之意是说《山海经》不是记载世纪地理状况的地理书，而是"志怪"书。司马迁是第一个将《山海经》定性为"志怪"的人。

---

① 李剑国：《唐前志怪小说史》，南开大学出版社 1984 年版。
② 廖群：《中国古代小说发生研究》，山东教育出版社 2016 年版。
③ 司马迁：《史记》，中华书局 1989 年版，第 3179 页。

西汉的刘向、刘歆父子奉命整理中秘图书，曾校订《山海经》，刘歆写了《上〈山海经〉表》，将《山海经》的著作权归于上古治水的大禹及其臣子益与伯翳，称他们："内别五方之山，外分八方之海，记其珍宝奇物，异方之所生，水土、草木、禽兽、昆虫、麟凤之所止，祯祥之所隐，及四海之外，绝域之国，殊类之人。禹别九州，任土作贡；而益等类物善恶，著《山海经》，皆圣贤之遗事，古文之著明者也。其事质明有信。"并称"朝士由是多奇《山海经》，文学大儒皆读学，以为奇，可以考祯祥变怪之物，见远国异人之谣俗。"① 刘歆承认《山海经》有志怪内容，但有意为《山海经》的志怪内容辩护，称《山海经》是大禹治水考察山川的记录，其中的志怪是真实的存在。为了印证《山海经》具有信史的性质，刘歆将《山海经》的志怪内容解读为大禹君臣"类物善恶"的道德善行，赋予其神圣色彩，同时从"博物"的角度阐发了《山海经》的实用价值。我们从刘歆的言说中仍可以看出，当时朝士们热衷于阅读《山海经》，是出于好奇心，被《山海经》记载的"祯祥变怪之物""远国异人之谣俗"所吸引，看重的仍然是《山海经》的志怪内容。

由于《山海经》所载地理风物难以确考以及遍布全书的志怪内容，汉代知识阶层对《山海经》作为地理书的性质已经开始质疑，在认识上存在着心理上的矛盾，一方面因儒家"子不语怪力乱神"的传统，他们极力回避《山海经》的志怪性质，并从不同角度对志怪性质进行辩解；另一方面好奇探异的心理使他们对《山海经》的志怪内容津津乐道。如淮南王刘安编著的《淮南子》中大量抄录《山海经》的志怪内容，王逸编注《楚辞》多处引用《山海经》的神话材料作为注解《楚辞》的例证。胡应麟曾论及这种社会心理："子之为类，略有十家，昔人所取凡九，而其一小说弗与焉。然古今著述，小说家特盛；而古今书籍，小说家独传，何以故哉？怪、力、乱、神，俗流喜道，而亦博物所珍也；玄虚、广莫，好事偏攻，而亦洽闻所昵也。"② 喜道怪异之事，珍夸博物多闻，是社会各阶层的普遍心理，《山海经》的志怪内容迎合了这种猎奇的社会心理。从思想史的角度看，两汉时期一方面是独尊儒术，另一方面谶纬学

① 转引自郭世谦《山海经考释》"附录一"，天津古籍出版社 2011 年版，第 759 页。
② 胡应麟：《少室山房笔丛》"九流绪论下"，上海书店出版社 2001 年版，第 282 页。

说及神仙方术之道兴起，一些文人对两者兼收并蓄，由此造成了他们对待《山海经》态度的矛盾心态。

晋代郭璞为《山海经》作注，在《〈山海经〉序》中，郭璞表达了自己对《山海经》志怪内容的看法：

> 世之览《山海经》者，皆以其宏诞迂夸，多奇怪俶傥之言，莫不疑焉。尝试论之，庄生有云："人之所知，莫若其所不知。"吾于《山海经》见之矣。夫以宇宙之寥廓，群生之纷纭，阴阳之煦蒸，万殊之区分，精气混淆，自相濆薄，游魂灵怪，触象而构，流形于山川，丽状于木石者，恶可胜言乎？然则总其所以乖，鼓之于一响；成其所以变，混之于一象。世之所谓异，未知其所以异；世之所谓不异，未知其所以不异。何者？物不自异，待我而后异，异果在我，非物异也。……夫玩所习见而奇所稀闻，此人情之常蔽也。……及谈《山海经》所载，而咸怪之。是不怪所可怪，而怪所不可怪也。……非天下之至通，难与言《山海》之义矣。呜呼！达观博物之客，其鉴之哉。①

郭璞肯定了《山海经》"宏诞迂夸"的志怪特点，认为天下之大无奇不有，《山海经》的志怪内容并非虚构，而是由于我们的认识能力有限，尚无法认知这种现象，因此大多数人在阅读《山海经》时就会"怪所不可怪"，只有通达天下的博物之士才能理解《山海经》之怪。郭璞本人就是通达博物之人，《晋书·郭璞传》载："（郭璞）好经术，博学有高才，而讷于言。论辞赋为中兴之冠，好古文奇字，妙于阴阳算历。……洞五行天文卜筮之术，禳灾转祸，通致无方。"② 据《晋书·郭璞传》所载郭璞的人生故事，多占卜灵验除凶消灾神异之事，颇类志怪小说。郭璞是一个文人兼方士的人物，《山海经》的巫术志怪性质正投其好，所以他不仅注释《山海经》，而且写了三百余首《山海经图赞》的诗歌，诗歌的内容以吟咏《山海经》中的奇珍怪兽、异国奇人、神话人物为主。郭璞注《山

---

① 郭璞注，毕沅校：《山海经》卷首，上海古籍出版社1989年版。
② 《晋书》卷七十二，上海古籍出版社《二十五史》第2册，第1456页。

海经》，特别感兴趣的是其中的志怪内容，而对于山川道里的注释考订则简单而多疏漏，因此遭到毕沅的批评。① 郭璞不仅注《山海经》，还为小说《穆天子传》做注。郭璞喜好《山海经》的志怪内容，体现的不仅是其个人所好，也受时代风气的濡染。"魏晋好长生，故多灵变之说；齐梁弘释典，故多因果之谈。"② 魏晋南北朝时期道教神仙之风与佛教鬼神因果报应之说盛行，志怪小说创作兴盛，谈神说怪蔚为风气。不仅是郭璞，大诗人陶渊明亦如是，陶渊明的《读山海经十三首》受到郭璞的影响，关注的也是《山海经》的志怪内容，比如关于西王母"王母怡妙颜，天地共俱生，不知几何年"。昆仑山、三青鸟，关于神树、不死民，关于夸父、精卫化生神话等，聚焦的是《山海经》有关长生的志怪、神话内容。苏轼《和读山海经十三首》序称："陶渊明《读山海经十三首》，其七首皆仙语。余览《抱朴子》，有所感用其韵赋之。"③ 说明了陶渊明喜欢《山海经》的原因。魏晋南北朝时期神仙方术鬼神报应之风弥漫于儒林文苑，也引发了志怪小说创作的兴盛，如魏文帝曹丕写了《列异传》，史学家干宝著有《搜神记》以"发明神道之不诬"，喜欢神仙方术的葛洪编写了《神仙传》，陶渊明著有《搜神后记》，张华著有《博物志》，方士王嘉撰写了侈谈鬼神的《拾遗记》。在这样的时代环境中，《山海经》不仅受到文人的重视与喜爱，也影响了当时志怪、博物小说的创作。

明清时期，随着小说创作的兴盛及小说观念的变化，人们对《山海经》志怪性质的认识也随之而变。明代思想活跃，学风自由洒脱，人们多从文学角度看待《山海经》。④ 尤其是胡应麟从小说创作及小说史的角度考察《山海经》的志怪特点，提出了"《山海经》，古今语怪之祖"的观点。胡应麟在《少室山房笔丛》的"四部证伪"与"二酉缀遗"中论证了《山海经》的性质，认为《山海经》一书"至异禽、诡兽、鬼域之状充斥简编"，"盖是书也，其用意一根于怪，所载人物、灵祇非一，而

---

① 参看阮沅《山海经新校正序》，载郭璞注，毕沅校《山海经》卷首，上海古籍出版社1989年版。

② 胡应麟：《少室山房笔丛》"九流绪论下"，上海书店出版社2001年版，第283页。

③ 《苏东坡全集》"续集"卷三，中国书店1994年版。

④ 参看陈连山《〈山海经〉学术史考论》第五章"世俗化的明代《山海经》研究"，北京大学出版社2012年版。

其形则若魑魅魍魉之属也。"① "《山海经》专以前人陈迹附会神怪,而读者往往不能察"②,由此他认定《山海经》是一部志怪之书,是志怪小说的源头。胡应麟还就《山海经》的成书与作者问题提出自己的看法,他发现《山海经》在文体上与《穆天子传》相似,在内容上与《离骚》《天问》《庄子》《周书·王会》相近,进而得出:"故余以为战国好奇之士取《穆王传》、杂录《庄》《列》《离骚》《周书》、晋《乘》以成者。自非熟读诸书及此经本末,不易信也。后世必有以余为知言者。"③ 认为《山海经》出于战国"好奇之士"之手,是在杂取《穆天子传》等书神怪内容的基础上而成的。胡应麟知识渊博,擅长考据,眼光敏锐,他关于《山海经》的考论与评价确有真知灼见,他将《山海经》定为志怪之祖,并发现了《山海经》在志怪方面与《穆天子传》、楚辞、《周书》之间的关联,但他关于《山海经》成书的结论却失之草率。胡应麟明确指出《山海经》是志怪小说,这一观点对《四库全书》的编者及后世关于《山海经》小说性质的讨论产生了深远的影响。

清代的《山海经》研究受乾嘉学派的影响,多认为《山海经》是一部地理著作,从考据学的角度对《山海经》的地理问题进行训诂考证。如毕沅就认为"《山海经》未尝言怪,而释者怪焉"。"《山海经》非语怪之书。"④ 但也有人认为沿袭胡应麟的观点,将《山海经》列为志怪小说,如陆心源称"自来志怪之书,莫古于《山海经》,按之势理,率多荒唐。延其流者,王嘉之《拾遗记》,干宝之《搜神记》,敬叔之《异苑》,徐铉之《稽神》,成式之《杂俎》,最行于时"⑤。以考据著称的清代学者崔述说:"世传《山海经》为禹与益所撰。余按:书中所载,其事荒唐无稽,其文浅弱不振,盖搜辑诸子小说之言以成书者。"⑥ 崔述虽然对《山海经》的荒唐无稽不满,但他指出《山海经》属于小说家流,无疑也承

① 胡应麟:《少室山房笔丛》"四部证伪下",上海书店出版社2001年版,第315页。
② 胡应麟:《少室山房笔丛》"二酉缀遗上",上海书店出版社2001年版,第355页。
③ 胡应麟:《少室山房笔丛》"四部证伪下",上海书店出版社2001年版,第315页。
④ 参看毕沅《山海经新校正序》,载郭璞注,毕沅校《山海经》卷首,上海古籍出版社1989年版。
⑤ 陆心源:《夷坚志序》,载《夷坚志》中华书局2006年版,第1839页。
⑥ 崔述:《崔东壁遗书·夏考信录卷之一》,上海古籍出版社1983年版,第110页。

认了《山海经》志怪小说的属性。尤其是《四库全书》将《山海经》定性为"小说之最古者",对《山海经》的评价具有盖棺论定的作用。

综上所述,历代关于《山海经》志怪性质的认识与评价,与对《山海经》内容的虚与实、常与怪的认识理解有关,也与时代思潮及小说观念的演变密切相连,从中可以看出古代小说观念的变化。在《山海经》的传播接受史中,受人关注的是其志怪内容,是志怪内容所体现的非现实的虚构与想象,此点恰与古代小说的性质吻合。对这一问题讨论关注较多的是两个时期:一是汉魏六朝时期,这是古代小说的发轫期,也是志怪小说的兴起时期;二是明清时期,是古代小说创作与理论发展的兴盛期。《山海经》的志怪内容影响到对其在小说史上的定性与评价,对古代小说的创作尤其是志怪小说与博物类小说的创作产生了影响。因此,《山海经》之于中国小说史的意义值得重视。

《山海经》的巫文化解读

罗小东

北京外国语大学

关于《山海经》的性质，不同时代有不同的解读。西汉刘歆在《上〈山海经〉表》中将其视作地理书，云："内别五方之山，外分八方之海，纪其珍宝奇物异方之所生，水土草木禽兽昆虫麟凤之所止，祯祥之所隐，及四海之外，绝域之国，殊类之人。"在此后相当长一段历史时期的史籍目录如《隋书·经籍志》《旧唐书·经籍志》《新唐书·艺文志》中，都以刘歆的论述作为依据，把《山海经》归入史部地理类。但至明代，这一状况有了改变。胡应麟称《山海经》为"古今语怪之祖"，将其视为志怪小说的开山之作。或许是受胡应麟的影响，清代《四库全书》把《山海经》列入了"子部·小说家"类，理由是："序叙山水，多参以神怪，故《道藏》收入太元部竞字号中。究其本旨，实非黄老之言。然道里山川，率难考据，案以耳目所及，百无一真，诸家并以为地理书之冠，亦为未允。核实定名，实为小说之最古者。"1923 年，鲁迅《中国小说史略》定《山海经》为"古之巫书"，此说影响颇大，直至 20 世纪 80 年代才基本被否定。现在一般仍把《山海经》视为地理博物书，认为它涵盖了上古时期的自然地理和人文地理。虽然鲁迅把《山海经》定为巫书有失允当，且鲁迅也没有就其观点展开翔实的分析考察，但笔者认为，《山海经》确确实实在相当程度反映了上古巫术流行的情况，本文将以此为起点，对书中所描写的巫术内容进行梳理和阐释。

关于"巫"，《说文解字》卷五上云："巫，祝也，能事无形，以舞降神者也。象人两袖舞形，与工同义。"又云："觋，能斋肃事神明者也。在男曰觋，在女曰巫。"在上古，巫被视作人、神的媒介，她（他）们通过舞蹈等方式，可以上达人的祈愿，下达神的意旨，调动鬼神之力为人消灾致福。巫、觋本不固定，但随着宗教活动越来越繁杂和神秘，出现了少数精通宗教仪式、谙熟宗教知识的专职巫师。他们带领氏族进行宗教活动，又兼为部落首领或他们的重要助手。《山海经》中关于巫的描写涉及巫师、巫术活动等方面。巫师是巫文化存在的载体。《山海经》中的巫师有"六巫"和"十巫"之称，"六巫"为《海内西经》的巫彭、巫抵、巫阳、巫履、巫凡、巫相，"十巫"为《大荒西经》的"巫咸、巫即、巫盼、巫彭、巫姑、巫真、巫礼、巫抵、巫谢、巫罗"。在这些巫中，巫彭、巫抵为重复，另据郝懿行《尔雅义疏》考证，巫履与巫礼、巫凡与巫盼、巫相与巫谢，属于音近通假，也为重复，因此，十六巫实为十一巫。①

　　《山海经》不仅记载了巫师之名，同时对他们的装扮和活动方式也有较为明确的描写。《海外西经》："巫咸国在女丑北，右手操青蛇，左手操赤蛇。在登葆山，群巫所从上下也。"《大荒西经》："大荒之中，有山名曰丰沮玉门，日月所入。……十巫从此升降。""有互人之国，炎帝之孙名曰灵恝，灵恝生互人，是能上下于天。"从这几则描写可以看出，巫师首先有着与一般人不同的装扮。巫咸国里的巫师，"右手操青蛇，左手操赤蛇"，这种特殊的装扮，或许正显示出了巫的特别能力。其次巫师可以升降、上下于天，而"天"在上古被视为可以主宰万物的天神，《战国策·魏策》云："休祲降于天"，天的人格化称呼是"昊天上帝"，人对于天，只能敬畏顺从，如《诗经·板》云："敬天之怒，无敢戏豫。敬天之渝，无敢驰驱。昊天曰明，及尔出王。昊天曰旦，及尔游衍。"在人间，只有巫师能升降于天，与天神进行沟通。而巫师们升降于天的场所，不能是平原之地，而必须是高山，如这里的登葆山、灵山等。在上古，山由于与天的距离最近而被赋予了"灵"的神力。《大荒西经》十巫所升降的灵山，或许是一个虚化的叫法，其实就是其之前提到的丰沮玉门山，因为此山是"日月所入"之山，因此具有了"灵"性。灵者，从巫，霝声，本

---

① 　参见李零《中国方术续考》，东方出版社2001年版，第49页。

义巫。《尸子》："天神曰灵。"《风俗通》："灵者，神也。"《说文》："灵，灵巫也。以玉事神。"从这些文献不难看出山、灵山、巫之间的关系。

从《山海经》对巫师的描写还可以看出，至少这一时期巫师们的活动常常是以"群巫"的形式进行的。而这种形式的存在，说明了巫术活动在当时的普遍性。据《国语·楚语》记载，在少皞氏之前，民神不相杂，"有天地神民类物之官""各司其序，不相乱也"，只有到了少皞氏的衰世，"九黎乱德"，才出现了"夫人作享，家为巫史""烝享无度，民神同位"的人皆可为巫的现象，而后来颛顼兴起，"乃命南正重司天以属神，命火正黎司地以属民"，才又恢复了过去的传统，"绝地通天"，神事和民事有官员各司其责，于是通神降神的职责就只有少数人才能担当了。《山海经》里所记载的巫师，他们的活动年代或许正是少皞氏衰世时的普遍巫术时期吧。

此外，据巫术研究者的研究，在上古时期的某些阶段，巫师不仅充当着神灵和人间的媒介，而且由于他们通晓人文历史，在部落中享有极高声望，所以他们又常常成为部落氏族的首领，关于这一点《山海经》也有所反映。《大荒西经》云："大荒之中，有山名曰大荒之山，日月所入。有人焉三面，是颛顼之子，三面一臂，三面之人不死。""西南海之外，赤水之南，流沙之西，有人珥两青蛇，乘两龙，名曰夏后开。开上三宾于天，得《九辩》与《九歌》以下，此天穆之野，高二千仞，开焉得始歌《九招》。"颛顼、夏开（启），都是传说中的帝王，一般认为即当时某个部落的首领。颛顼的儿子面貌怪异，长着三张面孔和三只手臂，他的神力是能够长寿不死，而关于颛顼，在此章也有"死而复苏"的记载；夏开（启）是大禹之子，他有特别的装扮和能力——"珥两青蛇"，可以"乘两龙"上天盗来音乐。可以看出，这些人与前面引文所写的巫师基本相同，因此可以认定，他们既是部落首领同时又担当着部落巫师的职责。

巫术是巫师企图借助超自然力量对人或事施加影响或给予控制的方术。《山海经》中的巫术描写主要有医术、禁咒、祝祭、预言等。关于医术，《海内西经》记开明东的"六巫""夹窫窳之尸，皆操不死之药以距之。"窫窳是被"贰负臣所杀"之人，巫师们掌握着"不死之药"，并以此救之，"距"者，救治之意也。而《大荒西经》则记"十巫"所在的

"灵山"，有"百药爱在"。在这里，《山海经》没有对这种"不死之药"和"百药"展开具体描写，故我们无从知道何物为"不死之药"和"百药"。但是，在其他条目记载中，我们不时可以见到这样的描写，如《西山经》："小华之山，……其草有萆荔，状如乌韭，而生于石上，赤缘木而生，食之已心痛。""石脆之山，其木多棕枏，其草多条，其状如韭，而白华黑实，食之已疥。其阳多㻬琈之玉，其阴多铜。灌水出焉，而北流注于禺水。其中有流赭，以涂牛马无病。""天帝之山……有兽焉，其状如狗，名曰溪边，席其皮者不蛊。有鸟焉，其状如鹑，黑文而赤翁，名曰栎，食之已痔。有草焉，其状如葵，其臭如蘼芜，名曰杜衡，可以走马，食之已瘿。"《北山经》："龙侯之山，无草木，多金玉。决之水出焉，而东流注于河。其中多人鱼，其状如帝鱼，四足，其音如婴儿，食之无痴疾。"《中山经》："霍山，其木多楮。有兽其状如狸，而白尾有鬣，名曰朏朏，养之可以已忧。"这些描写虽然没有被冠以巫师施治之名，但却不能不使人联想到这些被视为具有医疗功效的草木鸟兽与巫师们的"百药"间的关系，这些所谓的"药"，不仅可以治疗"心痛""疥""痔""瘿""痴"等疾患，甚至还可以治疗心理疾患"忧"。在医学发达的今天，我们尽可以对巫师们的医术持怀疑态度，但我们却不能不敬佩上古时期巫师们的这种"医"的意识。

后世托名汉人写的小说，其中的神仙方术尤其是关于医术的描写，很多正是在《山海经》的启发下写就的。如《十洲记》云："祖洲近在东海之中，地方五百里，去西岸七万里，上有不死之草。"这种"不死之草"在人已死三日之时，"以草覆之，皆当时活也"，而且"服之令人长生"。不同于《山海经》的稚拙，托名汉人的小说，其对于"不死之药"更增加了许多具体的描摹，如《神异经》对于"三百岁作花，九百岁作实"的"如何"树的描写："花色朱，其色正黄，高五十丈，敷张如盖，叶长一丈，广二尺余。似菅苧，色青，厚五分，可以絮，如厚朴，材理入支九子，味如饴，实有核，形如棘子，长五尺，围入长。金刀剖之，则酸；芦刀剖之，则辛。"当然，托名汉人的小说，其发展并不只限于对"不死之药"作了更为详尽具体的描写，而更在于它为了说明"不死之药"的奇异功效不假，而常虚构史实以证之，如《十洲记》在介绍了"不死之草"的功用后，即插入了秦始皇的故事："昔秦始皇大苑中多枉死者，横道有

鸟入乌状，衔此草覆死人面，当时起坐而自活也。有司闻奏，始皇遣使者
赍草以问北郭鬼谷先生，鬼谷先生云：'此草是东海祖洲上，有不死之
草，生琼田中，或名为养神芝，其叶似菰苗，丛生，一株可活一人。'始
皇于是慨然言曰：'可采得否？'乃使使者徐福发童男童女五百人，率摄
楼船入海寻祖洲，遂不返。福，道士也，字君房，后亦得道云。"这虚构
的历史故事，不仅增加了小说的长度和可读性，更重要的是，它真假相
掺，使"不死之药"更有迷惑性。

禁咒，是巫师施行的据称对鬼神或自然物有感应或禁令的神秘语言。
《大荒北经》："有人衣青衣，名曰黄帝女魃。蚩尤作兵伐黄帝，黄帝乃令
应龙攻之冀州之野。应龙畜水。蚩尤请风伯雨师，纵大风雨。黄帝乃下天
女曰魃，雨止，遂杀蚩尤。魃不得复上，所居不雨。叔均言之帝，后置之
赤水之北。叔均乃为田祖。魃时亡之，所欲逐之者，令曰：'神北行！'
先除水道，决通沟渎。"天女魃虽然帮助黄帝止风雨杀了蚩尤，却因为她
"不得复上"且"时亡之"而造成了"所居不雨"，成为地方一害，田祖
叔均于是施咒语"神北行"将其驱除。这则故事或可解读为天旱时巫师
祈雨的一种宗教活动，主祭者在驱逐旱神时采用的主要法术便是念咒语。
秦汉以后，咒语被神仙方术与道教吸收并运用，如果将《山海经》的咒
语与汉代典籍记载的咒语比较，会发现后者的变异仅是在咒文后面加上了
"如律令"等字眼，这是因为汉代诏书和檄文中多有"如律令"一语，意
指按法令执行，这种申述法律、政令权威的官方套语，后来逐渐被民间巫
师所吸收，借以彰显其咒语的神力。

此外，《山海经》描写的巫术活动或许还有断头术。《海外西经》云：
"刑天与帝至此争神，帝断其首，葬之常羊之山。乃以乳为目，以脐为
口，操干戚以舞。"《大荒西经》云："有人无首，操戈盾立，名曰夏耕之
尸。故成汤伐夏桀于章山，克之，斩耕厥前。耕既立，无首，走厥咎，乃
降于巫山。"刑天与夏耕均在与帝的征战中被帝打败并断首，但他们没有
死亡，刑天"以乳为目，以脐为口，操干戚以舞"；夏耕"走厥咎，乃降
于巫山"。这里值得注意的是"操干戚以舞"和"降于巫山"两点，它昭
示出两则故事里的主角与巫的某种关系。正如前文所引，所谓巫，即
"以舞降神者也"，"操干戚以舞"的形天，是否就是正在表演以舞降神的
一个巫呢？而降于巫山的夏耕，则已经很明确表明了他的巫身份了。因此

笔者推测，这两则故事乃为巫师表演的无头法术。与前面关于巫师的描写比较，不难发现《山海经》在描写巫师的法术时常常是带有某种情节性的。或许可以这样认为，巫师在展示自己的高超法术时，都伴随着一定的表演过程，而所表演的故事，则往往与神话传说人物或者历史人物有关。这正显示了巫师在远古时代对于所谓人文历史的独特把握。

巫术的兴起和存在，基于万物有灵的观念，巫师被视为唯一能与神灵相通之人。在巫、祝不分的早期，人们相信，通过对神灵的祝祭，可以使神灵愉悦，从而达到消灾祈福的目的。《山海经》中有许多关于祭飨山神灵物的描写。《南山经》："凡鹊山之首，自招摇之山，以至箕尾之山，凡十山，二千九百五十里。其神状皆鸟身而龙首。其祠之礼：毛用一璋玉瘗，糈用稌米，一壁，稻米，白菅为席。"《中山经》："凡苦山之首，自休与之山至于大騩之山，凡十有九山，千一百八十四里。其十六神者，皆豕身而人面。其祠：毛牷用一羊羞，婴用一藻玉瘗。苦山、少室、太室皆冢也，其祠之，太牢之具，婴以吉玉。其神状皆人面而三首。其余属皆豕身而人面也。"这里，每座山系的神灵不尽相同，但都长着怪异的形状，笔者猜测，这些神灵应该为巫师所扮演，这与祭祀祖先时应该有尸来接受祭物是同一道理，人们在祭飨山神、祈祷祥瑞时，由能够通神的巫师来扮演神灵、接受祭物是十分自然的事情。在《中山经》的这则描写里，所祭祀的山神甚至多达十六位之多，这也正与那个时代巫师的活动常以群巫的形式来进行相吻合。

预言祸福也是巫师的主要职责之一。不同于后世用龟甲和蓍草来占问吉凶，《山海经》中的预言通常是通过某物的显现来预示的。如《南山经》："又东五百里，曰鸡山，其上多金，其下多丹腺。黑水出焉，而南流注于海。其中有鳝鱼，其状如鲋而彘毛，其音如豚，见则天下大旱。"《西山经》："又西四百里，曰小次之山，其上多白玉，其下多赤铜。有兽焉其状如猿，而白首赤足，名曰硃厌，见则大兵。"《东山经》："又南三百里，曰犲山，其上无草木，其下多水……有兽焉，其状如夸父而彘毛，其音如呼，见则天下大水。"《中山经》："又东三百五十里，曰几山，其木多楢檀杻，其草多香。有兽焉，其状如彘，黄身、白头、白尾，名曰闻獜，见则天下大风。"与用龟甲和蓍草来占问吉凶相比，某种具有灵性的物的显现即可昭示祸福，这更说明了这种巫术活动的原始性。

　　综上所述,《山海经》虽然不能如鲁迅所言将其定位为巫书,但通过对它所记载内容进行分析,仍不难看出它与上古巫术文化的深切关联。从作者或编辑者的主观角度,他们或许并不像六朝一些志怪作者那样作书是为了"辅教",为了"震耸世俗,使生敬信之心"①,但是上古社会,巫术文化深入民众的生活,而巫师又是上古文化的体现者和传承者,故作为记录上古地理人文之书的《山海经》,虽不能说它言必及巫术,但可以肯定的是它不可能完全绕开巫术而不言。本文对《山海经》所反映的上古巫文化仅进行了初步的梳理和分析,仍有诸多疏漏和不足之处有待探讨和深察。

---

　　① 鲁迅:《中国小说史略》,人民文学出版社 1973 年版,第 39 页。

关于《幽明录》《宣验记》的再思考

张庆民

首都师范大学

《幽明录》《宣验记》是刘宋时期重要的志怪小说集。《古小说钩沉》辑录《幽明录》佚文 265 则，其中"征北参军明裔之"一则、"南阳乐遐"一则署时间为"元嘉九年"（432），据此可推《幽明录》成书在永嘉九年至二十一年（444）间①。《古小说钩沉》辑录《宣验记》佚文 35 则，其中"孙皓"一则叙事至元嘉十九年（442），据此可推《宣验记》成书在元嘉十九年至二十一年间。那么，刘义庆（403—444）何以在并不长的时间内连续撰述这两部志怪之书？——我以为与元嘉时期思想界神不灭论、因果报应说之论争有关。

一

元嘉时期思想界儒、佛论争，乃由释慧琳作《白黑论》（又名《均善论》《均圣论》）而引发。关于慧琳及其《白黑论》，《宋书》卷九十七载：

---

① "赵泰"一则，《古小说钩沉》主要辑自《太平广记》卷一百九："赵泰字文和……宋太始五年七月十三日夜半，忽心痛而死。"按，泰始为宋明帝年号，宋泰始五年（469）刘义庆已卒，不当有此载述。《冥祥记》作"晋赵泰""时晋太始五年七月十三日也"。晋泰始五年，即 269 年，当以《冥祥记》所载为是。

　　慧琳者，秦郡秦县人，姓刘氏。少出家，住冶城寺，有才章，兼内外之学，为庐陵王义真所知。尝著《均善论》，其词曰……论行于世。旧僧谓其贬黜释氏，欲加摈斥。太祖见论赏之，元嘉中，遂参权要，朝廷大事，皆与议焉。宾客辐凑，门车常有数十辆，四方赠赂相系，势倾一时。注《孝经》及《庄子·逍遥篇》、文论，行于世。

　　《白黑论》曰：

　　有白学先生，以为中国圣人，经纶百世，其德弘矣，智周万变，天人之理尽矣，道无隐旨，教罔遗筌，聪叡迪哲，何负于殊论哉。有黑学道士陋之，谓不照幽冥之途，弗及来生之化，虽尚虚心，未能虚事，不逮西域之深也。于是白学访其所以不逮云尔……①

　　显然，慧琳所谓白学先生乃指儒，黑学道士指佛，称儒"不照幽冥之途""弗及来生之化"，因而儒"不逮"佛"之深也"，由此引发儒、佛论争。论争首辩佛家空无之义，黑学道士因之言"周、孔为教，正及一世，不见来生无穷之缘，积善不过子孙之庆，累恶不过余殃之罚，报效止于荣禄，诛责极于穷贱，视听之外，冥然不知，良可悲矣"，"释迦关无穷之业，拔重关之险，陶方寸之虑"，"叙地狱则民惧其罪，敷天堂则物欢其福，指泥洹以长归，乘法身以遐览，神变无不周，灵泽靡不覃"；白学先生则反驳"今效神光无寸径之明，验灵变罔纤介之异，勤诚者不睹善救之貌，笃学者弗尅陵虚之实，徒称无量之寿，孰见期颐之叟，咨嗟金刚之固，安觌不朽之质"，"且要天堂以就善，曷若服义而蹈道，惧地狱以敕身，孰与从理以端心。礼拜以求免罪，不由祗肃之意，施一以徼百倍，弗乘无吝之情。美泥洹之乐，生耽逸之虑，赞法身之妙，肇好奇之心，近欲未弭，远利又兴，虽言菩萨无欲，群生固以有欲矣。甫救交敝之氓，永开利竞之俗，澄神反道，其可得乎"；黑学道士则辩称"若不示以来生之欲，何以权其当生之滞。物情不能顿至，故积渐以诱之。夺此俄顷，要彼无穷，若弗劝春稼，秋穑何期"；白学先生讥曰"异哉！何所务之乖也。道在无欲，而以有欲要之，北行求郢，西征索越，方长迷于幽都，永谬滞于昧谷"，"所谓积渐者，日损之谓也。当先遗其所轻，然后

_____

① 《宋书》卷九十七，以下引文同。

忘其所重，使利欲日去，淳白自生耳。岂得以少要多，以粗易妙，俯仰之间，非利不动，利之所荡，其有极哉"，进而抨击当时佛教末流"乃丹青眩媚采之目，土木夸好壮之心，兴靡费之道，单九服之财，树无用之事，割群生之急，致营造之计，成私树之权，务劝化之业，结师党之势，苦节以要厉精之誉，护法以展陵兢之情，悲矣"。在白学先生质问、批评之后，黑学道士难以措辞，乃言"释氏之教，专救夷俗，便无取于诸华耶"？白学先生对曰"曷为其然。为则开端，宜怀属绪，爱物去杀，尚施周人，息心遗荣华之愿，大士布兼济之念，仁义玄一者，何以尚之"，肯定佛教仁慈，劝人为善，实与以仁义化天下的周、孔途殊而旨同；黑学道士因言"子之论善殆同矣，便事尽于生乎"？白学先生乃曰"幽冥之理，固不极于人事矣。周、孔疑而不辨，释迦辨而不实"，"是以示来生者，蔽亏于道、释不得已"，道出佛义渺茫、"不实"，实际上否定了佛教的"来生"之说——也就否定了神不灭论。《白黑论》一出，震动佛教界，慧琳乃为众僧所摈斥。

慧琳作《白黑论》的时间，汤用彤先生认为在"元嘉十年前后"[1]。何尚之《答宋文帝赞扬佛教事》称"时有沙门慧琳假服僧次而毁其法，著《白黑论》。衡阳太守何承天与琳比狎，雅相击扬……"[2] 何承天颇激赏《白黑论》，遂将此文送宗炳，《与宗居士书》曰：

> 近得贤从中郎书，说足下勤西方法事。贤者志其大，岂以万劫为奢，但恨短生，无以测冥灵耳。冶城慧琳道人作《白黑论》，乃为众僧所排摈，赖蒙值明主善救，得免波罗夷耳。既作比丘，乃不应明此，白徒亦何为不言。足下试寻二家谁为长者，吾甚昧然，望有以佳悟，何承天白。[3]

宗炳是慧远忠实的门徒，遂作《难白黑论》、《明佛论》（又名《神不灭论》）、《答何衡阳书》（一、二），批驳慧琳观点，并与何承天往复

---

① 汤用彤：《汉魏两晋南北朝佛教史》，北京大学出版社 1997 年版，第 298 页。
② 《弘明集》卷第十一。
③ 《弘明集》卷第三。

辩难，何承天乃作《答宗居士书》《达性论》《报应问》等诘难佛教；而颜延之则作《释达性论》《重释何衡阳》等，与何承天辩《达性论》，何承天作《答颜光禄》《重答颜光禄》等以驳之；时又有刘少府作《答何衡阳书》，就何承天《报应问》展开论辩。足见由《白黑论》引发的思想界论争，轰动一时，可谓大观。观何承天与宗炳、颜延之论辩，所涉理论非一，而首要问题在神不灭论。

二

袁宏《后汉纪》卷十载：

> 浮屠者，佛也……其教以修善慈心为主，不杀生，专务清净。……又以为人死精神不灭，随复受形，生时所行善恶皆有报应。……故王公大人观死生报应之际，莫不矍然自失。

可见精神不灭，因果报应，乃是汉代佛教的主要学说。这种异域传入的宗教，与儒家学说有异，给当时人的思想带来震撼，也引起人们的质疑。牟子《理惑论》载："问曰：孔子曰：'未能事人，焉能事鬼？未知生，焉知死？'此圣人之所纪也。今佛家辄说生死之事，鬼神之务，此殆非圣哲之语也。"[1] 对于佛教宣扬的精神或曰神灵不灭，自然有怀疑乃至否定者，"问曰：佛道言人死当复更生，仆不信此言之审也"，牟子答曰"魂神固不灭矣，但身自朽烂耳。身譬如五谷之根叶，魂神如五谷之种实；根叶生必当死，种实岂有终亡"，宣扬形尽而神不灭。随着神不灭思想的流行，关于形神关系的辩论也为人们关注，东晋罗含《更生论》即称"凡今生之生，即昔生"[2]，强调神不灭不变——自我之神轮回更生。孙盛则反对此说，《与罗君章书》称"吾谓形既粉散，知亦如之，纷错混淆，化为异物"[3]，强调形散而神（知）亦如之。慧远作《沙门不敬王者

---

① 《弘明集》卷第一，下引文同。
② 《弘明集》卷第五。
③ 同上。

论》，其第五篇为"形尽神不灭"，以为形神有别，"夫神者何也？精极而为灵者也""感物而动，假数而行；感物而非物，故物化而不灭；假数而非数，故数尽而不穷"①；他以薪火为喻，"火之传于薪，犹神之传于形；火之传异薪，犹神之传异形"，强调神不随形灭，而传于异形。而郑鲜之《神不灭论》也以为形、神不同，"神为生本，其源至妙，岂得与七尺同枯，户牖俱尽者哉"②；郑氏也以薪火喻形神，"夫火因薪则有火，无薪则无火。薪虽所以生火，而非火之本。火本自在，因薪为用耳。若待薪然后有火，则燧人之前，岂无火理乎？火本至阳，阳为火极，故薪是火所寄，非其本也。形神相资，亦犹此矣"，因而形有始终，而神无始无终。据《宋书》卷六十四《郑鲜之传》，郑鲜之卒于元嘉四年（427）。因而，在何承天与宗炳、颜延之等论辩之前，关于形神关系、神灭与神不灭等问题已为人们关注、争议。

宗炳《明佛论》以为"世多诞佛，咸以我躬不阅，遑恤于后，万里之事，百年以外，皆不以为然，况须弥之大，佛国之伟，精神不灭，人可成佛"③；"世人又贵周、孔书典，自尧至汉，九州华夏曾所弗暨，殊域何感，汉明何德，而独昭灵彩"，故"至理匪遐，而疑以自没"；在宗炳看来，"中国君子明于礼义，而暗于知人心，宁知佛心乎"，"周、孔所述，盖于蛮触之域，应求治之粗感，且宁乏于一生之内耳。逸乎生表者，存而未论也，若不然也，何其笃于为始形，而略于为神哉"，以为儒家笃于始形，而略于终神。宗炳以五岳四渎为喻，说明神固资形以生，却不与形俱亡，"夫五岳四渎，谓无灵也，则未可断也；若许其神，则岳惟积土之多，渎惟积水而已矣；得一之灵，何生水土之粗哉？而感托岩流，肃成一体，设使山崩水竭，必不与水土俱亡矣。神非形作，合而不灭，人亦然矣"，"神也者，妙万物而为言矣；若资形以造，随形以灭，则以形为本，何妙之言乎？夫精神四达，并流无极，上际于天，下盘于地"，既然"神"是妙万物而为言，当然就不是以"形"为载体，也不随形之消亡而消亡；又称"无生而无身，无身而有神，法身之谓也"，《答何衡阳书》

---

① 《弘明集》卷第五，下引文同。
② 同上。
③ 《弘明集》卷第二，下引文同。

也称"无形而神存,法身常住之谓也"①。方立天先生指出,宗炳所谓神不灭有两种含义,"一是生死轮回的神识不灭;二是成佛法身的神识常住,也就是佛性永在。人在轮回中若能逐渐断除情欲、烦恼,轮回的神识就能归于法身的神识,一旦惟有法身神识时,人即成佛"②。《明佛论》称"群生之神,其极虽齐,而随缘流迁,成粗妙之识,而与本不灭矣。今虽舜生于瞽,舜之神也,必非瞽之所生,而商均之神,又非舜之所育;生育之前,素有粗妙矣。既立本于未生之先,则知不灭于既死之后矣。又不灭则不(衍字)同,愚圣则异,知愚圣生死不革不灭之分矣",强调"众生神识的根本是一样的,由于各自因缘变化的不同,就形成了精妙愚粗不同的神识,而作为根本的神识是不灭的"③。关于因果报应,宗炳以为,"夫万化者固各随因缘,自作于大道之中矣;今所以称佛云诸法自在不可思议者,非曰为可不由缘数越宿命而横济也";"夫乾道变化,各正性命,至于鸡彘犬羊之命,皆乾坤六子之所一也",故杀生于前,受报于后。何承天则否定神不灭,《答宗居士书》(《释均善难》)称"形神相资,古人譬以薪火,薪弊火微,薪尽火灭,虽有其妙,岂能独传"④;《达性论》亦称"生必有死,形毙神散。犹春荣秋落,四时代换,奚有更受形哉"⑤,认为一切均为自然造化,既然形毙神散,"神"也就不可能转移到另一个形体上,这就否定了神不灭论,也否定了"更受形"之说。宗炳以为,含识之属,同有性命;何承天则不以为然,《达性论》称"人非天地不生,天地非人不灵;三才同体,相须而成者也,故能禀气清和,神明特达,情综古今,智周万物,妙思穷幽","安得与夫飞沈蠕蠕并为众生哉?"而《报应问》则举例言"夫鹅之为禽,浮清池,咀春草,众生蠢动,弗之犯也;而庖人执焉,鲜有得免刀俎者。燕翻翔求食,唯飞虫是甘,而人皆爱之,虽巢幕而不惧。非直鹅燕也,群生万有,往往如之。是知:杀生者无恶报,为福者无善应。所以为训者如彼,所以示世者如此,余甚惑之"⑥,

---

① 《弘明集》卷第三。
② 方立天:《中国佛教哲学要义》,中国人民大学出版社2012年版,第104页。
③ 同上书,第112页。
④ 《弘明集》卷第三。
⑤ 《弘明集》卷第四。
⑥ 《广弘明集》卷第十八。

否定报应之说。颜延之则不满何承天的观点，遂与之辩论往复；何氏不信杀生受报，"其论之根据，在谓人体仁义，不能比性于畜类"①；而颜延之则谓"得生之理，故是阴阳邪，吾不见其异"②；汤用彤先生指出，"二君之争点，盖在人与万物之差异也"③。而当时又有刘少府亦反对何承天之论，遂作《答何衡阳书》，称"善恶之业，业无不报，但过去、未来非耳目所得，故信之者寡，而非之者众耳"④，强调因果报应之说。

值得注意的是，刘宋王室成员也介入当时思想界的论争，《弘明集》卷第十二收录谯王尚之《与张新安轮孔释书》：

> 佛教以罪福因果，有若影响，圣言明审，令人寒心。然自上古帝皇文武周孔，典谟训诰，靡不周备，未有述三世显叙报应者也。彼众圣皆穷理尽性，照晓物缘，何得忍视陷溺莫肯援接，曾无一言示其津逮。且钓而不网，弋而不射宿，博硕肥腯，上帝是享。以此观之，盖所难了，想二三子扬榷而陈，使划然有证，祛其惑焉。⑤

严可均以为此谯王乃指刘义宣（415—454），张新安乃张镜（见《全宋文》十二）。从上文看出，刘义宣以佛教的罪福因果之说，不见于上古帝皇文武周孔及先圣典籍，因而不足凭信，对佛教因果报应之说持怀疑态度。《宋书·刘义庆传》载刘义庆"唯晚节奉养沙门，颇致费损"，从《幽明录》《宣验记》之内容看，刘义庆不仅相信神不灭论，也相信因果报应说。何承天在与宗炳、颜延之辩难中，自然涉及鬼神及有无问题，如《重答颜光禄》称：

> 又云，天下宁有无形之有，顾此惟疑，宜见定正。寻来旨似不嫌有鬼，当谓鬼宜有质，得无惑天竺之书，说鬼别为生类故邪？昔人以鬼神为教，乃列于典经，布在方策，郑乔吴札亦以为然。是以云和六

① 汤用彤：《汉魏两晋南北朝佛教史》，北京大学出版社1997年版，第300页。
② 《重释何衡阳》，见《弘明集》卷第四。
③ 汤用彤：《汉魏两晋南北朝佛教史》，第300页。
④ 《广弘明集》卷第十九。
⑤ 《弘明集》卷第十二。

变，实降天神；龙门九成，人鬼咸格。足下雅秉周礼，近忽此义，方诘无形之有，为支离之辩乎？①

对于是否有鬼？鬼是否有形有质？当时也有人提出质疑、乃至否定。譬如，《宋书》卷六十九《范晔传》载：

> 晔常谓死者神灭，欲著《无鬼论》……又语人："寄语何仆射，天下决无佛鬼。若有灵，自当相报。"

范晔因涉入刘义康谋反一案，元嘉二十二年（445）被诛，上距刘义庆卒仅一年；范晔的上述言论，自然不是无的放矢，正乃对元嘉时期思想界神灭与神不灭、报应之有无的争论而发。《幽明录》之名，当取自《易·系辞》："仰以观于天文，俯以察于地理，是故知幽明之故。"注曰："幽明者，有形无形之象。"② 而当时思想界关于形神关系、神灭与神不灭之争论，自然涉及"幽明"问题；何承天《重答颜光禄》中即称"辩章幽明，研精庶物"③，颜延之《和谢监灵运》称："人神幽明绝，朋好云雨乖。"④ 以颜氏之观点，似当指人为明，鬼神为幽；刘义庆所谓"幽明录"，显然与当时思想界对于这些问题的论争有关，可以说，《幽明录》《宣验记》乃是以另一种形式对思想界有关鬼神之有无、精神之灭否、报应之有无作阐释、回答。

《高僧传》卷第七"宋京师东安寺释慧严"条载：

> 至元嘉十二年，京尹萧摹之上启，请制起寺及铸像。帝乃与侍中何尚之、吏部郎中羊玄保等议之，谓尚之曰："朕少来读经不多，比日弥复无暇，三世因果未辩厝怀，而复不敢立异者，正以卿辈时秀，率所敬信故也。范泰、谢灵运常言六经典文，本在济俗为治，未必灵

---

① 《弘明集》卷第四。
② 《周易正义》卷七，《十三经注疏·周易正义》，中华书局1997年版，第77页。
③ 《弘明集》卷第四。
④ 《文选》卷第二十六。

性真奥，岂得不以佛经为指南耶？近见颜延之《推达性论》、宗炳《难白黑论》，明佛汪汪，尤为名理并足，开奖人意。若使率土之滨，皆敦化此，则朕坐致太平，夫复何事。近萧摹之请制，未全经通，即以相示，委卿增损。必有以遏戒浮淫，无伤弘奖者，乃当著令耳。"尚之对曰："悠悠之徒，多不信法，以臣庸蔽，独秉愚勤，惧以阙薄，贻点大教。今乃更荷褒佛，非所敢当。至如前代群贤，则不负明诏矣……窃谓……百家之乡，十人持五戒，则十人淳谨矣；千室之邑，百人修十善，则百人和厚矣。传此风训，以遍宇内，编户千万，则仁人百万矣。此举戒、善之全具者耳。若持一戒、一善悉计为数者，抑将十有二三矣。夫能行一善则去一恶，一恶既去则息一刑，一刑息于家，则万刑息于国。四百之狱，何足难措？雅颂之兴，理宜倍速。即陛下所谓坐致太平者也。……夫神道助教，有自来矣。"……帝自是信心乃立，始致意佛经。①

看来宋文帝刘义隆对于思想界的论争是相当关注的，他称"颜延之《推达性论》、宗炳《难白黑论》，明佛汪汪，尤为名理并足，开奖人意"，显示对颜延之、宗炳之论颇为推赏。宋文帝最终采纳何尚之等建议，借助佛教以"神道设教"，使佛教成为统治阶层"坐致太平"的工具，时间在元嘉十二年（435）。《宋书·刘义庆传》载"少善骑马，及长以世路艰难，不复跨马"，考虑到元嘉时期复杂而残酷的权力斗争，那么，《幽明录》《宣验记》之编纂，一方面乃是对思想界神灭与神不灭、果报之有无论争的回应，另一方面也不排除刘义庆借志怪之书以迎合文帝之意。

---

① （梁）释慧皎撰，汤用彤校注：《高僧传》，中华书局1992年版，第261—262页。

唐人小说寺院游寓故事的文化解读[*]

俞晓红

安徽师范大学

唐时佛典文化传播的主要空间在寺院，寺院面向黎民俗众的主要传播渠道则在于僧人讲经。唐代诸多以寺院游寓为内容的文言小说，从多方面描写了游寓者在寺院中的各色活动。他们常常与僧讲经、观听俗讲，动则观花、静则咏诗，有时因困寄身，有时又借机猎艳。对这些作品作一解读，可以知悉唐土寺院游寓文化的基本状貌。

一

唐人小说写及游寓寺院的作品中，皇帝宫娃、王侯公卿、文人学士等，均会成为故事的主人公。王仁裕《大安寺》^①篇，叙唐懿宗用文德治理天下，海内宴清，于是懿宗每每微服私游寺院，常去的寺院是大安国寺。民间奸猾之徒掌握了这一情报后，又了解到大安国寺有江淮进奏官寄放了一千匹苏州绫罗在院内，于是暗中纠集群党，选了一位貌似懿宗者，穿上懿宗私行时常穿的服装，多以龙脑香熏衣，带着两三个仆从，悄悄进入寄放绫罗的院子。奸猾之徒得以成功冒充懿宗，以赠物乞丐的方式，骗

＊ 本文为教育部人文社会科学研究项目"佛典传译与唐代文言小说的关系研究"（项目编号：11YJA751090）的阶段性成果。

① 李时人编校：《全唐五代小说》外编卷二三，中华书局2014年版，第8册，第4446页。

走了进奏官寄放在安国寺内的千匹绫罗。正是因为懿宗私访寺院较为频繁，以致寺僧真假莫辨，对假皇帝信以为真，在假仆从的暗示下，主动说出寄放物品的所在，并开柜取绫而至罄净。故事何以发生在大安国寺，乃因安国寺有名僧荟萃，而皇帝王侯常至之故。北宋钱易《南部新书》叙唐时长安寺院特征时有云："名德聚之安国，士大夫之家入道，尽在咸宜。"① 主要生活在宣宗、懿宗、僖宗时期的诸王之孙李洞（约838—897）有《题新安国寺》诗云："佛亦遇艰难，重兴叠废坛……开讲宫娃听，抛生禁鸟餐。钟声入帝梦，天竺化长安。"② 诗作对帝王宫女沉迷于寺僧讲经的景况作了高度的形象化概括。从诗题和首两句诗意看，这首诗当写于唐懿宗咸通七年（866），因安国寺在唐武宗时毁于会昌法难，唐懿宗于咸通七年重建，故李洞诗有"重兴"之语。唐懿宗还有哭迎佛骨的举动。据《旧唐书》卷十九上《懿宗纪》言，咸通十二年，懿宗亲至安国寺，设万人斋，赐讲经僧沉香高座。由此可知，《大安寺》所写故事，乃建立在一定的现实生活依据之上。

唐土士子是游寓群体的一个重要构成。诗人元稹（779—831）有"尽日听僧讲，通宵咏月明"之句，透露了士子每每游寓寺院的信息③。唐人小说也真实再现了士子游寓寺院的历史身影。李公佐《谢小娥传》中，情节逆转的契机是十二字谜语的破解，谢小娥每至瓦官寺求僧人解释谜底而不得，俟"余"至寺，沉吟良久，小娥俱告原委，"余"当即破解。李公佐以第一人称叙事，文中之"余"亦不防看作作者自己的化身，所叙元和八年春，"余罢江西从事，扁舟东下，淹泊建业，登瓦官寺阁"诸事，显然是李公佐自己的经历；文末"余备详前事……故作传以旌表之"④，自然亦是作者自述作文缘起。此篇在不经意间，透露出李公佐游寓寺院的习性。白行简《三梦记》所叙第二梦，亦是生活本真的观照：元和四年（809），元稹为监察御史，奉使剑外，白行简与白居易、李杓

① （北宋）钱易：《南部新书》，影印文渊阁四库全书，第1036册，第210页。
② （唐）李洞：《题新安国寺》，（清）彭定求等编：《全唐诗》，中华书局1960年版，第21册，第8728页。
③ （唐）元稹：《答姨兄胡灵之见寄五十韵》，（清）彭定求等编：《全唐诗》第12册，第4523页。
④ 李时人编校：《全唐五代小说》卷二三，第2册，第800页。

直三人同游慈恩寺，"遍历僧院，淹留移时"。日晚至杓直修行里第会饮，白居易计算元稹行程，题诗屋壁以记，有"忽忆故人天际去，计程今日到梁州"之句。十余日后，梁州使者至，持元稹书信，后附一诗，谓梦见白氏兄弟同游慈恩寺，"梦君兄弟曲江头，也入慈恩院里游"云云，元稹梦之日即白氏兄弟游寺之日也①。此事元稹写在《感梦记》。白氏兄弟游历长安城中寺院，能进入身在梁州的元稹的梦中，自然是因为元稹与白氏兄弟情好日久，常有同游曲江头、慈恩寺的经历。此则故事说明游寓寺院乃是元白寻常的生活内容之一。元稹《莺莺传》情节起始，就是张生游寓寺院："张生游于蒲。蒲之东十余里，有僧舍曰普救寺，张生寓焉。"②张生故事有元稹自己的生活经验，张生游寺亦是元稹游寺在小说中的反映。游寓寺院是8—9世纪士子的生活常态，由此可见一斑。

　　士子游寓寺院，其主要目的是听僧人讲经，或与僧人论经说道。唐孟棨《本事诗》叙白居易刺苏州，张祜来谒，白居易以"款头诗"调侃张祜的"鸳鸯钿带抛何处？孔雀罗衫付阿谁"二句，张祜反应很快，以《目连变》来调侃白居易的"上穷碧落下黄泉，两处茫茫皆不见"句意③。《目连变》乃是俗讲中最经典的变文作品之一，叙世尊十大弟子之一的目连为救因杀生而堕地狱的母亲，天上地下到处都找遍，最后建盂兰盆而使母亲得脱地狱的事迹。张祜用目连典故喻白居易的两句诗，十分对景，可知张祜对变文的熟悉程度；白居易听了为之展颜，两人欢宴竟日，亦说明白氏对俗讲内容的了解程度。裴铏《崔炜》叙贞元时崔炜寄寓佛舍，逢中元之日，"番禺人多陈设珍异于佛庙，集百戏于开元寺"④。开元寺成为戏场，俗讲是戏场的重头节目之一，士子之浸淫佛教典故，焉能少之。从这个意义上说，寺院中的僧尼讲唱，成了佛典文化传播俗世的主渠道；讲筵前听讲的男女俗众，既是释子传道布道的鲜活对象，又是佛典文化深入社会各层的传播链上以介质而存在的有机生命体。

　　当然有时候士子游寓寺院，可能出于借住寺院以静心备考的需要，如

---

①　李时人编校：《全唐五代小说》卷二三，第2册，第782页。

②　李时人编校：《全唐五代小说》卷二四，第2册，第808页。

③　（唐）孟棨：《本事诗》，李学颖标点本，上海古籍出版社1991年版，第24页。

④　李时人编校：《全唐五代小说》卷六三，第4册，第2153页。

《莺莺传》之张生借寓普救寺，后因文调及期西去；也可能是偶然路过，如皇甫氏《天宝选人》叙天宝年中，有选人入京，路行日暮，投一村僧房求宿，僧不在而时已昏黑，他去不得，遂就榻假宿；也有可能因为生活所迫而流寓寺院，如崔炜为人豁达，尚豪侠，又不事家产，没几年便荡尽家财，无奈之余，只能栖止佛舍。又如王定保《王播》篇，亦写士子因贫而依栖寺院之事，然在 20 年前后遭遇不同的对比中，讽刺了佛教寺院的炎凉之相。王播少时孤贫，曾寄寓扬州惠昭寺木兰院，随僧用斋餐，久之，诸僧厌怠，故意先用斋而后击钟，王播至时已饭毕。20 年后，王播从重位出镇扬州，因访旧游，见往日壁上所题诗句皆被寺僧用碧纱笼罩其上。王播于是又写两首绝句曰：

> 二十年前此院游，木兰花发院新修。而今再到经行处，树老无花僧白头。
> 上堂已了各西东，惭愧阇黎饭后钟。二十年来尘扑面，如今始得碧纱笼。[1]

题诗原是文人本色，以"饭后钟"和"碧纱笼"入诗，既是写实也是讽世。佛法平等，一切有情无情，无论其高低贵贱、美丑智愚、刚柔强弱，只有差别假相，无有本性高下。寺僧修道说法，本应成为佛法的忠实施行者，却持有世俗贵贱之心，并在"饭后钟"的举动中现形。诗已不在写意，而意在叙事了。

元稹诗的另一句"通宵咏月明"，亦当是文人雅士游寓寺院期间生活方式的写照。孟棨《骆宾王》叙宋之问以事累遭贬黜，放还后经过越地杭州，游灵隐寺，在一个月明之夜行吟于长廊下，吟首联曰："鹫岭郁岧峣，龙宫隐寂寥。"第二联思索良久，始终不如意。这时有老僧点长明灯，坐大禅床，问何以苦吟若此？之问告以欲题此寺而兴思不属，并吟首联与之听。老僧曰："何不云'楼观沧海日，门听浙江潮'？"老僧能吟出如此遒劲雅丽的诗句，之问深感惊愕之余，续完全诗，此即之问著名的《灵隐寺》诗。然圆览全诗，却觉得老僧赠句为全篇之警策。天明寻访，

---

[1] 李时人编校：《全唐五代小说》外编卷二一，第 8 册，第 4380 页。

老僧不复见，有寺僧云是骆宾王①。此篇出《本事诗》，《太平广记》引录，其中几处细节显然与史实有些许出入。宋之问自神龙元年（705）起，因陷政治斗争而屡遭贬黜，唐中宗景龙三年（709）被贬越州长史，次年诏流钦州，后又以赦改流桂州，两年后被赐死徙所。故而宋之问至杭州游历当在709—710年，然此间他并无放还经历，且此时距骆宾王之逝已有25年以上。老僧指点宋之问作诗思路，假以骆宾王的名义，不过是一种叙事策略，使得本事之幻异与诗句之遒丽相为映照，以增加文本的可读性。诗人与老僧谈诗论句的情节，当视作唐时文人游寓寺院恒有之事，魏晋隋唐时期的僧侣多有文才诗艺者，士僧切磋诗艺并不罕见，只是宋之问巧遇骆宾王算是一段佳话可以留传。不过这段相遇完全可以写得更加虚幻神秘一些，以令文本更具备小说元素，然而这种意识终究还是受制于史家实录观念与写实笔法对《本事诗》写作的操控。尽管小说最后借寺僧之口点明骆宾王早已卒于徐敬业事败的次年，也没能为骆宾王化身老僧的情节添加几许虚构异彩。

严子休《客饮甘露亭》篇，也是"通宵咏月明"的情节类型，较前篇更有小说的意味。故事发生在唐昭宗天复三年仲夏之夜，月明无云，江面澄澈如昼，甘露寺众僧徒俱已禅寂，夜无人迹，禽犬皆息，独有一僧默默持课，见有数人从西轩来，携仆从，拿酒壶，直奔望江亭而止。四客共话明月澄江，先引诗助谈，又吟诗作以代丝竹，自吟自诵。小说以寺僧之耳之目，摄录的是文人夜吟江月的场景与过程。作者将这一夜吟地点放在甘露寺外望江亭上，给诵诗四客设计了已故之人的身份，却仍折射出士子游寓、月夜相聚、沙龙话异的时代风影。

二

士子游寓寺院的目标之一是饮酒赏花，以之为风韵雅事。小说描写较多的花是牡丹花。康骈《慈恩寺牡丹》是为牡丹花撰写的专题。京城花卉以牡丹最上，寺院牡丹则以慈恩为最，慈恩寺中牡丹一是开时纷繁富丽，二是以浅红、深紫为主。僧思振是赏花高手，且与朝士数人交好，相

---

① 李时人编校：《全唐五代小说》外编卷一六，第8册，第4121—4122页。

偕寻芳，遍觅僧室。至慈恩寺东廊院饮酒赏花，以先扬后抑之势，感叹未能识得深红牡丹；院主无有防备之心，透露出自己养有稀贵品种的信息。于是故事就此逶迤展开：僧思振与朝士再三询问，经宿不离；院主托言他处相见，不肯承认；及至天明，院主方始退让。以众人爱花若此，自己雪藏不仁，在获得众人承诺终身保密的情况下，带他们入己密室，拉开旧幕，开启板壁机关，进入一院："有殷红牡丹一窠，婆娑几及千朵。初旭才照，露华半晞，浓姿半开，炫耀心目。朝士惊赏留恋，及暮而去。"院主老僧见状，已预知此花不能得保，后悔"无端出语，使人见之"。果然，两天后，有权要子弟数人来，先诱骗院主去曲江闲步，后令仆人强行入院掘花，以大畚箕装花抬走，仅留下黄金三十两、蜀茶二斤为酬。这本来是一个明骗暗抢的题材，完全可以写得大起大落、风生水起，但院主闻知掘花事，只"俯首无言，唯自吁叹"，而权要子弟却"相盼而笑"[1]。情节虽有曲折，却波澜不惊。这一理性叙事，大大减轻了窃花行为的罪责，使得院主惜花迹近藏私，权要偷花反成雅事，泄密阿上者风淡云轻，入院掘花者磊落生趣。始知唐时文人撰写赏花文字，其态度仍出于文人赏花的立场，所谓文人恶趣，亦在于此。

唐人小说多有写及种植牡丹事迹的作品。如郑还古《崔玄微》："又尊贤坊田弘正宅，中门外有紫牡丹成树，发花千万朵。花盛时，每月夜，有小人五六，长尺余，游于花上。"张读《谢翱》："陈郡谢翱者，尝举进士，好为七字诗。其先寓居长安升道里，所居庭中多牡丹。"佚名《双女坟记》："南山清凉寺、合浦县月影台、智异山双溪寺、石南寺、墨泉石台种牡丹，至今犹存，皆其游历也。"[2] 小说所写对牡丹花的观赏、追慕和种植，是隋唐时京城赏花风尚的再现。佚名《隋炀帝海山记》记易州进二十四相牡丹，名赭红、赭木、鞓红、坏红、浅红、飞来红、袁家红、起州红、醉妃红、起台红、云红、天外黄、一拂黄、软条黄、冠子黄、延安黄、先春红、颤风娇[3]。唐舒元舆《牡丹赋》序文谓，长安上苑本无牡

---

① 李时人编校：《全唐五代小说》卷七五，第 5 册，第 2595 页。

② 分见李时人编校《全唐五代小说》卷三五，第 3 册，第 1206 页；卷六〇，第 4 册，第 2050 页；补佚，第 8 册，第 4576 页。

③ 李时人编校：《全唐五代小说》卷六八，第 4 册，第 2304 页。

丹，武则天回太原时，见众香精舍牡丹花开放特异，因命移栽长安。开元
天宝年间，长安大兴赏花之风，牡丹尤为帝王后妃所喜爱，当时宫中得四
本，红、紫、浅红、通白，玄宗移植沉香亭畔，而后有了李白的三首
《清平调》词。上行下效，上苑赏花风波及民间，帝妃喜好自然引导了京
师潮流，长安寺院也深度沾染了观赏牡丹花的文化习气，牡丹花价贵重一
时，江南一带亦随之而兴观赏牡丹。《全唐诗》及《补编》吟咏牡丹或涉
及牡丹的诗作 140 余首①，其中明确写及寺院牡丹的有 26 首之多，兹胪
列如下：

> 裴士淹：《白牡丹》，卷一二四
>
> 权德舆：《和李中丞慈恩寺清上人院牡丹花歌》，卷三二七
>
> 元　稹：《与杨十二李三早入永寿寺看牡丹》，卷四〇〇
>
> 元　稹：《西明寺牡丹》，卷四一一
>
> 白居易：《西明寺牡丹花时忆元九》，卷四三二
>
> 白居易：《自城东至以诗代书，戏招李六拾遗、崔二十六先辈》，
> 卷四三六
>
> 白居易：《代书诗一百韵寄微之》，卷四三六
>
> 白居易：《重题西明寺牡丹》，卷四三七
>
> 徐　凝：《题开元寺牡丹》，卷四七四
>
> 陈　标：《僧院牡丹》，卷五〇八
>
> 张　祜：《杭州开元寺牡丹》，卷五一一
>
> 李商隐：《僧院牡丹》，卷五四一
>
> 郑　谷：《题慈恩寺默公院》，卷六七五
>
> 吴　融：《和僧咏牡丹》，卷六八五
>
> 吴　融：《僧舍白牡丹二首》，卷六八六
>
> 杜荀鹤：《中山临上人院观牡丹寄诸从事》，卷六九二

---

① 杜贵晨曾做过统计，谓有 136 首，参见杜贵晨《泉塘牡丹诗概观——基于电子文献检索
计量分析的全唐牡丹诗史略》，《铜仁学院学报》2015 年第 2 期。因其以题含"牡丹"之名计量
故，诸多咏牡丹诗作未计在内，故其统计数字不够精确，实际篇数应多于 136 篇，如卓英英《游
福感寺答少年》《答玄士》，白居易《自城东至以诗代书，戏招李六拾遗、崔二十六先辈》，齐己
《春雨》《湘中春兴》等均未收录。

　　翁承赞：《万寿寺牡丹》，卷七〇三

　　徐　夤：《忆荐福寺南院》，卷七〇九

　　胡　宿：《忆荐福寺牡丹》，卷七三一

　　刘　兼：《再看光福寺牡丹》，卷七六六

　　僧谦光：《赏牡丹应教》，卷八二五（卷七七〇归殷益，题作《看牡丹》；《补编》归僧文益，题为《看牡丹》）

　　卓英英：《游福感寺答少年》，卷八六三

　　王　驾：《次韵和卢先辈避难寺居看牡丹》，卷八八五

　　王贞白：《看天王院牡丹》，卷八八五

　　顾非熊：《西明寺合欢牡丹》，补编卷二九

诗人赏花常去的寺院依次是慈恩寺、西明寺、崇敬寺、荐福寺、开元寺、永寿寺、万寿寺、光福寺、福感寺等，除开元寺外，其余寺院多在长安，也因牡丹花为北地之花的缘故。寺名被明确写入诗题或诗句频数最高的寺院，是慈恩寺[1]。这自然是因为慈恩寺在彼时最为著名之故。慈恩寺乃李治做太子时为追念其母文德皇后而建，是唐时长安四大佛经译场之一，西行求法回国的玄奘即入此寺敕任上座，主持译经19年，且奉旨监造雁塔。雁塔题名和杏园探花、曲江宴游是彼时进士及第者必行的三件风雅之事。慈恩寺牡丹多珍稀品种，其中不乏姚黄、魏紫，且以早、新、奇、多闻名。北宋钱易《南部新书》曾记慈恩寺看牡丹事曰：

　　长安三月十五日，两街看牡丹，奔走车马。慈恩寺元果院牡丹，先于诸牡丹半月开；太真院牡丹，后诸牡丹半月开。故裴兵部怜白牡丹诗，自题于佛殿东颊唇壁之上。太和中，车驾自夹城出芙蓉园，路幸此寺，见所题诗，吟玩久之，因令宫嫔讽念。及暮归大内，即此诗满六宫矣。[2]

---

　　[1]　《全唐诗》中题名含慈恩寺的诗篇有62首之多。

　　[2]　（北宋）钱易：《南部新书》，清文渊阁四库全书本，第21页。所引裴士淹全诗曰："长安豪贵惜春残，争赏先开紫牡丹。别有玉杯承露冷，无人起就月中看。"《全唐诗》"豪贵"作"年少"，"赏"作"认"，"先开"作"慈恩"，"玉杯"作"玉盘"，"承"作"乘"。

并录白牡丹诗全篇于后。《全唐诗》仅收录裴士淹一首诗，即是这首吟咏慈恩白牡丹的诗。文人士子不惟宴游曲水、探花杏园，更见寺中牡丹浓丽纷繁，花色堪比红霞，彩蝶轻舞花枝，禅僧起而激赏，良辰美景、赏心乐事在在而有。白居易《代书诗一百韵寄微之》一诗，回忆与元稹同登慈恩雁塔、同游曲江池头、同赏崇敬牡丹的昔年往事，另一篇《自城东至以诗代书戏招李六拾遗崔二十六先辈》则亦透露出携友同至崇敬寺观赏牡丹花的信息。此外，元白喜去佳处是西明寺。西明寺是仿天竺国祇园精舍而建造的唐代皇家寺院，也是记载中规模最大的寺院，建造过程中，唐高宗和武则天均给予重视；会昌法难时，西明寺因其佛教文化中心的地位而得以幸免。诸多名僧如玄奘、道宣、道世、怀素、慧琳、善无畏等均先后在此弘道修法。白居易两首题西明寺牡丹诗，均表现出对元稹的浓厚情谊。而元白频至西明寺，并不止于观赏牡丹，也会与寺僧论经说法，听僧讲经。元稹有《寻西明寺僧不在》诗，首句云"春来日日到西林"，见出元稹与西明寺僧的密切关系；其《古寺》诗云"意在寻僧不在花"，可兹为证。当然，寺院观花并不一定是观牡丹，盖寺院养名花以吸引俗众，凡名花异种均为引植范围。段成式有《桃源僧舍看花》诗曰："前年帝里探春时，寺寺名花我尽知。"① 未写花的品种，但言"寺寺名花"，可知赏花品种繁多，足迹所到之处，并不专在牡丹耳。文士游寺是为观赏寺中名花，此诗又是一个明证。

唐人小说有意无意之间成了唐时寺院牡丹文化的印证之作。康轩《慈恩寺牡丹》篇，是这种文化背景的集中体现。蒋防《霍小玉传》写及崇敬寺："时已三月，人多春游。生与同辈五六人诣崇敬寺玩牡丹花，步于西廊，递吟诗句。"② 范摅《钱塘论》则将目光投向了开元寺牡丹，不仅叙述北地花种何以盛开于南国寺院，而且将题有开元寺牡丹诗的徐凝、张祜与爱赏牡丹花的白居易聚合到一起，让他们在杭州的寺院中赏花论诗。故事写白居易因到开元寺赏花，见徐凝所题牡丹诗，与徐凝同醉而归，而张祜亦榜舟至，徐张二人皆希望白居易能"首荐"自己。因徐凝有赏花

---

① 分见（清）彭定求等编《全唐诗》卷四一一，第 12 册，第 4561、4563 页；卷五八四，第 17 册，第 6772 页。

② 李时人编校：《全唐五代小说》卷二六，第 2 册，第 901 页。

题诗之缘，后来乡贡试中，白居易取徐凝为第一，而以张祜为次。故事到这里本可以结束，情节虽未见曲折，却富有戏剧性；然后文还有一大段徐张较诗、白公偏私、杜牧鸣不平的叙述文字，尤其较多引用了徐凝、张祜、王维及杜牧、卢肇的诗句，沿袭了诗话习惯，削弱了整篇作品的故事性，所叙却又并非全是真实状况的实录，多多少少疏离了史实。一是，白居易于长庆二年（822）七月十四日除杭州刺史，长庆四年五月即离杭州。言"初到钱塘"即访牡丹花，当为次年春天。文叙徐凝"未识白公"，然此前徐凝已有《寄白司马》诗曰："三条九陌花时节，万户千车看牡丹。争遣江州白司马，五年风景忆长安。"①按，元和十年（815）白居易被贬江州，十三年改任忠州，任期未满而回京任中书舍人。据徐凝诗题和诗意，《寄白司马》诗当写于白居易任忠州刺史期间，仍以司马称之，一如《题开元寺牡丹》诗以"舍人"称之一般。既如此，说徐凝与白居易此时尚"未识"，是不确切的。二是，据孟棨《本事诗》载，白居易和张祜相识之初，彼此即以"款头诗""目连变"调侃对方，此事发生在白居易任苏州刺史期间，时在宝历元年（825）三月至宝历二年九月，张祜拜谒白居易自当在这个时间内。既如是，则张祜不太可能于长庆三年（823）已在杭州认识了白居易，并求首荐。由此观之，徐凝、张祜和白居易三人同时相识相遇于钱塘的可能性是不存在的。既如此，则徐张文战当属虚妄。而且，文本所谓杜牧（803—852）曾"与白公辇下较文"，因具言元白"诗体舛杂"，而招致白氏衔恨诸事，亦属虚妄。因杜牧此年才20岁，此前更少，不太可能与大自己31岁且久负盛名的白居易交战。前贤早已对徐张文战、杜白较文的真实性提出质疑②，尤其是先求首荐而终得成的徐凝居然指责白居易"偏党"，最后与张祜一起离开，两人终身偃仰、不复乡试，态度与结局均不合情理，学界对此亦早有驳议③。综此可知，《钱塘论》颇多虚构色彩，似更宜作为小说看待，若作为信史征引，自有其风险在焉。

若以小说标准观之，《钱塘论》前半还是很有兴味的。就史实而言，

① （清）彭定求等编：《全唐诗》卷四七四，第 14 册，第 5378 页。
② 程千帆：《关于李白和徐凝的庐山瀑布诗》，《长江丛刊》1979 年第 2 辑。
③ 张安祖：《白居易荐徐凝屈张祜真伪考》，《北方论丛》1995 年第 5 期。

徐凝曾题写开元寺牡丹诗，白居易在长安就已喜至慈恩、西明、崇敬诸寺观赏牡丹，到了杭州，势必要到开元寺观赏牡丹。作者以"寺院观花"为聚合点，让徐凝和白居易的生命时空发生重叠，此寺、此花、此诗共时并发，交织成唐时士子浓郁清雅的生活图景。作者也看到了张祜，让他也进入这个特殊时空，给了他一个重要的位置，但作者小说经营的意识并不十分强烈。至少，一个可以写进小说以丰富情节内涵的史实，作者没有很好地利用，那就是，张祜亦写有《杭州开元寺牡丹》诗："浓艳初开小药栏，人人惆怅出长安。风流却是钱塘寺，不踏红尘见牡丹。"① 这首诗自然也可以作为张祜的名片递到白居易的面前，成为两人交好的桥梁。作者没有取用这一素材，而是写张祜傍舟而至，以疏诞放达姿态出现在白刺史面前。为何不用？《钱塘论》所写的白居易，一方面以张祜观猎诗比王维观猎诗，自称"未敢优劣"，是推重祜诗之意，却因牡丹诗结好徐凝，荐徐而屈张，是因交情而误公正；另一方面，因杜牧曾言元白诗作之弊，白氏衔恨，以致杜牧守池州、遇张祜时，还专为张祜抱不平，足显其心胸狭隘。欲显白氏心狭妒才，故弃张祜牡丹诗不取，也许这是作者撰写此篇时的潜在心理因素。然荐徐屈张已被判为虚妄②，则此篇近小说而远信史，宜乎作小说看。作者让张祜傍舟而来，又让徐凝鼓枻而归，也是叙事技艺不够练达、小说技法未能从诗艺中独立出来的明证。由于此篇虚构技巧、叙事谋略均欠高明，整体看还算不上一篇标准的小说，故《全唐五代小说》收在外编亦合情理。

三

士子游寓寺院，常会与正值韶华的女子遇见，而每每发生情意缱绻的情色故事。所遇的女子，有时是女子随家人途径寺院，暂住几日。如《莺莺传》中，张生借寓普救寺期间，"适有崔氏孀妇，将归长安，路出于蒲，亦止兹寺"。以寺院为点，以行迹为线，因为时间的交集，两个素不相识的青年男女在同一个寺院空间里相遇，展开了相悦相慕的情感故

---

① （清）彭定求等编：《全唐诗》卷五一一，第 15 册，第 5839 页。

② 张安祖：《〈论白居易荐徐凝屈张祜〉非皮日休所作》，《文学遗产》1996 年第 4 期。

事。有时是侍女随尊者专访寺院，观戏听经。如《南柯太守传》中，淳于棼曾于上巳日至禅智寺天竺院观婆罗门舞，一女随灵芝夫人亦在北牖石榻观众席上，淳于棼上前殷勤致意，亲密和洽，女亦绾结绛巾挂于竹枝留待淳于棼解取；七月十六日，女又随侍上真子至孝感寺听法师讲经，淳于棼亦在讲筵前，俟讲毕，女施金凤钗两只，淳于棼便于讲筵前向法师请观金钗，对此女和金钗赏叹再三，云此人此物皆非世间所有，进而询问女之姓氏居里，"情意恋恋，瞩盼不舍"①。由于故事框架设计在槐安国，故此侍女亦可作宫女看。李洞有诗写宫娃至西明寺听经："因逢夏日西明讲，不觉宫人拔凤钗。"② 本来面向俗众的僧家讲唱，其目的之一是为了输物捐资，宫女拔钗之事当为常有，槐安国宫女拔钗为施有其确切的历史依据。

有时，士子钟情的对象有其特别的身份，如韩偓（约842—约923）《荐福寺讲筵偶见又别》诗："见时浓日午，别处暮钟残。景色疑春尽，襟怀似酒阑。两情含眷恋，一饷致辛酸。夜静长廊下，难寻屐齿看。"③主人公（自然就是韩偓自己）去到荐福寺听讲佛经，讲筵上偶然遇见了那位属意已久的女子，从中午到黄昏，两情眷恋，几疑春色浓郁、酒意阑栅之极，然而因为是在听经的公众场合，更因为身份特殊，虽然彼此钟情，却只能止于眉目的传情，满怀辛酸而无法倾诉，别后寻觅曾经的路线，连足迹都找不到了。清时震钧以为韩偓的《香奁集》大抵以闺情为离骚，多有政治比兴的意图。今人施蛰存不同意震钧的笺释，以为其可信的成分不大，但又认为韩偓是有寄托的④。大凡书写两情之唐诗，容易被解读为别有情怀，在一定程度上抑制了解读者的格调。《荐福寺讲筵偶见又别》后紧接有"复偶见三绝"，亦是叙写同样的相见场景："别易会难长自叹，转身应把泪珠弹"，"桃花脸薄难藏泪，柳叶眉长易觉愁"，"半身映竹轻闻语，一手揭帘微转头"⑤。从诗作颇多场景与细节的描写看，

---

① 李时人编校：《全唐五代小说》卷二三，第 2 册，第 786 页。

② （唐）李洞：《赠入内供奉僧》，（清）彭定求等编：《全唐诗》第 21 册，第 8293 页。

③ （唐）韩偓：《荐福寺讲筵偶见又别》，（清）彭定求等编：《全唐诗》第 20 册，第 7840 页。

④ 参见施蛰存《唐诗百话》，上海古籍出版社 1987 年版，第 692—693 页。

⑤ （唐）韩偓：《复偶见三绝》，（清）彭定求等编：《全唐诗》第 20 册，第 7840 页。

笔者更愿意相信这是较为单纯的恋情诗。至于诗中女子,今人有谓女冠者,有谓李姓表妹者①。恋情中的女方既能随至讲筵却又别易会难、不能展开恋情,其身份更似女冠。当然,本文所述,意在复原唐时士女共遇于寺院中所可能发生的故事及其情状种种,崔莺莺之婉约矜持,槐安国宫女之主动热情,韩偓诗作女子之矛盾辛酸等,如果一定要坐实其原型,则未免有胶柱鼓瑟之弊了。

也有些士子去寺院听僧讲经,是专门为了遇合妓女。按当时管理行规,及第进士、举子等可以随时造访北里娱乐,朝士宴聚亦可以下官牒招妓陪侍,但妓女无故不能出里,因此每遇寺院开讲之日,北里之妓要想方设法走出北里,自我放松一回。士子知此情况,每逢八日便去寺院闲游,以期与北里妓展开情色故事。唐时孙棨《北里志》曾记述相关现象云:

> 诸妓以出里艰难,每南街保唐寺有讲席,多以月之八日相牵率听焉。皆纳其假母一缗,然后能出于里。其于他处,必因人而游,或约人与行,则为下婢,而纳资于假母。故保唐寺每三八日士子极多,盖有期于诸妓也。②

士妓遇合情事不在寻常情境中发生,却要借助寺院讲经之机上演,妓女为出北里费尽心机,士子对寺中遇合每每有期,足可说明这类情事,已成为彼时唐土的一种社会风气。敦煌歌辞有"也知寺里讲筵开,却趁寻眷玩花柳"③之句,言不逞之徒想借观听俗讲之机猎艳,寻找的目标有普通人家的家眷,也有烟花女子。此诗在语意双关的字词间,透出寻问者听经目的的预设。唐人小说涉及士妓遇合的篇章,较为著名者有《李娃传》《霍小玉传》等,然描写发生于寺院讲筵前的士妓情好故事却少而又少。今人或谓《会真记》中崔氏原型为妓,盖因"会真"乃是"遇仙""会仙"之意,"仙"在唐代"多用作妖艳妇人,或风流放诞之女道士之代称,亦

---

① 参见黄世中《论韩偓及其"香奁诗"》,《温州师专学报》1984年第2期。
② (唐)孙棨:《北里志》,中国文学参考资料小丛书《教坊记·北里志·青楼集》,古典文学出版社1957年版,第210页。
③ 任半塘:《敦煌歌辞总编》中册,上海古籍出版社1987年版,第1597页。

竟有以之目倡妓者"①。然就小说所写人物形象的整体性而言，崔氏离那些主动出里至寺的妓女行止相去何其远也。

行迹相近的作品亦有之，如陆勋所撰《光化寺客》篇，写兖州徂徕山光化寺，有儒生寄寓其内。夏日凉天，在廊上观赏壁画时，忽遇一位十五六岁的白衣美女，姿貌绝异，便诱致内室，与之交欢情好，最后发现美女乃一百合花妖。遂恍惚成病，一旬而毙。花妖的说法不过是美女身份的一种遮饰，然其毒性之大、能致儒生于死地者，却非寻常女子所能为之。从小说技法而言，花妖之说更具有象征的意味。美丽女子而以花妖狐魅身份与书生发生恋情，到了《聊斋志异》已臻艺术表现的极致，本篇可谓此类小说之滥觞。

当然，行走寺院的女子，也完全可能是良家妇女。白行简《三梦记》中的第一梦，即写刘幽求途经一寺而闻寺中欢歌笑语，从短垣上看去，见其妻在座中语笑，因掷瓦击之，众忽不见而寺扃如故。驰归家，其妻谓梦中与数人游一寺，会食于殿庭，被人掷瓦冲散②。刘幽求乃武则天时丞相，此篇借刘幽求之见闻，以显梦境之奇异，然在梦遇的背后，却隐含若许情色事件的信息。也有权要借士庶游观寺院之机，猎取良家女子为乐者。卢肇《华阳李尉》篇，写唐天宝后，剑南节度使张某于中元日令城中诸寺院陈列寺内所有宝物，放开让士女游观。节度使的安排自然有其目的，州从事及州县官员家人来寺院游观，信息必报节度使知晓。结果倾城皆至寺院，唯独华阳李尉之妻不至，张某令人暗中寻问，果然是因为貌美而居家不出。张某于是令人在开元寺中选一大院，让蜀地能工巧匠制造一木人，音乐丝竹之声皆备于内，并令百姓士庶尽情观赏三天，云三日后将收进内殿。百姓自然又是倾城而至，唯独李妻不来。第三日夜晚，李妻乘坐便轿、仅让一婢跟从而至，张某事先躲在院内一空佛中坐等，一见，惊为天人。正值李尉受赃为其仆告发，张某治其罪，李尉被流放岭南，死在路上。张某遂强娶李妻。故事的结局是张某遭李尉鬼报而卒，适应了因果报应的主题。

《谢小娥传》中的谢小娥，亦是以良家女子的身份出入多处寺院。细

---

① 陈寅恪：《元白诗笺证稿》，上海古籍出版社1978年版，第107页。
② 李时人编校：《全唐五代小说》卷二四，第2册，第782页。

读可知，文本始终将寺院与僧尼作为谢小娥依存的背景细加布局。谢小娥父夫被杀、自己伤胸折足之后，流转乞食至上元县，先依于妙果寺女尼净悟之室；后每至建业瓦官寺，求解梦中谜语；报仇之后，剪发披褐，访道于牛头山，师事大士尼蒋律师；十三年四月，始受具戒于泗州开元寺，以小娥为法号；其年夏五月，作者归长安时途经泗滨，至善义寺拜谒大德尼令操，"见新戒者数十，净髪鲜皎，威仪雍容，列侍师之左右，中有一尼，即小娥也"①。在长达五六年的复仇岁月里，谢小娥从寄寓妙果寺、求解瓦官寺、师事牛头山、受戒开元寺，到出家善义寺，初心不变，执着可鉴。寺院是谢小娥为寻复仇机会而辗转栖身之地，师事诸尼过程中，也会有听"尼讲"的行迹。虽然文本无语涉及尼讲，而尼讲之痕宛然在焉。牛头山大士蒋律师身份即透露了这一信息。所谓"律师"，乃与经师、论师、法师、禅师等相对，是释家职位之称，又作持律师、律者，指的是释家专门研究、解释、诵读律法者，北魏慧光、唐时道宣和怀素等高僧，均以精通四分律见称，身份俱为律师。善义寺令操为"大德"，大德乃是释家律中比丘之称，行满位高者曰"大德"。唐时有"临坛大德"之称，为敕任者。据《僧史略》载，唐大历六年（771）四月五日，唐代宗敕封长安僧尼临坛大德各十人，此后便成例程。由此可知，谢小娥所拜谒、所师事的女尼大士中，至少蒋律师和令操大德精通尼讲，为女尼中之道行高深之人。

唐时寺院中的僧尼讲唱是佛典在民间传播的主渠道，讲筵前听讲的男女俗众，在成为释典文化的接受者时，也同时成了佛旨的重要传播媒介。他们听经、赏花、饮酒、对诗，也适度调情、猎艳，或者仅仅是暂时寄寓。就这些受众而言，他们既是讲经布道的鲜活对象，又是佛典文化深入社会各层的传播链上以介质而存在的有机生命体。唐人小说对寺院游寓现象的艺术描绘，光色俱在，深浅不一，与唐人诗作所蕴含的信息互相发明，共构了寺院游寓文化的历史状貌。换言之，也是佛典文化深度渗入唐人小说创作的有力例证。

---

① 李时人编校：《全唐五代小说》卷二三，第 2 册，第 800—802 页。

宋代"说话"家数再探

王齐洲
华中师范大学

宋代"说话"是在隋唐五代"说话"的基础上发展而来的,其规模、成就和影响远远超过隋唐五代。这与宋代社会经济发展、城市人口膨胀、"坊市"制度废除、市民阶层崛起、文化生活活跃等有密切关系。在"说话"伎艺繁荣发展的同时,一批著名的"说话"艺人诞生,出现了"说话"的不同名目和各方面的专家。南宋耐得翁在《都城纪胜》中明确提出当时"'说话'有四家",吴自牧《梦粱录》也有"四家数"之说,百余年来,学者们围绕"'说话'四家"有过许多讨论,但迄今未能达成一致意见。本文尝试再做探讨,希望有助于这一问题的解决。

一 学界认识的分歧

1912年成书的王国维《宋元戏曲史》提到:"灌园耐得翁《都城纪胜》谓说话有四种:一小说,一说经,一说参请,一说史书。《梦粱录》(卷二十)所纪略同。"[1] 而1923年出版的鲁迅《中国小说史略》(上)则据《梦粱录》和《都城纪胜》定宋代"说话"四家为"小说""说经""讲史书""合生"[2]。两位大家根据相同的材料,却得出了不大相同的结

---

[1] 王国维:《宋元戏曲史》,中华书局2010年版,第34页。

[2] 鲁迅:《中国小说史略》第十二篇《宋之话本》,人民文学出版社1973年版,第89—90页。

论，分歧的原因虽然涉及对文献资料的理解，但主要还是他们的思路有所不同。王国维、鲁迅的不同意见引起后来许多学者对这一问题的兴趣。赞成王国维之说者有之，赞成鲁迅之说者也有之，而不赞成二说另提新说者同样有之。

1930 年，孙楷第撰《宋朝人说话的家数问题》一文，赞成鲁迅对"说话"四家的分法，只是结合其他文献资料对这一分法进行了补充和说明，姑定"说话"四家之纲目为：（一）小说，即银字儿。包括烟粉、灵怪、传奇、说公案、说铁骑儿。（二）说经。包括说参请、说诨经、弹唱因缘。（三）讲史书。讲说《通鉴》汉唐历代书史文传兴废争战之事。专门有说三分、说五代史。（四）合生、商谜（说诨话拟附此科）。① 后来严敦易《水浒传的演变·说话的源流和家数》虽然也赞成孙楷第的补充说明，但认为第四家仍用鲁迅"合生"一说为妥，不同意增加"商谜"。② 新中国成立以来，鲁迅对"说话"四家的分法被众多文学史和小说史所采用，影响自然最大。

王国维的四家分法也得到部分学者赞成。如 1934 年出版的胡怀琛《中国小说概论》，其第五章有专节论《宋代平话的名称及种类》，认为鲁迅分类错误，因为"说经"和"说参请"不能并为一类；"合生"也不能自成一类，倒是王国维的分法比较符合实际。③ 1940 年，赵景深撰文指出，从《都城纪胜》文意上看，王国维和胡怀琛的意见较为合理，但他又认为说经、说参请可以合并，"实际说话只有三家，那就是小说、说经（附说参请）和讲史，如果不是灌圃耐得翁漏列了一家，就是他也误认说经和说参请为二家了（因为说经为僧，说参请兼僧道）"；"倘若真的漏记了一家的话，那么这一家该是'说诨话'"。他的结论是："灌圃耐得翁《都城纪胜》的原意该是以小说、说经、说参请以及讲史为四家；按理，则应以小说、说经（附说参请）、讲史以及说诨话为四家。"④

1935 年，上海光明书局出版谭正璧《中国小说发达史》，作者认为：

---

① 孙楷第：《沧州集》卷一《宋朝说话人的家数问题》，中华书局 2009 年版，第 57—66 页。
② 严敦易：《水浒传的演变·说话的源流和家数》，作家出版社 1957 年版，第 58—59 页。
③ 胡怀琛：《中国小说概论》第五章《宋人的平话》，世界书局 1934 年版，第 72—77 页。
④ 赵景深：《中国小说丛考·南宋说话人四家》，齐鲁书社 1980 年版，第 78—79 页。

"我以为说话有四家者，即指小说、说铁骑儿、说经、说参请，因为这四家名字中恰巧都有一'说'字，定非偶然巧合。至于'讲史书'乃与'说话'平行，故云'最畏小说人'。'小说'为四家之首，故举以代表'说话人'。大概说话全凭虚造，讲史书须有根据，故又云：'小说者，能以一朝一代故事，顷刻间提破。'而讲史书便不能。至'讲史书'与'说铁骑儿'的分别，讲史书以一个朝代或一个皇帝为主，说铁骑儿则以一家英雄或一个名将为主……其他'合生'、'商谜'，亦与'说话''讲史书'并列，皆为当时'京瓦伎艺'之一。"①

1936 年，上海中华书局出版陈汝衡《说书小史》，书中列有"说话四家"一表，内容为：一、小说（银字儿，烟粉、灵怪、传奇）；二、说公案（搏刀赶棒、发迹变泰之事），说铁骑儿（士马金鼓之事）；三、说经（说佛书），说参请（宾主参禅悟道等事），说诨经；四、讲史书（讲说《通鉴》，汉、唐历代书史文传、兴废战争之事）。并有附注云：一、二两项总称"小说"。② 日本学者青木正儿和中国学者李啸仓都同意陈汝衡的看法③。这种分法认为，《都城纪胜》中"说话有四家"不包括"最畏小说人"以后的一段文字，故不取"合生"为一家；而"小说"则包括"银字儿"和"说公案"二家。

王古鲁总体上赞成陈汝衡的四家分法，但对细目有所调整。他认为"说公案"与"说铁骑儿"不能混为一家，因为在罗烨《醉翁谈录》中"公案"是与"灵怪""烟粉""传奇"并列的，所以"说公案"应属于"银字儿"项下；而"说铁骑儿"可以独立成家，且"说铁骑儿"与"银字儿"是相对的名称。他将《都城纪胜》中的"说话有四家"一段文字标点为："说话有四家。一者小说：谓之银字儿，如烟粉灵怪传奇说公案，皆是搏刀赶棒及发迹变泰之事；说铁骑儿，谓士马金鼓之

---

① 谭正璧：《中国小说发达史》第五章《宋元话本·说话发达的社会背景及其家数》，上海古籍出版社 2012 年版，第 159 页。

② 陈汝衡：《说书小史》第二章《南宋说书概况》，中华书局 1936 年版，第 213 页。该书修订后改名《说书史话》，相关内容在第四章《南宋说书·论南宋说话四家》，人民文学出版社 1987 年版，第 50 页。

③ ［日］青木正儿著，隋树森译：《中国文学概说》第五章《戏曲小说学·白话小说》，重庆出版社 1982 年版，第 148 页；李啸仓：《宋元伎艺杂考》，上杂出版社 1953 年版，第 90 页。

事。说经谓演说佛书，说参请谓宾主参禅悟道等事。讲史书，讲说前代书史文传兴废争战之事，最畏小说人，盖小说者，能以一朝一代故事，顷刻间提破。"这样"很可以明白看出'如……事'，'谓……事'，'谓……谓……等事'，以及'讲说……事'四句，即为说明四家性质的文字。同时可以明白'小说'之中，实包含'银字儿''铁骑儿'两家。再按'铁骑儿'一家所讲的范围，颇与讲史书一家相似，所不同者，前者因属于小说类，系短篇性质，大致短小精彩，能将较长的一朝一代故事，顷刻间提破，实为讲演冗长故事的讲史书者营业上的劲敌，故文中所称讲史书者之最畏小说人者，实即畏'说铁骑儿者'与之争夺听众罢了。"①

胡士莹受到王古鲁之说影响，改变了他在《古代白话短篇小说选》序言中曾将合生、商谜列入"说话"四家的看法，他在《话本小说概论》中说："最合理的是王古鲁对《都城纪胜》这段文字的读法，他的确已把纷乱的头绪理清楚。我基本上同意他的四家的分法，但也不同意他把银字儿和铁骑儿合起来称为小说。"②他认为"银字儿"即"小说"，而"说铁骑儿"应单列一类。这样，四家的分类是：（1）小说（即银字儿）——烟粉、灵怪、传奇、说公案，皆是朴刀杆棒及发迹变泰之事。（2）说铁骑儿——士马金鼓之事。（3）说经——演说佛书；说参请——宾主参禅悟道等事；说诨经。（4）讲史书——讲说前代书史文传兴废争战之事。

改革开放以来，学界对宋代"说话"四家仍然没有统一意见。有学者赞成胡士莹的分法，如程千帆、吴新雷的《两宋文学史》③，石昌渝的《中国小说源流论》④，陈大康的《明代小说史》⑤。也有学者仍然坚持鲁迅的意见，如章培恒、骆玉明主编的《中国文学史》⑥，孙望、常国武主

① 王古鲁：《王古鲁小说戏曲论集·南宋说话人四家的分法》，中华书局 2013 年版，第 186—187 页。

② 胡士莹：《话本小说概论》第四章《说话的家数·南宋"说话"四家数》，中华书局 1980 年版，第 107 页。

③ 程千帆、吴新雷：《两宋文学史》，上海古籍出版社 1991 年版，第 571 页。

④ 石昌渝：《中国小说源流论》，生活·读书·新知三联书店 1994 年版，第 228 页。

⑤ 陈大康：《明代小说史》，上海文艺出版社 2000 年版，第 67—70 页。

⑥ 章培恒、骆玉明：《中国文学史》下卷，复旦大学出版社 1996 年版，第 132 页。

编的《宋代文学史》①，袁行霈主编的《中国文学史》②，程毅中的《宋元小说研究》③。还有学者提出新见，不承认四家之说，认为"当时说话主要有三种，这就是所谓说话的家数：'讲史'、'小说'、'说经'（另有'合生'，恐非完全说书)"④。而"'说话有四家'之说，不过是耐得翁、吴自牧的一己看法，是他们对当时'说话'的粗略分类，耐得翁的记载含混不清，反映他自己对所谓'四家'之说尚在犹疑之中，更非不能不遵循的科学法则"⑤。他们认为宋人"说话"可分为讲史、小说（也叫银字儿，分烟粉、灵怪、公案、铁骑儿等科）、说经（含说参请、说诨经）三家，这样分类更合乎历史实际，也更科学。这种意见是肯定大家都承认的三家，放弃有争议的第四家。然而，只提三家又不足以概括宋人的"说话"全貌，于是有学者提出多于四家的意见，认为"说话不止四家"，"宋人说话应当有不下十家之数"⑥，在小说、讲史、说经、说参请、说诨经几家之外，还可另列出说三分、说五代史、合生、商谜、说诨话、诸宫调、唱赚、覆赚、弹唱因缘八家，或者再增加说铁骑儿、学乡谈两家⑦。

通过以上清理可以看出，宋代"说话"家数问题至今仍然是困扰学界的问题，有再进行探讨之必要。

二 两宋"说话"的实际

清理历史事实，应具历史眼光，并在历史语境里来讨论。作为讲唱伎艺的宋人"说话"在南北两宋存在着差异，我们在讨论宋人"说话"家数时是需要予以考虑和参照比较的。

---

① 孙望、常国武：《宋代文学史》，人民文学出版社 1996 年版，第 415 页。
② 袁行霈主编：《中国文学史》第三卷，高等教育出版社 1999 年版，第 244 页。
③ 程毅中：《宋元小说研究》第八章《说话与话本》，江苏古籍出版社 1999 年版，第226 页。
④ 吴组湘、沈天佑：《宋元文学史稿》第十章《宋代传奇和宋元话本》，北京大学出版社1989 年版，第 225 页。
⑤ 萧相恺：《宋元小说史》上编第二章《"说话"伎艺的繁荣及其多元因素》，浙江古籍出版社 1997 年版，第 37—38 页。
⑥ 冯保善：《宋人说话家数考辨》，《明清小说研究》2002 年第 4 期。
⑦ 冯保善：《宋人说话家数再辨》，《明清小说研究》2007 年第 3 期。

首先要注意的是，北宋并无"说话"四家之说，却已经有了专门伎艺之分。据孟元老《东京梦华录》载：

> 崇观以来，在京瓦肆伎艺，张廷叟、孟子书主张。小唱李师师……等，诚其角者。嘌唱弟子张七七……等。教坊减罢并温习张翠盖……等。般杂剧杖头傀儡任小三……悬索傀儡张金线、李外宁。药发傀儡张臻妙……小掉刀筋骨上索杂手伎浑身眼……毬杖、踢弄孙宽、孙十五、曾无党、高恕、李孝详。讲史李慥、杨中立、张十一、徐明、赵世亨、贾九。小说王颜喜、盖中宝、刘名广。散乐张真奴。舞旋杨望京。小儿相扑杂剧、掉刀蛮牌董十五……影戏丁仪，瘦吉等弄乔影戏。刘百禽弄虫蚁。孔三传耍秀才诸宫调。毛详、霍伯丑商谜。吴八儿合生。张山人说诨话。刘乔……等杂嘌。外入孙三神鬼。霍四究说三分。尹常卖五代史。文八娘叫果子。其余不可胜数。不以风雨寒暑，诸棚看人，日日如是。①

这里记载的北宋末年汴京瓦肆伎艺种类繁多，除歌舞、杂剧、傀儡、杂技、影戏、诸宫调外，还有"讲史""小说""商谜""合生""说诨话"等。"讲史"甚至有专门家"霍四究说三分，尹常卖五代史"。因此，孙楷第指出："最可注意的是，说故事在宋朝，已经由职业化而专门化。宋以前和尚讲经，本不是单为宣传教义，而是为生活。唐五代的转变，本不限于和尚，所以吉师老有《看蜀女转昭君变》诗。但唐朝的变场、戏场，还多半在庙里，并且开场有一定日子。而宋朝说话人则在瓦肆开场，天天演唱。可见说故事在宋朝已完全职业化。"②

需要指出的是，《东京梦华录》所记汴京瓦肆伎艺并没有提及南宋人所常提的"说经""说参请""说诨经"等名目，可见当时此等伎艺并不发达，甚至可能在瓦肆中根本就没有。郑振铎曾说："变文在实际上销声匿迹的时候，是在宋真宗的时代（998—1022），在那时候，一切的异教，

---

① （宋）孟元老撰，邓之诚注：《东京梦华录注》卷五《京瓦伎艺》，中华书局1982年版，第132—133页。伊永文笺注本断句与邓注本多有不同。

② 孙楷第：《沧州集》卷一《中国短篇白话小说的发展》，第55页。

除了道、释之外，竟完全的被禁止了。而僧侣们的讲唱变文，也连带的被明令申禁。但变文的名称虽不存，她的躯体虽已死去，她虽不能再在寺院里被讲唱，但她却幻身为宝卷，为诸宫调，为鼓词，为弹词，为说经，为说参请，为讲史，为小说，在瓦子里讲唱着，在后来的通俗文学的发展上遗留下最重要的痕迹。"① 郑氏之说较为含混，不能反映出南北两宋讲唱伎艺的实际。车锡伦详考宋代瓦子里的说经与宝卷后，得出的结论是："说经等伎艺在瓦子中的出现，最早是南宋中叶以后的事。宋亡后的《武林旧事》中所载说经等伎艺人数目最多，则说明这类伎艺是在南宋后期逐渐发展起来的。因此，它不可能是一百多年前即被'禁断'的'变文'的直接继承，而是一种新出现的民间讲唱伎艺。"②

尽管"说经""说参请""说诨经"等不是"变文"的直接继承，但是，郑氏将讲唱变文与宋代瓦子里的诸宫调、鼓词、弹词、说经、说参请、讲史、小说等联系起来，也自有其道理。因为它们有一个共同点，即都是讲唱伎艺。这就涉及如何理解宋人"说话"的问题。如果将"说话"理解为讲唱伎艺，那么，《东京梦华录》所载"在京瓦肆伎艺"除杂技、舞蹈、游戏外，其他都可归入。讲史、小说自不必说，诸如杂剧、傀儡、影戏、诸宫调、商谜、合生、说诨话等也都可以被视为广义的"说话"。这不仅从该文本的叙述中可以体会出来，也可以在南宋的有关文献中得到证明。例如，成书于宋理宗端平二年（1235）的耐得翁（真实姓名不详）《都城纪胜·瓦舍众伎》云：

> 弄悬丝傀儡、杖头傀儡、水傀儡、肉傀儡，凡傀儡敷演烟粉灵怪故事，铁骑公案之类，其话本或如杂剧，或如崖词，大抵多虚少实，如巨灵神、朱姬大仙之类是也。影戏，凡影戏乃京师人初以素纸雕镞，后用彩色装皮为之，其话本与讲史书者颇同。大抵真假相半，公忠者雕以正貌，奸邪者与之丑貌，盖亦寓褒贬于市俗之眼戏也。说话

---

① 郑振铎：《中国俗文学史》（上）第六章《变文》，岳麓书社 2011 年版，第 217—218 页。

② 车锡伦：《宋代瓦子中的"说经"与宝卷》，台北《书目季刊》第 34 卷 2 期，2009 年 9 月。

有四家：一者小说，谓之银字儿，如烟粉、灵怪、传奇；说公案，皆是搏刀赶棒及发迹变泰之事；说铁骑儿，谓士马金鼓之事。说经，谓演说佛书；说参请，谓宾主参禅悟道等事。讲史书，讲说前代书史文传、兴废争战之事，最畏小说人，盖小说者能以一朝一代故事顷刻间提破。合生，与起令、随令相似，各占一事。商谜，旧用鼓板吹［贺圣朝］，聚人猜诗谜、字谜、戾谜、社谜，本是隐语。有道谜、正猜、下套、贴套、走智、横下、问因、调爽。①

　　文中云"凡傀儡敷演烟粉灵怪故事，铁骑公案之类"，与后面所云"小说"讲唱内容相同，而"其话本或如杂剧，或如崖词"，即杂剧、崖词的讲唱内容也颇类"小说"。文中又云"凡影戏乃京师人初以素纸雕簇，后用彩色装皮为之，其话本与讲史书者颇同"，其实是说，影戏的内容近于讲史，只是表演形式不同罢了。这是因为傀儡、影戏也需要艺人讲唱，观众并非只看这些偶人和影像，同时也要听操弄傀儡、影戏的艺人讲唱。鲁迅依据这里的描述，将"话本"释为"说话人"作为"凭依"的"底本"②，应该说是符合历史语境的。有人因不理解弄傀儡、影戏也可以归入广义的"说话"，便以为这里的"话本"只可解释为"故事"而不能解释为"说话人的底本"③，其实存在误解。如果理解了弄傀儡、影戏也可以归入广义的"说话"，就能理解为何作者紧接着要谈"说话"四家了，因为"说话"四家主要是就讲唱内容进行的分类，并非仅是对讲唱形式的分类。如果就内容而言，"傀儡"颇近"小说"，"影戏"颇近"讲史"。当然，这种分类也涉及形式，如前面所云"傀儡""影戏"，后面所云"合生""商谜"，其区别就主要在形式。有人不赞成"合生""商谜"是作者所云四家之一，主要疑虑有二：一是认为"合生""商谜"并不一定讲故事，不能称之为"说话"；二是二者是有分别的两种伎艺，同意它们入选"说话"便突破了"四家"之数。对于第一点，罗烨

---

① 耐得翁：《都城纪胜·瓦舍众伎》，《四库全书》本。

② 鲁迅：《中国小说史》第十二篇《宋之话本》，第90页。

③ 参见［日］增田涉《论"话本"的定义》，原载《人文研究》1965年16卷第5期，汉译载《中国古典小说研究专集》第三集，台湾联经出版事业公司1981年版。

《醉翁谈录·小说引子》云："有说者纵横四海，驰骋百家。以上古隐奥之文章，为今日分明之议论。或名演史，或谓合生，或称舌耕，或作挑闪，皆有所据，不敢谬言。"① 已经明确将"小说""演史""合生"等联系在一起，认可它们都是"说话"。《繁胜录》《都城纪胜》《梦粱录》等在记载南宋说话时，也都肯定"合生"等是"舌辩"伎艺之一。我们当然不能无视这些亲历者的记载，何况"说话"并非今人所理解的一定要讲述故事。释慧琳《一切经音义》云："话，胡快反。《广雅》：话，调也。谓调戏也。《声类》：话，讹也。"② 依此，"说话"虽然可以是讲唱故事，但一切用言语调笑、嘲戏的伎艺便都可以称之为"说话"，"合生""商谜"属于此类绝无问题，它们是否与故事有关其实是无须讨论的。关于第二点，涉及对"四家"的理解，留待后文再说。

说唱伎艺在南宋得到迅猛发展，有行会组织"雄辩社"，有专事创作的"书会"，书会写手被称为"才人"，专业分工越来越细，伎艺水平不断提高。绍兴三十一年（1161）省废教坊之后，每遇大宴，则拨差临安府衙前乐人充应。朝廷特设供奉局采访和挑选著名艺人，有些"说话"艺人因演技高超，被招去供奉内廷，作为御用"说话"艺人，如王六大夫、李奇、王防御、史惠英、陆妙慧、陆妙静等，这在客观上也刺激了"说话"伎艺的普及与提高。据南宋周密在元初撰写《武林旧事》回忆，南宋时临安城内的说唱伎艺名目有"演史""说经（诨经）""小说""影戏""唱赚""嘌唱赚色""鼓板""杂剧""杂扮""弹唱因缘""唱京词""诸宫调""唱耍令""唱《拨不断》""说诨话""商谜""覆射""学乡谈""傀儡""合笙"等，知名艺人有 200 多人。而成书于宋宁宗时期（1195—1224）的西湖老人（真实姓名不详）《繁胜录·瓦子》亦载：

> 南瓦、中瓦、大瓦、北瓦、蒲桥瓦。惟北瓦大，有勾栏一十三座。常是二座勾栏专说史书，乔万卷、许贡士、张解元。背做莲花棚，常是御前杂剧赵泰……说经，长啸和尚、彭道安、陆妙慧、陆妙静。小说：蔡和、李公佐，女流史惠英。小张四郎一世只在北瓦占一

① 罗烨：《醉翁谈录》甲集卷一《小说引子》，古典文学出版社 1957 年版，第 2 页。
② 释慧琳：《一切经音义》卷七十，大通书局 1985 年版，第 21519 页。

座勾栏说话，不曾去别瓦作场，人叫做小张四郎勾栏。合生，欢秀才。覆射，女郎中……仗头傀儡，陈中喜。悬丝傀儡，炉金钱。……杂班，铁刷汤、江鱼头、兔儿头、菖蒲头。背商谜：胡六郎。……水傀儡，刘小仆射。影戏，尚保仪、贾雄卖。嘌唱，樊华。唱赚，濮三郎、扁李二郎、郭四郎。说唱诸宫调，高郎妇、黄淑卿。……谈诨话：蛮张四郎。散耍，杨宝兴、陆行、小关西。装秀才，陈斋郎。学乡谈，方斋郎。分数甚多，十三应勾栏不闲，终日团圆。……城外有二十座瓦子……①

其所记名目与《武林旧事》大同小异，证实南宋临安瓦肆伎艺远较北宋汴京繁胜，且兴旺发达延续了一个多世纪，"说话"名目"分数甚多"，难以详述。这一客观事实是促使时人对其进行分类的现实基础，而"四家"之说则是时人整合"说话"名目后所给出的一个方便的说法。或者换一种说法，"说话四家"反映出时人对"说话"伎艺的肯定、喜爱、理解和尊重，他们认可"说话"也是专门之学，是可以和传统知识类别相比拟的。

三 "说话四家"新释

从上文的梳理可以看出，无论是北宋还是南宋，"说话"作为讲唱伎艺的代名词，其名目种类均十分丰富，尤以南宋为繁胜。如果就广义而言，南宋的"说话"名目当不下 20 种，假如每种可称作一家，那就不下 20 家；北宋自然也不止 4 家。即使从狭义角度而言，南宋人所说的"说话四家"也不能按照目前的理解去落实。人们即使对于"说经""讲史""小说"三家能够达成一致（事实上还存在一定的分歧，如"说参请"与"说经"是否可以合为一家，"说铁骑儿"是否可以归入"小说"，就认识迥异），却无论如何对第四家难以形成共识。问题的关键是，只有跳出原来的思维路径，从整体上去把握宋人划分"说话四家"的真实意图，才能为目前的分歧找到解决办法。

---

① 西湖老人：《繁胜录·瓦市》，文化艺术出版社 1998 年版，第 108—109 页。

　　笔者以为，如果从内容和形式两方面考察，南宋临安城中瓦肆里的"说经""说参请""说诨经""讲史""小说""影戏""唱赚""嘌唱赚色""鼓板""杂剧""杂扮""弹唱因缘""唱京词""诸宫调""唱要令""唱《拨不断》""说诨话""商谜""覆射""学乡谈""傀儡""合笙"等无一不可以认定为"说话"之一家，甚至"说铁骑儿"也可以是一家，不然，它们就不会有专门的名称和专业的艺人。南宋人之所以要说"说话有四家"，其实是从整体把握说唱伎艺而比附传统知识分类所做的大类划分，并非具体指称四项"说话"名目。大家知道，自晋人李充在《晋中经簿》中将传统文献分为甲、乙、丙、丁四大类，到《隋书·经籍志》确定为经、史、子、集四大类之后，中国知识分类一直以此为标准，民间文艺和通俗文学受其影响是自然而难免的事。"说话"伎艺在北宋虽已繁荣，但远不如南宋门类齐全，而到南宋后期，各类"说话"伎艺都发展成熟且有代表性专业艺人，因此，以经、史、子、集四大类来比附"说话"类别就成为可能。如"说经"（"谈经"）、"说参请"、"说诨经"等类于"经"，"演史"（"讲史书"）、"说三分"、"说五代史"等类于"史"，"小说"（"银字儿"）、"说铁骑儿"等类于"子"，"合生"（"合笙"）、"商谜"、"说诨话"等类于"集"。所谓"'说话'有四家"，不过是说"说话"可以仿照经、史、子、集分为四大类而已。这样分类当然不可能将"说话四家"逐一落实到四种具体"说话"名目上，而是要涵盖南宋已有的全部讲唱伎艺。然而，南宋讲唱伎艺名目繁杂，且一直处在不断发展变化之中，因此，当时人在解释"说话四家"时或举成说，或述异称，或列名目，或释内涵，不一而足。其实，每一种解说都是举例式而非穷尽式的，都可以增加一些名目，这也是学界始终难以达成统一意见的根本原因。如果以历史的眼光，把问题放在当时的语境去考察，那么，不仅学者们提到的"说经""说参请""说诨经""讲史""小说""说铁骑儿""合生""商谜""说诨话"等应该归入"说话四家"中，"影戏""唱赚""鼓板""杂剧""傀儡""弹唱因缘""诸宫调""学乡谈"等当时也被称为"说话"（详下），自然也都可以归入上述四家。

　　我们这样理解，并非凭借想象和推理，而是有文献作为依据的。罗烨（生卒年不详）《醉翁谈录·小说引子》云：

世有九流者，略为题破：一、儒家者流，出于司徒之官，遂分六经词赋之学。二、道家者流，出于典史之官，遂分三境清净之教。三、阴阳者流，出于羲和之官，遂分五行占步之术。四、法家者流，出理刑之官，遂分五行胥吏之事。五、名家者流，出于礼仪之官，遂分五音乐艺之职。六、墨家者流，出于清庙之官，遂分百工技事之众。七、纵横者流，出于行人之官，遂分四方趋容之辈。八、农家者流，出于农稷之官，遂分九府财货之任。九、小说者流，出于机戒之官，遂分百官记录之司。由是有说者纵横四海，驰骋百家。以上古隐奥之文章，为今日分明之议论。或名演史，或谓合生，或称舌耕，或作挑闪，皆有所据，不敢谬言。言其上世之贤者可为师，排其近世之愚者可为戒。言非无根，听之有益。①

这里明显将"小说"置于传统四部分类的"子"类中，表达了比附正统知识分类的基本思路和理论立场。作者特予本节题下注明："演史、讲经并可通用。"在同卷《小说开辟》最后，作者有诗云：

小说纷纷皆有之，须凭实学是根基，开天辟地通经史，博古明今历传奇。

藏蕴满怀风与月，吐谈万卷曲和诗，辩论妖怪精灵话，分别神仙达士机。

涉案枪刀并铁骑，闺情云雨共偷期，世间多少无穷事，历历从头说细微。②

可以看出，罗烨不仅将作为"说话"伎艺的"小说"放进了作为正统知识分类的"子"类中，这固然是借助了四部分类的子类中确有"小说"一类的便利（但"此小说"非"彼小说"也是显然的），而且他还将"经""史"与"说话"伎艺的"演史""讲经"联系起来，表明南宋人对"说话"的认识确实存在将正统知识分类作为参照的认识自觉。这

① 罗烨：《醉翁谈录》甲集卷一《小说引子（演史讲经并可通用）》，第1—2页。
② 罗烨：《醉翁谈录》甲集卷一《小说开辟》，第5页。

足以说明南宋人所谓"说话四家"之说是一个宏观的视野，他们比附四部分类不仅是在为自己喜爱的伎艺寻找根据，也是在为"说话"伎艺争取地位。当然，任何比附都是蹩脚的，这种比附也不例外，我们应该取"同情之理解"的立场，不必去苛求他们的不严谨、不科学。这里顺便说明，罗烨在诗中明确将"铁骑"归入"小说"一类，在"小说"细目中又说"有灵怪、烟粉、传奇、公案，兼朴刀、杆棒、妖术、神仙"等各小类，而《都城纪胜·瓦舍众伎》所云其"话本"与小说相类的弄傀儡是"敷演烟粉、灵怪故事，铁骑、公案之类"，证明"铁骑、公案"是一类，"小说"应该包括"说铁骑儿"，强行把"说铁骑儿"作为"说话四家"之一家是不能成立的。这样看来，"说话四家"还是鲁迅和孙楷第的分类比较稳妥，只是需要补充说明：第四家无论是指"合生"或"合生、商谜"，还是再加上"说诨话"等，其实都只是举其代表而已，并非穷尽式的列举，因为拟于"集"类的多是说笑、嘲戏一类的小型说唱伎艺，正如集类有总集、别集、诗文评等一样，内容丰富，形式丛杂，风格不一，难以举某一种来代表。

在结束本文之前，尚有一点需要说明。在讨论"说话"家数时，不少学者讨论过"小说"名"银字儿"的问题。孙楷第指出："说话第一类之小说，既以银字儿命名，必与音乐有关，大概说唱时以银字管和之。银字外也许还有其他乐器，可惜现在不能详考。"[①] 既然"小说"要用银字管和之，那就说明"小说"不仅有说，也有唱，现存宋元小说话本也是有散说有歌唱的，正好作为证明。叶德均认为："宋代瓦市勾栏伎艺人的'说话'，在做场时大抵有音乐和歌唱，如合生的歌咏讴唱（《洛阳缙绅旧闻记》卷一，《夷坚支志》乙集卷六）；商谜用鼓板吹［贺圣朝］（《都城纪胜》）。所谓'鼓板'是用鼓、笛、拍板（《武林旧事》卷六）合奏。这两类都不是讲唱文学，但和它们有密切关系。至于讲唱文学更不能离开音乐和歌唱而独立存在。如宋代说话的小说又名'银字儿'，是因讲唱时用银字笙、银字觱篥乐器配合歌唱而得名；鼓子词用管弦乐和鼓伴奏（《侯鲭录》卷五）；赚词用鼓、笛、拍板（《事林广记》戊集卷二）和弦索（《癸辛杂识·别集》下）。说唱诸宫调，宋代以'鼓板之伎'的众乐

---

① 孙楷第：《沧州集》卷一《宋朝说话人的家数问题》，第63页。

伴奏（《梦粱录》卷二十）……"① 显然，叶氏将"合生""商谜"排除在讲唱文学之外（这里涉及对"文学"的理解，本文不展开讨论），但又将它们都算在"说话"伎艺里头，而且他也赞成鲁迅"说话"四家的分类，将"合生"作为"说话"之一家②。因为"合生"也作"合笙"，讲唱时同样有乐器伴奏。这就启发我们，在讨论宋人"说话"家数时，不仅不应该将"合生""商谜"排除在外，也不应该将杂剧、影戏、诸宫调等排除在外。《都城纪胜·瓦舍众伎》在谈"说话有四家"之前，先谈弄傀儡、影戏，并非逻辑混乱，而是当时人认识就是如此。两宋之交，金人曾向宋朝廷索要"杂剧、说话、弄影戏、小说"等艺人 150 余家③，也是将这些讲唱艺人混称，并未如今人分别出戏曲和小说来。由于宋人"小说"既要求"说话人"生动地讲述故事，又要求其按照"银字儿"节律歌唱某些内容，它和戏曲在内容与形式上有密切联系，它们之间的主要区别是叙述和代言之不同。加之当时的"小说"讲唱对"说话人"艺术素养要求最高，其发展成熟占据瓦肆的时间也最长，人们有时就用"小说"作为讲唱故事伎艺的通称。中国古代小说和戏曲长期混杂，成为不争的事实，直到鲁迅《中国小说史略》问世之前，人们讨论小说时都会兼顾戏曲。例如，民国初年蒋瑞藻作《小说考证》，便是将戏曲和小说一起统称为小说。明白了其中的原因，我们对宋人"说话"四家就会有更加宏阔的视野和更加包容的心态，至于选取哪些具体名目作为各类家数的代表性伎艺倒在其次了。

---

① 叶德均：《戏曲小说丛考》卷下《宋元明讲唱文学》，中华书局 1979 年版，第 630 页。
② 同上书，第 631 页。
③ 徐梦莘：《三朝北盟会编·金人来索诸色人》，上海古籍出版社 1987 年版，第 583 页。

宋元小说在俄罗斯的翻译和研究*

高玉海
浙江师范大学

相对于明清小说名著而言，宋元小说在俄罗斯翻译的不是很多，这与国内古代小说研究的分布情况是一致的，国内古典小说研究也是明显倾向于明清时期。但是，在苏联时期还是出版了一些专门翻译宋元小说的著作的，近些年还出现了阿利莫夫等专门研究宋代笔记小说的汉学家。国内近些年有学者开始关注中国古典文学在俄罗斯的传播，如阎国栋的《俄罗斯汉学三百年》、李明滨的《中国文学俄罗斯传播史》等。但对宋元小说介绍的字数寥寥无几，本文试图对俄罗斯翻译出版和研究的宋元通俗白话小说和文言笔记小说分别论述，以引起学界对俄罗斯汉学的更大关注。

俄罗斯对中国古代小说的分期与国内不尽相同，他们习惯把公元10—13世纪作为一个阶段来研究，而且有时把宋、元、明三个时代统称为中世纪。为便于论述，下面按照时代，也兼顾通俗小说和文言小说的不同进行分别论述。

一 宋元白话小说在俄罗斯的翻译和研究

宋元白话小说主要指的是宋元时期的话本小说，这些话本小说的认定

---

* 本文为国家社科基金项目"俄罗斯的中国古代文学史料编年"（项目编号：16BZW085）的阶段性成果。

一般是根据明初洪楩编的《清平山堂话本》和民国时期缪荃孙编的《京本通俗小说》中的篇目，以及明末冯梦龙编撰的《喻世明言》（也称《古今小说》）《警世通言》和《醒世恒言》中的一些篇目。

在苏联时期，较早出版的宋元小说俄文译本大概是《京本通俗小说》了，1962年汉学家佐格拉夫（И. Т. Зограф，1931—　　）翻译出版了《十五贯：中国中世纪短篇小说集》①，该书由莫斯科东方文学出版社出版，同时印有中文书名《京本通俗小说》字样。内容包括《错斩崔宁》《碾玉观音》《菩萨蛮》《西山一窟鬼》《志诚张主管》《拗相公》《冯玉梅团圆》7篇小说，实际上即是《京本通俗小说》的全部篇目，只是把原来第六篇的《错斩崔宁》，改题为《十五贯》并放在首篇位置，作为俄文书名刊行。该书前面有译者佐格拉夫撰写的《序言》，序言中说："近些年，中国出版了不少古代短篇小说的集子，比如1954年上海《京本通俗小说》、1955年上海《宋元话本集》、1956年北京《古代白话短篇小说选》、1959年北京《话本选》等，本译本则根据1954年的本子翻译的。"② 尽管《京本通俗小说》到底是否是真正的"影元人写本"，在学术界一直没有定论，但俄文译者佐格拉夫是把它作为研究中古汉语来翻译的，1962年他以《十二至十四世纪汉语的语法特点——以〈京本通俗小说〉为依据》③的论文获得副博士学位。不过，当时这个译本删去了小说中的许多诗词，小说故事情节也多有删节，所以并不是严格意义上的全译本，1995年老一辈汉学家孟列夫（Л. Н. Мерьшиков，1926—2005）与佐格拉夫合作翻译出版了《京本通俗小说》的新译本，也是全译本，孟列夫翻译其中的诗词部分，该书俄文也恢复了原书名《京本通俗小说》④，由俄罗斯圣彼得堡东方学中心出版。

1972年，苏联文学艺术出版社出版了由罗加乔夫（А. П. Рогачёв，1900—1981）翻译和编辑的宋代小说译文集《碾玉观音》⑤，题《宋代传

---

① 俄文书名：Пятнацать тысяч монет: Средневековые китайские рассказы。

② 见该书《序言》。

③ 俄文名称：Грамматические особенности китайского языка XII – XIV вв.（по памятнику "Цзин бэнь тунсу сяошо"）。

④ 俄文书名：Простонародные рассказы, изданные в столице。

⑤ 俄文书名：Нефритовая Гуаньинь: Новеллы и повести эпохи Сун（X – XIII вв.）。

奇与话本小说（十至十三世纪）》，共选译宋元通俗白话小说 12 篇，其中宋代传奇小说 6 篇，宋元话本小说 6 篇。其《前言》说"本书传奇小说几乎都是选自北京 1956 年出版的鲁迅在 1927 年至 1928 年间编辑的《唐宋传奇集》；张齐贤的《白万州与剑客》选自上海 1957 年出版的吴增其在 1910 年编辑的《旧小说》。话本小说选自北京 1957 年至 1958 年间出版的，冯梦龙十七世纪上半叶编辑的《古今小说》。"① （笔者译）宋代传奇小说包括乐史《杨贵妃》（即《唐宋传奇集》之《杨太真外传》）、张实《红叶》（即《唐宋传奇集》之《流红记》）、秦醇《飞燕》（即《唐宋传奇集》之《赵飞燕别传》）、佚名《梅妃》（即《唐宋传奇集》之《梅妃传》）、佚名《李小姐》（即《唐宋传奇集》之《李师师外传》）、张齐贤《白兄弟与剑客》（即《洛阳搢绅旧闻记》卷三之《白万州与剑客》）。另收宋元话本小说 6 篇，分别是《奇异的相会》（即《古今小说》卷二十四之《杨思温燕山逢故人》）、《仙人张老》（即《古今小说》卷三十三之《张古老种瓜娶文女》）、《好儿赵正》（题陆显之作，即《古今小说》卷三十六之《宋四公大闹禁魂张》）、《讲信义的汪革》（即《古今小说》卷三十九之《汪信之一死救全家》）、《碾玉观音》（即《京本通俗小说》之《碾玉观音》）、《志诚主管》（即《京本通俗小说》之《志诚张主管》）等。

1983 年在当时苏联的加盟共和国乌克兰出版了乌克兰语的《宋代小说与话本集》②，由乌克兰汉学家契尔科（И. К. Чирко，1922— ）翻译，李福清（Б. Л. Рифтин，1932—2011）编辑，基辅第聂伯文艺出版社出版。该书选译了宋代传奇小说 6 篇，包括张实《红叶》（即《唐宋传奇集》之《流红记》）、秦醇《飞燕》（即《唐宋传奇集》之《赵飞燕别传》）、佚名《梅妃》（即《唐宋传奇集》之《梅妃传》）、佚名《李小姐》（即《唐宋传奇集》之《李师师外传》）、刘斧《小莲记》（见《青琐高议》后集卷三）、《陈叔文》（见《青琐高议》后集卷四）等；宋元话本小说 8 篇，包括《卖油客和花仙子》（即《醒世恒言》卷三之《卖油郎独占花魁》）、《奇异的相会》（即《古今小说》卷二十四

---

① 见该书《前言》。

② 乌克兰语书名：Нефритова Гуань'інь. Новели та оповідки доби Сун（X – XIII ст.）。

之《杨思温燕山逢故人》)、《菜农的魔法》(即《古今小说》卷三十三之《张古老种瓜娶文女》)、《死去的价值》(即《古今小说》卷三十九之《汪信之一死救全家》)、《玉观音》(即《京本通俗小说》之《碾玉观音》)、《老实的仆人》(即《京本通俗小说》之《志诚张主管》)、《冤鬼崔宁》(即《京本通俗小说》之《错斩崔宁》)、《冯玉梅见到丈夫》(即《京本通俗小说》之《冯玉梅团圆》)等。书前有李福清撰写的《序言》。

苏联时期还对宋元讲史话本《新编五代史平话》、说经话本《大唐三藏取经诗话》进行了翻译和研究。1984年苏联科学出版社出版了巴甫洛夫斯卡娅(Л. К. Павловская,1926—2002)翻译的《新编五代史平话》[1],该书包括翻译和注释,译者写有《前言》;1987年巴甫洛夫斯卡娅又翻译出版了另一部元代平话《大唐三藏取经诗话》[2],体例同上书。两书均为苏联"东方文献纪念文集"丛书之一种,译者巴甫洛夫斯卡娅早在1975年就以《平话:民间历史长篇小说》为副博士论文[3]研究中国古代平话,两书前面均有篇幅宏大的研究性文章,前者题目为《平话——民间历史长篇小说》[4],后者题目为《诗话——佛教民间故事的样板》[5]。国内学者李时人先生说:"通俗小说话本,过去不为藏书家所重,所以保存下来的宋刻本极少,可信者仅《五代史平话》和《大唐三藏取经诗话》两种,今日堪称稀世之宝。"[6]巴甫洛夫斯卡娅选取这两部话本进行研究和翻译,可见其深远的学术眼观和深厚的汉学功底。

综上,宋元白话小说的俄文翻译集从1962年至1987年共出版了《十五贯》《碾玉观音》《宋代小说与话本选》《新编五代史平话》和《大唐三藏取经诗话》五种,见表1:

---

① 俄文书名:《Заново составленное пинхуа по истории Пяти династий》。
② 俄文书名:《Шихуа о том, как Трипитака Великой Тан добыл священные кники》。
③ 俄文书名:《Пинхуа-народный исторический роман》。
④ 俄文名称:《Пинхуа—народный исторический роман》。
⑤ 俄文名称:《Шихуа—как образец буддийского народного повествования》。
⑥ 李时人、蔡镜浩:《大唐三藏取经诗话校注·前言》,中华书局1997年版,第1页。

表1　　　　　　　　　　宋元白话小说在俄罗斯翻译出版情况

出版时间	书名	出版社	主要内容	翻译者
1962 年	《十五贯》	莫斯科东方文学出版社	《京本通俗小说》中 7 篇话本	佐格拉夫
1972 年	《碾玉观音》	文学艺术出版社	传奇小说 6 篇；话本小说 6 篇	罗加乔夫
1983 年	《宋代小说与话本选》	第聂伯文艺出版社	传奇小说 6 篇；话本小说 8 篇	契尔科
1984 年	《新编五代史平话》	科学出版社	《新编五代史平话》全部	巴甫洛夫斯卡娅
1987 年	《大唐三藏取经诗话》	科学出版社	《大唐三藏取经诗话》全部	巴甫洛夫斯卡娅
1995 年	《京本通俗小说》	圣彼得堡东方学中心	《京本通俗小说》中 7 篇话本	佐格拉夫 孟列夫

在宋元白话小说研究方面，除了上述小说选译本中的前言和后记之外，还有一些专门的学术论文，比较早的研究《新编五代史平话》的是索夫罗诺夫（М. В. Софронов，1929—　），他在 1960 年发表了题为《关于〈新编五代史平话〉的编辑史料和年代问题》的文章，载《东方学问题》①，主要从历史学的角度对《新编五代史平话》进行了史料和编纂年代的推断。

在宋元白话小说研究方面取得突出成就的是李福清、巴甫洛夫斯卡娅、热洛霍夫采夫（А. Н. Желоховцев，1933—　）三位汉学家。1969 年李福清发表了三篇关于中国平话的论文，分别是《论中国说书的艺术结构》（载《亚非人民》1969 年第 1 期)②、《论中国传统评话中的诗文》（载莫斯科出

---

① Об источнике и времени составления Синьбянь Удай ши пинхуа. —Проблемы восстоковедения. 1960. 1. с. 144 – 149.

② О художественной структуре китайского устного прозаического сказа. —Народыи Азии и Африки. 1969. 1. с. 87 – 106.

版的《东方文学》)①、《〈武王伐纣平话〉——中国民间读物（平话）的
范本》（载《中国和朝鲜文学的体裁与风格》文集)② 等，这些文章都是
从文学角度论述中国宋元平话的学术论文，其中对《武王伐纣平话》的研
究文章是笔者所见到的对《武王伐纣平话》研究的唯一学术论文。

　　巴甫洛夫斯卡娅既翻译中国宋元时期的平话，也发表有一系列关于
《五代史平话》的论文，主要有：1971 年发表《关于〈五代史平
话〉——独特的结构及其在平话史的地位》，载《东方国家与民族》第
11 辑③；1976 年发表《历史事实与文学事例——关于〈新编五代史平话〉
的材料》，载《远东文学研究的理论问题：列宁格勒第七次学术会议论文
集》④；1977 年发表了《〈新编五代史平话〉中的官方文件》，载《远东义
学研究的理论问题》⑤ 等。

　　热洛霍夫采夫也是研究中国宋元话本小说的汉学家，1964 年发表了
《论传奇与话本两种体裁的相互关系》，载《亚非人民》杂志 1964 年第 3
期⑥；1965 年发表了《宋代话本的各家流派》，载《亚非民族研究所简
报》第 84 期⑦；同年发表了《从研究中世纪的小说话本看中国文学的分
期问题》，载《亚非人民》杂志⑧；1967 年发表了《中国中世纪小说中的

---

　　① О стихотворных вставках в китайском тредиционном прозаическом сказе-пинхуа. —В
книге Литература Востока. М. 1969. с. 200 – 220.

　　② Пинухуа о походе У-вана против Чжоу Синя как образец китайской народной книги. —
В книге Жанры и стили литератур Китаи и Кореи. М. 1969. с. 104 – 117.

　　③ Пинухуа по истории Пяти династий. (О композиционных особенностях и месте среди
других пинхуа). —В книге Страны и народы Востока. 1971. 1. с. 160 – 165.

　　④ Факт исторический и факт литературный (на материале Заново состовленного пинхуа
по истории Пяти династий). —В книге Теоретические проблемы изучения литератур Дальнего
Востока. (Ленинград. 1976). М. 1976. с. 66 – 68.

　　⑤ Официальнные документы в тексте Заново состовленного пинхуа по истории Пяти
династий. —В книге Теоретические проблемы изучения литератур Дальнего Востока. М. 1977. с.
98 – 105.

　　⑥ О взаимоотношении двух жанров – чуаньци и хуабань – Народы и Азии и
Африки. 1964. 3. с. 91-100.

　　⑦ Школы сунского оказа. —Краткие сообщ. Ин-та народов Азии АН СССР,
84. М. 1965. с. 62 – 70.

　　⑧ Вопросы периодизации китайской литературы в свете изучения средневековой повести
хуабэнь. -Народы и Азии и Африки. 1965. 1. С. 116 – 123.

人权》，载《东方国家文学中的人道主义思想》① 等学术论文，讨论了中国话本小说的方方面面。

在宋元话本小说研究领域的专著不多，1969 年科学出版社出版的热洛霍夫采夫的学术专著《话本——中国中世纪的市民小说》② 是该领域的主要成果。该书除前言和附录外，包括 "中国散文传统和民间小说" "宋代小说《碾玉观音》" "说话：话本小说的源头" "作者和文本" "中国文学体裁中的话本小说" 五部分内容，分别论述了宋元话本的叙述特点、话本的源头、话本的作者、现存话本文本以及话本在中国文学体裁中的贡献等诸多方面的问题。在前言中，热洛霍夫采夫结合中国学者的研究成果还对《今古奇观》、《京本通俗小说》、《六十家小说》（《清平山堂话本》）、"三言"、《拍案惊奇》等关于话本小说的文献进行了梳理和论证。附录部分则罗列了作者参考的俄文著作、英文著作、日文著作和中文著作，资料十分丰富。

二　宋元文言小说在俄罗斯的翻译和研究

中国文言小说的两个高峰期分别是唐代传奇和清代以《聊斋志异》为代表的文言小说创作，宋元是文言小说发展的平缓时期，没有产生思想和艺术成就颇高的作品。但宋元时期的文言小说不但数量众多，而且问题也颇为复杂，近些年国内除了出版系列古代小说史著作中对宋元文言小说开始梳理之外，不少学位论文也开始进行对宋元文言小说的专题研究。③ 对其如何分类的问题便常让研究者头痛，一般认为：唐代以前多志人、志怪；唐代多传奇、志怪；宋元则三者混淆现象严重。上述 1972 年出版的《碾玉观音》即包含 6 篇宋代传奇小说，1983 年出版的乌克兰语的《宋代小说与话本》也包括 6 篇宋代文言小说。此外苏联女汉学家戈雷金娜（К. И. Голыгина，1935—2009）、俄罗斯年轻汉学家阿利莫夫（И. А. Алимов，

① Права человека в китайской средневековой повести. —В книге Идеи гуманизма в литературах Востока. М. 1967. с. 26 – 37.

② 俄文书名：Хуабэнь-городская повесть средневекого Китая：Некоторые проблемы происхождения и жанра.

③ 参见郑继猛《近年来宋代笔记研究述评》一文，《甘肃社会科学》2008 年第 4 期。

1964—　）对宋元文言小说研究用力颇勤，成果也极为丰富。

　　1988 年，苏联女汉学家戈雷金娜出版了题为《剪灯新话》的文言小说译文集①，该书选译了元刘斧的《青琐高议》（据上海原古典文学出版社 1958 年 6 月版）、明瞿佑的《剪灯新话》、李昌祺的《剪灯余话》、邵景詹的《觅灯因话》（均据 1962 年上海中华书局本）等文言小说集中的作品。其中刘斧编辑的《青琐高议》为宋代小说，依次包括《王谢》（别集卷四）、《张浩》（别集卷四）、《远烟记》（前集卷五）、《杀鸡报》（后集卷三）、《猫报记》（后集卷三）、《彭郎中记》（前集卷一）、《骊山记》（前集卷六）、《温泉记》（前集卷六）、《谭意歌》（别集卷二）、《赵飞燕别传》（前集卷七）、《王幼玉记》（前集卷十）、《越娘记》（别集卷三）、《西池春游》（别集卷一）、《陈叔文》（后集卷四）、《卜起传》（后集卷四）、《李云娘》（后集卷四）、《温琬》（后集卷七）17 篇文言小说。另据吴曾祺《旧小说》翻译了廉布《王生》（旧小说，上海 1957 年，第四册）、佚名（韩偓）《迷楼记》（旧小说，上海 1957 年，第三册）、乐史《绿珠传》（旧小说，上海 1957 年，第四册）、佚名《李师师外传》（旧小说，上海 1957 年，第四册）4 篇文言小说，另据《绿窗女史》翻译了陆粲的《洞箫记》，共计 22 篇宋代文言小说。

　　该书中其余的《剪灯新话》等三种则是明代文言小说，其中《剪灯新话》翻译了 1962 年上海中华书局版《剪灯新话》的全部小说；李昌祺《剪灯余话》中的卷一之《长安夜行录》，卷二之《连理树记》、《青城舞剑录》，卷四之《芙蓉屏记》，卷五之《贾云华还魂记》5 篇；邵景詹《觅灯因话》卷一之《姚公子传》、卷二之《卧法师入定录》2 篇。

　　1994 年，俄罗斯宋代诗词研究专家谢列布里亚科夫（Е. А. Серебряков，1928—2014）撰写了《陆游和他的〈老学庵笔记〉》一文，并翻译了《老学庵笔记》卷一、卷五，对其进行注释后发表在《圣彼得堡东方学》杂志第六期上。②

---

　　①　俄文书名：Рассказы у светильника—Китайская новелла XI–XVI веков。

　　②　俄文译名：Записки из "Скита где в старости учусь"，发表在 Петербургское востоковедение1994 年第 6 期。按：谢列布里亚科夫只翻译了《老学庵笔记》第一卷和第五卷，阎国栋《俄罗斯汉学三百年》误认为谢列布里亚科夫"完成了《老学庵笔记》的翻译和注释，在《圣彼得堡东方学》第一卷和第五卷上发表"，见该书第 159 页。

近些年，俄罗斯科学院的年轻汉学家阿利莫夫对宋代文言笔记的研究
颇为用力，他 1997 年以《笔记：宋代中国历史与文化的资源》① 论文获
得了副博士学位，在此前后他出版了一系列关于宋代笔记小说的研究成
果，主要有 1996 年出版的《宋代笔记研究与翻译》第一卷、2004 年出版
了第二卷，这两书均为俄罗斯圣彼得堡东方学研究中心出版，第一卷书前
有 "作者的话"，目录如下：②

第一章　宋代以前的情节散文
第一节　唐代以前的情节散文
第二节　唐代情节散文
第三节　笔记集
第二章　宋代笔记：笔记集及其作者
第一节　宋祁和他的《宋景文公笔记》
第二节　孙光宪和他的《北梦琐言》
第三节　王德臣和他的《麈史》
第四节　欧阳修的《归田录》
第五节　刘斧和他的《青琐高议》
第六节　朱彧和他的《萍洲可谈》
第七节　曾敏行和他的《独醒杂志》

该书后附有 "参考文献" "人名索引" 和 "引书索引" 等研究资料。在
2004 年阿利莫夫和谢列布里亚科夫合著出版了《宋代笔记研究和翻译》
第二卷③，署阿利莫夫、谢列布里亚科夫合著，为阿利莫夫在宋代笔记研
究领域的又一重要成果，篇幅比第一卷增加了一倍多，书前有谢列布里亚

---

① 俄文名称：Авторские сборники бицзи как источник по истории и культуре Китая эпохи Сун。

② 俄文书名：ВСЛЕД ЗА КИСТЬЮ：материалы к истории сунских авторских сборников бицзи. исследования и переводы. часть 1. ЦентрПетербургское Востоковедение，1996. 272.

③ 俄文书名：ВСЛЕД ЗА КИСТЬЮ：материалы к истории сунских авторских сборников бицзи. исследования и переводы. часть 2. ЦентрПетербургское Востоковедение，2004. 448с.

科夫撰写的题为《智慧、天才、知识的见证》① 的引言，目录如下：

　　　　一、阿利莫夫：关于欧阳修的《六一诗话》（附：《六一诗话》选译）

　　　　二、阿利莫夫：程毅中的《青琐高议补遗》（附：《青琐高议》选译）

　　　　三、阿利莫夫：沈括和他的《梦溪笔谈》（附：《梦溪笔谈》选译）

　　　　四、阿利莫夫：陈师道的《后山诗话》（附：《后山诗话》选译）

　　　　五、阿利莫夫：龚明之的《中吴纪闻》（附：《中吴纪闻》选译）

　　　　六、谢列布里亚科夫：范成大——政治家、大诗人、著名的旅行笔记《吴船录》的作者（附：《吴船录》选译）

　　　　七、阿利莫夫：关于范成大的《桂海虞衡志》

　　　　八、阿利莫夫：元好问和他的《续夷坚志》（附：《续夷坚志》选译）

该书后面附录了"参考文献""人名索引""宋代皇帝年表"和"引书索引"等资料。这两书对宋元笔记的涉及范围比较广泛，有些笔记在国内小说研究界也极少关注，可见阿利莫夫对此领域的涉猎之广和探索之深。

　　此外，2000 年阿利莫夫还在圣彼得堡的阿兹布格（Азбука-классика）出版社出版了一部《玉露：中国十至十三世纪的笔记选译》②，中文书名"笔记"。包括孙光宪《北梦琐言》、欧阳修《归田录》、刘斧《青琐高议》、朱彧《萍洲可谈》、曾敏行《独醒杂志》、沈括《梦溪笔谈》、龚明之《中吴纪闻》、元好问《续夷坚志》8 部宋代文言笔记的选译，内容均选自 1996 年和 2004 年出版的《宋代笔记研究和翻译》，可以看作《宋代笔记研究和翻译》的普及本。

---

①　俄文名称：Свидетельства ума, таланта и знаний。

②　俄文书名：НЕФРИТОВАЯ РОСА：из китайских сборников бицзи Х – XIII веков。

2008 年阿利莫夫在科学出版社又出版了《中国宋代文献中的魔鬼、狐仙、魂灵》一书①，该书依次为《代前言》、论《太平广记》中的死亡魂灵、论中国狐仙崇拜（附：李献民《云斋广录》之《西蜀异遇》译文）、论《青琐高议》（附：刘斧《青琐高议》选译）、附录一：关于《宋东京考》中的祠和庙、附录二：论刘斧和他的集子、参考文献等。经笔者查对，本书作者翻译了《青琐高议序》和正文中大量笔记小说，依次包括：《李相》《东巡》《善政》《明政》《柳子厚补遗》《葬骨记》《丛塚记》《丛塚记续补》《彭郎中记》《紫府真人记》《玉源道君》《王屋山道君》《书仙传》《高言》《寇莱公》《李诞女》《郑路女》《任愿》《名公诗话》《远烟记》《流红记》《吕先生记》《续记》《欧阳参政》《何仙姑续补》（以上《青琐高议前集》），《大姆记》《大姆续记》《陷池》《议画》《狄方》《唐明皇》《王荆公》《李太白》《李侍读》《直笔》《王荆公》②《司马温公》《张乖崖》《汤阴县》《张齐贤》《韩魏公》《时邦美》《小莲记》《巨鱼记》《异鱼记》《化猿记》《杀鸡报》《猫报记》《李云娘》《羊童记》《陈叔文》《卜起传》《龚球记》《陈贵杀牛》《汾阳王郭子仪》《一门二相》《鳢鱼新说》《朱蛇记》《袁元》（以上《青琐高议后集》），《骨偶记》《董过》《张华相公》《薛尚书记》《马辅》《白龙翁》（以上《青琐高议别集》），《泥子记》《吴大换名》《李生白银》《寇相毁庙》《张谊赤光》《陈公荆南》《颐素及第》《吕宪改名》《从政延寿》《张女二事》《贤鸡君传》《隆和曲丐者》（以上《青琐高议补遗》）77 篇文言小说，约占《青琐高议》总数的一半③。

2009 年，阿利莫夫在圣彼得堡又出版了厚达 900 多页的宋代文言笔记翻译和研究的著作《笔记森林：十至十三世纪中国作家笔记概论和翻译》。④ 该书可以看作阿利莫夫在宋代笔记研究和翻译的集大成之作或总结性的成果，其目录除了前面"简短的引言"和后面"结语"之外，主

---

① 俄文书名：Бесы，лисы，дучи в текстах сунского Китая。

② 此篇《王荆公》与前面的《王荆公》为篇名相同但内容不同的两篇小说，中文名称原文如此。

③ 此统计根据（宋）刘斧撰辑《青琐高议》，上海古籍出版社 1983 年版。

④ 俄文书名：Лес записей：китайские авторские сборники X－X Ⅲ вв, в очерках и переводах。

要内容包括:

中国散文:从小说到笔记
一、基本名词术语
二、唐代以前的情节散文
三、唐代的情节散文
宋代的笔记世界
一、孙光宪的《北梦琐言》(附:《北梦琐言》选译;《北梦琐言》人名索引)
二、宋祁的《宋景文公笔记》(附:《宋景文公笔记》选译)
三、欧阳修的《归田录》(附:《归田录》选译;《归田录》人名索引;《六一诗话》全译)
四、沈括的《梦溪笔谈》(附:《梦溪笔谈》选译;《梦溪笔谈》人名索引)
五、王得臣和他的《麈史》(附:《麈史》选译;《麈史》人名索引)
六、苏轼的《东坡志林》(附:《东坡志林》选译;《东坡志林》人名索引;苏轼《仇池笔记》选译)
七、苏辙的《龙川略志》(附:《龙川略志》选译;《龙川别志》选译)
八、陈师道的《后山谈丛》(附:《后山谈丛》选译;《后山谈丛》人名索引)
九、朱彧的《萍洲可谈》(附:《萍州可谈》选译;《萍州可谈》人名索引)
十、龚明之的《中吴纪闻》(附:《中吴纪闻》选译;《中吴纪闻》人名索引)
十一、曾敏行和他的《独醒杂志》(附:《独醒杂志》选译;《独醒杂志》人名索引)
十二、费衮的《梁溪漫志》(附:《梁溪漫志》选译;《梁溪漫志》人名索引)

在第一部分"从小说到笔记"中阿利莫夫先是辨析了"笔记"的概念，然后以刘叶秋《历代笔记概述》、郑宪春《中国笔记文史》和苗壮《笔记小说史》三部著作中对"笔记"的论述为例，深入辨析了笔记文体的特征。接着在阅读大量国内学者关于唐前小说论述的基础上把唐代以前的笔记小说分为志怪类、志人类，前者包括博物志怪、记怪小说、神仙小说、佛教志怪四类；后者包括笑话小说、琐言小说、轶事小说三类。对唐代笔记小说的分类基本同上，只是志怪类中缺少了佛教志怪。唐代轶事小说则细分为朝野人物小说、唐明皇小说、艺人妓女小说、趣闻轶事小说四种。最后详细梳理和研究了宋代笔记的类型和特点。第二部分是全书的主体，共论述了 12 部宋代笔记的主要内容和基本特征（加上附录部分共计 15 种），每种笔记均有概述、选译，有的还附有"人名索引"，堪称完备。全书在"结语"之后还附录了"宋代笔记简介""本书参考文献""汉语人名索引""宋代帝王年表""中文引书索引"等丰富而严谨的学术资料。

综上所述，宋元文言笔记小说的俄文翻译和出版主要有《剪灯新话》（其中《青琐高议》等宋元部分）、《宋代笔记研究和翻译》（第一卷）、《老学庵笔记》（卷一和卷五）、《玉露》、《宋代笔记研究和翻译》（第二卷）、《中国宋代文献中的魔鬼、狐仙、魂灵》、《笔记森林》七部，具体见表 2。

表 2 　　　　　　　宋元文言笔记小说在俄罗斯翻译出版情况

出版时间	书名	出版社	主要内容	翻译者
1988 年	《剪灯新话》	科学出版社	刘斧《青琐高议》；瞿佑《剪灯新话》等	戈雷金娜
1994 年	《老学庵笔记》	圣彼得堡东方学	陆游《老学庵笔记》卷一、卷五	谢列布里亚科夫
1996 年	《宋代笔记研究与翻译》（一）	东方学研究中心	宋人笔记 7 种	阿利莫夫
2000 年	《玉露》	阿兹布格出版社	宋人笔记 8 种	阿利莫夫

续表

出版时间	书名	出版社	主要内容	翻译者
2004 年	《宋代笔记研究和翻译》（二）	东方学研究中心	宋人笔记 8 种	谢列布里亚科夫；阿利莫夫
2008 年	《中国宋代文献中的魔鬼、狐仙、魂灵》	科学出版社	李献民《云斋广录》1 篇；刘斧《青琐高议》77 篇	阿利莫夫
2009 年	《笔记森林：十至十三世纪中国作家笔记概论和翻译》	东方学研究中心	宋人笔记 15 种	阿利莫夫

　　相对于宋元白话小说，俄罗斯对宋元文言小说的研究成果不多，小说的俄文翻译者往往也是研究者，戈雷金娜和阿利莫夫是这些汉学家中当之无愧的佼佼者，相关内容主要见于他们译文集的前言或后记中，如 1988 年出版的《剪灯新话》前言中，戈雷金娜概述了宋元明三个时期文言笔记小说的发展历史，尤其关注宋代的刘斧、乐史、秦醇、柳师伊、钱希白等文言小说作家，对刘斧《青琐高议》、乐史《绿珠传》、秦醇《温泉记》、柳师伊《王幼玉记》、钱希白《月娘记》等均有论述，并对《李师师外传》进行了详细描述。阿利莫夫在他翻译的宋元笔记小说著作中都有较详细的文献描述和考证，如 1996 年出版的《宋代笔记研究和翻译》第一卷和 2004 年出版的《宋代笔记研究和翻译》第二卷中除了文本选之外，几乎都是阿利莫夫的论述文字，前者包括"宋代笔记集及其作者"，后者则包括"关于欧阳修及其《六一诗话》""沈括和他的《梦溪笔谈》""元好问和他的《续夷坚志》"等诸多研究文章。第二卷中还有合作者谢列布里亚科夫撰写的近 60 页的前言，详细论述了宋代文言笔记的渊源及其成就。此外，1980 年戈雷金娜在其研究著作《中国中世纪的传奇小说》（中文书名《传奇》）① 中也有对宋元文言小说的专门论述。

　　以上是宋元白话小说和文言小说在俄罗斯的翻译出版和研究情况，除了专门的宋元小说译文集之外，宋代小说也多次被选入俄罗斯出版的各种

---

　　① 俄文书名：Новелла среднекового Китая—Истоки сюжетов и их эволюция Ⅷ – ⅩⅣ вв。

中国文学作品选集中，重要的有 1959 年玛玛耶娃（Р. М. Мамаева，1900—1982）编选的《中国古代文学作品选》① 仅选入了费什曼（О. Л. Фишман，1919—1986）翻译的《梅妃传》，但误作为唐代传奇小说选入的。1975 年出版的世界文库第一辑第 18 册《远东古典小说和散文》② 收有刘斧《青琐高议》中李福清翻译的《陈叔文》和《小莲记》两篇宋代笔记小说。1989 年斯米尔诺夫（И. С. Смирнов，1948—　）编选的《云门之路》③ 选入了乐史《杨贵妃》、秦醇《飞燕》、佚名《李小姐》、张齐贤《白兄与剑客》、佚名《十五贯》五篇宋代文言小说作品。1993 年华克生（Д. Н. Воскресенский，1926—　）编译的《中国色情》④ 中收录了戈雷金娜据刘斧《青琐高议》翻译的《迷楼记》和据周密《齐东野语》翻译的《宜兴梅冢》两篇宋代笔记小说。2004 年克拉夫佐娃（М. Е. Кравцова，1953—　）编选的《中国文学作品选》⑤ 收录了《京本通俗小说》中的《志诚张主管》。

①　俄文书名：Китайская литература：Хрестоматия。
②　俄文书名：Классическая проза Дальнего Востока。
③　俄文书名：Путь к Заоблачным Вратом。
④　俄文书名：Китайский Эрос。
⑤　俄文书名：Хрестоматия по литературе Китая。

明清以来"三国"说唱文学编创经验综探[*]

纪德君

广州大学

明清以来，根据小说《三国演义》改编而成的民间说唱文学作品，林林总总，蔚为大观。它们以不同的艺术形式，在不同程度上，从不同方面，传承并创新了小说中的故事情节和人物性格，成为《三国演义》在民间传播最主要的方式，产生了深远的社会影响。因此，研究明清以至近代的三国说唱文学及其与小说的关系，无疑是一个不容忽视的重要课题。大约从 20 世纪 80 年代以来，这一课题已逐渐引起一些学者的关注与研究。如陈翔华在《明清以来的三国说唱文学》一文中就较早地梳理、评述了三国说唱文学的繁荣状况及其在故事内容、人物塑造等方面对小说的丰富与发展。^① 俄国学者李福清则围绕《三国演义》，探讨了它与民间文学传统的深刻关联。^② 日本学者上田望也曾从叙事语言、文体与出版方面，论析了部分诗赞系的三国说唱文学作品。^③ 近年来，国内部分学者或对《三国演义》的说唱传播情况展开较全面的考察，或对某些三国说唱

* 本文为国家社科基金项目《隋唐历史的文学书写与现代传播》（项目编号：13BZW060）阶段性成果。

① 陈翔华：《明清以来的三国说唱文学》，载河南省社会科学院文学研究所选编《〈三国演义〉论文集》，中州古籍出版社 1985 年版。

② ［俄］李福清著，尹锡康等译：《三国演义与民间文学传统》，上海古籍出版社 1997 年版。

③ ［日］上田望：《三国说唱文学浅谈——自清朝至现代》，载《中国俗文化研究》第一辑，2003 年。

作品进行个案研究，或对"三国"说唱文学做较系统的整体研究，① 总之都有效地拓展、深化了《三国演义》与民间说唱文学之关系的研究。本文拟在前人研究的基础上，利用现存的一些说唱文学文本，着重谈谈民间艺人在改编、说唱《三国演义》的过程中所体现的一些带有共性的编创经验，希望能对当今《三国演义》的改编、传播与艺术创新等，提供一点艺术上的参考与借鉴。

一

一个民间艺人在说唱《三国演义》时，首先面临的一个问题，就是如何将《三国演义》转换、改造成其所擅长的某一说唱表演文体。《三国演义》是小说，并且文白交错、雅俗兼容，只适合案头阅读，并不适宜书场耳闻。明代高儒曾对《三国演义》的文体特点做过较准确的概括："据正史，采小说，证文辞，通好尚。非俗非虚，易观易入。非史氏苍古之文，去瞽传诙谐之气。陈叙百年，该括万事。"② 因此，民间艺人若要说唱《三国演义》，便须根据某一说唱文体的特点，对原著的情节内容进行取舍、语体进行转换，使之适应书场说唱与听众接受的需要。以弹词为例，这种说唱体裁主要流行于南方，以七字句的韵文演唱为主，以琵琶、三弦等弹拨乐器伴奏，以吴侬软语和缠绵的曲调说唱人情冷暖和世俗悲欢，因而弹词改编的对象多为描摹人情世态的小说，如"三言二拍"与《红楼梦》等；如果演说沙场征战的故事，那也要发挥弹词自身的优势，考虑听众的接受心理，对小说所写做必要的增删与改编。如弹词《三国志玉玺传》，虽以《三国演义》为演说对象，但却做了相当多的改编与创新，它删节了小说中大量描写沙场征战的故事情节，即使涉及交锋厮杀，也多是浮光掠影，意到即止。如《三国志演义》对太史慈酣斗小霸王的

---

① 参见关四平《三国演义源流研究》（黑龙江教育出版社 2001 年版）、刘海燕《〈三国志玉玺传〉的形象构拟与叙事策略》（《厦门教育学院学报》2004 年第 3 期）、龚敏《清刊全本〈新编三国志鼓词〉考述》（韩国《东亚文献研究》第 1 辑创刊号，2007 年）、纪德君《扬州评话〈火烧赤壁〉对〈三国演义〉的因革》（《中国俗文化研究》第 6 辑，2010 年）、韩霄《三国故事说唱文学研究》（扬州大学博士学位论文，2012 年）等。

② 高儒：《百川书志》，古典文学出版社 1957 年版，第 82 页。

叙述:

> 太史慈高叫曰:"那个是孙策?"……策笑曰:"我便是,你两个一齐来拼我,吾不惧你!我若怕你,非英雄也!"慈曰:"你便使众人都来,我亦不怕你也!"纵马横枪,直取孙策,策挺枪来迎。两马相交,战五十合,不分胜败。程普等暗暗称奇:"好个太史慈!"慈见孙策枪法无半点儿渗漏,佯输败走,引入深山,急回马走。孙策赶来,太史慈暗喜,不入旧路上岭,却转过山背后。策赶到,慈喝策曰:"你若是大丈夫,和你拼个你死我活!"策叱之,曰:"走的不算男子汉!"两个又斗三十合。慈心中自忖:"这厮有十三从人,我只一个,便活捉了他,也叫众人夺去。再引一程,教这厮每没寻处。"又诈败走,而大叫曰:"休来赶我!"策喝曰:"你却休走!"一直赶到平川之地。慈兜回马再战,又到五十合。策一枪搠来,慈闪过,挟住枪,慈也一枪搠去,策亦闪过,挟住枪,两个用力只一拖,都滚下马来,马不知走的那里去了。两个弃了枪,揪住厮打。慈年三十岁,策年二十一岁。两个揪住战袍,扯得粉碎。策却手快,掣了慈背的短戟,慈掣了策头上兜鍪。策把戟来刺慈,慈把兜鍪遮架。忽然喊声后起,……周瑜救军到,刘繇等自引大军杀下岭来。时近黄昏,风雨暴至,两下各自收军回寨。①

这里写两人斗口、逞强,绘声绘色,令人忍俊不禁;写双方纵马横枪,来回冲杀,以及滚下马来,纠缠厮打,真是酣畅淋漓;写太史慈佯输、暗喜、自忖、诈败,也是活灵活现,精妙入神;还有旁观者的"暗暗称奇"与"风雨暴至"的烘托,也是恰到好处。

再看《三国志玉玺传》的描写:

> 他(指太史慈)与刘繇为副将,英雄本事好惊人。神亭岭下来交战,山摇地动鬼神惊。孙策见慈多猛勇,怎得他人投我身。便与周

---

① 罗贯中:《三国志通俗演义》,上海古籍出版社 1980 年版,第 146 页。

瑜来作计，黄昏劫寨捉他人。①

三言两语就将一场精彩纷呈的交战打发了，读之味同嚼蜡。这说明弹词不擅长叙述战争，它擅长的是说唱英雄好汉的儿女情长和悲欢离合。如书中说唱刘备与邢蛟花的玉玺之盟，就用了两万两千余字；刘备与糜绿筠的蝴蝶姻缘，约八千字；貂蝉巧使连环计，《三国演义》叙此故事，用了七千五百字，弹词则增衍至一万九千余字；刘备与孙万金（孙权之妹）的悲欢离合，原著叙述较简，弹词则对刘备与孙氏的新婚之乐、离别之悲以及彼此思念之苦等，字数达一万七千余字。除此之外，弹词还对刘备之妻甘夫人、孙策之妻大乔、周瑜之妻小乔、袁熙之妻甄氏、张济之妻邹氏、孔明之妻黄氏等女性的故事进行了不同程度的增衍与描绘。可见，《三国志玉玺传》对原著重点描写的金戈铁马、沙场征战等不感兴趣，故而进行了淡化、删减处理；它感兴趣的是英雄好汉的儿女情长，擅长描摹的也是男女爱情和悲欢离合。这正应验了评弹领域中流行的一句谚语："大书怕做亲，小书怕交兵。"②"大书"即指评话、评书与鼓词等，它们擅长讲金戈铁马的争战故事，以刚劲雄壮见长，却惮于说男婚女嫁，家长里短；"小书"主要指弹词、子弟书等，它们擅长讲唱人情冷暖与世俗悲欢，以缠绵悱恻见长，却惮于说唱征战讨伐和交锋厮杀。而《三国志玉玺传》对《三国演义》的改编，就扬其长而避其短，充分发挥了弹词善于言情的文体特长。

在把《三国演义》由"读本"改编为"说本"或"唱本"的同时，民间艺人还需将书面语体转换成通俗易懂的说唱语体，这样才能保证不识字的文盲也能听得懂。如清末吴阔瀛在北京的鼓楼市场说"三国"，就长于变口，他模拟关羽说话时便用山西口音，模仿司马懿说话时则用河南口音。③如此一来，说唱文本的口语化色彩就要比原著浓厚得多。不仅如此，民间艺人还频繁地使用语气词、象声词。扬州评话艺人说《三国》，

① 佚名：《三国志玉玺传》，中州古籍出版社1986年版，第123—124页。

② 中国曲艺志全国编辑委员会：《中国曲艺志·谚语、口诀、行话》（江苏卷），中国ISBN中心1996年版，第639页。

③ 中国曲艺志全国编辑委员会：《中国曲艺志·曲（书）目·三国》（北京卷），中国ISBN中心1999年版，第92页。

就惯常使用啊、噢、嗯、哎、呔、嚯、俺、喳、嘘、啊哟、嘿嘿、嗨嗨、嗯咳、呜呜、哦哦、咦喂、噗咚、咕噜噜、哗啦啦、嚓嚓嚓、咚咚咚咚、哈哈哈哈等拟声词，并配合表情、动作，以求绘声绘色，活灵活现。请看扬州评话《火烧赤壁·发令破曹》中的一段：

> 张飞这个时候有数了，两个拳头捺住小肚子这个地方，把气揉足了，然后把头微微一低："赵——啊——子龙——啊——"哗——嗒嗒嗒嗒……！这是什么声音？张飞这一喊，如同空中响了个炸雷一般，地上的沙灰被喊得蒙蒙的，砖头、石子被他喊得蹦蹦的，树枝被他喊得摇摇的。小军在枯树林内，两只手把耳朵捂着，倚在树上被他喊得晃晃的。江面上这一刻本来浪大，因为东南风大了，再被张飞这一声喊，陡然水浪又高几尺，哗——！等了半个时辰，声音才慢慢地小下来。①

这段文字是对康重华演说状态的逼真记录，它对张飞喊叫时动作、声音、效果的拟仿、叙述与渲染，极其生动、传神，使人恍若亲临现场、耳闻目睹一般。

由以上分析可见，民间艺人在改编、演说《三国演义》时，首先必须根据某一说唱文体的特点，将本来诉诸案头阅读的书面小说文体，转换成诉诸口耳相承的说唱表演文体，这样才能适应书场演出的实际需要。

二

除了文体形态与语体的转换外，民间艺人在改编小说原著时，更需要对小说的情节内容推陈出新。近代著名评书艺术家连阔如曾这样说："他们说的书和本儿上要是一样，听书的主儿如若心急，就不用天天到书馆去听，花几角钱在书局里买一本书，几天能够看完，又解气又不用着急，谁还去天天听书，听两个月呀？"② 张次溪也说："他们所演的书与我们看的

---

① 康重华口述：《火烧赤壁》，江苏人民出版社 1985 年版，第 618 页。
② 连阔如：《江湖丛谈》，当代中国出版社 2005 年版，第 267 页。

小说虽然名字相同，可是内容就不大一样了。如《水浒传》《施公案》《三国志》等书，他们都有秘本，确与众不同，轻不外传。"①

以扬州评话"三国"为例，其故事情节和主要人物等均与小说基本相同，然而涉及具体的情节变化和细节差异时，则由艺人生发而成，结构与艺术风格因此各具特色。艺人们为适应书台演出的需要，一般以曹、刘、孙三方面的龙争虎斗为主要线索安排回目，敷衍故事，刻画人物，摒弃小说中与之无直接关系的情节，简化次要情节，使评话《三国》结构更加紧凑，情节更为跌宕。如《前三国》只从关羽《土山约三事》讲起，小说中官渡之战前面的内容就舍弃了，而接下来的关目如《身在曹营》《斩颜良》《诛文丑》《挂印辞曹》《过五关斩六将》等，又都紧紧围绕关羽经受的危难、考验与历险、过关展开，与关羽无直接关系的情节也都被摒弃或简化了。这样一来，故事情节便显得惊险、曲折，一波未平一波又起，使听众在替关羽担忧的同时欲罢不能。

为了增进听众对一些重要情节、人物的理解，说书艺人往往还会对小说所写进行不同程度的增补、改动与创新。例如，"火烧博望坡"为何会发生？《三国演义》第三十九回写曹操平定河北之后，聚将商议南征。夏侯惇主张先灭刘备，徐庶则劝他不要轻敌，说诸葛亮多谋善断，非同小可。夏侯惇忿然作色："吾若不一阵生擒刘备，活捉诸葛，愿将首级献与丞相！"② 结果在博望坡中计，被烧得丢盔弃甲。可扬州评话艺人却别出心裁，认为徐庶之母是被曹操软禁而自杀的，徐庶焉能不怀恨在心？徐庶当初离开刘备时已发誓不为曹操出谋划策，现在曹欲出兵，他怎么倒善意劝阻起来？他果真想出主意，也应该帮倒忙才对呀。基于这样的理解，评话艺人就做了这样的改动，说徐庶起先是想借机怂恿曹操出兵，"一来使诸葛亮有个用武的机会，二来也叫曹操吃点亏，以报老母的仇恨"；无奈曹操以"六月天气多变，不宜交兵"为由加以拒绝，徐庶才转而智激夏侯惇，使其自告奋勇，领兵去打刘备。③ 如此一改，"火烧博望坡"的发

---

① 张次溪：《天桥丛谈》，中国人民大学出版社 2006 年版，第 192 页。

② 罗贯中：《三国演义》（毛宗岗评改本），中华书局 2009 年版，第 286 页。

③ 康重华口述：《火烧博望坡》，《扬州评话选》，上海文艺出版社 1982 年版，第 101—103 页。

生，也就显得有源有委、合情合理了。

说书艺人考虑到要让听众产生如见如闻的真切感，对于小说中一些叙述粗略或没有展开的重要细节，一般也会根据其理解与想象，进行补充、丰富，使之生动可感。如赤壁之战发生前，小说第四十四回写"人报鲁子敬引孔明来拜，瑜出中门迎入"①。周瑜初见孔明"羽扇纶巾"的打扮，会产生什么感觉呢？小说未曾言及，评话艺人则做了如此精彩的演绎：

> 周瑜双手一抱，眼睛朝下一望，心理赞了一个：好！好个诸葛亮，生得不凡。少年人学问定有，但是，聪明尽在眼前，"狂"字恐怕免不了，明招牌挂着哩！头上戴的不与人同，身上穿的不与人同，手上拿的也不与人同——头戴纶巾，身披鹤氅，冬十月天气，手执鹅毛大扇，就这个热法子?！怪不得我家那班文人说他阴狂麻木。嘿嘿，诸葛亮啊！你跟天下人能够狂，跟我周瑜不能狂。②

原来，周瑜妒忌孔明，与孔明留给他的第一印象很不好有关。孔明不仅身穿奇装异服，还在大冬天"手执鹅毛大扇"，这不明摆着年少轻狂、自命不凡吗？这样琐屑而真切的心理描写，是"依史以演义"的罗贯中不屑于涉笔的，但它却符合市井细民的情感心理和生活逻辑，因而也就容易为市井细民理解和接受。

评话艺人在演说《三国演义》时为了耸人听闻，通常还喜欢将故事情节传奇化甚至神异化。清代清凉道人在《听雨轩笔记》卷三《余纪·评话》中就记载了他耳闻目睹的一个评话艺人演说《三国演义》时"标异出奇，豁人耳目"的动人情形：

> 予昔在郡城城隍庙，见有说《三国演义》葭萌关桓侯战马超者，言孟起与桓侯苦战三日夜，欲于马上擒桓侯而不能，遂诈败；桓侯追之，孟起回身，手掷飞抓罩其首。盖孟起之高祖为新息侯马援，素精此技；昔佐光武定天下，百步之内，取敌人首如囊中物，孟起之家传

---

① 罗贯中：《三国演义》，中华书局 2009 年版，第 321 页。
② 康重华口述：《火烧赤壁》，江苏人民出版社 1985 年版，第 98 页。

绝技也。桓侯见飞抓自空直下，猝不及避，不觉大声而呼，举蛇矛向上格之。孟起回望桓侯顶上黑气冲天而起，内现一大鸟，以翅击抓，抓坠于地不可收，大惊而退。后李恢说之，遂降昭烈。世传桓侯是大鹏金翅鸟降生，故急迫之际，元神出现耳。①

至于编创一些小说中没有的故事，以投合听众的情感心理与审美趣味，这在评话中也是司空见惯。例如，评话艺人在演说"火烧新野"时就编创了"火烧卧龙冈"的故事，说刘备败走襄阳，夏侯惇率军追赶，来到卧龙冈，为报"火烧博望坡"之仇，下令放火烧冈，孔明早有预料，已在屋内四角埋上了子母炮，结果炮火纷飞，炸得夏侯惇焦头烂额，手下的刀斧手被炸死了 36 个。这时评话艺人插话道：

> 且慢，你说的这回"火烧卧龙冈"，《三国演义》上没得？是的。这是我们后人编的一回书。何以呢？因为看不得曹操做得意事。他杀了寡妇孤儿，非常得意，这一刻叫他死三十六个，而且叫夏侯惇跌得头青眼肿。②

不难想象，听众听了这样的故事后一定会既解气，又畅快，忍不住拍手叫好的。

三

民间艺人在改编小说原著时，往往还会根据说唱文体的特点以及听众的心理期待等，对原著的主要人物形象进行不同程度的改塑。例如，《三国志玉玺传》的改编者，即根据弹词擅长言情、主要面对女性听众弹唱的特点，在原著所写的风云变幻的政治军事斗争中穿插了刘备、关羽等人的家庭生活场景，既描绘了他们的儿女情长和英雄气短，又真切地表现了战争给女性造成的不幸和痛苦，特别是它对主要人物精神性格的丰富和发

---

① （清）清凉道人：《听雨轩笔记》，重庆出版社 1999 年版，第 94 页。
② 康重华口述：《火烧新野》，江苏文艺出版社 1992 年版，第 216 页。

展，就明显地表现了一种符合女性心理期待的英雄观，即真正的英雄是重情重义、怜香惜玉的。

本来，《三国演义》中的刘备是个不珍惜女性和爱情的人物，他曾多次只身逃亡而不顾甘、糜二夫人的死活，并且还昧着良心说"妻子如衣服"。但是在《三国志玉玺传》中，刘备却一变而为怜香惜玉的情痴情种。当邢蛟花表示"知君结过鸾凤侣，奴愿甘心作次身"时，他首先考虑的是："欲道不允他美意，负了今宵救我恩。若还约定成亲事，又负姣妻甘氏身。他是结发头婚妇，相叙多年恩甚深。今岁青春方廿八，何忍将心又议婚？"① 后来，糜竺欲将其妹绿云嫁与他，他也推辞道："家寒不敢又重婚。糜家小姐千金体，安能肯作二房人？"又说甘夫人随他"患难流离多受苦，自古糟糠难负恩"。② 可见，刘备并非见色负心之人，颇能体贴、尊重女性。甘、糜二夫人身陷徐州时，他痛苦得要自刎；在古城与她们重聚后，又愧疚自责："是我不才亲失阵，致累双妻受苦辛！"③ 糜氏在当阳撞墙而死后，"玄德见了亲生子，不觉腮边二泪行。思忆夫人糜氏女，可怜撞死在山林。……嗟呼长久流珠泪，两旁诸将尽伤心"。④ 夺取西川后，他曾先后派张飞、赵云等去东吴接孙夫人，因未成功，故经常"思忆夫人泪满衿"，甚至想亲往东吴接取夫人，军师劝阻，他说"三年情义有恩心"，"夫妻情意怎相轻？""言罢凄凄流下泪"。⑤ 进位汉中王后，他也是"思想夫人孙氏女，别来不觉九年春。朝思暮想心切切，年深月久不相亲"。⑥

至于《三国志玉玺传》中的关羽，也有儿女情长的一面。他在曹营时就曾抒发人生失意的惆怅和对家乡妻儿的思念："抛妻弃子图名利，离乡背井夺功名。谁知命运多颠沛，天困男儿志未伸。兄弟三人多分散，功名不就枉劳心。妻儿花氏蒲东住，数年抛别不相亲。闻生一子名关索，至

---

① 佚名：《三国志玉玺传》，中州古籍出版社 1986 年版，第 21 页。
② 同上书，第 99 页。
③ 同上书，第 124 页。
④ 同上书，第 291 页。
⑤ 同上书，第 434—435 页。
⑥ 同上书，第 452 页。

今未识可成人？只为奋志图名利，抛别家乡苦在心。"① 后来，他坐镇荆州，便将妻儿从家乡接来，与家人共享天伦之乐，并志得意满地唱道："不枉多年辛苦力，今日荆州做主人。蒲东已接夫人到，公子花关索一人。夫妻父子团圆会，守镇荆襄得太平。身不离鞍朝夜战，马不停蹄日日征。今朝方得成功业，夫妻父子再相亲。"②

弹词中的刘备、关羽等人，之所以表现出尊重女性、疼爱妻子、多情重义的性格侧面，也可以说是弹词艺人与女性听众共同改塑、发展的结果。

除了对主要人物的思想性格进行丰富、改造以外，民间艺人有时还会对小说原著中的次要人物进行性格心理的发掘、充实与拓展。如《三国志玉玺传》就对孙夫人、糜绿筠、大乔、小乔等众多女性的美貌、才情、品节等做了浓墨重彩的摹绘，并对她们因战乱、离别而产生的孤苦、思念、盼望等情感心理进行了深入的揭示。

有时，说唱艺人还自出机杼地创编一些小说原著没有写到的人物。如《三国演义》只说诸葛亮是黄承彦的女婿，并没有对其妻黄氏的才貌进行描绘。而鼓词《孔明招亲》却说黄承彦之女名叫黄金婵，孔明上门拜访时发现她不仅"温柔雅俊如天仙"，还是个天才的发明家。孔明一进门就被她发明的木狗扯了衣衫，后来又见："木鹅木鸡来回走，木头鸭子两翅扇。木羊木牛槽边站，有匹木马一旁拴。木头童子来往跑，还有一个自行船。"孔明惊呆了，心想："我还不如女婵娟"，"若得此女成连理，方法必然教与咱"。③ 于是，这才有了招亲之举，后来孔明就跟妻子学会了"木牛流马"之术。又如清刊全本《新编三国志鼓词》，演说赵云随军征讨南蛮，与孟获之妻祝融夫人对阵，祝融夫人见赵云英俊潇洒，武艺超群，不由地心猿意马，想入非非，居然想临阵倒戈，坐山招夫。小说自然无此情节，艺人如此演说，既增添了赵云的性格魅力，又迎合了听众对赵云的喜爱之情。④

---

① 佚名：《三国志玉玺传》，第178页。
② 同上书，第418页。
③ 陈新主编：《中国传统鼓词精汇》，华艺出版社2004年版，第238—239页。
④ 龚敏：《清刊全本〈新编三国志鼓词〉考述》，《东亚文献研究》第1辑创刊号，第276页，2007年。

四

民间艺人通常还会因时、因地、因人制宜地对人物故事进行世俗化、生活化的艺术处理，并有意强化叙事的趣味性，以便使其说唱的内容更贴近听众的生活世界与审美口味。

小说原著叙述的三国兴废争战故事，与市井听众的生活距离无疑是遥远的，其所塑造的帝王将相也与现实中的凡夫俗子有云泥之隔。郑振铎先生即说："《三国演义》离开现实实在太辽远了，那些英雄们实在是传说中的英雄们，有如荷马的 Achilles，Odysseus，圣经里的圣乔治，英国传说里的 Round Table 上的英雄们似的带着充分的神秘性，充分的超人气氛。"① 因此，对于平民百姓来说，《三国演义》叙述的大事、塑造的英雄，确实会产生不可向迩的陌生感；也因此，民间艺人在说唱《三国演义》时，就有必要将其所写的人物故事世俗化，使之贴近平民百姓的生活经验、情感心理。如《三国演义》第三十九回写大战在即，身为主帅的刘备居然犯了"职业病"，编起帽子来。书中写道：

> 一日，有人送犛牛尾至，玄德取尾亲自结帽。孔明入见，正色曰："明公无复有远志，但事此而已耶？"玄德投帽于地而谢曰："吾聊假此以忘忧耳。"②

在诸葛亮看来，刘备此举简直是不务正业、玩物丧志；可是在平民百姓看来，刘备能这样做，恰恰说明他虽贵为公侯，却不忘平民本色，着实难能可贵。请看评话艺人的改作：

> 只见刘备跨马的架势，骑在二人板凳上。上身赤膊，底下穿了一条短裤头，精腿赤足，拖一双凉屐。板凳前头，摆了一个摞绕不定的

---

① 郑振铎：《谈〈金瓶梅词话〉》，《郑振铎全集》第四卷，花山文艺出版社 1998 年版，第 223 页。

② 罗贯中：《三国演义》，中华书局 2009 年版，第 286 页。

东西，板凳两边，各放一扁，扁里摆的丝丝缕缕的东西。刘备嘴里街住若干的丝头，一手摆，一手绕，摆绕不停，适才诸葛亮听到的"吱吱"的响声，就是这种东西在响。①

刘备的姿势、穿着，以及他嘴衔丝头、双手摆绕的动作，活脱脱就是一个小手工业者在聚精会神织帽子的生动剪影。诸葛亮一见就被刘备这种忘我的做工精神感染了，"心下暗暗佩服，主人确实不凡，换第二三个人，决不会亲手做工。本想上前向主人请安，再一看，刘备浑身热汗直冒，就走到刘备身边，拿着鹅毛扇，替刘备搧起来"。② 如此改动，就使刘备、诸葛亮的性格行为更贴近平民百姓的生活与情感了。

小说《三国演义》叙事带有较明显的古雅庄重的历史色彩，但相对缺乏世俗谐谑的逗乐意味，因此民间艺人在说唱《三国演义》时为了活跃书情、娱乐听众，就会有意增加、强化其趣味性。所谓"噱是书中宝""无噱不成书"，说的就是谐谑对于说书的至关重要性。因此，只要有机会，艺人一般都会有意制造笑料，以期让听众笑口常开。

请看扬州评话《火烧新野》中的一段描绘：

曹仁踏蹬上马，枪在左手，右手腾空，在马头上拍了个巴掌："孽障，快走！"只听战马一声嘶叫，马向前动了一步。曹仁心里可恼气啊，我打败仗，马都调皮，一声嘶叫，只走了一步。曹仁手这一起："孽障，快走！"马又一声嘶叫，的笃，又动了一步。曹仁心里想，坏了，连打两个巴掌，居然只走两步。……这是为什么？许褚望望："咳！都督，你缰绳还没有解，就打死坐马也不得跑啊？"曹仁一看，果然不错，缰绳还扣在桩上呢！只怪自己太慌了。说曹仁慌，曹洪更慌。曹洪上马一望："啊呀！我的马头没得了！"许褚望望："二将军，你骑倒了！抱住马屁股当马头。"火乱人心，这话一点不假。曹仁解了缰绳，曹洪下马重骑。③

① 康重华口述：《火烧博望坡》，《扬州评话选》，上海文艺出版社1982年版，第108页。
② 同上书。
③ 康重华口述：《火烧新野》，江苏文艺出版社1992年版，第3页。

这是在故事情节的叙述中自然而然地注入笑噱的成分，它将曹仁、曹洪这两个草包在遇到火攻时张皇失措、狼狈不堪的形象演说得活灵活现。对于小说中平淡无奇、缺乏故事性的叙述，艺人也会想方设法地生发出一些笑料来。如小说写刘备一顾草庐，听到一个农夫所唱之歌清雅脱俗，便问："此歌何人所作？"答曰："乃卧龙先生所作也。"评话艺人却由此衍生出如下一段令人捧腹的对答：

> 刘备把他望望，笑嘻嘻的。"适才是你歌的？""……县太爷，这个歌是我歌的。""是你歌的，可是你作的？""不是，是跟邻居学的。""这歌是你家邻居所作了？""不是的，邻居跟他表兄学的。""噢，这歌一定是你邻居的表兄所作了。""不是的，是邻居的表兄跟他姨弟学的。""噢，这是你邻居的表兄，表兄的姨弟所作？""不是的，是邻居的表兄，表兄的姨弟跟他连襟学的。""噢，这歌一定是你邻居的表兄，表兄的姨弟，姨弟的连襟所作罗？""不是的，他是跟他舅舅学的。"刘备一声沉吟："嗯咳。"借着咳嗽想了一想，这样问下去没个了结，不如抄近点问。"农哥，这首歌到底是何人所作？""噢，县主太爷要入谷问径，请顺着我的手指头看，远远那座乌酣酣的高岗，名叫卧龙岗，岗上有位先生，我们都以岗名称呼他卧龙先生。这卧龙先生见天下大乱，争扰不休，作了这首歌儿。他歌的次数多了，把他身边的童儿歌会了，童儿也天天歌，不但在岗上歌，还歌下岗，把童儿的舅舅也歌会了。就这样舅舅教连襟，连襟教姨弟，姨弟教表兄，表兄教邻居，邻居再教了我。"①

这一段对话分明就跟说对口相声一般（这应该是说书人从相声那里汲取了经验与灵感；在俗文学领域，各种文艺往往就是相互借鉴，取长补短的），虽然带有刻意搞笑的成分，但是也可以表现诸葛亮身居卧龙冈对于敦化当地民风所起的作用，以至连目不识丁的农夫也会接二连三地受到

---

① 康重华口述：《三顾茅庐》，载戴宏森主编《中国评书精华》（讲史卷），春风文艺出版社 1991 年版，第 114—115 页。

他的文化熏陶，展示出一种化外遗民的脱俗风致。

五

以上，笔者对民间说唱文学如何改编、说唱《三国演义》的基本情况做了初步阐析，虽然还不够全面、深入，但已不难看出一些带有普遍性的艺术编创经验。

一般来说，说唱艺人在改编、演说《三国演义》时，首先都会面临如何把小说文本转化成说唱本子的问题，在这方面，艺人的经验是根据某一说唱文体的特点与优势，尽量扬长避短，将本来诉诸案头阅读的书面小说文体转换成诉诸口耳相承的说唱表演文体，并将小说半文半白的书面语转换成通俗易懂的口头语；其次，艺人虽然是按照小说提供的故事情节与叙事脉络进行说唱的，但它并非照本宣科，而是在原著的基础上对故事情节进行了不同程度的重构与创新，以强化故事情节的连贯性、曲折性、真实性与新奇性等；再次，艺人还会自觉地根据书场演出的需要以及听众的接受心理，对原著的主要人物形象进行不同程度的改塑，对次要人物的性格进行丰富与发展，并创编出一些具有新的思想意蕴与艺术功能的新人物；另外，为了使其说唱的内容贴近听众的生活世界、迎合其审美口味，艺人还会因时制宜、因地制宜地对人物故事进行世俗化的艺术处理，并有意强化其叙事的趣味性。

显然，正是借助于上述这些编创经验，民间艺人才得以把《三国演义》改编成形形色色的、为民众喜闻乐见的通俗文艺作品。清末解弢在《瓠庵漫笔》中即指出："《三国演义》一书，其能普及于社会者，不仅文字之力"，同时也"得力于评话家柳敬亭一流人，善揣摩社会心理，就书中记载，为之穷形极相，描头添足令听者眉飞色舞，不肯间断"。[1] 老舍先生也指出："有人说《三国志演义》是最伟大的通俗作品。是吗？拿街头上卖的唱本儿和'三国'比一比，'三国'实在不俗。不错，戏班里，书馆里，都有多少多少以'三国'为根源的戏剧、歌词与评书。可是这

---

① 黄霖、韩同文选注：《中国历代小说论著选》（下），江西人民出版社1985年版，第322页。

正足见'三国'并不易懂，而须由伶人、歌者、评书者，另行改造，替'三国'作宣传。'三国'根本是由许多传说凑成的，再由不同的形式宣传出去，专凭它本身的文字与内容，它绝不会有那么大的势力。"① 如今媒介技术突飞猛进，以广播、电视、电影、网络、游戏、动漫等多样化乃至综合化的媒介作为载体，来承传、创新《三国演义》的文化现象，可谓屡见不鲜。虽然载体不同了，受众的欣赏习惯与审美趣味也在与时俱变，但是以往的三国说唱文学所积累的编创经验，对于今天如何将《三国演义》等小说名著改编为民众所广泛喜爱的通俗文化产品，仍然不乏一定的借鉴价值。

① 老舍：《制作通俗文艺的苦痛》，《老舍曲艺文选》，中国曲艺出版社 1982 年版，第 10—11 页。

明代隋唐历史题材小说的文体探索

雷　勇

陕西理工大学

嘉靖元年（1522）《三国志通俗演义》刊行问世，由此引发了历史演义小说创作的热潮。在这股创作热潮中，隋唐历史成为小说家普遍关注的话题，从嘉靖三十二年（1553）《唐书志传通俗演义》诞生到崇祯时期《隋史遗文》出现，共产生了五部以隋唐历史为题材的长篇白话小说，其中《唐书志传通俗演义》、《隋唐两朝志传》和《大唐秦王词话》走的都是历史演义的路子。这三部作品都以"纪实"相标榜，但在故事情节提炼和创作风格上又各有特点，体现了这个时期小说家对历史小说创作的一些思考以及对历史演义文体的探索。

一　《唐书志传通俗演义》："按鉴演义"的范型

《唐书志传通俗演义》8 卷 89 节①，最早刊本是嘉靖三十二年的杨氏清江堂刊本。卷一题"金陵薛居士的本，鳌峰熊钟谷编集"。"薛居士"不知为何人，熊钟谷则是明代福建建阳的著名刻书家，名福镇，字大木，号钟谷②，他是一名成功的书商，也是较早从事历史小说创作的小说家。

---

① 清江堂本的目录为 8 卷 90 节，但第 35、36 节无标题，正文第 34 至 37 节之间只有一节，其节数及标题亦阙，因此实有 89 节。此书另外还有三种版本，分别是：万历二十一年（1593）世德堂刊本；万历间三台馆刊本；万历四十八年（1620）武林藏珠馆刊本，皆为 89 节。

② 陈大康：《关于熊大木字、名的辨正及其他》，《明清小说研究》1991 年第 3 期。

就目前所见资料可知，他共创作了四部历史演义小说，其中最早的一部是《大宋中兴通俗演义》，他在该书"序"中写道：

> 武穆王《精忠录》，原有小说，未及于全文。今得浙之刊本，著述王之事实，甚得其悉。然而意寓文墨，纲由大纪，士大夫以下遽尔未明乎理者，或有之矣。……于是不吝臆见，以王本传形状之实迹，按《通鉴纲目》而取义。至于小说与本传互有同异者，两存之，以备参考。或谓小说不可紊之以正史，余深服其论。然而稗官野史实记正史之未备，若使的以事迹显然不泯者得录，则是书竟难以成野史之余意矣。……质是而论之，则史书、小说有不同者，无足怪矣。①

这段话包含了两方面内容：其一，历史小说属于史的范畴，因此"大义须参照正史而定"②，他创作《大宋中兴通俗演义》的基本方式就是"以王本传形状之实迹，按《通鉴纲目》而取义"；其二，稗官野史与正史又有不同，小说应侧重正史所未记的内容，即"记正史之未备"。这是熊大木对《大宋中兴通俗演义》一书创作情况的交代，实际上也代表了他整体的历史小说创作观，《唐书志传》正是这种观念指导下的产物。

就创作模式而言，《唐书志传》是一部典型的"按鉴演义"之作，无论是形式还是内容，都尽力与史书保持一致。具体表现在两个方面：

其一，叙说模式上对史书形态、体例的刻意模仿。

1. 模仿纪传体史书的形态，在小说卷首依次列入了"唐臣纪"（86人）、"诸夷番将纪"（7人）、"皇族纪"（2人）和"别传"（20人）。每个人名下都附有字号、籍贯、爵位等说明，"别传"部分还无一例外地注明了各路反王称王的时间、年号。

2. 模仿《资治通鉴》的形式，在各卷开头都标明该卷所记之事的起讫年代③。如卷一："起自隋炀帝大业十三年，讫于隋恭帝义宁二年，首

---

① （明）熊大木：《大宋中兴通俗演义》，《明代小说辑刊》第二辑第2册，巴蜀书社1995年版，第19页。

② 陈洪：《中国小说理论史》，天津教育出版社2005年版，第48页。

③ 全书只有卷二无确切年代，只有"起""止"二字。

尾共二年事实。"① 卷八："起唐太宗贞观十九年乙巳岁，止唐太宗贞观十九年乙巳岁，首尾凡一年实事。"

3. 行文中不时插入一些"自注"②，对作品中提及的人与事作补充说明，其中出现"按""按史""按唐史"之类字眼的就有十多处。如第 9 节写李世民救李靖时有这样一条：

> 按唐史，李靖字药师，京兆三源人。姿貌魁秀，通书史。尝谓所亲曰："丈夫遭遇，要当以功名取富贵，何至作章句儒。"其舅韩擒虎每与论兵，辄叹曰："可与语孙吴者，非斯人尚诸（谁）哉！"仕隋为殿内直长、吏部尚书。牛弘见之曰："王佐才也。"大业末为马邑丞。靖审唐公有非常志，上急变，传送江都至长安，道阻不能达，唐公已定京师，故将斩之。

第 58 节写李世民登基后立长孙氏为皇后，在这里也有一条按语：

> 后少好读书，造次必循礼法。上为秦王，后奉事高祖，承顺妃嫔，甚有内助。乃为后，务崇节俭，服御取给而已。上深重之。尝与之议赏罚，后辞曰："牝鸡之晨，惟家之索。妾妇人，安敢预闻政事？"固问之，终不对。太宗甚重之。

前者交代了李渊要斩李靖的原因，后者补充了长孙皇后的性格特点，都是根据史书记载对所述人物、事件的补充说明。

4. 作品中大量收录了檄、奏、表、誓、诏、榜、告、露布、疏以及书信等文献资料，其中仅书信就多达 14 封。这些文献有的直接注明出处，有的抄自史书，但也有一些很可能是出自作者之手，但不论出自何处，都

---

① （明）熊大木：《唐书志传通俗演义》卷1，《古本小说丛刊》影印明嘉靖三十二年杨氏清江堂刊本，中华书局 1990 年版。本文《唐书志传通俗演义》引文均引自此版本，下文不再注明。

② 史书中的注释一般有两种，一种是"自注"，另一种是"他注"，其中"自注是作者对其所撰写之书的注释，是史书的体例之一"。参见瞿林东《中国简明史学史》，上海人民出版社 2005 年版，第 163 页。

体现了作者"拟实"的创作观念。

5. 为了突出作品史的意味，作者还采用了"论赞"的方式，常常在一段故事之后引用一首诗或一段议论文字对该段故事加以评论。主要方式有二：一是诗赞，多以"后人有诗赞曰""后人有诗叹曰"等形式出现。如第 30 节写尉迟敬德大战唐兵，插入一段"后人有诗赞曰"：

> 剑戟凌空杀气高，唐兵百万望风逃。功勋未上麒麟阁，先向并州识俊杰。

全书共插入诗歌 80 余首，诗的作者大多为"后人""宋贤"之类，但也有署名的，其中以"静轩先生"或"静轩周先生"出现的多达 18 首。二是史论，小说中诸如"纲目断曰""胡氏曰""范氏曰""司马温公曰"之类的评语有 20 余处。

其二，情节、叙事上与史书保持高度一致。

《唐书志传》从隋炀帝大业十三年（617）写起，至唐太宗贞观十九年（645）止，主要叙说的是隋亡唐兴这段历史。全书基本上是按《资治通鉴》的编年顺序为线索来安排情节、展开叙事的，作者以李世民的活动为主线，将这个时期纷繁的人物、事件串联起来，使全书线索清晰，结构也比较完整。作者的创作手法主要是"按鉴演义"，小说各卷开头都有"按唐书实史节目"字样，故事情节也大多可以从《资治通鉴》《资治通鉴纲目》等史书中找到出处，或直接从史书抄录，或据史书扩写、发挥。例如，小说第13 节关于隋炀帝之死的内容基本上都是从《通鉴纲目》中抄来的，情节上仅多出独孤盛拒贼一节，字数也只多出 99 个字，其他文字基本照录，有的仅仅是将"至旦"这样的文言改为比较通俗一点的"天已明"而已。

就全书而言，该书的编纂是"一据《通鉴》，顺序照抄原文而连缀之"①，作者的工作主要是用一些文学的手段将这些散乱的资料连缀起来。如小说第 60 节的内容主要由 10 个情节构成：①魏征谏止点兵；②任命张玄素为侍御史；③任命张蕴古为大理丞；④与萧瑀议论，欲命京官五品以上更宿中书内省；⑤封德彝卒；⑥与萧瑀谈论周、秦修短；⑦任命长孙无

---

① 孙楷第：《日本东京所见中国小说书目》，人民文学出版社 1981 年版，第 37 页。

忌为右仆射；⑧崔仁师说服岭南酋长冯盎入朝；⑨崔仁师青州按狱；⑩孙伏伽劝谏。这10个情节皆见于《资治通鉴》，在《资治通鉴纲目》中也都有"纲"和"目"，作者在采入小说时基本上是按照"纲"的顺序、将"目"全文照录，具体内容和小说中的处理方式大致如下。①"遣使点兵"。内容、对话照录。②"以张玄素为侍御史"。只将"上善其言"改为唐太宗的直接表态："卿言甚合孤意。"③"以张蕴古为大理丞"。把"目"的内容以"按"的方式处理，增加了关于张蕴古的简介："张蕴古，□□人。"④"命京官五品以上更宿中书内省"。只增加"一日"二字，但将原文都变成了唐太宗的话，这样说话与具体的做法混为一团，叙事出现了一点混乱。⑤"六月，封德彝卒。"以按语的方式出现，增加了一段唐太宗问萧瑀"德彝何为人？"的对话。⑥"以萧瑀为左仆射"。仅仅将"瑀谢不及"的叙述变成萧瑀的话："陛下之见，臣所不及也。"⑦"以长孙无忌为右仆射"。将原文"欲相者数矣"变为"欲托以腹心之任"，后增加一段："太宗曰：'无忌朕之幼相识也，宁有是事哉？吾必欲任之。'遂不听后言，以为右仆射。"⑧"岭南酋长冯盎遣子入朝"。这个情节加工较多，首先，增加了朝廷接到内乱消息后的议论；其次，《资治通鉴》记载被派去劝谕冯盎的是"员外散骑侍郎李公掩"[1]，《纲目》则为"上乃遣使谕之"，没有写派去的是何人，这里则变成崔仁师，而且比较详细地写了崔仁师出使、说服诸酋长的过程。⑨"诏殿中御史崔仁师按狱青州"。这个情节也比较详细，有崔仁师与唐太宗的对话以及崔仁师按狱的过程和细节，中间还加入了孙伏伽与崔仁师的争议。⑩"以孙伏伽为谏议大夫"。增加了孙伏伽和唐太宗的对话。

从上述对照分析可以看出，《唐书志传》中的情节基本上来自史书，作者所做的工作主要是将这些散乱的素材连缀起来，构成一些可读性较强的故事情节。作者的加工大多比较简单，如第60节中的10个故事都采自史书，作者仅仅是通过"时有""又""一日""是时""忽"之类的关联词将这些故事连接起来，文字上也没有大的改变。但也不能否认，作者在某些情节的加工上也费了一些功夫，如上述⑧⑨两个情节，作者有意识地将两件事的主人公都变成崔仁师，在叙事中增加了一些细节和双向式的人物对话，使故事更为生

---

[1]　（宋）司马光：《资治通鉴》，中华书局1956年版，第6039页。

动，人物性格也较史书更为鲜明，这就使小说的文学性有所加强。

由于作品中掺杂了一些来自民间的素材，因此《唐书志传》曾被作者的友人指责"似有紊乱《通鉴纲目》之非"①。但从文学的角度看，此书的主要问题恰恰是过于拘泥于史实，因此使小说的文学性不足。这既与作者自身的文学修养不足有关，同时也与当时的小说观念有密切的关系。作为历史演义小说的开山之作，《三国演义》的刊行在嘉靖时期引起了强烈的反响，但当时大多数评论家们欣赏的不是它在文学上的巨大成就，而是它"纪实"的特点，如庸愚子称赞它"事纪其实，亦庶几乎史"②，修髯子也认为它的价值主要在于"羽翼信史而不违"③。在他们看来，"演义"的主要任务就是"羽翼信史"，而创作的主要目的也就是将历史通俗化，从而使读者"人人得而知之"④。熊大木受到了这种崇实观念的影响，同时书商的身份也决定了他不可能花太大的精力从事一部小说的创作，因此就选择了最简便的一种编创方式："按鉴演义"。尽管小说在艺术方面十分粗糙，但作为一种创作尝试，无论是经验还是教训，对后人都有一定的启发。

二 《隋唐两朝志传》：在文与史之间的纠结

《隋唐志传》现存最早版本是万历四十七年（1619）姑苏龚绍山刊本。此本除第一卷卷末题《镌杨升庵批点隋唐两朝志传》外，正文各卷卷端及卷末均题《镌杨升庵批点隋唐两朝史传》，版心则题《隋唐志传》⑤。总目为 12 卷 122 回，但第 89 回后出现"第又八十九回"，实为

---

① （明）李大年：《唐书演义序》，载（明）熊大木《唐书志传通俗演义》，中华书局 1990 年《古本小说丛刊》影印本，第 1 页。

② （明）庸愚子：《三国志通俗演义序》，载（明）罗贯中《三国志通俗演义》，上海古籍出版社 1980 年版，第 1 页。

③ （明）修髯子《三国志通俗演义引》，载（明）罗贯中《三国志通俗演义》，上海古籍出版社 1980 年版，第 3 页。

④ （明）庸愚子：《三国志通俗演义序》，载（明）罗贯中《三国志通俗演义》，上海古籍出版社 1980 年版，第 1 页。

⑤ 另外，日本学者横山弘在 1986 年曾购得另一版本封面题为《杨升庵先生批点隋唐志传》，据横山弘先生《〈隋唐志传〉版本小考》（《奈良女子大学文学部研究年报》第 31 号）一文介绍，两个版本在内容文字、版面等方面都相同，两书是由同版印成，尊经阁本在前，但尊经阁本缺封面，书内有缺页，而新出本保存比较完善。

123 回。

孙楷第先生认为《隋唐志传》与《唐书志传》"同出于罗贯中《小秦王词话》"①，该书不仅有不少情节与《唐书志传》相同或相似，在写法上也有一些共同特点，尽管作者没有打出"按鉴""按史"的招牌，但创作的基本方式仍然是"按鉴演义"。署名林瀚的《隋唐志传叙》中就曾提醒读者，"是编为正史之补，勿第以稗官野史目之"。在对史书外在形式的刻意模仿方面《隋唐志传》比《唐书志传》走得更远。如在小说目录和正文之间有一份十分冗长的"附录"，包括隋纪（2 人）、唐纪（从高祖至昭宣帝，共 21 帝，又附唐高祖皇族子姓 22 人，后妃 18 人）、唐高祖至僖宗历朝文武诸大臣姓氏（其中高祖、太宗两朝 133 人，高宗朝 19 人，中宗朝 60 人，睿宗朝 1 人，玄宗朝 44 人，肃宗朝 8 人，代宗朝 40 人，德宗朝 11 人，宪宗朝 11 人，穆宗朝 3 人，敬宗朝 3 人，文宗、武宗两朝 9 人，武宗、宣宗两朝 4 人，懿宗朝 3 人，僖宗朝 23 人）、僭伪隋纪（即四十八处烟尘，48 人）、附录各部将官姓氏（包括李密部下 11 人，翟让部下 4 人，宇文化及部下 4 人，萧铣部下 3 人，宋金刚部下 3 人，王世充部下 12 人，窦建德部下 9 人，赵行枢部下 6 人，安禄山部下 30 人，李希烈部下 2 人，武三思部下 10 人）。列入这份"君臣姓氏"名单的多达 577 人，而且除"僭伪隋纪"和"附录各部将官姓氏"外，其余各项所录人名均列出其籍贯和官职。此外，与《唐书志传》一样，该书每卷正文前都注明起迄时间，如卷一（第 1—10 回）："隋炀帝大业元年乙丑岁起，至于大业十三年丁丑岁止，凡十三年事实"②；卷十二（第 112—122 回）："唐代宗广德元年癸卯岁起，至僖宗中和二年壬寅岁止，凡一百二十年事实。"作品中同样收录了大量的檄、奏、表、誓、诏、榜、告、露布、疏、颂、供状以及书信等文献资料，其中仅书信一项就多达 10 封，诸如李密的讨隋炀帝檄、骆宾王的讨武曌檄、韩愈的《谏佛骨表》等皆全文照录。该书也采用了"论赞"的形式，其中诗赞就有 130 余首。书中也杂入了一些史论，如第 110 回以"史官评玄宗云"引出这样一段话：

---

① 孙楷第：《日本东京所见中国小说书目》，人民文学出版社 1981 年版，第 39 页。

② （明）罗贯中编辑：《隋唐两朝史传》，《明代小说辑刊》第三辑第 1 册，巴蜀书社 1999 年版，第 103 页。本文《隋唐两朝志传》引文均引自此版本，下文不再注明。

"玄宗开元之初，厉精政事，几致太平，可谓盛矣。天宝以后，奸臣执权，艳妃乱政，至于窜身失国而不悔。靡不有初，鲜克有终，玄宗之谓也。"与《唐书志传》不同的是，像这种混入文本中的史论在《隋唐志传》比较少见，取而代之的是回末的"总批"或"总评"，它们都是对本回内容或某个人物所作的评论。这些"总批""总评"大多为作者所加，但其中也有不少是直接取自史书中现成的论赞。在小说的情节、叙事上，《隋唐志传》也尽量与史书保持一致。全书仍然是以《资治通鉴》的编年顺序为线索来安排情节、展开叙事的，虽不像《唐书志传》那样依赖史书，但主要内容也基本上是根据史书来演义的。例如，小说第5回"杨玄感兵起黎阳"大致由八个主要情节组成，即：李密结识杨玄感、李密为杨玄感设三计、李密劝杨玄感杀韦福嗣、李密劝止杨玄感称尊号、杨玄感败亡、李密设计自救、李密逃亡、翟让起兵。这八个情节都可以在《资治通鉴》中找到出处，除个别细节外基本内容没有大的区别，甚至在文字上也没有太大改变。

　　总的来看，《隋唐志传》与《唐书志传》在写法上有很多相似之处，它们都重视历史真实，其创作方式也都是"按鉴演义"，走的都是将历史通俗化的路子。但不同的是，《隋唐志传》除了从史书中找寻素材外还采用了不少来自民间的故事，对此，孙楷第先生曾经指出：

　　　　其纪太宗事，有太宗为李密所擒囚南牢之说；纪李密归唐事，有秦王十羞李密之说；纪美良川之战，有叔宝污敬德画像之说；纪征高丽事，有叔宝子怀玉与敬德子宝林争先锋之说，有莫利支飞刀对箭之说。凡此种种，皆戏曲词话所演唱者，今犹可考。其事当时盛传与闾里，人所习知，熊氏虽偶采一二，而欲托付风雅，大数抛弃，兹则尽量采之入书耳。①

的确，文中所列诸条都带有十分浓重的民间色彩。这些情节在史书中都没有记载，但在保留至今的一些话本、戏曲中却能见到相同或相似的内容。如李世民为李密所擒囚南牢一节，主要情节在元代郑光祖的杂剧《程咬

---

① 孙楷第：《日本东京所见中国小说书目》，人民文学出版社1981年版，第39页。

金斧劈老君堂》中都可以见到；薛仁贵故事中诸如薛仁贵投军、张士贵隐瞒战功、飞刀对箭、三箭定天山等也都能在《薛仁贵征辽事略》《摩利支飞刀对箭》《薛仁贵荣归故里》等讲史话本和杂剧中找到出处。

特别值得注意的是，《隋唐志传》还从《三国演义》中移植了大量的情节①。据笔者不完全统计，《隋唐志传》抄袭、模仿《三国演义》情节的有 58 回②，其中有的是情节的袭用，有的是文字上的借用，但最引人注目的还是整回、整段的抄袭。这种抄袭在小说中比较醒目，大多与战争有关，诸如双方的斗智、战场上的搏杀、设伏、劫寨、火攻等情节，往往是稍作变动就直接移植到作品之中。如小说第 16 回主要写秦琼与邱瑞之间的斗智斗勇，主要情节皆抄自《三国演义》第 139 回"瓦口张飞战张郃"，除将张飞换成秦琼、张郃换成邱瑞，地名由瓦口关换成巩北关外，主要情节、文字以及人物对话等都基本相同。另外像"博望烧屯"一节在《隋唐志传》中就被借用了两次，其中第 7 回李密火烧裴仁基一段几乎是完全照搬。作者对《三国演义》的借鉴过于生硬，移植的情节与全书的整体风格很难保持协调，有的甚至还造成了人物性格的分裂，但总的来看，这样的处理增强了作品的文学色彩，而更重要的则是体现了作者对历史小说创作的一些思考。全书总体上沿袭了历史叙事的模式，注重对历史的叙述而不是描述，但作者也意识到了历史小说毕竟不同于历史典籍，在追求真实性的同时也应兼顾作品的可读性、趣味性，即文学性的一面，作者对《三国演义》的叙事模式尤其是战争书写的模式颇为欣赏，因此，在写作时常常会自觉或不自觉地从《三国演义》中移植一些现成的情节，

----

① 柳存仁最早指出了这个问题，认为"《隋唐志传》在故事情节关目及其用语方面，俱于《三国》依赖甚深"，他对两部小说中的 7 段文字做了比较，指出："除人名、地名外，不论情节布局，以及用字语句，悉皆相同。"（柳存仁：《罗贯中讲史小说之真伪性质》，载刘世德主编《中国古代小说研究——台湾香港论文选辑》，上海古籍出版社 1983 年版，第 95—97 页）沈伯俊对两书十多处文字作了比较，指出："通观《隋唐志传》，一个非常明显的事实是，书中许多情节、语句与《三国演义》雷同。"（沈伯俊：《〈隋唐两朝志传〉非罗贯中所作》，《明清小说研究》1997 年第 4 期）彭知辉则对两书进行了比较详细的对照，指出直接抄袭的文字达 4 万字，抄袭、模仿的回目达 46 个。（彭知辉：《论〈隋唐志传〉对〈三国演义〉的抄袭与模仿》，《阜阳师范学院学报》2006 年第 6 期）

② 参见雷勇《〈隋唐志传〉的文体探索及其小说史意义》，《陕西理工学院学报》2009 年第 2 期。

而一旦意识到这偏离了历史叙事的航道则又会回到原来的节奏，体现了作者在历史小说文体选择上的纠结。

三　《大唐秦王词话》：对民间叙事传统的借鉴与传承

《大唐秦王词话》8 卷 64 回，卷一、卷二题"按史校正唐秦王本传"，卷三至卷八题"按史校正唐传演义"①。对该书的文体特征研究者说法不一，郑振铎认为"此书始名'词话'，实即鼓词"②，胡士莹则将它归入"诗赞系的词话"③。就外在形式而言，这部作品的确带有说唱文学的特点，例如，全书采用韵散相间的方式，韵文在小说中占比较大的分量。在每卷、回的开头都有一段韵文，其中大多数是诗（共 55 回）、词（共 9 回），卷 4 则以一篇"西湖赋"开篇。这些韵文基本上都是随手拈来，所述与作品内容基本上没有关联，如卷七开篇是一组"西湖十景"诗，但全书与西湖却毫不相干。在这些韵文和正文之间往往有两句（或四句）"插词"④，如："暂停诸史诗中语，再续兴唐鉴里词"（第 4 回）、"且停四景风花句，再整梁王魏主词"（第 7 回），其作用主要是为了承上启下。在这些"插词"之后出现的才是正文，由散文和韵文两种形式构成，散文部分主要用来叙事；韵文主要有诗歌和骈文两种，其作用也比较复杂，大体来说有三种功能，即：叙事、代言和写景状物。该书是现存"词话"中韵文叙事最多的一种，但就全书而言，散文部分远远超过了韵文，如第 4 回共有 3535 字，其中散文 2235 字，占全文的 63%；韵文 1300 字，占全文的 37%。正如杜维沫先生所说，"它虽尚未脱离说唱文学的形式，然而已经主要是供广大读者阅读的案头读物了"。⑤ 这体现了作者对民间说唱形式的认同以及对讲史传统的回归。

---

① （明）诸圣邻：《大唐秦王词话》，中州古籍出版社 1986 年版，第 123 页。本文《大唐秦王词话》引文均引自此版本，不再注明。

② 郑振铎：《中国俗文学史》，商务印书馆 2005 年版，第 612 页。

③ 胡士莹：《话本小说概论》，中华书局 1980 年版，第 185—186 页。

④ 同上书，第 186 页。

⑤ 杜维沫：《大唐秦王词话·前言》，（明）诸圣邻：《大唐秦王词话》，中州古籍出版社 1986 年版，第 2 页。

与《唐书志传》和《隋唐志传》一样，《大唐秦王词话》的作者也强调小说与历史的联系。小说各卷都有"按史校正"字样，文本中也掺杂了不少书信、诏书、檄文等文献资料，同时也采用了"有诗为证"等形式。全书从"李公子晋阳兴义兵"写起，到"唐太宗渭水立盟"结束，基本上也是以李世民为中心、按照编年体的时间顺序来组织情节和展开叙事的。不同的是，在取材方面作者更偏爱来自民间的素材，在情节设置、人物塑造方面也采取了与史官不同的立场和态度，因此小说的品位发生了较大变化。这主要表现在两个方面：

第一，故事情节带有更浓的民间色彩。

《词话》是站在民众的立场上来选材、叙事的，因此，作品中的人物、故事都带有较浓的民间色彩，很多历史人物都被世俗化了。例如，李世民"独陷金墉"是小说中的一个重要情节，这个情节在史书中没有记载，作者完全是根据民间传说来演绎的，但由于这个情节的设置，几个相关的历史人物性格却发生了很大变化。在这个事件中，秦叔宝、徐茂功、魏征站在李世民一方，并承担了救助、私放李世民的任务，但三人救李世民的动机却不敢恭维。秦叔宝是因为看到程咬金砍李世民时"金龙出现护佑"，认准李世民是"真命天子"，因此明追暗救；徐茂功也是"观见秦王有天日之表，帝王气象"，因此在李密欲斩李世民时"用善言解救"，送他到南牢监禁；魏征知道二人已"有恩于秦王"，于是，"以设牢为名，每日香羹美馔，供奉秦王"，最终还私改诏书，放走了李世民。三人都带有十分露骨的投机成分，其表现也极为浅薄。此外，李密囚禁李世民之举也犹如儿戏。李世民被擒后李渊派刘文静持表来求李密放人，小说第5回有这样一段描写：

> 魏王看罢表章，心中自忖："唐高祖好没主宰！既有许多礼物，满朝文武，岂无一人？却差这个贼来！放了秦王，知道的，说我与唐家是宗亲；不知道的，只说刘文靖分上。他回朝定然夸功卖口，没了我的恩义！"魏王一时怒起，把表章扯得纷纷碎，喝令锦衣武士："把刘文靖绑出斩首报来！"

一件关乎两国关系的大事竟变成了个人义气之争。不难看出，这个故事与史实有很大出入，几个人物的性格与历史原形也有较大差异，作者是根据民众的理解来塑造这些人物的，对历史人物的精神境界缺乏足够的了解，因此塑造出来的人物带有较浓的世俗色彩。

在情节的设置上，《词话》比较注重故事的生动性、趣味性。在小说中，作者比较注重两类情节：其一，关于战争的故事。小说的核心是李世民扫荡群雄、统一天下的故事，因此战争就成为作品中不可缺少的一个环节。在战争描写方面《词话》与《水浒传》有较多相似之处，比较注重两军交战场面的描写，每次交战都不厌其烦地交代双方的排兵布阵、斗智斗勇，也喜欢用大段的韵文对双方将领的装束、兵器以及交战时的情形进行描摹，情节比较生动，诸如尉迟敬德战八将、敬德大战秦叔宝、单鞭夺槊等都给读者留下较深印象。其二，宫廷斗争的故事。李世民兄弟相残的故事在唐初历史上是一件大事，说唐题材小说对此都有所涉及，其中以《词话》所写最为生动、细腻。从第38回李元吉与尉迟敬德比槊起到第53回玄武门之变终，小说断断续续用了16回描写了李氏兄弟间矛盾发生、发展到最终兵戎相见的全过程。作者站在李世民的立场上审视这一历史事件，爱憎十分鲜明，小说不厌其烦地叙述了李建成、李元吉兄弟陷害李世民的种种手段，其间既有对罗成、尉迟敬德等秦王部下的残害，也有对李世民本人或明或暗的直接下手，如御园小交兵，训马害秦王，联合张、尹二妃诬陷，派刺客，下毒酒等，计谋层出不穷，故事情节也都十分生动。此外，对李世民与李密的矛盾写得也比较细致。李世民逼反李密的故事在《隋唐志传》中已经出现，《词话》中"十羞李密"的情节与《隋唐志传》大致相同，但在这个情节后又增加了"吟反诗三作秦王"和李世民殿前再辱李密等情节，将二人的冲突进一步戏剧化、世俗化。这些完全是下层民众眼中的政治斗争，虽然很浅显，但对人物形象的刻画起到了一定的作用，随着这些情节的展开，李世民的褊狭以及李密桀骜不驯的性格都得到了很好的表现。

由于民间传说的大量运用，小说中的神怪色彩也随之增强。书中写了不少未卜先知的人物，如李靖、徐茂功、桓法嗣等，无论胜负吉凶都能够预测到。例如，徐茂功对刘文静结局的预知就很有代表性。刘文静之死在唐朝历史上是一件比较重要的事件，这在两唐书、《资治通鉴》等史书中都有记载，刘文静被杀的原因比较复杂，但主要是由于统治集团内部的矛盾。《唐书志传》和《隋唐志传》中都写了刘文静之死，但都比较简单，而且也基本上是按史书的记载来敷衍的。在《词话》中关于刘文静之死的描述较为细致，但情节极为荒诞。作者将刘文静之死归因于"屈杀"刘武周，第35回徐茂功对刘文静说："那刘武周，本该还有二年天下，因大人定了美人计，屈杀了他，冤魂不散，赴体缠身，主有不测之祸。"为此他特意教给刘文静一套"魇镇"的方法。刘文静牢记徐茂功的教诲，回京后就依其所教施行，但最终却因"魇镇朝廷"的罪名被冤杀。对这个悲剧性的事件徐茂功做了这样的解释："文靖屈杀武周，因而万岁屈杀文靖，冤魂不散，天使其然！"这样的情节不仅充满了怪诞成分，对人物性格来说也有一定损害，作者安排这个情节的目的似乎是为了突出徐茂功的神算，但其所作所为却给人别有用心的感觉。这种怪诞色彩在李密故事中也比较突出，如：李密之战败是因为王世充有阴兵相助；逃亡途中欲"射猪救犬"却偏偏射死了犬，李密是娄金狗下凡，因此射中的正是"自家本命"；因违背"不犯'盛、独、鹿'"（第16回）誓言而被宜山老母收回所赐的宝剑；李密丧命之处是"邢公山""断密涧"。一切似乎都是命中注定。这些情节都带有明显的民间色彩，是下层民众眼中的历史，尽管很浅俗，但却代表了一种民间立场，而这些情节的加入却无疑增加了小说的生动性。

第二，人物具有较强的传奇色彩。

《大唐秦王词话》的主角是李世民，作者杂取正史、野史中的各种资料对这个人物进行了精心刻画，使其形象比较鲜明。与正史以及《唐书志传》相比，《词话》中的李世民形象也被世俗化了。在作者笔下李世民首先是作为"真命天子"出现的，小说不仅通过众多人物之口一再强调他真命天子的身份，还不厌其烦地写了他的种种神异。如第4回写程咬金追杀李世民时有这样一段描写：

> （程咬金）举起宣花斧，分顶一斧砍来。只见红光罩体，紫雾笼身，响亮一声，半空中八爪金龙把斧托住。乃是真天子百灵咸助，大将军八面威风。

第29回写尉迟敬德鞭打李世民，也出现了同样的情况：

一鞭打来，只见半空内五爪金龙把鞭托住，真天子百灵咸助。

这些都使李世民形象带有一定的神奇色彩。但总的来看，《词话》中李世民形象比较平实，作者不再注重写他的军事才能、治国才能，而更多写了他作为普通人的一面。例如，私看金墉城、私窥柏壁关写了他的任性、好胜；招降尉迟敬德、义释程咬金表现了他的爱才；"十羞李密"则反映了他的褊狭。小说中的李世民没有史官笔下的明君、英主高大、完美，但个性比较鲜明。

《词话》中塑造得最为成功的人物形象是尉迟敬德。从第21回出场到第64回全书结束，尉迟敬德一直是小说叙事的一个焦点，作者广泛吸收了野史、戏曲中关于尉迟敬德的各种材料，经过一番提炼、加工，使尉迟敬德的故事更为丰富，形象也更具传奇色彩。总的来看，小说在塑造尉迟敬德形象上做了三点工作：（1）利用一些怪诞的情节突出其超人的神勇。如第22回写了"伏铁妖""降水怪"两个故事，使尉迟敬德刚一亮相就先声夺人。（2）通过许多紧张激烈的战斗场面突出尉迟敬德八面威风的大将气概。《词话》中写两军交战的场面比较多，其中以尉迟敬德为主角的占多数，如明夺先锋（第23回）、力败八将（第25回）、大战秦叔宝（第30回）、榆窠园单鞭救驾（第37回）、敬德夺槊（第38回）、保驾两救主（第53回）等。这些情节的设置使敬德具有了傲视群雄的神威，即使像秦叔宝这样的大将与之相较也失去了光彩。（3）突出了他忠诚、正直的品格。在李世民所招揽的英雄中，尉迟敬德的归降最为曲折。与秦琼等人一样，在鞭打李世民时他也看到了"五爪金龙把鞭托住"的神奇现象，也知道李世民是真命天子，但不同的是，他并没有因此而手软，更没有因此做出有损于自己集团利益的事情。投李世民之后，尉迟敬德的忠诚也十分突出，不仅多次在危难中救主，在李氏兄弟的争斗中坚定地站在李世民一方，并为此多次受到李建成、李元吉的残酷迫害。玄武门事变后李世民追究魏征离间兄弟之罪而欲斩之，尉迟敬德又挺身而出为之求情："此等忠臣，正当容留。"进一步表现了他的正直。作者以极大的热情精心塑造了这个传奇英雄形象，就这个艺术形象而言，隋唐系列小说中没有一部可以与《词话》媲美，这也为隋唐题材小说由历史演义向英雄传奇的转变做了有益的尝试。

总之，从《唐书志传》到《大唐秦王词话》，隋唐历史题材小说创作在缓慢地发生着一些变化，其中一个重要的趋向是：作品对正史的依赖越来越少，创作中来自民间的素材逐渐增加，虚构成分越来越多。作者对历史演义小说文体的认识越来越深入，人物形象的塑造开始受到作者的重视，小说的艺术水平也逐渐提升。但总的来看，这几部小说基本上还处在长篇小说创作的初级阶段，作者对小说文体特征的认识还不明确，小说与历史的界限也不分明，作品的艺术水平也比较低劣。

从道德官场到世俗官场

——明末清初通俗小说官场描写管窥

莎日娜

北京师范大学

官场指官府设立的交易市场，对此，《旧唐书》《宋史》等史书中均有记载。今天所说的官场，多指政界，即官吏阶层及其活动的场所。作为前者，"官场"是一种客观存在，并无褒贬之意；而后者，则多有贬意，称呼强调官吏之间的倾轧、逢迎，以及官员道德的堕落，政界秩序的混乱。本文所涉及的官场，特指后者。明末清初的通俗小说中，出现了大量官场描写。这些描写，主要集中在官场政治、官场道德与官场规则三个方面，对此前通俗文学的官场描写有继承，也有发展。

一 官场政治——"忠奸斗争"模式的延续

在宋元说话中，"忠奸斗争"的模式已经成为深受欢迎的故事类型。据罗烨《醉翁谈录·小说开辟》所录，当时的小说家"说国贼怀奸从佞，遣愚夫等辈生嗔；说忠臣负屈衔冤，铁心肠也须下泪"①，"国贼"与"忠臣"这一组对立的概念，既容易简化故事线索，展开矛盾冲突，也易促成观众的情感宣泄。明代中后期，在通俗文学的创作中，"忠奸斗争"

---

① 罗烨：《醉翁谈录》，古典文学出版社 1957 年版，第 5 页。

的情节模式已经比较成熟，并被作者和读者广泛接受。明末清初的通俗小说作家在对官场的描写中，继承了这种创作模式，将官场政治演绎为"忠"与"奸"的对立。

李卓吾在《忠义水浒传叙》中称《水浒传》是作者因"宋室不竞，冠屦倒施，大贤处下，不肖处上"发愤而作。"小德役大德，小贤役大贤"的社会现实，是梁山英雄反抗朝廷的原因，而宋江等"水浒之众，皆大力大贤有忠有义之人"①。这种忠奸对立模式，是在"忠君"的前提下，对政治乱象的一种解读。明末，金圣叹对《水浒传》进行了删改和评点，评点中虽然不认同水浒英雄的反抗是忠义之举，也更重视《水浒传》"锦心绣口"的文字之妙，但仍然肯定了《水浒传》"乱自上作"的创作倾向。指出高俅等人"乱自上作"，是"乱自下生"的主要根源②，这是在故事层面上对小说"忠奸"斗争情节的肯定，也是在叙事层面上对"忠奸斗争"模式的一种认同。

《水浒传》的两部续书《水浒后传》《后水浒传》，延续了《水浒传》忠奸斗争的政治解读。《水浒后传》写梁山幸存的英雄受到奸臣迫害，再次揭竿而起③。当金兵入侵之时，他们精忠报国，帮助朝廷抵抗金兵。但朝廷却割地求和，英雄们只得去海外建国立业。作品以金兵南侵为背景，在强化民族意识的同时，强调了英雄人物的"忠义"之举，较之《水浒传》，忠奸对立模式更为显豁。《后水浒传》写宋江、卢俊义等梁山好汉转世为杨幺、王摩等人，由于受贪官酷吏的迫害，在洞庭湖起义。作者对徽、钦二帝颇有微词，认为他们"无治世之才，任用奸佞"，才导致金兵入侵。杨幺冒死"入宫谏天子"，他劝谏宋高宗"远馋去佞，近贤用能，挽回宋室"，高宗回答说："朕已过矣，孰谓杨幺盗贼！具此忠君爱国之念，诚当今勇义之士，行千古不敢行之事"④。虽然对皇帝有所不满，但其对立面依然是朝中的奸佞小人。

---

① （明）李卓吾：《读〈忠义水浒传〉序》，陈曦钟、侯忠义、鲁玉川辑校《水浒传会评本》，北京大学出版社 1981 年版，第 28 页。

② 同上书，第 54 页。

③ （明）陈忱：《水浒后传》，宝文堂书店 1986 年版。

④ （清）采虹桥上客：《后水浒序》，《后水浒传》，春风文艺出版社 1985 年版，第 415—416 页。

这些小说中，基本上都是以忠君为中心，将人物分为忠奸对立的两个群体。在对君主的描写中，《续金瓶梅》《岳武穆精忠报国传》等以北宋末、南宋初为历史背景的小说，宋徽宗、宋钦宗两个亡国君主是作家同情和批判的对象，但在宋高宗身上，却似乎还寄托着作者的治世理想。他虽然偏安一隅，歌舞升平，但却能接受杨幺的劝谏。"西湖歌舞几时休"，其实，后人对宋高宗偏安一隅、不图北上，早有批评，作者在这里美化他，无非是寄托了自己的一种"忠君"理想而已。在时事小说中，崇祯则是小说家心目中的理想帝王。在对臣子的描写中，岳飞、杨涟、周顺昌、左光斗等，是作者竭力歌颂的对象。周顺昌为官清廉，"人品不凡，官箴无玷"①，因为不肯依附魏忠贤遭到陷害，逮捕他时激起了苏州民变。与"忠"对立的是"奸"的形象。如《水浒后传》中的蔡京、高俅及爪牙张干办等欺压逼迫水浒英雄，使他们再次啸聚山林。以描写魏忠贤事件的时事小说为例，作品描写魏忠贤、崔呈秀等奸恶之徒，为一己私利结党营私、陷害忠良、肆毒宫闱。并且假功冒爵、图谋叛逆。

这类忠奸对立的故事模式，是对传统官场政治的一种道德解读，也是小说传统故事模式的一种延续，但并非对官场世相的整体揭示。

值得注意的是，面对明王朝的覆灭，一些小说作家开始重新审视忠奸之辨。《樵史通俗演义》描写南明政权建立后，在大敌当前之时，"朝中事体日坏一日，不但文武不同心，大小官不同志，连那各阵将各文臣，也你争我闹，你忌我猜。及至敌来，没人阻挡，百万养兵竟成纸虎，朝廷弄成银子世界，阃外酿成厮闹乾坤，那得江山如故人民乐业。"②南明王朝建立后，文官与文官不和，武将与武将不和，文官与武将不和，最终导致覆亡。这一点在康熙年间孔尚任的《桃花扇》中也有表述。《樵史通俗演义》成书于清初，在作者笔下，朝廷成为私人拉帮结派、牟取私利的所在，民族利益和国家利益在这些人手下彻底葬送，一旦危险来临，皇帝的生死尚且不顾，更何况百姓的安危。"忠奸"虽有对立，但在国家覆亡的历史中，二者之间的界限已趋于模糊。

---

① （明）长安道人国清编次，卜维义校点：《警世阴阳梦》，春风文艺出版社1985年版，第75页。

② （清）江左樵子：《樵史通俗演义》，中国书店1988年版，第206页。

二 官场道德——清贪分流模式的重新审视

官员是官场的主体，清官与贪官的故事，是中国古代叙事文学中比较常见的两种类型。晚明官场腐败丛生，贪官的形象在明末清初的通俗小说中为数众多。如《二刻拍案惊奇》中"青楼市探人踪　红花场假鬼闹"一回①，写甲科出身的官员杨金宪，为官又贪又酷，在张氏兄弟争产中，收受贿赂。因事情未成，张贡生讨要定金，杨竟将其杀死。再如《续金瓶梅》中的吴典恩，只是一个不入流的小官。他为了谋占西门庆的家财，将吴月娘一干人下狱，最后身死狱中②。一个小案子，涉及按院、通判、推官、典史等官员。这些官员大多牟取私利，可谓无官不贪。

中国的底层民众有着浓重的清官情结。宋元时期，杂剧、话本等作品中已有大量清官形象。明末清初的通俗小说，也描写了一些清廉的官吏。如《醒世姻缘传》中的徐大尹，在晁思孝死后，即时制止了族人对晁家财产的抢掠，并为其遗腹子晁梁的身份做了证明，免除了其后财产纠纷的后患③。受理堕落书生汪为露及其邻人侯小槐房产纠纷案的县官，也是一个为官清正之人。清官的行为不仅在于人品道德，还在于其在行为上与贪官的斗争。

在中国古代的叙事文学中，奸臣往往是贪官，忠臣则清正廉明。"清贪"模式是忠奸模式的一种延续。清官的出现是底层民众在弱势地位下的心理安慰。但从总体上说，作者对清官的描写远没有对贪官污吏的描写生动。

值得注意的是，这一时期的官场描写中，出现了一些与以往不同的清官形象。一些作家对现实生活中官场的真实状况有着清醒的认识。即使是所谓的清官，也并非一清如水。《续金瓶梅》第十一回中这样写道：

---

① （明）凌濛初著，章培恒整理，王古鲁注释：《二刻拍案惊奇》，上海古籍出版社1991年版，第71—96页。

② （清）丁耀亢：《续金瓶梅》，陆合星月校点《金瓶梅续书三种》，齐鲁书社1988年版，第78—86页。

③ （清）西周生：《醒世姻缘传》，上海古籍出版社1981年版，第298—304页。

原来这官清也是难事。士大夫读了圣贤书，受了国家爵禄，难道都是害民贪利的？那铁面冰心好官也是有的。但如今末世，多有直道难行，只得随时活动，遇着这等不公道的容易钱，也略取些来为上下使费，也是今日仕途常事。只不做出吴典史的事来，就便是好官了。哪有辞夜金的杨四知，告天地的赵献清？①

《春秋配》中的李花，被屈打成招，自认杀人。而审他的耿知府，正是一个"政事精勤，不肯懈怠"的好官②。

此前的小说中也写官场，但多是公式化、概念化的描写，不是清官就是贪官，远没有写出官场中的复杂性。明清之际的通俗小说作家，对官场描写投入了更多的关注，也进行了更细微的描写。在对贪官丑态给予揭露的同时，揭示出一些所谓"清官"的本质。这些描写，是与晚明思想界的文化反思分不开的。李贽在《焚书》卷五中曾云：

公但知小人之能误国，而不知君子之尤能误国也。小人误国犹可解救，若君子而误国，则未之何矣。何也？彼盖自以为君子而本心无愧也。故其胆益壮而志益决，孰能止之。如朱夫子亦犹是矣。故予每云贪官之害小，而清官之害大；贪官之害但及千百姓，清官之害并及于儿孙。③

这是对以道德评判政治及吏治的时代反思。至晚清，刘鹗在《老残游记》中对这一问题进一步深入描述。小说中的刚弼，不收人银钱，自以为非常清廉，实际上却刚愎自用，判案武断，是一个十足的酷吏。书中写道："这瘟刚是以清廉自命的，白太尊的清廉，恐怕比他还靠得住些。白子寿

---

① （清）丁耀亢：《续金瓶梅》，陆合星月校点：《金瓶梅续书三种》，齐鲁书社1988年版，第102页。

② 无名氏撰，钟林斌校点：《春秋配》，《中国古代珍稀本小说》3，春风文艺出版社1994年版，第53—57页。

③ （明）李贽著，刘幼生整理：《李贽文集》1，社会科学文献出版社2001年版，第204页。

的人品学问，为众所推服，他还不敢藐视，舍此更无能制伏他的人了。"①在审理魏氏投毒致死人命一案时，只因为魏家家人为疏通官府送上一千两银票，刚弼便认定魏氏父女有罪，并严刑拷打，屈打成招。这些清官的形象具有高度的典型性，他们有清廉之名，对社会的危害性更大。

通俗小说对清官的重新审视，脱离了以道德评述政治的模式，是小说家对现实社会政治与官场的重新认知。这种认识，摆脱了单一的道德评判，是小说官场描写的一大进步。

三 官场规则——官场文化的世俗解读

从创作主体来看，明末清初的通俗小说作家大多为底层文人，故其对官场的态度也有不同的表现：一方面是对官场腐败现象的批判；另一方面也有对官场生活的艳羡。这一时期的通俗小说，以中下层的官员为主要描写对象，从世俗生活和职场生活的角度，对晚明官场进行了艺术化的描摹。这些官员虽然地位不高，却是联系政府与民众的重要链环，也是数目最为庞大的官员群体。

与以往作品单纯的职场描写不同，这一时期的通俗小说在世俗生活的层面上，对这些官员进行了全方位的展示。以《醒世姻缘传》为例，有人统计，作品"写到的州县官或代署州县官共有八位"②，其中晁思孝、狄希陈等官员，是小说描写的重点。这些官员是家庭中的父亲、儿子；在社会生活的层面上，他们又是政府官僚体系的有机组成部分。前者可以从伦理的角度解析，而后者，则具有一定的社会批判价值。作为父亲，晁思孝溺爱儿子，对儿子的种种不肖非但不加批评，反而欣赏有加。小说描写，当他得知儿子晁大舍为非作歹之时，反而非常高兴。"那晁老钦服得个儿子就如孔明再生，孙庞复出。"③ 晁大舍被杀，与其管教不严有不可分割的关系。而狄希陈则是另一个故事中被溺爱坏的儿子。自小顽劣异

① （清）刘鹗著，陈翔鹤校，戴鸿森注：《老残游记》，人民文学出版社1994年版，第167页。

② 吴晓龙：《醒世姻缘传与明代世俗生活》，上海师范大学博士学位论文，2006年，第1页。

③ （清）西周生：《醒世姻缘传》，上海古籍出版社1981年版，第227页。

常，不学无术，却因父亲有些钱财，而步入官场。应该说，无论是治民还是理家，他们都是能力低下之辈。然而就是这样一些人，却能混入官场。作者在对他们夸张式的描写中，充满了对现实吏治的不满。

这种世俗的官场，还体现在传统道德理想的缺失上。在这些形象身上，传统士大夫阶层的道德理想追求已不复存在，有的只是对世俗社会官场规则的认同，对世俗享乐、物欲金钱的无休无止的欲望。通俗小说构建了从上到下的官场网络。在这个网络中，处于权力顶端的是皇帝，其次是权臣，进而是中下层的官员小吏。而从实际描写来看，皇帝往往是象征性的，官场的权力掌握在权臣手中。这些权臣利用手中的权力，网罗爪牙、陷害良善、聚敛钱财，使得官场的风气急剧败落。

以描写魏忠贤事件的时事小说为例，他本是个"不识一字，不通文理"宦官，由于受到天启皇帝的宠爱，逐渐登上了权力的巅峰。掌权之初，"他一般也晓得谁是正人，谁是奸佞，但正人执拗的多，他便起用他出来，看附我不附我。""也不想妄行杀戮，结怨朝臣。"① 但终因好听谀词、追逐私利，又缺乏执政能力，只能靠酷刑维护权力，卖官结成私党，使得朝堂上下谄媚之风日盛。小人升迁，君子下狱，以至于"合宫自上至下，并及皇亲国戚，都怕着魏忠贤、客氏。这两个人就是大虫一般，随他横行，没人敢问"②。为了升迁，朝中大臣纷纷拜魏忠贤为父。"真正争先投拜，惟恐不肯收留，中间还有反央忠贤引进拜客氏为母的哩。"③

《醒世姻缘传》中的王振当政之时，苏锦衣之流便可进入官场，他的子孙辈亦可充当中间人替人买官。"却不知怎样，那举国就象狂了的一般，也不论什么尚书阁老，也不论什么巡抚侍郎，见了他，跪不迭的磕头，认爹爹认祖宗个不了。"④ 《喻世明言》中的"沈小霞相会出师表"亦描写了严嵩父子专权之时，"父子济恶，招权纳贿，卖官鬻爵。官员求富贵者，以重赂献之，拜他门下做干儿子，即得超迁显位。由是不肖之人，奔走如市，科道衙门皆其心腹牙爪。但有与他作对的，立见奇祸，轻

---

① （清）江左樵子：《樵史通俗演义》，中国书店 1988 年版，第 14 页。
② （明）长安道人国清编次，卜维义校点：《警世阴阳梦》，春风文艺出版社 1985 年版，第 90 页。
③ （清）江左樵子：《樵史通俗演义》，中国书店 1988 年版，第 14 页。
④ （清）西周生：《醒世姻缘传》，上海古籍出版社 1981 年版，第 216 页。

则杖谪，重则杀戮，好不利害！"①

通俗小说围绕选官、升官等官场现象，对官场生活进行了比较全面的展示。据《明史·选举志》，明代选举之法，"大略有四：曰学校，曰科目，曰荐举，曰铨选"，四者中，"科目为盛，卿相皆由此出，学校则储才以应科目者也。其径由学校通籍者，亦科目之亚也，外此则杂流矣。然进士、举贡、杂流三途并用，虽有畸重，无偏废也。荐举盛于国初，后因专用科目而罢。铨选则入官之始，舍此蔑由焉。"② 明朝立国之初，依托科目、学校与荐举建立了一套比较完备的官员选择制度。其后虽经成祖夺位，但封建官僚制度仍不断完善。至成化年间，伴随着各种社会矛盾的激化，选官制度本身的弊端日益显露。通过作弊替考等手段，考试制度的公平性已被破坏。加之捐纳制度的实行，明初所建立的选官制度已经成为加速明王朝溃败的因素。明末清初的通俗小说，描写的正是明代中后期的封建官场。

制度上缺失引来官场潜规则的风行。官场升迁一靠关系，二靠钱财，正如《醒世姻缘传》中所写：

> 大凡做官的人，若没有个倚靠，居在当道之中，与你弥缝其短，揄扬其长，夤缘干升，出书讨荐，凭你是个龚遂、黄霸这等的循良，也没处显你的善政，把那邋遢货荐尽了，也荐不到你跟前；把那罢软东西升尽了，也升不到你身上。（第九十四回）

> 这靠山第一是"财"，第二才数着"势"。就是"势"也脱不过要"财"去结纳，若没了"财"，这"势"也是不中用的东西。③

更为可怕的是人们对这种规则的认同。以邢皋门为例，他是晁源的幕宾，作者对他着墨甚多，也不乏褒奖之词。一方面，他是清高的士林中人，最后官至尚书，为官清正，人品端直。另一方面，他又认同晁源的贪酷，对

① （明）冯梦龙编，许政扬校注：《喻世明言》，人民文学出版社1991年版，第651页。
② （清）张廷玉编：《明史》，中华书局1974年版，第1119页。
③ （清）西周生：《醒世姻缘传》，上海古籍出版社1981年版，第1335页。

其升迁也着力不少。这种对"恶"的接受，反映了晚明社会的官场现实，也反映了当时世风与官风的败落。

四　结语

就编创形式而言，明末清初的通俗小说多为作家独立创作。作者多是有一定文学素养的中下层文人，对科场和底层官场的恶浊有一定的认识，故小说中的描写以讽刺和批判为主。就故事而言，作品大多揭示官场常态，而非《水浒传》式的激烈的社会矛盾。清代是官场文化发展和形成的关键时期，统治者的文化政策，使官员更加奉行中庸之道。各种官场读物纷纷涌现。众所周知，晚清的官场小说比较多，这些小说暴露了封建社会崩溃时期官场的污浊和混乱。"凡所叙述，皆迎合、钻营、朦混、罗掘、倾轧等故事，兼及士人之热心作吏，及官吏闺中之隐情。"① 小说作家通过对社会问题的罗列，用夸张的笔法，批判了官场的丑态，继承了我国古代小说社会批判的传统，使官场小说成为通俗小说的一大门类。许多学者皆认为《儒林外史》对其影响尤大，但追其源流，晚明的官场文化与小说中的官场描写则为其滥觞。小说是虚构的艺术。毋庸置疑，明末清初通俗小说中的官场描写并非实录，但较之此前，描写却更具现实性和世俗性，作品也更具可读性和趣味性。

---

① 《鲁迅全集》第9卷，人民文学出版社1993年版，第83页。

招安:成功即失败

——宋江悲剧再认识

井玉贵

中国青年政治学院

一 边功理想与招安悲剧

《水浒传》研究中一直存在着一些聚讼不休的话题,如何看待宋江主导下的招安及其悲剧,因其直通《水浒传》悲剧性质的认定这一根本问题,无疑是诸多话题中争议最大的一个。

从历史上的三十六条好汉,演变到《水浒传》中的一百单八将,水浒故事像滚雪球一样发展。在漫长的累积过程中,不但是人物的增多,故事的丰富,主题的深化,还有这些因素之间的相互联系及深刻裂痕。人物的增多,故事的丰富,自然是为主题的深化服务的。在宋元时期民族矛盾激化的大背景下,《水浒传》的主题在长期演变过程中,逐渐指向了立功边庭的归宿,"而他们的现实身份却是被朝廷追捕的草寇,要使幻想变成现实,招安就成为立功理想的必不可少的手段"[1]。台湾学者孙述宇在探讨宋江的人物原型时,指出宋江身上投有浓重的岳飞的影子,宋江讲忠义盼招安,即来源于其原型人物岳飞。[2] 孙氏这一观点虽未得到学界公认,

---

① 林庚:《中国文学简史》,北京大学出版社1995年版,第573页。

② 参见孙述宇《水浒传:怎样的强盗书》(上海古籍出版社2011年版)有关章节。

但从宋元时期民族矛盾激化，立功边庭凝结为全民族理想的角度看，其观点的合理性仍是毋庸置疑的。

立功边庭，需要强大的实力支持。从单个英雄的反抗行为，到小规模的集体行动，发展为重创官军的强大军事集团，本质上便是为实现立功边庭的理想积累实力的过程。余嘉锡曾说："南宋说话人讲说梁山泊公案者，嫌其人数不多，情事落寞，不足敷演，遂增益为一百八人，以便铺张。"[①] 胡适亦曾从文学表达效果的角度，深感遗憾地指出，施耐庵为了写足一百单八将之数，"不能不东凑一段，西补一块，勉强把一百零八人'挤'上梁山去"，作者倘使"用全副精神来单写鲁智深、林冲、武松、宋江、李逵、石秀等七八个人，他这部书一定格外有精采，一定格外有价值"[②]。不谈《水浒传》立功边庭的终极指向，单从艺术表达层面立论，是无法透彻解释一百单八将的生成史的。

《水浒传》第七十一回写大聚义后宋江分派执事，"有篇言语，单道梁山泊的好处"[③]，末云："人人戮力，个个同心。休言啸聚山林，真可图王霸业。"王利器注云："第一百十八回写方腊出阵时，有云：'苟非啸聚山林，且自图王霸业。'与此同。然此语，用之方腊则可，用之宋江，殊未得当也。"[④] 大聚义后的梁山本已拥有"图王霸业"的实力，但宋江却一意招安，以图为国效力，如此描写更可表彰梁山之忠义，谓之"殊未得当"，未为确论。事实上，作者写这篇赞语的寓意十分明显：阶层有别、才华各异的好汉汇入梁山，使梁山集团俨然化身为一个强大的国家，正寄托了宋元时期渴望广纳贤才、团结对外的共同理想。鲁迅说："宋代外敌凭陵，国政弛废，转思草泽，盖亦人情。"[⑤] 南宋爱国志士华岳曾撰《平戎十策》[⑥]，

---

① 余嘉锡：《宋江三十六人考实》，云南人民出版社 2005 年版，第 32 页。

② 胡适：《〈水浒传〉考证》，载胡适著，李小龙编《中国旧小说考证》，商务印书馆 2014 年版，第 55 页。

③ 本文所引《水浒传》正文，除特别说明者外，均据王利器《水浒全传校注》，河北教育出版社 2009 年版。该校注本所据底本为天都外臣序《忠义水浒传》。

④ 王利器：《水浒全传校注》第 7 册，河北教育出版社 2009 年版，第 2704 页。

⑤ 鲁迅：《中国小说史略》，载《鲁迅全集》第 9 卷，人民文学出版社 2005 年版，第 151 页。

⑥ 《平戎十策》收入华岳《翠微北征录》卷一，载（宋）华岳《翠微南征录北征录合集》，黄山书社 1993 年版。

劝说皇帝多方搜罗英雄豪杰，从"沉溺下僚"的小官、"不能自效"的将帅子孙、江湖领袖，一直到"轻犯刑法"的"黥配"、"隐于吏籍"的"胥靡"，"简直算得《水浒传》的一篇总赞"①。《水浒传》中宋江劝说武松等江湖好汉接受招安，"日后但是去边上一刀一枪，博得个封妻荫子"（第三十二回），在此等处，将各路豪杰拢归梁山的宋江，正充当了华岳理想中实践其建言的君主角色。

《水浒传》中除了宋江以外，立功边庭的时代潮流，还曾体现在以下三个人物身上，即王进、鲁达、杨志②。《水浒传》开篇所写的王进，在遭到高俅迫害欲逃离东京时，对母亲说"延安府老种经略相公，镇守边庭"，"那里是用人去处，足可安身立命"。在史家村被史进苦苦挽留时，王进又把这番话讲了一遍。王进虽不在一百单八将之列，但他立功边庭的强烈愿望，完全符合宋元时代的主流民意。鲁达打死郑屠后，小种经略关照府尹，要求他拟罪之后，须知会老种经略，方可断决，"怕日后父亲处边上要这个人时，却不好看"。此处有金圣叹夹批云："此语本无奇特，不知何故读之泪下，又知普天下人读之皆泪下也。"袁无涯刻本眉批云："亦是护短，亦是怜才，更见老种是个能用人的，所以致好汉动心投奔。"③ 正因老种经略"是个能用人的"，故能吸引王进、鲁达等人去投奔他，而鲁达原本就是老种经略处军官，是被老种经略作为"边上"人才来培养的。金圣叹说小种经略的那句话读之使人泪下，亦须置于亟需边才御敌的情境中方能得到深刻的体认。

通过招安加入守边御敌的行列，乃是顺应时代潮流的大义之举。《水浒传》中的招安却分明以惨烈的结局收场，原因何在？我们认为，单个英雄的反抗行为，小规模的集体行动，已经对以蔡京、高俅为代表的权奸集团构成严重威胁；与官军对抗的大规模战争，更使梁山与权奸集团的矛盾牢不可解。招安悲剧即由此注定。

《水浒传》中的招安过程，写得十分艰难、曲折。第七十五回写第一

---

① 钱钟书：《宋诗选注》，人民文学出版社 1989 年版，第 229 页。

② 杨志情况详下。

③ 陈曦钟、侯忠义、鲁玉川辑校：《水浒传会评本》上册，北京大学出版社 1981 年版，第 95 页。

次招安时，吴用主张官军到后，"教他着些毒手，杀得他人亡马倒，梦里也怕，那时方受招安，才有些气度"。对于吴用的主张，论者一般都持肯定态度，如王学泰即曾指出："吴用主张在实力的基础上才可以谈判招安，不能胡乱受招安，给将来留下隐患。"① 宋江如何考虑吴用的主张？书中写宋江当时就指出："你若如此说时，须坏了'忠义'二字。""坏了'忠义'"，表面上是说对抗官军有负于国家，实际上宋江心里很清楚，朝廷征讨梁山是受高俅等权奸主导，梁山重创官军的同时，势必加深跟权奸之间的矛盾，为以后招安带来更大的困难。此后的两赢童贯、三败高俅，便是吴用主张的具体实施，由此导致梁山与权奸的嫌隙越来越深，终于铸成梁山好汉的悲剧结局。

梁山内部对招安的态度十分复杂。武松、李逵、鲁智深当面即表示反对；李俊、张横则暗地里进行抵制，第七十九回写李、张二人捉住征讨梁山的水军将领刘梦龙、牛邦喜后，"欲待解上山寨，惟恐宋江又放了。两个好汉自商量，把这二人，就路边结果了性命，割下首级，送上山来"。第一百十九回写平方腊后还朝途中，李俊诈病，与童威、童猛主动脱离宋江，"自投化外国去了，后来为暹罗国之主"。可见李俊等头领反对招安是一贯的、彻底的。

金圣叹在第五十七回回评中指出，宋江等人之争取招安，乃"强盗之变计"，因为招安"进有自赎之荣，退有免死之乐"；对一干上梁山的朝廷将官来说，招安实属多此一举："若夫保障方面，为王干城，如秦明、呼延等；世受国恩，宠绥未绝，如花荣、徐宁等；奇材异能，莫不毕效，如凌振、索超、董平、张清等；虽在偏裨，大用有日，如彭玘、韩滔、宣赞、郝思文、龚旺、丁得孙等；是皆食宋之禄，为宋之官，感宋之德，分宋之忧，已无不展之材，已无不吐之气，已无不竭之忠，已无不报之恩者也。"金圣叹就此总结道："强盗则须招安，将军胡为亦须招安？身在水泊则须招安而归顺朝廷，身在朝廷，胡为亦须招安而反入水泊？"② 撇开金圣叹对宋江的偏见不谈，他所指出的梁山两部分人在招安一事上有

---

① 王学泰：《"水浒"识小录》，广西师范大学出版社 2012 年版，第 295 页。

② 陈曦钟、侯忠义、鲁玉川辑校：《水浒传会评本》下册，北京大学出版社 1981 年版，第1054 页。

主动被动之分，却是难以否认的客观事实。

高俅被擒上山后，被迫答应招安，实则一片假意，全无任何实际行动。招安之终于达成，全仗燕青走了李师师的路子。"枕头上关节最快"（第八十一回燕青语），事实正是如此。袁无涯刻《忠义水浒全传》第一百二十回写徽宗既赐宋江御酒，一日在内宫闲玩，"猛然思想起李师师"，此处有眉批曰："招安之始，既得其力，今复于其家结案，见得满朝奸臣不如一娼妓，不独照出此人为周到也。"① "满朝奸臣不如一娼妓"，正是正义的人们无比愤懑之所在。

《水浒传》把招安的结局写得十分悲惨。鲁迅曾经指出，宋江服毒一事，"乃明初加入的"，"人民为对于被害之功臣表同情起见"②。胡适说："不读《明史》的功臣传，便不懂得明初的《水浒传》何以于固有的招安的事之外又加上宋江等有功被谗遭害和李俊、燕青见机远遁等事。"③ 笔者认为鲁迅、胡适的观点值得商榷，因为"狡兔死，走狗烹"这一杀戮功臣的传统模式，是帝王诛除力能威胁皇位的权贵而采取的非常措施，跟梁山悲剧在性质上全然不同。梁山悲剧是代表腐朽势力的高俅等人迫害梁山忠良的祸国行为。第一百二十回写高俅、杨戬密谋毒死宋江，有诗道："自古权奸害善良，不容忠义立家邦。"梁山忠良被迫害，直接影响到了国家暨皇室的安全，极大损害了最高统治者的利益。为此义愤填膺的作者痛骂权奸道："皇天若肯明昭报，男作俳优女作倡。"在民族矛盾激化的年代里，权奸迫害忠良的行为，无异于自毁长城。小说写宋江饮毒酒后，决定除掉李逵，作者有诗叹息道："他日三边如有警，更凭何将统雄兵。"迫害梁山忠良的高俅等人，不是承平时期的一般权奸，而是陷整个民族于危难的历史罪人。

《水浒传》中宋江招安以悲剧结局收场，绝非偶然，我们注意到，在水浒故事演变过程中，便有招安成功并立功边庭的绝佳案例，适与宋江招

---

① 陈曦钟、侯忠义、鲁玉川辑校：《水浒传会评本》下册，北京大学出版社1981年版，第1415页。

② 鲁迅：《中国小说的历史的变迁》，载《鲁迅全集》第九卷，人民文学出版社2005年版，第334、335页。

③ 胡适：《〈水浒传〉考证》，载胡适著，李小龙编《中国旧小说考证》，商务印书馆2014年版，第59页。

安悲剧形成鲜明的对照。宋人庄绰《鸡肋编》中记载建炎后俚语，有"仕途捷径无过贼，上将奇谋只是招"、"欲得官，杀人放火受招安"之言。①鲁迅指出："这是当时的百姓提取了朝政的精华的结语。"②《水浒传》第七十八回中写到，朝廷派遣十节度使讨伐梁山，这十个节度使"旧日都是绿林丛中出身，后来受了招安，直做到许大官职"，他们"多曾与国家建功，或征鬼方，或伐西夏，并金、辽等处"。十节度使中有个杨温，为江夏零陵节度使。罗烨《醉翁谈录·小说开辟》"杆棒门"著录《拦路虎》一本。《清平山堂话本》卷三《杨温拦路虎传》疑即传述此篇故事。《杨温拦路虎传》所写杨温，乃杨令公之曾孙，"武艺高强，智谋深粹"。《醉翁谈录·小说开辟》"杆棒门"又著录《王温上边》一本。胡士莹说："此王温疑即杨温之误，杨、王音近。杨温上边战胜金人的事迹，当时脍炙人口，故于《拦路虎》外，又有此本，不嫌重复。"③《水浒传》中的杨志，乃"三代将门之后，五侯杨令公之孙"，"指望把一身本事，边庭上一枪一刀，博个封妻荫子，也与祖宗争口气"。较之杨温（王温），同为杨家将后代的杨志终生未获立功边庭的机会。《醉翁谈录·小说开辟》"朴刀门"著录《李从吉》一本，"杆棒门"著录《徐京落章》（"章"应为"草"之误）一本。李从吉、徐京均在十节度使之列：李从吉为陇西汉阳节度使，徐京为上党太原节度使。杨温、李从吉、徐京的故事，在说话艺术中或列入"杆棒门"，或列入"朴刀门"，他们都是江湖好汉或曰"绿林丛中"出身，都不曾率部与朝廷展开大规模的军事对抗，都不曾触动权奸集团的根本利益，这就是他们能够保全性命、为国立功的根本原因。相比之下，宋江招安以惨烈结局收场，其症结便昭然若揭了。

十节度使曾征伐西夏、金、辽等国，"多曾与国家建功"，招安后的梁山好汉则被派去征讨方腊，损失惨重。讨灭方腊后剩余的好汉，或者投身海外，或者辞官回乡，或者病废而亡，或者被权奸谋害，终其一生，他

①　（宋）庄绰：《鸡肋编》，中华书局1983年版，第67页。

②　鲁迅：《田军作〈八月的乡村〉序》，载《且介亭杂文二集》，人民文学出版社1993年版，第69页。

③　胡士莹：《话本小说概论》上册，中华书局1980年版，第256页。

们都没有得到过立功边庭的机会。① 这是梁山悲剧最令人痛心疾首之所在。《水浒传》结尾有挽诗云："煞曜罡星今已矣，谗臣贼子尚依然！"这种"悠悠苍天，曷此其极"式的悲愤，感染着古今无数心系苍生的人们。张锦池曾指出《水浒传》根本创作意图："不是一般地希望草泽英雄出来匡扶宋室，而是想借水浒故事总结宋室何以灭亡的原因。"② 笔者完全赞同张先生的观点。

《水浒传》第七十一回写鲁智深反对招安说："只今满朝文武，俱是奸邪，蒙蔽圣聪。就比俺的直裰，染做皂了，洗杀怎得干净！招安不济事！"第八十五回辽国欧阳侍郎也说过跟鲁智深同样意思的话。招安终以悲剧收场，验证了他们的预言。

"国仇犹可恕，私恨最难消"（孔尚任《桃花扇·争位》）。梁山"替天行道"的暴力行为，造成与权奸集团不可调和的矛盾，由此导致强大的梁山集团竟比不上那些被招安的绿林好汉，实现全民族寄予厚望的草泽报国的宏愿。必须从专制制度最黑暗的底里，方能体认梁山悲剧无比深刻的历史真实性。"千古蓼洼埋玉地，落花啼鸟总关愁"（第一百二十回挽诗其二），如果专制制度的运行机制不作根本改变，这属于全民族的"愁"将会永无尽期地持续下去。黄人《小说小话》中的一段话，可谓诛心之论："耐庵痛心疾首于数千年之专制政府，而又不敢斥言之，乃借宋、元以来相传一百有八人之遗事（《水浒传》以前，宋、元人传奇小说中述梁山事者甚多），而一消其块垒。"③

二　驯服阳刚——宋江悲剧再认识

从历史上"勇悍狂侠"的好汉，演变为《水浒传》中"忠义双全"的领袖，世代累积的巨大成就与深刻矛盾，集中地体现在了核心人物宋江身上。从最初的三十六条好汉，发展为声势浩大的梁山集团，宋江穿针引

---

① 《水浒传》"征辽"部分系后人所加，为原著所无。参见张锦池《〈水浒传〉原本无征辽故事考——兼说〈水浒传〉原本的回数》，见氏著《〈水浒传〉考论》上编第四章，人民出版社2014年版。

② 张锦池：《〈水浒传〉考论》，人民出版社2014年版，第126页。

③ 朱一玄、刘毓忱编：《水浒传资料汇编》，南开大学出版社2002年版，第358页。

线的作用至为重要。为了把小本水浒故事串联为有机整体，作者在小说结构上必须赋予宋江以重大使命，宋江的性格亦须相应地与历史原型拉开距离。"世代累积型的长篇小说，他的主要的英雄人物往往自觉不自觉地被儒家的伦理规范所整合"①，宋江就是"儒化"人物系列中的一个显例。宋江上梁山一再被延宕，以致其思想认识中的犹疑色彩令人心疑，便是为了发挥宋江的串联作用而使然的。

《宋史·张叔夜传》记载："伏兵乘之，擒其副贼，江乃降。"② 程毅中分析说："历史上的宋江，可能出于兄弟之'义'，因为副手被擒，已经成了人质，为了解救结义兄弟才投降的。"③《水浒传》中宋江闯天下的第一资本同样是"义"。第十八回写宋江出场时，介绍他"有养济万人之度量"，"怀扫除四海之心机"。陈洪曾撰文指出，施耐庵塑造宋江的形象，乃是以《史记·游侠列传》的郭解为原型。④ 其实黄人在《小说小话》中早已揭橥此说：

> 耐庵尚论千古，特取史迁《游侠》中郭解一传为蓝本，而构成宋公明之历史。郭之家世无征，产不逾中人；而宋亦田舍之儿，起家刀笔，非如柴进之贵族，卢俊义之豪宗也。郭短小精悍；而宋亦一矮黑汉，非有凛凛雄姿，亭亭天表也。解亡命余生；宋亦刀头残魄，非有坊表之清节，楷模之盛誉也。而识与不识者，无不齐心崇拜而愿为之死，盖自真英雄自有一种不可思议之魔力，能令贲、育失其勇，仪、秦失其辩，良、平失其智，金、张、陶、顿失其富贵，而疏附先后，驱策惟命，不自见其才而天下之人皆其才，不自见其能而天下之人皆其能。成则为汉高帝、明太祖，不成则亦不失为一代之大侠，虽无寸土尺民，而四海归心，槁黄之匹夫，贤于衮冕之独夫万万也。故

① 张国风：《最难理解是宋江》，载氏著《小说中的百味人生》，商务印书馆2012年版，第7页。

② 朱一玄、刘毓忱编：《水浒传资料汇编》，南开大学出版社2002年版，第31页。

③ 程毅中：《〈水浒传〉的特点和局限》，《古典文学知识》1998年第4期。

④ 陈洪：《关于宋江原型问题的断想》，载氏著《浅俗之下的厚重——小说·宗教·文化》，南开大学出版社2001年版。

论历史之人格，当首推郭解；而论小说之人格，当首溯宋江。①

《水浒传》中的宋江，家世、出身及容貌等方面，都乏善可陈，他就是凭借"及时雨"的名望才一路化险为夷，并将一批批的好汉送上梁山，终将梁山铸造为力能"图王霸业"的强大军事集团的。宋江极端重视兄弟之情，既自然，又合理。

作为梁山集团凝固剂的"义"，在宋江提出招安主张后，便开始发生动摇。第八十回中，率军征讨梁山的高俅被活捉，与高俅有深仇的林冲、杨志怒目而视，"有欲要发作之色"。宋江为了达成招安的既定目标，不顾林、杨等人对高俅的反感，对高俅又是下跪，又是送礼，完全不顾什么体面了，宋江与林、杨在情感上出现裂痕，由此成为现实。经过一波三折，招安终于达成，宋江却从此陷入了忠义难以两全的深度痛苦之中。第八十二回写招安达成，宋江下令，不愿归附朝廷的军校，梁山会赏发下山，任从生理，结果"当下辞去的，也有三五千人"。第八十三回写梁山征辽前驻兵陈桥驿，一军校杀死克扣酒肉的厢官，宋江哭道："我自从上梁山泊以来，大小兄弟，不曾坏了一个。今日一身入官，事不由我，当守法律。虽是你强气未灭，使不的旧时性格。"迫于无奈，宋江只好按法纪处死军校。宋江所说军校身上的"强气"，就是勇于抗恶的正义之气。招安后的梁山集团加入了官方体系，便不得不忍气吞声，违心地按照官法行事。台湾学者乐蘅军曾以精妙的比喻，说明大聚义后众好汉消泯个性之情形："梁山人们在水浒的山寨上，乃犹如砂粒之凝入水泥，逐渐丧失自我的意志，甚至丧失本来的品质，彼此同类化起来，最后便成为一个绝对整体的单纯的存在。"② 梁山军校杀死贪腐官员的行为，在招安前是被鼓励的正义之举，此际却成了任性使气的违法行为。"今日一身入官，事不由我"，极端重义的宋江处死军校，深刻体会到了忠义难以两全的痛苦。又第八十六回中写到，梁山众将围困住辽将贺统军，"众人只怕争功坏了义气，就把贺统军乱枪戳死"。梁山集团纳入官方体系后，在作战中势必面

① 朱一玄、刘毓忱编：《水浒传资料汇编》，南开大学出版社2002年版，第358页。

② 乐蘅军：《梁山泊的缔造与幻灭——论水浒的悲剧嘲弄》，载氏著《古典小说散论》，台湾纯文学出版社有限公司1984年版，第88页。

临"争功"的情境，而"争功"难免"坏了义气"。征辽部分虽系后人所加，但此处描写的真实性令人赞赏。

《水浒传》对反对或抵制招安的几个好汉的结局的安排，是十分耐人寻味的。李贽《忠义水浒传序》云："独宋公明者身居水浒之中，心在朝廷之上，一意招安，专图报国，卒至于犯大难，成大功，服毒自缢，同死而不辞，则忠义之烈也！"[1] 这是正面表彰宋江为"忠义之烈"。序言接着将宋江与征方腊后没有回归朝廷的几个兄弟作比，其观点则不无偏颇："又智深坐化于六和，燕青涕泣而辞主，二童就计于'混江'。宋公明非不知也，以为见几明哲，不过小丈夫自完之计，决非忠于君义于友者所忍屑矣。"[2] 鲁智深是众好汉中得到善终的少数几人之一，擒获方腊的鲁智深不愿还俗为官，不愿做大寺住持，其坐化的结局是作者爱护他的特意安排。燕青辞主也被作者表彰为"知进退存亡之机"，作者有诗感叹道："时人苦把功名恋，只怕功名不到头。""苦把功名恋"的"时人"，无疑包括大哥宋江、主人卢俊义等人。李俊、童威、童猛三人主动脱离宋江，"自投化外国去了"，也被作者称赞为"知几君子事，明哲迈夷伦"。小说末尾有诗感叹宋江、卢俊义等人的悲惨结局，正可与鲁智深、燕青、李俊、童威、童猛的结局对看："早知鸩毒埋黄壤，学取鸱夷范蠡船。"总之，鲁智深、燕青、李俊、童威、童猛五位好汉绝非与宋江这个"忠义之烈"相对的"小丈夫"，李贽的评论并不符合小说的实际描写。袁无涯刻《忠义水浒全传》第一百十九回，写李俊、童威、童猛等七人投往暹罗国，"自取其乐，另霸海滨"，作者有诗赞曰："重结义中义，更全身外身。"李俊等人设法脱离以宋江为首的群体，自然是对梁山大聚义之义的背离；他们在海外"重结义中义"之义，则是在保全性命基础上的小团体之义。由此亦可概见，在面临身家性命的重大考验的时候，宋江之义实不足以笼络群豪，令其顺服。

---

① （明）李贽：《焚书》卷三，载（明）李贽《焚书　续焚书》，中华书局1975年版。此条及以下引文均见该书第109—110页。

② 容与堂刻本《李卓吾先生批评忠义水浒传》第九十九回"卓翁"回末总评："人但知鲁智深成佛、李俊为王，都是顶天立地汉子。不知燕青更不可及，意者其犹龙乎？意者其犹龙乎？"（见《水浒传会评本》下册，第1335页）此处对鲁智深、李俊、燕青的评价，与李贽《忠义水浒传序》不同。容与堂本评语是否出自李贽本人之手，学界尚存在争论。

《水浒传》末回写宋江死前对李逵表白："我为人一世，只主张'忠义'二字，不肯半点欺心。"实际上，宋江一生都处在"忠"和"义"的矛盾状态中。上梁山之前，"义"压倒了"忠"，但他内心又以上山落草为"不忠不孝"之举，从而导致他上山的过程极为曲折、艰难；招安以后，"忠"压倒了"义"，但他又为兄弟们的接连牺牲痛苦不已，这种失去兄弟的痛苦在征方腊之役中达到顶点。

对招安后的梁山集团恶毒地实施分化瓦解之策，表明权奸集团深刻地认识到了以义结成的梁山集团对其利益的严重威胁。第八十二回写宋江全伙受招安后，枢密院建议徽宗"将宋江等所部军马，原是京师有被陷之将，仍还本处。外路军兵，各归原所。其余之众，分作五路。山东、河北，分调开去"。对于如此恶意昭彰的安置，众头领自然满怀怨恨："俺等众头领生死相随，誓不相舍。端的要如此，我们只得再回梁山泊去。"小说末回写宋江告诉李逵，自己已经服用了御赐毒酒，李逵当时便大叫一声："哥哥，反了罢！"宋江无奈地说明严酷的现实："兄弟，军马尽都没了，兄弟们又各分散，如何反得成？"自以为招安便可实现保国宏愿的宋江，一旦陷身阴险的官僚体制，只能落得悲剧下场。试想喝下御赐毒酒之后，一生主张"忠义"二字的宋江除了无边的空幻感，还能体会到别的什么东西么？

尽管曾被李贽等人表彰为"忠义之烈"，但宋江性格被古今很多人所不喜，确是一个无可否认的客观事实。在第二十五回的回评中，金圣叹曾以"狭人""甘人""驳人""歹人""厌人""假人""呆人""俗人""小人""钝人"十个贬称来评论宋江，后世评说宋江的局限，亦未超出金评的范围。从深层文化原因考察此一现象，新儒家重镇牟宗三的见解可供借鉴。牟先生曾撰《水浒世界》一文，指出《水浒传》之境界为"当下即是"之境界，"而当下即是之境界是无曲之境界。明乎此而后可以了解《水浒传》中之人物。此中之人物以武松李逵鲁智深为无曲者之典型，而以宋江吴用为有曲者之典型。就《水浒传》言之，自以无曲者为标准。无曲之人物是步步全体呈现者，皆是当下即是者"，"他们这些不受委屈，马上冲出去的人物，你可以说他们是小不忍则乱大谋"，但"隐忍曲折以期达到某种目的，不是他们的心思"，"《水浒传》人物的当下即是，不是人文社会上的，乃是双拳两脚的野人的，不曾套在人文化成的系统中之汉子的"，"没有生命洋溢，气力充沛的人，不能到此境界；没有正义感的人，也不能到此境界。"① 牟先生上述论说的要义，在于揭出《水浒传》最具感染力所在，乃是好汉们充满正义感的阳刚之气。此种充沛的阳刚之气，弥漫于《水浒传》全书，其例不胜枚举。如第十五回，吴用说阮氏三兄弟"义胆包身，武艺出众，敢赴汤蹈火，同死同生，义气最重"。吴用说三阮撞筹，阮小五和阮小七"把手拍着脖项"道："这腔热血，只要卖与识货的！"第二十五回的回评中，金圣叹称鲁达是"阔人"，阮小七是"快人"，李逵是"真人"，武松是"绝伦超群"的"天人"。这班"阔人""快人""真人""天人"，正是阳刚之气的集中体现者。《水浒传》对后世影响最大的人物，就是这些充满阳刚之气的好汉。就现实影响而论，明代便有一个好例。据袁中道记载，有个僧人叫常志，在李贽门下做侍者，李贽使抄《水浒传》，结果发生了一系列令人啼笑皆非的事情：

　　每见龙湖称说《水浒传》诸人为豪杰，且以鲁智深为真修行，而笑不吃狗肉诸长老为迂腐，一一作实法会。初尚恂恂不觉，久之，与其侪伍有小忿，遂欲放火烧屋。龙湖闻之大骇，微数之，即叹曰："李老子不如五台山智证长老远矣！智证长老能容鲁智深，老子独不能容我乎？"时时欲学智深行径。龙湖性褊多嗔，见其如此，恨甚，乃令人往麻城招杨凤里，至右辖处，乞一邮符，押送之归湖上。道中见邮卒牵马少迟，怒目大骂曰："汝有几颗头？"其可笑如此。后龙湖恶之甚，遂不能安于湖上，北走长安，竟流落不振以死。痴人前不得说梦，此其一征也。②

　　常志已出家为僧，却不理会佛家戒律，终因效仿小说人物鲁智深而变为"痴人"，"流落不振以死"。鲁智深等好汉感染力量之强大，可见一斑。

----

① 牟宗三：《生命的学问》，广西师范大学出版社 2005 年版，第 188—193 页。
② （明）袁中道：《游居柿录》卷九，载（明）袁中道《珂雪斋集》下册，上海古籍出版社 1989 年版，第 1315 页。

与梁山一众好汉相比，宋江身上的阳刚之气就微弱多了。明无名氏在为容与堂刻本《水浒传》所撰《梁山泊一百单八人优劣》中说："若夫宋江者，逢人便拜，见人便哭，自称曰：'小吏，小吏'，或招曰：'罪人，罪人'，的是假道学，真强盗也。"① 此论自然不乏夸张成分，但宋江不同于一般好汉的特质，无名氏看得还是很准的。我们注意到，《水浒传》多次写宋江遇险，总是在他报出姓名后，才得以化险为夷，可见宋江身上的阳刚之气，并不足以让好汉们将其视为同道。第三十七回写宋江在浔阳江险些被张横杀害，幸亏被李俊及时赶到救下，加害者张横则"呆了半晌，做声不得"，然后向李俊求证道："李大哥，这黑汉便是山东及时雨宋公明么？"名闻江湖的那位"及时雨"，跟眼前的"黑汉"实难对上号。第三十八回写李逵第一次见宋江，脱口就问戴宗："哥哥，这黑汉子是谁？"此处最可表明，李逵眼里的宋江，是没有什么英雄气概的。

《水浒传》中的宋江，"文不能安邦，武又不能附众"（第六十八回宋江自评），相比历史上的原型及水浒故事演变过程中的形象，显然经过了"弱化""儒化"的处理。不少学者都曾指出过，《水浒传》之所以如此塑造宋江的形象，旨在显示他做领袖"以德不以力"的特质。② 其情形跟历史上被视为枭雄的刘备，演变为《三国演义》中的刘备形象，是颇有几分相似的。我们当然承认这种解释的合理性，但同时必须指出，"儒化"的宋江跟一般江湖好汉在气性上的差异，导致二者之间的关系存在一定的脆弱性。一般江湖好汉之间的交往，往往以对对方武艺的欣赏为媒介，此即所谓惺惺相惜。这方面最经典的例子，当属鲁智深、林冲的结识。第七回写鲁智深为众泼皮演示禅杖，"飕飕的使动，浑身上下，没半点儿参差。众人看了，一齐喝采"。而正在鲁智深使得活泛之时，"只见墙外一个官人看见，喝采道：'端的使得好！'"这个喝彩的官人，正是首次亮相的林冲。这才是我们心目中经典的好汉结识场面。第十八回介绍宋江出场时，说他"爱习枪棒，学得武艺多般"，但纵览全书，一次也看不到宋江因武艺结识好汉的描写。金圣叹一再指责宋江"纯用术数去笼络

① 朱一玄、刘毓忱编：《水浒传资料汇编》，南开大学出版社2002年版，第185页。
② 参见陈洪《"六大名著"导读》，生活·读书·新知三联书店2013年版，第79—80页。

人"(《读第五才子书法》)、"以银子为交游"(第三十七回回评)①，固然不乏偏见的成分，但不是一点道理都没有。"为人仗义疏财"本就是宋江赢得江湖声望的重要因素。而实事求是地说，和宋江存在刻骨铭心的精神联系的好汉，数量上并不多，仔细想来，不过李逵、吴用、花荣等少数几人。而且，和宋江存在刻骨铭心的精神联系的好汉为数甚少一样，真正因宋江"仗义疏财"而受益的好汉也屈指可数。大部分好汉不过是震于"及时雨"之名而望风拜服罢了。《水浒传》写宋江几次遇险，均因好汉获知其名而脱险，而好汉之所以放过宋江，不过是因为他们不愿承受杀害义士的恶名罢了，并非因为他们跟宋江存在血浓于水的兄弟之情。《三国演义》中刘关张生死以之的兄弟之情，乃是在长期共同的战斗经历中凝结而成，其感动人心的力量远非宋江所能比拟。刘备的武艺远逊关张两兄弟，但也曾参加共敌吕布等恶战。刘关张同心协力，乃是向着共同的目标——"上报国家，下安黎庶"，而且后来刘备创大业于西蜀，成为一代帝王，在漫长而艰险的创业史中，刘关张生死同心，其血浓于水的兄弟之情委实感天动地，震撼人心。相比之下，宋江跟众兄弟之间的情谊就淡薄多了，所以，当他提出事关梁山前途的招安主张，遭受一些兄弟的反对和抵制，征方腊后一些兄弟又主动脱离他而去，就是势所必至，真实可信的了。

没有多少阳刚之气的宋江通过招安，引领一众好汉回归主流社会，自以为替兄弟们找到了最好的人生归宿，结果却导致绝大部分兄弟走上了不归路。跟历史上"勇悍狂侠"的真人宋江相比，《水浒传》中"儒化"的宋江的悲剧，带来的是对历史文化的深沉思考。

---

① 跟金圣叹持有类似看法的，还有清代评点家王望如。王氏在醉耕堂刻本《评论出像水浒传》第三十七回回末总评中说："宋江卖弄手段，江湖上博得山东及时雨大名，一则肯使钱为朋友，一则好求书通声气"，"宋江使钱不择地，不择人，不择书，一味撒漫，结纳天下。"见陈曦钟、侯忠义、鲁玉川辑校《水浒传会评本》上册，北京大学出版社1981年版，第711页。

神怪小说批评中的偏见与误解

刘勇强

北京大学

我在《神怪小说创作的精神桎梏与解套策略》[①] 一文中指出，尽管神怪小说及相关描写如此普遍，其发展却始终处于一种被压抑的文化环境中，其重压不仅集中体现在"子不语怪力乱神"这一精神桎梏上，也体现在对神怪小说的种种艺术偏见与误解中。前文曾集中分析神怪小说所承受的思想文化压力，而艺术上的歧视，则在文学内部，为神怪小说的创作与发展，又增添了重重压力。胪陈种种偏见与误解，意在从此一特殊侧面，反观神怪小说艺术思维的特点。

一　荒诞无稽：对神怪描写思想内涵的否定与自辩

刘知几在《史通·杂述》中，站在历史叙述的立场，批评一些"逸事"类作品"真伪不别，是非相乱"，这是很可以理解的。但攻击郭宪《洞冥记》、王嘉《拾遗记》之类神怪小说"全构虚辞，用惊愚俗，此其为弊之甚者也"，[②] 这多少就是批评的越位。因为此类著作，原本不同于历史叙述，如果将其坐实，那也是误读的结果，与写作者和文体无直接关系。但在对小说中的神怪描写进行否定时，"荒诞无稽""荒诞不经"是

[①]　文载《明清小说研究》2015 年第 2 期。

[②]　刘知几撰，浦起龙释：《史通通释》，上海古籍出版社 1978 年版，第 275 页。

用得最多的词，认为这类描写虚妄离奇，无从考证，有违情理。

很多神怪小说都受到过这样的批评，如胡应麟《少室山房笔丛》之《四部正讹下》称："《神异经》《十洲记》，俱题东方朔撰，悉假托也，其事实诡诞亡论，即西汉人文章，有此类乎?"①

《梦粱录》卷十二载：

> 按《吴越春秋内传》云："吴王赐子胥死，乃取其尸，盛以鸱夷之革，浮之江中。子胥因随流扬波，依潮来往，荡激堤岸。"又按《越王外传》云："越王赐大夫种死，葬于西山之下。一年，子胥从海上穿山胁而持种去，与之俱浮于海。故前潮水潘侯者，伍子胥也；后重水者，大夫种也。"恐此说荒诞无稽，不敢信。②

在《四库全书总目》对《酉阳杂俎》的提要中，认为"其书多诡怪不经之谈、荒渺无稽之物，而遗文秘籍亦往往错出其中，故论者虽病其浮夸而不能不相征引。自唐以来推为小说之翘楚，莫或废也。"③虽然肯定了《酉阳杂俎》的价值与地位，但对其中的神怪内容，显然是不以为然的。在对祝允明《志怪录》一书的提要中，批评此书"皆怪诞不经之事。观所著《野记》诸书，记人事尚多不实，则说鬼者可知矣。"

陆以湉《冷庐杂志》批评《聊斋志异》"蒲氏书固雅令，然其描绘狐鬼，多属寓言，荒诞浮华，奚裨后学?"④

顾炎武《日知录》卷十九《文须有益于天下》说："若夫怪力乱神之事，无稽之言，剿袭之说，谀佞之文，若此者，有损于己，无益于人，多一篇，多一篇之损矣。"⑤

以上诸条语录，或针对具体作品，或针对整体特性，对神怪小说的"荒诞无稽"都加以了否定。这种否定到了近代，达到了高潮，如有人指

---

① 胡应麟：《少室山房笔丛》卷三十二，中华书局 1958 年版，第 416 页。
② 吴自牧：《梦粱录》卷十二，《东京梦华录》（外四种）本，古典文学出版社 1957 年版，第 232 页。
③ 永瑢等：《四库全书总目》下册，中华书局 1965 年版，第 1214 页。
④ 兹据朱一玄编《聊斋志异资料汇编》，南开大学出版社 2002 年版，第 300 页。
⑤ 顾炎武：《日知录》第三册卷十九，商务印书馆 1938 年版，第 1 页。

出"中国人之好鬼神，殆其天性，古语怪小说，势力每居优胜。如荒诞无稽之《封神榜》，语其文，无足取也；征其义，又无足取也。"① "惟自来小说，感人者多，益人者寡，非奸盗邪淫之纵恶，即神仙鬼怪之荒唐。"②

当然，对神怪小说的肯定，往往也是以所谓"荒诞无稽"为起点的，如郭宪在《汉武帝别国洞冥记序》中针对"或言浮诞，非政教所同"的观点，就声称"愚谓古曩余事，不可得而弃，况汉武帝明俊特异之主。东方朔因滑稽浮诞以匡谏，洞心于道教，使冥迹之奥昭然显著"，提出了"因滑稽浮诞以匡谏"的主张。③ 后世很多神怪小说的序跋或评论，也经常从神怪描写的功能上，肯定此类作品的意义，纪昀在《阅微草堂笔记·滦阳消夏录六》中即认定其作品的叙事"虽语颇荒诞，似出寓言；然神道设教，使人知畏，亦警世之苦心，未可绳以妄语戒也"。④

其实，对于"荒诞无稽"的评论，有时并无固定不变的标准或可以明辨贯通的道理，如《红楼梦》第十六回"秦鲸卿夭逝黄泉路"叙秦钟临死前鬼判持牌来索命，甲戌本侧批先说"看至此一句令人失望，再看至后面数语，方知作者故意借世俗愚谈愚论设譬，喝醒天下迷人，翻成千古未见之奇文奇笔"。此本夹批又说："然游戏笔墨一至于此，真可压倒古今小说。这才算是小说。"庚辰本眉批则说："《石头记》一部中皆是近情近理必有之事，必有之言，又如此等荒唐不经之谈，间亦有之，是作者故意游戏之笔耶？以破色取笑，非如别书认真说鬼话也。"⑤ 从这几条批语中我们可以看到，批者开始也习惯性地认为这种描写"荒唐不经"，"令人失望"，与《红楼梦》全书"皆是近情近理"的叙事风格不符，但出于对《红楼梦》不可动摇的推崇，又转而强调"作者故意借世俗愚谈愚论设譬"，"作者故意游戏之笔"，进而认定这一描写是"千古未见之奇文奇笔"，"真可压倒古今小说"，表现出一种抑扬失据的随意态度。

---

① 浴血生：《小说丛话》，载陈平原、夏晓虹编《二十世纪中国小说理论资料》第一卷，北京大学出版社 1989 年版，第 84 页。

② 陈大康：《中国近代小说编年史》第三册，人民文学出版社 2013 年版，第 1122 页。

③ 丁锡根编：《中国历代小说序跋集》上册，人民文学出版社 1996 年版，第 34 页。

④ 纪昀：《阅微草堂笔记》，凤凰出版社 2007 年版，第 83 页。

⑤ 以上三条脂批见朱一玄编《红楼梦资料汇编》，南开大学出版社 2001 年版，第 270 页。

《西游记》作为神怪小说的巅峰之作，在明清时期，围绕它的评论更具代表性，睡乡居士《二刻拍案惊奇序》虽然肯定了《西游记》的人物性格刻画，但还是认定了"《西游》一记怪诞不经，读者皆知其谬"[1] 的前提。而姑苏笑花主人《今古奇观序》则批评说："《西游》《西洋》逞臆于画鬼，无关风化，奚取连篇。"[2] 但同时，恰如鲁迅所说，评议此书者，又或云劝学，或云谈禅，或云讲道，皆阐明理法，把一部在艺术形式上的"荒诞"之作，在意义上抬到了无以复加的地步，陈元之《刊西游记序》说：

> 此其书直寓言者哉！彼以为大丹丹数也，东生西成，故以西为纪。彼以为浊世不可以庄语也，故委蛇以浮世。委蛇不可以为教也，故微言以中道理。道之言不可以入俗也，故浪谑笑虐以恣肆。笑谑不可以见世也，故流连比类以明意。于是其言始参差而俶诡可观；谬悠荒唐，无端崖涘，而谭言微中，有作者之心，傲世之意。夫不可没也。[3]

清野云主人《增评西游证道奇书序》则自称"余方稚齿时，得读《西游》，见其谈诡谲怪，初亦诧而为荒唐"，继而肯定汪澹漪子评本《西游证道书》对《西游记》"微言奥义"的揭示。[4] 王韬《新说西游记图像序》更由《西游记》所述神仙鬼怪的变幻奇诡、光怪陆离，推及其神怪小说的传统："不知《齐谐》志怪，多属寓言；《洞冥》述奇，半皆臆创。庄周昔日以荒唐之词鸣于楚。鲲鹏变化，椿灵老寿，此等皆是也。虞初九百，因之益广已。"[5] 虽然他们对《西游记》内涵的认识各不相同，但强调"谬悠荒唐"的外表下，《西游记》"谭言微中，有作者之心，傲世之意"的说法，体现了对神怪小说肯定的意图与思路。

由于上述对《西游记》的评论多有牵强附会的地方，胡适在做《西

---

① 丁锡根编：《中国历代小说序跋集》中册，人民文学出版社 1996 年版，第 787 页。
② 同上书，第 792 页。
③ 丁锡根编：《中国历代小说序跋集》下册，人民文学出版社 1996 年版，第 1358 页。
④ 同上书，第 1354 页。
⑤ 同上书，第 1362 页。

游记》考证时，却先要消解这种种认识，说"这部《西游记》至多不过是一部很有趣味的滑稽小说，神话小说；他并没有什么微妙的意思，他至多不过有一点爱骂人的玩世主义"。不过，这一认识是在新的思想立场上，同样在认定《西游记》的"荒诞"特点，指出了小说并非无稽、不经的。

二　"画鬼易，画人难"：对神怪描写的贬低

文化意识的偏见必然带来审美标准的偏见。刘勰在《文心雕龙·正纬》中谈到神怪传说时，认为这些东西"无益经典而有助文章"，表现得还比较开通。因为更多的人是直截了当地宣示了自己的偏见，《韩非子·外储说左上》记述了这样一段话：

> 客有为齐王画者。齐王问曰："画孰最难者？"曰："犬马最难。""孰最易者？"曰："鬼魅最易。夫犬马，人所知也，旦暮罄于前，不可类之，故难。鬼魅，无形者，不罄于前，故易之也。"①

这一说法即获普遍赞同。《淮南子·氾论篇》《名画记》以及张衡（见《后汉书·张衡传》）等都表达了相似的观点，几成定论。"画鬼易，画人难"遂成了一句成语广泛运用于艺术批评。

应该说，《韩非子》中的话也并非全无道理。然而，其中的道理又是有限定的。即使从最直接的对象来说，这一说法其实只是针对绘画而言的。而正如莱辛在《拉奥孔》中指出的，诗与绘画在塑造形象的方式、构思与表达等方面都有不同。作为一种直观的视觉艺术，绘画的形式感往往比其他艺术要求得更多一些，或者说观众在这方面的苛责更容易发生。对一些不高明的画匠来说，不画狗马人物而画无可对证的鬼魅确实是一种避难就易的投机办法。但小说的审美形式、标准和效果都与绘画不一样，把对绘画的批评推而广之于一切艺术形式，是不妥当的。如果深究起来，画鬼魅也不见得就比画狗马人物容易，因为从另一种角度看，狗马人物有

---

① 陈奇猷校：《韩非子新校注》，上海古籍出版社 2000 年版，第 678 页。

模特，可以照葫芦画瓢；鬼魅则在虚无缥缈间，完全要靠作者去想象。所以刘熙载就曾指出："赋以像物，按实肖像易，凭虚构像难。能构像，像乃生生不穷矣。"① 何况鬼魅也不只是纯形式的东西。否则，何以画鬼魅也有高低优劣之分？所以，很明显，传统文艺理论在发挥《韩非子》中的观点时就往往犯了两个错误。一、把对一种特殊形式的艺术批评当成了对全部艺术的批评；二、更重要的是，他们把只有相对意义的艺术批评当成了绝对正确的艺术批评。

当然，也有另外一种声音。欧阳修说：

> 善言画者，多云鬼神易为工，以谓画以形似为难，鬼神不可见也。然至其阴戚惨淡，变化超腾，而穷奇极怪，使人见辄惊绝，及徐而定视，则千状万态，笔简而意足，是不亦为难哉！②

不过，这种观点不啻空谷足音，响应者甚稀。在小说理论中，"画鬼易，画人难"差不多成了异口同声之词。以致小说家们也对这一偏见习以为常了。有的小说家特意标榜：

> 事类多近人情日用，不甚及鬼怪虚诞，正以画犬马难，画鬼魅易，不欲为其易而不足征耳。③

烟霞散人甚至在《斩鬼传》自序中说："然则余之为是传，亦姑取其易画也。"④ 可见，这种偏见已经影响了作家的创作。

至于评论家，更是经常拿"画人难，画鬼易"作为一种尺度。张誉为《平妖传》作"叙"时，劈头便声称：

> 小说家以真为正，以幻为奇。然语有之："画鬼易，画人难。"

---

① 刘熙载：《艺概》，上海古籍出版社 1978 年版，第 99 页。

② 欧阳修：《题薛公期画》，载《欧阳修全集》第三册卷七十三，中华书局 2001 年版，第 1058 页。

③ 即空观主人：《〈拍案惊奇〉凡例》，载《拍案惊奇》，齐鲁书社 1995 年版，第 1 页。

④ 丁锡根编：《中国历代小说序跋集》下册，人民文学出版社 1996 年版，第 1675 页。

《西游》幻极矣。所以不逮《水浒传》者，人鬼之分也。鬼而不人，第可资齿牙，不可动肝肺。①

为了强调"以真为正，以幻为奇"这一颇为精当的见解，先要绕开"画鬼易，画人难"这一绊脚石，以《西游记》垫底，表明划清界限。

在评论具体作品时，古人也普遍认为神怪描写不如一般的写实性描写。容与堂本《水浒传》九十七回总评提出"《水浒传》文字不好处，只在说梦、说怪、说阵处，其妙处都在人情物理上。"② 对《水浒传》这部小说来说也许确实如此，问题是当时的评论家把这看成一种定律。毛宗岗《读三国法》也认为"读《三国》胜读《西游记》。《西游》捏造妖魔之事，诞而不经，不若《三国》实叙帝王之事，直而可考也。"③《红楼梦》第八回描写薛宝钗形象处，甲戌本有眉批称赞说："画神鬼易，画人物难。写宝卿正是写人之笔，若与黛玉并写更难。今作者写得一毫难处不见，且得二人真体实传，非神助而何？"④

还有人把小说失真委过于非现实形象构成。睡乡居士《二刻拍案惊奇序》称：

> 今小说之行世者，无虑百种，然而失真之病，起于好奇。知奇之为奇，而不知无奇之所以为奇。舍目前可纪之事，而驰骛于不论不议之乡，如画家之不图犬马而图鬼魅者。⑤

《儒林外史》卧闲草堂本评语在称赞这部小说刻画人物成功时，也多次引用"画鬼易，画人难"的"古训"，如第六回回末评称："此篇是放笔写严大老官之可恶，然行文有次第，有先后……此古人所谓'画鬼怪易，画人物难'，世间惟最平实而为万目所共见者，为最难得其神似也。"第三十六回回末评："此篇纯用正笔、直笔，不用一旁笔、曲笔，是以文

① 丁锡根编：《中国历代小说序跋集》下册，人民文学出版社1996年版，第1347页。
② 陈曦钟等辑校：《水浒传》会评本下册，北京大学出版社1987年版，第1331页。
③ 朱一玄编：《三国演义资料汇编》，百花文艺出版社1983年版，第309页。
④ 朱一玄编：《红楼梦资料汇编》，南开大学出版社2001年版，第195页。
⑤ 丁锡根编：《中国历代小说序跋集》中册，人民文学出版社1996年版，第788页。

字无峭拔凌驾处。然细想此篇最难措笔……故古人云：'画鬼易，画人物难'，盖人物乃人所共见，不容丝毫假借于其间，非如鬼怪可以任意增减也。"①

实际上，非现实形象构成与一般的写实描写在真实性方面是具有不同特点和表现方式的，上述指责至少是对艺术神话的特殊性认识不足。当神怪小说已经取得举世瞩目的成就时，评论界仍抱残守缺、坚持千余年前的偏见，这既是神怪小说的悲哀，也是理论的悲哀。

不过，如果没有一批积极的拥护者，神怪小说也很难达到它后来达到的高度。除了小说家，我们还可以举出一大批热心的评论家，如汤显祖、袁于令、黄越、但明伦、冯镇峦，等等。金圣叹说："天下莫易于说鬼，而莫难于说虎。无他，鬼无伦次，虎有性情也。"② 冯镇峦《读〈聊斋〉杂说》却针锋相对地提出："说鬼亦要有伦次，说鬼亦要得性情。谚语有之'说谎亦须说得圆。'"③ 有人竭力扬《水浒传》而抑《西游记》，以为鬼怪可以任意增减，李百川《〈绿野仙踪〉自序》却坦承"最爱谈鬼"，并认为"因思一鬼定须一事，若事事相连，鬼鬼相异，描神画吻，较施耐庵《水浒传》更费经营。"④ 不仅仅是辩护，这些竭诚的拥护者还对神怪描写的伦理素质、真幻结合的叙事特点等诸多问题进行了深入研究，尤其是对具体作品的评点，提出了不少有见地的看法。只是比起小说实践的伟绩来，评论界还没有出现相称的大家与权威观点。

近代徐念慈也许可以说是第一个运用西方美学理论来研究神怪小说的审美素质的，他在《小说林缘起》中引用丘希孟（Kirchmenn 德国美学家，今译基尔希曼）的观点，分析了非现实形象的特点及其衰落。虽然还很幼稚，毕竟开了一个先例。尽管还有人坚持"画鬼易，画人难"的旧说（如丘炜萲《客云庐小说话》），小说家却以创作的甘苦道出了心中的不平。如韩邦庆在《太仙漫稿例言》中说：

---

① 李汉秋辑校：《儒林外史》汇校汇评本，上海古籍出版社 2010 年版，第 88、453 页。
② 《水浒传》第 22 回回首批，载陈曦钟等辑校《水浒传》会评本，北京大学出版社 1987 年版，第 415 页。
③ 朱一玄编：《聊斋志异资料汇编》，南开大学出版社 2002 年版，第 483 页。
④ 李百川：《绿野仙踪》上册，北京大学出版社 1986 年版，第 15 页。

昔人谓画鬼怪易，画人物难，是矣。然鬼怪有难于人物者，何也？画鬼怪初时凭心生象，挥洒自如；迨至千百幅后，则变态穷而思路窘矣。若人物，则有此人，斯有此画，非若鬼怪之全须捏造也。①

从《韩非子》的"画鬼魅最易"到欧阳修的画鬼"不亦难哉"，再到韩邦庆的"鬼怪有难于人物者"，变化之迹，昭然若揭。神怪小说的创作一直处于与艺术偏见的较力过程中。遗憾的是，当小说家终于意识到神怪描写的独特性并勇敢地说出这一点时，神怪小说却已是笑声不闻声渐杳，成了明日黄花。

三 "戏不够，神来凑"：对神怪形象艺术功能的讥讽

金圣叹《读第五才子书法》说："《水浒传》不说鬼神怪异之事，是他气力过人处。《西游记》每到弄不来时，便是南海观音救了。"②《红楼梦》甲戌本第三回有批语也继承了金圣叹的评点，称书中一僧一道"非袭《西游》中一味无稽，至不能处，便用观世音可比"。③ 这一批评是对神怪形象在小说中的艺术功能及其在情节冲突中的性质和地位的贬抑。这种贬抑同样很有代表性，特别是在戏曲批评中更是常见，典型的说法是所谓"戏不够，神来凑"或是"演戏无法，出个菩萨"。为说明这一评论现象，兹结合戏曲创作，略加分析。

在戏曲中出现神怪形象至少有以下几种情况。首先是宗教故事神话传说剧，这类戏从头至尾都是神仙鬼怪之类，如《西游记杂剧》《柳毅传书》及"目连戏"等，这自然不存在凑不凑的问题。也有的戏虽非宗教故事或神话传说剧，神怪形象却贯穿始终，如《刘弘嫁婢》《圯桥进履》等开场即出现太白星之类神人鬼物，剧中也时有穿插，目的在以戏说法，是作者有意识的安排，而不是被动的"凑"。自然，在戏剧冲突的关键时

① 黄霖、韩同文选注：《中国历代小说论著选》，江西人民出版社1982年版，第633页。
② 陈曦钟等辑校：《水浒传》会评本上册，北京大学出版社1987年版，第17页。
③ 朱一玄编：《红楼梦资料汇编》，南开大学出版社2001年版，第119页。另，蒙府本第八回也有批语提及"此等文章是《西游记》的请观世音，菩萨一到，无不扫地完结"。见同书第199页。

刻，出现鬼神干预的也极为普遍。不过，"戏不够，神来凑"仍不足以说明它们的不同性质，尤其是由此导致对神怪形象的轻视和否定，是简单化的。关键在于，应区别鬼神干预的特定情势及其在结构上的作用。

《焚香记》中《阳告》一出，敫桂英在万般无奈的情况下，诉冤于神殿，海神称"阴阳间隔，难以处分"。于是桂英愤然自缢，以期化为厉鬼，报仇雪恨。这不但符合情节的内在线索，也强化了她的性格。不言而喻，有些鬼神干预的安排不那么高明。李文蔚《蒋神灵应》写前秦苻坚不听劝阻一意发兵攻晋。晋将谢玄战前祈助于蒋神庙。后两军交锋，蒋神率神兵破秦军，苻坚大败。得道神助，是非判然，立意自无可非议。遗憾的是，加进神兵，既不足以突出晋兵之勇武，也不足以显示苻坚之无能。正如近代有人批评《武松杀嫂》这出戏中施以鬼神的安排："武松才艺过人，本非西门庆所能敌，又何必使鬼助而始免于败则武二之神威一文不值。"[1]《蒋神灵应》全剧拖沓，表明此剧失败于作者艺术创造力的贫弱，是整体性的浅薄而非一二处情节安排的败笔。神怪形象又有何罪焉？

实际上，对所谓"戏不够，神来凑"的情况，历来也有不同看法。反对者有之，如明末祁彪佳就是一个对鬼神戏批评较多的人。他认为这类作品"景促而趣短""无好境趣"，他批评《精忠》"末以冥鬼结局，前既枝蔓，后遂寂寞"，批评《双忠》"乃以阴魂聚首，结局殊觉黯然"。[2]这些话，主要是从艺术角度来批评的，自有其道理。相反，也有人提倡这种结局，如清代徐时栋主张"凡忠臣义士之遇害捐躯者，须结之以受赐恤，成神仙；乱臣贼子之犯上无道者，须结之以被冥诛，正国法"。[3]这是从道德观念来立论的，也是可以理解的。而清初毛宗岗则力图从社会心理角度加以分析，他说："尝读《昙花记》，见冥王坐勘曹操，拷之问之，打之骂之。或曰：此后人欲泄其愤，无聊之极思耳。予曰：不然。理应如是，不可谓之戏也。古来缺陷不平之事，有欲反其事以补之者，……斯皆

① 三爱（陈独秀）：《论戏曲》，《新小说》第 2 卷第 2 期，兹据朱一玄、刘毓忱编《三国演义资料汇编》，百花文艺出版社 1983 年版，第 790 页。

② 祁彪佳：《远山堂曲品》，载《中国古典戏曲论著集成》第六册，中国戏剧出版社 1959 年版，第 26、46 页。

③ 徐时栋：《烟屿楼笔记》卷四，载《续修四库全书》本，1162 册，上海古籍出版社 2002 年版，第 629 页。

以天数俯从人心，以人心挽回天数。"① 不过，总的说来，创作实践中的具体问题要比旧评论家所揭示的更广泛。尤其是"画鬼魅易、画人难"的长期的偏见，妨碍了有关理论研究的开展，多数分歧还停留在表面的感受上。

因此，我们还是要从具体作品出发，作深入细致的分析。这里，不妨举三个题材、情节都类似的作品为例。因为通过结构相近的作品的比较，能够更准确地评判作者的思想水平和艺术处理。元杂剧《硃砂担》《魔合罗》和《盆儿鬼》都属于公案剧。大体上都是写某人为躲"血光之灾"外出经商，却为歹人谋财害命，霸占家小，但最后恶人还是得到了应有的惩罚。三剧在细节上也多有相同之处。如《硃砂担》《魔合罗》二剧被害者出外经商之地均是江西南昌，《盆儿鬼》《硃砂担》二剧被害者在遇害前都做了个恶梦等等，甚至剧中一些词句也一样。虽然三剧的本事可能不同，但却可以说它们在互相影响下，已形成一个能包容不同变异的开放性的故事系统，这也是中国古代叙事文学的一个特点。而由于作者处理不同，这三个剧本差异仍很明显。

《硃砂担》中外出经商的王文用，路遇强盗白正。白正硬要与他同做生意，王文用胆战心惊，逃不开，甩不掉，终于被他害了性命，夺了硃砂。王文用的父亲也被白正推下井去，妻子为其霸占。王氏父子被害后，冤魂诉于东岳太尉，东岳太尉乃遣鬼力将凶犯拿下，打入地狱。这里的鬼魂诉仇、索命及冥判，是此剧招致非议的关键。其实，作者这样写，自有其道理。首先，王氏父子鬼魂诉冤、索命，是他们性格的发展，表现了一种至死不屈的顽强精神，格调是积极的，恰如鲁迅在《女吊》中称赞绍兴人民"在戏剧上创造了一个带复仇性的，比别的一切鬼魂更美，更强的鬼"。② 法国启蒙主义者伏尔泰也认为这种鬼魂证实了一种力量，是对弱者的安慰，对强悍恶棍的制裁。③ 其次，它也是为了突出白正的凶恶。因为这样一个杀人凶手，连鬼力也因"他十分凶恶，所以不敢近他"，在

①《三国演义》第 23 回评语，载朱一玄编《三国演义资料汇编》，百花文艺出版社 1983 年版，第 309 页。

②《鲁迅全集》第六卷，人民文学出版社 2005 年版，第 637 页。

③ 参见《莎士比亚评论汇编》上册，中国社会科学出版社 1979 年版，第 353 页。

现实中更难以治其罪。因此，更重要的是，这种安排对现实还有一种讽喻作用，它暗示了像王文用这样的惨案在黑暗腐朽的社会难以申冤。这一点，作品是有影射的。当王文用父亲的鬼魂到地府去告状，要求捉拿凶犯白正来到案对证时，地曹推三推四，说什么"凭着我也成不的。你且这里伺候者，等天曹来呵，你告他。不争你着我去拿他，我怕他连我也杀了。"① 这就活现了人间明哲保身的官吏的嘴脸。还有那个东岳太尉，自称"在生之日，秉性忠直，不幸被歹人所害身亡"，又说"只言正直为神道，那个阳间是正直"，② 这就多少超越了一般清官戏的水平，而揭示了正直忠良不行于世的现实。尽管它打碎了一个幻想，又制造了另一个幻想。但要简单说它是"愚弄人民的麻醉剂"，似嫌过之。此外，鬼神的安排还有一个目的，就是活跃此剧的气氛。因为从一开始，主人公为躲血光之灾外出，就使观众处于一种紧张不安的状态中，恶人的凶残猖狂更令人压抑。作者在后面加上这么一段，可以松弛观众心理。如王老汉冤魂见到地曹，地曹即下跪。王老汉不解："我是告状的（意谓你怎么对我下跪）。"地曹说："你原来是告状的，我错认了是我的姑夫。"③ 《魔合罗》《窦娥冤》等也有类似细节，这种插科打诨可以调节气氛。又如冥判开剪截铺的为蚂蟥之类，亦可博一粲。虽然在一出严肃的社会问题剧中这样的写法是否合适可以讨论，但它却符合当时群众的心理愿望和欣赏习惯。所以，把这出戏贬得一钱不值也许是不客观的。

《魔合罗》写的是李文道杀兄夺嫂事。其兄李德昌为躲灾外出经商，归途染病。李文道得信后悄然前往，以毒药谋害李德昌，夺得财物，又欲霸占其嫂刘玉娘。玉娘不从，反被诬告"合毒药杀死亲夫"。县令受贿严拷玉娘，玉娘屈招，被判死罪。河南府六案都孔目张鼎发现其中有冤，经过仔细考察，终于使李犯伏法。与《碌砂担》相比，此剧的情节线索复杂些，加进了报信人高山这条线索，而凶手又是被害人的从弟，更增加了破案的难度。剧中没有任何鬼神，相反倒有对神灵的不满（张鼎审塑成

---

① 王学奇主编：《元曲选校注》第一册下卷，河北教育出版社1994年版，第1110页。
② 同上书，第1103页。
③ 同上书，第1110页。

观音像的魔合罗时理怨："枉塑你似观音像仪，怎无那半点儿慈悲面皮？"①）不过，考虑到张鼎在剧情中担负的作用正是《碌砂担》所抛弃的对现实的幻想，那么，说《魔合罗》略优于《碌砂担》，主要就不在于它没有写鬼神，而在于它对矛盾关系作了更广泛深入的揭示。

《盆儿鬼》的结构可以说是前两个剧本的糅合（不是从创作时间，而是从性质上说的）。货郎用被盆罐图财害命，尸体也被投在窑里烧成灰，搅上黄泥，烧成盆儿。他的冤魂也就依附于泥盆，但他的诉冤却不同《碌砂担》的诉于神灵，而是诉于包待制。包公为他找到了凶手报了仇。其矛盾的解决实为人鬼合力。这在元杂剧中是比较常见的。《后庭花》《生金阁》都是包公替鬼申冤。《窦娥冤》的性质也相仿。实际上，这种描写仍然体现着中国文化的精神。它们虽然编造了鬼魂显灵的情节，却并不过于夸大鬼魂的力量。鬼魂自己无法惩处恶人，却要向人间的法官申冤。因而，它既以现实为出发点，又以人间为归宿。当然，仅就《盆儿鬼》而言，全剧鬼气森森，稍嫌怪诞。包公形象的塑造也不见高明。既没有展开复杂的社会关系，也没有恰如其分地借鬼神表现人民的朴素愿望。比前两个剧本要庸俗浅薄些。

如果《魔合罗》值得称道的话，我们也并不因为都有鬼神形象就把《碌砂担》《盆儿鬼》二剧等量齐观。对它们的评价理应根据形象显示的思想内涵之深浅而分轩轾。值得深思的是，相当多的"神来凑"出现于那些反映了较尖锐矛盾的作品中。这正提示了这些矛盾在当时的情况下不易得到公正合理的解决。同时，又与相当多的一般社会问题剧如爱情婚姻剧的"大团圆"结局形成对比。它们追求的都是一种特定情势下的最理想的结局。而对这种理想主义文化心态的分析，恐怕就更不能简单评判了。

回到本节开头所引金圣叹所谓"《西游记》每到弄不来时，便是南海观音救了"，虽然这部分符合实情，但也并非对《西游记》艺术形象描写与情节设置细致入微的分析。简而言之，首先，《西游记》并非每到孙悟空们无法制胜时，就请观音出场。"观音救了"只是小说中降妖伏魔结构的不同收束形式中的一种；而且，"观音救了"在小说中的具体描写也各

---

① 王学奇主编：《元曲选校注》第四册上卷，河北教育出版社1994年版，第3496页。

有不同。其他神灵的出场收束也是如此。其次，观音的出场与民间对她的信仰有关，这一信仰观念的表达，对《西游记》也有着重要的意义。也就是说，要评价"观音救了"，必须联系小说对她的推崇，而这一点关乎小说的思想内涵。最后，"观音救了"是一个过程，而不仅仅是一个结局。而在过程的展开中，《西游记》实际上获得了通过此一角度描写人物性格与关系的机会。美国学者罗纳德·B. 托比亚斯在《经典情节 20 种》论及"解救"这一经典情节时说：

> 解救情节有其经典人物和情境，或许比其他大多数情节都更程式化一些。但是千万不要低估了它的巨大感召力。像复仇情节和诱惑情节一样，这是最能打动情感的情节之一。通过战胜邪恶，它确定了世界的道德秩序，让混乱的世界回归秩序，也重申了爱的力量。①

也许，我们从情节类型的角度，分析"观音救了"的不同呈现方式与内涵，比简单地否定它更有意义。

四　迷信：神怪小说艺术传统的失落

艾布拉姆斯的《镜与灯——浪漫主义文论及批评传统》有一节的标题很有意思："牛顿的彩虹和诗人的彩虹"，在这一节中，作者讨论了科学思维与艺术思维的差别。在有的人看来，"无知和迷信乃是想象之母"，而科学思维可能葬送了诗的黄金时代，诗因此丧失了"比真实性更能使人接受的不可信性，丧失了比真实更有价值的虚构"，"驱逐了神话与仙女传说的迷人之处"。② 事实上，随着文明的发展，很多作家对鬼神之类的描写也抱有谨慎的、甚至排斥的态度，如英国小说家亨利·菲尔丁在《弃儿汤姆·琼斯的历史》中就特别强调："我也衷心惋惜荷马不曾晓得

---

① ［美］罗纳德·B. 托比亚斯：《经典情节 20 种》，王更臣译，中国人民大学出版社 2015 年版，第 96 页。

② ［美］艾布拉姆斯：《镜与灯——浪漫主义文论及批评传统》，郦雅牛译，北京大学出版社 2004 年版，第 498、500 页。

贺拉斯所定的那条规则：尽量少使用超自然的力量。倘若当初荷马晓得的话，他就不会为一些小事动辄派遣天神下凡。""我们现代人唯一可以搬用一下的超自然的东西只有鬼了，奉劝作家对这种幽灵还是以少搬用为妙。"① 但正如莱辛在《汉堡剧评》中所指出的："如果取缔了鬼魂和精灵，这个损失对文学说来是太大了。"② 但那样一个神异诡奇、夭矫多变的形象体系，作为普遍的艺术形式却在我国现当代文学中一度失落了，无论如何是一个耐人寻味的问题。

事实上，即使在古代中国，科学思维还不发达时，神怪小说的艺术传统也始终面临着一种理性思维的挑战。这种挑战在近代，随着西方科学文明的传播，达到了新的高度。例如 1906 年《新世界小说社报》第二期上刊登了一篇题为《论科学之发达可以辟旧小说之荒谬思想》的文章，其中历数各代神怪小说，认为其中"离奇怪诞，莫可究诘。而豆棚聚话之村农，乡塾说书之学究，方且奉为秘本，言者凿凿，听者津津。噫！一般社会之迷信，大略可知矣"。对于神怪小说中的各种奇异想象，如嫦娥、牛郎织女、龙王等，作者也予以严厉批评，并感叹："呜呼！物理学之不明，生理学之不讲，心理学之不研究，乃长留此荒谬之思想于莽莽大地、蠢蠢群生间，其为进化之阻力也无疑。"他坚信："是故科学不发达则已，科学而发达，则一切无根据之思想，有不如风扫箨、如汤沃雪者哉？"③又如棠 1908 年发表的题为《中国小说家向多托言鬼神最阻人群慧力之进步》的文章，从标题就可以看出对神怪小说作科学知识否定的立场。文中说中国鬼神之小说，"《封神演义》也，《西游记》也，降而《聊斋志异》之短篇也，满纸皆山精石灵，幻形变相。其铺张法术也，如弄大把戏；其绘写变化也，甚于蜃楼影。离奇蛊惑，无斯须裨益于人群慧力之进步，可勿论焉。"④

与此相对的，近代还有人力图为神怪描写寻找新的学理依据，如 1902

① ［英］亨利·菲尔丁：《弃儿汤姆·琼斯的历史》上册，人民文学出版社 1984 年版，第431 页。

② ［德］莱辛：《汉堡剧评》，张黎译，上海译文出版社 1981 年版，第 59—60 页。

③ 陈平原、夏晓虹编：《二十世纪中国小说理论资料》第一卷，北京大学出版社 1989 年版，第 189、190 页。

④ 同上书，第 297 页。

年《新小说》发刊广告《中国唯一之文学报〈新小说〉》中说："妖怪学为哲理之一科，好学深思之士，喜研究焉。"① 所谓"妖怪学"来自日本。日本佛教哲学家井上圆了（1858 年）恰恰是站在打破迷信的立场上，创立了妖怪研究会，著有《妖怪学》和《妖怪学讲义》等。不过，对于否定神怪描写的科学思维来说，这种"妖怪学"的逻辑，基本上是无济于事的。

因此，更多的观点是对神怪小说的批判。如管达如 1912 年发表的《说小说》一文对神怪小说作了全面的批评：

> 此派小说，以迎合社会好奇心为主义，专捏造荒诞支离不可究诘之事实，若《封神传》其代表也。于社会无丝毫之益，而有邱山之损，盖习俗迷信之深，此派小说与有力焉矣（如关羽有何价值，而举世奉为明神，非《三国演义》使之然乎）。而其撰述亦最易，盖可随笔捏造，不必根于事实也。②

成之 1914 年在《小说丛话》中论及神怪小说时，虽然没有否定此类小说"能引人之心思，使入于恢奇之域"的审美功效，但认为"此等小说，似与人事不相近，并无涵养性情之功，只有增益迷信之害"③。

在这种思想的制约下，神怪小说思维传统的消退是必然的，正如前引《中国小说家向多托言鬼神最阻人群慧力之进步》所说的：

> 自今而往，诸小说家中，仍有胶持鬼神之见，变幻鬼神之迹，如吾言《封神演义》《西游记》及《聊斋志异》种种之荒唐无稽者乎？我同胞其谢绝之！毋使无烟毒炮、无形砒霜，以昏我脑灵，而阻碍进化之进步也。④

---

① 新小说报社：《中国唯一之文学报〈新小说〉》，载陈平原、夏晓虹编《二十世纪中国小说理论资料》第一卷，北京大学出版社 1989 年版，第 46 页。

② 陈平原、夏晓虹编：《二十世纪中国小说理论资料》第一卷，北京大学出版社 1989 年版，第 375 页。

③ 成之：《小说丛话》，载陈平原、夏晓虹编《二十世纪中国小说理论资料》第一卷，北京大学出版社 1989 年版，第 428 页。

④ 陈平原、夏晓虹编：《二十世纪中国小说理论资料》第一卷，北京大学出版社 1989 年版，第 298 页。

如果我们回顾神怪小说的演变史，可以很容易地发现信仰背景不同，创作形态也各不相同。鲁迅在《中国小说史略》中论及"六朝之鬼神志怪书"时，指出：

> 中国本信巫，秦汉以来，神仙之说盛行，汉末又大畅巫风，而鬼道愈炽；会小乘佛教亦入中土，渐见流传。凡此，皆张皇鬼神，称道灵异，故自晋讫隋，特多鬼神志怪之书。其书有出于文人者，有出于教徒者。文人之作，虽非如释道二家，意在自神其教，然亦非有意为小说，盖当时以为幽明虽殊途，而人鬼乃皆实有，故其叙述异事，与记载人间常事，自视固无诚妄之别矣。

这一文化背景或许造成了当时的一些小说家的"迷信"心理。但在唐宋以后，或者联系具体的作者来看，情形却不尽相同。如清人刘玉书说：

> 说鬼者代不乏人。其善说者，惟左氏、晦翁、东坡及国朝蒲留仙、纪晓岚耳。第考其旨趣，颇不相类。盖左氏因事以及鬼，其意不在鬼；晦翁说之以理，略其情状；东坡晚年，厌闻时事，强人说鬼，以鬼自晦者也；蒲留仙文致多辞，殊生鬼趣，以鬼为戏者也；惟晓岚旁征远引，劝善惩恶，所谓以鬼道设教，以补礼法所不足，王法所不及者，可谓善矣。第搢绅先生，夙为人望。斯言一出，只恐释黄巫觋、九幽十八狱之说，藉以得为口实矣。①

他虽然也担心神怪小说在社会迷信心理方面产生不良影响，但注意到史家、思想家、文人、小说家等不同的立场与动机，还是很有见地的。

五 浪漫主义、魔幻现实主义及其他

许多论著在谈到文学作品中的神魔鬼怪时，大抵都会将这一类作品认

---

① 刘玉书：《常谈》卷一，兹据朱一玄编《聊斋志异资料汇编》，南开大学出版社 2002 年版，第 504 页。

定为"浪漫主义"。如蔡守湘主编的《中国浪漫主义文学史》，即将历代各体神怪小说都包括在内。① 然而，即使我们只有"浪漫主义"和"现实主义"这两张标签，问题也应该比这复杂一倍。我不是在以下两种意义上提出这一点的，即"一切伟大作家都是他们时代的浪漫主义者"② 和"神话的创造就其基础讲来是现实主义的"，③ 虽然这在人们热衷谈论创作方法的年代，是经常被引用的语录。

需要说明的是，创作方法的理论是从国外引进的，与中国古代文学可能本身就存在着不吻合的一面。但即使是在欧洲文学史上，浪漫主义也是一个极为复杂的概念。有研究者指出，"谁试图为浪漫主义下定义，谁就在做一件冒险的事，它已使许多人碰了壁"，以致"要搞清现有的纷纭复杂的定义比下一个定义更难"，"这个词仅被视为一个'近似的标签'，'一个凑合的代用品'而搁置起来，我们不可不用它，但也不能指望对它加以精确的界定。"既然如此，我们只能从给非现实描写贴标签的角度来简单看一下它的运用。毕竟，"创造性的想象这一概念比其他任何个别因素更牢靠地贴近浪漫主义的准则。"④

在欧洲文学史上，正是浪漫主义者首先给予神话以应有的重视，这些浪漫主义者不但以极大的热情收集古代神话及民间传说，而且在艺术创作中不回避非现实的形象构成。相反，他们更热衷描写那些神秘、奇异的东西，如幽灵鬼怪、异术法师等等。但是，如果我们把非现实因素看成是浪漫主义的象征或认为运用了它就是浪漫主义，那势必是一种轻率的观点。勃兰兑斯就指出："作为德国浪漫主义主要特征的那种幻想的超自然性只不过是法国浪漫主义的支柱之一；或者更正确地说，只不过是它的要素之一。"甚至在这一派最显赫的人身上是无足轻重的附属的要素。⑤ 这其实并不是勃兰兑斯一个人的见解，海涅在《论浪漫派》一书中分析了造成

---

① 蔡守湘主编：《中国浪漫主义文学史》，武汉出版社1999年版。

② ［法］司汤达：《拉辛与莎士比亚》，王道乾译，上海人民出版社2006年版，第97页。

③ ［苏］高尔基：《苏联的文学》，载林焕平编《高尔基论文学》，广西人民出版社1980年版，第136页。

④ ［英］利里安·弗斯特：《浪漫主义》，李今译，昆仑出版社1989年版，第1、2、54页。

⑤ ［丹麦］勃兰兑斯：《十九世纪文学主流》第5分册，李宗杰译，人民文学出版社1997年版，第49页。

这一现象的社会和民族根源，他幽默地说，各种鬼魂一看见法国国旗就四处逃散。波兰浪漫主义诗人密茨凯维支也抱怨在法国"不能找到任何大胆的、超过现实界限的虚构，任何与神话相结合的传说"。①

事实上，我们在法国浪漫派的杰出代表雨果的优秀作品《悲惨世界》《巴黎圣母院》《笑面人》等中，就很难找到明确的非现实因素，相反，在公认的现实主义大师巴尔扎克笔下，却不乏非现实的描写。如《驴皮记》《改邪归正的梅莫特》《长寿药水》等，一些人把这看作浪漫主义，其实不然，这些作品的基本精神乃至细节描写都是批判现实主义的，如《长寿药水》套用了欧洲流行的传奇性的唐璜传说，描写巴尔托洛梅奥为了永远享有财产，临死前让儿子唐璜用长寿药水涂抹他全身，但唐璜急于继承遗产，没有按老头子的意思办，药水的唯一效力只是使老头睁开眼，在儿子的心中找到了一个"比一般人死时安葬的更要深邃的坟墓"。作者选取了临终这一关键细节，通过非现实的描写，撕下了温情脉脉的面纱，把贵族资产阶级的金钱占有欲和丑恶灵魂暴露于放大镜下，与《欧也妮·葛朗台》《高老头》等有异曲同工之妙，所以德·奥勃洛米耶夫斯基说："他笔下的虚构是服从于现实主义的。幻想只是一种形式，而且只是那同一个现实世界的一种形式，而不是客观存在的一个特殊领域。"② 这同样也是海涅并不认为专写神怪小说的霍夫曼属于浪漫派的原因，因为他描写的"那些千奇百怪的鬼脸，却始终牢牢地依附着人间的现实"。③

这使我们又想到了 21 世纪风靡拉丁美洲的"魔幻现实主义"。其代表作家之一马尔克斯的作品就有不少非现实的描写，如《百年孤独》中普罗登肖的鬼魂日夜纠缠何·阿·布恩地亚一家、俏姑娘雷梅苔丝抓住床单飞升天空等，但马尔克斯却坚持认为"真实永远是文学的最佳模式"，"在我的小说里没有任何一行字不是建立在现实的基础上的。"④ 确实，他

① ［波兰］密茨凯维支：《论浪漫主义诗歌》，载《古典文艺理论译丛》（4），人民文学出版社 1962 年版，第 7 页。

② ［苏］德·奥勃洛米耶夫斯基：《巴尔扎克评传》，刘伦振译，中国社会科学出版社 1983 年版，第 221 页。

③ ［德］海涅：《论浪漫派》，张玉书译，人民文学出版社 1979 年版，第 109 页。

④ ［哥伦比亚］加西亚·马尔克斯：《番石榴飘香》，林一安译，《世界文学》1984 年第 5 期。

的作品很好地做到了变现实为幻想而又不失其真，充分展示了神秘的充满灾难的拉丁美洲的现实，具有"新闻报道般的准确性"，从根本上说是现实主义的。

由此可见，浪漫主义并不一定要通过非现实的幻想才能表现自己，而这种非现实因素的适应性也比我们设想的更为广泛。如果我们把非现实因素看成形象构成的方式或因子，那么，它理当可以而且实际上已经在不同的创作方法指导下运用。马克思曾称赞伦勃朗是按照荷兰农妇来画圣母的，如他的名作《圣家族》，除了左上角从窗外飞进来的小天使暗示人们这是一件有关宗教的"神迹"外，圣母则像一个穿粗布长袍的农妇，腿上盖着件厚厚的衣服，脚踏暖炉，正关切地看着初生的小宝宝睡得是否香甜。整个画面完全是北欧冬日一个贫寒农民家庭的生活情景，是写实风格的。而法国 19 世纪画家德拉克洛瓦被誉为"浪漫主义的狮子"，他公认为最好的作品《自由领导着人民前进》据说描绘的是 1830 年 7 月 23 日巴黎人民推翻复辟的波旁王朝的起义，处理上也显示出浪漫主义的特点，画中率领工人、职员冒着炮火前进的是举着三色国旗的自由女神。因此，现实主义和浪漫主义并没有因为都运用了非现实因素，就失去了它们各自的特点。其不同也许在于现实主义艺术家使非现实题材现实化世俗化，而浪漫主义艺术家使现实题材神奇化理想化。

就我国古代小说的创作实际来看，非现实因素的运用同样是复杂的。且不说在小说还没有进入自觉创作阶段时的作品往往受非艺术的力量制约，如宗教的制约，其创作方法不宜仅从艺术的角度判定，就是在小说成熟以后，形象构成的方式也不能与创作方法混淆。清代中篇小说《何典》，满本写的都是鬼，但是无论从哪种意义上，我们都很难把它归入浪漫主义。鲁迅在为这部书作的《题记》中反复强调它"谈鬼物正像人间"，"从世相的种子出，开出的也定是世相的花"，"展示了活的人间相"，[①] 这种评价更接近鲁迅对《金瓶梅》等现实主义作品的评价。

我们说利用非现实因素构成形象的并不定都是浪漫主义的，还因为真正的浪漫主义像现实主义一样也代表着某种较高的艺术境界，而有许多作品既非现实主义的，也没有达到浪漫主义的高度，大量矜奇尚异、张皇神

---

① 《鲁迅全集》第七卷，人民文学出版社 2005 年版，第 308 页。

怪的作品等，也不可以轻易奉赠浪漫主义的桂冠。

还应提到的是，我们在谈到浪漫主义和现实主义时，经常混淆它们作为精神、流派、方法这三层含义。虽然浪漫主义和现实主义一度被认为是文艺创作的两种基本精神，但具体到几千年无数作家的创作，问题就不那么简单了，尤其是一定的创作方法还要受一定的文化传统的影响和制约。在欧洲，"从整体上看来，浪漫主义叙事体往往集中在两个方面：'忏悔性的'和'历史的'。"① 而中国古代小说受儒家诗教思想的影响，重视劝善惩恶，强烈的说教意识严重地左右着作品的形象构成。如宣传因果报应，无论是渲染地狱凶险恐怖以警惕人心，还是曲解现世遭际，其与通常意义上的浪漫主义、现实主义都有所区别。也许，不管用什么主义来概括，要准确把握它的创作特点，看来也离不开对传统文化的深入探讨。

2016 年 11 月 11 日补订旧稿

① ［英］利里安·弗斯特：《浪漫主义》，李今译，昆仑出版社 1989 年版，第 74 页。

论古代通俗文艺伦理叙事中
角色的"道德困境"

——以"江流儿"故事中的殷氏为例

赵毓龙

辽宁大学

"江流儿"故事,是记述"江流儿"(或称"江流和尚""江流僧""淌来僧",世多以之为陈玄奘)出身事迹的故事,原本独立发育、传播,后经"西游"故事群落吸纳、整合,与"唐太宗游地府"故事、"刘全进瓜"故事等一并成为衔接"大闹天宫"故事与"西天取经"故事两大单元的车钩。

就目前所见,该故事形成于宋元,至迟在明万历左右即已进入小说文本系统。虽然在世德堂本、李卓吾评本等"繁本"中不见此段情节,但杨致和编本(以下简称杨本)与朱鼎臣编本(以下简称朱本)却对其有不同程度的呈现:前者只是一段一百五十余字的短文,后者则委曲漫长,事件完整,角色齐备。清初王象旭、黄周星编《西游证道书》(以下简称"证道书"),据朱本段落改编、补入,故事遂在百回本系统中稳定下来。

以往学界关注该故事,主要聚焦于唐三藏人物原型、本事及其演化历史,属于"百回本成书"研究的一部分。本文则对另一个角色——殷氏的经历与结局更感兴趣,因其比较典型地反映出中国古代通俗叙事文艺中人物常常面临的"道德困境"。而小说、戏曲、说唱等文本在重述、再现故事时，为解决该"道德困境"所采取的多样且有趣的处理，也可作为我们藉以窥察古代通俗文艺叙事成规，以及叙事者心理、心态的一个经典个案。

一

这里，笔者从伦理学领域借来"道德困境"（moral dilemmas）一词。目前，伦理学界对这一概念的使用并不完全统一、精确，[①] 但总体而言，所谓"道德困境"，是一种道德抉择上的两难境地，即如 A. 麦金太尔所说的："面临令人胆怯可怕的两者取一的选择。"[②] 这种选择上的两难，可进一步描述为："一个人为履行某项道德义务就会导致他对另一项或多项其他道德义务的背弃，而且他不能逃避选择"。[③]

这种情况，在现实生活中是经常发生的，是人们极有可能遭遇的真实处境，自然也会频繁"再现"于叙事文本中，A. 麦金太尔即指出，早期西方伦理学界在讨论"道德困境"时，就习惯用古典叙事文本（如古希腊悲剧）中"虚构人物"的事例作为依据。而这种引证方式，在今日的伦理学讨论中，仍旧是不乏其见的。

但反过来，我们不能因此在对叙事文本的阐释过程中，简单地"拿来"这一概念，而应当从文学批评（尤其叙事学）角度，对其进行"抟塑"。特别应该注意到：叙事文本中的"角色"，并不完全等同于现实处境中活生生的"人"，他（们）看似是选择的主体，却更像是叙事者手中的傀儡，选择的权杖始终掌握在叙事者手中。而以"讲故事"为首务的叙事者，在进行取舍时，固然要遵从一般的道德价值观念，并借以实现"教化""劝诫"的伦理诉求，但首先还是要考虑满足叙事话语构造（如主题、结构、时长等）的需要，这是处理现实"道德困境"时所不存在的"优先项"。基于此，在叙事过程中，那些看似"两难"的选择，无论对角色还是叙事者而言，其实都不可能是真正"令人胆怯可怕"的。

---

① 韩东屏：《论道德困境》，《哲学动态》2011 年第 11 期，第 24 页。

② ［美］A. 麦金太尔：《道德困境》，夏第伟民译，《哲学译丛》1992 年第 2 期，第 13 页。

③ 卢风：《道德选择、道德困境与"道德悖论"》，《哲学动态》2009 年第 9 期，第 45 页。

以"江流儿"故事中的殷氏为例，作为一个正面的女性角色，她所面临的"道德困境"是：选择履行作为妻子的义务，还是选择履行作为母亲的义务？面对刘洪的胁迫，如其选择投江殉夫，则可以履行作为妻子的义务，如选择忍辱从贼，保住腹内胎儿，则可以履行作为母亲的义务，但二者只能选其一。在现实境遇的道德实践中，这无疑将是一场鞭拷灵魂的艰难抉择。但在叙事过程中，备选答案其实是唯一的——主人公"江流儿"尚未登场，殷氏必须选择忍辱从贼——解决"道德困境"的优先项，是故事进程的实际要求。

但殷氏毕竟是主要角色，又是正面形象，却有"失贞"这一严重悖于封建妇女道德的举动，明显与"教化""劝诫"的伦理诉求相龃龉。如何在接下来的叙事过程中解决该问题（起码使之得到有效缓解，或给出相对合理的解释），以迎合受众心理（在道德批判的同时表达理解与同情），才是叙事者需要花费心思的，也是最能考验其叙事智慧的。

在百回本的稳定形态中，叙事者对该问题的解决，简单直接而略显潦草，"证道书"第九回据朱本文字，在大团圆结局后附上一条尾巴："后来殷小姐毕竟从容自尽。"① 今人以世德堂本为底本进行刊印时，多将此回文字编为附录，使得这样一个冰冷、生硬的"赘笔"，反倒成为后来读者最为熟悉的一种处理方式。

但小说并非参与重述、再现该故事的唯一文本系统，也不是表现最为活跃的系统，如果我们将目光移至小说之外的诸多戏曲、说唱文本，会发现许多针对该问题的饶有趣味的处理方式，这些处理"花样百出"，在不违碍一般伦理价值判断的前提下，给予了角色更多的理解与同情，也为消解其"道德困境"付出了更多的努力。从中，我们可以窥见通俗叙事文艺的表现成规以及民间叙事的逻辑与智慧。

二

先来看戏曲文本系统，它是重述、再现"江流儿"故事，以及处理角色"道德困境"的主力——就目前所见，"江流儿"故事最早成熟、定

---

① 《西游证道书》，上海古籍出版社 1991 年版，第 201 页。

型于戏曲文本，并藉以广泛传播；同样地，也是戏曲文本最早将该故事编入"西游"故事的整体。

当然，戏曲文本中也有将殷氏潦草结果者，如内府抄本《升平宝筏》甲集下第二十一至二十三出集中演述该故事。第二十二出，在殷氏撇子后，剧作者如是处理其结局：

> （白）且住！我本为保全孩儿，如今孩儿被江潮拥去，还有何颜立于人世？不如投江死了罢！（作投江科）①

以人物自尽来消解其"道德困境"，逻辑与"证道书"一致，"下手"则更加直接、干脆，道德正名的诉求也更为强烈，正扣出目："撇子贞名似水清"。但剧作者如此安排，其实并非纯从伦理诉求的角度出发，主要还是根据结构剧情的需要——此三出戏文并非作者原创，而是取自清初阙名《江流记》传奇第八至十一出。原剧中殷氏并未自尽，本剧则因袭现成，删削枝蔓，斫成楔子，以实现衔接事件、引出主人公的结构功能。殷氏由原剧的主要角色，降格为结构性角色，自然没必要消耗太多叙事成本。剧中陈光蕊的结局也颇为潦草，第二十一出陈光蕊落水后，有"杂扮水卒"，"从地井内上，作救陈光蕊"，②暗示其被接入龙宫，但之后再未登场，也可证殷氏之"死"，主要为节省叙事成本，而非道德正名。

但这毕竟是一种极端化的处理（尚未见于别剧），完整、生动地再现故事，并以"渲染事件"的方式来消解角色的"道德困境"，才是相关戏曲文本叙事的主流。

这里所谓"事件"，是"本事"的基本单元，是串连"情节"的一环。它显示"状态的变化"，可以被浓缩成人物的"一个行动 ACTION 或行为 ACT……或发生的事"。③ 具体到"江流儿"故事，根据其在百回本系统中的稳定形态，以及其他文本系统的重述、再现形态，如以殷氏为中

---

① 胡胜、赵毓龙：《西游记戏曲集》，辽海出版社 2009 年版，第 233 页。
② 同上书，第 230 页。
③ ［美］杰拉德·普林斯：《叙述学词典》，乔国强、李孝弟译，上海译文出版社 2011 年版，第 66 页。

心，我们可以概括出构成故事的七个核心事件：

①殷氏有孕

②陈光蕊遇害

③殷氏从刘洪

④殷氏产子

⑤殷氏撇子

⑥殷氏认子

⑦殷氏夫妻团圆

这七个事件在时间轴上自然排列开来，完整、简明地显示出人物"状态的变化"；它们并不彼此包含或预设，又环环相扣，共同勾勒出一条戏剧性线索。故笔者将其称作"核心事件"。而其"核心"地位的确立，其实并不得益于百回本——早在故事形成之初，七个事件即已存在。目前可知最早讲（演）述该故事的文本，是宋元南戏《陈光蕊江流和尚》（以下简称南戏）。该剧见《南词叙录》"宋元旧篇"著录。原本久佚，钱南扬先生辑有残曲三十八支。① 虽然仅存残曲，但根据曲文内容，已可明确概括出七个"核心事件"来。

七者之中，又以①至⑤为"必要事件"，因其是故事承担结构功能的最基本配置，无论在哪部文本中，几乎都是不可或缺的。前文所提内府抄本《升平宝筏》即只呈现事件①至⑤，更早者如元代吴昌龄《唐三藏西天取经》杂剧（以下简称吴本杂剧）残折"诸侯饯别"，开场三藏自报家门，简略交代出身事迹。对事件⑥⑦只字未提，对①至⑤则有完整描述，② 略晚者如流行于山东淄博一带的八仙戏《西游记》，第二折《洪江口》演述该故事，对①至⑤有完整呈现，结尾处有⑦而无⑥（搬兵剿贼者为陈光蕊本人），③ 可见事件①至⑤是整个故事链条中最稳定的部分，⑥⑦的机动性则较大。

而所谓"渲染事件"，指突出、强化、夸张事件成分，尤其人物行动、状态，以强调"道德困境"之严峻、可怕，角色取舍之艰难、痛苦，

① 钱南扬：《宋元戏文辑佚》，中华书局 2009 年版，第 192—200 页。

② 胡胜、赵毓龙：《西游记戏曲集》，辽海出版社 2009 年版，第 76 页。

③ 《古本戏曲西游记》，山东文艺出版社 1991 年版，第 14—25 页。

及其事后之愧疚、惶恐、悔恨等情态，这些"再现"出的艺术效果，虽然不可能改变叙述事实，却可有效唤起受众的理解与同情，从而在一定程度上消解角色的"道德困境"。这与戏曲的叙事成规正相适应。

中国戏曲是"曲本位"的叙事艺术，作为"诗余"的曲，叙事功能相对较弱，抒情言志的功能则很强；而"代言体"的表现形式，又给了角色更多表白、陈情的机会；同时，戏曲文本最终要落实到场上，观众"阅读"故事的时空，与演员"讲述"故事的时空相互重叠，在共时性对话中，受众更易于站在主人公的立场上来思考。可以想象，为"道德困境"所折磨的主人公，当其在舞台上以大段唱词，声情并茂地向观众表白、陈情时，会赚取台下不少理解的叹惋、同情的眼泪，甚至不平之鸣。可以说，"渲染事件"是戏曲文本消解"道德困境"的最有效手段。

在"江流儿"故事中，事件②③⑤是主要的"渲染"对象。这在南戏中已见端倪，在 38 支残曲中，涉及三者的计有 17 支，占将近一半。至明杨景贤《西游记杂剧》（以下简称杨本杂剧）第一卷，以前两折"之官逢盗""逼母弃儿"演述三个事件。从折数上看，占到一半，但其曲文容量远过于"江流认亲""擒贼雪仇"两折。前两折共 26 支曲，后两折仅共有 19 支曲，前两折才是重头戏。这说明在故事形成之初，以及进入小说文本之前，戏曲文本系统已经开始通过"渲染事件"的方式来解决角色的"道德困境"了。

特别值得注意的是，中国戏曲的角色设计，遵循"脚色制"。脚色不同，演唱任务的分量亦不同。反过来，如果令羁于"道德困境"的角色承担更重的演唱任务，无疑有利于进一步"渲染事件"。这在南戏中，也已可窥大概。现存 38 支残曲中，据钱南扬先生考辨，与殷氏直接相关者（独唱、轮唱、对唱），有 21 支，占到 55%。说明该角色是全剧演唱任务最重者。当然，由于原剧已佚，残曲的百分比未必真实反映实际。但保留下来的残曲，系因艺术品位高、接受效果好、典范性强而收录于各家曲谱者，殷氏唱段能够以大比重留存下来，可以证明剧作者在"渲染事件"方面的努力，及其取得的良好效果。

至杨本杂剧中，因第一卷为"旦本戏"，由殷氏一人独唱到底，故事完全从该角色的视角与立场展开，这使得殷氏成为故事实际上的第一主人公。第一主人公的身份，无疑有助于角色获得更多的理解与同情。而较南戏更大的不同，是在"渲染"的过程中，剧作者进行了一定程度的艺术夸张，有意拔高了殷氏的形象，甚至以矮化男主人公为代价。如第一折中，作为"遇害"的铺垫，剧作者写陈光蕊途中纵情贪酒，无识人之明，又劝妻子冶容。而殷氏则表现得理智、机警，劝丈夫"路途上少饮"，一见刘洪便知其"是个不良人物"，深知"美女累其夫"的道理，一路上"灰头草面不打扮"。① 两相对比，陈光蕊的行动皆是"招祸"根由，殷氏的行动尽管未能改变事件发展方向，却有效地强化了她的不幸与无辜，尤其这种提防、抗争而难脱劫难的情节设计，颇有些"命运悲剧"的色彩，进一步突出了角色的悲剧性，这无疑也更有助于博取受众的理解和同情。

可以看到，在"前百回本时期"，从南戏到杂剧，从"江流儿"故事生成到被编入"西游"故事整体，戏曲文本系统一直是讲述该故事的主力，它以"渲染事件"的方式解决殷氏的"道德困境"，并取得了比较明显的效果。

三

百回本小说问世以后，对戏曲文本系统产生极大影响，但这并不意味着戏曲就彻底沦为小说的"注脚"。尤其在叙事经验上，尽管在故事结构与情节梗概等方面，不少戏曲以小说为蓝本，但落实到具体的单元故事，就会发现：它们更多依赖本系统内既有的艺术经验，并结合舞台搬演的实际，进行有别于小说的再加工。尤其对"江流儿"故事的重述、再现，特别是对殷氏"道德困境"的处理，绝大多数戏曲文本没有遵循百回本的逻辑，而是延续南戏以来的传统，进一步"渲染事件"。此一时期，戏曲文本"渲染事件"的方式，大体有二：一是以整本连台戏演述；二是以折子戏演述。

由于戏本多已亡佚，生成于百回本之后的整本"西游戏"，是如何演述"江流儿"故事的，目前大多难以确知。明清之际曾有多部演述整本

---

① 胡胜、赵毓龙：《西游记戏曲集》，辽海出版社 2009 年版，第 84、85 页。

"西游"故事的传奇剧，如阙名《唐僧西游记》①、陈龙光《西游记》、夏均正《西游记》、祁彪佳《佛莲记》、阙名《慈悲愿》等，但剧本大都久佚，不知是否演述"江流儿"故事，更遑论具体情形。夏均正《西游记》虽存残折（名"尉迟饯行"，见《万锦清音古今传奇》，其曲文与吴本杂剧"诸侯饯别"几乎一致，二者关系待考），与"江流儿"无涉。阙名《慈悲愿》存"回回""认子"两折。其中"认子"属"江流儿"故事，但仅是一个事件，整个故事则只能依《曲海总目提要》粗知梗概。② 而就此梗概，已可见其与百回本之不同。具体在对殷氏"道德困境"的处理上，本剧也颇具特色，尤其是关于其失节问题，《曲海总目提要》言："剧内不失节。"这里的"失节"，应指失身，委曲从贼的事实并未改变。至于"不失节"是如何实现的，《提要》只交代"殷屡觅自尽，洪不敢犯"，具体情形不可知。但既言"屡"，且造成"不敢犯"的结果，有可能是被着重"渲染"者。该事件并非核心事件，也非基本事件，剧作者进行"增饰"，与说唱文本的处理方式相通（"增饰事件"容下文讨论）。总体来看，明清之际的整本"西游戏"中，"江流儿"故事的演述情况，并不是十分清晰的。

百回本后单独演述该故事的本戏，有明王昆玉《江流记》传奇（以下简称"明江流"），《远山堂曲品》著录，已佚。又有清阙名《江流记》传奇一种（以下简称"清江流"），现藏上海市图书馆。《明清传奇综录》著录，言其与南戏、"明江流"有"渊源关系，或即由明传奇改编而成"。③ 据笔者考察，该剧有相当一部分内容，系整合南戏及杨本杂剧而来。④ 它是现存唯一完整演述"江流儿"故事的戏曲文本，是"后百回本时期"戏曲文本系统解决殷氏"道德困境"的一个重要的参考系，而"渲染事件"正是其主要机制。

全剧共18出，各出戏容量不同，这直观地反映在套曲数量上。第五、八出等过场戏，只有一支曲，而一般则在8支左右（如第四、六、七、

---

① 关于本剧作者，参见张净秋《清代西游戏考论》，知识产权出版社2012年版，第77页。

② （清）董康：《曲海总目提要》，人民文学出版社1959年版，第1409、1410页。

③ 郭英德：《明清传奇综录》，河北教育出版社1997年版，第1017页。

④ 赵毓龙、胡胜：《论清阙名〈江流记〉传奇在"江流戏"传播史上的"承启"作用》，《人文论丛》2014年第1辑，第303—306页。

十二、十七出等），只有四出戏的曲子超过 10 支，分别是：第九出"掠人色胆包天大"，共 14 支；第十出"撇子贞名似水清"，共 10 支；第十四出"寻母高僧喜共悲"共 12 支；第十五出"遇瓦窑祖母知因"，共 10 支。可以看到，第九、十出演述的正是事件②③⑤，这是从南戏到杨本杂剧，戏曲文本重述、再现该故事时的一贯传统（"明江流"可能亦遵循此传统）。而仔细考察两出的曲文，会发现它们正来自南戏与杂剧：第九出的 14 支曲中，有 8 支来自南戏，占比 57%，第十出的 10 支曲则全部来自杨本杂剧，转化率为 100%。这一方面足以说明两部作品深远的艺术魅力，也说明这样一个事实：戏曲文本的"渲染事件"，之所以能传承有序，除该艺术形式自身的舞台表现成规外，还有"曲本位"机制下艺术经验的直接因袭、借鉴。基于这些更为具体的、现实的因素，百回本小说对戏曲文本的影响，其实并非想象中的那般"深巨"。唯一受到百回本逻辑影响的本戏是《昇平宝筏》，如前所述，本剧甲集下第二十一至二十三出，与阙名《江流记》传奇第八至十一出情节相同，曲文亦相近，据笔者考证，应是《昇平宝筏》因袭、改编《江流记》，① 只是出于结构功能需要，进行了大量删削。

连台本戏的搬演势头减弱后，折子戏兴起。这种搬演形式本身就是在"渲染事件"，它将本戏中最"出彩儿""抓人儿"的部分截出来单独呈演。这些片段在原剧中本就是着重"渲染"的对象，截出单演则在传播上进一步强化其效果。就笔者所见，清代有关"江流儿"故事的折子戏，主要有如下几种：

一、《殷氏祭江》，昆腔本，见《清代南府与升平署剧本与档案》"昆腔单出戏"。杨本杂剧、"清江流"皆有该出戏，但本折似非自二剧直接截出单演者，如本剧套曲流程为【粉蝶儿】【醉春风】【迎仙客】【满庭芳】【上香楼】【幺】【煞尾】，② 与前两剧不同。

二、《撇子》，昆腔本，见《清车王府藏曲本》，套曲流程与《殷氏祭

---

① 赵毓龙：《西游故事跨文本研究》，中国社会科学出版社 2016 年版，第 281、282 页。

② 《清代南府与升平署剧本与档案·昆腔单出戏》第 3 册，海南出版社 2000 年版，第 231—235 页。

江》同，应出同源，剧前多龙王登场，吩咐水卒救护陈光蕊情节。①

三、《认子》，昆腔本，见《清代南府与升平署剧本与档案》"昆腔单出戏"。杨本杂剧、《慈悲愿》、"清江流"皆有该出戏，但本折似非自前三剧直接截出单演者，如本剧套曲流程为【集贤宾】【逍遥乐】【梧叶儿】【醋葫芦】【幺】【金菊花】【浪里来】【后庭花】【柳叶儿】【尾】，②与前三剧不同。

四、《倒厅门》，乱弹本，见《清车王府藏曲本》。该剧情节较为特殊，未见于别剧。叙殷氏趁刘洪外出，至倒厅门恸哭丈夫，被外郎张善听见。二人彼此试探，最终达成信任，殷氏吐露实情，张善答应替其捎书至京城，搬兵剿贼。③

可以看到，折子戏所截取的主要是事件⑤⑥所在的段落。因在本戏中这两个段落都是由殷氏的大段抒情、表白来呈现的，可以充分展示其"母性"的一面，以助于消解角色的"道德困境"。而折子戏的传播，归根结底是受众选择的结果，这几出戏风靡舞台（至今仍有搬演），也可证明戏曲文本以"渲染事件"博取受众的理解与同情，确实起到了良好的效果。饶有意味的是《倒厅门》，它"增饰"了新的事件，与说唱文本的加工方式。而事实上，这部"乱弹本"折子戏的确与民间说唱存在因缘关系。

四

车锡伦先生《中国宝卷总目》著录有《唐僧宝卷》一种，④ 该卷民国石印本"撇子"一段，恰巧有"张善"这一角色，⑤ 其情节与乱弹本《倒厅门》也存在相似之处，同是殷氏诉苦，张善闻之，问明原委，决心相助。所不同的是，宝卷中张善未替殷氏捎书搬兵，而是护送、帮助其撇子，又在"认子"一段承担功能——玄奘成人后至洪州化缘，轰动信众，

① 《清车王府藏曲本》第13册，学苑出版社2001年版，第131—132页。
② 《清代南府与升平署剧本与档案》第4册，海南出版社2000年版，第268—272页。
③ 《清车王府藏曲本》第4册，学苑出版社2001年版，第469—473页。
④ 车锡伦：《中国宝卷总目》，北京燕山出版社2000年版，第273页。
⑤ 《绘图唐僧宝卷》，上海惜荫书局民国石印本，第9页。

值刘洪出衙，玄奘未及回避，被锁入监牢。张善看管牢房，同情玄奘，请殷氏开恩，母子遂相见。可以看到，宝卷增加了一个新的角色，该角色自己有一条完整的轨迹，且承担一定的功能。而这种"增饰事件"的方式，正是说唱文本讲述故事的基本逻辑。

所谓"增饰事件"，就是在核心事件外，增补并渲染新的事件，它涉及新的角色，以及新的人物关系与行为轨迹。

这种叙事方式，在戏曲文本中并不多见。究其原因，除"曲本位"机制下艺术经验的直接因袭、借鉴外，更重要的是对"成本"的考虑。与纯粹的案头文学不同，戏曲是"场上"艺术，文本中每一个新增的人物、每一条新增的线索，都不仅仅意味着新添的套曲、宾白与科介，它还涉及"场上"更多物质成本（服装、砌末）的消耗，以及新增场次与相关组织、调度的时空成本消耗。即使一个"龙套"角色，其在舞台上所消耗的叙事成本，也远远高出仅存在于纸墨之间者，如果不能取得良好的接受效果，就会沦为"成本负担"。

相比之下，说唱艺人所面临的"成本"压力要小得多，虽然口头讲述也是一种"场上"表达，但新增的角色及线索，并不会造成"成本负担"，恰恰相反，这种"增饰事件"的讲述方式，是说唱艺术自我拉伸、充实、丰盈文本的必要手段。

尽管说唱文本也存在大量的"代言体"段落，但第三人称全知视角的呈现，才是其叙事的基本逻辑。那些在戏曲文本中，因套曲挤占空间，或由剧作者"写意"思维作用而出现的情节"阙口"或"留白"处，落实到说唱文本中，必须得到有效的填充。这些填充需要一定的构造能力，而对于艺术创造力有限的民间艺人而言，插入角色及线索（多是程式化的），不仅不是"成本负担"，反而是使得文本迅速复杂化的最具"性价比"的处理方式。

所以说，"增饰事件"是说唱文本的一种基本叙事逻辑，它并非为解决"道德困境"而出现的，但它确实在说唱文本解决殷氏"道德困境"的问题上发挥了重要作用。

在说唱文本中，民间艺人所关注的并非殷氏是否"失节"，而在其是否"失身"，几乎所有说唱文本伦理叙事的逻辑都是：只要殷氏未"失身"，则其"失节"是可以被原谅的。当然，小说、戏曲文本对"失身"

问题也是有所关照的，如"杨本"小说言："玄奘他母幸得刘洪母贤脱身修行不题"，但过于简省，又不合情理，若"刘洪母贤"，则"撇子"不成立。戏曲文本则要合理得多，如杨本杂剧"江流认亲"一折，刘洪登场后自云："自从害了陈光蕊，冒任一年，便动了残疾致仕……我本不曾在他行做歹勾当"，① "清江流"第十、十四出因袭杨本曲文，宾白部分则两次由殷氏自己交代：

> 那贼子忽然染患疯瘫，昏迷不醒，后来虽然明白过来，到如今寸步难移……如今不但不能罗唣于我，就是要勉强见我一面，也是不能。②
>
> 这贼汉自从得病解任以来，日日卧在床上，倒像带气死人一般，从不能罗唣于我。③

反复自陈，无疑有向观众强调的意味。与之照应，在第九出有刘洪中风的表演："作欲拉殷氏，忽昏倒科。"算是戏曲文本中对该问题最细致的处理，也兼顾到戏剧冲突的需要。但总体看来，仍停留于"交代"的层面，算不上"增"事件，更遑论"饰"。况且，这种"急就章"式的处理，难免失于牵强，尤其是，既言"要勉强见我一面，也是不能"，下文的"撇子"也似乎说不通。

相比之下，说唱文本的处理则更完整细致，更具戏剧性，也更能体现出民间叙事的智慧。如流行于江淮一带的"神书"系统中，有大量"西游"故事，高国藩先生所整理的《唐僧出世》（又名《陈子春被害龙宫招亲》，以下简称高本），与姜燕先生整理的《全本陈光汝》（以下简称姜本）略异，④ 与朱恒夫先生整理的《陈子春上任》（以下简称朱本）情节则大致相近，⑤ 而多出一段"观音赐虎"的情节，略谓：刘洪许殷氏守孝

---

① 胡胜、赵毓龙：《西游记戏曲集》，辽海出版社 2009 年版，第 89 页。
② 同上书，第 810 页。
③ 同上书，第 819 页。
④ 《全本陈光汝》，载姜燕《香火戏考》，广陵书社 2007 年版，第 325—352 页。
⑤ 《陈子春上任》，载朱恒夫、黄文虎《江淮神书》，上海古籍出版社 2011 年版，第 447—464 页。

三年，三年后殷氏无可推搪，欲于阁楼悬梁自尽。观音化身解救，赐纸老虎一只，实为黑虎神。刘洪欲行非礼时，黑虎现形，吓退刘洪，殷氏遂寸步不离阁楼，得保全身。①

　　这是一个新增加的事件，是核心事件之间的一个"插曲"，虽然不免怪力乱神，却是与神书受众的信仰底色适应的，也确实有效地解决了"失身"的问题。而相比之下，车王府曲本中的《西游记鼓词》，在解决该问题时，更可谓煞费心机，也是"增饰"至极端者，书中硬插入一个"义仆"翠莲，并建立该角色完整而丰实的行为线索：她参与了几乎所有的核心事件，且形象卓荦：她舍身救护陈光蕊，甘愿"顶缸"，以身事贼，又精心安排，步步为营，周全殷氏母子，最终助力扳倒刘洪，简直可称一位"脂粉英雄"。②

　　与这条线索相呼应，鼓词又插入何仙姑赐《如意宝册》的事件，言殷氏利用其中法术改换使自己貌寝，彻底断了刘洪邪念，书中还特地交代《宝册》后来下落："后来小姐合家团圆，误将此书失落，被一个得道德女狐仙盗去。宋朝时出世，谓圣姑姑，传授胡永儿，撒豆成兵，扶保王则造反，全是《如意宝册》的妙用。"将其与《平妖传》结合起来，借名作的影响来吸引受众，扩大传播。

　　而另外一些文本，如朱本神书与张本神书，都在核心事件的前后，增补了神话的"引子"和"余声"，写殷氏为神道转世（朱本言其为"淮河管船星君"，张本言其为"月德星君"），最后与陈光蕊同居神境（朱本言二人同居龙宫，张本言二人共返天庭）。经过如此"增饰"后，殷氏与陈光蕊的离合（自然也包括失节）就有了宿命论的解释，伦理诉求被神道氤氲所遮盖，预设性事件的补入，最大限度地解决了角色的困境。

　　此外，在对原有核心事件的"渲染"方面，说唱文本也颇具特色。如在对事件②的"渲染"过程中，戏曲与说唱都倾向于呈现殷氏大骂刘洪的场景（scene），南戏残曲【贺新郎衮】【梁州序】、杨本杂剧"之官逢盗"【青哥儿】【尾】皆演此内容，杂剧中有"鸥枭难和莺燕侣，厕坑

---

① 《唐僧出世》，载《中韩文化研究》第四辑，中文出版社2001年版，第223—226页。

② 《西游记鼓词》，载《车王府藏曲本》第二十七册，学苑出版社2001年版，第104—134页。

里蛆怎和你似水如鱼"等语，虽然俚俗直白，但还符合人物气质，及特定境遇下的情绪。说唱文本中则沿此方向，进一步俚俗化，如姜本：

> ……奴家好似沉香木，你是沿河臭柳根。奴家本是千金女，你是江湖贼盗人。欲想姑母成婚配，西方太阳往上升。想你姑妈成婚配，除非转世再为人。你想姑奶成婚配，头想尖了戴箸笼。要想姑奶成婚配，铁树开花重生根。七字头上添三字，十字传成骂强人……

类似的段落，也见于高本、朱本，基本都是七言段落铺排詈语后，再以十言段落强化。用语更加直白、俚俗，甚至流于粗鄙，仿佛村妇骂街，完全不符合角色的身份、气质。然而，这是与神书受众的文化教养与审美趣味相适应的，可以想象，刍荛狂夫、野老村童在听到针对反派角色的这一大篇粗鄙泼辣的"战斗檄文"时，联想到其日常生活中的真实情境，该是怎样的"欢乐"。而在这一大段用他们熟悉的语汇系统构建起来的"话语狂欢"中，角色的"道德困境"其实也被自然而然地消解掉了。

综合以上，可以看到，与小说文本系统不同，戏曲与说唱文本在重述、再现"江流儿"故事时，表现得更为活跃，对殷氏这一角色表达出更多的理解与同情，并为消解其"道德困境"所带来的负面影响，付出了更多的努力。这些处理方式丰富多样，但总体上看，戏曲以"渲染事件"为主，说唱则以"增饰事件"为主。这种差异的出现，主要缘于两种文艺形式自身的表达成规，及其系统内部的艺术经验传统。而无论是哪种处理方式，它们与民间信仰和审美相适应，体现出通俗叙事文艺作者的逻辑与智慧，可以作为通俗叙事文艺伦理叙事过程中处理角色"道德困境"的一个经典个案来看。

《西游记》与"目连戏"渊源辨

胡胜

辽宁大学

目连戏源远流长，为百戏不祧之祖。从晋唐佛经、变文中的劝善行孝故事，发展至宋杂剧的酬神娱人，影响日深。历元，至明安徽祁门人郑之珍，编纂了《目连救母劝善戏文》，为同题集大成之作，至清代张照奉谕而作《劝善金科》，以娱圣情，可知目连戏之魅力，风靡上下。从帝王将相至村妇孺子，皆乐闻此道。各地目连戏的演出内容，除了地域色彩之外，往往大同小异，不脱其祭祀超度、祈福禳灾的本意，但更多地承载着全民的狂欢。目连戏独特的演出体制决定了它海纳百川式的包容度。郑之珍本《劝善戏文》为代表的目连戏中部分情节与我们熟知的百回本小说《西游记》有或隐或显的渊源，曾引起研究者的争议，对二者关系的全面梳理，有助于我们对不同话语体系中的"经典"的互文性有更为深入的理解。

一

其实早在清代，就已有人注意到二者之间的关联，或谓"演义之《西游记》，本唐玄奘《西域志》。白马驮经，松枝西指，亦有所本；若猿龙等，则目连救母戏中亦有之。"① 或谓"以目连救母为题，杂以猪猴神

鬼诸出"① 惜皆蜻蜓点水地提及，未有下文。进入 20 世纪 90 年代，随着对目连戏研究的进一步深入，对这一问题的辨析得以深入。代表性意见基本有以下三种：

一种认为目连戏影响了《西游记》，后者因袭前者。典型者如："目连变文与目连戏对唐僧取经故事有着很大的影响，而目连戏的影响尤甚。可以这样说，猴行者助唐僧取经故事的胚胎就是在目连戏的母体中孕育出来的。不仅如此，目连戏的演出方式还对小说《西游记》的内容组合起过一定的作用。"② "今据许多地方从民间发掘出来的目连戏台本，又发现这样一个事实：目连戏中的孙悟空故事在目连戏所处的不同时代，内容是不同的；并随着目连戏流传到各地的变化而变化。"③ "我们说孙悟空艺术形象塑造本依于目连，是受'神通第一'目连的启示而逐渐完成的，但并不排除它杂取其他种种……但'杂取种种'不是杂烩，也不能理解为'综合典型'，它有所倚重……换句话无论精神面貌或行为表征，孙悟空形象都明显地受到了目连的启示。"④ "《西游记》就是吴承恩将目连以及其他故事、传说、戏曲关目接过来，融合在唐僧身上重新创作而成。孙悟空的形象也是作者将各种白猿的故事、传说集合起来进行再创作的产物。"⑤ "西游故事与目连戏具有密切关联，西游故事很可能是在目连戏的基础上丰富、形成的，而这一演变的主轴应为唐僧而非孙悟空。"⑥

一种认为目连戏相关情节来自《西游记》，是受其影响的结果。如刘荫柏就认为："其中'遣将擒猿'一折，纯系抄袭杨景贤《西游记杂剧》第九出'神佛降孙'，第十出'收孙演咒'的情节……纵使他不是从《西游记》小说中搬来，也是受元人《西游记评话》影响。"⑦ 徐朔方先生则以为："（《劝善戏文》）中卷的《遣将擒猿》、《白猿开路》、《过寒冰池》

① （清）周凯：《厦门志·风俗》卷十五，清道光十二年本。

② 朱恒夫：《目连变文、目连戏与唐僧取经故事之关系》，《明清小说研究》1991 年第 2 期。

③ 朱恒夫：《目连戏中的孙悟空故事叙考》，《明清小说研究》1993 年第 1 期。

④ 刘祯：《目连与小说〈西游记〉之孙悟空》，《明清小说研究》1996 年第 1 期。

⑤ 欧阳友徽：《宋元遗珠——读铙鼓杂戏〈白猿开路〉》，《中华戏曲》第 15 辑，1998 年。

⑥ 谢健：《仪式·文学·戏剧——〈西游记〉故事与目连救母渊源新证》，《世界宗教文化》2015 年第 3 期。

⑦ 刘荫柏：《西游记研究资料》，上海古籍出版社 1990 年版，第 480—481 页。

《过火焰山》、《过烂沙河》取材于小说及戏曲《西游记》。"① 杨森则进一步："目连救母劝善戏文"在吸纳当时的"西游"故事最新发展成果的同时，更多地受到了世德堂本《西游记》前文本的影响。② 甚而有人认为《西游记》相关情节是从目连戏中抽离出来另起炉灶的："如在目连本传中截取某一故事情节或人物，另辟蹊径敷演成另一部（或两部）戏，与本传构成系列剧……是傀儡戏艺师们将《目连》中有关'西游'之情节抽取出来，重起炉灶，所创造的另外的一出戏。"③

还有一种认为二者之间是交互影响，"目连西行故事是受唐僧取经故事启发而产生的，但它毕竟在一个独立的故事体系中，有很强的自生能力，在故事演变、流传过程中，肯定会增加许多新的人物和故事，不可能都从其他故事中取材……说《西游记》在成书过程中，从目连故事中受到启发和影响，也是可以成立的。两者形成一种颇为错综复杂的互动关系。"④

以上为代表性观点。众人瞩目的主要情节，无疑当属郑之珍《新编目连救母劝善戏文》（以下简称郑本）中卷的《观音渡厄》《遣将擒猿》《白猿开路》《过寒冰池》《过火焰山》《过烂沙河》几段与《西游记》情节、人物的相似度，由此连带对二者相似的情节结构加以对照。

二

事实上，目连戏形态复杂，演出版本众多，郑本即是在吸收了前代（旧本）的集大成者。但即便是郑本问世以后，在其强势影响之下，依然有许多目连戏演出形态各异，不拘一格。事实上，仅以有关西游的情节为例，就不仅仅限于郑本所展现的，可谓五花八门。下面加以简要介绍：

---

① 徐朔方：《目连戏三题》，《徐朔方说戏曲》，上海古籍出版社 2000 年版，第 170 页。

② 杨森：《世德堂本〈西游记〉与〈目连救母劝善戏文〉的互文研究》，《徐州师范大学学报》（哲学社会科学版）2011 年第 6 期。

③ 曾金铮：《泉州傀儡目连探略》，载《泉州学研究》，福建教育出版社 2002 年版。

④ 苗怀明：《两套西游故事的扭结——对〈西游记〉成书过程的一个侧面考察》，载张锐载主编《西游记研究学术论文集——纪念吴承恩诞辰 500 周年》，淮海工学院，2006 年。

《白猿开路》，是北方晋南龙岩的铙鼓杂戏，一般认为是宋元孑遗。讲罗卜为救拔其母升天，肩挑经担，西行求佛，观音感念其诚，为保其性命，遣白猿开路。流沙河战败沙和尚，寒冰池杀死鳌王太子乌龙精，又在张天师的协助下遣马、赵、温、关四元帅及关羽、周仓，战败为报兄仇的龙女三娘（鱼精）。此戏相关情节与郑本似又不似，自成一格。

《地狱册》，是闽西南道坛的演出本，即道教本体戏剧《目连救母》的演出本。由道士装扮目连表演挑经救母戏，但称之为“做目连救母法事”（“道教目连戏”）。以人物演故事，掺糅插科打诨、杂耍歌舞伎艺等歌舞娱人手段，实与科仪之礼赞宣说的形式截然不同，情趣迥异，是以戏代仪、仪中有戏的道教法事戏剧。孙行者已从西天取经回转，成家娶妻，被目连以观音所赐金圈圈在头上，被迫随行，一路上主要插科打诨，而非降妖驱魔。①

《枉府西游》，则是两广交界处的南渡镇仪式剧。科仪本《取经科》《西游科》（又名《枉府科》）。观音化身和尚，点化唐僧。送小花帽让其制服悟空。师徒在观音护送下渡过寒冰池、火焰山，流沙河降伏沙精，同上灵山。另有一条线索——何担和尚灵山见世尊。据说南渡道馆仪式体系中有繁简两本取经故事。简本为《取经科》，在道坛仪式中以诵念形式表现。该版本主要讲述何担和尚挑经救母，前往灵山取经，救度亡魂。繁版为《西游科》，用仪式剧《枉府西游》表现，内容在《取经科》的基础上进一步丰富，并将取经目的从“灵山见世尊”，改为“真观见阿弥”，以超荐孤魂为主旨。将何担和尚地狱巡游与唐三藏的西天取经融合到了一起。②

南音《罗卜挑经救母》（《目连救母》），是流行于广东、福建、台湾等地的一种说唱曲艺。内有“猿精截路”“猿精借宝”“金星收伏”“二精交战”情节，叙白猿精率手下将目连捉住，吊于房梁。太白金星启奏

---

① 参见叶明生《道教目连戏孙行者形象与宋元〈目连救母〉杂剧之探讨》，《戏曲研究》第 54 辑，1998 年；刘远：《地狱册》校注。

② 谢健：《仪式·文学·戏剧——〈西游记〉故事与目连救母渊源新证》，《世界宗教文化》2015 年第 3 期。

玉帝，派张天师遣关、康、马、赵四元君救护。双方大战，白猿用天罗网困住天兵。又与马、康二帅激战一日，猿精拔毫毛变化无穷法身，被火烧净。去芭蕉山寻契母芭蕉老母借芭蕉扇破了天兵火阵。关公请太白金星收了芭蕉扇，白猿精变化飞雁逃入云端。关公请出了齐天大圣。二者赌斗变化，猿精被擒。

湘剧《大目犍连》，第十一出"金狮下凡"、第十二出"观音收狮"讲金毛狮精下凡扰乱红尘。观音法眼观见黎民遭害，携善才、龙女，幻化一面食酒店，金狮精不察，入店吃面被铁链锁住心肝。

绍兴"老"本《目连救母》，有"骗钗""女吊"，为东方亮妻故事。安徽、湖南的民间本子中也有"耿氏悬梁"或相近情节。其他如江苏高淳阳腔本（包含《化钗求子》《出神》《脱凡》）、《南音罗卜挑经救母》（包含"翠莲施钗""施钗误命""金氏悬梁"）等皆有相似关目，源自"刘全进瓜"故事。

以上只是初步列举了各地目连戏中与《西游记》直接相关的各类情节。值得注意的是，这类情节涵括在目连戏之中，与目连戏融为一体，是目连戏的有机组成成分。

还有人注意到目连戏演出的一个独特现象，即与其他大戏的合演，如《梁传》《香山》《金牌记》《封神》，尤其是《西游记》，联演更多。现今所见的与《西游记》同演的目连戏即有歙目连（安徽）、川目连（四川）、江目连（江西）、泉目连（福建）等多种，其间各有不同。①

如果进一步追问，为何目连戏中会有如此多的"西游"元素？为何如此热衷于同西游戏联演？抛开宗教因素，最直接的原因恐怕是演出规模和体制的原因。孟元老《东京梦华录》曾载："构肆乐人，自过七夕，便搬演《目连救母》杂剧，直至十五日为止，观者倍增。"② 其为期一周的演出规模堪称壮观。正是这种搬演形式决定了其内容的不断扩张及与其他戏剧合演的必要性。因为随着时间的拉长（有七天、十四天，甚而长达

---

① 参见拙文《重估南系〈西游记〉：以泉州傀儡戏〈三藏取经〉为切入点》，载《〈文学遗产〉古代小说研究论文集》（2016），安徽师范大学文学院印制。

② 《东京梦华录》卷八"中元节"。

七七四十九天的罗天大醮①），仅仅是区区目连本传的演出，已难以支撑。其“异形融合”“旁支扩张”的机制，决定了本身内容不断膨胀的必然。②“被迫”合演的习俗，无疑促进了相互间的融合、吸收。所以对于与《西游记》的关系来说，二者是否一如之前研究者所说，仅是单向度的因袭？这一点只要我们对上述相关情节稍加辨析，即可有较为明晰的认识。

三

先看最为研究者所推崇的《白猿开路》。一般认为它是现存目连戏中最早的。如朱恒夫即以为“铙鼓杂戏的剧目基本上同于戏曲早期的剧目，也就是说，铙鼓杂戏的剧目内容自宋金以来没有什么变化。《白猿开路》为铙鼓杂戏整个剧目的情况推知，《白猿开路》亦是宋金时的剧目，其内容同于宋金时的目连戏内容。而拿《白猿开路》与郑之珍的《劝善戏文》相对应的内容比较，两者出入不大，这就有力地证明，《劝善戏文》的主要内容源于北宋时的目连戏”③。欧阳友徽更是认为《白猿开路》“很可能是学者们孜孜以求的宋元时期北方目连戏的遗珠之一”。“上限，不超过北宋大中祥符年间……下限，在元宪宗元年（1251）左右。”④但是如果我们将《白猿开路》中的相关情节和百回本《西游记》加以比照，渊源自现。白猿身上种种特征都和孙悟空高度重合。写的是白猿，事迹明明是孙悟空。

白猿（吟）：
血口龙面眼如环，行动要把乾坤翻。
昨赴瑶池王母宴，蟠桃会上惊群仙。

---

① 参见文忆萱《湖南“目连戏”演出本辩证》，《艺海》2002年第4期。
② 参见陈泳超《目连救母故事的情节类型及其生长机制》，《江苏行政学院学报》2006年第5期。
③ 朱恒夫：《目连变文、目连戏与唐僧取经故事关系初探》，《明清小说研究》1991年第2期。
④ 欧阳友徽：《宋元遗珠——读铙鼓杂戏〈白猿开路〉》，《中华戏曲》第15辑，1998年。

花果山中逞纵横，寿活十万八千年。
欲知神妖名和姓，菩萨弟子是白猿。
……
手执金箍棒，法旨不敢违。
筋斗忙打起，一去十万里。
……
眼红面长嘴似龙，浑身白毛如雪明。
松柏石崖降生我，花果山中逞纵横。
玉帝仙酒我曾吃，盗去仙桃献寿星。
要知仙人名和姓，得道仙猴孙祖宗。

不仅白猿如此，就是观音菩萨和沙僧也同样是"西游"范儿。观音召唤白猿，保护孝子目连西行：

既愿前行，我想你一人护送，前面有一流沙河，其中有一沙僧，他系玉帝卷帘将星，罚于沙河受罪，你可收伏作伴，三人同行。若遇妖魔神通广大，赐你法旨一道，召请天师，遣拘天将擒拿，口念吾神即至。

沙僧出场，吟：

自幼出家入沙门，不受佛法好横行。
闷了上山去打虎，闲时下海捉蛟龙。
执檀杖赏善罚恶，神鬼见胆战心惊。
若知罗汉法名号，流沙河内一小僧。

如果说上述情节、人物、语言尚属间接相似，再看更直接的：

	铙鼓戏《白猿开路》	百回本《西游记》	郑本《劝善戏文》
白猿吟：	自幼为妖胆气高，随时变化逞英豪。 花果山前为帅首，水帘洞里聚群妖。 不管远近妖魔怪，春夏秋冬日日朝。 一卯不到打四十，两卯八十定不饶。 外国王子来纳进，年年奉献柘黄袍。 山后有个老仙长，寿活十万八千高。 老猿拜他为师父，指我长生路一条。 下海龙宫要宝贝，献出金箍棒一条。 凡间耍笑无结果，三十三天走一遭。 盗了玉皇平顶冠，又盗蓝田带一条。 正遇王母蟠桃会，吃了仙酒共仙桃。 老君见我成了怪，把我拿在炉里烧。 烧了七七四十九，炼成钢头铁背一身毛。 老君搬开炉里看，一个筋斗不见了。	自小神通手段高，随风变化逞英豪。 …… 那山有个老仙长，年寿十万八千高。 老孙拜他为师父，指我长生路一条。 …… 下海降龙真宝贝，才有金箍棒一条。 花果山前为帅首，水帘洞里聚群妖。 玉皇大帝传宣诏，封我齐天极品高。 几番大闹灵霄殿，数次曾偷王母桃。 …… 送在老君炉里炼，六丁神火慢煎熬。 日满开炉我跳出，手持铁棒绕天跑。 纵横到处无遮挡，三十三天闹一遭。 …… （第17回）	

	铙鼓戏《白猿开路》	百回本《西游记》	郑本《劝善戏文》
沙僧吟：	猿精不必枉逞狂，老爷我也不寻常。 自幼生来神气壮，乾坤万里曾游荡。 常年衣钵谨随身，每日心神不可放。 三千功满拜天颜，志心朝礼明华向。 玉皇大帝便加升，亲口封为卷帘将。 南天门内我为尊，灵霄殿中我称上。 腰间悬挂虎头牌，手中执定降妖杖。 头戴金盔映日晖，身披铠甲明光亮。 往来护驾我为首，出入随朝吾在上。 因赴王母蟠桃会，设宴瑶池邀众将。 失手打碎玉琉璃，天神个个魂魄丧。 玉帝即刻怒生嗔，将我绑在沙场上。 多亏赤脚大天仙，越班启奏将我放。 赦死回生不杀我，贬至流沙东岸上。 来来往往吃人灵，翻翻复复伤生瘴。 你今行凶过沙河，拿住稍停捣肉酱。	自小生来神气壮，乾坤万里曾游荡。 …… 常年衣钵谨随身，每日心神不可放。 …… 三千功满拜天颜，志心朝礼明华向。 玉皇大帝便加升，亲口封为卷帘将。 南天门内我为尊，灵霄殿中吾称上。 腰间悬挂虎头牌，手中执定降妖杖。 头戴金盔晃日光，身披铠甲明霞亮。 往来护驾我当先，出入随朝予在上。 只因王母降蟠桃，设宴瑶池邀众将。 失手打碎玉玻璃，天神个个魂飞丧。 玉帝即便怒生嗔，却令掌朝左辅相： 卸冠脱甲摘官衔，将身推在沙场上。 多亏赤脚大天仙，越班启奏将我放。 饶死回生不典刑，遭贬流沙东岸上。 …… 来来往往吃人多，翻翻复复伤生瘴。 你敢行凶到我门，今日肚皮有指望。 莫言粗糙不堪尝，拿住消停剁鲊酱。 （第22回）	

	铙鼓戏《白猿开路》	百回本《西游记》	郑本《劝善戏文》
乌龙吟：	吐气成云万里腾，黑暗乾坤日不明。 猛风吹到太行山，寒烈练成一片冰。 有人若从冰地过，振动风雷一口吞。 欲知豪杰神妖术，鳖王太子乌龙精。		嘘气成云万里腾， 呼风搅作一池冰。 …… 生人若到冰池过， 震动风雷一口吞。 …… （《过寒冰池》）

由上述比照，不难看出铙鼓戏《白猿开路》相关情节，明显移自百回本《西游记》乃至《劝善戏文》。这样前者关于《白猿开路》为宋元作品的论断就值得商榷了，抛开目连的相关情节不论，至少有关白猿、沙和尚、乌龙精部分内容为晚出，明显袭自百回本《西游记》，所以无法证明相关内容影响了《西游记》的形成，反而使人得出相反的结论。

《地狱册》和《枉府西游记》同样如此。《地狱册》中的孙行者与齐天大圣已然合一，明显是《西游记》发展至一定阶段的反流，这从目连称孙悟空为"齐天大圣千岁爷爷"就可见一斑①。目连去"水淋（帘）洞"寻访孙行者，佛祖向目连介绍孙悟空：

> 我这里没有好徒地（弟），原先有一介孙惧（悟）空，因为变乱天庭，返（反）下天宫。后来唐三藏收去，西天取经回来，封他齐天大圣，名唤孙杏（行）者，那畜生又不才了，因为盗吃仙桃仙酒，如今师父收在花果山水淋（帘）洞，把一介（个）大石磕（盖）监在那里。我想起来，看他五百年灾殃已满了，尔可叫他为伴前去。那畜生道心不改，还要契（吃）人。尔将观音娘娘赐尔金圈，圈在（他）头上，自己（会）归降，同尔前去。（刘远校注本《地狱册·

---

① 蔡铁鹰：《元明之际"孙悟空""齐天大圣"的文化身份及〈西游记〉成书过程的阶段划分》，《晋阳学刊》2010 年第 4 期。

给件仰佛》)

尽管《地狱册》中的孙悟空与我们熟知的孙悟空有所不同，事迹无序、变乱，甚而更加世俗化（成婚娶妻而且惧内），但他的许多事迹还是暴露了百回本之后的痕迹："东洋大海去洗浴"、"油窝（锅）之中去洗浴"（《行者起身》）加上八戒挑担，情节上还是有迹可循。有人将道坛本《目连救母》与郑本《劝善记》的曲词做了比较，保守地认为道教目连戏之孙行者与郑本《劝善记》之白猿原为一源所出。[①] 笔者以为可以进一步认定是在《西游记》百回本流行后，在民间广为传播之后影响所致。

《枉府西游》中唐僧与悟空过火焰山、寒冰池、烂沙河的情节明显出自《劝善戏文》中卷"观音渡厄"中观音救度张佑十兄弟；观音赠唐僧小花帽制服悟空的情节，悟空护送西行的情节与《劝善戏文》中的"遣将擒猿""白猿开路"等高度重合[②]。但这些情节同时也与百回本《西游记》纠缠不清，因为剧中人物已经用唐僧、悟空替代了目连、白猿，更为直接，明显属于"拿来主义"。

南音《罗卜挑经救母》中更有趣的是白猿作乱，由齐天大圣出头将其降服。此本"虽然不能断定它直接由郑本改编而来，但可以肯定地说，原本一定是郑本系统的戏曲本"。[③] 这种"大圣"降"白猿"的套路本身也说明了一种接受心理，大圣所属的"西游记"与白猿所属的"目连戏"是两个系统，可以交互融合，不存在谁抄袭了谁的问题。

湘剧《大目犍连》则另有所本，第十一出"金狮下凡"有一支曲子：

　　【点绛】（净白）铜头铁骨自生成，绿耳黄毛百炼身。豹头岭上曾显圣，竹节山前旧有名。吾乃，金毛狮精是也。曾在九灵元圣门

　　① 叶明生：《道教目连戏孙行者形象与宋元〈目连救母〉杂剧之探讨》，《戏曲研究》第54辑，1998年。

　　② 谢健：《仪式·文学·戏剧——〈西游记〉故事与目连救母渊源新证》，《世界宗教文化》2015年第3期。

　　③ 朱恒夫：《南音〈目连救母〉的道德叙事》，《学术研究》2007年第3期。

下，炼成千变万化……①

"金毛狮""豹头岭""竹节山""九灵元圣"，几个关键词就将底细尽泄，分明移自百回本《西游记》第88—90回玉华国降狮精。

而绍兴"老"本《目连救母》的"骗钗""女吊"，"论者多以为系敷衍《西游记》刘全进瓜情节而成。这可能是作为连台本戏的目连救母杂剧，在流播过程中吸收与自己剧情主干无关的剧目，而又未充分'消化'的痕迹。"② 江苏高淳阳腔本、《南音罗卜挑经救母》等相似情节皆是如此。

由此我们知道，目连戏中许多与《西游记》相关的因素，明显出自百回本之后，是受百回本影响的产物，因为唐僧、孙悟空（大圣）、猪八戒与目连、白猿动辄相互取代，动辄纠缠杂糅，难以切割，这充分说明了双方的密切程度。那么，造成这一现象的原因究竟为何？目连为何与白猿为伍？白猿为何与孙悟空有那样高的相似度？

四

关于目连戏中的白猿出身，已有学者注意到了这一点：白猿即是目连。敦煌讲经文《四兽因缘》：

> 过去久远，往昔世时，有一个大国号曰迦尸。人则安乐，五稼丰稔，四序调和，无诸灾疫。……仙人答曰："非王所感，亦非夫人太子之福。彼是山林中迦毗罗乌、兔及猕猴、象等四兽，结为兄弟，行恩布义，互相尊敬，感此事也。"……尔时如来告诸大众："彼时乌者，即我身是；兔是舍利；猕猴即是大目犍连；白象即是阿傩施是。"③

---

① 戴云选编：《目连戏珍本辑选》，台北施合郑基金会"民俗曲艺丛书"，2000年，第154页。

② 徐斯年：《绍兴目连戏散论》，《绍兴文理学院学报》2005年第3期。

③ 王重民等编校：《敦煌变文集》，人民文学出版社1957年版，第855页。

原来，按照经文的说法，猕猴即是目连，那么从现存郑之珍本《劝善戏文》看，白猿的出现，应是由目连形象分化而来。而白猿又吸收了民间传说中的某些同类形象的因子，然后进一步发展又与《西游记》有了某些关联度，于是具备了孙悟空（行者）的某些特质。关于白猿的系列情节，现在看郑本《劝善戏文》是最为典型的，但如果仅从郑本挖掘其与《西游记》的关系，视阈难免受限。因为目连戏是个动态发展过程（从佛经、变文到杂剧、传奇），而《西游记》的形成也经历了漫长的过程（从史实、传说到诗话、杂剧、平话、百回本）。因此如果我们能将坐标平移，向前看，即将眼界由《劝善戏文》和百回本《西游记》纵向上向前追溯、横向上对不同演出版本加以观照，就会看得更加清晰。只须比照郑本之前的本子相关情形即可有所斩获。

那么，目连戏在《劝善戏文》之前是否存在较为完整的本子？答案是肯定的，那就是《泉腔目连》①。《泉腔目连》的演出流传时间远早于《劝善戏文》，这一点已有多位专家对此进行了详尽论证。

其一，罗卜籍贯，诸本皆作"王舍城"，只有泉本作"大唐国湘州府追阳县王舍城"（第 14 出《请神》），应是"目连故事在民间流传过程中产生的地名混合，并烙上唐变文、宋俗经的地名印记"。其二，"三分钱财"情节，为郑本系统所无，泉本独有。此情节则来自《目连缘起》《目连变文》；而罗卜经商诸本皆无具体地名，只是泛言"外州""他国"，独泉本明确作"金地国"，这一地名见于宋代《佛说目连救母经》："儿将一分往金地国，兴生经纪。"这说明泉本保留了变文、俗经的遗迹，在郑本问世前，有自己的母本流行。其三，游地狱模式，泉本顺序混乱，不像郑本等有明确的"十殿"概念，次序井然。且泉本以"打刘氏"为主，杂以科诨。与杂剧、院本特征相符。由此可知"傀儡戏《目连救母》保留了宋元目连戏的某些与众不同的初始形态"。②

---

① 一说《莆仙戏目连救母》是较早的本子，但较有代表性的"牡丹本"已有大部分情节与郑本相同，参见杨美煊校注《莆仙戏传统剧目丛书》第三卷《目连尊者》《目连》，中国戏剧出版社 2008 年版。所以，徐朔方先生认为莆仙本目连戏源于郑本颇有见地，本文从之（见《徐朔方说戏曲》，上海古籍出版社 2000 年版，第 170 页）。

② 马建华：《宋元民间目连戏的另一种形态》，《戏曲研究》第 71 辑；曾金铮：《泉州傀儡目连探略》，载《泉州学研究》，福建教育出版社 2002 年版。

既然有确凿证据证明《泉腔目连》早于郑本《劝善戏文》，那么，《泉腔目连》是否有郑本中卷与《西游记》相关的情节？答案是否定的。泉本只有白猿梅岭抢经的一小段（第六十三出）①，没有铁扇公主、猪百介，没有烂沙河、寒冰池、火焰山等，只提了一笔黄眉童子（沙僧）协助白猿抢经，情节极其简略。由此可知郑本《劝善戏文》的相关情节并非目连救母的原装情节，应是在演出流播中的某一环节吸收而来。

这样，我们再联系《泉腔目连》与《西游记》（包括《李世民游地府》《三藏取经》）的合演，问题就逐渐明晰起来。有人认为这部分西游戏"是傀儡戏艺师们将《目连》中有关'西游'之情节抽取出来，重起炉灶，所创造的另外的一出戏"。②明显属于臆测。因为没有证据表明《三藏取经》从目连中剥离，相反目连簿中的《西游记》已属自足、完备的故事系统，具备独立演出、流布资格（尽管与我们熟知的百回本小说系统还有很大差异）③。所以合理的推测应是二者在同台演出中交互影响，使得目连戏与《西游记》呈现一种你中有我，我中有你的纠结状态。目连戏的演出机制，具有海纳百川式的包容度，《西游记》中的许多人物、情节因子慢慢被吸收进来，甚而分化、分支，遂有郑本《劝善戏文》的启人疑窦的诸般情节，也有了前文所举郑本之外的各类演出情形。而《西游记》也沿着自己的演进轨迹在与目连戏的合演中吸取了大量养分，这种纠结、交融，一直呈动态变化而非凝滞不前，所以我们会看到不同阶段目连戏的变异，也会看到不同时期《西游记》的差异，这是民间话语体系中经典形成的一种常态。即便是后来出现郑本《劝善戏文》和百回本《西游记》这样文人化的集大成之作，流播广泛，也无法一统天下。因为民间话语体系与文人话语体系本就分属不同的场域，自说自话或者偶尔鹦鹉学舌皆为常态。

---

① 龙彼德、施炳华校订：《泉腔目连救母》，台北施合郑基金会"民俗曲艺丛书"，2000年，第158—160页。

② 曾金铮：《泉州傀儡目连探略》，载《泉州学研究》，福建教育出版社2002年版。

③ 参见胡胜《重估南系〈西游记〉：以泉州傀儡戏〈三藏取经〉为切入点》，载《〈文学遗产〉古代小说研究论文集》（2016），安徽师范大学文学院印制。

关于《西游补》的几个问题

傅承洲

中央民族大学

一

关于《西游补》的作者问题，是一个很有争议的话题。一说是董说。1927 年，刘半农撰《西游补作者董若雨传》，他根据董说诗集中新发现的《漫兴十首》之三及自注，认为《西游补》为董说所作，他说："《诗集》卷二有若雨庚寅作漫兴诗十首，第三首中有句云：'西游曾补虞初笔，万镜楼空及第归。'自注云：'余十年前曾补《西游》，有《万镜楼》一则。'庚寅时若雨三十一岁（顺治七年，公元一六五〇年），从此倒推十年是庚辰，若雨二十一岁（崇祯十三年，公元一六四〇年），这时候明朝还没有亡。"① 一说作者是董说的父亲董斯张。1985 年，高洪钧先生在《天津师范大学学报》上撰文《西游补的作者是谁?》，首先提出《西游补》作者为董斯张，依据是明刊本《西游补》署名"静啸斋主人"，而静啸斋则是董斯张的斋号，他的著作名《静啸斋集》《静啸斋存草》《静啸斋呓》《静啸斋遗文》，作者还以董斯张的生平、思想与兴趣来佐证。明刊本目录只有十五回，而正文却多出"节卦宫门看帐目　愁峰顶上抖毫毛"一回，这一回是董说所补，即董说所言"余十年前曾补《西游》，有

---

① 刘复：《〈西游补〉作者董若雨传》，载静啸斋主人《西游补》，上海古籍出版社 1983 年版，第 96 页。

《万镜楼》一则"。①

1988 年春，笔者在北京大学图书馆读冯梦龙编辑评点的散曲集《太霞新奏》，看到冯梦龙的套曲《怨离词·为侯慧卿》，后面附有静啸斋评语："静啸斋评云：子犹自失慧卿，遂绝青楼之好，有《怨离诗》三十首，同社和者甚多，总名《郁陶集》。如此曲，直是至情迫出，无一相思套语。至今读之，犹可令人下泪。"进而发现静啸斋原来是董斯张，还是《西游补》作者。20 世纪 80 年代，检索手段没有现在便捷，加上当时正在赶写硕士学位论文，没有时间广泛查阅报刊文献，仅根据自己所掌握的材料，草就短稿《西游补作者董斯张考》，于《文学遗产》1989 年第 3 期发表。文中除了考出静啸斋为董斯张的室名别号外，还在周庆云的《南浔志》上发现了董斯张写小说的证据。董斯张死后，其好友闵元衢曾作《祭董遐周文》祭文曰："兄之家事，涑以文名，兄尤早振黉序，使无文园之病，将荷宗伯、给谏两公之绪而益光大之。假使伏生之年，其所著诗文以迄稗官，未知与用修、元美孰多，而乃月犯少微，偏应吴中也。可胜悼哉！"闵元衢的祭文明确说过董斯张既写诗文，也著小说。拙文发表后，有学者撰文商榷，认为董斯张死后，静啸斋归董说所有，董说可以别署静啸斋主人。徐江说："静啸斋固然是董斯张的室名，但在斯张身后，此室犹存，仍为董氏家宅中的书斋，在没有文献直接证明斯张曾用过静啸斋主人这一名号之前，我们不能用推测来论定静啸斋主人即是斯张。""静啸斋主人亦不妨碍为董说署用的名号。"② 苏兴提出："儿子可以用父亲的书斋名做自己的书斋名字。董说父亲死后，静啸斋名如故，因此，董说也是静啸斋的主人，可以别署之。'静啸斋主人'不等于董斯张的别署'静啸斋'。"③

书斋是文人读书写作的地方，有些文人会根据自己的志趣雅好给书斋取一个名字，是为斋号，这个斋号为文人所独有，有的文人的文集也以斋号命名。它与藏书楼、刻书坊不一样，藏书楼和刻书坊的名称是可以父

---

① 高洪钧：《〈西游补〉的作者是谁？》，《天津师大学报》1985 年第 6 期，第 81—84 页。

② 徐江：《董说〈西游补〉考述》，《中国社会科学院研究生院学报》1993 年第 4 期，第 56 页。

③ 苏兴：《〈西游补〉的作者及写作时间考辩（上）》，载《文史》第 42 辑，中华书局 1997 年版，第 247 页。

子、祖孙继承共用的，甚至转让给他人后仍旧沿用。如天一阁原为明嘉靖年间藏书家范钦的藏书楼，范钦死后，藏书楼以及藏书为其子范大冲继承，仍叫天一阁，几百年后还叫天一阁。还有明末藏书家黄居中，其藏书楼为千顷斋，明朝灭亡，黄居中殉国，藏书楼为其子黄虞稷继承，更名千顷堂，也基本保留了其父藏书楼之名。李渔经营的刻书坊名芥子园，其婿经营之还叫芥子园，后来转手他人仍称芥子园。书斋就不同了，父亲死后，儿子继承的只是房屋，而不是室名，更不能用父亲的室名别号。如果室名别号都可以继承，那么董说死后，董说的儿子也可以用静啸斋的室名别号。汤显祖死后，汤显祖的儿子可以号玉茗堂主人，孙子也可以号玉茗堂主人。这样一来，古人的室名别号全乱套了。这种说法显然是不成立的。

事实上，董斯张死后多年，董说仍旧保存父亲书斋原样作为纪念，明崇祯十三年，董说为父执兼老师赵长文的诗集作序，回忆赵长文在董家坐馆与先父的友情以及对自己的关心。序文云："先生以诗交先子三十年，及余师先生，先子每夜起坐，令童子覆诵日所读书，覆诵日所读书不一行二行，先子则掩卷呼童子：'休矣，毋劳苦！'旦即为先生语相乐也。而余童子时，性又不诸童子等，绝不好晚起，星粲粲且栉且沐，于是先子大忧，儿如此愆矣，属先生令晚起。久之勿改，属先生苦余令晚起，顾先生勿忍苦余也，则书以戒：'自是后童子不日出不得出。'悲夫，静啸斋东壁上一十一字点画不改，先子墓木已拱。"① 父亲董斯张请朋友赵长文在自己的书房静啸斋教董说读书，因董说每日天不亮就起床，父亲担忧儿子太辛苦，就请赵长文令儿子晚起，赵长文便在东壁上写下"自是后童子不日出不得出"十一字劝诫董说。十多年后，东壁上的文字仍清晰可见，而董斯张已去世十多年了。序中的静啸斋显然是指董斯张的书斋，而非董说的书斋，因赵长文在斋中教董说读书时，董说不满八岁（董说八岁时，父亲去世），不可能有斋号。直到清末，南浔人仍将静啸斋视为董斯张的室名别号。清宣统年间汪曰桢《南浔镇志》卷七记载："静啸斋，在高晖堂内，明董斯张著书处。"② 董说的书斋叫丰草庵，《南浔镇志》卷六同样

---

① 董说：《赵长文先生乍醒草序》，载《董说集》，民国吴兴丛书本。
② 汪曰桢：《南浔镇志》，清同治二年。

有记载："丰草庵，在南栅补船村，董说屏迹著书处。"① 南浔人将董斯张和董说的书斋区分得非常清楚。

两位学者是将室名和别号、静啸斋与静啸斋主人分开了，实际上古人室名和别号经常混用，室名即别号，别号即室名，室名后加上"主人"为别号也是惯例。汤显祖室名玉茗堂，别号玉茗堂、玉茗堂主人。冯梦龙室名墨憨斋，别号墨憨斋、墨憨斋主人。梁启超室名饮冰室，别号饮冰室主人。静啸斋就是静啸斋主人，就是董斯张。

二

关于《西游补》的成书年代，《西游补》最早的刻本有明确题署，嶷如居士的序注为"辛巳中秋"，此处的"辛巳"只能是明崇祯十四年。董说诗《漫兴十首》之四自注云："余十年前曾补西游，有《万镜楼》一则。"《漫兴十首》作于庚寅年（清顺治七年），上推十年即为崇祯十三年。董说自注与嶷如居士吻合。《西游补》最后应成书于崇祯十三年，刊刻于崇祯十四年。因董说主要生活在清朝（明清鼎革时董说 25 岁），其著作也都刻于清朝，至清末，一些文人便想当然地认为《西游补》为董说在清初所创。清光绪元年，天目山樵为申报馆排印本写序，序云："南潜本儒者，遭国变，弃家事佛。是书虽借径《西游》，实自述平生阅历了悟之迹，不与原书同趣，何必为悟一子之诠释。"② 清光绪三十三年，黄人看到申报馆排印本时说："此书国初仅有抄本，初刻于申报馆，今日翻刻者，有病禅跋语，多与鄙意暗合。"③ 他当然也读了天目山樵的序并受其影响，也认为董说"身丁陆沉之祸，不得已遁为诡诞，借孙悟空以自写其生平之历史"，此言简直就是上述天目山樵序中前三句的改写，而且他又发挥说《西游补》"系于三调芭蕉扇后者，以火焰山寓朱明焉。俗称本朝为清唐国，故曰'新唐世界'。大禹之戮防风，始皇之逐匈奴，皆为

① 汪曰桢：《南浔镇志》，清同治二年。

② 天目山樵：《〈西游补〉序》，载《中国历代小说序跋集》，人民文学出版社 1996 年版，第 1392 页。

③ 黄人：《小说小话》，载《中国二十世纪中国小说理论资料》第一卷，北京大学出版社 1997 年版，第 263 页。

汉种摧伏异族之代表，故欲向之乞驱山铎及治妖斩魔秘诀，以遂廓清之志。由崧溺于声色，唐、桂二藩皆制于艳妻，故托于西霸王以隐讽之。绿珠请客，而有西施在座，讯当时号为西山饿夫、洛邑顽民者，不免与兴朝佐命往还也。"黄人采用索隐方法，将《西游补》中的人物情节与南明清初的人物事件联系起来。天目山樵、黄人均未见到明刊本，如果他们见此本，大概不会作此牵强附会之解读。

在讨论《西游补》作者时，笔者曾提出："《西游补》刊于崇祯十四年，时年董说二十二岁，实则二十一周岁。而《西游补》的创作应在崇祯十四年之前。董说如此年轻，涉世未深，对明代社会不可能有如《西游补》那样清楚的了解和深刻的认识。"① 20 世纪 90 年代，苏兴先生为了将晚清文人对《西游补》成书于清初的看法坐实，撰写了《〈西游补〉的作者及写作时间考辨》，认为"所谓明清鼎革前董说作成《西游补》，而于崇祯十四年版行的定论可以怀疑，'铁证'可以推翻。从而回答了董说在二十一岁（二十周岁）的年龄不可能写出《西游补》的诘难。董说写《西游补》是三十岁左右。"② 苏文是用索隐的方法将《西游补》中的人物情节比附南明清初的人物事件，从而证明《西游补》作于明清鼎革之后。他在论证董说与黄道周的关系时，用小说结尾处"范围天地而不过"情节进一步解释和推论说："《西游补》说静舍师长的那一句'范围天地而不过'，是孕育着日在黄道上运行一年，整一周，没有超过，做成词语，即'黄道周'三字是也。它是一个具体人的名字啊！"这种解读，恐怕和胡适批评《红楼梦》索隐派"猜笨谜"的做法大体相似。苏文说，"行者在未来世界刑秦桧及拜武穆为师，是对黄道周就义后的悼念"，因为"南明唐王在福建成立隆武政权，任命黄道周为少保兼太子太师、吏部尚书、武英殿大学士，率旅西征北伐，黄少保与岳少保便难分彼此了。最后，黄少保北伐战败而慷慨就义，系由明奸郑芝龙发其轫，由另一明奸洪承畴终其事的。这与岳少保北伐清之先民——女真，被宋奸臣秦桧诬陷死于风波亭相似"，"岳飞是指黄道周，秦桧自然就是指郑芝龙与洪承畴

---

① 傅承洲：《〈西游补〉作者董斯张考》，《文学遗产》1989 年第 3 期，第 121 页。
② 苏兴：《〈西游补〉的作者及写作时间考辨》，载《文史》第 43 辑，中华书局 1997 年版，第 250 页。

的混合体"。岳飞之死与黄道周之死根本就不同，岳飞是在抗金连捷时被
宋高宗、秦桧以十二道"金字牌"召回后以"莫须有"罪名杀害，黄道
周则是在抗清失败被清人俘虏后杀害，可见，《西游补》写岳飞是悼念黄
道周没有任何文献依据。

《西游补》第八回写孙悟空到未来世界，判使呈上一册黄面历，"行
者翻开看看，只见打头就是十二月，却把正月住脚。每月中打头就是三十
日，或二十九日，又把初一做住脚，吃了一惊，道：'奇怪！未来世界中
历日都是逆的！'到底想不通"①。苏兴先生据此将未来世界的历日与南明
桂王所编《大统历》和清朝《时宪历》因闰月不同造成的月份差别、大
月小月不同造成的晦朔差别联系起来，认为这是"《西游补》必定作于明
清鼎革的铁证、钢证"。其实两者并无相似之处：第一，未来世界的黄页
历是一册日历，桂王的《大统历》和清朝的《时宪历》是两册日历；第
二，未来世界的日历全是倒逆的，而桂王的《大统历》和清朝的《时宪
历》都是正常时序；第三，董说家住浙江乌程，1645 年，清兵攻占了乌
程，1646 年桂王才在肇庆监国，控制广东、广西、四川、云南、贵州等
地。桂王《大统历》和清朝《时宪历》闰月不同发生在庚寅、辛卯（清
顺治七年、八年，明永历四年、五年）年间，早为清朝控制的乌程不可
能用桂王《大统历》，董说是否见到《大统历》也不得而知。《西游补》
怎么可能根据桂王《大统历》和清朝《时宪历》差异来写未来世界的日
历呢？其实《西游补》写未来世界历日是逆的另有原因，也很好理解。
作为一部神魔小说，作者所写时空非常广阔，孙悟空为寻找驱山铎，先到
古人世界，变作虞美人，与楚霸王项羽周旋，又进入未来世界，当了半日
阎罗天子，审判宋朝奸臣秦桧，拜岳飞为第三个师傅。孙悟空是唐僧的徒
弟，为唐朝人，项羽、虞美人是秦朝末年人，对孙悟空来说是古人，岳
飞、秦桧是南宋人，对孙悟空来说是未来人。南宋人要见到唐朝人，日历
不能顺时往后编，越往后离唐朝就越远了，只能逆时往前编，才能到唐
朝，所以《西游补》写未来世界历日都是逆的，一年十二月打头，一月
收尾，一月三十日或二十九日打头，初一收尾。这与桂王的《大统历》
毫无关系。

---

① 静啸斋主人：《西游补》，上海古籍出版社 1983 年版，第 35 页。

苏文说《西游补》所写新唐影射弘光政权，"玄奘"误刻为"玄装"是吊崇祯、弘光之亡，西虏影射左良玉和李自成，这些都是很随意的比附，没有文献材料的支持。如果仅根据小说人物、情节与历史人物、事件某些相似来确定小说的成书年代，那么将一部小说的成书时间放在任何一个朝代都可以找到类似的依据。《红楼梦》作为一部写实小说尚且不能用索隐方法来解读，何况《西游补》还是一部神魔小说，用索隐的方法研究肯定是行不通的。

另外，《西游补》写唐王册封唐僧为"杀青大将军"①，"青"与"清"谐音，只有偏旁不同，董说到清朝敢写"杀青大将军"是难以想象的。第十回写孙悟空到新古人饭店，还没进门就乱嚷"臊气！臊气！"还问新古人："为何这等臊气？又不是鱼腥，又不是羊膻。"新古人道："要臊，到我这里来；不要臊，莫到我这里来。这里是鞑子隔壁，再走走儿，便要满身惹臊。"② 鞑子是明清时期汉人对女真人、满人的蔑称，小说写鞑子有臊气，在清朝是有杀头危险的。

三

长期以来，学术界都称《西游补》为《西游记》的续书，实际上并不准确。作者将该书命名为《西游补》，并在书名下方特别注明"入三调芭蕉扇后"。依作者之意，应该叫补书，不能叫续书。续书，从语义上看，它是接着原书来写的意思。《说文解字》曰："续，连也。"③ 续是连接的意思，某种物品断了，将它连接上。后来引申为接续、后续，认为物品不完整，在后面再续上一部分。这种用法，在书名中非常普遍，如隋朝姚最《续画品》，继谢赫《古画品录》而作。唐朝道宣《续高僧传》，继慧皎《高僧传》而作。他如《续通志》《续通典》《续文献通考》，莫不如是。《西游补》插在《西游记》的中间，"三借芭蕉扇"之后，并不是接在全书末尾，称为续书，不伦不类，且易造成误会。称补书，不仅符合

---

① 静啸斋主人：《西游补》，上海古籍出版社 1983 年版，第 65 页。

② 同上书，第 46 页。

③ 许慎：《说文解字》，中华书局 1963 年版，第 272 页。

作者原意，也符合《西游补》的实际情形。《说文解字》云："补，完衣也。"① 本义为修补衣服，引申为修补破败、残缺的事物，如补天、补阙、补过等。书名中亦多有带补字者，如《史谈补》，原有杨一奇编撰《史谈》五卷，陈简增补百余条，改题《史谈补》。《智囊补》，冯梦龙先编辑《智囊》，辑古今智慧谋略故事九百多则，后又增补两百多则，更名《智囊补》。《吴兴艺文补》，董斯张编辑《吴兴艺文志》，未完稿即病逝，后由友人闵元衢、韩千秋增补而成。这些书名中带有"补"字的书籍，都是因原书有残缺、遗漏等瑕疵，于是进行增补。《西游补》插入《西游记》的中间，就像在原书上打一个补丁，称为补书，名副其实。

作为《西游记》的补书，它和《西游记》的关系非常密切，小说中的主要人物孙悟空、唐僧均源于《西游记》。作者特别说明该书"入三调芭蕉扇后"，是受《西游记》三调芭蕉扇故事的影响。小说第十五回，自称是孙悟空儿子的波罗蜜王还复述过孙悟空三调芭蕉扇的故事。在《西游记》中，唐僧师徒在去往西天途中，八百里火焰山阻挡了去路，只有芭蕉扇能将山火扇灭，为借芭蕉扇，孙悟空与罗刹女、牛魔王斗智斗勇，最终降服牛魔王和罗刹女，借得芭蕉扇，扇灭山火，既打通了取经道路，也造福于周边百姓。在这个故事中，孙悟空无疑是故事的主角，借芭蕉扇则是故事的主要线索，故事所展示的内容则是孙悟空在借芭蕉扇中所遇到的妖魔和困难，叙述的焦点比较集中，基本在孙悟空的视线范围之内。在《西游补》中，孙悟空在新唐国偶闻宫人说秦始皇有驱山铎，暗想："我若有这个铎子，逢着有妖精的高山，预先驱了他去，也落得省些气力。"② 孙悟空来到古人世界，找秦始皇借驱山铎。但元造天尊见秦始皇蒙瞳得紧，不可放在古人世界，已派他到蒙瞳世界去了。而蒙瞳世界隔着未来世界，孙悟空只得先到未来世界，做了半日阎罗，又被推入青青世界，遇到秦始皇的故人，告知秦始皇的驱山铎借给了汉高祖。孙悟空并没有见到秦始皇，更没有借到驱山铎。在《西游补》中，驱山铎和《西游记》中的芭蕉扇一样，具有故事线索的功能。不同的是，《西游记》中，芭蕉扇是孙悟空始终追寻的目标，而《西游补》中的驱山铎，仅仅是故事的线索，

① 许慎：《说文解字》，中华书局1963年版，第172页。
② 静啸斋主人：《西游补》，上海古籍出版社1983年版，第9—10页。

借到与否并不重要，作者关注的重点是孙悟空在寻找驱山铎的过程中所遇到的人物和事件，并借以表达作者对历史和现实的认识。

虽然主要人物和线索与《西游记》相关，但静啸斋主人并没有一味地依赖原作，而是另起炉灶，精心构思了孙悟空被鲭鱼精所迷，进入幻境，先后游历大新唐国、青青世界、古人世界、未来世界，再回到青青世界，最后被虚空主人唤醒。孙悟空虽然还是中心人物，但作者并没有精心刻画他的性格，而是通过孙悟空的幻游，来展示作者亲身经历和亲眼看到的各种人物和事件，寄寓作家对晚明社会的愤懑与忧虑。在大新唐国，悟空听到宫人自言自语："皇帝也眠，宰相也眠，绿玉殿如今变做眠仙阁哩！昨夜我家风流天子替倾国夫人暖房，摆酒在后园翡翠宫中，酣饮了一夜。初时取出一面高唐镜，叫倾国夫人立在左边，徐夫人立在右边，三人并肩照镜，天子又道两位夫人标致，倾国夫人又道陛下标致。天子回转头来便问我辈宫人，当时三四百个贴身宫女齐声答应：'果然是绝世郎君！'天子大悦，便迷着眼饮了一大觥。酒半酣时，起来看月，天子便开口笑笑，指着月中嫦娥道：'此是朕的徐夫人。'徐夫人又指着织女、牛郎说：'此是陛下与倾国夫人。今夜虽是三月初五，却要预借七夕哩。'天子大悦，又饮一大觥。一个醉天子，面上血红，头儿摇摇，脚儿斜斜，舌儿嗒嗒，不管三七念一，二七十四，一横横在徐夫人的身上。倾国夫人又慌忙坐定，做了一个雪花肉榻，枕了天子的脚跟。又有徐夫人身边一个绣女忒有情兴，登时摘一朵海木香，嘻嘻而笑，走到徐夫人背后，轻轻插在天子头上，做个醉花天子模样。这等快活，果然人间蓬岛！"[①] 这位饮酒作乐的醉花天子，读者很容易想到万历皇帝，明神宗执政后期，20多年不上朝，连大臣们的奏章也不批阅，大选嫔妃，沉溺女色。万历十七年，大理寺左评事雒于仁上《酒色财气四箴疏》，公开指责"陛下之疾，所以致之者有由也。臣闻嗜酒则腐肠，恋色则伐性，贪财则丧志，尚气则戕生"[②]。联系董斯张的祖父董份万历年间被夺职为民，兄长董嗣成为争国本被削籍，就不难理解作者为何在小说中讽刺万历皇帝了。晚明荒淫的皇帝不止万历一人，隆庆皇帝也是一位酒色之徒，因长期服用春药，最后纵欲而

---

①　静啸斋主人：《西游补》，上海古籍出版社1983年版，第8—9页。
②　张廷玉等：《明史》，中华书局1974年版，第6100页。

死，年仅三十六岁。泰昌皇帝贪恋酒色，纵欲淫乐，即位一月便暴病而亡，史称"一月天子"。《西游补》第二回，写孙悟空幻入新唐国，看到城头上绿锦旗写着"大唐新天子太宗三十八代孙中兴皇帝"，起初不相信："师父出大唐境界，到今日也不上二十年，他那里难道就过了几百年？"转念一想："也未可知，若是一月一个皇帝，不消四年，三十八个都换到了。或者是真的？"① 这"一月一个皇帝"或受"一月天子"的启发，作者矛头所指恐非万历一人。

第九回写孙悟空在未来世界当了半日阎罗天子，审判秦桧议和卖国、陷害岳飞等罪行，孙悟空道："宋太祖辛辛苦苦的天下，被秦桧快快活活儿送了！"秦桧道："爷爷，后边做秦桧的也多，现今做秦桧的也不少，只管叫秦桧独独受苦怎的？"行者道："谁叫你做现今秦桧的师长，后边秦桧的规模！"② 作者讽刺叛国投敌之意甚明。有的研究者认为此乃讽刺明朝灭亡投靠清朝的官员。作者讽刺对象有两类，即"现今秦桧"和"后边秦桧"。严惩秦桧，既有对南宋投降派的讥刺，又有对晚明投降后金官员的嘲讽。在南宋时期，主张投降的除秦桧之外，还有汪伯彦、黄潜善等一批大小官员，这些人就是《西游补》所说的"现今做秦桧的"。明万历、天启年间，在与后金的战争中，也有一些官兵投降，如明军游击李永芳，万历四十六年投降努尔哈赤，李永芳等人就是"后边做秦桧的"。

第四回写青青世界科举放榜："顷刻间，便有千万人，挤挤拥拥，叫叫呼呼，齐来看榜。初时但有喧闹之声，继之以哭泣之声，继之以怒骂之声。须臾，一簇人儿各自走散：也有呆坐石上的，也有丢碎鸳鸯瓦砚；也有首发如蓬，被父母师长打赶；也有开了亲身匣，取出玉琴焚之，痛哭一场；也有拔床头剑自杀，被一女子夺住；也有低头呆想，把自家廷对文字三回而读；也有大笑，拍案叫'命，命，命'；也有垂头吐红血；也有几个长者费些买春钱，替一人解闷；也有独自吟诗，忽然吟一句，把脚乱踢石头；也有不许僮仆报榜上无名者；也有外假气闷，内露笑容，若曰应得者；也有真悲真愤，强作喜容笑面。"③ 作者借太上老君之口痛骂士子及

---

① 静啸斋主人：《西游补》，上海古籍出版社 1983 年版，第 6—7 页。
② 同上书，第 41 页。
③ 同上书，第 16—17 页。

其文章:"一班无耳无目,无舌无鼻,无手无脚,无心无肺,无骨无筋,无血无气之人,名曰秀才;百年只用一张纸,盖棺却无两句书!做的文字更有蹊跷混沌:死过几万年还放他不过,尧、舜安坐在黄庭内,也要牵来!呼吸是清虚之物,不去养他,却去惹他;精神是一身之宝,不去静他,却去动他!你道这个文章叫做什么?原来叫做纱帽文章!"① 董斯张考了一辈子的科举,只考取廪膳生员(俗称秀才),一直未能中举,每次考试都是落榜。董斯张的科举经历使他对科举制度的实质及其戕害士子的罪恶有了清醒的认识,并在小说中做了痛快淋漓的揭露和批判。

在时空安排方面,《西游补》比《西游记》更为奇幻。在《西游记》中,与孙悟空打交道的都是妖魔,且都住在山中,罗刹女住在翠云山芭蕉洞,玉面公主与牛魔王住在积雷山摩云洞,老龙精则住在乱石山碧波潭,孙悟空与妖魔的厮杀故事都发生在荒无人烟的大山中,神魔人物凭借其十万八千里跟斗云在相距遥远的空间自由穿行,而时间顺序丝毫不乱。《西游补》中除孙悟空、猪八戒这些原书中的人物带有神话色彩外,作者增加的人物大多是历史人物,如项羽、虞美人、岳飞、秦桧等,他们生活在不同的朝代。作者利用神魔小说时空自由的特点,别出心裁地将时间转化为空间,虚构了青青世界、古人世界、未来世界等不同的活动场所。不仅让不同时代的人物形成交集,而且打乱了原有的时间顺序,历史上从汉代(古人世界)、唐代(青青世界)到宋代(未来时间)的自然时序,变成了从大新唐国(唐代)、青青世界(唐代)、古人世界(汉代)、未来世界(宋代)、再回到青青世界(唐代)的空间链条。静啸斋主人在《西游补答问》中写道:"问:古人世界,是过去之说矣;未来世界,是未来之说矣。虽然,初唐之日,又安得宋丞相秦桧之魂魄而治之?曰:《西游补》,情梦也。譬如正月初三日梦见三月初三日与人争斗,手足格伤,及至三月初三日果有争斗,目之所见与梦无异。夫正月初三非三月初三也,而梦之见之者,心无所不至也;心无所不至,故不可放。"② 可见作者是故意将时序打乱,以显梦境之真,从而形成了小说的奇幻风格。

清代以降,小说理论家对小说续补之书骂声一片,刘廷玑《在园杂

---

① 静啸斋主人:《西游补》,上海古籍出版社 1983 年版,第 17—18 页。

② 同上书,第 1 页。

志》云："作书命意，创始者倍极精神，后此纵佳，自有崖岸，不独不能加于其上，即求媲美并观，亦不可得，何况续以狗尾，自出下下耶？"① 陆绍明在《月月小说》发刊词中这样评价小说续书："又有奇者，袭其名又袭去其实，自为翻陈出新之作。如邱氏著《西游记》，而后人又著《后西游记》；元人著《西厢记》，而后人又著《西厢记》；曹氏著《红楼梦》，而后人又著《红楼梦》。画虎类猫，刻鹄成鹜，诚不足观也。"② 解弢《小说话》云："凡续编之书，概无佳作，如《红楼》、《水浒传》、《聊斋》诸后续者是也。"③ 并列举了不少小说书名，却无人提及《西游补》，说明在众多续补小说中，《西游补》还是一部为人们认可的上乘之作。

① 刘廷玑：《在园杂志》，中华书局 2005 年版，第 125 页。

② 陆绍明：《〈月月小说〉发刊词》，载《中国二十世纪中国小说理论资料》第一卷，北京大学出版社 1997 年版，第 198 页。

③ 解弢：《小说话》，中华书局 1919 年版。

吴晓铃《金瓶梅》作者"李开先说"述议

许振东

廊坊师范学院

　　吴晓铃（1914—1995）是我国著名的小说戏曲研究专家，尤以《金瓶梅》研究而享誉学界。20 世纪 80 年代初叶，董庆萱在给魏子云的《金瓶梅审探》所写序中曾说："继'红学'之后，'金学'也逐渐热闹起来。鲁迅、孙楷第、郑振铎、吴晗、姚灵犀以降，目前从事'金学'研究的：在台湾，有魏子云教授；在香港，有孙述宇教授；在大陆，有吴晓铃和朱星；在美国，有韩南博士；在法国，有雷威安教授。"① 其时，吴晓铃即已被视作大陆《金瓶梅》研究的主要代表人物。吴晓铃自 20 世纪 30 年代中期踏上俗文学研究之路，便开始关注和研究《金瓶梅》这部巨著，2006 年 1 月，由河北教育出版社纂集出版的《吴晓铃集》介绍其为"《金瓶梅》研究专家""享誉国际学界的大学者。"文集第一卷收录他有关小说研究的论文共 32 篇，关于《金瓶梅》的文章就有 15 篇；其他未能收入集内应尚有不少，比如发表于 1982 年第 11 期《文教资料简报》的《〈金瓶梅〉作者新考——试解四百年来一个谜》、发表于《吉林大学社会科学学报》1989 年第 2 期的《〈金瓶梅〉和李开先十六事》、发表于《国际金瓶梅研究集刊》第 1 集（成都出版社 1991 年版）的《关于〈金瓶梅〉戏曲》等。

---

① 转引自吴晓铃《大陆外的〈金瓶梅〉热》，载《吴晓铃集》第一卷，河北教育出版社 2006 年版，第 211 页。

一

吴晓铃对《金瓶梅》研究最突出的贡献是最早将"《金瓶梅》作者为李开先说"传播开来，且为其进一步延展奠定下重要的基础。《金瓶梅》问世于明代中期，原作未署著者，相关的说法与传闻多样，差异很大。明代主要有三种说法，一为沈德符提出："闻此为嘉靖间大名士手笔。"（《万历野获编》）二为袁中道云："旧时京师，有一西门千户，延一绍兴老儒于家。老儒无事，逐日记其家淫荡风月之事，以西门庆影其主人，以余影其诸姬。"（《游居柿录》）三为谢肇淛记："相传永陵中有金吾戚里，凭怙奢汰，淫纵无度，而其门客病之，采撮日逐行事，汇以成编，而托之西门庆也。"（《金瓶梅跋》）此期所言无论"大名士"，或"绍兴老儒"，或"金吾戚里"的"门客"，均未谈及具体姓名。入清，对《金瓶梅》作者的猜测与提法更加具体而复杂，不少笔记、序跋明确指定作者的具体姓名，主要的有王世贞、薛应旂、赵南星、卢柟、李贽、李渔等。如宫伟镠在《春雨草堂别集》卷七《续庭闻州世说》"金瓶梅条"云："《金瓶梅》相传为薛方山（应旂）先生笔，盖为楚学政时，以此维风俗、正人心。又云赵侪鹤（南星）公所为，陆锦衣炳住京师西华门，豪奢素著，故以西门为姓。"① 内中所涉《金瓶梅》作者薛应旂、赵南星均为明中叶较为著名的文士。自清至 20 世纪 30 年代，《金瓶梅》作者为王世贞说影响最大，如刘廷玑《在园杂志》、王昙《金瓶梅考证》、顾公燮《销夏闲记摘抄》、佚名《寒花盦随笔》等，都有关于王世贞创作《金瓶梅》的文字记录。尤其是康熙三十四年（1695）张竹坡批评"第一奇书"本刊出，此本卷前镌有谢颐序和张竹坡《苦孝说》，使《金瓶梅》作者为王世贞的说法进一步夯实。此后至乾隆十二年（1747）间的五十余年内，又先后涌现出乙亥本、在兹堂本、皋鹤草堂本、影松轩本等近二十种"第一奇书"系列本，使《金瓶梅》作者为王世贞的说法更为根深蒂固而难以动摇。

① 转引自滋阳《〈金瓶梅〉作者问题的探索》，《吉林大学社会科学学报》1987 年第 3 期，第 92 页。

1934年1月，吴晗于《文学季刊》创刊号发表《〈金瓶梅〉的著作时代及其社会背景》一文，使《金瓶梅》作者为王世贞的说法受到重大颠覆。此文近三万字，分五个部分，其中《王忬的被杀与〈清明上河图〉》《〈金瓶梅〉非王世贞作》两部分集中辩驳王世贞为《金瓶梅》作者的说法。作者用大量的史料翔实而系统地证明了王世贞的父亲王忬并非因"书画肇祸"、"一切关于王家和《清明上和图》的记载，都是任意捏造，牵强附会"①、严嵩之败和严世蕃之死与王家无关，进而否定王世贞的创作动机，以最终否定他的创作者身份。

吴晓铃对《金瓶梅》作者问题的关注，为时甚早。1935年秋季，他从燕京大学医学预科二年级转入北京大学中文系三年级学习，即始投身古典文学研究，立志解决有关关汉卿和《金瓶梅》的学术难题。他在《关汉卿里居考辩·附记》一文中记："我从事学习古典文学是在1935年秋季从北京的私立燕京大学的医学预科系转学到国立北京大学的中国语言文学系三年级时开始的。那时年少气盛，总想攀高峰，攻难关，曾经矢志在戏剧方面试图解决环绕那位'初为杂剧之始'的关汉卿的一些聚讼莫定的问题，如生卒、里居和作品真伪。在小说方面企图把号称'第一奇书'的《金瓶梅》的作者考证出来。"② 撰于1939年9月的《读曲日记》又说："余尝发大愿二，一为详考关汉卿之生卒里居，此已写定专文；一为详考《金瓶梅》之作者，今亦略具端倪，惟未臻成熟，尚不便发表耳。"③ 文内说"略具端倪"，表明在此前，他已对《金瓶梅》作者问题有了初步的想法。

二

李开先是《金瓶梅》作者的说法为学界所广知，始自吴晓铃将其写入1962年出版的三卷本《中国文学史》。该书由中国科学院文学研究所中国文学史编写组编写，其中的《金瓶梅》一节由吴晓铃执笔。书内对

---

① 吴晗、郑振铎等：《论金瓶梅》，文化艺术出版社1984年版，第23页。
② 《吴晓铃集》第五卷，河北教育出版社2006年版，第37页
③ 《吴晓铃集》第二卷，河北教育出版社2006年版，第23页。

小说作者推测说："《金瓶梅》作者的真实姓名和生平事迹都无可查考。不过，从《金瓶梅》里可以看出：作者十分熟练地运用山东方言，有是山东人的极大可能，兰陵正是山东峄县的古称"；同时，此页下又有脚注解释："《金瓶梅词话》本欣欣子所载序文说作者是兰陵笑笑生，实际上欣欣子很可能也是笑笑生的化名。另外，有人曾经推测作者是李开先（1501—1568），或王世贞（1526—1590），或赵南星（1550—1627），或薛应旂（1550 前后），但是都没有能够举出直接证据，李开先的可能性较大"。① 可以说，这是李开先为《金瓶梅》作者说的真正开始。这种说法形成时的具体情况，也可找到一些文字材料做佐证，如吴晓铃的女儿吴葳在《父亲吴晓铃与双楳书屋》一文中回忆："中国'第一奇书'《金瓶梅》的作者到底是谁，四百年来众说纷纭，莫衷一是。父亲从读大学时起，经过多年深入钻研、广泛查阅、大量取证，提出李开先（1501—1568）是它的作者。"② 吴晓铃自己也曾撰文说："有一次，叔雅（刘文典）先生谈起那部直到今天还没有彻底平反的冤假错案，未予以恢复名誉的第一部由作家创作的长篇小说《金瓶梅》。他说：'《金瓶梅》是明代中叶的一个北京作家写的。'他所举出的证据，我还记得两条：一个是小说里提到北京正阳门内的兵部洼。一个是小说里把北京郊区出产的特殊'伏地苹果'叫做'虎拉宾'。按：兵部洼见《金瓶梅词话》本第三十三回里西门庆的女婿陈经济唱的小曲［银钱名山坡羊］。虎拉宾亦见同一回陈经济唱的小曲［果子花儿名山坡羊］。叔雅先生并不知道我一直在暗地里考定《金瓶梅》的作者到底是谁，当然他更不会想到那一席话会给我多么大的启发。我还是主张《金瓶梅》的作者是山东省人，并非北京人，因为那两个小曲是作者引用当时的'流行歌曲'，不属于他的创作范围；然而能够证明作者是十分了解北京的，这就不啻提供了一个极为重要的探索作者的线索。"③ 吴晓铃听刘文典讲此话是在西南联合大学工作间，即1938 年11 月至1942 年8 月，具体时间难考。南京大学的苗怀明先生曾就

① 中国科学院文学研究所中国文学史编写组：《中国文学史》，人民文学出版社1962 年第1版，第949 页。

② 吴葳：《父亲吴晓铃与双楳书屋》，《北京观察》2003 年第9 期，第33 页。

③ 吴晓铃：《话说那年》，中国友谊出版社1998 年版，第58 页。

孙楷第与胡适来往的书信，考定孙楷第在20世纪30年代率先提出《金瓶梅》的作者为李开先，且不少思路与认识可能影响了吴，亦可备为一说。①

《金瓶梅》作者李开先说，是清代的"王世贞说"被吴晗撰文重创后而首先出现的，此说在文研所主编的《中国文学史》教材上被提出后，一直受到学术界关注和重视，或质疑驳难，或引申拓展，至今影响仍很大。如20世纪70年代后，最早在金学领域产生影响的著名学者朱星先生重倡"王世贞说"，对"李开先说"持否定意见。他在1979年第3期《社会科学战线》发表《〈金瓶梅〉的作者究竟是谁》一文，逐一列出当时之前已提出的12个《金瓶梅》作者，李开先位列其一。就之，朱星先生评论说："李开先较有条件，他是山东章丘人，著《宝剑记》，与梁辰鱼《浣纱记》、王世贞《鸣凤记》称明末三大传奇。但问题是他官儿还不够大，他是嘉靖己丑进士，除户部主事，改吏部历员外郎中，擢太常少卿。又时代较早，他生于一五〇一年，死于一五六八年，严嵩死于一五六六年，李开先不可能在死前三四年内写出一百回长篇巨制。又李开先与夏言（明嘉靖时宰相，为严嵩所谗杀）不睦，但与严嵩无怨。因此，李开先毫无必要在死前三四年（也正是严嵩死后三四年）中急忙写此长篇小说来影射讽刺严嵩。因此，《金瓶梅》的作者也不会是他。"② 这是较早，也是较有针对性的一次质疑。长期以来，支持与补充"李开先说"者亦不少见，如1980年后，著名学者徐朔方先后刊发《金瓶梅的写定者是李开先》《金瓶梅成书补证》《金瓶梅成书新探》等文，从《金瓶梅词话》与李开先《宝剑记》的相互关系，力主李开先是《金瓶梅》的写定者；1988年，金学名家卜健出版专著《〈金瓶梅〉作者李开先考》，从李开先之生平行实与宦迹游踪、作品的成书时间、兰陵笑笑生的考辨、创作及美学思想等方面，均使《金瓶梅》作者"李开先说"得到了极大的深入和丰富。

---

① 苗怀明：《〈金瓶梅〉作者李开先说的首创者当为孙楷第》，《古典文学知识》2003年第6期，第51—54页。

② 朱星：《〈金瓶梅〉的作者究竟是谁》，《社会科学战线》1979年第3期，第271页。

三

　　吴晓玲的《金瓶梅》作者说，在研究方法和思路上具有自身的特色，其学术意义和价值深为学界所认可。如中国社会科学院文学研究所吕薇芬曾撰文说："关于《金瓶梅》的作者，众说纷纭，有王世贞说、赵南星说、李开先说等数十种。先生是较早提出作者为李开先的人。发表有《〈金瓶梅〉作者新考——试解四百年来一个谜》、《〈金瓶梅词话〉最初版本问题》、《〈金瓶梅词话〉和李开先的家事与交游》、《〈金瓶梅词话〉与李开先的〈宝剑记〉比较研究》、《〈金瓶梅词话〉引用宋元平话的探索》、《〈金瓶梅词话〉的方言语音初探》等文章。他从版本、从《金瓶梅词话》用的文学语言、《词话》中的情节与李开先的家事作对应比较、《词话》与李开先所作戏剧作品《宝剑记》作比较等几个方面着手，来证实李开先是《金瓶梅词话》的作者。在文献及考古资料不足的情况下，从作品本身寻找内证，探索作者的身份，确实是另辟蹊径，引人深思。"①

　　虽然同主"李开先说"，徐、吴却有着根本的不同，前者以为《金瓶梅》是集体创作的产物，李开先仅为最终的"写定者"；而后者则以为是李开先的独立创作。在讨论的《金瓶梅》作者的过程中，吴晓铃把关注点主要集中在以下五个方面：欣欣子的《金瓶梅词话序》、李开先个人的经历、李开先家里的人和事件、李开先所接触的人、《金瓶梅词话》和李开先的《宝剑记传奇》；即既注重作品本身的考察，也重视作品的素材来源、作品产生的社会环境及文人经历等，当代其他的《金瓶梅》作者研究基本也是依沿着如此的路径。吴晓铃先生同时是一个功底很深的语言学家，他重视语音研究而质疑词语的类推，其以为：词语在语言词汇学上的范围是很广泛的，一个词可能既属于北方官话区，也流行于上江官话区和西南官话区；根据作品里的词语来推断作家的母语，并从而指证其籍贯是很危险的，往往差之毫厘，谬以千里。有学者注意到，吴晓铃在美国印第安大学讲《金瓶梅》专题曾讲到鉴别作者的六条标准是：（一）作者是明代嘉靖（1522—1567）年间人。（二）作者应是山东人。（三）作者熟悉

---

① 吕薇芬：《川水虽逝却留痕——纪念吴晓铃先生》，《文学遗产》2003 年第 2 期，第 5 页。

嘉靖年间的北京。（四）作者在北京做过官。（五）作者在京居官与首辅不谐，因而罢官归里。（六）作者对非正统文学熟谙、爱好，且有造诣。①此六方面固然有不少值得商榷的地方，但对正确认识和研究《金瓶梅》作者仍具有重要的启示作用。

以上本文主要从吴晓铃《金瓶梅》作者"李开先说"的形成、特色，以及意义和价值几个方面进行了梳理与简评。《金评梅》是我国古代争议最大、谜团最多的一部小说作品，有关此书作者的说法至今已达70种上下，"李开先说"只是其中之一。对这部书作者的探讨，短时间内很难得到一个最终的答案；然而，只要我们沿着前人所开辟的正确道路不懈前进，就一定会越来越接近这个目标。

---

① 种衍璋：《兰陵笑笑生·李开先和〈金瓶梅〉》，《内蒙古电大学刊》1991年第1期，第25页。

论《金瓶梅词话》叙事时间的若干问题

张石川

南京师范大学

《金瓶梅词话》如同其他一些中国古典世情小说一样，在展开叙事的过程中也体现了一定的时序性，换言之，它向读者提供了一些能够把握事件发展的时间线索。比如小说中提到了帝王年号，具体的年、月、日、时或者干支，四季风物的变换，以及人物生辰、生肖属相等。通过这些线索的分析与推衍，可大致以编年的形式勾勒出故事发展的轨迹。所以张竹坡在《金瓶梅读法》中也说："《史记》中有年表，《金瓶梅》亦有时日也。"①

这部小说开头的部分并没有标出具体的时间起点，只是模拟《水浒传》的口吻模糊地给出"宋徽宗皇帝政和年间"这个时间的大致轮廓。而小说最后一回中云："且说吴月娘与吴二舅众人在永福寺住了，那到十日光景，果然大金国立了张邦昌在东京称帝，置文武百官，徽宗、钦宗两君北去，康王泥马渡江，在建康即位，是为高宗皇帝"②，可知《金瓶梅词话》的故事收结于南宋高宗建炎元年（1127）。此外，在《金瓶梅词话》中我们还是可以找到较为明确且具体的时间点——政和七年丁酉（1117），这一年在小说的叙事流中延宕了从三十九回至七十七回近四十

---

① 张竹坡：《金瓶梅读法》，载《张竹坡批评第一奇书金瓶梅》，齐鲁书社1987年版，第36页。

② 兰陵笑笑生：《金瓶梅词话校注》，岳麓书社1995年版，第2859页。后文凡《金瓶梅词话》皆引自此书。

回的篇幅。这一年中发生了若干个重要事件，而这些事件皆被准确地记录了时间。比如，第五十九回西门庆之子官哥死后，阴阳先生黑书中有云："哥儿生时八字，生于政和丙申六月廿三日申时，卒于政和丁酉八月廿三日申时，月令丁酉，日干壬子。"① 再如小说六十三回中亦云："已故锦衣西门夫人李氏之丧。生于元祐辛未正月十五日午时，卒于政和丁酉九月十七日丑时。"② 把这一年作为时间支点，根据小说中的时间线索，向前或向后推导，可大致梳理出小说发展的"年表"。实际上，前人已经做过这样的整理工作。《金瓶梅资料汇编》（朱一玄，1985）在附录部分收录了一篇《金瓶梅词话故事编年》③（后简称《编年》），可能正是根据前述的一些线索编纂而成的。笔者重新梳理了小说中有关时间的线索，也做了一份《金瓶梅词话》的"年表"。通过比较这两份编年材料，笔者拟以如下若干问题，请教于方家。

一 有关《金瓶梅词话》叙事时间的 "失误"——兼与《编年》商榷

通过比对，笔者认为：其一，小说中有关时间线索要远多于《编年》所罗列出来的，笔者也借由发现了一些前人尚未论及的问题；其二，《编年》中指出了小说叙事时间中存在的一些"错误"或者说"失误"。笔者以为《编年》判定的一些"失误"其实是由于具体时间的推导存在分歧而致；而另一些，则事出有因（详后）。此外，还有一些"失误"并未被《汇编》指出来。

笔者想先从这些"失误"入手，探讨《金瓶梅词话》在叙事时间上存在的问题。《汇编》中共提到了十余处有关小说主要人物年龄的误差。试举两例：

① 《金瓶梅词话校注》，第 1624 页。
② 同上书，第 1747 页。
③ 朱一玄：《金瓶梅词话故事编年》，载《金瓶梅资料汇编》，南开大学出版社 1985 年版，第 556 页。

　　妇人因问西门庆："贵庚？"西门庆告他说："属虎的，二十七岁，七月二十八日生。"（第四回，编者注云："这年西门庆应该是二十九岁。"）①

　　西门庆问妇人（李瓶儿）多少青春，李瓶儿道："奴属羊的，今年二十三岁。"因问他大娘（吴月娘）贵庚，西门庆道："房下属龙的，二十六岁了。"妇人道："原来长奴三岁。"（第十三回，编者注：这年李瓶儿应是二十四岁，吴月娘应是二十七岁。）②

对于在小说叙事时间推算上存在的人物年纪的误差，《编年》给出了这样的解读："根据本书第三、第三十九、第四十六等回推算，西门庆生于宋哲宗元祐元年丙寅（1086），属虎；吴月娘生于元祐三年戊辰（1088），属龙；孟玉楼生于宋神宗元丰七年甲子（1084），属鼠；潘金莲生年与吴月娘同；李瓶儿生于元祐六年辛未（1091），属羊。他们的岁数，均用虚岁计算，即把出生的当年，算作一岁。但作者在叙述人物的年岁时，却并未完全按此原则处理，这就使我们阅读此书时，发现年岁往往有不相符之处。"③ 其后有提到张竹坡在《金瓶梅读法》中认为这是小说刻意的安排，所谓"故特特错乱其年谱"，认为："像这样把作者的疏漏说成是神妙之笔，实在是难以令人接受的。"④ 张竹坡的说法固然难以自圆其说，《编年》把十二次在数量上并不少的误差都归于在年龄计算上的疏漏恐似轻率。诚然，古人在计算年龄上并不一致，有生日后过一岁，有立春后过一岁，有虚一岁，甚至虚两岁的说法。但是《金瓶梅词话》的作者在同一书中处理人物年龄时应沿用同样的办法，保持一贯才较为合理。所以，笔者认为《编年》中指出的年龄误差可能与年份推算与划分有关。《金瓶梅词话》叙述中两个事件之间的时间跨度有时候并不清晰——是几日，几月，甚至是跨年，需要结合上下文和其他线索加以综合判断，所以在何处新启一年的问题上可能存在着分歧。笔者所作"年表"与《编年》的分

---

①　《金瓶梅资料汇编》，第559页。
②　同上书，第563页。
③　同上书，第557页。
④　同上。

歧在于有三处另启一年。第一处是第十三回开头"话说一日，六月十四日，西门庆从前边来，走到月娘房中"①，上一回提到"正值七月二十七日，西门庆上寿，从院中来家"②，所以这里叙六月事自然新启一年。然而多部《金瓶梅词话》的校点者认为"六月十四日"当作"八月十四日"③，这样就不必另启一年叙述。但后面不远处有"不想花子虚不在家了，他浑家李瓶儿，夏月间带着银丝狄髻"④，而八月十四日不可称为夏月，因此"六月十四日"不误。第二处是第八十四回开头"话说一日，吴月娘请将吴大舅来商议"⑤，笔者根据第八十七回"（潘金莲）属龙的，今才三十二岁儿"⑥ 一句，判断这一年为宣和元年己亥，而第八十三回叙述的是重和元年戊戌，所以此处当又启一年。第三处是第三十回中"且说一日三伏天气，十分炎热"⑦ 一句，另起炉灶叙事，而这回中有官哥出生"时宣和四年戊申六月廿一日也"⑧ 一句，宣和四年为壬寅年，并非戊申，戊申年本身不误，说详后。此回前面叙述的是丁未年事，所以此处另启一年。根据笔者的"年表"，《编年》所列十二处年纪错误除两处，其他均不误。

另一类在叙事时间上的"失误"主要集中在小说的最后几回，据笔者分析可能源于作者的疏漏，而《编年》却没有指出来。如第九十八回中：

> 少顷韩道国走出去了。爱姐因问："官人青春多少？"经济道："虚度二十六岁。敬问姐姐青春几何？"爱姐笑道："奴与官人一缘一会，也是二十六岁。"⑨

此处时间错误甚为明显，小说第三回曾提到陈经济十七岁，而在若干年后小说第三十七回提到韩爱姐十五岁，如此两人怎么可能是同岁？据笔者推

① 《金瓶梅词话校注》，第363页。
② 同上书，第332页。
③ 同上书，第376页。
④ 同上书，第363页。
⑤ 同上书，第2519页。
⑥ 同上书，第2585页。
⑦ 同上书，第811页。
⑧ 同上书，第815页。
⑨ 同上书，第2810页。

算，此时陈经济应为二十九岁，而韩爱姐二十三岁。此回后面提到"况此时王六儿年约四十五六"一句，而小说第三十七回说王六儿"排行叫六姐，属蛇的，二十九岁了"①，据此推算在小说第九十八回中王六儿应三十七岁，而非"四十五六"岁。可见小说此回出现了前后矛盾的情况。实际上，关于第九十八回中陈经济重遇韩爱姐的故事，毕晓普（1954）、韩南（1960，2008）等学者就曾提出这段故事来源于《古今小说》中的《新桥市韩五卖春情》一篇②。试比较其中一段：

> 这小妇人一双俊俏眼觑这吴山道："敢问官人青春多少？"吴山道："虚度二十四岁，拜问娘子青春？"小妇人道："与官人一缘一会，奴家也是二十四岁。"③

两段文字何其相似！由此，笔者认为所谓两人同岁实际上是原样抄袭了《新桥市韩五卖春情》中的文字。可见《金瓶梅词话》的作者在写作第九十八回这个故事的时候，只是简单地把《新桥市韩五卖春情》中的故事移植过来，仅仅换了小说中的人物，而这个故事与小说前面相关叙事其实并不相关，甚至是割裂开来的。

还有一例在小说的最后一回中：

> 那和尚又道："娘子，你休推睡里梦里，你曾记的十年前，在岱岳东峰，被殷天赐赶到我山洞中投宿……"④

在这一回前面曾说"领着十五岁的孝哥"，按孝哥生于重和元年戊戌（1118），若十五岁，则可推今年为高宗绍兴二年壬子（1132），前述《金

---

① 《金瓶梅词话校注》，第 1001 页。

② 毕晓普（J. L. Bishop）：《金瓶梅中的白话小说短篇小说》，《哈佛远东语言文学学报》1954 年，第 394—402 页；韩南（Patrick Hanan）：《金瓶梅成书及其来源的研究》，伦敦大学博士学位论文，1960 年，又见其《金瓶梅探源》，载《韩南中国小说论集》，北京大学出版社 2008 年版，第 237—239 页。

③ 冯梦龙：《古今小说》，上海古籍出版社 1992 年版，第 42 页。

④ 《金瓶梅词话校注》，第 2852 页。

瓶梅词话》收结于高宗建炎元年丁未（1127），由此可见，孝哥的十五岁已经远超出了小说叙事时间的范围。而所引文字中吴月娘为躲避殷天锡追赶投宿山洞的故事在小说第八十四回中，应发生在宣和元年己亥（1119），按普静和尚所说"十年前"，则今年当为建炎三年己酉（1129），也溢出小说叙事结尾处两年。据笔者推测，之所以孝哥在小说最后年龄被设定为十五岁，是因为最后一回中吴月娘梦中与云理守结为儿女亲家，显然孝哥必须到了能谈婚论嫁的年纪，然而《金瓶梅词话》的作者却忽略了前面孝哥的生年，以致产生前后矛盾。

张竹坡在《金瓶梅读法》中曾云："看起三四年间，却是一日一时推着数去。无论春秋冷热，即某人生日，某人某日来请酒，某月某日请某人，某日是某节令，齐齐整整捱去。"[1] 此话虽显夸张，但据笔者"年表"所示，《金瓶梅词话》的主体部分叙事井然，并未发现较大的错漏和时间前后不一的情况，而前引两处叙事时间上的"失误"均在最后几回中。据笔者所见，小说最后一次正确地记载人物的年纪是在第九十二回，小说最后若干回叙事较为仓促，时间线索也不够明晰，甚至出现简单抄袭他作、叙事前后矛盾等情况，使得最后的部分游离于小说叙事主体故事之外，有狗尾续貂之感。

小说在叙事时间上还有一类"失误"与干支纪年有关。《金瓶梅词话》第十二回有刘理星为潘金莲占卜一事：

"娘子庚辰年，庚寅月，乙亥日，己丑时。初八日立春，已交正月算命。依子平正论，娘子这八字中虽故清奇，一生不得夫星济，子上有些妨碍。亥中一木，生到正月间，不作身旺论，不尅当自焚。又两重庚金，羊刃大重，夫星难为，尅过两个才好。"妇人道："已尅过了。"贼瞎子道："娘子这命中，休怪小人说：子平虽取煞印格，只吃了亥中有癸水，庚中又有癸水，水太多了，冲动了；只一重己土，关煞混杂。论来男人煞重掌威权，女子煞重必刑夫。所以主为人聪明机变，得人之宠辱，只有一件：今岁流年甲辰，岁运并临灾殃，

---

① 张竹坡：《金瓶梅读法》，载《张竹坡批评第一奇书金瓶梅》，齐鲁书社 1987 年版，第37 页。

必命中又犯小耗、勾绞两位星辰打搅，虽不能伤，只是主有比肩不和，小人嘴舌，常沾些啾唧，不宁之状。"①

此处《编年》注云："潘金莲生年应是戊辰年，今岁流年应是甲午岁。"② 前面笔者曾引述《编年》对小说主要人物年龄的推算，所依据应该是小说叙事时间的支点——政和七年丁酉中记录人物的生年，并参考人物属相及年岁相差这些线索，在笔者看来是合理的。据此，潘金莲应生于元祐三年戊辰（1088），属龙。但在潘金莲用于占卜的八字中，生年却是"庚辰"，潘金莲若生于庚辰，则较戊辰年小了十二岁，只有十多岁，显然不符合实际情况。卜辞还提到了"流年甲辰"，流年即本年，据《编年》的推算也改作了"甲午"（据笔者"年表"，此处《编年》推算有误，若要改，应作"壬辰"）。但笔者发现卜辞中有"又两重庚金"一句，这是在暗示潘金莲的八字中有两个"庚"，而更为有力的证据是小说第三回中潘金莲报出自己年龄后，西门庆说："娘子倒与家下贱累同庚，也是庚辰，属龙的"③，这里明确地说潘金莲生于庚辰年。看来这里的问题并非如《编年》中所指出的——仅是"戊"讹作"庚"那么简单。关于这个问题的是非曲直，容笔者先就小说所涉及的生辰八字、星占命理等问题略加阐发。

二 《金瓶梅词话》中的占星命理与叙事时间的关系

中国古典小说常常利用小说中有关算命的叙事暗示小说故事的结局和人物的命运，从叙事学的角度来说，可称之为预叙。从这个角度看，小说中的算命内容往往被视作真实的、可靠的，带有预言性质的文字。《红楼梦》和《金瓶梅词话》两部长篇小说是成功运用预叙来叙事的典范。

《金瓶梅词话》中有关算命的内容大致包括了如下几个方面：一曰相面，一曰龟占，一曰星占。本文仅讨论涉及小说叙事时间的星占。所谓星

---

① 《金瓶梅词话校注》，第 341 页。
② 《金瓶梅资料汇编》，第 563 页。
③ 《金瓶梅词话校注》，第 117 页。

占，指根据一个人出生时的天体运行状态预测其未来的命运。具体到小说中，也即所谓子平之术的八字测命。所谓"八字"由代表出生年、月、日、时的各一对干支组成。"八字"虽然表述的是时间，但所谓历法归根结底来自对天象的观测，所以"八字"也间接地反映了出生时的天象。

上文所引潘金莲八字"庚辰年，庚寅月，乙亥日，己丑时"，其中"庚辰年"没有"庚寅月"，"乙亥日"也无"己丑时"，因为月的干支与所属年干有固定的配对关系，时的干支与所属日干也有固定的配对关系，然而这并不意味着"庚辰年"是错误的（即便如《汇编》所改，"戊辰年"也没有"庚寅月"），这种情况只能说明从生辰看，潘金莲并不是一个真实存在的历史人物，而《金瓶梅词话》本就是小说家言。作者虽然虚构了潘金莲这个人物的生辰八字，但其中有两点是值得注意的：其一，"八字"中的生年干支与小说整体叙事时间是相关联的，不能随意设置。其二，人物的"八字"与后面的卜辞是相配合的，卜辞本就是解释"八字"的命理，换言之，卜辞固定的情况下，"八字"也不能随意更改的。所以，笔者在前文提到"两重庚金"是解读"庚寅年，庚寅月"的文字，如果换成"戊寅年"就与"两重庚金"不匹配了。

小说中有关星占的文字一共有五处，分别在第十二回、第二十九回、第六十一回、第七十九回和第九十一回中。其中，在第二十九回中有吴神仙为西门庆推算八字一段，如下：

西门庆便说与八字："属虎的，二十九岁了，七月二十八日子时生。"这神仙暗暗掐指寻纹，良久说道："官人贵造，丙寅年，辛酉月，壬午日，丙子时。七月廿三日白露，已交八月算命。月令提刚辛酉，理伤官格，子平云：伤官伤尽复生财，财旺生官福转来。立命申官，是城头土命。七岁行运辛酉，十七行壬戌，二十七癸亥，三十七甲子，四十七乙丑。官人贵造，依贫道所讲，元命鬼旺，八字清奇，非贵则荣之造。但戊土伤官，生在七八月，身忒旺了。幸得壬午日干，壬中有癸水，水火相济，乃成大器。丙子时，丙合辛生，后来定掌威权之职。一生盛旺，快乐安然，发福迁官，主生贵子。为人一生耿直，干事无二，喜则和气春风，怒则迅雷烈火。一生多得妻财，不少纱帽戴，临死有二子送老。今岁丁未流年，丁壬相合。目下丁火可

剋。若你剋我者为官鬼，必主平地登云之喜，添官进禄之荣。大运见
行癸亥，戊土得癸水滋润，定见发生。目下透出红鸾天喜，熊羆之
兆，又命官驿马临申，不过七月比见矣。"①

西门庆的"八字"中生年是"丙寅"年，按照《汇编》的推算，西门庆
的确生于丙寅年，但联系到后面"今岁丁未流年"一句，如果西门庆生
于丙寅，那么本年应该四十二岁，显然与前面西门庆自称二十九岁不符。
按照笔者"年表"的叙事时间推算，此处"丁未"应改作"乙未"，这
样算来西门庆三十岁，就接近了。但是《汇编》此处并未如前文指出错
误并加以修改。笔者认为，《汇编》可能是注意到"今岁流年丁未"，后
面一句解释说"丁壬相合，目下丁火可剋"，可见所谓"丁壬相合"，
"丁"即指"丁未"的年干"丁"而"壬"指"壬午"日的日干"壬"，
如果贸然改"丁未"为"乙未"，"丁壬相合"的"丁"就无从着落了。
既然"丁未"不能改，那么问题就一定出在"丙寅"年。在解读"八
字"的卜辞中，并未体现出"丙寅"的年干"丙"。而其他月、日、时的
干支都有相匹配的解释。比如"辛酉月"与"月令提刚辛酉"，"壬午"
日与"壬午日干，壬中有癸水"，"丙子"时与"丙合辛生"。而卜辞中
"是城头土命"有一句，据《六十花甲子歌》有"戊寅己卯城头土"一
句②，即指生年干支为戊寅或己卯，又西门庆属虎，所以当取戊寅，而卜
辞中"戊土伤官"及"戊土得癸水滋润"两句似也指生年为戊寅。若西
门庆生于戊寅，而流年丁未，则本年西门庆三十岁，这样就比较合理了。
由此，小说里西门庆的八字应为"戊寅年，辛酉月，壬午日，丙子时"。
（《金瓶梅》崇祯本此处"丙寅"正作"戊寅"。）

检阅《金瓶梅词话》中提到西门庆生年干支共有三处，俱作"丙
寅"。三十九回西门庆玉皇庙打醮，祝文中云："本命丙寅年七月廿八日
子时建生"③；另一处在七十九回西门庆临终前吴神仙再次为西门庆占卜，

①　《金瓶梅词话校注》，第 779 页。
②　武当山月金山人：《星平会海》，载《中华稀见易学术数丛书》本，1995 年版，第 418 页。
《金瓶梅词话》中曾多次引用过《六十花甲子歌》，如第四十六回中解说吴月娘、孟玉楼、李瓶儿
等人的八字时用过"戊辰己巳大林木"，"甲子乙丑海中金"，"庚午辛未路旁上"几句歌诀。
③　《金瓶梅词话校注》，第 1043 页。

如下：

> 吴神仙揢指寻纹，打算西门庆八字，说道："属虎的，丙寅年、戊申月，壬午日，丙辰时，今年戊戌流年，三十三岁。算命见行癸亥运。虽然是火土伤官，今年戊土来剋壬水，岁伤旱；正月又是戊寅月，三戊冲辰，怎么当的？虽发财发福，难保寿源。"①

在这一占卜中，卜辞与八字匹配合缝。以生年丙寅，流年戊戌推算，西门庆确为三十三岁。上一次算命中的"戊土伤官"，这里作"火土伤官"，丙属火，所以与丙寅年匹配。这从另一个侧面也证明了前面的"戊土伤官"的"戊"指的就是"戊寅"年。"今年戊土来剋壬水"，其中"戊土"指"流年戊戌"，"壬水"指日干壬午。"岁伤旱"应作"岁伤日干"。"三戊冲辰"，三戊指"戊寅月"、"戊戌年"和"戊寅月"，"辰"则指"丙辰时"。不过，这里作者为了凑足"三戊冲辰"，把上一次吴神仙算命中西门庆八字的"辛酉月"改为"戊申月"，把"丙子"又改作"丙辰时"②。

在此外的两次星占的对象分别是第六十一回中的李瓶儿和第九十一回中的孟玉楼，据笔者所见，八字与卜辞吻合，且人物生年干支也与《汇编》和笔者推算的时间一致，所以此处不再赘述。

通过前面的分析，可略作梳理。其一，在五次占星事件中，有两次——第十二回中的刘理星为潘金莲占卜和第二十九回中的吴神仙为西门庆占卜——出现时间错乱和前后矛盾，而这两次都出现在小说的前部。其二，第十二回中潘金莲的生辰八字与后面卜辞是自洽的，而"八字"中的生年干支与小说整体的叙事时间不合；第二十九回中西门庆"八字"中的生年干支与小说整体的叙事时间吻合，却与后面的卜辞不合。

---

① 《金瓶梅词话校注》，第 2429 页。
② 这里八字中的月与时的地支与前面提到西门庆生日为"七月二十八日子时"是矛盾的，"戊寅月"不可能是七月，"丙辰时"也不是子时。当然月、日、时的干支并不影响小说叙事时间的推算。

三 存在两套不同的叙事时间： 历史纪年与干支纪年的冲突

笔者把小说第十二回和第二十九回中两次星占所涉及的八个有争议的干支（两组生辰年干支，两组流年干支）放在六十甲子表中，如下图所示：

六十甲子表

甲子	乙丑	丙寅	丁卯	戊辰	己巳	庚午	辛未	壬申	癸酉	甲戌	乙亥
丙子	丁丑	*戊寅*	己卯	**庚辰**	辛巳	壬午	癸未	甲申	乙酉	丙戌	丁亥
戊子	己丑	庚寅	辛卯	壬辰	癸巳	甲午	乙未	丙申	丁酉	戊戌	己亥
庚子	辛丑	壬寅	癸卯	**甲辰**	乙巳	丙午	*丁未*	戊申	己酉	庚戌	辛亥
壬子	癸丑	甲寅	乙卯	丙辰	丁巳	戊午	己未	庚申	辛酉	壬戌	癸亥

注：粗体的标识推算出的干支年，斜体标识实际的干支年。

根据上表所示八个年干支在表中所处的位置，我们可以很直观地发现：所有推算出的年干支均在相应的实际年干支的上一格。在甲子表中，往上一格代表把时间向前推一轮地支即十二年。或者，也可以这样理解：推算时间丙寅、戊辰、壬辰、乙未一组与实际时间戊寅、庚辰、甲辰、丁未一组代表两条平行的时间线。前述推算时间以政和七年（1117）丁酉为支点，分别向前后推导，得到小说叙事时间的范围是从北宋徽宗政和元年（1111）辛卯到南宋高宗建炎元年（1127）丁未。若以两次星占中的流年干支（即甲辰和丁未）作为支点，向前、后推导，得到与小说叙事时间相平行的另一条时间线的范围是从癸卯年到己未年，如果把这条时间线放在与小说叙事时间同一个甲子内，与历史年表中的历史纪年关联起来，那么它所表示的时间范围是从北宋徽宗宣和五年（1123）癸卯到南宋高宗绍兴九年（1139）己未。不难发现，后一条时间线已经完全超出了《水浒传》所描绘的时代——北宋政和年间，如果两条时间线不在一轮甲子内（可能实际情况正是如此），那么距离《水浒传》的时代只能更远。

综上所述，《金瓶梅词话》实际上并存了两套叙事时间——两条平行的时间线。一条是明线，以历史纪年和干支纪年共同记录。另一条是暗线，仅以干支纪年的方式被记录下来。第三十回中记录官哥生辰"时宣和四年戊申六月廿一日也"，前述宣和四年的干支是壬寅，并非戊申，可见这里"宣和四年"的历史纪年是错的，戊申为丁未后一年，而丁未即上一回（第二十九回）西门庆星占卜辞中所提到的"流年"，所以这里的干支年"戊申"不误，而这条暗线其实延续了从甲辰到丁未再到戊申的时间跨度，此后便在小说中隐去了，取而代之的是明线。

小说三十回以前提到的历史纪年共三次，除上文提到的"宣和四年"之外，据笔者"年表"所示其余的两次也是错误的。一处在第九回中，东平府出具的武松案卷文书署"政和三年八月"①，应为"政和二年"；另一处在第十回中，"只因政和三年正月上元之夜，梁中书同妇人在翠云楼上"②，应作"政和元年"。笔者认为这两处历史纪年的时间可能后来补记，推导的时间并不准确。

根据以上的分析和推理，笔者做了如下的推论。

其一，作者先完成了《金瓶梅词话》前半部分，这部分的叙事时间是以干支纪年的方式表示，在写作过程中可能涉及要交代具体的历史纪年的时候，作者发现已完成的部分所用的干支纪年在历史年表上与《水浒传》的时代不匹配，于是把小说的叙事时间整体向前推移了一轮地支，以迎合《水浒传》中的所谓政和年间。而小说的后半部分就是按照推移过的干支纪年配合历史纪年记录时间，也就是笔者在"年表"中所推算出的小说叙事时间。这里所谓"前半部分"至少包含了三十回及之前的内容。如此，作者把叙事时间整体推移之后，应对已写就的前一部分内容加以修正。从小说文本的实际情况看，作者并未认真地去做当然也可能是无暇做修订。袁宏道写给董其昌的信中说："（《金瓶梅》）后段在何处？抄竟当于何处倒换？幸一的示"③，可见袁宏道只读到了半部《金瓶梅》。由此，是否因为已写就的部分已经被人借出传阅，原稿不在身边无法修改？最终完稿之时，仓促之间，只把第二十九回西门庆"八字"中生年

---

① 《金瓶梅词话校注》，第 275 页。
② 同上书，第 279 页。
③ 袁宏道：《董思白》，载《袁宏道集校注》，上海古籍出版社 1981 年版，第 289 页。

"戊寅"改作"丙寅",因为后文有两次提到西门庆的生年是"丙寅",这种错误较易觉察,但并没有把卜辞中解释"戊寅"的文字和标明流年的"丁未"改掉。而在第十二回中甚至连潘金莲生年"庚辰"也没有改,这可能因为后文中没有再出现潘金莲的生年干支,所以这个错误不易觉察。最后还在前一部分中补上两条有关的历史纪年,以明确所写的是政和年间的事情,只是未及细加推衍。当然,这最后的修订可能并非作者而是小说出版者所为。

其二,如果前面的推论中有合理的成分,那么笔者由此而得出的第二个推论,则对如何认识、理解《金瓶梅词话》更有价值和意义。简言之,虽然《金瓶梅词话》被认为是《水浒传》的外传,或者如袁中道所说"从《水浒传》潘金莲演出一支"①,但小说作者在创作的时候脑海中却在构思一个与《水浒传》不在一个时空的故事,最有利的证据就是这个故事的叙事线索是建立在一条与《水浒传》不相关涉的仅以干支纪年的时间线上。据笔者推测,这条时间线不仅与《水浒传》的时代无关,甚至也不是宋代的时间。前人对《金瓶梅词话》作者生活年代的推测大致在明代正德、嘉靖、隆庆、万历四朝,那么这条时间线极有可能与作者同时代或稍早。吴晗早在20世纪30年代就曾指出《金瓶梅》故事所描绘的时代背景是明代中后期。这也就是说,《金瓶梅词话》的故事有一个明代的蓝本,这个蓝本中活跃着一群作者熟悉甚至就生活在作者身边的原型人物,作者巧妙地把他们的故事搬演到《水浒传》的舞台之上。或者,笔者可以打这样一个比方:故事蓝本好像一块溶质,被投入《水浒传》这样的溶剂中,溶质溶解之后,仍有一些不溶的残渣可被滤出来。笔者认为小说第十二回、第二十九回中星占中的那些有疑问的干支年正是这些残渣,在它们身上保留了那个蓝本故事原来的痕迹。

余下的问题就是《金瓶梅词话》的作者为何不直接写那个明代蓝本故事,而要把它塞入《水浒传》的叙事背景中。众所周知,《水浒传》在明代已然是一部脍炙人口的小说了。所以,作者这样做必然是要借助于《水浒传》的名声和影响力。这样做容易理解,关键是目的何在。如果是

---

① 袁中道:《游居柿录》,载《金瓶梅资料汇编》,第84页。

为名，我们知道在那个时代，通俗小说并不能给作者带来好的名声，甚至还有负面的影响。如果是为利，《金瓶梅词话》早期在很长的一段时间内一直以抄本的形式小范围传播，还没有商业化，如何谈得上牟利。如果为了警世或者道德说教，至少在相当一部分读者看来，这恰好适得其反。笔者认为，作者这样做的目的是为了掩人耳目。清代毛祥麟《墨余录》中收录曹千里《说梦》残稿中有"黑白传"一则，载董其昌及其子鱼肉乡里，同乡人作小说《黑白传》毁谤、讥讽董家。董其昌执意追查作者，最终导致当地民变、董宅被焚的严重后果。文中引录《黑白传》第一回回目云："白公子夜打陆家庄，黑秀才大闹龙门里"①，仅从这则回目看，欺凌乡里事件的当事人陆氏和董氏父子已跃然纸上，难怪董其昌一定要追查作者，挽回名誉。从此一例中，笔者可窥见以下几点：其一，明代人利用小说诽谤、诋毁他人以泄私愤或已成风。其二，这类小说如果被当事人追究，可能吃官司，后果会很严重。及《金瓶梅词话》问世，因小说中对现实地揭露和讽刺意味浓厚，相关的各类寓意之说甚嚣尘上。《金瓶梅词话》未必是在讽刺、诽谤诸如严嵩这样的大人物，也许小说所讽刺的对象乃是一些本地同时代人才能了解的人物和故事。依傍《水浒传》故事，可以隐藏其中的机锋，不授人以柄，这也许是作者明哲保身、趋利避害的一种选择。

结　论

笔者在细致梳理《金瓶梅词话》叙事时间的基础上，分别探讨了小说中存在的几类叙事时间的"失误"，指出小说最后几回中叙事时间错漏严重，出现简单抄袭他作，叙事前后矛盾等情况，使得这最后的部分游离于小说叙事主体故事之外。笔者在分析小说第十二回和第二十九回中有关星占的文字时，发现其中一些有疑问的干支纪年实际上暗示了小说存在两套不同的叙事时间，或者说两条平行的时间线。在此基础上，笔者做了如下两条推论：其一，《金瓶梅词话》在写作途中，放弃了原来的一套干支纪年的叙事时间，把年干支整体推移，以迎合《水浒传》的叙事年代。

① 毛祥麟：《墨余录》，载《明清笔记丛书》，上海古籍出版社1985年版，第165页。

其二，存在一套与《水浒传》的故事时间不吻合干支纪年的叙事时间意味着小说并不是在《水浒传》的叙事基础上展开创作，而是把另外一个故事蓝本嵌入《水浒传》的叙事体系中。

朱谋㙔《异林》小说辑佚价值初探[*]

刘天振　卢怡羊

浙江师范大学

晚明朱谋㙔撰《异林》十六卷，黄虞稷《千顷堂书目》《明史·艺文志》均入"小说家类"。《四库全书总目》"子部·小说家类存目"著录该书，误将撰者著为朱睦□，提要简略，评价甚低，谓其"摘百家杂史中所载异事，分为四十二目，颇为糅杂……惟详注所出书名，在明末说家中，体例差善耳"。唯肯定其"体例差善"一端。现存万历间帅廷镆刻本，书前有帅廷镆序，收入《四库全书存目丛书》子部第247册（齐鲁书社1995年版）。全书共分四十二目：卷一"大年""仙释""早慧"，卷二"相表""才性""多男""族义"，卷三"贵盛""久任""使节""贞烈"，卷四"先知""通禽语""服食""异产"，卷五"殊长""殊短""殊力""奇疾""奇梦""再生""变化"，卷六"名胜""形气"，卷七"第宅""丘墓"，卷八"土宜""山异""地异""水品"，卷九"水异""火部""金异"，卷十"珍怪"，卷十一"天变"，卷十二"木异"，"异草木"，卷十三"鸟兽"，卷十四"鳞介""物化""杂事"，卷十五、十六"夷俗"。朱谋㙔（1564—1624），字郁仪，明太祖第十七子宁王朱权的七世孙，封镇国中尉。《明史》卷一七七《列传·诸王二》有传："……谋㙔尤贯串群籍，通晓朝廷典故。诸王子孙好学敦行，自周藩

---

* 国家社会科学基金项目"文献学视域中的明代文言小说汇编研究"（批准号：13BZW078）的阶段性成果。

中尉睦㮮而外，莫及谋㙛者。……暇则闭户读书，著《易象通》、《诗故》、《春秋戴记》、《鲁论笺》及他书，凡百十有二种，皆手自缮写……病革，犹与诸子说《易》。子八人，皆贤而好学。"① 朱谋㙛依托明室背景，藏书丰富，且广涉群籍，勤于著述，著书多达一百余种。《异林》即是其中重要的一部。因明清以来学界一般将其视为志怪小说汇编之书，且非上乘之作，故而关注度极低。

作为一部汇编作品，《异林》旁搜博采，摘引典籍 520 多种，遍涉经、史、子、集四部，尤多史部杂史、地理及子部杂学、杂说、笔记小说之书，辑入许多已经散佚的文献。兼之此书体例严谨，每条之后必标文献出处，因此具有较高的辑佚价值。周运中《利玛窦〈舆图志〉佚文考释及其他》② 一文曾从此书中辑得《舆图志》佚文十二条，将它们与《坤舆万国全图》进行比对，证明了利玛窦的《舆图志》不是他的《坤舆万国全图》。而《异林》的小说辑佚价值也很值得重视。以下仅对《异林》中保存的晋曹毗《志怪》、南朝宋郭季产《集异记》、唐陆勋《集异记》、明蔡善继《前定录》诸书佚文作一简述。

一 晋曹毗《志怪》佚文一条

汉末有病瘕者，腹昼夜切痛，临绝，救其子剖视，得一铜酒鎗，容数合。华佗闻之，往视，出药投之，鎗化为酒。 （《异林》卷五"奇疾类"）③

曹毗《志怪》一书，《隋书·艺文志》及两《唐志》均未著录。清章宗源《隋书经籍志考证》、文廷式《补晋书艺文志》曾分别于"杂传类"和"小说家类"著录其目。今人宁稼雨《中国文言小说总目提要》（齐鲁书社 1996 年版）、石昌渝《中国古代小说总目》（文言卷）（山西教育出版社 2004 年版）著录其目，均称散佚已久。宗炳《明佛记》、《初

---

① 张廷玉等撰：《明史·诸王二》，中华书局 1974 年版，第 3597 页。

② 周运中：《利玛窦〈舆图志〉佚文考释及其他》，《自然科学史研究》2010 年第 4 期。

③ 朱谋㙛：《异林》，载《四库全书存目丛书》"子部第 247 册"，齐鲁书社 1995 年版，第 243 页。

学记》卷七、《太平御览》卷六七、苏易简《文房四谱》卷五、蔡梦弼《杜工部草堂诗笺》卷二六同引佚文一则，内容叙汉武帝时外国道人辨昆明池劫灰事，鲁迅已辑入《古小说钩沉》。今从朱谋㙔《异林》卷五"奇疾类"又辑得一条。其内容谓汉末有人患上一种名"瘕"的怪病，彻夜腹痛，死前剖腹，得一个铜质酒器。华佗闻悉后，制药解之，铜酒鎗化为酒。这条佚文曾被医书征引，如宋张杲撰《新安医学医说》、明江瓘和清魏之琇编著《名医类案正续编》等。

二 朱谋㙔《异林》中两种《集异记》中的佚文

（一）南朝宋郭季产《集异记》佚文二条：

1. 晋永嘉五年，抱罕令严根婢产一龙，一女，一鹅。（《异林》卷四"异产类"）①

2. 汉献帝初平中，长沙有人姓桓，既死，棺敛月余，其母闻棺中有声，开棺出之，遂复活。（《异林》卷五"再生类"）②

（二）唐陆勋《集异记》（《集异志》）佚文一条：

唐开元八年六月，京师兴道坊，一夕陷为池，居民五百余家，悉没不见。（《异林》卷八"地异类"）③

从《异林》标注出的文献名来看，出现了《集异记》《集异志》《陆勋集异记》三种名称，可见朱谋㙔编撰《异林》时依据了不同本子的《集异记》。

中国古代有三本书名叫《集异记》：

一是南朝宋郭季产《集异记》，不见于史志著录，已散佚，鲁迅自《北堂书钞》《艺文类聚》《太平御览》《太平广记》四书中辑得十一条佚文，已收入《古小说钩沉》中。李剑国《唐前志怪小说史》中认为，《太平广记》卷四三八"朱休之"条、卷四四三"张华"条，文字简短，为

---

① 朱谋㙔：《异林》，载《四库全书存目丛书》"子部第 247 册"，齐鲁书社 1995 年版，第238 页。

② 同上书，第 244 页。

③ 同上书，第 261 页。

晋宋间事，亦当出于郭书。①

二是唐薛用弱《集异记》，又题《古异记》《集异录》。《新唐志》卷三、《崇文总目》卷三、《通志·艺文略》卷三俱著录为三卷，也有书目著录为一卷、二卷。晁公武《郡斋读书志》卷十三"小说类"著录为《古异记》，二卷。高儒《百川书志》"小说家"亦著为二卷，注云："唐河东薛用弱集，凡十六事。"《四库全书总目》著录为一卷，十六条。现存最早刊本为《顾氏文房小说》本，为二卷，十六事。卷后识语云："阳山顾氏十友斋宋本重刻"，其祖本当为宋本。《丛书集成初编》本、《世界文库》本、中华书局 1980 年排印本，均以之作为底本。《太平广记》所引《集异记》，或出郭季产本，或出陆勋本，不辨撰者。清陆心源曾作《集异记校补》四卷，误辑者不少。中华书局排印本《集异记》补辑六十七条，并附五条存疑，但是其中有与郭季产《集异记》混淆者，也有出于他书者。李剑国《唐五代志怪传奇叙录》对《集异记》佚文详加甄别，并对每一篇目进行了叙录、考释，最终定为薛用弱《集异记》五十条。李时人《全唐五代小说》收录本亦为五十条，与李剑国先生的考定相一致。因此《全唐五代小说》本《集异记》可视为目前最可靠的本子。

三是晚唐陆勋《集异记》。《宋史·艺文志》"小说家类"著为《集异志》，晁公武《郡斋读书志》卷一三"小说类"著录为："《陆氏集异记》二卷，唐陆勋纂。语怪之书也，凡三十二事，言犬怪者居三之一。"②原书已佚。今人李时人《全唐五代小说》据二卷本收三十条，李剑国《唐五代志怪传奇叙录》一书中考证为三十一条，比李时人多收"裴用"一条。今传《集异志》四卷本出于陈继儒《宝颜堂秘笈续集》，书名当出自《宋志》著录名称。后人多认为其为伪本。《四库全书总目》卷一四四"小说家类存目"著录《陆勋集异记》四卷，殆亦出《宝颜堂秘笈》本。《提要》云："此书较陈氏所载多二卷，事较振孙（应为晁公武《郡斋读

---

① 李剑国：《唐前志怪小说史》（修订本），天津教育出版社 2006 年版，第 420 页。咸友为硕士学位论文《薛用弱〈集异记〉研究》曾对"张华"条的出处提出疑问，认为非出郭季产《集异记》，但未提供证据。见咸友为《薛用弱〈集异记〉研究》，福建师范大学硕士学位论文，2013 年（未刊稿），第 10 页。

② 晁公武撰，孙猛校证：《郡斋读书志校证》，上海古籍出版社 2011 年版，第 549 页。

书志》所言）所记多三四倍，亦不多言犬怪。岂后人附会，非其本书欤？"① 周中孚《郑堂读书记》卷六六"小说家类四"著录四卷本，注出《续秘笈》本，称："今所载凡二百二十六事（实为二百三十九事），较晁氏所计之数多至五六倍，而言犬怪者甚少，盖后人又采诸传记中所载战国以迄唐初怪异之书，傅益为四卷，非宋人所见之旧帙矣。"② 李剑国《唐五代志怪传奇叙录》对四卷本《集异志》二百三十九事进行了一一叙录、考释，其中有发生于陆勋身后之事，亦可证并非陆勋原本。又有一卷本，系四卷本之节录本，重编《说郛》《唐人说荟》《唐代丛书》《说库》等书收录。王汝涛据《说库》本一卷七十二条，将《集异志》编入《全唐小说》第二卷，与《全唐五代小说》本差异甚大。

我们之所以将《异林》卷四"异产类"和卷五"再生类"所引两条断为郭季产《集异记》内容，首先排除了其出于唐薛用弱《集异记》的可能。因为《郡斋读书志》解题称，薛用弱《集异记》"集隋唐间谲诡之事"③，今统观《全唐五代小说》本薛用弱《集异记》，其内容确实皆为隋唐之事，而以上两条佚文为汉晋之事；其次，也可排除出自陆勋《集异记》二卷本的可能，以上两条不见于二卷本三十一条；再次，还可排除出于《宝颜堂秘笈》本陆氏《集异记》的可能。宝颜堂本所载二百三十九事中并无上述两条内容；最后，《异林》引文出处明确注出《集异记》，同于郭季产原书之名。因此，以上两条只能出于郭季产《集异记》。鲁迅《古小说钩沉》已经辑得郭季产《集异记》佚文十一条，李剑国《唐前志怪小说史》一书又自《太平广记》卷四三八、卷四四二辑得两条，再加上《异林》中这两条佚文，郭季产《集异记》已有十五条佚文。

根据标注的文献名，我们很容易可以确定，《异林》卷八"地异类"标注为《集异志》的条目出自陆勋《集异记》。李剑国先生《唐五代志怪传奇叙录》一书已考证出陆书三十一条，再加上《异林》中这一条，恰为三十二事，与晁公武《郡斋读书志》著录的条目数量正相吻合。可见南宋晁公武的记载不谬，晚明朱谋㙔撰《异林》时尚及睹其完帙。

---

① 永瑢等：《四库全书总目提要》，中华书局1965年版，第1227页。
② 周中孚著，黄曙辉印晓峰标校：《郑堂读书记》，上海书店出版社2009年版，第1085页。
③ 晁公武撰，孙猛校证：《郡斋读书志校证》，上海古籍出版社2011年版，第549页。

三 明蔡善继《前定录》佚文二条

1. 韩公张仁愿，足下有黑子，以为贵相。安禄山亦有黑子，在两足下。（《异林》卷二"相表类"）①

2. 李峤每寝时，鼻下无气。袁天罡与居，夜中察之，出入之息乃自耳中。惊曰："此谓龟息，大贵寿相也。"（《异林》卷二"相表类"）②

唐钟辂（"辂"一作"籍"）有《前定录》，《新唐书·艺文志》、陈振孙《直斋书录解题》"小说家类"均有著录，一卷，后者更称"凡二十二事"③。今有传本，实有二十三条，最早刊于南宋左圭《百川学海》甲集。李剑国《唐五代志怪传奇叙录》谓："《广记》等所引皆在今本中，犹为完帙也。"④ 今有 1991 年中华书局《丛书集成初编》本和李时人《全唐五代小说》本，所收篇目相同。又有题钟辂撰《续前定录》一卷，初著于《崇文总目》"小说类"，今存，凡二十四条。元明清许多书目将其与《前定录》并著。《四库全书总目》卷一四二、周中孚《郑堂读书记》卷六六、昌彼得《说郛考·书目考》（卷一〇〇）均辨明其为伪书。

明蔡善继也撰有《前定录》二卷，《四库全书总目》"小说家类存目"著录，上卷凡七十八事，下卷凡九十三事。"细核所录，乃全剽《太平广记》第一百四十六卷至第一百六十卷'定数'一门之文，名姓次序，一字无异。惟上卷之末增延陵包隰一人，下卷之首增窦易直至刘逸二十人，为原书所无，然亦自《广记》他门移掇窜入者。"⑤ 这篇提要对蔡书篇目出处述之甚详，可以推定纂官当日曾经寓目此书。宁稼雨《中国文言小说总目提要》、石昌渝《中国古代小说总目》（文言卷）、陈大康《明代小说编年史》均称原书已佚。20 世纪 90 年代齐鲁书社出版《四库全书存目丛书》时亦未寻获此书，可见其的确散佚。今从《异林》卷二

---

① 朱谋㙔：《异林》，载《四库全书存目丛书》"子部第 247 册"，齐鲁书社 1995 年版，第222 页。

② 同上。

③ 陈振孙：《直斋书录解题》，上海古籍出版社 1987 年版，第 320 页。

④ 李剑国：《唐五代志怪传奇叙录》，南开大学出版社 1998 年版，第 607 页。

⑤ 永瑢等：《四库全书总目提要》，中华书局 1965 年版，第 1230 页。

"相表类"辑得佚文二条，分别叙安禄山足下有黑子为贵相事、李峤龟息贵寿事。安禄山、李峤均生于钟辂之前，其事有被记入钟辂《前定录》的可能，也有被记入蔡善继《前定录》的可能。但经检核，《异林》中这两条内容不见于钟辂《前定录》，亦不见于伪本《续前定录》二十四条中，因此均应予以排除。因此，这两条内容应为蔡善继《前定录》的佚文。而且，《异林》所引《前定录》这两条内容分别见于《太平广记》第二百二十二卷"安禄山"条和第二百二十一卷"袁天罡"条，与《总目》纂官所称"亦自《广记》他门移掇窜入者"相吻合。因此，我们可以判定此二条出自蔡善继《前定录》。朱谋㙔与蔡善继为同代人，蔡善继生卒年不详，仅知其为万历二十九年（1601）进士，官至福建左布政使等。《异林》采及同代人之书，可见朱谋㙔阅读、治学注意吸收新成果之特征。

朱谋㙔《异林》中的小说史料绝非上述区区数条。此文姑作引玉之砖，以俟博雅者从中发现更多珍宝。

《聊斋》丛脞录

——说"亚魁"

赵伯陶

中国艺术研究院

　　《聊斋志异》有不少涉及明清科举制度的篇章，有关科举名词的释义，由于历史的隔膜，注家稍有不慎就有可能贻误读者，绝不能掉以轻心或不了了之，更不能望文生义，郢书燕说。"亚魁"属于明清乡试后对于名次较为靠前的中式举人略带恭维性质的一种称谓，民间习用，官方也不排斥，甚至出现于省级大僚为新科举人题写的匾额上。乡试获隽，与"亚魁"关系较近者是"解元""亚元""经魁""文魁"等，皆属于对新科举人名次的一种荣誉性称谓，既不会影响以后会试、殿试的录取，对于屡经会试而未能进入进士行列的举人拣选、大挑、截取等方式选官也没有实质性的影响。乡里中悬挂一块诸如"经魁""亚魁"经官方题写的匾额，不过夸示桑梓，令门楣生辉，光宗耀祖而已；特别是在穷乡僻壤，有一举人出现就已属百年不遇，更何况名列前茅呢。

　　《聊斋志异》中有两篇小说涉及"亚魁"的称谓。《叶生》中命运坎坷的叶生为报答邑令丁乘鹤的知遇之恩，悉心尽力教读丁公子举业文："公子名再昌，时年十六，尚不能文。然绝惠，凡文艺三两过，辄无遗忘。居之期岁，便能落笔成文。益之公力，遂入邑庠。生以生平所拟举子业，悉录授读，闱中七题，并无脱漏，中亚魁。"①《阿霞》一篇借因果报应之玄机，谴责喜新厌旧的凉薄社会风气。书生景星为接纳新欢阿霞，薄幸休妻，阿霞鄙夷景星之所为，两人路遇时，阿霞的一席话振聋发聩："向以祖德厚，名列桂籍，故委身相从。今以弃妻故，冥中削尔禄秩，今科亚魁王昌，即替汝名者也。"② 结果当年乡试，景星果然落榜，亚魁则有"王昌"之名。至于"经魁"，又称"经元"，《聊斋》仅出现一次，《贾奉雉》中的贾生在屡试不中的困窘中，不得已以"戏缀之文"入场，反而高中举人："贾取文稿自阅之，大非本怀，怏怏不自得，不复访郎，嗒丧而归。未几榜发，竟中经魁。又阅旧稿，一读一汗。"③ "文魁"，《聊斋》中没有使用过这一称谓。至于"解元"，或称"解首"，即乡试第一名举人，《姊妹易嫁》称明嘉靖初内阁首辅毛纪未发达时为"毛解元"，预订其日后乡试第一的功名，与史实符合。《于去恶》中又有"魁解"一词，即为乡试中的经魁与解元的联称，属于预祝主人公于去恶乡试高中的吉祥话。《三仙》中有"擢解"一词，《阿宝》中乡试所谓"抢魁"，也都是高中乡试第一名解元之意。明清乡试第二名或称"亚元"，这一称谓与"解元""经魁""经元""文魁"等称谓或系专指，或属于集合名词，一般不会用错。如经魁与文魁，就是集合名词。经魁五人，即乡试前五名，包括解元与亚元；文魁则是亚魁以后名次的举人的通称。然而"亚元"也作为集合名词使用，并不单指乡试第二名。乡试发榜后，报录人对第一名以下中举者通常恭称"亚元"，即亚于解元的举人之意。清吴敬梓《儒林外史》第三回《周学道校士拔真才，胡屠夫行凶闹捷报》："捷报贵府老爷范讳进高中广东乡试第七名亚元，京报连登黄甲。"④ 称乡试第七名为"亚元"，恭维中不乏多讨些赏钱的用心。

　　明清科举的文体以八股文为主，八股文出题又分别从"四书"与"五经"中取材，称"四书文"或"五经文"。诸多士子应试，有关"四书"的考题完全相同，于"五经"则各占一经，考题就有五种之多。如

---

①　任笃行：《全校会注集评聊斋志异》，齐鲁书社 2000 年版，第 121 页。

②　同上书，第 627 页。

③　同上书，第 1977 页。

④　（清）吴敬梓：《儒林外史》第三回，人民文学出版社 1977 年版，第 41 页。

若以"五经"决定考生成败，则失去横向比较的基础，显然唯有"四书文"才是衡量考生水平的主要依据。至于"五经文"，尽管明清科举首场七艺，试"四书文"三题、试"经文"四题，以数量而论，比重似乎偏向于经题，实则考生中式与否，主要视其"四书文"——特别是首艺的写作而定。至于张榜的名次排序前五名，则需照顾到诸多考生选经的平衡性，各经考生平均分配前五名，利益均沾，不能只集中取中一经或偏向两、三经考生。清梁章钜《称谓录》卷二四释"经魁"有云：

> 经魁：《会典》："各省乡试，士子分经肄业，不能无人数多寡之殊。其《诗》、《书》、《易》三经，习者人多，故中额亦多。即《春秋》、《礼记》，习者甚少，亦必设立一房，取中数名者，诚以并列学官，欲士子不废诵读也。"案：国初乡试，士子必先陈明所习何经，其中额亦即分经取中。《会典》载，顺治二年，定京省各经中额：顺天《易经》四十九名，《诗经》六十名，《书经》三十六名，《春秋》十五名，《礼记》十一名。其他各直省多寡有差是也。中额既分经酌定，即每科第一名至第五名，必于《五经》各中一名，而每名各居一经之首，故世有五经魁之称。[①]

明清乡、会试多数情况阅卷皆以"五经"分房，在理论上至少有五位同考官方可足用，但每经由一房阅卷，在考生众多的状况下显然有些捉襟见肘，于是就有了"十八房"的说法。清顾炎武（1613—1682）《日知录》卷一六《十八房》云：

> 今制，会试用考试官二员总裁，同考官十八员分阅"五经"，谓之十八房。嘉靖末年，《诗》五房，《易》、《书》各四房，《春秋》、《礼记》各二房，止十七房。万历庚辰、癸未二科，以《易》卷多添一房，减《书》一房，仍止十七房。至丙戌，《书》、《易》卷并多，仍复《书》为四房，始为十八房。至丙辰，又添《易》、《诗》各一房，为二十房。天启乙丑，《易》、《书》仍各五房，《书》三房，

---

① （清）梁章钜：《称谓录》卷二四，岳麓书社 1991 年版，第 299 页。

《春秋》、《礼记》各一房，为十五房。崇祯戊辰，复为二十房。辛未《易》、《诗》仍各五房，为十八房。癸未，复为二十房。今人概称为十八房云。[1]

明末清初的遗民文人朱舜水（名之瑜，1600—1682）与顾炎武大约同时，他记述"经房分考官"状况为："《诗经》六房，《易经》六房，《书经》四房，《春秋》一房，《礼记》一房。"[2] 数目比例小有出入，无关大局。明代会试分经阅卷之比例，于乡试阅卷也大同小异；清因明制，乡试以"五经"分房阅卷也大率如此。清代江南有些省份经济发达，由于乡试考生众多，阅卷同考官有时甚至达到二十二房之多；而一些偏远省份如云贵地区，有时乡试同考官分为八房已足敷用。此外，每科考生选经比例有时悬殊甚大，这可能造成各同考官阅卷数量的苦乐不均，乾隆中曾一度打破分经阅卷而采取同考官平均阅卷的方法。清赵翼《陔馀丛考》卷二九《十八房》曾谈到乾隆二十七年（1762）顺天乡试情况："余分校壬午乡闱，签掣《诗》五房，通计京闱卷八千有余，而《诗经》独至五千卷，是五考官较十三考官所阅之卷尚多三分之二。不得已，分八百余卷入《春》、《礼》四房助校。然《诗经》犹各阅八百余卷，其视《易》、《书》等房不过二三百卷，闲剧大不侔也。今不分经，则各房所阅卷多寡适均，可以从容校阅，不至苟简矣。"[3] 与蒲松龄所处时代相较，此系后话，毋庸详论。同考官或称房官，负责向主考官"荐卷"，是考生中式与否的关键环节，得中考生称之为"房师"，异常尊重。

再回到本文主旨，何谓乡试"亚魁"？权威的《汉语大词典》如此释义："亚魁：古代泛指科举考试第二名。清蒲松龄《聊斋志异·阿霞》：'是科，景落第，亚魁果王氏昌名。'"[4]《中国科举辞典》释义："亚魁：明清乡试取中正榜者为举人，其第六名称亚魁，自第七名以后皆称文

---

① （清）黄汝成：《日知录集释》卷一六，岳麓书社 1994 年版，第 583 页。
② （明）朱舜水：《朱舜水集》卷一一《问答四·答小宅生顺问六十一条》，中华书局 1981 年版，第 415 页。
③ （清）赵翼：《陔馀丛考》卷二九，河北人民出版社 1990 年版，第 575 页。
④ 罗竹风主编：《汉语大词典》第一卷，汉语大词典出版社 1990 年版，第 543 页。

魁。"① 此第六名说，当源于商衍鎏《清代科举考试述录》，是书第二章
《举人及关于举人系内之各种考试》有云：

> 新科举人，顺天由礼部，各省由布政司，颁给牌坊银二十两
> （亦称旗匾银两），及顶戴衣帽匾额，第一名解元，第二名亚元，第
> 三四五名经魁，第六名亚魁，余曰文魁。各省有作就匾额致送者，银
> 两衣帽后则名存实亡矣。②

商衍鎏是清光绪三十年（1904）甲辰恩科第一甲第三名进士，即清代科
举考试最末一科的探花，讨论科举有关问题自属于个中人语，他认为亚
魁只局限于乡试第六名，从而受到后世研讨科举考试制度者的重视，不言而
喻。当下持亚魁为乡试第六名说者不乏其人，至于第二名说，笔者仅能于
典籍中找到一个实例为证。清梁章钜等《楹联丛话全编·楹联四话》卷
三："南海劳莪野孝廉潼素工时文。乾隆乙酉科出闱后，自负不肯作第二
人想。及揭晓，泥金到门，乃报中亚魁也。劳曰：'吾文当第一，何以第
二！然则解元为谁？'对曰：'顺德梁泉也。'劳始不语。至簪花日，其门
署一联云：'险些儿做了五经魁首；好汉子让他一个头名。'"③ 乾隆乙酉
即乾隆三十年（1765），劳潼考中这一年广东乡试的第二名，梁章钜不称
其为经魁或亚元，而称之为亚魁，可见古人对这一称谓的理解并不单纯。

有关通俗小说乃至遗存科举匾额等，倒常可作为亚魁乃乡试第六名说
的旁证：

清曹去晶《姑妄言》第十四回《多情郎金马玉堂，矢贞妓洞房花
烛》："众人道：'恭喜相公高中。'遂将红报单贴起。钟生举目看时，高
高中在第六名亚魁，喜不自胜。"④

清佚名《平山冷燕》第十九回《扬州府求媒消旧想，长安街卖扇觅
新知》："二人到了三场，场中做的文字，犹如万选青钱，无人不赏。及

---

① 瞿国璋主编：《中国科举辞典》，江西教育出版社 2006 年版，第 54 页。

② （清）商衍鎏：《清代科举考试述录》，生活·读书·新知三联书店 1958 年版，第 83 页。

③ （清）梁章钜等编著：《楹联丛话全编·楹联四话》卷三，北京出版社 1996 年版，第 316 页。

④ （清）曹去晶：《姑妄言》第十四回，中国文联出版公司 1999 年版，第 684 页。

放榜之期，燕白颔高高中第一名解元，平如衡中了第六名亚魁。"①

清海圃主人《续红楼梦新编》第十二回《惊四座贾茂叔挥毫，感三湘梅月娥对月》："贵筑旧家李云龙，年十七岁，中了贵州第六名亚魁。皆来都中会试。"②

北京科举匾额博物馆藏有一块"亚魁"匾，并有拓片。原匾上、下款字迹漫漶不清，拓片上款题写"钦命大主考头品顶戴兵部侍郎巡抚江西等处地方兼理军务兼提督衔德馨为"，下款题写"中式第六名举人陈锦鏐立，皇清光绪十六年岁次庚寅仲春月上浣谷旦"。光绪十六年（1890）江西乡试为恩科，匾额拓片已经明确匾主考中乡试亚魁为第六名。不过从拓片字体分析，除"亚魁"两个榜书大字外，其上、下款题字皆非原镌字体，当系转书，向博物馆馆长姚远利先生讨教，也未得到确切的答复，只能存疑。

明清之际的朱舜水对于"亚魁"的释义却另有说法，突破了第六名说，将之视为一个集合名词。他于清人入关以后东渡日本，在异国回答日本友人有关明朝科举之问有云：

> 大明分天下为十五国，南、北两京为天子京畿，故不言省。而十三省乃中书省之分署，故曰省。浙江、江西、福建、广东、广西、山东、山西、河南、陕西、四川、湖广、云南、贵州为十三省，合南、北二京为十五国。三年一大比，子、午、卯、酉之年，大集举子于省会。朝廷差京考二员，就其地考试，而房考则督学官自行聘请阅文。中式者为解元，合次四名为经魁，又次五名为亚魁，又次及末为文魁。鹿鸣设宴，此即礼之宾兴，而艰难尊宠过之。③

朱舜水乃明诸生，对于明代科举制度当如数家珍，决不生疏，他认为乡试亚魁如同经魁一样是一个集合概念，即乡试第六名至第十名共五位举人皆

---

① （清）佚名：《平山冷燕》第十九回，人民文学出版社 1983 年版，第 332 页。
② （清）海圃主人：《续红楼梦新编》第十二回，嘉庆十年（1805）文秀堂刊本。
③ （明）朱舜水：《朱舜水集》卷一〇《问答一·答源光国问十一条》，中华书局 1981 年版，第 346 页。

可称亚魁。这显然是以五经魁为根据立论的，即各经考生既可以有第一名，也须有第二名，因而对应于五个经魁，也必然分别产生仅次于经魁一等的五个亚魁。换句话说就是：五位经魁之后的排次，是否也必须照顾的考生所习何经而平均分配？朱舜水对此也有明确的说法，他在回答另一位日本友人关于明代乡试如何以五经分房取士时说："每经各取一名冠场，合解元为五经魁，第二名为亚魁。"① 这实际上补充了他在《问答一》中的说法，但未予明确的是，五个亚魁的排序（即从第六名到第十名）是否也按照五个经魁所治经书的次第？如果真是一一对应，则可能产生排序新的不公。如以治《礼记》的考生为第一名解元，那么治《礼记》的亚魁就必然是第六名吗？因为若不照顾士子分经的平衡问题，纯以"四书"文衡量考生水平高下，第六名以下未必就逊于第二名或第三、四、五名。但可以明确的是，至少在明代，经魁有五位，亚魁也有五位，两者合计为十位，且皆照顾到士子所治经的平衡性。这是亚魁为乡试第六名至第十名的根据。对应此说，在明清通俗小说中也可找到有关亚魁名次的证据：

明天然痴叟《石点头》第一回《郭挺之榜前认子》："三场完了，候到发榜之期，郭乔名字，早高高中了第九名亚魁。忙忙去吃鹿鸣宴，谢座师，谢房师，俱随众一体行事。"② 乡试第九名可称亚魁。

清古吴墨浪子辑《西湖佳话》卷八《三台梦迹》附录有《于祠祈梦显应事迹》，现代整理本或排印于书末：

姚行人未第时，祈兆于坟。梦公曰："汝是当今第七个恶人。"令左右剜去其心。姚惊觉，思曰："此非吉兆，想吾心不诚故也。"遂斋戒三日，再求一梦，以定前程。是夜，复梦公曰："汝这第七个恶人又来了。"急令人再剜去其心。姚复惊醒。自思平日毫无罪过，何得有此恶梦？乃叹曰："吾非但功名不成，他日必得心疾而亡。"其年乡试，中第七名亚魁，会试又中第七，始悟二次恶字。去心，乃

---

① （明）朱舜水：《朱舜水集》卷一一《问答四·答小宅生顺问六十一条》，中华书局1981年版，第415页。

② （明）天然痴叟：《石点头·郭挺之榜前认子》，中州古籍出版社1985年版，第13页。

亚字也。①

　　乡试第七名可称亚魁，第十名也可称亚魁。清绿意轩主人（萧鲁甫）《海上花魅影》第三回《迁监生赴省求名，老学究临场做梦》："岂知，这先生正在做梦，梦见出榜自己已中了第十名亚魁。"②

　　乡试第八名称亚魁者，清天花藏主人《两交婚小传》第十四回《占高魁准拟快乘龙，寻旧约何期惊去凤》："捷报贵府令坦辛讳发高中南场乡试第八名亚魁。"③ 碰巧的是，今互联网上所"晒"的"亚魁"三块匾皆为乡试第八名举人所题写。第一块"亚魁"匾其上、下款至今仍依稀可辨，其上款题"巡抚福建等处地方提督军务督察院右佥都御史纪录十七次黄国材为"，其下款题"雍正二年甲辰科中式第八名举人张骧立"。雍正二年（1724）既非乡试正科年，也非恩科年，而是会试正科年。当是胤禛于雍正元年癸卯（1723）登极，这一年正值乡试正科年，特改正科为恩科，而将乡试原正科错后一年所致。第二块"亚魁"匾上、下款也不模糊，其上款题"大主考太子少保兵部尚书兼督察院右都御史署理闽浙总督盐课印务长麟为"，其下款题"乾隆乙卯科中式举人第八名黄殿安立"。乙卯即乾隆六十年（1795），适为乡试正科年，但因禅位于嘉庆帝，故改正科为恩科。第三块"亚魁"匾上、下款也可辨识，其上款题"全闽将军署闽浙总督兼巡抚事部堂崇善、工部右侍郎兼钱法堂事务秦绶为"，其下款题"光绪癸卯恩科中式举人第八名张大猷立"。癸卯即光绪二十九年（1903），此科乡试本为正科，因庆贺翌年慈禧太后七旬寿诞而改为恩科。

　　乡试亚魁，尽管没有解元乃至经魁荣光，但毕竟名列前茅，可以夸耀乡里，有人即制成牌坊借以传名。清道光《休宁县志》卷一《坊表》："亚魁，在上溪口，为吴诚。"另卷九《选举·举人》著录吴诚："嘉靖四年乙酉科，字存之，溪口人。"嘉靖四年即公元1525年，明代休宁属徽州

---

　　① （清）古吴墨浪子辑：《西湖佳话》附录《三台梦迹》所附《于祠祈梦显应事迹》，华夏出版社2013年版，第188页。

　　② （清）绿意轩主人（萧鲁甫）：《海上花魅影》第三回，北京师范大学图书馆馆藏清抄本。

　　③ （清）天花藏主人序：《两交婚小传》第十四回，清初刊本。

府（今安徽黄山市），乡试在南直隶的应天府举行。这座亚魁牌坊不知题写吴诚的乡试名次如何，但不出第六至第十名则可以肯定。

明清科举制度，乡、会试卷，考生用墨笔书写的考卷称墨卷；考官阅卷前由专门誊录人员用朱笔誊写者，不书姓名，只编号码，称朱卷。这无非令阅卷者无法辨认考生笔迹，杜绝串通作弊。发榜后，朱卷连同其上考官批语发还考生，中式者往往刻印出来以馈送亲友。顾廷龙主编有《清代朱卷集成》420 册，1992 年台北成文出版社出版。此书收录清代从康熙到光绪年间的乡试、会试、五贡等朱卷 8235 份。其中会试卷 1635 份，涉及的进士共近 12000 人，另有武会试卷 4 份；乡试卷 5186 份，另有武乡试卷 34 份，五贡卷 1576 份。是书所收录诸科举人中的第六名至第十名，皆径标其名次，尚未发现用其他称谓者。如收录乾隆乙卯（1795）恩科顺天乡试之江詠朱卷："江詠，字鸣韶，号褚生，行四，乾隆戊子年三月二十八日生，江南安庆府桐城县监生，民籍。顺天乡试乾隆乙卯恩科，中式第八名。"又收录嘉庆戊辰（1808）恩科顺天乡试之程铨朱卷："程铨，字衡三，号春岚，行一，乾隆辛丑年九月廿六日生，顺天府大兴县民籍，附生。原籍浙江金华府东阳县。顺天乡试，嘉庆戊辰恩科，中式第三名。"① 这里并没有使用"亚魁"或"经魁"的称谓。既使乡试解元，《清代朱卷集成》也仅用"第一名"相称。如收录嘉庆十八年癸酉（1813）科江南乡试之沈巍皆朱卷："沈巍皆，字讲虞，号舜卿，一号朴斋，行四，乾隆甲辰年十月二十一日吉时生，安徽直隶六安州拔贡生，民籍。江南乡试嘉庆癸酉科，中式第一名举人。"②

值得瞩目的是，《清代朱卷集成》收录光绪二十六年（1900）浙江乡试夏之霖朱卷："夏之霖，原名之榆，字龔和，行八，同治戊辰九月二十三日吉时生，系浙江嘉兴府嘉善县优附生，民籍。光绪辛卯科荐卷，甲午备取优贡，乡试堂备。浙江乡试卷第拾房，中式第十三名亚魁（庚子、辛丑恩正併科）。"③ 在这里，亚魁的称谓已然从上述所论前六名至前十名五人延后至第十三名，这显然已经打破了明代以"五经"分房而论亚魁

---

① 顾廷龙主编：《清代朱卷集成》，成文出版社 1992 年版，第 93 册。

② 同上书，第 132 册。

③ 同上书，第 294 册。

的习惯，而有可能与乡试分房阅卷的同考官数目直接挂钩了。以同考官十八房计，各房皆有同考官所荐之第一名试卷，而五经魁则势必从这十八位第一名（或称房元）的试卷中产生，于是去掉五人的试卷，剩下的十三位考生试卷若不再考虑"五经"的平衡分配问题，则皆可视为仅次于五位经魁的试卷，即亚魁。这一状况绝非个别，从目前遗存的亚魁匾额也可以看到这一称谓在清代特别是清中后期的一般适用原则。

互联网上有一块 1999 年 9 月 11 日复制的"亚魁"匾照片，上款题"道光壬辰年钦赐"，下款题"浙江省第十七名举人翁庆山……公元一九九九年九月十一日"，可见举人第十七名也可称亚魁。如果说此匾为复制品，题款也不伦不类，因而不足为据，那么"今日惠州网"所"晒"一块"亚魁"匾则系原物的展示。此匾上款题"钦加头品顶戴兵部侍郎兼督察院右副都御史巡抚广东等处地方提督军务兼理粮饷许振祎为"，下款题"光绪二十三年丁酉科乡试中式第十一名举人叶蓉煌立"，举人第十一名可称亚魁，且为广东巡抚所题匾，绝非儿戏可知。光绪二十三年即公元1897 年，这一年为乡试正科。

在清代通俗小说中，称乡试第十名以后的举人为"亚魁"也不罕见。清代李修行所撰小说《梦中缘》第十一回《易姓氏盛世际风云，赴新任驲亭遇骨肉》："初九日，头场七篇得意，二场、三场大有可望。到了揭晓之日，吴瑞生中了《春秋》经魁第二名，李如白中了《书经》亚魁第十四名。"① 经魁为第二名不必论，乡试中举第十四名也可称亚魁，就已落于第十名以外了。《梦中缘》作者李修行，字子乾，山东阳信人，康熙五十四年（1715）考中三甲第四十一名进士，当生活于康雍时代，可证至少在那个年代以前即清初，"亚魁"已可以称呼乡试第十名以后的举人了。

更为吊诡的是，在通俗小说叙事中，清代科举会试中式竟然也出现"亚魁"之称谓，且在第五名。清震泽九容楼主人松云氏著《绘图英云梦传》第十二回《占春魁权奸护事，封列侯仙丈传情》："三人唱名入场，三场己毕，揭晓之日三人同去看榜。王云就高高中了第一名会元。本来王云该在下科取中，因他在江西有彩姑阴德，所以今科得中。万鹤中第五名

---

① （清）李修行撰：《梦中缘》第十一回，光绪十一年（1885）有益堂刊本。

亚魁，钱禄中了第十五名。"① 小说作者或许不熟悉科举文化，故有此张冠李戴的错讹，实不足为据。

明清科举，乡试武科也有亚魁之称谓，且并非个别情况。先看《清代朱卷集成》，是书收录光绪二十年甲午（1894）浙江乡试武生汪凤飞朱卷："汪凤飞，字文炳，号灿成，行一，同治丁卯年十月十三日吉时生，浙江金华府汤溪县学武生，民籍……乡试中式第八名亚魁。"另收录同科浙江乡试武生李武扬朱卷："李武扬，字光烈，号功臣，行一，同治丁卯年正月十六日吉时生，浙江金华府汤溪县学武生，民籍……乡试中式第十名亚魁。"② 武生乡试以清代为例，马射、步射、开弓、舞刀、掇石等外场考试内容外，内场考试原用策论，后改为默写《武经七书》（即《孙子》《吴子》《司马法》《六韬》《尉缭子》《三略》《李卫公问对》七书）一段，与"四书"基本无关，与"五经"更不相干，也不用八股文体，自不用同考官分经阅卷，也毋庸分房。中式者称武举，当无所谓"经魁"之称谓，然而竟然也用"亚魁"名号，且见于朱卷，显然是对文科科举称谓的搭车跟风。这在遗存至今的匾额文化中也有反映，中华古玩网曾"晒"一块咸丰九年（1859）福建武科乡试"亚魁"匾，其上款题"兵部尚书闽浙总督部堂庆瑞、兵部侍郎福建巡抚部院瑞璸为"，其下款题"咸丰己未恩科并补戊午正科中式武举人第二、六名萧青云、鸿禧立"。武举第二名与第六名皆称"亚魁"，当是仅针对武解元而论。互联网上还有一块道光二十年（1840）庚子浙江武乡试的"亚魁"匾，其上款文字不清晰，仅知其下款有"第十八名武举人柴懋三"字样，即受匾人。第十八名武举称"亚魁"，当是套用了文科乡试当时有"十八房"同考官的惯例。

旧时科举匾额的题写往往夸大其词，题匾人又是高官显贵，这无疑会造成社会上科举称谓名义的混乱。如互联网上有一块"经魁"匾，其上款题"钦命礼部右侍郎实录馆总裁提督福建全省学政加五级史致俨为"，其下款有"岁贡生某某"字样，显然这并非乡试举人匾。北京科举匾额

---

① （清）震泽九容楼主人松云氏：《绘图英云梦传》第十二回，山西人民出版社1989年版，第224页。

② 顾廷龙主编：《清代朱卷集成》，成文出版社1992年版，第353册。

博物馆收藏有一块"优进士"匾，系嘉庆十二年丁卯（1807）礼部尚书汪廷珍、刑部尚书金光悌为这一年的"选举第一名优贡生王临策"所题写，这"优进士"显然不是殿试后已经决出甲第名次的"进士"。该馆另藏有一块乾隆十七年壬申（1752）恩科"经魁"匾，系江西布政使王兴吾为江西乡试第十二名举人吴洲所题，乡试第十二名举人也可称"经魁"，且出自省级大僚之手，令人诧异。明清科举考试中，礼部会试的第一名称"会元""贡元"，又称"会魁"，意即会试之魁首。这家博物馆就藏有一块康熙三十九年庚辰（1700）会试"会魁"匾，系东阁大学士吏部尚书熊赐履为"庚辰科会试第十八名进士胡承谋"所题，这一称谓的错位显然也与"十八房"有关，即在会试中，胡承谋可能是十八房中某一房取中的第一名，称"会魁"总有些勉强。据《明清进士题名碑录索引》，这一年殿试，胡承谋考中第二甲第四十一名进士。最有趣的是该馆所藏一块同治十一年壬申（1872）的"进士"匾，系内阁学士礼部右侍郎李文田为这一年的"正贡一名"某某（看不清）所题，贡生也可悬挂"进士"匾，两字当系动宾结构，与向皇帝贡献人才的"贡生"本义并不矛盾，但总令人觉得有些虚张声势。可见清人题写科举匾额的随意性与混乱性，实在一言难尽。

贡士，明清时代一般称会试中式后准备参加殿试者，但在民间也常常作为"贡生"的敬称，因为从语义而言，两者并无太多差异。《聊斋志异》有《张贡士》一篇，小说主人公张在辛（1651—1738）即康熙二十五年（1686）的拔贡，或笼统地称贡生，他一生没有中举，更不用说进京会试了。清因明制，科举承袭尤为明显。蒲松龄生活于清代初期，对于明代科举称谓耳熟能详，《聊斋志异》中所涉及的科举内容也多带有明人的影子。就此而论，"亚魁"在蒲松龄笔下当属于一个集合名词，所指范围当为乡试第六名至第十名，也即乡试名列前茅的意思，这与朱舜水所下定义是相合的。如果《叶生》或《阿霞》中的"亚魁"专指乡试的第二名或第六名，虚构小说情节如此坐实，真无此必要，笔法也略显笨拙；若将"亚魁"释义扩充为第六名至第十八名，又未免过于宽泛，可能有违作者写作初衷。

"亚魁"释义虽属于细微末节，无关宏旨，但若解说正确，对于理解蒲松龄创作构思不无裨益，读者切不可掉以轻心。

《聊斋志异》"路遇鬼使"母题
域外渊源及冥间正义崇拜

王　立　花　卉

大连大学

鲁迅先生指出："我也没有研究过小乘佛教的经典，但据耳食之谈，则在印度的佛经里，焰摩天是有的，牛首阿旁也是有的，都在地狱里做主任。至于勾摄生魂的使者的无常先生，却似乎于古无征，耳所习闻的只有什么'人生无常'之类的话。大概这意思传到中国之后，人们便将他具象化了。这实在是我们中国人的创作。然而人们一见他，为什么就都有些紧张，而且高兴起来呢？"① 这种"具象化"方式之一，即"路遇鬼使"母题。其人情化与公正性混合的表现中，有着多重文化内蕴，故而在早年"冥法""冥游"探讨基础上，再予探讨。

一　路遇的两种鬼使、同样善待与类似结局

路遇鬼使，在《聊斋志异》中，主要有两大分支，即路遇瘟神（疫鬼、灾害神）型和路遇冥吏（勾魂使）型。

首先，路遇瘟神（疫鬼、灾害神）型。《柳秀才》中柳神的御蝗之策，是让县令置酒结惠于过路的蝗神，祈求以免灾，则母题属于"路遇

---

① 《鲁迅全集》第 2 卷，人民文学出版社 1981 年版，第 275 页。

神（鬼）使施恩"，其也体现了如何在神力面前，人能够抓住机缘、竭尽能力地发挥主观能动作用，并进而达到人类期盼的目的，这人力与神力并重思想成为《聊斋志异》时时回响的旋律。卷五《牛癀》写蒙山养牛者陈华封，以凉酒为过客解暑，无意中放出了客脑后穴中的牛癀，受到陈恩惠的"六畜瘟神"，则用提供解瘟疫药方酬谢。于是，萍水相逢，却因为能够善待过路客，以很少投入获宝贵的驱瘟良方，受害者减少了应有的损失。卷一《雹神》也写王筠苍拜谒天师途中遇雹神李左车的使者来迎，听说家乡章丘要降雹，当即"乞免"，对方说上帝玉敕不能徇私，在王的哀求下，天师采取雹子"多降山谷，勿伤禾稼"变通措施，章丘方面果然来了好消息。

其次，路遇冥吏（勾魂使）型。《聊斋志异·布客》写长清的贩布者在泰安客居经商。有术士算出他"运数大恶"，劝他速归。归途中他遇一隶胥模样的短衣人，彼此熟悉后他多次出资同餐共饮，短衣人"甚德之"，原来这位旅伴是勾魂的"蒿里山东四司隶役"，列于名单首名的布客流泪求救，鬼使告知其速归处置后事，最后再相招，以此酬报交好。不久，布客在冥吏提议下出资修桥。于是得到了冥司将其延寿的酬赏。可后来他想顺路报答鬼德，却遭拒绝①。长清布使所得到的冥吏关照，实际上是一种"私德"缔结的回报，从冥吏匆忙而来，告知酬报会被追究，险些招致灾祸的情形看，此次徇私关照了被勾魂者实属侥幸，"幸不闻知"。说明冥府世界是严格限制这种不照章例行公事现象的。"中途偶遇"构成了贩布客有机会行善延寿的机缘，私下缔结情谊，这一"人情债"成为冥使徇私酬报的动机和理由。

《刘全》写牛医侯某送饭途中遭遇旋风"即以杓掬浆祝奠之"，他还为城隍庙中刘全献瓜塑像除污，于是当被冥吏带入阴间蒙"绿衣人"关照，洗清了瘟马的"妄控"而还阳。原来此绿衣人刘全三年前途中焦渴欲死，路经村外得蒙以侯某杓浆以饮，今来报恩②。而侯某归家后益修善，每逢节序必以浆酒酬刘全。年八旬途逢刘全骑马来告知数三日后尽，侯归别妻招戚，届时称刘大哥来，入棺遂殁。

---

① 任笃行：《全校会注集评聊斋志异》卷四，齐鲁书社 2000 年版，第 940—941 页。
② 任笃行：《全校会注集评聊斋志异》卷八，齐鲁书社 2000 年版，第 2378—2379 页。

母题也构成了《画马》，事有所本，马医认出了前来求医之马，"大似韩幹所画者"：而这似乎前足有损，韩幹心异之，验证所画马果然脚有黑缺："方知是画通灵矣。"① 鬼使化为牵马者，为了使马医疗病得到收入，他还特意过了一段流通时间，才偿付医疗费（冥币）。画师所留瑕疵即"尾处为香炷所烧"为证，恰说明该马真的出自赵子昂之笔。逼真可信地昭示出"画马通灵"。《阅微草堂笔记·滦阳消夏录》仿此，称作者之子汝佶病重，其女为焚纸马，汝佶死而复苏曰："吾魂出门，茫茫然不知所向。遇老仆王连升牵一马来，送我归。恨其足跛，颇颠簸不适。"焚马之奴泣然曰："是奴罪也。举火时实误折其足。"因而故事的表现模式为"巧遇—施惠—报恩"，最后归结为当事人免受或少受损失。借助于"巧合"，小说顺理成章地描述人神在特定情境中意外结交，当事者的善良、善行成为一种个别交往中的恩谊、面子，从而在继之而来的由冥间控制的事件中，得蒙受神佑，善有善报，遂成为故事的深层结构和价值趋向。这里"鬼使""冥吏""蝗神"等，都具有神灵的威能，属民间诸神中的"劳动力"角色。母题叙事要点有三：

1. 双方路遇的"偶然性"，即"空间叙事"下的不期而遇。

2. 作为施加恩惠、行善的一方，属于出于自然天性的"完全利他"，并没有索求、期盼回报的动机。

3. 最后，经过冥使受恩必报的冥使（瘟神）的努力，施恩者（人类）一方得到了个体生命最有价值的酬谢。

在《聊斋》所体现的母题，在晚期相关变奏时，还往往昭示出冥使对路遇者的理解、宽容，甚至主动以酒食款待过路的。说苏州于某好斗蟋蟀，归晚被关在城外，见二位穿青衣的邀至家共享酒脯，隐隐闻病者呻吟和众人喧杂，二人解释是邻家患者病重。快天亮时二人商量说该办事了，拿出靴中文书，让于某呵气到纸上，于某偶然发现二人脚长丈余，皆鸡爪，方知遇上了勾魂鬼。直到丧家人来，于某才意识到进了停尸屋②。这是与勾魂使相遇，各不相犯的目击者遭遇。

而《聊斋志异·岳神》带有调侃意味地宣称冥府外派人员："或言阎

---

① 段成式：《酉阳杂俎》续集卷二，中华书局 1981 年版，第 214 页。

② 袁枚：《子不语》卷十四《勾魂卒》，上海古籍出版社 1998 年版，第 265 页。

罗与东岳天子日遣使者男女一万八千众，分布天下，作巫医，名'勾魂使者'。"其实，冥使作为阎王下属、冥法的执行者，辅助阎王管理冥间事务。在冥间游走的都是生人的魂灵，在肉体已消失的灵魂看来，阎王与冥使们即他们的父母官。人世间认知的官本位意识形态，按照思维惯性延续在冥间社会中。活人对冥使或者鬼使怀有恐惧，出于对死亡和对阎王公正的敬畏。本质上《聊斋》中的冥使描写，是作者对死亡与鬼魂世界的文学化展现，也可以视为其理想社会秩序的异空间构设。

二 路遇鬼使叙事的母题史演化历程

在古代民间信仰中，举凡冥使和各种与人切身利益相关的神灵，一般都有人世间"人"的形貌。刘宋时刘敬叔《异苑》卷四载："晋阮明泊舟西浦，见一青衣女子，弯弓射之，女即轩云而去。明寻被害。"他如令人敬畏的火神之类亦然。而瘟疫使者故事亦较早出现。说某士人自雍之邻，在月夜的旷野中听到后有车骑声，他避于路旁草莽，见三个骑马的"冠带如王者"边走边谈。士人跟踪，听到这三人是奉命到邻州，取三数千人性命的，有的说以兵取，有的说"宜以疫取"，后来士人到达邻州，果然"部民大疫，死者甚众"①。虽然只是"偷听秘密"故事，或曰无意之中得悉某地区一批人劫难将至，并未有何预防补救措施，但毕竟穿插在一个"路遇"偶然性经历的框架中，同时，故事划分出了"兵死""疫死"的不同，这当是母题的雏形阶段。《太平广记》卷三四一《河东记·韦浦》还称，韦浦途中收一男子为仆，在潼关一家旅店中，偶见店主的孩子，轻拍其背，孩子昏死，店主即请女巫二娘来救治，二娘称是客鬼为祟，描述其相貌，韦浦这才悟出仆人原是客鬼，兰汤洗浴后孩子苏醒，客鬼（途中所收之仆）却不见了踪影。

宋代《鸡肋编》转述，严州太守李裁每夕焚拜《尊胜陀罗尼》，自言先前任万州知县，有一妓忽持白纸来，神色与平日不一样，问其所诉，说自己是境内之神，经常蒙受公厚赐，想报答，知县就让吏书写："云某月日郡界当有灾，比邻境为轻，冀无惊惧。"想再详细询问名号，则此妓已

---

① 李昉等编：《太平广记》卷三五四引《玉堂闲话》，中华书局1961年版，第2802页。

苏醒，不自知其来干什么。届时果大风雨，已而震雷大雹，伤害田稼，但循江而过，两岸所及不广，比郡至杀人畜，田之损者十多八九。又曾还家途中，舟在桐庐欲行，忽有人大呼寻"李大府"，原来是一穿道袍老人，说睦州贼抢劫了自己家，只存三人，不可往彼，宜速回，仔细寻老人已不见。于是李就返回会稽。后来知道此时方腊之众已至睦州，同行的数十舟皆遇害。李后来任严州守，整修神祠，发现境内一庙的神像皆毁，唯三躯独存①。这也属"偶遇冥吏知真相"的故事。

元代传闻说王安石之死也与勾魂使活动有关："王荆公居山中……后公在金陵，有僧清晓于钟山道上见数童子执幢幡羽盖之属，僧问之，'往迎王丞相'。旛上书曰：'中含法性，外习尘氛。'瞬目间，幢旛与童子皆不见。僧归及寺，未久，闻公已薨。"②孔克齐《至正直记》卷一载冥使彼此争论，目击者以为见到了不该见之事，偷听后吓得逃走。又脱欢大夫在建康时，有一馆宾早起闻堂上有人声，意谓大夫与僚佐也。久而视之，但见二人坐，一人云："付之火。"或云："不可，恐延及他人。"一云："付之灾。"或云："其家亦有未当死者。"一云："付之脱欢。"言讫不见。馆宾疑其主将有祸，不告而去。是日脱欢出门，忽有讼者诉某处巨室，豪横害民，因受状追问。后没入，其家皆杖配远方，乃知豪民恶贯满盈，神人共怒。

基本不讲情面的勾魂冥吏，也不是没有。陶宗仪载录，"王皮"是凤翔府城外王皮匠，进城归途在道旁大树下小憩，忽见二卒来前，"状貌奇怪，似非世间人"：回答自己确是王皮匠后，被告知"阴府摄汝"。王皮匠祈求对方同情怜悯。"卒不诺，又告曰：'容到家与妻子一别可乎？'卒乃诺。将及门，卒力挽之，不能入。王大叫救我，比妻子来前，王已仆地气绝……"原来王皮前生曾为军将，犯下了杀戮降卒的罪业③。"王皮"多半为以制皮为业者的泛称，没留下真实名字，是故事口谈形式流传标志之一。故事中素不相识者，因先前并未结交恩惠关系，冥吏就不大讲情面；而且由于前来行使索命职能的冥使是两位，互相牵制，不大方便缔结

---

① 庄绰：《鸡肋编》卷中，中华书局 1983 年版，第 44 页。
② 无名氏：《湖海新闻夷坚续志》补遗《灵异门》，中华书局 1986 年版，第 280 页。
③ 陶宗仪：《南村辍耕录》卷十三"为将嗜杀"条，中华书局 1959 年版，第 161—162 页。

私谊，也是一个原因吧。

约万历之时的惩劝小说也称，毛隆路遇一人守着大葫芦，问知葫芦里为可治百病的草药，允诺医治毛隆的喘疾，于是同舆而行，进香茶时偶见此人账目，记的却都是本村人所干坏事，而自己所干坏事因妻子朱氏极力弥补，当免此灾，才知是火神，他就想偷窥葫芦："偷启葫芦，火光一射，满室通红，毛隆须发尽焦，面皮悉破。其人急掩葫芦而火始熄。"原来这是惩戒他。当夜果然村中大火，只有毛家房屋保存①。试想，如果毛隆没有贤妻及时行善补救，就没有与火神相遇同行的缘分。在有的载录者笔下，神示"佑护贵人"的旁听者，也是在过路的行程中得知真相，明代惠康野叟《识馀》对这类神异故事，并不愿凡人的行为在其中施加影响：

元载布衣时，尝与故礼部侍郎张谓友善，贫无仆马，弊衣徒行于陈蔡。一日天暮，忽大风雷，原野昏黑，二人偕诣道左庙中以避焉。时有盗数辈，皆伏剑佩弧（弓箭），匿于庙庑下，二人见之甚惧，且虑为其所害，即负壁而立，不敢动。俄闻庙中有声曰："元相国、张侍郎且至，群盗当速去，无有惊于贵人！"群盗惶怖驰去。二人相贺曰："吾向者以殍死为忧，今吾闻声，真神人之语也！"且喜且异，其后，载果相代宗，谓终于礼部侍郎。②

《识馀》卷四还称，有的目击者见到了驱疫"天使"，并不用施加人间的小恩小惠，这天使本身就是无所期图地前来解救生灵的。云朔间暑旱病热者以千数。村人陈翁田间逢一人佩金甲弓矢，执长剑鞭马疾驰，驻马自称为天使，上帝派来驱逐厉鬼拯救村民。陈翁散布了这一好消息，从此这一带病热者皆愈。③

这样，"路遇神使——施惠得报"，就成为《聊斋》成书之前的惯常表现模式，描述人神意外地在特定的情境中结谊，当事者以其善良、善行蒙受神佑，遂成为故事的"善有善报"的深层结构和价值趋向，而《聊斋志异》诸篇，当属此类。

---

① 无名氏：《轮回醒世》卷十二《不为火烬》，中华书局2008年版，第395—396页。
② 《笔记小说大观》第十二册，江苏广陵古籍刻印社1984年影印，第380—381页。
③ 同上书，第381页。

三 印度民俗叙事和死神崇拜的中土传播

冥吏索命，是印度史诗中著名的场面、形象描写。《摩诃婆罗多·森林篇》第 277 章至第 283 章写道，莎维德丽从仙人处获悉丈夫死期，丈夫萨蒂梵砍树时突觉头痛无力，这时莎维德丽见有人戴王冠穿黄衣，身躯魁伟，面黑红眼，手执一条绳索，样子可怕，就站在萨蒂梵旁注视着他，这人自称死神阎摩，来用绳索系他走的。为了安慰她，还说她丈夫具有非凡的智慧学识不应让手下人来，所以亲自来。说罢施展法力，只见一个拇指大的小人被死神从萨蒂梵身体中拉出，那小人绳索加身委靡不振。再看萨蒂梵呼吸中断，身体丑陋得令人目不忍睹。莎维德丽追随死神走了很远，直到死神答应她会生下一百个儿子。她表示最大心愿就是让丈夫重返人间，最后如愿以偿。

预言、等待路过者来临，解脱劫难母题也出现在史诗《罗摩衍那》里。说哈奴曼寻找悉多的路途中，遇到鸟王三波底，后者述说曾与哥哥遮多俞试图飞上太阳，结果兄弟俩被烧伤，伤重落地后智者在禅定中洞悉其过去和未来，告知其在罗摩妻子悉多被抢走，猴子们四处寻找时会在这里遇到他们，届时翅膀会重新长出。果然如此，在哈奴曼说话时三波底的翅膀开始慢慢长出来了。[①]

如何善待路遇的陌生人？如何与陌生人建立友情？这一问题处理好才会幸运地结交瘟神或布灾使者，因此故事有着某种象征意趣。而母题实来自域外。路遇罗刹，早流行于印度民间，《五卷书》写某贼持绳要来偷窃婆罗门的两头小牛，路遇一怪人，此人尖牙，鼻子直竖，眼睛一高一低，全身筋肉，腮瘪，头发胡子像祭火一样红。这个梵罗刹正要去吃那婆罗门，婆罗门默祷着保护神，赶走罗刹，又赶走了贼。于是"就连敌人也会带给我们好处"便成为一个哲理[②]。似乎，柳宗元《敌戒》就很可能受

---

① ［印］玛朱姆达改写：《罗摩衍那的故事》，冯金辛等译，中国青年出版社 1962 年版，第 158—159 页。

② ［印］补哩那婆多罗：《五卷书》，季羡林译，人民文学出版社 1981 年版，第 281—282 页。

到此意蕴影响。印度的古老智慧宣示，邂逅害人恶鬼虽属坏事，但能辩证地看，何尝不会因此得到好处？于是"路遇"这一特殊经历，便成为一个叙事关目，在此体现在偷牛贼与罗刹不期而遇，他们争执谁先动手，吵醒了受害者使其有备，挫败了偷袭者。东晋帛尸梨蜜多罗译《佛说灌顶经》卷七，载录了包括瘟疫神形象的早期四大天王的职守：

> 今佛世尊，听我演说四王名字，以护四辈诸弟子众，舍宅四方禳灾却祸，逐诸邪鬼远于界内。既已听说，今我演之。东方天王名提多罗吒，主诸灾横水火变怪，以神王名厌之吉。西方天王名毗留波叉，主诸逆贼怨家偷盗，以神王名厌之吉。南方天王名毗留离，主诸五瘟疫疲劳疫气，恶毒斗诤口舌，以神王名厌之吉。北方天王名毗沙门，主诸鬼魅魍魉、往来鬼神作灾异者，以神王名厌之吉。①

较为直接地吸收了佛经文学母题的干宝《搜神记》，也较早营构了"路遇鬼使"故事，说汉代下邳周式出行东海，途中逢一吏，持一卷书求寄载。行十余里，谓式曰："吾暂有所过（访），留书寄君船中，慎勿发之。"离去之后，式偷看其书，皆诸死人名录，下条有周式名。须臾吏还，式正在伸头看书，吏怒曰："故以相告，而勿视之。"式叩头流血赔罪。良久，吏曰："感卿远相载，此书不可除卿名，今日已去，还家三年，勿出门，可得度也。勿道见吾书。"式还家后不出门，已二年多，家人皆怪之。邻人卒亡，父怒，让他前往吊之。式不得已就照办了，刚出门，便见此吏。吏曰："吾令汝三年勿出，而今出门，知复奈何？吾求不见，连累为得鞭杖，今已见汝，无可奈何。后三日日中，当相取也。"式还，涕泣具道如此。父故不信，母昼夜与相守涕泣。至三日日中时，见来取，便死②。这一故事较早被收入佛教类书《法苑珠林》，有重要的启发、导向意义。

被俗世之人偷窥，冥使暴露身份；违反约定的揭秘者，却获得结交冥

---

① ［日］高楠顺次郎：《大正新修大藏经》卷二十一，台北新文丰出版公司 1991 年影印，516a。

② 周叔迦、苏晋仁：《法苑珠林校注》卷四十六，中华书局 2003 年版，第 1407—1408 页。

使的机会。而唐人故事偏偏也是冥使"寄载"后要离开（缺席）一段时间，于是也给喜欢"偷窥"的好奇者，以刺探冥间秘密的机会：

> 长庆初，洛阳利俗坊有百姓行车数辆，出长夏门。有一人负布囊，求寄囊于车中，且戒勿妄开，因返入利俗坊。才入坊，内有哭声起。受寄者发囊视之，其口结以生绠，内有一物，状如牛胞，及黑绳长数尺，百姓惊，遽敛结之。有顷，其人亦至，复曰："我足痛，欲憩君车中数里，可乎？"百姓知其异，许之。其人登车，览其囊不悦，顾曰："何无信？"百姓谢之。又曰："我非人，冥司俾予录五百人，明历陕、虢、晋、绛，及至此，人多虫，唯得二十五人耳。今须往徐、泗。"又曰："君晓予言虫乎？患赤疮即虫耳。"车行二里，遂辞："有程，不可久留。君有寿者，不复忧矣。"忽负囊下车，失所在。其年夏，天下多患赤疮，少有死者。①

据民俗学家研究，六朝"偷窥"禁忌，即"禁忌→违禁→承担违禁后果"的故事很多，诸如螺女与人婚恋型的"白水素女"故事即然，说是违反了少女成年礼的"隔绝期"②。似乎，在人类世俗社会之外的鬼神世界、精怪世界里，"诚信""禁忌"的要求更加严格，违禁后果也必须要承担。而偷窥陌生人的秘密，也往往是小农经济形态下，一个很难更易的国民劣根性。在偷窥过路者（搭乘者）私密的叙事中，恰恰通过这种有违诚信的"偷窥"，打开了一个叙事窗口。

"人神恋"诸类型故事，引起过中外多学科研究者的关注，实际上，也是离不开"路遇"、邂逅这一关目的。然而，与"路遇冥使"略有区别的，是这类描述"仙妻"、人仙结合的故事中，总忘不了强调凡间男人俗气，人类的弱点如何抵挡不住美色引诱，故乡温馨的吸引，而路遇冥使，则突出了冥间世界"外派人员"总守不住基本的职责底线。日本学者指出，《柳毅传》应该是具有所谓"神遇"类典型特征的作品。"神遇"类的典型样式是这样的：仙女突然出现在自己早已相中的男子前并自荐枕

---

① 段成式：《酉阳杂俎》续集卷二，中华书局 1981 年版，第 210 页。
② 陈建宪：《白水素女：性禁忌与偷窥心理》，《民间文化》1999 年第 1 期。

席。虽然男子一开始拒绝仙女，但最终还是与仙女交媾，同登仙籍。将"遇"看作是一个值得大做文章的关键。①

"遇"，在中国传统叙事文本中，乃是不同角色的人物接触、构成某种关系的常见形式。"人仙恋"（仙凡恋）在传统的男性中心社会中，自然基本是凡间"男人"遇见了"女仙"，其间有着较为稳定的性别文化意蕴。而相比之下，"路遇冥使"虽然也是"凡人"（多男性）与"冥使"（性别不明，但可以理解为是男性的较多）遭逢，却只是涉及陌路相逢的一方对另一方"施惠"、后来如何得到回报的问题，是"利益"影响到了人物关系的性质，而非情欲。

而从路遇冥使母题来看，事实上，冥使来到人间，肩负着冥间的某种特定使命，如果不小心"泄密"失职是要担责、被"追责"的，这种"失职""担责"与其不能做到"守口如瓶"的有个"面子"人情及侥幸心理所致，因得到小恩小惠就露出秘密，是联系在一起的。钱钟书先生对《太平广记》收载的"勾魂使"的问题，曾予关注，惜乎未进一步探讨，但集拢这些例证本身就非常说明问题：

> 《庾季随》（出《述异记》）见有鬼逐父后，"以皮囊收其气，数日遂亡。"按卷一〇六《陈昭》（出《酉阳杂俎》）："又一人手持一物如球胞，曰：'取生人气须得猪胞'"；卷一〇九《李山龙》（出《冥报记》）："一人以赤绳缚君者，一人以棒击君头者，一人以袋吸君气者"；卷三四五《光宅坊民》（出《酉阳杂俎》）："得一袋，盖鬼间取气袋也"；又《淮西军将》（出《酉阳杂俎》）夺得鬼手中革囊，鬼哀祈相还，曰："此蓄气袋耳"；卷三四六《利俗坊民》（出《宣室志》）"受寄者因发囊视之，内有一物，其状如牛胞，及黑绳长数尺。"卷三五〇《浮梁张令》（出《纂异记》）解革囊，中贮"死籍"，则非生气。敦煌卷子《黄仕强传》："初死之时，见有四人来取；一人把文书来取，一人撮头，二人策胁，将向阎罗王处"；则有公文，无囊，虽非棒击绳缚，而扭首推身。《青琐高议》前集卷六

① ［日］大塚秀高：《从龙神到水仙——泾河幻想》，马红雁译，载《中日学者中国学论文集——中岛敏夫教授汉学研究五十年志念文集》，复旦大学出版社 2006 年版，第 602—623 页。

《温泉记》地界吏召张俞魂，"出银钩以刺入胸中"，则更酷于棒击、绳缚。后世如《西游记》第三回："美猴王睡里见两人拿一张批文，上有'孙悟空'三字，走近身，不容分说，套上绳，就把美猴王的魂灵儿索了去"……①

　　勾魂使大量、频繁地活跃在人间，说明六朝唐人及其后的人间世界，实为人鬼杂糅共处的世界，人们经常不期然而然地"遭遇"鬼使冥吏，是正常情况。而这些受命而来的冥使，他们赖以执行使命的就是手中宝物——袋、索、棍棒、令牌、文书之类，与宝贝兵器相通，但仍以袋子为主，以其功能上为囚禁而非杀害②。勾魂宝物的杂多而随机性出现，说明冥间管理也非统筹一致，带有阳间的区域自治性质。而最关键的，结合上述中国式的"路遇鬼使"母题来看，鬼使冥差的"执行力"实际上是大打折扣、掺杂水分的，当然是"人治社会"、讲究"人情"的传统社会的形象投影。

　　冥使具有人世人情，在可能的情况下，可以适当地有限度地关照与之有交往的当事人，此与冥府的公正实际上并不违忤，甚至密切相关。据有关专家研究，阎王作为阴间之王，主要任务就是给亡灵以善、恶的判断和奖励、惩罚，即掌握因果报应的实施原则和条例："这方面在印度，在中国都是一样的，没有什么变化。他在处理这类问题时，没有私心，不讲情面，执法如山，公正公平，人们往往在人世间失望后，把希望寄托在他身上，他也不辜负人们的希望，为被冤者申冤，为被害者复仇，为善者伸张功德，在印度和中国都是如此。"但在中国，阎罗王的形象显得类似或雷同，有自己的家庭、亲戚谱系，而到了中国他没有爱情、亲情和朋友，也不像在印度时那样外出走动，外表刻画也被忽略了③。的确如此，但鄙意以为，阎王的公正性主要还是体现在对于"恶"的惩治方面，他的"铁面无私"是其主要方面，与冥使可以对良善之人小小地开一点方便之门，

---

① 钱钟书：《管锥编》，中华书局 1979 年版，第 780—781 页。

② 刘卫英：《古代神魔小说中的宝瓶崇拜及其佛道渊源》，《东北师大学报》2008 年第 1 期。

③ 刘安武：《成长在西天　定居在东土——阎王形象的塑造和演变》，载《印度文学和中国文学比较研究》，中国国际广播出版社 2005 年版，第 159—162 页。

可以说是一种"互补"。鬼使在行使"执行力"时的灵活行事，大方向上也是符合冥府扬善惩恶总原则的，于是，一定程度上"路遇鬼使"也补充了阎王形象的雷同单调倾向。

四 路遇鬼使母题的民族性与生态空间观

至于"路遇神使"母题，也蕴含着丰富的文化民族性内质与现代生态伦理观念。

其一，乡土社会对待外乡人的某些"好客"习俗，构成了母题的多发性。古代中国某些地区，不可慢待素不相识的人，对"外来"以礼相待，也成为该母题主旨之一。人类学家在研究主人提供自己妻子给客人的风俗时，注意到，就如同不熟悉不了解的事物一样，"素不相识的陌生人在未开化民族中也会引起一种神秘的敬畏感"。例如阿伊努人宣称主人不可怠慢来客，你不可能知道你接待的是谁。荷马史诗《奥德赛》吟唱：神长得像遥远国度中的陌生人，他扮成各种模样，在各个城市漫游，将人间正义之心和不平之事尽收眼底。而文献中也保存着，不论古印度、古希腊、古罗马，客人受尊敬的程度仅次于上帝——"如果招待得当，客人就可以给主人带来好运"。理由就是，就连普通人祝福都能起一定作用，那么，陌生人的祝福当然就更有效。取悦于客人的另一原因，是人们认为，不仅可以带来福祉，陌生来客还可以带来灾祸患。人们大多相信："陌生来客都是精通巫术之人，因而对其恶念和诅咒怀有极大的恐惧。这一方面是由于陌生来客具有类似于神的性质，一方面也是由于陌生来客与主人及其眷属挨得太近，极易将灾祸转嫁给他们。"①

这种对"未知空间""未知人种"的敬畏感，也许正是许多地区的人们具有更为"好客"、不排外之习俗的一个来由。善待"过路客"不够的文化态度，使得中国人被视为"不好客"的一类。俄罗斯汉学家尼·雅·比丘林《中国民情与民风》的表述为："中国人还有一些坏的品质：和自己的对手交往中城府太深、阴险狡猾、背信弃义、容易激动、报复心

---

① ［芬兰］E. A. 韦斯特马克：《人类情爱史》第一卷，李彬等译，商务印书馆2002年版，第201—202页。

重、残忍、对不幸的人缺少同情心、不好客，这在其他亚洲国家很是被推崇；但是在外国人面前这些品质都被傲慢所掩盖。中国人没有机会拿自己的教育程度同欧洲比较，他们认为自己是世界上最有教养的民族，对他们周边的半开化民族抱以很大的蔑视。但是在和欧洲人的交往中，他们能够发现欧洲人身上流露出来的更好的教养，所以他们表现出礼貌、温和、柔顺，甚至友好。而这些东西只有在中国长久居住并对此进行考察的人才能发现，在谦恭这一精巧的覆盖物背后流露出来的到处都是傲慢。……"①联想起多有载录、多有现实版本的地头蛇对待外来卖艺者的态度，多数不能出现洪教头被林冲教训那样的结果。因此相比之下，疫神冥使们所领受的温馨待遇，恰恰是因为如此少见的好客才被大肆书写，宣扬获得回报，一定程度上超越了"非我族类其心必异"的民族思维习惯，至少表明本民族大众在内心深处还是敬畏超能力主体的，各路鬼神的确需要用一定方式来回报，也是闻见、传播者所乐于看到的故事结局。

其二，也与古代饮食文化和饱食少致病的病理观念有关。古代中国，"民以食为天"的观念体现在诸多叙事中，无往不在地强调着饮食文化的浸染。而至少，明清时代人们相信，在漫长的旅途风尘中，唯有饱食者才能较少为意外的疾病所侵袭。明末吴县人吴有性（字又可）撰写《瘟疫论》，《四库全书总目》卷104《〈瘟疫论〉提要》称："因崇祯辛巳（十四年）南北直隶、山东、浙江大疫，以伤寒法治之不效，乃推究病源，参稽医案。"而《瘟疫论》卷上《原病》也认为："凡人口鼻之气通乎天气。本气充满，邪不易入。本气适逢亏欠，呼吸之间，外邪因而乘之。昔有三人冒雾早行，空腹者死，饮酒者病，饱食者不病，疫邪所著又何异邪！若其年气来之厉，不论强弱，正气稍衰者，触之即病，则又不拘于此矣。其感之深者，中而即发，感之浅者，邪不胜正，未能顿发，或遇饥饱劳碌，忧思气怒，正气被伤，邪气始得张溢。"

其三，母题的动态性发展，则昭示出人世生活的日趋复杂多样性及其扩大化，鬼使冥差一般也很难做到"严以律己"，他们抵挡不住普通人弱点所难以应付的"诱惑"。袁枚则写出了鬼使极力克服自身的弱点，但又毕竟抵挡不住诱惑，而终于有辱使命。这种"拒腐蚀拉拢"却不成功的

---

① 转引自李伟丽《比丘林及其汉学研究》，学苑出版社2007年版，第131页。

类似拉锯战的描写，给文学母题注入了新鲜气息，强调了冥间世界与尘世的内在联系。说四十未婚的袁观澜慕邻女，两情相属而女父嫌贫而拒之，女思慕病卒，袁悲悼独酌，见墙角蓬首人，手持绳若有所牵，袁疑为邻之差役，招饮，其人屡嗅而面赤口张，袁以酒浇入其口，其人缩小若婴儿：

> 牵其绳所缚者，邻氏女也。袁大喜，具酒罍，取蓬首人投而封之，画八卦镇压之，解女子缚，与入室为夫妇。夜有形交接，昼则闻声而已。逾年，女子喜告曰："吾可以生矣！且为君作美妻矣。明日某村女气数已尽，吾借其尸可活，君以为功，兼可得资财作衾费。"袁翌日往访某村，果有女气绝方殁，父母号哭。袁呼曰："许为吾妻，吾有药能使还魂！"其家大喜，许之。袁附女耳低语片时，女即跃起，合村惊以为神，遂为合卺。女所记忆，皆非本家之事。逾年，渐能晓悉，貌较美于前女。①

鬼差内心似非常矛盾，爱酒贪酒可又担心影响公务，故事岂止是叙述了男女自由恋爱的胜利，实际上正在于表现出袁某的机智灵活，如何运用对待衙门中人的惯常手段，对付冥使鬼差。"官不打送礼的"，人治社会形态下的诸多社会现象，就在路遇鬼使母题之中，惟妙惟肖地映象而出。

其四，路遇鬼使母题蕴含着传统的空间理念认知。在对死亡缺乏科学与理性解释的时代里，设想出一个有阎罗王掌控的地狱世界，并为阎王配置了颇有人间情怀的一批批"鬼使"，这是符合古人思维习惯的。这种空间设想及其人类中心的空间伦理建构，也是古人了解世界并试图掌控世界的能动性体现。虽然，最后结果往往是，地狱空间成为阳世社会的补充与纠错的"终极审判"处，其不近不远、容量很大也带有佛教的空间观念，这里也是瘟疫、夜游神等冥使的派出之地。

欧洲民间也有"路遇鬼使"故事，说在 17 世纪，两个旅行者赶路时发现灌木丛中躺着一个在襁褓中的婴儿，他们可怜孩子，就吩咐仆人把孩子带走，可是无论怎样都无法将婴儿抬起。于是听到婴儿发话："别碰我，你们无法抬动我……而我可以告诉你们：今年会有大丰收和好运道，

---

① 袁枚：《子不语》卷七《鬼差贪酒》，上海古籍出版社 1998 年版，第 133 页。

可是没有多少人能活到那个时候。"19 世纪卡尔斯鲁厄附近的一个猎人也在傍晚遇到三个白衣妇女，一个说："谁将吃今年成熟的粮食?"一个问："谁喝今年将十分充裕的葡萄酒?"一个说："谁来埋葬所有那些将被死神带走的亡灵?"……①人类关心自身命运，往往并不以地区民族的差异而消减。

---

① ［俄］维谢洛夫斯基：《历史诗学》，刘宁译，百花文艺出版社 2003 年版，第 49—50 页。

《四库全书总目》"退置"于
小说家类的作品考辨及其他

张红波

四川外国语大学

《四库全书总目》① "小说家类一"中明确提到：

> 迹其流别，凡有三派，其一叙述杂事，其一记录异闻，其一缀辑琐语也。唐、宋而后，作者弥繁。中间诬谩失真，妖妄荧听者，固为不少，然寓劝戒，广见闻，资考证者，亦错出其中。班固称"小说家流盖出于稗官"，如淳注谓"王者欲知闾巷风俗，故立稗官，使称说之"。然则博采旁搜，是亦古制，固不必以冗杂废矣。今甄录其近雅驯者，以广见闻，惟猥鄙荒诞，徒乱耳目者，则黜不载焉。

这段话对于治小说者几成常识，撇开纪昀及其他四库馆臣的小说观较之唐宋明以来的小说观究竟是进步还是倒退不提，这段话中有几个元素是非常值得关注的：比如对小说的总体分类，对小说取舍的标准等。换言之，这段话完全确定了子部小说家 139 部小说的选材标准。在数量众多的

---

① 本文所采用均为四库全书研究所整理之《钦定四库全书总目》本，中华书局 1997 年版。除非特别说明，单纯标注页码者均为此书之页码。

小说作品中，有几部作品在《四库全书总目提要》中明确提到了"退置"① 二字。意思很简单，在四库馆臣的概念里，这些作品均不应该属于价值判断中更高层级的内容，而应该是退入到或有"一言可采"的"小道"中，让其发挥仅有的一些作用。

一 "退置"作品及原因

依照《四库全书总目》对小说家类的划分，我们从"叙述杂事""记录异闻"和"缀辑琐语"三个方面进行考察。

（一）"叙述杂事"类：有《大唐新语》与《癸辛杂识》两种。

《大唐新语》十三卷（内府藏本）：

> 所记起武德之初，迄大历之末，凡分三十门，皆取轶文旧事有裨劝戒者。……故《唐志》列之杂史类中。然其中《谐谑》一门，繁芜猥琐，未免自秽其书，有乖史家之体例。今退置小说家类，庶协其实。（1837）

《癸辛杂识》前集一卷后集一卷续集二卷别集二卷（两江总督采进本）：

> 宋周密撰。密有《武林旧事》，已著录。是编以作于杭州之癸辛街，因以为名，与所作《齐东野语》，大致相近。然《野语》兼考证旧文，此则辨订者无多，亦皆非要义；《野语》多记朝廷大政，此则琐事、杂言居十之九，体例殊不相同，故退而列之小说家，从其类也。……书中所记颇猥杂，如"姨夫眼眶"诸条，皆不足以登记载。

---

① 凌硕为《论〈四库全书总目提要〉的小说观》一文中提到："《四库提要》除了延用宋代以来各书目的做法，将原属史部杂传类的书著录于子部小说家类之外，还将前代书目中属于史部杂史类或其他类的一部分书转入子部小说家类，如《西京杂记》、《大唐新语》、《国史补》、《次柳氏旧闻》、《明皇杂录》、《中朝故事》等。"（《江淮论坛》2004 年第 4 期）本文所论，除了在《四库全书总目提要》中明确提到了"退置"二字的《大唐新语》，其他在凌文中所提诸篇，均作为论述的旁证而不作为论述的直接对象。

而遗文轶事，可资考据者实多，究在《辍耕录》之上。（1865—1866）

"叙述杂事"一类被放入小说家类一、二中，后面有馆臣的明确说明：

> 案：纪录杂事之书，小说与杂史，最易相淆。诸家著录，亦往往牵混。今以述朝政军国者入杂史；其参以里巷闲谈、词章细故者，则均隶此门。《世说新语》，古俱著录于小说，其明例矣。（1870）

看得出来，要区分小说与杂史，是颇为困难之事。以上述两部作品为例，《大唐新语》被排除在杂史的行列之外，是因为卷十三中的"谐谑"一门"繁杂猥琐"，使得全书的品格下降，与"史家之体例"格格不入，故而被黜落。《大唐新语》其他各卷，皆以帝王将相之事为重，叙述也颇为谨严。是书共13卷，30门，唯以"谐谑"一门被退置小说家类，颇可以看出四库馆臣之取舍原则。《癸辛杂识》被黜落的原因，按其叙述，大致有二，一为"辨订者无多"，并且均没有真正落于"要义"。二为此书杂言、琐事太多，与史传的体例殊不相同。

（二）"记录异闻"类：有《山海经》《穆天子传》《海内十洲记》三种。

《穆天子传》六卷（两江总督采进本）：

> 案：《穆天子传》旧皆入起居注类。徒以编年纪月，叙述西游之事，体近乎起居注耳。实则恍惚无征，又非《逸周书》之比。以为古书而存之可也，以为信史而录之，则史体杂，史例破矣。今退置于小说家，义求其当，无庸以变古为嫌也。（1872）

《海内十洲记》一卷（两江总督采进本）：

> ……其言或称"臣朔"，似对君之词；或称"武帝"，又似追记之文。又盛称武帝不能尽朔之术，故不得长生，则似道家夸大之语。

大抵恍惚支离，不可究诘。……唐人词赋引用尤多，固录异者所不能废也。诸家著录，或入地理，循名责实，未见其然，今与《山海经》同退置小说家焉。（1873）

可以看出，《穆天子传》被"退置"的原因，在于其"恍惚无征"，故而无法作为信史存在，将其从起居注类退置小说家，也在于其破坏了"史例"。《海内十洲记》与《山海经》被"退置"的原因是相似的，因为二书内容均"大抵恍惚支离，不可究诘"。

（三）"缀辑琐语"只有《博物志》《述异记》《酉阳杂俎》《清异录》和《续博物志》五部小说作品，均无标"退置"字样。

除上文明确提到"退置"二字的五部作品外，其他间接论及此种意思的有如下 14 种：

1. 《南唐近事》一卷（江苏巡抚采进本）：

其作品之后有馆臣案：偏霸事迹，例入"载记"，惟此书虽标南唐之名，而非其国记，故入之小说家，盖以书之体例为断，不以书名为断，犹《开元天宝遗事》不可以入史部也。（1845）

2. 《飞燕外传一卷》（内府藏本）：

案：此书记飞燕姊妹始末，实传记之类。然纯为小说家言，不可入之于史部，与《汉武内传》诸书，同一例也。（1888）

3. 《名世类苑》四十六卷：

叙述名臣，类乎传记。而断裂分隶，非人自为传，又兼及神异、诙谐、定数之类，体杂小说，故附之小说家焉。（1898）

4. 《峤南琐记》二卷：

然《西事珥》乃地理志属，此书多记杂事，则小说家流也。

（1901）

5.《明遗事》三卷：

编年、纪月，亦颇详悉。而多录小说、琐事，如以酒饮蛇之类，皆荒诞不足信，非史体也。（1902）

6.《云间杂记》三卷：

所记皆明万历以前松江轶事。中载徐阶为首辅时，忤旨下狱，会地震，幸得赦免一条，其事为正史所不载，殆委巷之谈也。（1902）

7.《读史随笔》六卷：

盖其立名似乎史评，实则杂记之类也。（1902）

8.《峡山神异记》一卷：

其事涉于语怪，是小说之支流，非地志之正体也。（1909）

9.《仙佛奇踪》四卷：

此编兼采二氏（释道），不可偏属。以多荒怪之谈，姑附之小说家焉。（1913）

10.《鄢署杂抄》十四卷：

是特说部之流，非图经之体也。今存目于小说家中，庶从其类。……（1916）

11. 《牡丹荣辱志》一卷：

其体略如李商隐《杂纂》。非论花品，亦非种植，入之农家为不伦，今附之小说家焉。（1917）

12. 《玉堂诗话》一卷：

所采皆唐、宋人小说，随意杂录，不拘时代先后。又多取鄙俚之作，以资笑噱。此谐史之流，非诗品之体，故入小说家焉。（1919）

13. 《居学余情》三卷：

是编首载其图，并系以诗。有"圈子不须龙马背，老夫头上顶羲皇"之句，其妄诞可想。其余诸篇，亦皆踵《毛颖》、《草华》之窠臼，无非以游戏为文。虽曰"文集"，实则小说，故今存其目于小说家焉。（1920）

14. 《谐史集》四卷：

凡明以前游戏之文，悉见采录。而所录明人诸作，尤为猥杂。据其体例，当入总集，然非文章正轨，今退之小说类中，俾无溷大雅。……（1920）

二　史例辨识

从上文中所提诸作品可以看出，《四库全书总目》中多次提及"体例""体"，甚至可以说，是否符合史家体例才是作品该入史传还是该入小说家类的第一标准。《四库全书总目·史部总叙》中提到："然则史部诸书，自鄙倍冗杂，灼然无可采录外，其有裨于正史者，固均宜择而存之矣。"很明显，"鄙倍冗杂，灼然无可采录"是被史部拒绝的第一因素。

所谓"有裨于正史"者，在"小说家类"中其实比比皆是。那么，什么才是四库馆臣心目中的标准史例呢？

《四库全书总目·杂史类》中提到："杂史之目，肇于《隋书》。盖载籍既繁，难于条析。义取乎兼包众体，宏括殊名。故王嘉《拾遗记》、《汲冢琐语》得与《魏尚书》《梁实录》并列，不为嫌也。然既系史名，事殊小说，著书有体，焉可无分。今仍用旧文，立此一类。凡所著录，则务示别裁。大抵取其事系庙堂，语关军国。或但具一事之始末，非一代之全编；或但述一时之见闻，祇一家之私记。要期遗文旧事，足以存掌故，资考证，备读史者之参稽云尔。<u>若夫语神怪，供诙啁，里巷琐言，稗官所述，则别有杂家、小说家存焉</u>。"

观上述文字，"一事之始末""一时之见闻""一家之私记"，其实都属于史传的叙述范畴。《大唐新语》其实可以印证这个说法。倘若没有卷十三中的"谐谑"一门，《大唐新语》定入史部，因为其事确系庙堂，从武德到大历，叙述的全是唐代前中期诸帝王将相之事。但因为涉及"诙啁"，四库馆臣才带着遗憾将其退置小说家。

此外，弄清楚"史例"，还可以从同一作家的不同作品入手进行分析。比如宋代周密，有《武林旧事》《齐东野语》与《癸辛杂识》三种，被分别收录不同的门类。《武林旧事》属于《史部·地理类·杂记之属》，《齐东野语》属于《子部·杂家类》，《癸辛杂识》则收录于《子部·小说家类》中。

《四库全书总目》中对《武林旧事》的论述为："体例虽仿孟书，而词华典赡，南宋人遗篇剩句，颇赖以存，'近雅'之言不谬……是书之赅备可知矣……其间逸闻轶事，皆可以备考稽。而湖山歌舞，靡丽纷华，著其盛，正著其所以衰。遗老故臣，恻恻兴亡之隐，实曲寄于言外，不仅作风俗记、都邑簿也。"肯定之意非常明显，肯定的出发点主要在于《武林旧事》写作态度的严谨，并且认为在地理功能之外，实际上还能够看得出浓烈的感情。《齐东野语》在《子部·杂家类五》中，四库馆臣的评价也较高，"此书以《齐东野语》名，本其父志也。中颇考正古义，皆极典核"。而在论述《癸辛杂识》的时候提到："然《野语》兼考证旧文，此则辨订者无多，亦皆非要义；《野语》多记朝廷大政，此则琐事、杂言居十之九，体例殊不相同，故退而列之小说家，从其类也。……书中所记颇猥杂，如'姨夫眼眶'诸条，皆不足以登记载。而遗文轶事，可资考据者实多，究在《辍耕录》之上。"《武林旧事》总共十卷，依照其内容，分门别类，即便偶有错乱，但总体严谨有序。《齐东野语》虽然很难从题目本身看出严格的体例，但至少其可以就某一件事讲述比较完整透彻，比如卷二的"张魏公三战本末略"，卷三的"绍熙内禅"与"诛韩本末"，卷四的"避讳"等。反观《癸辛杂识》，无论是前集、后集还是杂集、别集，都很难从目录上看出其固定的体例。

与《癸辛杂识》相类似的，还有同为宋代郑文宝的作品《江表志》与《南唐近事》之比较。《江表志》上中下卷都是依照"皇子、宰相、使相、枢密使、将帅、文臣"来进行分类论述的，虽然这种分类方式颇为奇怪，上卷内容明显偏少，但至少让读者可以一目了然。而《南唐近事》似乎找不出什么特别的体例，有点类似率性而为。

前文引述《四库全书总目》明确提到区别杂史与小说家的准则为："述朝政军国者入杂史；其参以里巷闲谈、词章细故者，则均隶此门（小说家）。"实际上我们可以看出，很多小说家类的作品中，也多有论述朝政军国的，甚至以这些内容作为最主要的部分，但也被划入小说家类中。故而，史家之体例才是判别史传与小说家的第一要义。

除了全书体例之外，我们还可以通过具体描写笔法上看是否能够判断出何谓"史例"。四库馆臣论述《南唐近事》的时候提到：

> 其体颇近小说，疑南唐亡后，文宝有志于国史，搜采旧闻，排纂叙次，以朝廷大政入《江表志》。至大中祥符三年，乃成其余丛谈琐事，别为缉缀，先成此编。一为史体，一为小说体也。（1844）

其实二书并非有严格的题材界限，二者之间存在着较多相同素材的描写，只是在具体叙述的过程中存在着不同的笔法：

> 冯谧朝堂待漏，因话及"明皇赐贺监三百里镜湖。今不敢过望，但得恩赐玄武湖三十里，亦足当矣"。徐铉曰："国家不惜玄武湖，

所乏者贺知章耳。"（《江表志》）①

金陵城北有湖，周回十数里，幕府、鸡笼二山环其西，钟阜、蒋山诸峰耸其左，名园胜境，掩映如画，六朝旧迹，多出其间，每岁菱藕罟网之利不下数十千，《建康实录》所谓玄武湖是也。一日诸阁老待漏朝堂，语及林泉之事，坐间冯谧因举玄宗赐贺监三百里镜湖，信为盛事，又曰："予非敢望此，但赐后湖，亦畅予平生也。"吏部徐铉怡声而对曰："主上尊贤待士，常若不及，岂惜一后湖，所乏者知章尔！"冯大有惭色。（《南唐近事》）②

可以看出，二者之间的区别非常明显。《江表志》更多是对这一事件的平实叙述，读者于其中看到的，仅仅是冯谧的期待以及徐铉的回答，没有铺垫，没有溢出事件之外的情节，叙述者本身也没有任何态度取舍。而在《南唐近事》中，叙述者先用了一段文学气息非常浓郁的较长的文字，交代了玄武湖的风景，然后再切入正题叙述冯谧感叹的语境，最终再添入徐铉的反驳，这种应答里面藏有讥讽之意，所以冯谧的惭愧之色也被表述出来。毫无疑问，这种史传的平实叙述与小说家的饱含情感与文学美感的叙述，是区分史传与小说的重要因素。但这并不是唯一的区分元素，甚至都不是最重要的原因。因为二书这种叙述方式对比特别明显的例子并不多。恰恰相反，有些作品的叙述几乎完全相同，比如"魏王知训为宣州帅""张崇帅庐州"等条。这也更加证明了"史例"之重要性。

三　门类之价值判断

《四库全书总目》在论述小说家类作品时，许多会带有比较强烈的价值判断。比如《东斋记事六卷》："他如记蔡襄为蛇精之类，颇涉语怪；记室韦人三眼、突厥人牛蹄之类，亦极不经，皆不免稗官之习。故《通考》列之'小说家'。""稗官之习"在小说家类中是出现频率较高的短语。毫无疑问，与严肃、朴实的史传叙述作风相比，稗官的叙述风格与题

---

① 郑文宝：《江表志》，中华书局1991年版，第9页。

② 史虚白：《钓矶立谈》（附录），商务印书馆1936年版，第1—2页。

材选择颇遭受非议，这些"于史无征"的内容恰恰成为纪昀惋惜、否定、批判情绪的来源。

《甲申杂记》一卷《闻见近录》一卷《随手杂录》一卷（宋王巩撰）："所记杂事三卷，皆纪东都旧闻。……三书皆间涉神怪，稍近稗官，故列之小说类中。然而所记朝廷大事为多，一切贤奸进退，典故沿革，多为史传所未详，实非尽小说家言也。"（1852）——朝廷大事显然是史传理所当然的描写内容，描写了典故沿革和贤奸进退的作品本来也应该顺理成章地进入史部，但因为作品里面夹杂了近于稗官的神怪之事，故而《四库全书总目》只能退而求其次，将其置于小说家类中。这种判断里面实际上蕴藏着一种遗憾与惋惜。"经史子集"原本就是一种浓郁价值判断的排列方式，能够跻身于史部与自己只能归入子部小说家类，是完全无法相提并论的两种概念，这个无须赘言。这种遗憾和惋惜中毫无疑问带有着"怒其不争"的情绪。

《珍席放谈》二卷："书中于朝廷典章制度、沿革损益，及士大夫言行可为法鉴者，随所闻见，分条录载。如王旦之友悌、吕夷简之识度、富弼之避嫌、韩琦之折佞，其事皆本传所未详，可补史文之阙。特间加评论，是非轩轾，往往不能持平。又当王氏学术盛行之时，于安石多曲加回护，颇乖公议。然一代掌故，犹藉以考见大凡。所谓识小之流，于史学固不无裨助也。"（1854—1855）——这基本成为了论述小说作品通行的"三段论"做法：一开始肯定是书的价值与存在之意义，中间指出其操作失当之处，最后不无遗憾地将其列在"小说家类"作品中。

如果说上述几种更多将小说与非小说类作品相比，那么《萍洲可谈》的论述就给我们指明了另外一种属于小说作品内部的比较方向："然自此数条之外，所记土俗、民风、朝章、国典，皆颇足以资考证。即轶闻、琐事，亦往往有裨劝戒，较他小说之侈神怪、肆诙嘲、徒供谈噱之用者，犹有取焉。"（1859）所谓"足以资考证""有裨劝戒"都属于小说理论体系中常见的话语，但接下来的叙述则可以让我们明了四库馆臣极力厌弃的指向：侈神怪、肆诙嘲、徒供谈噱之用。类似的判断话语还有"固远胜于游谈无根者也"（《高斋漫录》）等。

其实，在《癸辛杂识》的论述中，我们就可以看出一条非常清晰的价值判断路径：《武林旧事》＞《齐东野语》＞《癸辛杂识》＞《辍耕录》。这条路径其实颇为值得关注，《武林旧事》属于史部，其独尊之地位无须赘言；其他三部作品均属于子部，但从叙述中明显可以看出，杂家类高于小说家类。而更值得关注的是，在小说家内部，高下之分也是特别明晰的。我们可以从《南村辍耕录》的论述中窥得门径："惟多杂以俚俗戏谑之语，闾里鄙秽之事，颇乖著作之体。叶盛《水东日记》深病其所载猥亵，良非苛论。"所以，神怪、游谈无根、闾里鄙秽之内容，俚俗戏谑之语言风格，诙嘲之品质，是《四库全书总目》最为排斥的。

综观上述论述，我们可以看出这里面蕴含的价值判断。

1. 史传具有当之无愧的崇高地位，但这些小说作品均有所裨益（详史传之未详、补史志所未备、可资考据）。

2. 这些小说多有劝戒之功[①]。

3. 对一些作品因为局部的操作失误（内容多琐屑、杂言或其他）被迫置于小说家类中表示遗憾与惋惜。

4. 与这些载于小说家类一二三中的作品相比，小说家类存目的作品则为逊色一些，此类作品中存在着典型的缺陷，比如"自任其私，多所污蔑""荒诞不足信""多取鄙俚之作，以资笑噱"等。

如果说，在"小说家类"一、二、三部分，《四库全书总目》在叙述之间时常流露出惋惜之意，经常在肯定这些小说的价值。那么，在"存目"中，贬损及轻蔑之意时常可见。略举数例：

《贤识录》（一卷）：援据既寡，事迹亦仅寥寥数则，不足以当"贤识"之目。

《病逸漫记》：然其他多冗琐之谈，不尽足资考证也。

《明朝典故辑遗》（二十卷）：大抵丛脞庞杂，全无义例。其纪明太祖微行，为巡君所拘诸事，已属不经。至以明宣宗为建文之子，更为荒诞也。

《吴社编》（一卷）：然铺张太过，不免讽一而劝百矣。

《笔记》（一卷）：颇多传闻失实之词，不足据为征信也。

《林居漫录》：至胪载闾巷琐事，多参以因果之说，尤失于庞杂矣。

其他如"无取""不伦""乖舛显然""荒诞不足信"也时常见于四库馆臣之笔端，都显示了非常明确的情感倾向。

纪昀笔记体小说及其写作思想的再认识

吴兆路

复旦大学

引言

《阅微草堂笔记》（以下简称《阅微》）是乾隆年间一部有重要影响的文言笔记体小说集，作者纪昀（1724—1805），字晓岚，又字春帆，又名观奕道人。直隶河间府（今河北沧州）献县崔尔庄人，乾隆年间进士，官至礼部尚书、协办大学士，加太子太保。死后追谥文达。纪晓岚思想中那种儒家正统观念与开明的治学态度之间的矛盾冲突，生动折射出乾隆时期错综复杂的文化风貌。由于作者当时特殊的身份，加之为人正直而通达，学识渊博且诙谐，另外他在叙述故事时采用了"追录见闻，忆及即书，都无体例"（《滦阳消夏录》序）的写实手法，所以，小说对清代中期社会生活的许多方面都有较为深刻的反映。其故事，既有上层社会的故老遗闻、官场百态、人情翻覆、典章考证，也有下层百姓的闾巷琐谈、奇事异闻、医卜星相、神鬼狐魅。这些或雅或俗、亦正亦奇的故事，纵横上下各个角度，反映了当时的社会生活和社会的种种矛盾，也揭示出不同阶层人物的众生相。在文字狱泛滥的清代中期，文人稍有疏忽，动辄得咎。纪昀的《阅微》一书，用直接或间接的办法，暴露社会的阴暗面，指斥道学家的虚伪害人，揭发官场黑暗，抨击不合理现象，这种勇气和胆量，实属不易。《阅微》在艺术上形成了自己独特的风格，所以自问世以来，一大批文人墨客争相仿效，如许元仲的《三异笔谈》、俞鸿渐的《印雪轩随笔》、俞樾的《右台仙馆笔记》等，大有淹没《聊斋》之势。

《阅微》共 24 卷，1196 则，约 40 万字。该书写于乾隆五十四年（1789）至嘉庆三年（1798）之间。每一种书前均有作者写的小序，说明各书的写作宗旨、过程和成书时间。《阅微》是纪晓岚十年心血的结晶，又是纪晓岚晚年心灵世界的反映，也从某一个侧面显现出清代中期纷繁复杂的时代文化风貌。嘉庆五年（1800），由纪昀门人盛时彦合刊印行。《阅微》的取材，一是来自纪晓岚本人的亲身经历和耳闻目睹，二是来自他人提供或转述的材料。向他提供素材的，上自达官贵人，下至贩夫走卒，应有尽有，这在书中每一条内都有记载。

纪昀在《槐西杂志》（四）的"倪温，武清人，年未三十而寡"一则中曾有过一段这样的议论："念古来潜德，往往藉稗官小说以发幽光。因撮厥大凡，附诸琐录。虽书原志怪，未免为例不纯；于表彰风教之旨，则未始不一耳。"意即：这里之所以要记录一老媪"青年矢志、白首完贞"的普通故事，完全是为了藉小说这种形式来宣扬人所未知的功德。其故事内容虽与《阅微》搜奇志异的整体特色不相吻合，但在"表彰风教"的意旨上则完全一致。从中可以得到如下启示：其一，纪氏作如此申述，自然表明他在一般情况下还是比较注重小说的写作要求按"例"写作的；其二，所谓"书原志怪，未免为例不纯"，就不仅揭示了《阅微》以事志怪（异）为主的特色，也道出了这里所谓"例"的具体要求，这就是笔记体小说只应记录那些奇异非常之事。因此在纪氏思想观念中，小说所记录的事情无论多么博杂，通常都必定是奇异的，不奇不异，就"为例不纯"了。由此看出，《阅微》的那种只是搜奇志异、以记狐鬼神怪事体为主的特点，无疑体现了纪氏的这样一种文学观念。

一

纪昀对笔记体小说特性所持的这种认识，在《四库全书总目提要》中也有类似表述。他把小说分为三派，而所论列则袭其旧志。所谓三派："其一叙述杂事，其一记录异闻，其一缀缉琐语也。唐宋而后，作者弥繁，中间诬谩失真，妖妄荧听者，固为不少，然寓劝戒、广见闻、资考证者亦错出其中。班固称'小说家流盖出于稗官'，如淳注谓'王者欲知闾巷风俗，故立稗官，使称说之'。然则博采旁搜，是亦古制，固不必以冗杂废矣。今甄录其近雅驯者，以广见闻，惟猥鄙荒诞，徒乱耳目者，则黜不载焉。"其子部小说类之所以不收《聊斋志异》等书，主要就是他认为该书"猥鄙荒诞，徒乱耳目"，不符合"古制"。正因为如此，纪昀在《阅微》中为使自己的每个故事、事件都给读者真实的印象，很多笔记都有明确的时间、地点、人物和事件，有时还会在笔记前写上"某某言""某某又言""某先生言""某某为余言"之类，以示真实可靠，是遵循了"实录"原则的。

纪氏所遵循的不"失真"，无非就是要求所记材料的凿然有据和对奇闻异事的不加任何夸饰的机械复述。《滦阳续录》（六）有一则记录："嗟乎！所见异词，所闻异词，所传闻异词，鲁史且然，况稗官小说？他人记吾家之事，其异同吾知之，他人不能知也。然则吾记他人家之事，据其见闻，或虚或实或漏，他人得而知之，吾亦不得知。""……惟不失忠厚之意，稍存劝惩之旨，不颠倒是非如《碧云騢》，不怀挟恩怨如《周秦行记》，不描摹才子佳人如《会真记》，不绘画横陈如《秘辛》。"这段话充分表明了纪氏对笔记体小说真实性问题的认识。《阅微》所记，尽管有些或许是"虚"的东西，甚至"诬谩失真"，但他自己"不得知"，因为他主观上是本着"真"的原则去记述的。而这个原则也就是对所述故事不作任何的浮夸虚饰和过细描绘，不以个人的主观好恶去颠倒事实，更不允许杂有丝毫的恩怨私情，即所谓"不颠倒是非""不怀挟恩怨""不描摹才子佳人""不绘画横陈"。其实这是纪昀对笔记体小说特性的一种独特理解。

纪晓岚真正追慕的是晋宋时期志怪小说的简洁淡远的风格，是"著书者"的一种情怀，反对滥用"才子之笔"。道光年间的郑开禧在《阅微草堂笔记序》中就说道："河间纪文达公，久在馆阁，鸿文巨制，称一代手笔。或言公喜诙谐，嬉笑怒骂，皆成文章。今观公所著笔记，词意忠厚，体例谨严，而大旨悉归劝惩，殆所谓是非不谬于圣人者欤！"盛时彦在《姑妄听之》跋文中也曾转引纪氏的这么一段话："小说既述见闻，即属叙事，不比戏场关目，随意装点。……今（《聊斋志异》中）燕昵之词，媟狎之态，细微曲折，摹写如生。使出自言，似无此理，使出作者代言，则何从而闻见之？又所未解也。"纪昀认为《聊斋志异》体例不纯，既有志怪，又有传奇，他对这种体例不纯正的小说非常不满。他在《四库全书总目》中声明自己佩服文词古雅、简淡妙远的陶渊明、刘敬叔、刘义庆，同时他又推崇《论衡》《风俗通义》等杂说，而他的喜好明显地表现在《阅微》的创作上，既有模仿《世说新语》的杂事笔记，又有模仿《续齐谐记》的异闻笔记，还有模仿《论衡》《风俗通义》的杂说笔记，可谓兼收并蓄，如此一来，其实《阅微》也并不是一部体例纯正的文言小说。诚如《四库全书总目》卷一百二十《杂说》云："杂说之源，出于《论衡》。其说或抒己意，或订俗讹，或述近闻，或综古义。后人沿破，笔记作焉。大抵随意录载，不限卷帙之多寡，不分次第之先后。兴之所至，即可成编。"这一表述，仿佛说明纪氏很拘泥于生活事实而极力反对想象、虚构，但事实上，《阅微》所记录的那些狐妖幻化神鬼显形之事，绝对不是现实中能有的。

如果用纪氏的这种近乎生活之真的真实观作标尺来衡量的话，显然不"真"。这样说来，纪氏的创作实践与他的理论主张似乎是矛盾的。其实纪晓岚是就志怪小说而言的，志怪小说是"述见闻"的，又称之为笔记体小说。他认为志怪小说重在叙事，不能"随意装点"；而志人小说那是"传记类"，传记类的作品"随意装点"、把人物情景写得生动逼真是可以理解的。其实纪晓岚对志怪小说的认识，在某种程度上也继承了干宝《搜神记序》中关于"神道之不诬"的观点。我们虽不敢妄言作者笃信鬼神，但在《阅微》中却是有许多事实表明纪氏是持鬼神之论的。所谓"鬼既不虚，神自不妄"（《姑妄听之》四），"案轮回之说，儒者所辟而实则往往有之，前因后果，理自不诬"（《滦阳消夏录》四）等，均可为据。而且纪氏认为，持神鬼之论，这对劝善惩恶、巩固社会秩序也是极为有益的。人们只有相信鬼神的存在，才能接受"暗室亏心、神目如电"之类的说教，才会有所畏惧和忌惮。

从《阅微》中我们可以看出，纪氏一方面极力反对小说的"诬谩失真"，另一方面又不得不承认古来一切"稗官杂说"，"大都伪者十八九、真者十一二"；一方面强调所记必须真实有据，另一方面又提出了"稍近事理"的问题；一方面反对"虚妄"，另一方面又叫人们明知其妄言的故事而不要视为"荒诞"，其实纪氏对笔记体小说功用的认识，主要就包含在"寓劝诫、广见闻，资考证、补史阙"之中。虽然在《阅微》中他并没有作过这样明确的归纳，但《阅微》所收录的一千一百多则故事，其用意不外乎这四个方面。

从《阅微》的写作中，我们甚至还可以看出，有时作者济世情怀或"劝戒"之心甚切，往往边叙事边"敷宣妙义"，直接向人们进行说教。如在《滦阳消夏录》（四）的"六合之外，圣人存而不论"一则中，纪氏就大发宏论，告诫人们"祸福有命，死生有数，虽圣贤不能与造物争"。《姑妄听之》（二）中开篇亦有"天下事情，理而已，然情理有时而互妨"等，这诚如其学生盛时彦在《姑妄听之跋》中所说："先生诸书，虽托诸小说，而义存劝戒"。《阅微》有"好议论"的特点，其原因正在于此。这也诚如鲁迅先生所言，纪昀是"不安于仅为小说，更欲有益于人心"，他"尚质黜华，追踪晋宋……然较以晋宋人书，则《阅微》又过偏于论议"。（《中国小说史略》）相对而言，"广见闻""资考证""补史阙"等作用就不显得那么突出、那么重要了。不过即便作为从属的地位，"广见闻""资考证"与"补史阙"也还是纪氏笔记体小说观不可忽视的方面。《阅微》中的许多小故事，也的确起到了拓人眼界、广人见闻、充实学问、启人敏悟、提供考据和补充史料等作用。

二

纪昀不仅在诗文领域重视情感表现，他在笔记小说中也很重视人生真实情怀的抒写。其《冰瓯诗草序》中曾有"诗本性情者也……夫在天为道，在人为性，性动为情。情之至，由于性之至；至性至情，不过本天而动。而天下之凡有性情者，相与感发于不自知，咏叹于不容已"。其实他在笔记小说中也非常强调情感表现在描写事件人物中的重要性。他在《阅微》中对假道学的抨击和讽刺是不遗余力的。众所周知，纪昀与戴震是肝胆与共的朋友，其实他反对宋明理学家的"存天理、去人欲"的思想就受到戴氏的影响。

《滦阳续录》（五）"饮食男女"条："饮食男女，人生之大欲存焉。……若痴儿騃女，情有所钟，实非大悖于礼者，似不必苛以深文。余幼闻某公在郎署时，以气节严正自任。尝指小婢配小奴，非一年矣，往来出入，不相避也。一日相遇于庭，某公亦适至，见二人笑容犹未敛，怒曰：'是淫奔也！于律奸未婚妻者，杖！'"这位道学家最后竟然把这一对痴情男女活活折磨而死。纪昀对此深不以为然，他说："是二人之越礼，实主人有意成之。乃操之以蹙，处置过当，死者之心能甘乎？冤魂为厉，犹以于礼不可为词，其斯以为讲学家乎？"

近人情，这是纪昀为人处世和文学写作的归结点。鲁迅在《中国小说史略》中在谈及《阅微》时曾指出，纪昀"其处世贵宽，论人欲恕，故于宋儒之苛察，特有违言。书中有触即发，与见于《四库总目提要》中者正等。且于不情之论，世间习而不察者，亦每设疑难，揭其拘迂。此先后诸作家所未有者也。"其《阅微》的确是每每以是否通情达理作为评论人物事件的标准。《如是我闻》（四）"任子田言"条便说道："圣人通幽明之礼，故能以人情知鬼神之情也。不近人情，又乌知《礼》意哉！"纪昀还公开肯定人们正常的情感欲望，《槐西杂志》（一）曾有这样一则记载：

> 交河一节妇建坊，亲串毕集。有表姊妹自幼相谑者，戏问曰："汝今白首完贞矣，不知此四十余年中，花朝月夕，曾一动心否乎？"节妇曰："人非草木，岂得无情？但觉礼不可逾，义不可贞，能自制不得耳。"……梅序论之曰："佛戒意恶，是铲除根本工夫，非上流人不能也。常人胶胶扰扰，何念不生？但有所畏而不敢为……其言光明磊落，如白日青天，所谓皎然不自欺也，又何必讳之！"

很显然，纪昀对王梅的序是持肯定态度的。其理由就是他道出了一切常人情欲，说出了一般人心中的真实。同卷中还有一则很有意思的故事，说的是一少妇前后死了两个丈夫，后决定不再改嫁，其原因乃是为真情所感：

> 沧州医者张作霖言，其乡有少妇，夫死未周岁辄嫁。越两岁，后夫又死，乃誓不再适，竟守志终身。尝闻一邻妇病，邻妇忽瞋目作其前夫语曰："尔甘为某守，不为我守何也？"少妇毅然对曰："尔不以结发视我，三年曾无一肝鬲语，我安得为尔守？彼不以再醮轻我，两载之中，恩深义重，我安得不为彼守？尔不自反，乃敢咎人耶？"鬼竟语塞而退。（《槐西杂志》（一）首则）。

这当然不是在宣扬少妇为丈夫守节，而讲的是真情相待在夫妻生活中的重要性。与前夫相处三年"曾无一盱晷语"，与后夫"两载之中"却"恩深义重"，所以她要为第二个丈夫守节。可见这位少妇把"情"看得是多么重要！当然，这同时也说明纪晓岚对"人情"的格外重视，从而与那些假道学所谓的"饿死事小、失节事大"形成了鲜明对比。

纪昀重视抒写真情的文学思想，这在其不少散文创作中也有深刻表现。其《祭四叔母文》中便生动地记叙了他与叔母之间的深厚亲情。作品通过生活中一些具体场景的描述，真切而生动地塑造了一位可亲可敬的叔母形象，抒发了作者对叔母的无限眷念之真情。在如泣如诉的叙谈中，纪昀的一片真情跃然纸上。

三

《阅微》涉及的社会生活领域很广，从文人学士、妓女乞丐，到三教九流、花妖狐魅几乎无所不包。丰富的生活素材，为作家提供了广阔的思维空间。书中有些怪异奇谲的故事，虽然充满了因果报应、祸福天定的迷信思想和忠孝节义的封建伦理道德观念，但也客观而真实地反映了一些清代中叶的人生实相和社会面貌，并触及当时的某些弊端，不仅具有重要的认识价值，而且真实表现了纪昀的一腔济世情怀，也是其笔记体小说思想理论的具体实践。

《阅微》首先涉及的是揭露了封建社会官场的腐朽和黑暗，对社会中某些丑恶现象的辛辣嘲讽和讥刺，如官吏的营私舞弊、贪赃枉法、草菅人命；豪强恶霸横行乡里，无恶不作，为所欲为；有的貌似正人君子，道貌岸然，其实一肚子男盗女娼，卑鄙下流。诸如此类，都直接或间接地反映了那个光怪陆离的时代。卷六《滦阳消夏录》（六）第十则，就写一个宋某人值薄暮时分在深山岩洞避雨遇鬼的故事。宋某问那鬼"何以居此"时，那鬼回答说：

> 吾神宗时为县令，恶仕宦者货利相攘，进取相轧，乃弃职归田。
> 殁而祈于阎罗，勿轮回人世。遂以来生禄秩，改注阴官。不虞幽冥之

中，相攘相轧，亦复如此，又弃职归墓。墓居群鬼之间，往来嚣杂，不胜其烦，不得已避居于此。虽凄风苦雨，萧索难堪，较诸宦海风波，世途机阱，则如生忉利天矣。寂历空山，都忘甲子。与鬼相隔者，不知几年；与人相隔者，更不知几年。自喜解脱万缘，冥心造化。不意又通人迹，明朝当即移居。

这里假借山中那个"鬼隐士"之口，生动地描绘出幽冥世界亦如人间世道，充满了相互倾轧和追名逐利。这反过来正是揭露现实社会群魔乱舞，抨击官场的黑暗腐朽。同卷第二则又云：

> 其最为民害者，一曰吏，一曰役，一曰官之亲属，一曰官之仆隶。是四种人，无官之责，有官之权。官或自顾考成，彼则惟知牟利，依草附木，怙势作威，足使人敲髓洒膏，吞声泣血。四大洲内，惟此四种恶业至多。

其实，"吏""役""亲属""仆隶"这四类人之所以敢横行不法，为所欲为，完全是狗仗人势，狐假虎威，要么就是受为官之人的纵容唆使，而那些骄横恣肆、飞扬跋扈、欺压百姓的大小官吏才是真正的罪魁祸首。卷十八第二十三则假借冥司官吏之口一针见血地道出官场判案时的秘诀："救生不救死，救官不救民，救大不救小，救旧不救新。"所谓"救生不救死"，最后以致"死者衔冤与否则非所计也"；所谓"救官不救民"，至于"官之枉断与否则非所计也"；所谓"救大不救小"，若"罪归上官"，则"牵累必多"；若"罪归微官"，则"归结较易"。此"而小官之当罪与否则非所计也"；所谓"救旧不救新"，因旧官"有所未了"，关系复杂，而"新官方来"，可以"委卸"，至于"其新官之能堪与否则非所计也"。凡此种种，归结为就是尽量袒护有权有势的人，而黎民百姓的生死冤苦则可以束之高阁。这里没有公平和正义！没有道德和良心的谴责！对此，《阅微》还有不少生动具体的描绘。

卷十八《姑妄听之》（四）第九则，即写了一个奸猾好色的县吏，接到一宗案子：某一人在乡民家被打，原因是"由私调其妇"所致。县吏此时不是秉公办案，而是想入非非，"意其妇必美"，企图以威胁利诱手段达到其奸淫的目的。于是示意说："须其妇潜身自来，方可授方略。"乡民之妻无奈之下想出一计：花钱雇了一名妓女顶替。"越两三日，吏家有人夜扣门"。县吏开门一看，眼前原来是一"鲜妆华服艳妇也"，"问之不答，且行且解衫与帕"。"吏喜过望，引入内室"，"遂相燕婉"。"潜留数日，大为妇所蛊惑，神志颠倒，惟恐不得当妇意"，并为她在城里租了房子，以便朝夕往来。狱解之后，方知此女子原是一名新来的妓女。"呼妓问之，妓乃言吏初欲挟污乡民妻，妻念从则失身，不从则夫死，值妓新来。乃尽脱簪珥赂妓。冒名往，故与吏狎识。"

事实上，官场奸猾好色者有之，贪赃枉法者有之，损人利己、取人之财者亦有之，碌碌无为者更是举不胜举。卷一《滦阳消夏录》（一）第十则就假借冥府来暗喻人世：阎王在点录名单时之所以会对殿前的一个老太婆"改容拱手、赐以杯茗"，正为"是媪一生无利己损人心"。"然利己者必损人，种种机械，因是而生；种种冤愆，因是而造；甚至遗臭万年，流毒四海。"及至有一冥吏辩称自己为官时"虽无功，亦无罪"，阎罗王明确说道："公一生处处求自全，某狱某狱避嫌疑而不言，非负民乎？某事某事，畏烦重而不举，非负国乎？三载考绩之谓何？无功即有罪矣。"在同卷第十八则，纪晓岚还讲到他家乡有一个县吏王某，特"善巧取人财"，"人计其平生所取，可屈指数者，约三四万金"。《滦阳续录》（二）第24则，记述了一个富室的奸巧劣行。一天，富室看到乡里有一新妇长得很漂亮，遂起了邪念，于是"阴遣一媪"，"百计游说，厚赂其公婆，使以不孝出其妇，约勿使其子知；又别遣一媪与妇家素往来者，以厚赂游说其父母"。"于是买休卖休"，两家"俱无迹可寻"。他不久便把新妇骗娶到手。其夫迫于父母，无罪弃妇，怏怏成疾，不久抑郁而死。在这则故事中，作者将富室的机巧奸诈和钱能通神的魔力作了相当深刻的描绘。当然故事本身也宣扬了一定的因果报应思想：这个富室可谓用尽心计，机关算尽，但没过半年，竟不治身亡。正所谓："恃其钱神，至能驱鬼，心计可谓巧矣，而卒不能逃幽冥之业镜。"卷二十二《滦阳续录》（四）第十九则记载的故事与此相似：河南一巨宦，告老归里，年近古稀，仍好色不减，平时蓄养了多名幼妾。有一老友密叩其虚实，殊不自讳，他说；"吾血气尚盛，不能绝嗜欲。"这正是"直恃其多财，法外纵淫耳"。

《阅微》中还有不少篇章揭示了处于社会下层普通百姓的生活状况及

悲惨境遇。作为乾隆皇帝的一个文学侍臣，纪晓岚虽缺乏直面惨淡人生的勇气，但他忠实记录传闻的写作精神及其正义感，在某种程度上也透露了他的是非观念和善恶标准，表现出对社会人生一定的关注情怀。

《滦阳消夏录》（二）第十九则就记载了这样一件事：在景城偏西有几个荒坟，看到这几个荒坟便让人想起过去的一件事情。明代崇祯末年，河南、山东一带，大旱之年又逢蝗灾，"草根木皮皆尽，乃以人为粮，官吏弗能禁。妇女幼孩，反接鬻于市，谓之菜人。屠者买去，如刲羊豕"。正是荒冢之下的这个周姓商人，一天做生意回家，在路上一个餐馆用餐时，正赶上店主人要杀害两个刚买来的女子，"周恻然心动，并出资赎之"。他也因此得到了善报。人们无不盛赞他的善举。卷八《如是我闻》（二）第三十则也有一段类似的记述："明季，河北五省皆大饥，至屠人鬻肉，官弗能禁。有客在德州、景州间，入逆旅午餐，见少妇裸体伏俎上，绷其手足，方汲水洗涤。其恐怖战栗之状，不可忍视。客心悯恻，倍价赎之。"这类悲惨情景的记载，恐怕并不只是小说家言和明代的事情，实际也是作者所生活的清代社会中普遍存在的社会现实。纪晓岚显然是有意在借古说今，当然这里也表现了纪晓岚对社会下层百姓生活命运的高度关切。在《阅微》中，还有一些写拐卖妇女的篇章。那些被拐卖的妇女，其悲惨的境遇并不亚于刀俎之下的被宰割者。如卷十二《槐西杂志》（二）第二十五则，便写了一个侍郎夫人对待婢女的残忍暴行："凡买女奴，成券入门后，必引使长跪，先告戒数百语，谓之教导；教导后，即褫衣反接，挞耳鞭，谓之试刑。或转侧，或呼号，挞弥甚。挞至不言不动，格格然如击木石，始谓之知畏，然后驱使。"在那些达官贵人眼里，婢女的地位竟是如此卑下，甚至失去了做人的基本权利。就是在这段记载后面，作者还附了自己的一则见闻，事情就发生在纪昀常去的一个亲戚家："入其内室，见门左右悬二鞭，穗皆有血迹，柄皆光泽可鉴。闻其每将就寝，诸婢一一缚于凳，然后覆之以衾，防其私遁或自戕也。"字里行间，我们深切感受到纪昀对这种虐待婢女的行为是极不赞同的。这与他一向较为通脱、近人情的生活态度不无关系。尤其是晚年的纪晓岚，他曾一再告诫家人，平时不要盛气凌人，不要浮靡奢华，不要鞭打婢女等。作为乾隆年间一位威名显赫的文化大臣，能做到这些确实很不容易。

该书卷二十三《滦阳续录》（五）还讲到过一件既令人心酸又使人深

思的事情。河北沧州有一个叫董华的人，家里穷得无立锥之地。他以卖药卜卦为生，"一母一妻，以缝纫浣濯佐之，犹日不举火。"适逢某年又发生了大饥荒，更使董家雪上加霜，全家人奄奄待毙。就在这时：

> 闻邻村富翁方买妾，乃谋于母，将鬻妇以求活。妇初不从。（董）华告以失节事大，致母饿死事尤大，乃涕泗屈从，惟约以倘得生还，乞仍为夫妇。（董）华亦诺之。妇故有姿，富翁颇宠眷，然枕席时有泪痕。……适岁再饥，（董）华与母并为饿殍。富翁虑有变，匿不使知。有一邻妪偶地之，妇殊不哭，痴坐良久，告其婢媪曰："吾所以隐忍受玷者，一以活姑与夫之故，一以主人年已七十余，度不数年，即当就木；吾年尚少，计其子必不留我，我犹冀缺月再圆也。今则已矣！"突起开楼窗，踊身倒坠而死。

在这则故事里，作者对那名"万不得已而失身"的女子不仅没有丝毫指责之意，反而增添了几分同情和理解，真切地揭示了生活在水深火热之中普通百姓的痛苦和煎熬，展现出现实社会民不聊生的惨状。

普通百姓不仅经济生活如此艰难，而他们政治上同样也没有地位。就拿打官司来说，若是民告官，即便再有理，也只是枉然。卷九《如是我闻》（三）"从伯君章公言"就讲到这样一件事：一位姓张的人，"尝与邑人约，联名讼县吏。乘马而往，经祖墓前，有旋风扑马首，惊而坠"，回家之后便生了病。迷迷糊糊多天，恍惚中似看到了鬼物。于是请了女巫来禳解。只见此人忽然坐起来，以其亡父的口气说："凡讼无益。使理曲，何可讼？使理直，公论具在，人人为扼腕，是即胜也，何必讼？且讼役讼吏，为患尤大：讼不胜，患在目前；幸而胜，官有来去，此辈长子孙必相报复，患在后日。"老百姓无理自然也不敢去闹公堂，即使有理，也是抱着一种息事宁人的态度，因为不管官司胜负，都潜伏着隐患。所以他们有了冤屈也不敢去申诉，也就是甘心受人奴役。这诚如鲁迅早已说过的，哀莫过于心死。残酷的专制统治和政治压迫，混淆了是非善恶的标准，也摧毁了人们的心灵世界。

《阅微》中还有不少篇章鼓励世人多做善事，莫问前程，行善必有善报。如《滦阳消夏录》（四）：献县史某，佚其名，为人不拘小节，而落落有直气，视龌龊者蔑如也。偶从博场归，见村民夫妇子母相抱泣。其邻人曰："为欠豪家债，鬻妇以偿。夫妇故相得，子又未离乳，当弃之去，故悲耳。"史问："所欠几何？"曰："三十金。""所鬻几何？"曰："五十金，与人为妾。"问。"可赎乎？"曰："券甫成，金尚未付，何不可赎！"即出博场所得七十金授之，曰："三十金偿债，四十金持以谋生，勿再鬻也。"夫妇德史甚，烹鸡留饮。酒酣，夫抱儿出，以目示妇，意令荐枕以报。妇颔之，语稍狎。史正色曰："史某半世为盗，半世为捕役，杀人曾不眨眼。若危急中污人妇女，则实不能为。"饮啖讫，掉臂径去，不更一言。半月后，所居村夜火。时秋获方毕，家家屋上屋下，柴草皆满，茅檐秫篱，斯须四面皆烈焰，度不能出，与妻子瞑坐待死。恍惚闻屋上遥呼曰："东岳有急牒，史某一家并除名。"劙然有声，后壁半圮。乃左挈妻，右抱子，一跃而出，若有翼之者。火熄后，计一村之中，蒸死者九。邻里皆合掌曰："昨尚窃笑汝痴，不意七十金乃赎三命。"余谓此事见佑于司命，捐金之功十之四，拒色之功十之六。

结语

纵观《阅微》，虽然全书所记都是一些篇幅短小的奇异故事，但涉及的内容却是相当博杂。这里，既有对人鬼转世的记录，也有对神狐幻化的载述；既有对内地奇闻的引叙，也有对边疆异俗的展示；既有对古代文化和历史遗迹的考证，也有对历史事实的拾掇补充。如此种种，真可谓包罗万象，纵览古今。

《阅微》的这些特色，自然一定程度地反映和体现了纪昀的文学思想主张。在《如是我闻》《槐西杂志》《姑妄听之》以及《滦阳续录》等自序中，纪氏也反复谈到自己"准时拈纸墨，追录旧闻"，"或时有异闻，偶题片纸；或忽忆旧事，拟补前编"等等。这些谈话也都反映了纪氏对于小说内容之广博与庞杂的孜孜以求。纪氏门人盛时彦对纪氏追求"博""杂"也是看得很清楚的，所以他在《阅微草堂笔记序》中称其"俶诡奇谲，无所不载；洸洋恣肆，无所不言"。这就不止是对《阅微》特色的一个思想总结，也明确地道出了纪氏在小说内容上是力求其博采旁搜，撷拾繁富的。但也并不是说，纪氏所致力以求的"博"与"杂"就是漫无边际、无所约束的。在纪氏看来，笔记小说所记，除了必须赋予一定社会功能之外，又是应该受到一定"例"外限制的。这个"例"，其实就是指笔记体小说所应有的特性。而纪昀小说思想的出发点正是针对笔记体小说，即志怪小说，而不包含志人小说，更不包括其他类型的小说。其实纪晓岚的《阅微》，正是这一文学思想观念的具体实践。

《子不语》的作者命名与时代选择[*]

李小龙

北京师范大学

袁枚（1716—1797）所撰《子不语》一书的定名是一个非常有趣的个例，不但反映出作家在为作品命名时所可取资的命名渊源，也意味深长地表现出撞车的窘迫，还反映出接受之维对作品命名的反作用。

一　从《子不语》到《新齐谐》

袁枚《子不语》从其乾隆五十三年（1788）随园自刻本以下，有道光间三元堂刻本、咸丰八年（1858）刻本、同治三年（1864）三壤睦记刻本、光绪十八年（1892）上海图书集成印书局石印本，这些林林总总的刻本均标名为"新齐谐"[①]，并无歧异；然而，进入民国后，文明书局、进步书局、会文堂、锦章书局乃至大达图书供应社等石印本、排印本却均以"子不语"为名[②]。这种现象直到现在仍然存在，据《新中国古籍图书整理出版总目录》可知，新中国成立以来校点出版者共十五种，仅1986年齐鲁书社版及1996年人民文学出版社版以《新齐谐》为名，余皆以

*　本文为国家社会科学基金"中国古典小说命名方式与叙事世界建构之关系研究"（项目编号：10CZW041）阶段性成果。

①　《中国古籍总目·子部》，上海古籍出版社2010年版，第2174页。

②　可参见王正兵《从"小说之禁"看袁枚〈子不语〉的版本流变》，《南京师范大学文学院学报》2011年第4期。

《子不语》为名①，而且齐鲁书社本书名之下还加了"子不语"的副标题，也就是说，以《新齐谐》为名者，仅人民文学出版社一种而已。

之所以出现这种情况，却并非文言小说中经常出现的那种恶例，即鲁迅先生所云"妄造书名""乱题撰人"者②，其原因很简单，那就是这两个名字其实都是袁枚自己所拟。

袁枚《小仓山房文集》卷二十八有《子不语序》一文，云："怪力乱神，子所不语也……书成，即以《子不语》三字名其篇。"③ 此则序文也同样置于传世之《新齐谐》刻本卷首，只是将篇名相应地改为《新齐谐序》了，二文对勘，仅有个别文句改动，而全文之末，在上引"书成，即以《子不语》三字名其篇"一句改为："书成，初名《子不语》，后见元人说部有雷同者，乃改为《新齐谐》云。"④

由上可知，其书初曾拟以"子不语"为名，并为其书写了序言，序言从"子不语怪力乱神"说起，通篇均在解释孔子"不语"之"怪力乱神"其实也有其价值。二序皆同，可知袁氏所云"初名《子不语》"为可信。后见元代有同名作品，只好改名以避重复。

不过，其书虽然最早刻本为乾隆五十三年随园刊本，也就是说，刊刻流传之本皆以《新齐谐》为名，但此前流传士林者恐亦多传抄本，《子不语》之名也早已天下皆知，流播人口了。因为在其后，清人著述引为"子不语"者甚多，如袁枚自己便曾有《题两峰鬼趣图》诗云："我纂鬼怪书，号称《子不语》。见君画鬼图，方知鬼如许。得此趣者谁，其惟吾与汝。"⑤ 其《随园诗话》录王际华之子王朝飏之诗"一卷嬊嬛记茂先"句下注即云"公著《子不语》"⑥；俞樾《茶香室丛钞》茶香室续钞卷二

---

① 杨牧之主编：《新中国古籍图书整理出版总目录》，岳麓书社2007年版，第140、142、154页。

② 鲁迅：《破〈唐人说荟〉》，载《鲁迅全集》第八册，人民文学出版社1991年版，第106—108页。

③ （清）袁枚著，周本淳标校：《小仓山房诗文集》，上海古籍出版社2006年版，第1767—1768页。

④ （清）袁枚著，沈习康点校：《新齐谐、续新齐谐》，人民文学出版社1996年版。

⑤ （清）袁枚著，周本淳标校：《小仓山房诗文集》，第684页。

⑥ （清）袁枚著，顾学颉校点：《随园诗话》，人民文学出版社1999年版，第556页。

十三亦云"袁子才《子不语》"①。此外，亦多引为"新齐谐"，但注出"子不语"之名者，如与袁枚同时稍晚的另一文言小说大家纪昀（1724—1805）在《阅微草堂笔记》中多次引袁此书（袁氏《续子不语》又多袭纪书）为《新齐谐》，然卷十六所引"《新齐谐》"名下注云"即《子不语》之改名"②；梁章矩《浪迹三谈》卷六有"《新齐谐》摘录"亦云"偶阅随园老人《新齐谐》"，下亦注云"即《子不语》"③。从这些情况可以推测，袁枚此书在尚未刊刻之时，传抄本已然传于士林，众人皆知。亦可知在袁枚在世之时，此书便二名共行，为什么会有这种情况呢？我们必须从其书的成书过程中去探究。

王英志先生主编《袁枚全集》第四册收录这部作品（其亦以"子不语"为名）。其书首册前言对此书成书有较详论列④，惜间有失考之处，王正兵先生《〈袁枚评传〉对〈子不语〉"考辨"错误举隅》一文已经对这些错误进行了考辨⑤。大体来说尚有数处需再细论。

一是《子不语》正集的写成时间。王英志先生据《与裘叔度少宰》一文定为乾隆三十年是有误的。这可以从两个方面来证明：一是《子不语》正集中晚于乾隆三十年的文字所在多有，王正兵先生文即指出其从乾隆四十年到乾隆五十三年的多篇文字；二是对《与裘叔度少宰》一文中"有《子不语》一种，专记新鬼，将来录一副墨，寄呈阁下"之语的理解，"有《子不语》一种"并不意味着已然成书，"将来录一副墨"也未必是书已完稿、以后录一副本之意，细详句意，尤其"将来"二字，更指向另一种理解，即此《子不语》仍在编纂之中，待将来编成，录一副本寄呈。而且，不只是从袁枚文章与《子不语》内证来证明，钩稽文献还可找到坚实的外证，笔者未阅王正兵先生文之前即据钱维乔《竹初

---

① （清）俞樾：《茶香室丛钞》，中华书局1995年版，第903页。

② （清）纪昀著，汪贤度点校：《阅微草堂笔记》，上海古籍出版社1998年版，第13、224、426、456、388页。

③ （清）梁章矩著，陈铁民校点：《浪迹丛谈、续谈、三谈》，中华书局1981年版，第501页。

④ （清）袁枚著，王英志主编：《袁枚全集》第一册，江苏古籍出版社1993年版，前言第13页。

⑤ 王正兵：《〈袁枚评传〉对〈子不语〉"考辨"错误举隅》，《社会科学辑刊》2012年第6期。

诗文钞》诗钞卷十一有《喜袁简斋太史见过因至湖楼话旧赋呈六首》诗下注"枕中有《子不语录》，尚未成书"之语证之，王正兵先生文考出此诗作于乾隆四十四年（1779），另据此诗之题知为袁枚拜访钱维乔并至湖楼话旧，则关于《子不语》著述的情况当得之于袁枚本人，自当可信。

另外，对于《续子不语》的写作时间推定仅据乾隆五十四年《答赵味辛》一文，亦有失察。事实上，正如王英志先生所指出者，现存《子不语》最早刊本为乾隆五十三年本，此乾隆五十四年之信亦云"拙刻《新齐谐》妄言妄听"，即指此新刻之书，则此信所谓"容当续上"实为《续子不语》开始编纂的时间，而非"尚未编定"——据《续子不语》卷九《亡夫领妇到阴间见太公太婆》一则，明云"乾隆壬子"（五十七年，1792）①，可知数年后此书仍在编纂之中。

对其成书时间有了相对准确的把握，便为讨论其命名打下了可以深入思考的基础。

二 从《续夷坚志》到《子不语》再到《新齐谐》

从上文对《子不语》成书时间论述的基础上，我们便可讨论王英志对袁枚写于乾隆四十五年（1780）的《余续〈夷坚志〉未成，到杭州得逸事百余条，赋诗志喜》一诗②的判断了。王正兵文已对此指出其误，然仅着眼于成书时间，故仍需深考。王英志据此诗题指出"表明此年《续子不语》已在编著中"。也就是说，把诗题中的《夷坚志》理解为袁枚自己所著《子不语》的代称，但这种理解恐有误，如果是在诗句中提及，如其《夜泊江山闻邻舟有谈鬼者揖而进之》云"夜船正寥寂，闻客谈《齐谐》"③，自然是以《齐谐》代指鬼故事，即此诗中亦说"老去全无记事珠，戏将小说志《虞初》"，便以《虞初》来代替《子不语》，但诗题则相当明确，自非代称。

---

① （清）袁枚著，沈习康点校：《新齐谐、续新齐谐》，第 748 页。

② （清）袁枚著，周本淳标校：《小仓山房诗文集》，上海古籍出版社 2006 年版，第 652 页。

③ 同上书，第 864 页。

若此诗题并非代称，则可进一步探讨。首先据此可知袁枚撰此书是以"续《夷坚志》"为导向的，这一导向从他为此书所作的序言中亦可看到："余生平寡嗜好，凡饮酒、度曲、挦蒱可以接群居之欢者，一无能焉，文史之外无以自娱，不得不移情于稗乘广记。尚矣！《睽车》、《夷坚》二志，缺略不全；《聊斋志异》殊佳，惜太敷衍。"① 可以看出，袁枚创作此书确如一般文学史所论，受到了《聊斋志异》的影响，但他对《聊斋志异》亦有不满，此处说"太敷衍"倒非现在所云潦草塞责之意，恰是鲁迅先生评价唐传奇时所说"叙述宛转，文辞华艳"之意②，所以他又提出了《睽车志》与《夷坚志》这两部志怪类小说集，并云"缺略不全"，似甚感遗憾。据此，再看其于乾隆四十五年所作《余续〈夷坚志〉未成，到杭州得逸事百余条，赋诗志喜》一诗，则可推测，其书虽一直欲名之为《子不语》（这从前举乾隆三十年《与裘叔度少宰》所列名目即可知），但中间或曾有名《续夷坚志》之念。

之所以会有这样的推测，是因为袁枚将《子不语》更名为《新齐谐》的原因。如前所引，其在《新齐谐序》中说："书成，初名《子不语》，后见元人说部有雷同者，乃改为《新齐谐》云。"

不过，学界迄今并未发现除袁枚此书外的任何蛛丝马迹证明历史上曾经存在过一种名为《子不语》的文献。首先，遍查各种书目（包括目前收录最全的《中国古籍总目》以及部分海外的汉籍目录），全无踪影；其次，遍检古代各种史志目录、私人书目，亦全未见有著录；最后，使用当下各种古代文献的电子检索资源，仍然没有发现除袁枚之外的其他文献提及。一般来说，一种文献不可能消失得如此彻底，或有传本，或曾被著录，或者至少曾被人提及，当这三者都没有的时候，便需要考虑此文献是否曾经存在过。尤其是袁枚为其书改名之时为乾隆末期，据今不过二百二十余年，若其时此书尚存，则不但有传世的可能，更有被著录与被提及的可能，但迄今仍无任何资料佐证。因此，历史上并无是书的可能性极大。如果从未有此书，袁枚为何会因此而无奈地将其一直以来拟定的书名改换呢？对于这个矛盾，我们需要作一些推测。

---

① （清）袁枚著，周本淳标校：《小仓山房诗文集》，第 1767—1768 页。

② 《鲁迅全集》第九册，人民文学出版社 1991 年版，第 70 页。

第一，袁枚或曾欲以《续夷坚志》名其书。关于此点，有其于乾隆四十五年（1780）所作《余续〈夷坚志〉未成，到杭州得逸事百余条，赋诗志喜》一诗之标题可证。彼时，其《子不语》正集尚未完成，故此所云绝非《续子不语》。所以，此"续《夷坚志》"所指为《子不语》无疑。不过对此理解可有二义：一是续《夷坚志》的成果为《子不语》，则整个"续《夷坚志》"仍为《子不语》的代称；二是"续《夷坚志》"即为《子不语》别名。从情理上看，前者要更合理，然后者亦不可轻易否认，当然，后者仍需进一步论证。

第二，袁枚在《子不语序》中提及《夷坚志》（值得注意的是，在修改后的《新齐谐序》中，作者不再提及此书），并在阐述自己创作缘起时惜其"缺略不全"，可知"续"写《夷坚志》确为袁枚此书创作的一个因由。另外，据下文所论知可，袁枚此书数名均或与《聊斋志异》前之序言有关，高珩之序亦云"《诺皋》、《夷坚》，亦可与六经同功"，则其以"夷坚"为名，亦得其宜。事实上，其最后所名之"齐谐"（高、唐二序亦提及"齐谐"）很可能与"夷坚"为同一指涉（参下文）。

第三，元好问（1190—1257）有《续夷坚志》之书，元好问虽为金人，然亦入元，故粗略言之，亦可目为元人。袁枚对元好问相当熟悉，曾拟元氏之论诗绝句，自当知道元氏有《续夷坚志》之作。

如果以上推测成立的话，那么就可以为袁枚在几个书名间的依违徘徊给出一个合理的解释了。长期以来，袁枚对自己的作品命名都是《子不语》，这有大量的材料可能证明，但其间偶尔也有以《续夷坚志》为名的想法，但这很可能只是一个闪念，并未形成强烈的意愿与事实的结果，但这一想法却还是影响到了此书的最终命名，即袁枚之所以放弃这个名字是因为元好问已有同名之作，但在《子不语》全书定稿付梓之时，袁枚又想起他为其书所拟之名与一元人说部重名，这或许只是一个模糊的印象，因为他只能匆忙地在序中说明一下，并未给出确切的信息，连元人为谁，作品何名均未列出；而且，传世几乎所有版本的版心均标为"子不语"，即从《子不语》的最早刻本乾隆五十三年本中来，这都证明这个改名是在刊刻过程中仓促进行的，并未经过深思熟虑。那么，在仓促之中，他只记得自己的拟名与元人雷同，却记不清是哪个名字与何人之书雷同，于是便把《续夷坚志》与《子不语》混淆了，结果是《子不语》李代桃僵，被当作雷同之名而撤换，最终仍从《聊斋志异》序中找到了"齐谐"（高序与唐序各提及一次）来代替——当然，从某种意义上说，这个名字反倒是对他一闪念中的"夷坚"的回归（参下文）。

考乾隆五十三年（1788），袁枚已七十三岁，这对古人的心理来说是一个坎，对于袁枚也同样如此，他已在七十二岁时为自己营造了生圹，而下年年初又"梦老僧入门长揖曰：'二十二日将还神位。'"① 此事在当时已成要闻，前引《随园诗话》中录王朝飏赠袁枚诗即有"我劝上清姑少待，缓迎公返四禅天"之句，下注云："今年二月八日，公梦有僧道二人，来请公复位。"② 可知此时袁枚的心态，那么此书刊版之仓促与记忆之混淆亦可理解了。

三 《子不语》三个命名的来源

事实上，袁氏此书的数个命名或许都与他所"顺随与仿效"③ 的《聊斋志异》有关。《聊斋志异》前有二序，"各种抄本、刊本，几乎没有一部弃置不用者"④，所以袁枚若能读到《聊斋志异》便当能读到此二序。从《子不语序》与此二序中之高珩序对读，可从三点看出袁枚颇受高序影响。

第一，袁枚《子不语序》四五百字，主题其实便是辨明自己所录虽均为子所不语之怪力乱神，但"非有所惑也"；高序亦云"率以仲尼'不语'为辞，不知鹢飞石陨，是何人载笔尔尔也"，并力陈"是在解人不为法缚，不死句下可也"，又云"吾愿读书之士，揽此奇文，须深慧业，眼光如电，墙壁皆通，能知作者之意，并能知圣人或雅言、或罕言、或不语之故"，可知这也是高序主旨。

第二，袁序以"譬如嗜味者餍八珍矣，而不广尝夫虸醢葵菹，则脾

---

① （清）方濬师编辑：《随园先生年谱》，载《袁枚全集》第八卷，江苏古籍出版社1993年版，第21页。

② （清）袁枚著，顾学颉校点：《随园诗话》，第556页。

③ 袁行霈主编：《中国文学史》第四册，高等教育出版社1999年版，第331页。

④ 袁世硕：《蒲松龄与高珩》，载《蒲松龄事迹著述新考》，齐鲁书社1988年版，第100页。

困"来表明嗜味者可以此为"异味"，实即高序所云"夫中郎帐底，应饶子家之异味"之意。

第三，袁序最关键处在其"以骇起惰"的思想，即所记虽为骇人听闻之事，然目的却是以此棒喝起人于顽惰之中；而高序亦云"使天下之人，听一事，如闻雷霆"，亦同一意。

以上三点，亦可云写志怪作品者大抵皆然，但三点均有相关之处，自不可用偶同来解释。更何况袁枚受《聊斋志异》影响颇著，更可为二序关系之佐证。

《聊斋志异》的高珩序云"后世拘墟之士，双瞳如豆，一叶迷山，目所不见，率以仲尼'不语'为辞，不知鹢飞石陨，是何人载笔尔尔也"，"然而天下有解人，则虽孔子之所不语者，皆足辅功令教化之所不及。而《诺皋》、《夷坚》，亦可与六经同功"，"异事，世固间有之矣，或亦不妨抵掌；而竟驰想天外，幻迹人区，无乃为《齐谐》滥觞乎"，"倘尽以'不语'二字奉为金科，则萍实、商羊、羵羊、楛矢，但当摇首闭目而谢之足矣"，"能知作者之意，并能知圣人或雅言、或罕言、或不语之故"。唐梦赉序则云："无可如何，辄以'孔子不语'之词了之，而《齐谐》志怪、《虞初》记异之编，疑之者参半矣。不知孔子之所不语者，乃中人以下不可得而闻者耳，而谓《春秋》尽删怪神载！"① 这两篇序言都以很高的频率提到孔子的"不语"（高序四次，唐序两次），同时也提到了"夷坚"（高序一次）、"齐谐"（高序与唐序各一次）。以袁枚对此二序之熟悉与引用，则其原拟书名之获得灵感或从此得；其后之"夷坚"与"齐谐"当然可以有更宽泛的灵感来源，但也不排除同样来自此序的可能。甚至，我们还可以用曲线救国的方式来为这一可能找到证据：前引袁枚的《与裘叔度少宰》一文中第一次提及他所著之文言小说名为《子不语》，据所引高珩为《聊斋志异》所写的序可以看出，此序其实也在反复力陈子所不语者未必世上并无其事，也未必便无其理；而就在袁枚这封信中，他还说到当年与裘曰修"斗《齐谐》之幻语"② 的往昔生活，此句与高

---

① （清）蒲松龄著，张友鹤辑校：《聊斋志异》会校会注会评本，上海古籍出版社 1978 年版，第 1—5 页。

② （清）袁枚著，王英志主编：《袁枚全集》第五册《小仓山房尺牍》，第 33 页。

珩序中"而竟驰想天外，幻迹人区，无乃为《齐谐》滥觞乎"极类，则写此信时，未必无一高序在眼前或心中。那么，此既可佐证"子不语"或触发于此，可证"齐谐"亦或相同。

当然，这只是说触发取名灵感的近源。若论远源，则《子不语》来自儒家之经典《论语》（下文详论），而《续夷坚志》与《新齐谐》都来自于道家典籍，甚至都来自鲲鹏的传说。

先来看"齐谐"。《庄子·逍遥游》开篇即云："齐谐者，志怪者也。谐之言曰：鹏之徙于南冥也，水击三千里，抟扶摇而上者九万里，去以六月息者也。"其中的"齐谐"即袁枚命名之所本，表明所言皆"志怪者也"。不过，对于"齐谐"究竟为人名还是书名，学界仍莫衷一是。陆德明（550—630）《经典释文》云："齐谐，司马及崔并云：'人姓名。'简文云：'书。'"成玄英（608—669）疏："姓齐名谐，人名也；亦言书名也，齐国有此俳谐之书也。志，记也……齐谐所著之书多记怪异之事。"[1] 林纾（1852—1924）《庄子浅说》亦云："既名为谐，为志，则言书为当。"朱桂曜《庄子内篇证补》"谐即谑也，亦作隐，文心雕龙有谐隐篇，以为文辞之有谐谑，譬九流之有小说；汉书艺文志杂赋末，列隐书十二篇，盖以其辞夸诞，于赋为近。'齐谐'者，盖即齐国谐隐之书。"陈鼓应云："当从后一说。下句'志怪者也'，'志'即誌，乃说它是记载怪异的书。"[2] 不过，俞樾（1821—1907）认为："按下文'谐之言曰'，则当作人名为允。若是书名，不得但称谐。"王叔岷（1914—2008）援《玉烛宝典》引文，并引注云："人姓名。"又疏音云："黄帝史也。"[3]

如果单纯从《庄子》文本来看，很难判断这里的"齐谐"究竟是人名还是书名，但如果联系一下"夷坚"的来源，便豁然开朗了。"夷坚"出自《列子》，有趣的是，其故事与《庄子》所载相同："终北之北有溟海者，天池也，有鱼焉。其广数千里，其长称焉，其名为鲲。有鸟焉，其名为鹏，翼若垂天之云，其体称焉。世岂知有此物哉？大禹行而见之，伯

---

① （战国）庄子著，（清）郭庆藩集释，王孝鱼点校：《庄子集释》，中华书局 2010 年版，第 5 页。

② （战国）庄子著，陈鼓应注释：《庄子今注今译》，中华书局 2009 年版，第 6 页。

③ （战国）庄子著，王叔岷撰：《庄子校诠》，中华书局 2007 年版，第 6 页。

益知而名之，夷坚闻而志之。"① 据后三句的结构便可知，夷坚与前之大禹、伯益一样，都是人名，加之二者所记鲲鹏事同，故王叔岷云"夷坚盖即齐谐也"。

以"夷坚"或"齐谐"名书，其实便暗指书中所"志"为怪异之事。《列子》上文之后有张湛注云："夫奇见异闻，众之所疑。禹、益、坚岂直空言谲怪以骇一世？盖明必有此物，以遗执守者之固陋，除视听者之盲聋耳。"这与袁枚在《子不语序》中所说的"以骇起惰"颇有相通之处——前言大禹等言此怪异之事非为骇世，而是去蔽，这便是"以骇起惰"的意思。即此可见，以"夷坚"或"齐谐"为名都颇符合袁枚对自己作品的定位。不过，可惜的是，这两个名字前代都有了。

就"夷坚"来说，唐代即有张敦素之《夷坚录》了，南宋更有洪迈篇幅浩大的《夷坚志》在前，甚至袁枚想用《续夷坚志》也不可得，因为元好问已有同名之作了。"齐谐"也被多次使用，先是南朝宋有东阳无疑的《齐谐记》，后来又有梁吴均的《续齐谐记》，前者虽已佚，但二者皆为志怪小说中表表之作，其名甚著。所以，在袁枚误以为"子不语"之名已被人使用过时，再改用"齐谐"，便连"续齐谐"也不能用了，只能在其前加"新"字。

四 审视《子不语》

虽然袁枚自己在此书序言中明确表示改名为"新齐谐"，并在刊刻之书的书名页及每卷第一行均标为"新齐谐"，但这些刊本的版心却均题为"子不语"，或许我们会觉得那是版已刻好，较难改动的原因，但这并无说服力，因为仅版心三字的改动对于修版来说还是不难的；而且，除正集外，后来的续集及此后的各种刊本版心也都同样标为"子不语"，当可看出这其实表现出袁枚自己的游移，想来袁枚自己也很矛盾，他最喜欢的书名仍然是《子不语》吧。

他对"子不语"的喜欢还有一证，即其《续子不语》中竟收入了一篇《子不语娘娘》，其中的一个木偶便叫"子不语"：

---

① （战国）列子著，杨伯峻集释：《列子集释》，中华书局1997年版，第156—157页。

袖中出一木偶，长寸余，赠刘曰："此人姓子，名不语，服事我之婢也，能知过去未来之事。君打扫一楼供养之，诸生意事可请教而行。"刘惊曰："子不语，得非是怪乎？"曰："然。"刘曰："怪可供养乎？"女曰："我亦怪也，君何以与我为夫妻耶？君须知万类不齐，有人类而不如怪者，有怪类而贤于人者，不可执一论也。但此婢貌最丑怪，故我以'子不语'名之，不肯与人相见，但供养楼中，听其声响可也。"①

此篇收在续集卷二。据前可知，续集之作约在乾隆五十三年正集结束之后，而袁枚将其书名为"子不语"则早在乾隆三十年《与裘叔度少宰》一书中便已提及，所以，此书命名绝非来自此篇故事；相反，此故事之创作或当受此书名的影响。因此，这里对"子不语"三字的解释便可补充袁枚《子不语序》而成为我们理解此三字名的钥匙。

第一，"子不语"非"不语"，确是以歇后语的方式表示所"语"为"怪力乱神"，因为此木偶"名不语"，但仍可"听其声响"，而且"有问必答"。正因如此，刘瑞一听到这个名字便问："得非是怪乎？"

第二，子不语"貌最丑怪"，此评价其实亦合袁枚小说之特点。相对于《聊斋志异》的用情与孤愤、《阅微草堂笔记》的醇正与清峻，《子不语》的故事及叙事确实多倾向于"丑怪"。

第三，其中"须知万类不齐，有人类而不如怪者，有怪类而贤于人者，不可执一论"之语可与《子不语序》"譬如嗜味者餍八珍矣，而不广尝夫蚳醢葵菹则脾困；嗜音者备《咸》《韶》矣，而不旁及于侏离僸佅则耳狭"一语对读；更与《聊斋志异》高珩序中"人世不皆君子，阴曹反皆正人乎"如出一辙。

所以，"新齐谐"其实是作者无奈的选择。好在，此书的流传史也摆脱了作者本来便言不由衷的调换，如前所言，清代刊本均题为"新齐谐"，但到民间的刊本则全部使用了版心所标的原名，当代的整理本也几乎是清一色的"子不语"。其实当代从研究性著作（如吴志达先生《中

---

① （清）袁枚著，沈习康点校：《新齐谐、续新齐谐》，第601—602页。

国文言小说史》①）到教材（如袁行霈先生主编《中国文学史》），都直接以《子不语》立目。从最重书名著录准确性的目录学著作来看，《清朝续文献通考·经籍考》即录为"子不语"②，《中国古代小说百科全书》《中国古代小说总目提要》等书亦直接以"子不语"为条目③，后者反将"新齐谐"作为参见条目。就连此书的外语译本也多以此为译名，如雷金庆和李木兰的译本译为 Censored by Confucius：Ghost Stories by Yuan Mei④，史华罗的英译本名为 Zibuyu，What The Master Would Not Discuss⑤。那么，为什么"子不语"这个名字不但能够战胜"续夷坚志"与"新齐谐"，还能战胜作者的指令，甚至战胜当下学界的学理逻辑（当下学界所谓的"求真"学风其实对"子不语"极为不利），成为袁枚小说公认的定名？

其实，在这三个命名中，《子不语》是最新颖别致的一个，辨识度最高的一个，也是最合于袁枚风格的一个，最合于作品文体的一个，甚至是与内容最相适应的一个。

第一，新颖别致，是因为历来无人以此为名。据笔者考察，志怪小说命名甚难，因为一般为三字，末一字多为体制性后缀，非"录"即"记"，无可发挥，前二字亦多用"怪""异"等字，可以体现特点者，仅一字之空间，所以古往今来之文言小说命名时相仿佛，难有豁人心目者。其实，此前之《齐谐记》已经算是"善立名者"⑥了，后之《夷坚志》亦不示弱，可称此名之下联，均不落"怪""异"之窠臼，然其名后有因袭者，遂又将此二名凡庸化了。

第二，辨识度高，因为孔子此语流传极广，除士子之外，甚至市井之

---

① 吴志达：《中国文言小说史》，齐鲁书社1994年版，第767页。

② （清）刘锦藻：《皇朝续文献通考》，载《续修四库全书》本第819册，上海古籍出版社2002年版，第314页。

③ 《中国古代小说百科全书》，中国大百科全书出版社1993年版，第771—773页；朱一玄主编：《中国古代小说总目提要》，人民文学出版社2005年版，第378—379页。小说书目中，唯石昌渝主编《中国古代小说总目·文言卷》以《新齐谐》立目，山西教育出版社2004年版，第535页。

④ ［澳大利亚］雷金庆（Kam Louie）、李木兰（Louise Edwards）：Censored by Confucius：Ghost Stories by Yuan Mei，Routledge，1996年版。

⑤ ［意大利］史华罗（Paolo Santangelo）：Zibuyu，What The Master Would Not Discuss，BRILL，2013年版。

⑥ 李剑国语，参其《唐前志怪小说史》，人民文学出版社2011年版，第517页。

人也多能诵之，故以此为名，颇可使人过目不忘。

第三，袁枚的风格是"生活通脱放浪，个性独立不羁，颇具离经叛道、反叛传统的色彩"，而从儒家经典《论语》中移来此语为稗官小说之名，便颇有离经叛道的姿态。同时，这一命名又带有歇后语的色彩，因原文为"子不语怪、力、乱、神"，此名极巧妙地用前三字为名来逗出后四字，极有文人巧思，亦颇能体现袁枚的"灵机与才气"[①]。

第四，从文体上看，《子不语》这个名字也更好。此名首先可以当作歇后之名，但也可直接据此三字来理解。其名为"不语"，实则已"语"，就是语子所不语。以"语"为体制性后缀是非常合适的，笔者曾有文探讨文言小说集命名的两极分化，此以"语"为名，便与"传记"类命名有所区别。其实，袁氏此作多得自听闻，故以"语"为名也宜。王英志在前引对《子不语》的介绍及其主编《袁枚全集》的《小仓山房尺牍》中，将《与裘叔度少宰》一书之语标点如下："有《子不语》一种，专记新鬼，将来录一副墨，寄呈阁下，依然《灯下丛谈》，定当欣畅。"这里的"灯下闲谈"实不当加书名号，因正如袁枚记忆中的"子不语"一样，本无是书，此加书名号，实为误解。其原意不过是说将来寄呈新著，依然如当年同中进士之时于灯下聚谈而已。不过，这里误加书名号或许也有原因：一是五代曾经有过一部传奇集名为《灯下闲谈》，与此四字颇类；二是"丛谈"一词更为古代笔记小说取名之常用词，如《铁围山丛谈》《江汉丛谈》之类；三则是《子不语》体制性后缀为"语"，与"谈"相通，故亦致淆。

第五，无论"夷坚"还是"齐谐"，都明确指向了志怪，这从《庄子》出典"齐谐者，志怪者也"开始就被规定了。历来以此为名的文言小说集也从其义，以志怪为主。但"子不语"从出典便可知其为"怪、力、乱、神"，此四字中的"怪、神"比较清楚，也恰恰是历来志怪小说的常规内容，但"力、乱"二字则突出志怪之樊篱，不过，历来经学家对此之解释颇有歧异，朱熹（1130—1200）集注引谢氏之语从反面论述，更易于理解，其云"圣人语常而不语怪，语德而不语力，语治而不语乱，

---

① 袁行霈主编：《中国文学史》第四册，高等教育出版社 1999 年版，第 383—384 页。

语人而不语神"① ——事实上，前举《聊斋志异》前之高珩序其实也在辨析这几个字，也用了相同的方法来申明，其云："苟非其人，则虽日述孔子之所常言，而皆足以佐慝。如读南子之见，则以为淫僻皆可周旋；泥佛胪之往，则以为叛逆不妨共事；不止《诗》、《书》发塚，《周官》资篡已也。"也就是说，《子不语》除了传统志怪小说的神怪内容外，还有着"不德""不治"一类的故事，或者用高珩的话来说就是有"淫僻"与"叛逆"之事。关于这一点，李志孝先生《审丑：〈子不语〉的美学视点》一文有详细的篇目列举②，可参看。

　　论及袁枚此书对于传统志怪小说的突破，更能明白此书之名为何竟然违背了作者的意愿而以"子不语"定名。其实，洪迈《夷坚志》已经与传统志怪小说有所不同，其篇目中，大量的故事并无志怪内容，而是市井生活中的奇情异事，所以与其名并不全然相符。从这个意义上看，以《续夷坚志》为名自然不妥，相对来说，《新齐谐》虽不甚当，但仍可用，因为有"新"字，则有改弦更张之意。

　　袁枚对《聊斋志异》矛盾的态度恰恰决定了《子不语》小说的面貌，一方面他认为《聊斋志异》"惜太敷衍"，所以有向魏晋志怪之简介回归的倾向，但另一方面却又推崇《聊斋志异》"殊佳"，则又颇受影响，所以，其书绝非对汉魏志怪的简单回归。在这个意义上，"子不语"这个名字带有对儒家经典的反叛意味，便更合于作品的定位。

---

① 黄怀信：《论语汇校集释》，上海古籍出版社 2008 年版，第 620 页。
② 李志孝：《审丑：〈子不语〉的美学视点》，《甘肃高师学报》1999 年第 1 期。

雅俗之辨与《儒林外史》的隐性评价体系

张国风

中国人民大学

善恶是道德伦理之分，贫富是经济地位之分，进退出处是道路选择之分，雅俗之辨是文化之分。作为文化，它跨越了政治和经济的分野，但又和政治经济紧密地联系着。政治可以一夜巨变，经济可以腾飞，文化却不能一夜爆发。文化是历史的沉淀，沉淀则需要足够的时间。文化是经济、政治、哲学、文学、艺术、科学技术、法制等，经过磨合、整合、融合以后而形成的总和，而磨合、整合、融合是需要时间的。文化的形成是一个从物质到精神，再从精神到物质的反复进行的过程，这同样需要漫长的时间。文化的传统一旦形成，就具有比政治、经济更大的稳定性。社会的政治、经济发生剧变时，文化的变化必定是滞后的。就个人而言，他的文化素养也需要漫长的培养过程。知识通过学习而获得，能力通过实践而提高，文化的素养和境界则通过长期的修炼而养成。当人的政治或经济地位发生剧变时，其文化素养和境界的改变也必定是滞后的。

一

雅俗之分，并非先天地具有文化的意义。先秦时期，雅俗的分化和对立，突出体现在雅乐和俗乐的对立上。雅俗之分，是一个天生为知识分子准备的历史课题，但先秦时期的社会分工与学科分工，还远未达到成熟明朗的阶段。雅俗之分所包含的巨大历史内容，还处于萌芽状态。但令人惊奇的是，战国时期宋玉的《对楚王问》无意中对未来的雅俗对立作了生动的预言："客有歌于郢中者，其始曰《下里》、《巴人》，国中属而和者数千人；其为《阳阿》、《薤露》，国中属而和者数百人；其为《阳春》、《白雪》，国中属而和者不过数十人。""阳春白雪"和"下里巴人"，后来冲破音乐的范围成为雅文化和俗文化的符号与象征。不难看出，此故事中业已隐含着精英与大众之对立。雅俗之间盘根错节的关系贯穿了中国几千年的历史。雅俗之间的纠结与融合，对于民族文化之意义，无论如何估计，都不嫌过分。当前的中国，正处于重建文化的关键时期，雅俗问题的研究，具有很强的现实意义。

先秦儒家将雅乐和俗乐的对立解释为政治与伦理的对立，强调了雅的正统地位。雅与俗的对立尚未取得文化之意味。《论语·阳货》言："恶紫之夺朱也。"孔安国注曰："恶郑声之乱雅乐也。"郑声淫，是俗乐的代名词。雅郑之争，也就是雅乐与俗乐之争。孟子讽刺梁惠王喜欢的不是"先王之乐"，而是"世俗之乐"。《论语》和《孟子》反复强调的君子小人之分，义利之分，是道德的划分，非文化的区分。《荀子·修身篇》言："由礼则雅，不由礼则夷。"这儿的"雅"，不是雅俗之"雅"，而是"正"之意。《荀子·儒效篇》按政教标准将儒分为俗儒、雅儒、大儒三类，强调的是"尊贤畏法"。儒家以外，墨子、老子、庄子、韩非子均未给予雅俗对立文化之意义，但《老子》第二十章言："俗人昭昭，我独昏昏。俗人察察，我独闷闷。"已隐约指向雅俗对立之意。《庄子》则更是一种彻头彻尾的蔑视世俗的思想体系，对后来雅俗分化起到重要的推动作用。这可能是庄子本人始料未及的。在庄子的著作里还没有明确提出雅俗对立的观念，这一现象表明，当时雅俗对立还局限在非常狭隘的范围，处于一种朦胧的萌芽状态，思想家还无法对其作出理论性的概括。

笔者以《史记》《汉书》为例，一窥两汉时期的雅俗观念及其变化。《史记》中"雅"字出现不超过 30 次，大多与音乐、诗体有关。《史记·平津侯主父列传》言："儒雅则公孙侯、董仲舒、儿宽。"从上下文意思可以见出，此处之"儒雅"非后世"风流儒雅"之"儒雅"，而是指三人擅长经学。"儒雅"一词在《史记》中仅见于此，雅与经学的联系在《史记》中仅此一例。《史记·司马相如传》有云："相如之临邛，从车骑，雍容闲雅甚都。""闲雅"是形容司马相如的风度神态，与后世之

"雅"含义基本一致了。《史记》中"俗"字出现凡166次，绝大多数作"风俗""习俗"讲，仅有三处用"雅"来形容语言风格，即"文不雅驯""择其言尤雅者""雅辞"。此三处之"雅"，已是雅俗之分的"雅"。《汉书》中"博雅"出现5例，"文雅"出现8例，皆指通晓经术。先秦时期，雅是正，是合乎规范，是标准；汉武帝独尊儒术以后，这个正，这个必须遵守的规范和标准逐渐明确，它即是儒家之经典，尤其是圣人之言论。从西汉武帝以后，一直到东汉，随着经学独尊地位的确立，雅的政教内涵越来越明确。两汉时期，雅和俗的对立没有取得文化之意义，但二者之间的文化对立依然在酝酿发展中，如《论衡》有《讥俗》篇，《潜夫论》有《俗嫌》章。随着社会分工的日趋明确，雅俗对立也日趋明朗，"雅"逐渐突破政教束缚而步入文化范围。

魏晋时期，风气大变，文学的地位得到很大提高，曹丕甚至说文章乃"经国之大业，不朽之盛事"。（《典论·论文》）文学地位的提高，自然意味着文人地位的提升。我们读《三国志》就不难发现，"雅"字开始更多地形容个人的气质与精神风貌，与经学无关。与此同时，雅与经学的联系依然并行不悖地保留着。新的事物、新的社会现象、新的认识产生了，旧的事物、旧的社会现象、旧的认识依然保留着。魏晋时期，雅和俗的对立开始获得文化之意义，这一点在刘义庆编撰的《世说新语》中得到有力证明，而在晋人陈寿的《三国志》中却一点反映都没有。文学对新事物的出现表现出可贵的敏感。《世说新语》给人留下的最深刻的印象是魏晋风度。魏晋风度的特征是脱俗，和世俗拉开距离。世俗的思维趋于功利，脱俗的思维则指向审美；世俗的思维指向群体，脱俗的思维则张扬个性。脱俗的本质是对个性的张扬和对世俗价值观念的蔑视。从《世说新语》的描写中不难看出，这种脱俗的自觉已经渗透到名士生活的方方面面，成为一种无所不在的东西，即雅文化。鲁迅将《世说新语》称作"名士的教科书"，我们还可以进一步地说，《世说新语》是雅文化成立的信号和象征。后世雅文化的各种因子都已萌芽于魏晋风度之中。

雅俗对立文化意义的确立，关键在于文人自我意识的觉醒。道家哲学，尤其是庄子哲学，推动雅俗对立完成了从政教意义到文化意义的历史性嬗变。庄子哲学是一种脱俗哲学，充满蔑视世俗的精神，从《逍遥游》中宋荣子"举世誉之而不加劝，举世非之而不加沮"，即可看出庄子追求的是精神之自由。庄子对人类文明进程中人为物役的异化现象，表示了极大的忧虑，提出了返璞归真的主张。从长远来看，这种人性复归的呼唤是一种天才的预见。魏晋名士崇尚率真，欣赏性情中人，陶渊明对"心为形役"的警惕，正是从庄子那里得到了启发。"三玄"刮起的那股清谈之风是一种哲学热，那种没有统一权威，没有行政干预的自由讨论，是两汉的经学家所不敢想象的。玄学那种高度抽象的思维方式拉大了名士和俗人的距离。两汉的循规蹈矩，变成魏晋的特立独行；皓首穷经的经学宿儒，让位于畅说三玄的清谈之客；温良恭俭让的谦谦君子变成了自负自信、我行我素、倨傲狂放的名士。雅文化的扩展，正是以"润物细无声"的方式，缓慢而坚定地渗透到知识分子生活的方方面面，渗透到他们的血液里，融化到他们的灵魂中。从意识形态角度来看，这种文化的形成，是以儒道两家思想为主体，融汇各家思想而形成。雅文化的内容，绝非儒家所能概括，亦非儒道两家所能概括。它是由漫长的渗透所造就，较之政治与道德的传统，显得更加根深蒂固，牢不可破，也更加广泛。音乐之雅，文辞之雅，风格之雅，文体之雅，修养之雅，风度之雅，学问之雅，服饰之雅，园林之雅，饮食起居之雅……雅文化一点一点地扩大阵地，向文人生活的各个方面渗透，逐渐达到一种无所不在的程度，其结果是，雅的内涵更加丰富多彩，更加多元，也更加复杂和模糊。

二

知识分子的文化追求，一言以蔽之，就是一个"雅"字。知识分子通过书本阅读，经过内省的思想修炼，将人的欲望由生物性层次提高到精神性层次，由低层次的精神追求，提升到高层次的精神追求。从雅人的角度来看，世俗的欲望应该被超越，或者用哲学的语言来说，世俗的欲望应该被否定。俗与雅相比，俗是一种低级的存在。雅俗对立，是灵与肉的搏斗，是现实与超脱现实的挣扎。事实上，物欲必须要超越，但又不可能完全被超越。人努力超脱物欲跃上精神层面的努力，必然会造成一个个充满矛盾和张力的故事。精神追求的高低与精神境界的高低是相对的，并且随时代之变而变，雅俗的区别对立亦然。譬如说，孔子生活的那个时代，《诗经》中大雅小雅比国风要雅，但两汉以后，国风亦被视为古雅之诗。

魏晋时期，三玄（《周易》《老子》《庄子》）为文人必读之书，不懂三玄就不会清谈，也就不成其为名士，不成其为雅士。

雅文化的核心是信仰，是人生价值观的体现。信仰与价值观是雅文化的灵魂。作为一种信仰，一种价值观的雅文化，必然带有理想主义的色彩，它不可能时时处处与政治需求相配合。相反，它必然地利用它的理想主义去批判现实的政治。在天下无道，知识分子群体信仰缺失，操守丧尽的情况下，雅文化变质，成为徒具形式的虚伪和做作，变成名利之徒的遮羞布。清人潘德舆《养一斋诗话》云："夫所谓雅者，非第词之雅驯而已，其作诗之由，必脱弃势利，而后谓之雅也。今种种斗靡骋妍之诗，皆趋势弋利之心所流露也。词纵雅而心不雅矣，心不雅则词不能掩矣。"潘德舆所言，主要针对诗歌创作，对于我们理解信仰在雅文化中的核心地位很有帮助。

雅俗之分在语言方面得到突出表现。中国语言有文言和白话之别。文言是知识分子的专用语。当然，知识分子也用白话，但他们使用的白话也有别于"引车卖浆者"之流。汉字难学，文言文难学，语言是知识分子与不识字的大众之间一条鲜明的鸿沟。直到清乾隆年间，那些四库全书的馆臣们，还常常在总目提要中对许多著作表现出的"文不雅驯""雅俗弗别""雅俗并陈"表示不满。出于知识分子对书面文字的垄断，与"雅"字搭配的词或词组无一例外地带有褒义，而且大多为书面语言，如博雅、儒雅、文雅、温文尔雅、高雅、风雅、淡雅、娴雅、淹雅、朴雅、沉雅、简雅、古雅、典雅、雅洁、雅丽、雅驯、雅量、雅体、雅韵、雅调、雅乐、雅号、醇雅、宽雅、雅趣、雅望、雅咏、雅誉、弘雅、宽雅、恬雅、雅集、优雅、雅致、雅兴、大雅之堂、风雅主持，等等。文字的运用，一字之差，往往成为雅俗之别。传说，苏州狮子林的"真趣亭"为乾隆所题，乾隆先题"真有趣"，园主黄熙以为俗，便请求乾隆将"有"字赠他，乾隆立刻悟出黄熙之意，便改"真有趣"为"真趣"。京剧《智取威虎山》中打虎上山的一句唱词"迎来春天换人间"，经由毛泽东亲自修改，变成"迎来春色换人间"，由"春天"改作"春色"，化俗为雅，亦是同样的道理。

雅的基础是书本知识，雅人必须具有坚实的文史知识。这是一个雅人的必要条件，当然不是充分条件。不识字，没有文化，自然勿论雅与非雅。一个明星写错字，便被讥为"没文化"。《世说新语》曾载一故事曰："郑玄家奴婢皆读书。尝使一婢，不称旨，将挞之，方自陈说。玄怒，使人曳著泥中。须臾，复有一婢来，问曰：'胡为乎泥中？'答曰：'薄言往愬，逢彼之怒。'"① 两位奴婢居然能用《诗经》句子对答，可谓风雅之至。关键是"郑玄家奴婢皆读书"。雅文化建立在书本知识基础上，这是它的优势，又是它的软肋。雅文化是强调内省的，所谓"吾日三省吾身"（《论语·学而》），这是它的又一优势，也是它的又一软肋。强调雅俗之辨，很容易走向轻大众、重精英和重理论、重书本而轻实践的道路，走向复古保守与圣贤崇拜，走向对外部世界的冷漠。道学家认为，光有书本知识，不解决世界观、人生观的问题，是没有用的。谢良佐曾以博闻强记自负，但其师程颢批评他玩物丧志，谢顿时面红耳赤，引以为戒。朱熹很欣赏程颢的这一看法，多次在文章和书信中提及此事。

雅文化意味着生活的精致化与审美化。诗酒雅集，品题书画，收藏金石，赏花观鱼，饮茶听琴，登临山水，皆文人雅事，袁枚诗句"琴棋书画诗酒花"可谓道尽此中真味。倪思《经𬬱堂杂志》卷二《声》言："松声、涧声、山禽声、夜虫声、鹤声、琴声、棋落子声、雨滴阶声、雪洒窗声、煎茶声、作茶声，皆声之至清者，而读书伊吾声为最。"雅人将生活审美化，俗人将生活功利化，雅到极致就与大众的距离非常之远了。晚唐司空图的《诗品》将诗歌分为雄浑、冲淡、纤秾、沉着、高古、典雅、洗炼、劲健、绮丽、自然、含蓄、豪放、精神、缜密、疏野、清奇、委曲、实境、悲慨、形容、超诣、飘逸、旷达、流动24品。这24种风格和境界，均非俗人所能悟。记诵圣贤著作和言论已有玩物丧志之危险，生活的精致化、审美化则更易变成纯粹的声色享受，从而坠入玩物丧志的陷阱中去。

三

知识分子这一群体，虽然有穷有富，贵贱不等，分属不同阶层，但他们都非常强调雅俗之辨，雅是这一群体的自我认同。雅俗之辨意味着对俗

---

① 《世说新语·文学》。

的排斥。这一点在语言上得到充分体现。与"俗"字组成的词或词组，除与通俗的义项有关外，几乎全是贬义，如庸俗、俗体、俗务、粗俗、浅俗、媚俗、俗乐、俗调、俗吏、俗书、凡夫俗子、俗人、俗儒、俗滥、俗态、俗不可耐等，这些词很多也是书面语言，同样与书面语言为知识分子所垄断有关。雅人落入俗事俗套，便自嘲"未能免俗"，若染上一点俗，则"无伤大雅"，若沾染太多，便"有伤大雅"。如果雅人不得已而生活在俗人中，就叫"浮沉雅俗"。如果既为俗人所欣赏，亦为雅人所欢迎，就叫"雅俗共赏"。俗词俗事经过了雅人的改造，就叫"化俗为雅"。

在俗文学中，我们常能看到对雅的讽刺，《西厢记》中红娘即嘲讽张生"风欠酸丁"。不甜不苦，不咸不辣，一个"酸"字，道尽俗人俗众对雅人雅士的鄙夷不屑，也道尽雅与俗的鸿沟巨壑。俗人鄙视雅人的迂腐，却又在内心深处怀着没文化的自卑。事情就是如此的矛盾。《儒林外史》中的差役说马二先生："怪不得人说你们'诗云子曰'的人难讲话！"潘三对杭州的斗方名士非常轻蔑，说他们"这一班人是有名的呆子"，说景兰江一边卖头巾，一边吟诗，"把那买头巾的和店邻看了都笑"，说支锷吃醉了，在街上吟诗，"被府里二太爷一条链子锁去，把巡商都革了，将来只好穷的淌屎！"戏子钱麻子，提起读书人，轻蔑地说："若遇同席有几个学里酸子，我眼角里还不曾看见他哩！"随着雅文化的深入发展，宋代印刷业的发达昌盛，以及科举制度催生的阶级流动，文化进一步下移，人们对雅俗之辨更加敏感。自宋代开始，文化专制逐渐加强。雅文化内部的分歧和对立也逐渐加深。道学家更加强调文化的道德要求，一些带有叛逆色彩的文人则更加强调个性。道学家的苛刻，强调了雅的伦理色彩，但也压缩了雅文化的空间，即叶适所谓"洛学兴而文字坏"；而带有叛逆色彩的文人则扩展了雅文化空间。在这种没有硝烟的战争中，诞生了中国雅文化最杰出的标杆式人物——苏轼。苏轼为人正直豁达，经史子集无所不通，诗词、散文、书法、绘画无不擅长，在美学理论方面也颇多建树，从而成就其成为雅文化之代表。苏轼《于潜僧绿筠轩》言："可使食无肉，不可居无竹。无肉令人瘦，无竹令人俗。人瘦尚可肥，士俗不可医。"可见其尊雅贬俗的鲜明态度以及对魏晋风度的某种继承。

如果俗人干扰了雅人的审美状态，那就是煞风景。唐人李商隐《杂纂》有《煞风景》一目，其中列举花间喝道、看花泪下、苔上铺席、斫却垂杨、花下晒裈、游春重载、石笋系马、月下把火、妓筵说俗事、果园种菜、背山起楼、花架下养鸡鸭等事。宋僧惠洪所著《冷斋夜话》卷四记载道："黄州潘大临工诗多佳句，然甚贫。东坡、山谷尤喜之。临川谢无逸以书问：'有新作否？'潘答书曰：'秋来景物，件件是佳句，恨为俗氛所蔽。翳昨日闲卧，闻撼林风雨声，欣然起题其壁曰：满城风雨近重阳。忽催租人至，遂败意，止此一句奉寄。'"催租人至，诗人扫兴，灵感一去不复返，这是典型的煞风景事，而"闻者笑其迂阔"。雅文化中的琴棋书画，不单纯是一种技艺，更是一种体现精神境界的艺术。所谓"志在高山"、"志在流水"，所谓绘画不能有匠气。琴之所以高居乐器之首，是因为琴最能表现人之心灵。苏轼重神轻形，强调画家与画工、画匠之别，其实强调的是雅俗之别。

雅文化和俗文化的关系可谓分久必合，合久必分。譬如中国诗歌，从四言到五言，从诗到词曲，都是从民间俗文化汲取灵感，最后造就新诗体。小说也一样，宋元说话艺术启发了文人创作，造成明清小说的万紫千红。当然，雅和俗的影响是相互的，宋元说话艺人喜欢谈历史，也常从历史故事中寻找题材，汲取灵感。

事实证明，在中国，当不同文化或文化内部发生冲突时，总会有人站出来对文化进行整合与会通，求大同，存小异，消弭矛盾，达到和谐状态。雅文化和俗文化的分分合合，虽时有冲突，时有隔膜与成见，但总归于相互启迪，形成你中有我、我中有你的共融状态，达到雅俗共赏的境界，将文化推向一个历史高峰。从《易经》到《文心雕龙》都讲通变。通变就包括化俗为雅的内容。有识之士注意到雅的弱点，便以俗之真来纠正雅的做作和僵化。李东阳在其《诗话》中说："彼小夫贱隶，妇人女子，真情实意，暗合而偶中，固不待于教；而所谓骚人墨客，学士大夫者，疲神思，弊精力，穷壮至老而不能得其妙。"李梦阳《诗集自序》言："孔子曰：'礼失而求之野。'今真诗乃在民间。而文人学子顾往往为韵言谓之诗。"[1] 李开先《市井艳词序》也认为，民歌"直出肺肝，不加雕刻"，"以其情尤足感人"，"真诗只在民间"[2]，徐渭《又题昆仑奴杂剧

---

[1] 《明文海》卷262。

[2] 《市井艳词序》。

后》也说："语入要紧处，不可着一毫脂粉，越俗，越家常，越警醒。"徐渭《南词叙录》叙述南戏创作言："夫曲本取于感发人心。歌之使奴、童、妇女皆喻，乃为得体。……与其文而晦，曷若俗而鄙之易晓也？"冯梦龙则亲自编了《挂枝儿》与《山歌》两部民歌集，"借男女之真情，发名教之伪药"①。

明清文人类似叙述，举不胜举。雅文化凡遇危机时，常从俗文化中求生机。鲁迅对此论述颇多。明清戏曲家小说家大多兼通雅俗，明代有吴承恩、徐渭、汤显祖、冯梦龙，清代有蒲松龄、吴敬梓、曹雪芹、洪昇、孔尚任，等等。明代散文大家张岱亦兼通雅俗，他自称早年"好精舍，好美婢，好娈童，好鲜衣，好美食，好骏马，好华灯，好烟火，好梨园，好鼓吹，好古董，好花鸟"②，可见他受俗文化熏染之深。《三国演义》成为历史演义高峰，《水浒传》达至英雄传奇顶峰，就在于它们汲取了来自民间的种种奇思妙想。

四

《儒林外史》涉及广泛的社会阶层，但描写重心在于知识分子。吴敬梓对知识分子的生存状态、精神面貌有着极为深入的观察和分析。作为一部讽刺小说，吴敬梓褒贬人物的标准是儒家伦理规范，即对功名富贵的否定和对名利之徒的讽刺，以及对势利和虚伪的讽刺。但《儒林外史》还有一个隐性评价体系，即雅俗之辨。吴敬梓熟悉六朝之典故，欣赏魏晋之风度，他心中的雅俗之辨必然异常强烈。

雅需有经济基础，王冕卖画，不做官而衣食无忧。像蘧太守这样的名士，"原有几亩薄产，可供饘粥；先人敝庐，可蔽风雨；就是琴樽炉几，药栏花榭，都也还有几处，可以消遣"，因此他可以终日琴棋书画，可以"在风尘劳攘的时候，每怀长林丰草之思"。雅文化是要将人的生物性欲求提升为精神性追求，但当温饱成为问题的时候，雅就失去了物质基础。是所谓"人生世上，难得的是这碗现成饭"。周进失了馆，只好放下读书

---

① 《序山歌》。
② 《自为墓志铭》。

人的架子去给商人算账；范进穷极，也只好抱了一个下蛋的母鸡去集市上卖。倪秀才自言"从二十岁上进学，到而今做了三十七年的秀才。就坏在读了这几句死书，拿不得轻，负不的重，一日穷似一日"，最后沦落到卖儿鬻子的地步。

雅文化的基础是书本知识。《儒林外史》中被立为儒林标杆的人物王冕，"年纪不满二十岁，就把那天文、地理、经史上的大学问，无一不贯通"。庄绍光也是饱学之士，"十一二岁就会做一篇七千字的赋"。杜少卿钻研诗学，迟衡山精通古礼，虞华轩"自小七八岁上就是个神童。后来经史子集之书，无一样不曾熟读，无一样不讲究，无一样不通彻。到了二十多岁，学问成了，一切兵、农、礼、乐、工、虞、水、火之事，他提了头就知到尾，文章也是枚、马，诗赋也是李、杜"，周进和范进都是除了八股以外一无所知之人。金东崖编了一部《四书讲章》向杜慎卿请教，金东崖走后，"杜慎卿鼻子里冷笑了一声，向大小厮说道：'一个当书办的人都跑了回来讲究《四书》，圣贤可是这样人讲的！'"表现出极大的蔑视。金东崖又拿他的书给杜少卿看，杜少卿对金说："古人解经也有穿凿的，先生这话就太不伦了。"秀才魏好古，替人做一个荐亡的疏，"说是倒别了三个字，像这都是作孽！"张静斋、范进和汤知县说起明初刘基的典故，信口开河，卧评讽刺说："张静斋劝堆牛肉一段，偏偏说出刘老先生一则故事，席间宾主三人侃侃而谈，毫无愧怍，阅者不问而知此三人为极不通之品。"身为学道的范进，居然不知苏轼是何人。卫体善、随岑庵两位选家，做起诗来，"'且夫'、'尝谓'都写在内"。匡超人吹嘘自己说，"此五省读书的人，家家隆重的是小弟，都在书案上，香火蜡烛，供着'先儒匡子之神位'"，连"先儒"是"已经过世的儒"都不明白，当牛布衣给他指出，他还哓哓置辩不已。

雅人能够欣赏自然之美，当"王冕放牛倦了，在绿草地上坐着。须臾，浓云密布，一阵大雨过了。那黑云边上镶着白云，渐渐散去，透出一派日光来，照耀得满湖通红。湖边上山，青一块，紫一块，绿一块。树枝上都像水洗过一番的，尤其绿得可爱。湖里有十来枝荷花，苞子上清水滴滴，荷叶上水珠滚来滚去"，见此情景，王冕不免生发学习绘画之冲动。杜慎卿"又走到山顶上，望着城内万家烟火，那长江如一条白练，琉璃塔金碧辉煌，照人眼目"。杜少卿在芜湖遥看江里，"太阳落了下去，返照照着几千根桅杆半截通红"，而八股选家马二先生，虽有古道热肠，但对于西湖美景却全无会心。

雅人的生活方式，离不开琴棋书画诗酒花。王冕善画，"那荷花精神颜色无一不像"。蘧太守的府里有"吟诗声、下棋声、唱曲声"三样声息，但王惠接任后却换成"戥子声、算盘声、板子声"。"三声"之比，就是雅俗之比。蘧太守家里的布置："面前一个小花圃。琴、罇、炉、几、竹、石、禽、鱼，萧然可爱。"蘧太守退休，"带着公子家眷，装了半船书画，回嘉兴去了"。虞博士愿意去南京任一个闲职，也是因为南京有山有水，风景好，家有梅花，还可与杜少卿一起喝酒赏花。

雅人是分档次的，杜慎卿那样的名士，与牛玉圃、权勿用之流的假名士，自不可同日而语，与蘧公孙那样的并无实学的名士也无法相提并论。杜慎卿门第显赫，风度潇洒，是"江南数一数二的才子"。杜慎卿清高，处处要与俗人拉开距离，如他说到山水之好言："无济胜之具，就登山临水，也是勉强。"说到丝竹之类，他又说："一听之可也，听久了，也觉嘈嘈杂杂，聒耳得紧。"他喝酒也与众不同，酒量极大却"不甚吃菜"，"只拣了几片笋和几个樱桃下酒"，吃点心时也"只吃了一片软香糕和一碗茶，便叫收下去了，再斟上酒来"。萧金铉建议即席分韵，杜慎卿便嘲笑说："先生，这是而今诗社里的故套，小弟看来，觉得雅的这样俗，还是清谈为妙。"

暴发户有了钱，便向雅靠拢，是所谓附庸风雅。盐商万雪斋，家里摆设也有了文化气息："两边金笺对联，写：'读书好，耕田好，学好便好；创业难，守成难，知难不难。'中间挂着一轴倪云林的画。书案上摆着一大块不曾琢过的璞。"《庚子销夏记》卷二言："倪云林六君子图，云林画在逸品，收藏家以有无论雅俗。"可见盐商家里为什么要挂倪云林的画了，但万雪斋的气质谈吐，依然不脱土豪气象。

《儒林外史》受讽之人，虽已沦为名利之人，但依然保留着雅文化的嗜好。书中对此描写甚多，人物形象因此更显真实，也更加立体。危素虽然分不清古人之画与今人之画，但毕竟还能看出王冕之画是好画，"只把这本册页看了又看，爱玩不忍释手"，也看出"此兄不但才高，胸中见识，大是不同"，可惜下面还有一句，"将来名位不在你我之下"。周进虽是冬烘，但对风景也不无会心处，教书无聊时也注意到"河边却也有几树桃花柳树，红红绿绿，间杂好看"，"望着雨下在河里，烟笼远树，景致更妙"，比他的高足范进要强得多。周进虽然年过花甲还是童生，却有雅士常有的怀才不遇情结，商人说他"毕竟胸中才学是好的"，"因没有人识得他"，竟把他感动得痛哭流涕。

范进岳丈一贯看不起他，骂他是"现世宝穷鬼"，是"癞虾蟆想吃起天鹅肉"，但他中举后，张静斋来访，赠银送房，范进的一番对答，却是那样的文雅得体。王惠虽然贪酷鄙陋，但逃命时却带着一部海内孤本《高青丘集诗话》。二娄虽然迂腐想做当代信陵，但见到"桑阴稠密，禽鸟飞鸣"的田园风光，也不觉赞叹其"幽雅景致"。天二评就此叹其"胸中自不俗"。杨执中虽然呆滞，但好的是读书，其屋中那一副对联却风雅得体："嗅窗前寒梅数点，且任我俯仰以嬉；攀月中仙桂一枝，久让人婆裟而舞。"二娄与杨氏"谈到起更时候，一庭月色，照满书窗，梅花一枝枝如画在上面相似"。他贫穷彻骨，连大年三十都无柴米，开小押的汪家乘人之危，要用二十四两银子收他那座心爱的炉，但杨执中硬是不肯，和老妻一起"点了一枝蜡烛，把这炉摩弄了一夜，就过了年"。二娄觉得鲁翰林到底是"俗气不过的人"，但这位鲁翰林到了娄府，"见瓶、花、炉、几，位置得宜，不觉怡悦"，"但见书房两边墙壁上板缝里，都喷出香气来，满座异香袭人，鲁编修觉飘飘有凌云之思"。三公子向鲁编修说："香必得如此烧，方不觉得有烟气。"齐评就此说："俗人恐未必知之。"马二先生虽然迂腐，但文人的好名之心还是有的，当他看到自己的选本在书店发卖，就去打听卖得好不好。看见匡超人算命时还看他那本新选的《三科程墨持运》，顿时对这位青年产生好感。马二先生虽然热心功名，鼓吹举业，但也知道"那西湖山光水色，颇可以添文思"。牛浦虽是无耻之徒，也知道读诗破俗的道理，可惜其言行相悖，表里不一。

吴敬梓从一个世家子弟，最后沦为赤贫，甚至到了一餐一饭都难以为继的绝境。这一惨痛的经历，使他对雅俗之分有了深刻的反思。一方面，面对社会势利，雅俗之分是对抗世俗的精神支柱之一，《儒林外史》中充满了作家对假名士、假雅士的讽刺。另一方面，出身世家的吴敬梓痛苦地注意到，功名富贵，多少读书人见了它就丧魂落魄，忘了廉耻，"舍着性命去求他"。仗义偏多屠狗辈，反倒是那些没有文化、身份卑贱的平民，做出了高尚的行为。周进在贡院里哭得死去活来，几个生意人慷慨解囊，为周进捐监进场。牛布衣四处漂泊，贫病交加，最后死在甘露庵，老和尚尽心尽意，为牛布衣料理后事。鲍文卿身为戏子，却知道爱惜人才，为素不相识的向知县说情。向知县封了五百两银子谢他，他分文不受。面对书办送上门来的五百两贿赂，鲍文卿无动于衷，坚决拒绝。因为吴敬梓有了这样的经历和反思，所以对杜慎卿的做作也有所讽刺。小说结尾所写的四位市井奇人，他们从事的是俗事，但又都有文化，都有雅的爱好。四人的爱好恰好就是琴棋书画：季遐年好书法，王太的棋艺非同一般，盖宽擅长绘画，荆元善于弹琴。这些描写和人物的设计，反映出吴敬梓在经历了由富而贫的经历以后对雅俗之辨痛苦而深刻的反思。通过雅俗之辨的角度，我们可以在《儒林外史》中看到一个更加多姿多彩的世界。

杨执中原型人物考论

叶楚炎

中央民族大学

　　杨允（字执中）是《儒林外史》中的一个重要人物，从第九回在二娄公子和邹吉甫的谈话中被提起，一直到第十三回退场，在近五回的篇幅中都有杨执中的出现。从人物塑造的角度来看，身为"名士"①的杨执中是书中"性格鲜明"②的一个人物，并在全书中担当了某些"极重要的讽刺主题"③，他也因此受到学界的颇多关注。与此同时，杨执中又是一个"有争议的人物"④，有人将其视为欺世盗名、品行恶劣之人，却也有论者认为他是"一个正派耿直读书人"，并"保持着传统知识分子的人格和节操"⑤，看似性格鲜明的杨执中似乎又是一个模棱两可、难以确评的人物。

　　事实上，便如小说中的诸多人物一样，杨执中也是在原型的基础上塑造而成的小说人物，杨执中之所以会有如此鲜明的状貌，同时又展现出种种矛盾的特性，既与作者吴敬梓对其的塑造方式相关，也与杨执中的原型人物有着密切的关联，而这一原型就在作者吴敬梓的交游圈中。本文便通

---

① 吴敬梓著，李汉秋辑校：《儒林外史汇校汇评本》，上海古籍出版社1999年版，第154页。

② 杨栋：《杨执中其诗与其人》，《明清小说研究》1989年第3期，第110页。

③ 乐蘅军：《杨执中的铜炉及其他》，载《古典小说散论》，纯文学出版社1984年版，第136页。

④ 李汉秋：《杨执中》，载李汉秋主编《儒林外史鉴赏辞典》，中国妇女出版社1992年版，第77页。

⑤ 杨栋：《杨执中其诗与其人》，《明清小说研究》1989年第3期，第110页。

过对于杨执中原型人物的考论，梳理这一人物与小说相关的生平、性格等人生面相，并以此为基础探讨杨执中这一人物的形塑过程及其叙事意义。

一

乾隆五年（1740），曾任两淮盐运使的卢见曾被遣戍塞外边地的军台效力，临行之前，士人高凤翰等人绘了一幅《雅雨山人出塞图》为卢见曾送行，有近二十位士人为此图题诗①。在这些诗作中，便有吴敬梓所写的《奉题雅雨大公祖出塞图》一诗。在参与题诗的士人里不乏吴敬梓的好友如程梦星、周榘、江昱等，此外，季苇萧的原型李葂也在题诗者之列，如果再算上被学界视为荀玫原型的卢见曾，这次题诗活动及其相关士人对于考察吴敬梓的交游以及小说创作有着不可小觑的意义。在诸多的题诗者中，有一个值得特别加以注意的人物，此人便是王藻。

王藻（1693—?），字载扬（有时也写作载飏或载阳），号梅沜，苏州府吴江县平望镇人。在《儒林外史》中，杨执中是"生意出身"②，曾在盐店中担任"管事先生"③ 之职，这也是官府的公文中为何会称其为"商人杨执中"④ 的原因所在。而王藻原本也是一个"商人"，据袁枚《随园诗话》，王藻曾"贩米为业"⑤。

杨执中是由于得到二娄公子的赏识和帮助，才从"商人杨执中"的身份及其带来的桎梏中摆脱出来，成为被相府延为上客的名士。王藻实现身份的蜕变也是因为有贵人相助："吴兴沈编修树本见之叹为异才，招至家相与讲论，由是弃业读书，学益进。"⑥

在杨执中得到二娄公子知遇之恩的过程中，他写在一幅素纸上的七言绝句发挥了关键性的作用："不敢妄为些子事，只因曾读数行书。严霜烈

---

① 参见丘良任《卢见曾及其〈出塞图〉》，《故宫博物院院刊》1983 年第 2 期，第 43—48 页。

② 《儒林外史汇校汇评本》，第 119 页。

③ 同上书，第 118 页。

④ 同上书，第 120 页。

⑤ 袁枚：《随园诗话》，人民文学出版社 1982 年版，第 114 页。

⑥ 宋如林修，石韫玉纂：《苏州府志》（道光）卷第一百一，清道光四年刻本。

日皆经过，次第春风到草庐。”正是看到了这首诗，二娄公子“不胜叹息，说道：‘这先生襟怀冲淡，其实可敬！’”① 也便因此越发坚定了要与之相识结交的念头。而王藻得到沈树本的赏识也是因为他的诗作：“《偶题桃源图》云：‘相看何物同尘世，只有秦时月在天。’以此受知于沈艅翁（按：即沈树本）先生，四处揄扬，遂弃业读书。”②

在小说中，杨执中是贡生③。据府志所载，王藻业儒后则是“国子生”④，也便是监生，其友人张世进诗中所写的“白头王上舍，旅食又京华”⑤ 亦印证了这一点。贡生和监生的科名也相类。

杨执中在小说中是一个“穷极的人”：不仅“家下一无所有，常日只好吃一餐粥”，甚至在除夕之夜也“到底没有柴米”。由于知道杨执中家中贫寒，为了在杨家接待来访的二娄公子，邹吉甫带去了酒肉、蔬菜，但却还是没有料到杨家竟然穷到连米都没有，最后仍是邹吉甫掏出银子才买来了米⑥。如此一连数笔，小说将杨执中的贫寒写到了极处。王藻也是一介贫士，县志中便说“藻居平望家贫”⑦，而其友朋的诗文也屡屡提及王藻的贫寒，诸如“载扬家故贫”⑧、“而幼孤长贫”⑨、“家无一棱田”⑩、“山田无半亩”⑪、“五月而披羊裘，三冬而衣皂褐”⑫ 等所指向的都是王藻的贫寒。

虽然几乎是一贫彻骨，但杨执中依然顽强地保持着自己的兴趣。邹吉甫到他家时，“杨执中出来，手里捧着一个炉，拿一方帕子，在那里用力

---

① 《儒林外史汇校汇评本》，第 126 页。

② 袁枚：《随园诗话》，第 114 页。这首诗的原名为《仇英桃源春晓图四首》（其四），参见王藻《莺脰湖庄诗集》卷二，南京图书馆藏乾隆刻本，5a。

③ 《儒林外史汇校汇评本》，第 120、121 页。

④ 《苏州府志》（道光）卷第一百一。

⑤ 张世进：《送梅沜之京师二十韵》，《著老书堂集》卷七，清乾隆刻本。

⑥ 《儒林外史汇校汇评本》，第 145、146 页。

⑦ 金福曾修，熊其英纂：《吴江县续志》卷二十一，清光绪五年刻本。

⑧ 杜诏序，《莺脰湖庄诗集》卷首，1a。

⑨ 计默序，《莺脰湖庄诗集》卷首，2b。

⑩ 程晋芳：《读莺脰湖集题赠王梅沜五首》（其二），《勉行堂诗集》卷七，载程晋芳著，魏世民校点《勉行堂诗文集》，黄山书社 2012 年版，第 187 页。

⑪ 程晋芳：《送王梅沜北游》，《勉行堂诗集》卷十，载《勉行堂诗文集》，第 286 页。

⑫ 全祖望：《莺脰山房诗集序》，《鲒埼亭集》卷三十二，载全祖望撰，朱铸禹汇校集注《全祖望集汇校集注》，上海古籍出版社 2000 年版，第 609 页。

的擦”。据他自己所说，家中连过年的柴米都没有，可他还是拒绝了别人收购此炉的开价，除夕之夜“点了一枝蜡烛，把这炉摩弄了一夜，就过了年”。明明是一家人早饭都吃不上，杨执中却仍然在“摩弄这炉，消遣日子”，并向邹吉甫夸耀道：“你看这上面包浆好颜色!”便如评点者所说，通过这些描写，在杨执中乍一正式出场的时候，便写出了他的“呆气满纸”①，而将衣食之忧完全置之脑后，只是沉溺于赏鉴摩挲之中，杨执中对于此炉的癖好之深也充分地体现在这些细致的工笔描摹中。

同样是“家本贫，衣食不足以赡”②，王藻在收藏方面却始终保持着浓厚的兴趣，他不仅“好蓄宋板书、青田石印章”③，而且“好载籍、笔墨、彝器、雕刻、玩弄之具，星罗于几席，以自为娱乐”④，甚至由于“性癖嗜文博具”，“辄便质衣买之”⑤，以致“恶衣粝食，冬寒衣敝袍”，却依然“人多笑之而不悔”⑥。

除了对于炉的兴趣，“又好看的是个书”是杨执中另一个重要的特征：在盐店做管事时，杨执中“要便袖口内藏了一卷，随处坐着，拿出来看”；正是由于平时在店中“也只是垂帘看书”，“凭着这伙计胡三”，最后亏空了店中七百多银子，以致深陷囹圄；在出狱后，杨执中也不细究是谁救了他，只想着“且下乡家去，照旧看书”⑦。

在好看书这点上，王藻也同样如此，不止是府志中称其“好读名人诗集”⑧，“性耽书好学，每得一编辄宝爱之，摩挲不忍释手”⑨，“顾好读书”⑩，“博涉书史”⑪，“此郎与物百不谐，只有缥缃动颜色。半生舟楫兼蹻轮，兔园册子皆随身”⑫，由上述诗文可见，耽于读书也几乎是友人在

① 《儒林外史汇校汇评本》，第146页。
② 刘大櫆：《王载扬诗集序》，载《海峰文集》卷四，清刻本。
③ 袁枚：《随园诗话》，第114页。
④ 刘大櫆：《王载扬诗集序》，载《海峰文集》卷四。
⑤ 王藻：《莺脰湖庄诗集》卷八，3b。
⑥ 刘大櫆《王载扬诗集序》，载《海峰文集》卷四。
⑦ 《儒林外史汇校汇评本》，第119、121页。
⑧ 《苏州府志》（道光）卷第一百一。
⑨ 杜诏序，《莺脰湖庄诗集》卷首，1a。
⑩ 马维翰序，《莺脰湖庄诗集》卷首，6b。
⑪ 曹廷枢序，《莺脰湖庄诗集》卷首，6b。
⑫ 闵华：《晒书行为梅浒作》，载《澄秋阁集》一集卷二，清乾隆十七年刻本。

谈及王藻时的共同评价。乾隆四年的除夕之夜，王藻客居好友鲍鉁的官署并向之借阅《蓉槎蠡说》一书，鲍鉁为此写了一首绝句送给王藻，其中有"利锁名缰天下是，几人除夕借书看"①之语，从中既可看出王藻的好读书，在杨执中除夕之夜摩弄那炉与王藻除夕之夜借书看两幅画面之间也产生了微妙的关联。

便是由于在收藏与读书方面异于常人的这些癖好，在盐店中人看来杨执中是一个"老阿呆"，权勿用也说"杨执中是个呆子"，小说评点者亦将其称为"杨阿呆"，小说作者则通过叙述将"古貌古心"②作为对于杨执中性情的概括。

"不随俗所尚"③也同样是王藻性情中非常重要的一个面相。在刘大櫆所写的《王载扬诗集序》中有如下之语："昔米芾作唐人冠服，违时异俗，人谓之颠，载扬亦似颠；倪瓒构云林之堂，置古鼎尊罍玉器书画其中，人谓之迂，载扬亦似迂。"④张凤孙也称王藻"睹奇石而低头欲拜，癖差类于米颠；值穷途而破涕为懽，狂转加乎阮籍"⑤。在别人眼中被视为颠、迂之人的米芾、倪瓒等在王藻看来却是值得效仿的先贤："横幅新图仿昔贤，倪家迂与米家颠"⑥，而从刘大櫆和张凤孙的序言也可看出，王藻不仅是在自己的诗中表达了对于迂、颠的倾慕，在日常行事中也正是如此践行的。

在小说中，杨执中不仅参加了二娄公子所办的莺脰湖之会，同时也是莺脰湖众名士中的重要一员。而王藻就住在莺脰湖之滨，在其诗中有"我家莺脰湖边住，也与渔樵唤弟兄"之语⑦，而其诗集也便名曰"莺脰湖庄诗集"。在客居在外之时，王藻常常以"莺脰湖"来寄托家乡之思：

---

① 鲍鉁：《送〈蓉槎蠡说〉与王梅沜附一绝句》，载《道腴堂诗稿》卷二十六，清代诗文集汇编影印清乾隆刻本，第267册，第78页。

② 《儒林外史汇校汇评本》，第119、118、162、163页。

③ 马维翰序，《莺脰湖庄诗集》卷首，6a。

④ 刘大櫆：《王载扬诗集序》，载《海峰文集》卷四。

⑤ 张凤孙序，《莺脰湖庄诗集》卷首，11b。

⑥ 王藻：《题李光禄崇贤种山亭子图四首》（其二），载《莺脰湖庄诗集》卷九，19b。

⑦ 王藻：《题沈太史碧浪泛舠图四首》（其四），载《莺脰湖庄诗集》卷四，7a。

"因忆莺脰别来久，几时婀娜挂轻帆"①，"故里莺脰水，竞渡应喧腾"②。

也正是这一原因，他的知交好友往往将莺脰湖视为等同于王藻的一个诗歌意象。在其至交鲍鉁的《道腴堂诗稿》及《道腴堂诗续》中，有五十余首诗都与王藻有关，而在结识王藻之初，"莺脰湖"则几乎是鲍鉁在写及王藻时的诗中必用之语："莺脰湖边客，扁舟肯乐群"③，"莺脰湖头别，相思漫五年"④，"若论吴江后来秀，绿波莺脰渺无津"⑤，"京洛偶游戏，遄归莺脰湖"⑥，"早闻莺脰好湖光，倚重青杨与白杨"⑦。在王藻其他友人的诗文作品中，莺脰湖同样是可以与王藻等同的文化符号："森森春波碧，千秋莺脰湖"⑧，"何当与子莺湖曲，雨笠烟簑一钓丝"⑨，"凉生白纻虎丘寺，响入绿蓑莺脰湖"⑩，"山光泼虎邱，湖色瀲莺脰"⑪，"高坐暖风迟日里，知子燕塞忆莺湖"⑫。

从这些诗作可以看到，在友朋的眼中，王藻与莺脰湖之间几乎难分彼此：非但提起王藻便要说及莺脰湖，由于王藻在诗坛的声名，在当时的语境中，当说到莺脰湖的时候，王藻也几乎是首先会被勾连起来的诗人。两者之间的这种紧密关联甚至也一直延续到王藻逝世多年之后，当有士人来到莺脰湖时，首先想起的仍然是王藻："乌桕摇烟下荻塘，荻花萧瑟水风

---

① 王藻：《给事树澍为余题莺脰书堂额志谢言怀四首》（其一），载《莺脰湖庄诗集》卷六，18b。

② 王藻：《端午后一日唐太史建中邀集澂园观竞渡同限澂字韵》，载《莺脰湖庄诗集》卷一三，5a。

③ 鲍鉁：《夏日喜韩怡园偕吴江王载飏过访有赠二首》（其一），载《道腴堂诗稿》卷九，第78页。

④ 鲍鉁：《山中寄王载飏京师四首（其一）》，载《道腴堂诗稿》卷十三，第106页。

⑤ 鲍鉁：《论诗绝句四十首》（其三十九），载《道腴堂诗稿》卷十四，第115页。

⑥ 鲍鉁：《春日怀人诗三十首·王布衣梅沜》，载《道腴堂诗稿》卷十四，第117页。

⑦ 鲍鉁：《同王载扬过其乡人张玉川书斋留宿赋赠》，载《道腴堂诗稿》卷十六，第134页。

⑧ 程晋芳：《读莺脰湖集题赠王梅沜五首》（其四），载《勉行堂诗集》卷七，《勉行堂诗文集》，第188页。

⑨ 闵华：《王梅沜见过作》，载《澄秋阁集》一集卷二。

⑩ 厉鹗：《赋得满天梅雨是苏州送梅沜自京师归里》，载《樊榭山房集》续集卷八，《四部丛刊》景清振绮堂本。

⑪ 文昭：《送王载扬归吴江》，载《紫幢轩诗集》松风支集卷三丙集，清雍正刻本。

⑫ 尚廷枫：《送王载扬还吴江》（其三），曾燠：《江西诗征》卷七十二，清嘉庆九年刻本。

凉。生怜鹿野联吟者，寂寞人间王载扬。"①

事实上，非但吴敬梓与王藻都曾为《雅雨山人出塞图》题诗，两人之间还有许多共同的朋友：程梦星、程晋芳、团昇、卢见曾、江昱、商盘、王昆霞、李葂、严长明等人，都既与王藻有诗歌唱和，同时也与吴敬梓有较为密切的交游。根据现有研究，在这些士人中，至少程梦星、卢见曾、商盘、王昆霞、李葂都被吴敬梓作为原型人物写入了《儒林外史》。这也就是说，王藻应该也在吴敬梓的交游圈中，并且与《儒林外史》原型人物士人群体有密切的关联。

而从以上对举可以看到，在杨执中和王藻之间存在着诸多的相类乃至相同之处：两人都是生意人出身；都是因为受到贵人的赏识才摆脱了原来的身份并成为名士；在两人被赏识的过程中，他们的诗作都起到了关键性的作用；他们的科名贡生与监生也相仿佛；两人都是穷极的寒士；对于收藏，两个人都有特殊的癖好；好读书则是他们共同的重要特征；两人都违时异俗，被旁人看作颠迂之辈；而杨执中故事里出现的莺脰湖在当时的诗坛语境中则是与王藻关系密切的意象和符号。因此，小说里杨执中的原型人物应当就是王藻。

二

在金和为《儒林外史》所做的跋中，当谈到原型人物的时候，曾说过"杨执中之姓汤"②，就此看来，这与金和所说的"武正字者程文也""荀玫之姓苟"等一样，都属讹误之语，而"汤""杨"两姓之间的形似或许是引发这一讹误的缘由。但从这一角度说，在原型人物王藻与小说人物杨执中之间也确有名姓的关联，杨执中的"杨"字应当就是从王载扬的"扬"字变化而来，这与庄绍光之"庄"来自程绵庄之"庄"手法相类。而小说中的一些具体叙述也与王藻的居所、轶事以及名号有关。

在小说中，杨执中的别号是"枫林拙叟"，从小说的叙述看，这一别

---

① 严可均：《莺湖杂诗》（其一），载《铁桥漫稿》卷二诗类下，清道光十八年四录堂刻本。

② 金和跋，李汉秋编：《儒林外史研究资料》，上海古籍出版社1984年版，第129页。

号应来自杨执中家屋后的枫树："屋后有两颗大枫树，经霜后，枫叶通红"①。而结合其原型人物王藻来看，这一别号则另有来历。在王藻的诗集中有名为《王罍枫叶湖山二首》（其二）的诗作："莺脰湖边鸭嘴船，湿银千顷霁蓝天。秋来看杀枫林好，我亦何输画里仙"②，或许"枫林拙叟"之号便来自王藻家乡莺脰湖边的枫林。

值得注意的是，在王藻与枫树之间，还另有一段渊源。据《清诗别裁集》，沈树本曾写有《赠王载扬》一诗，其中有"谁知枫落吴江冷，未是崔郎压卷诗"之语，下有小注："载扬少工诗，人无知者，鲐翁见而赏之，遍告诗坛，名遂著。载扬吴江人，故以'枫落吴江冷'为比。"③"枫落吴江冷"是唐人崔信明的诗句，沈树本既是借用这一诗句褒扬王藻佳作颇多，同时也在诗作中巧妙地点出了王藻的籍贯"吴江"。正由于枫树与吴江的联系以及这一轶事，在其友人写给王藻的诗句中也往往会用到枫树的意象，例如"冷吟江上去，叶叶晚枫多"④、"余子栖幽野，怀人对晚枫"⑤、"集句临川偶然事，顿令枫冷忆吴江"⑥ 等诗句皆是如此。因此，以"枫林拙叟"作为小说中杨执中的别号，或许也有着双重的用意：一方面是以枫树这一意象暗切杨执中的原型人物王藻乃吴江人，另一个方面也将王藻曾受沈树本赏识之事蕴含在这一别号中。

除了屋后的枫树，对于杨执中的家居，小说中也有一番颇为细致的描写，

> 面着一方小天井，有几树梅花，这几日天暖，开了两三枝。书房内满壁诗画，中间一副笺纸联，上写道："嗅窗前寒梅数点，且任我俯仰以嬉；攀月中仙桂一枝，久让人婆娑而舞。"……谈到起更时候，一庭月色，照满书窗，梅花一枝枝如画在上面相似，两公子留连

---

① 《儒林外史汇校汇评本》，第 126、124 页。

② 王藻：《王罍枫叶湖山二首》（其二），载《莺脰湖庄诗集》卷三，4a。

③ 沈德潜：《清诗别裁集》卷二十三，清乾隆二十五年教忠堂刻本。

④ 程晋芳：《读莺脰湖集题赠王梅沜五首》（其五），载程晋芳《勉行堂诗集》卷七，《勉行堂诗文集》，第 188 页。

⑤ 闵华：《秋日同榆亭范次嶽散步北郊即事四首》（其四），载《澄秋阁集》一集卷二，清乾隆十七年刻本。

⑥ 杨鸾：《扬州杂题》（其八），载《邈云楼集六种》邈云三编，清乾隆道光间刻本。

不忍相别。①

在这些叙述中，通过天井中开了三两枝的梅花、书房内有关寒梅的对联以及月光下照满书窗的梅花之影，小说将杨家的"清景可爱"② 充分点染出来。引人注意的是，这一连串的点染所用到的都是梅花。实际上，王藻的号"梅沜"中便有一个"梅"字，在其友人以及时人的诗文中，王梅沜也是比王藻抑或王载扬更为常见的称呼。因此，在杨执中的居所中一连串地使用梅花进行点染，与赋予杨执中"枫林拙叟"的别号正有异曲同工之处：即将原型人物王藻的个人信息潜藏在小说的相关叙述中，以这样的方式弥补原型人物与小说人物在姓名字号方面关联的简略。

换言之，在姓名字号方面，吴敬梓仅仅使用了与"扬"声同形近的"杨"，同时却又在小说的叙述中通过枫树与梅花，也包括上文所论及的莺脰湖，将原型人物王藻的籍贯、轶事、名号等个人信息暗蕴其中，这似乎显示出吴敬梓在创作上的某种矛盾心理：他既不愿旁人轻易看出小说人物与原型人物之间的关联——这也是为何此前无人提及杨执中的原型便是王藻的缘由所在，同时却又不断通过小说叙述在暗示乃至强化这一关联。而从这一看似矛盾的创作心理出发，我们也可以进一步地去探寻杨执中这一人物的塑造过程及其在小说中的存在意义。

可以看到，杨执中的身份存在着隐约可见的矛盾：当其被邹吉甫初次提及的时候，说他是"生意出身"③，但此后在他的自我介绍中又说自己"当初无意中补得一个廪，乡试过十六、七次，并不能挂名榜末"④，乡试过十六七次至少要花费五十年左右的时间，也便是说，杨执中少说也做了五十余年的秀才。因此，在这一生意人出身与资深秀才之间显然是矛盾的。这种矛盾性也体现在官府的公文中："商人杨执中（即杨允），累年在店不守本分"，"但查本人系廪生挨贡，不便追比，合详请褫革，以便严比"⑤，既说他是"商人"，同时却又说他是"廪生挨贡"也便是岁贡

---

① 《儒林外史汇校汇评本》，第150页。
② 同上。
③ 同上书，第119页。
④ 同上书，第149页。
⑤ 同上书，第120页。

生，这两者之间显然也有抵牾。

表面看来，这种矛盾似乎可以得到解答：或许是杨执中一直就是秀才，后来迫于生计而做了管事；或许杨执中夸大了自己参加乡试的经历，考虑到获取乡试考试资格的艰难，"入乡场"本身也往往会被视为一种科名①，杨执中是用这样的方式夸饰自己的科举经历，这与小说中其他士人惯用的浮夸口吻是相一致的；又或许是盐店中人为了打赢官司，因此有意将"商人"的身份贯诸其实是岁贡的杨执中姓名之前，以达到更好的诉讼效果。但无论如何解释，在生意人抑或商人与一个颇有资历的岁贡生之间，还是存在着难以抹平的参差。

就此而言，如果将其原型人物王藻代入，体现在杨执中身份上的参差也就易于索解了。如前所论，王藻原本贩米为业，在得到沈树本的赏识和褒扬之后，才弃业从儒。因此无论是邹吉甫所说的"生意出身"，还是官府公文中所说的"商人"对应的都是原型人物王藻本初的身份。至于杨执中的廪生和贡生身份，包括乡试过十六七次的科举经历，则都是小说化的书写，也就是说，原型人物和小说化书写的合力造成了杨执中身份的矛盾。而这一抵牾的产生也依然与吴敬梓看似矛盾的创作心理产生了微妙的勾连：杨执中的科举身份与科举经历遮掩了他的原型人物，而对于杨执中商人本初身份的保留却又暗示并强化了小说人物与原型人物之间的联系。值得注意的是：依照吴敬梓的才能，应该完全有能力对于原型人物与小说化书写之间的参差不平进行细致的打磨，可吴敬梓非但没有这样做，反而却通过上面所列举的情节与细节接二连三地在凸显这些参差不齐。

这些参差在杨执中身上造成了一些显见的性格矛盾：杨执中曾痛骂家中的老妪，还"把老妪打了几个嘴巴，踢了几脚"，并且在和儿子杨老六的吵闹中"拿火叉赶着，一直打了出去"②，显现出在其他士人身上罕见的粗鄙市井的一面；但在和二娄公子交谈之中，却又显得温文尔雅、谈吐不俗，展现出高人雅士应有的状貌。简单说来，可以认为粗鄙市井的一面其实指向的是王藻原本就是市井商贾，而高人雅士的一面对应的则是王藻

---

① 参见叶楚炎《明代科举与明中期至清初通俗小说研究》，百花洲文艺出版社 2009 年版，第 271—272 页。

② 《儒林外史汇校汇评本》，第 125、148 页。

改业后的身份。但吴敬梓不仅同时保留了两种身份映射下的性格，甚至还通过细致的书写衬显这两种性格之间的巨大差异，因此，仅从原型人物身份残留的角度去解释显然还不够全面。事实上，保留在杨执中身上的这些参差不平可能并非人物塑造上的瑕疵，而恰是更为深入地理解这一人物的契机。

结合原型人物王藻，从身份的角度说，杨执中这一人物最特殊的地方还不在于其身份的矛盾，而在于"诗人"身份的缺失。王藻是当时负有盛名的诗人，他"好为诗"①，"少即以声诗有闻于时"②，成名之后其诗作更是得到"杰出流辈"③的评价。友人称王藻"师资兼秀水（竹垞先生），宗派独新城（渔洋先生）"④、"或曰博洽似朱秀水，或曰超俊似王新城"⑤，诗风兼具朱彝尊与王渔洋两家之长，甚至能够承继并比肩两位诗坛宗师：

> 竹垞南淹，阮亭北逝，不知璧不并耀，骏不双驰。根断灵苑，秀擢江波，所谓长丽去而宛虹来，耀灵沦而望舒睬，夫固有继之者也。⑥

如前所论，王藻之所以成名，就是因为诗作得到了沈树本的赞赏，而此后更是"肆意汲古以诗名振起其家声"⑦。更为重要的是，不仅王藻的名声就来自于他的诗作，在"儒林"之中，诗人也是其最重要甚至是唯一的身份。与他身周的朋友如厉鹗、全祖望、杭世骏等人不同，王藻在学术方面并不擅长，也没有留下相关的著作；而在时文方面，由于"不屑为科举之学"，王藻也无兴趣，只是"一意肆力于歌诗"⑧。王藻的才力几

---

① 李铭皖修，冯桂芬纂：《苏州府志》（光绪）卷第一百六，清光绪九年刊本。
② 厉鹗：《广陵倡和录》序，载王藻编《广陵倡和录》卷首，南京图书馆藏清刻本。
③ 曹廷枢序，《莺脰湖庄诗集》卷首，6b。
④ 鲍鉁：《夏日喜韩怡园偕吴江王载飏过访有赠二首》（其二），载《道腴堂诗稿》卷九，第78页。
⑤ 沈德潜序，《莺脰湖庄诗集》卷首，5a。
⑥ 袁枚：《小仓山房集》外集卷一，清乾隆刻增修本。
⑦ 计默序，《莺脰湖庄诗集》卷首，2b。
⑧ 刘大櫆：《王载扬诗集序》，《海峰文集》卷四。

乎都凝聚在诗歌上，在世人的眼中他也就是一个诗人。

但在小说中，"诗人"这一王藻最为重要且几乎是唯一的儒林身份却没有出现在杨执中的身上。在小说的叙述中，从来未曾以"诗人"称呼杨执中，也没有正面去叙述他作诗的景况，这与之后出现的西湖众名士赵雪斋、景兰江、浦墨卿等人的"高踞诗坛"① 形成了鲜明的对比，似乎吴敬梓是用这样的方式刻意将诗人的身份从其身上隐去。

需要指出的是，吴敬梓对于杨执中诗人身份的遮掩其实并不彻底：在小说中还是记叙了杨执中所写的一首诗，这便是上文曾提及的那首打动二娄公子的绝句；此外，在看完这首诗之后鲁编修曾不屑地道："只做这两句诗当得甚么？"② 这两处细节似乎也隐约透露出杨执中的诗人身份。但微妙的是，这首绝句并非杨执中所作，便如评点者所指出的，这首诗原本载于元末陶宗仪的《南村辍耕录》，是元人吕思诚在身为寒士时所写的一首七律的最后四句。也便是说，杨执中"改七律为七绝"，将此诗"攘为己有"③，似乎他与此后出现的牛浦郎一样，别无所能，只会将旁人的诗据为己作。因此，这一隐秘的抄袭实则又消解了杨执中被隐约透露出来的诗人身份。

可尤为曲折之处在于，在遮掩和消解的同时，吴敬梓还通过其他的方式透露出杨执中与"诗人"之间的联系。此前已有学者注意到，与绝大多数的中国古代小说不同，在小说的叙述中，《儒林外史》极少出现韵文，吴敬梓几乎"把诗词的数量压缩到最低限度"，"有许多情节明显应该有诗词，但他都一笔带过，或者换成了叙述描写"④。就整部小说而言，这一论述正切中了《儒林外史》叙述方面的一个重要特征。但将整体而言极度压缩韵文的叙述特征与杨执中的故事叙述相对照，则为发现杨执中的故事颇为特殊。

除了上文一再提及的那首绝句，在杨执中的故事中还出现了另外两处韵文作品。一处是杨执中家客座中挂的对联，"上写着：'三间东倒西歪

① 《儒林外史汇校汇评本》，第 216 页。
② 同上书，第 130 页。
③ 同上书，第 126 页。
④ 杨栋：《杨执中其诗与其人》，《明清小说研究》1989 年第 3 期，第 115 页。

屋，一个南腔北调人。'"① 一处则是他书屋中的对联："嗅窗前寒梅数点，
且任我俯仰以嬉；攀月中仙桂一枝，久让人婆娑而舞。"② 在杨执中故事
里密集出现的这三处韵文打破了小说的叙述习惯——因为在其他的故事中
多连一处韵文也不可见，更不要说三处。即便是高踞诗坛的西湖名士，在
他们的故事中也只出现了一句韵文：便是从醉人支剑锋口中说出的"李
太白宫锦夜行"③。从叙述的角度看，显然很难解释这一现象。可倘若联
系其原型人物王藻，杨执中故事里这三处突兀而起且密集出现的韵文便也
不难理解了：或许他们所透露出的正是王藻的诗人身份。

在袁枚的《随园诗话》中有道："征士王载扬，吟诗以对仗为工"④，
因此，小说中特笔写出的这两处对联不仅是在透露王藻的诗人身份，或许
也是在点出王藻写诗擅于对仗，这一用细笔描画的方式勾勒原型人物与小
说人物之间关联的手法，也正与上文所论对于枫树与梅花的使用相一致。
可问题在于，与那首七言绝句一样，这两处对联或许仍不是杨执中所写。
杨执中客座中的那副对联，评点者黄富民便直言："对文系抄来者"⑤，书
房中的对联，黄富民同样说"对文亦是抄来者"⑥。一个以"对仗为工"
著称的诗人，家中的对联却是抄自别人的成作，这不啻是对于诗人的一个
辛辣讽刺，也是对于其诗人身份另一重更具力度的消解。

由以上所论可见，吴敬梓几乎是用欲语还休的婉曲手法在颇为别致地
雕琢"诗人"杨执中，他一方面将来自原型人物王藻的诗人身份以及诗
歌写作特长从杨执中身上隔绝开，另一方面又通过一反常规的三处韵文透
露原型人物王藻所提供给小说人物的那层诗人底色，但与此同时他提供的
这三处韵文却都存在著作权的疑惑，这些疑惑足以将杨执中诗人的底色消
解于无形。通过这一连串婉曲的塑造，更为确切地说杨执中的诗人身份不

---

① 《儒林外史汇校汇评本》，第 149 页。

② 同上书，第 150 页。

③ 同上书，第 136 页。

④ 袁枚：《随园诗话》，第 317 页。

⑤ 《儒林外史汇校汇评本》，第 149 页。此联在《阅微草堂笔记》及《随园诗话》中都有
载，参见何泽翰《儒林外史人物本事考略》，上海古籍出版社 1985 年版，第 121 页。也有学者认
为这副对联应来自明人徐渭的题画诗，参见周林生、郑海球《〈儒林外史〉取材来源小考》，《学
术研究》1987 年第 5 期，第 46 页。

⑥ 《儒林外史汇校汇评本》，第 150 页。

是缺失了,而是在一种明灭不定、模糊不清的状态中被悄然瓦解,读者很难用是或不是这样简单的标准去评判杨执中诗人身份的有无,但却能够透过那层暧昧不明的表象,触碰这一形象所传达的实质即所谓"诗人"身份的虚无和荒谬,相对于简单直接的否定抑或嘲讽,这种对于杨执中"诗人"身份的处理无疑更为精妙。

因此,与其说是基于原型人物和小说人物的难以调和,吴敬梓只能对杨执中这一人物身上存在的参差不齐视而不见,不如说吴敬梓有意保留了这些参差不齐,并借助原型人物和小说人物之间似是而非的距离感塑造出了更具小说意义的人物形象。借助于王藻这一原型人物,我们能够清晰地看到这一点。而从王藻的身份入手,杨执中这一人物的塑造命意还能得到一个更为全面的展示。

三

王藻原本出身米贩,在弃业为儒后,"甫就童子试,意若然不屑,遂舍帖括而独肆力于诗"①,但在"国家设科名以取天下之士"的科举时代,"至于诗盖无所用之"②,自绝于八股制艺只擅长写诗的王藻显然无法通过科举成为仕宦。乾隆元年诏举博学鸿词,王藻受到了都察院左副都御史孙国玺的举荐③。对于王藻而言,这当然是最接近人生显贵的一次良机,但"及廷试,又不与选"④,博学鸿词的举荐只是让王藻从"王布衣"变为了"王征君",却依旧让他远离平步青云的梦想,他也因此在送给此次同样失意而归的厉鹗的诗中写道:"同是青冥铩羽身,我留君去转伤神。相看骨相俱屯薄,不似金绯队里人。"⑤

如前所说,王藻是监生,因其与贡、荫等途都无关联,这一监生应是通过捐纳的方式获得的,这应该也是他在科举无望且仕宦无路后的无奈选

---

① 杜诏序,《莺脰湖庄诗集》卷首,1a。
② 刘大櫆:《王载扬诗集序》,载《海峰文集》卷四。
③ 法式善:《槐厅载笔》卷八,清嘉庆刻本。
④ 闵华序,《莺脰湖庄诗集》卷首,13b。
⑤ 王藻:《送厉孝廉鹗南归四首》(其一),载《莺脰湖庄诗集》卷十,3b。

择。据《国朝耆献类征初编》，王藻"官国子监学正"①，但在王藻自己的诗集及其友朋的相关诗文中，却未曾提及这一职衔，或许王藻并未真正出任学正之职，即使王藻曾出任此职，一个正八品的国子监学正应当也很难满足王藻对于自己的人生期许。

也便是说，摆脱了原本商人身份的王藻期望能凭借自己的才学获得更好的社会地位，因此他成为了士人。但士人需要通过八股制艺去走科举之路以获得阶层晋升的机遇，可帖括又恰是王藻不屑抑或不擅为之的。而他用力最深且最擅长的诗歌写作却又不能让他获得人生的飞跃，即便是"博学鸿词"这种对他来说最好的良机，也未能把握住，因此只能停滞在一介寒儒这样的位置上，仅能触及监生或是学正这般低微的士人身份或是官职。更为严重的是，由于所处士人位置的低微，还似乎总在提醒世人不要忘记他之前更为低微的米贩身份，从这一意义上说，王藻就是这样一个身份尴尬的人。

刘大櫆也是王藻的友人，并自言"知之最深"，在其所作《王载扬诗集序》中起首便道："公卿大夫皆有职，农工商贾皆有业。今之读书者号称为士，其上可以为公卿、大夫，而其下不可以为农工商贾"，而在这篇序言的结尾部分，刘大櫆则道："余观载扬，今之公卿大夫无此人，农工商贾亦无此人。"②或许正是因为王藻此前的商贾身份与停顿凝滞的窘境使得刘大櫆在这篇序言的首尾做出了如此的发抒，而这也如实反映了王藻身份的尴尬景况：这是一个在社会各阶层中都找寻不到自己身份归属的人，他已不是农工商贾，却也不能成为公卿大夫，只能跻身并"暂时"存身于"士"这个阶层。即便如此，出于对更高社会位置的觊觎，又使他不安于做一个普通的士人，并在心理上对之产生疏离与排斥。因此，理论上说，王藻既是商贾，又是士人，还是官员，但现实中的王藻却又什么都不是，处在一种无所依归的状态中，一如他的自嘲："匪仕匪隐堪嘲哑。"③

王藻的无所依归不仅体现在社会身份上，也体现在流离异乡的四处飘

---

① 李桓辑：《国朝耆献类征初编》卷一百四十四。
② 刘大櫆：《王载扬诗集序》，载《海峰文集》卷四。
③ 王藻：《为姚秀才世钰题莲花庄图》，载《莺脰湖庄诗集》卷八，19a。

零。在王藻弃业从儒之后，为了得到仕宦的机会，同时也为了谋得基本的衣食，不得不长年离家远游，便如其自己所说："吁嗟吾生岂好游，衣食奔走邅自谋"①、"岂不思安居？奔走乃得活"②、"我生频远游，归不暖坐褥"③，王藻或是在北京、扬州、长兴等地之间往来奔波："车如鸡栖马如狗，贱子年年事奔走"④，或是在这些地方长期滞留，"掺觚襆被，依人糊口"⑤。王藻的友人鲍鉁曾在长兴担任县令，从乾隆二年到乾隆六年，王藻也一连数年都在长兴度岁，以至鲍鉁在诗中特意注道："王载扬连岁留榻县斋度岁"⑥。长兴距离王藻的家乡吴江极近，但王藻却过年也不归家，并且一连数年如此，显然还是因为衣食有忧——这也可以与到了除夕之夜，杨执中家却连柴米都没有做充分的对读。

因此，虽然王藻的家乡莺脰湖"绿波渺弥，垂杨匝岸，鸣榔渔唱，都入啸歌"⑦，是士人眼中梦寐以求的诗意乐土，但对于成为士人之后的王藻来说，却渐行渐远、生疏隔膜，他多只能"烂熳杯盘沾好友，青红儿女忆家乡"⑧，借异乡之酒消遣思乡之情，甚至发出"樱桃湖畔是否家？客子年年负岁华"⑨ 的疑问和感叹。

就此而言，王藻的迷失是双重的：他既在各种身份的转换与追寻中迷失自我，同时也在四处飘零中迷失自己的家乡，这或许就是王藻弃业从儒所付出的代价。由此再返观《儒林外史》里的杨执中，会发现在迷失这一点上，杨执中正与之有着相同的特质。

从身份的角度看，多样性是杨执中这一人物的一个显著特征：如前所举，他在盐店中做过管事先生，因此公文中称其为"商人"，而到了第十

---

① 王藻：《瓜州行》，载《莺脰湖庄诗集》卷九，11b。
② 王藻：《题月湖丙舍图别乘弟樑作》，载《莺脰湖庄诗集》卷十三，18b。
③ 王藻：《为徐四丈夔题双溪载酒图》，载《莺脰湖庄诗集》卷十三，20a。
④ 王藻：《舟泊仲家浅追和李宾之、钱受之两先生》，载《莺脰湖庄诗集》卷八，17a。
⑤ 鲍鉁序，《莺脰湖庄诗集》卷首，3b。
⑥ 鲍鉁：《辛酉元日二首》（其二），载《道腴堂诗稿》卷二十九，第274页。
⑦ 沈德潜序，《莺脰湖庄诗集》卷首，5a。
⑧ 王藻：《日试笔同张子四科作》，载《莺脰湖庄诗集》卷十三，9b。
⑨ 樱桃湖是莺脰湖之别名。王藻：《送鲍明府鉁再任长兴四首》（其三），载《莺脰湖庄诗集》卷八，1b。

二回，在两个萧山籍士人的口中他是盐店里的"伙计"①；据官府的公文以及杨执中自己所叙，他曾是廪生，并是贡生，还在出贡后选授"应天淮安府沭阳县儒学正堂"②之职，所以他也是教官，并因此在小说叙述中被称为"杨司训"③；而要说起杨执中在小说中最重要的身份则是"名士"：他不仅作为名士被二娄公子延揽，还身居众名士之列参加了第十二回的"名士大宴莺脰湖"。也就是说，商人、伙计、廪生、司训、名士等这些身份都拥挤在杨执中一人的身上。

除此之外，杨执中还拥有诸多的名号及称谓：他的姓名是杨允，字则是执中，号是枫林拙叟，邹吉甫称他为杨先生，萧山籍的士人叫他"姓杨的老头子"④，盐店的人则都称呼他是个"老阿呆"⑤，而权勿用也说杨执中是个"呆子"。从这些列举可见，杨执中的姓名字号，乃至尊称、蔑称、绰号等一应俱全，倘或再将上面所说、并且也确实一一出现在小说中的商人杨允、杨贡生、杨司训等称谓再算进去，杨执中的名号之多在《儒林外史》中可谓蔚为大观，他也几乎算是整部小说中拥有最多名号和称谓的人物。这与书中的其他一些主要人物形成了鲜明的反差：例如王惠、荀玫等人只有姓名而无字号，鲁编修则连名也没有出现。

如此多的身份和称谓都堆积在杨执中一人的身上，不仅造成了其身份的矛盾——前面所举的商人与贡生便是如此，也直接导致了杨执中身份的混乱：在这些五光十色的名号以及称谓中，我们不知道哪个才是杨执中真正的身份所属，也不确定杨执中究竟是以哪种身份在小说中立足：他确实曾经在盐店中做管事先生，却已在出狱后舍弃了商人抑或伙计的过往；他的确曾拥有廪生以及贡生的科举功名，但由于屡试不中以及年老，早已断绝了通过科举求取功名的念想，在小说中的所为也完全与科举无关；他是曾经选授过教官之职，并有高悬在家中的报贴作为明证，可他又曾"力辞了患病不去"⑥，因此从未真正地出任过官职；他在二娄公子的眼中是

---

① 《儒林外史汇校汇评本》，第156页。
② 同上书，第149页。
③ 同上书，第141页。
④ 同上书，第156—157页。
⑤ 同上书，第119页。
⑥ 同上书，第149页。

襟怀冲淡的名士，但通过小说的叙述，在评点者看来其实却是"一无所能"①的假名士；他是众人口中的"呆子"，可通过在堂屋中悬挂报贴以及在权勿用之事上劝二娄公子"蜂虿入怀，解衣去赶"②等行为来看，他又"全然不呆"③。

因此，一方面杨执中的名号以及称谓确实五光十色、蔚为大观，另一方面这些名号、称谓所对应的身份却又都在小说的叙述中经历着相同的颠覆和消解，就连他的名字也是如此。杨执中的名字应当来自于《尚书·大禹谟》："人心惟危，道心惟微，惟精惟一，允执厥中。"但小说对于杨执中的叙述无疑与"允执厥中"——即言行符合不偏不倚的中正之道完全背道而驰。从这一意义上说，杨执中既是一个身份混乱的人，同时更是一个在混乱的身份中迷失自我的人。而联系原型人物王藻便可看到：杨执中在纷繁错乱的身份中迷失与王藻在多重身份中无所适从其实有着完全相同的本质。

因而，吴敬梓应是敏锐地捕捉到了王藻身上的迷失特质，并将之传递到了小说里杨执中的身上。在被二娄公子救助、延揽之后，杨执中便住进了娄府，从中也可以看到一直寄人篱下的王藻的影子。值得注意的是，对于杨执中，吴敬梓不仅只是传递原型人物的这一特质而已，还通过各种身份与字号的累积，以及叙述中对这些身份、字号的颠覆和消解，越发凸显着这种迷失，并且这也与吴敬梓对于杨执中诗人身份的遮蔽与瓦解巧妙地结合在一起，形成了更为深刻的人物塑造。

相对说来，王藻虽然四处飘零、无所依归，但诗人的光耀至少能遮掩许多生存的尴尬，也能借此在士林中立足，并谋得基本的衣食。但对于连诗人名号也没有的杨执中而言，情形则更为复杂。正是由于诗人身份的遮蔽及瓦解，失去了诗人底色的依托，杨执中在小说中最重要的"名士"身份也变得脆弱而可疑，因此，二娄公子对于杨执中真挚郑重的知遇和延请被演绎成了一场空洞可笑的"求贤访道"④，而在这一过程中，杨执中

---

① 《儒林外史汇校汇评本》，第 161、162 页。
② 同上书，第 170 页。
③ 同上书，第 149 页。
④ 同上书，第 140 页。

也增加了另一层重要的行为特色：对于自己空白底色的遮掩。

值得注意的是，小说中在写及二娄公子造访杨执中的时候，用了颇为细致的笔墨去描写他的家居，尤其是客座及书房，而这也形成了两个意义截然不同的空间。在客座中，除了竹椅书案之外，特笔写出的是悬挂的"楷书朱子《治家格言》"、"两边一副笺纸的联"①，以及选授教官的报贴。如前所论，那副对联并非杨执中所写，并与另外两处韵文共同构成了对于杨执中隐约透露出的诗人身份的消解。报贴中所说的教官，杨执中并未就任，也事实上消解了他的官员身份。而在消解这一点上，《治家格言》也起到了相似的作用。

在二娄公子到来之前，抢先进来的是杨执中的儿子杨老六："在镇上赌输了，又噇了几杯烧酒，噇的烂醉，想着来家问母亲要钱再去赌"，此后杨老六执意要抢锅里的肉吃，"杨执中骂他，他还睁着醉眼混回嘴。杨执中急了，拿火叉赶着，一直打了出去"，最后是杨执中的妻子"见他酒略醒些，撇了一只鸡腿，盛了一大碗饭，泡上些汤，瞒着老子递与他吃。吃罢，扒上床，挺觉去了"②。在这一系列颇具喜感的描写中，固然写出的是杨老六之"蠢"，而杨执中平日之教导无方、其妻之溺爱纵容也都淋漓尽致地呈现出来，这无疑都在尽情消解客座中所悬挂的那副楷书的《治家格言》。

事实上，客座中特笔写出的《治家格言》、对联、报贴，共同显示出杨执中希望能建构起来并迅速传达给访客的一些自我形象：治家严谨的一家之长、冲淡旷达的诗人以及经历过正式"荣选"的官员，但或许是这种自我呈现过于急切与明显，因此只能给人留下浮浅、杂凑与混乱的印象。与此同时，和相关叙述相勾连，这些物件却又分别消解了杨执中对于自我形象的建构，并且《治家格言》、对联、报贴三者之间也彼此排斥："一个南腔北调人"让我们想到了原型人物王藻的四处飘零、无暇归家，这显然与《治家格言》所传达的治家精神相悖；对联所呈现的淡然处世、安贫乐道，却又与高悬报贴的功名之心形成了一个鲜明的反差。因此，杨执中的客座就是一个拼凑起来同时又在自我排斥和消解的文化空间：它充

---

① 《儒林外史汇校汇评本》，第149页。
② 同上书，第148页。

分显现出主人杨执中内在的矛盾、张皇与空虚。倘或二娄公子在杨家所见仅此而已，一定会失望而归，但幸好杨执中另有一间书房。

除了小天井中的几树梅花，杨执中的书房内还有"满壁诗画"，那副有关梅花和仙桂的对联，以及"照满书窗"花影。与前面的客座保持一致的是，书房中的这些物件也处在内部的矛盾与消解中，例如对联上联之"梅花"所对应的隐士情怀便与下联之"月桂"所对应的科名热念相互驳斥；而那些悬挂得过于夸张的诗画不仅为杨执中招致了"浅条子"①的讥讽，也与疏朗有致的花影彼此抵触。但不管怎样，客座中那种过于急切浮浅、杂凑混乱的印象却在这间小小的书屋中得到了纾解，这是一个看上去相对来说更为整饬、雅致，也更符合二娄公子对于名士想象的空间。更为重要的是，客座所透露出的杨执中内在的矛盾、张皇与空虚也被书房所遮掩，这间书房赋予了杨执中名士的表象，而杨执中也由此获得了二娄公子彻底的赏识，并得到了去娄府盘桓的邀请。

小说借用杨执中家的客座与书房营造了两个不同的空间，这两个空间有一致的内在特性，共同指向杨执中的空白底色；但两者之间又彼此有别，书房形成了对于客座所暴露出的种种负面情状的掩饰。从这个角度看，杨执中对权勿用的推荐固然是出于自我的遮掩："腹本空空，怕两公子盘问，故急欲权勿用来相助"②，小说中特笔勾勒出的这些细节亦具有同样微妙的隐意，而乐蘅军先生所说的"伪饰"③也可以从中得到充分的解释。

由此也能够理解吴敬梓为何没有让杨执中像原型人物王藻一样直接成为一个诗人：诗人身份的抽离将身为名士的杨执中置于一个更为尴尬困窘的境地，他也只能想方设法通过种种方式对这样的窘境进行遮掩以维护其名士的声名。从这一意义上说，也可将小说隐约透露出其诗人身份的相关叙述归入杨执中的自我遮掩中，前面所举的那首七绝以及两副对联在这一脉络中同样可以得到合理的解读。因此，与矛盾、混乱的身份相呼应，就整体而言，杨执中这一人物还呈现出一种难以说清道明的暧昧特质，这是

---

① 《儒林外史汇校汇评本》，第150页。
② 同上书，第158页。
③ 乐蘅军：《杨执中的铜炉及其他》，载《古典小说散论》，第147页。

为何学界对于这一人物会有诸多争议的原因所在，而这也应该就是吴敬梓对于杨执中诗人形象的遮蔽，与杨执中对于自我空白底色的遮掩相互叠加而共同形成的奇妙效应。

四

对于自我空白底色的遮掩是杨执中身上另一层重要的行为特质，这种遮掩又与前面对于杨执中之"呆"的描写相互交融并实现了更为意味深长的人物塑造：这是一个对于包括治家与谋生在内的普通世情漠不关心甚至一无所知的士人，同时又是一个对于儒林规则知之甚详并且屡屡显示出精明老到的士人，看似矛盾的无知与谙熟、迂呆与精明却完美共存，这可以解释杨执中为何会成为一个充满争议的小说形象。但对于杨执中这一人物而言，个体形象却并非其存在的全部价值，立足于更大范围的小说叙事，个体人物蕴藉并引发的群体意义可能更为重要。

在《儒林外史》中，当说及杨执中的时候，邹吉甫曾道："他又是个极肯相与人的"①，这一性格应当也是从原型人物王藻身上承接而来的。虽然王藻只是一个出身米贩、半途改业的士人，在当时的士林和文坛却有着颇为广阔的交游。由于"名字倾动公卿"②，王藻曾先后受到沈树本、杜诏、吴士玉、李绂等名公显宦的赏识，当时著名的文人如袁枚、沈德潜、刘大櫆、程晋芳、程梦星、厉鹗、杭世骏、全祖望、郑燮、金农、惠栋、曹仁虎等人都与之有不错的交谊。这些交游也直观地反映在王藻的《鸳胊湖庄诗集》中，这部诗集卷首部分的序言共有十一篇之多，分别来自杜诏、计默、鲍鉁、全祖望、沈德潜、马维翰、曹廷枢、袁枚、厉鹗、张凤孙、闵华，而这还不是王藻收集到的序言的全部，例如刘大櫆所写的《王载扬诗集序》便没有被刊入进来。

王藻不仅与这些士人都保持着密切的交游，在游历时间最久的北京与扬州两地，还隐约成为了士人唱和活动的核心。据《雪桥诗话》：

---

① 《儒林外史汇校汇评本》，第144页。
② 厉鹗：《广陵倡和录》序，载《广陵倡和录》卷首。

> 雍正壬子清明，平望王藻载扬徧邀莘毂名人集故相国王文靖公怡园，追和苏、杨两先生作，凡二十人，各赋七言古诗一首。①

对于雍正十年（1732）在北京举行的怡园雅集，在王藻的《莺脰湖庄诗集》中也有诗作留存，并通过诗题与诗序对于此次唱和的原委和经过做了详细的说明。在诗题中王藻详列了十六名参与者的职衔与姓名，"以侍直不与会而诗至者"四人也列名其上。这次追和宋苏子瞻、明杨孟载两位先贤的雅集由王藻发起，王藻在诗序的末尾也特意写道："藻为首唱。"② 因此，雍正壬子的这次唱和不仅成为后人津津乐道的文坛盛事，也是王藻的诗人生涯中最得意的手笔，而由此亦能看到王藻在名公巨卿会集的京城士人圈中的活跃，虽然当时他只是一介布衣而已。

除了北京，扬州是另一个王藻曾经常往来并长时间停留的地域。在扬州期间，王藻"游诸公卿间"③、"遍交广陵之贤士大夫"④、"与诗人结社吟咏"⑤，并且"扬州人士奉为坛坫"⑥。王藻还曾将在扬州期间的"友朋往还之作"⑦ 编为一集，也就是现在仍能看到的《广陵倡和录》，这本诗集共记载了二十六次诗人唱和活动所留下的诗作⑧，而在二十六次唱和中，王藻参与了二十五次，并且有十四次其诗作列于诸作之首。

从上所举可以看到，王藻不仅是当时颇有名气的诗人，还在士林中交游广阔，并是士人唱和活动中的活跃人士甚至是核心人物。因此，杨执中的"极肯相与人"便是从原型人物王藻的这一特质敷衍而来，更为重要的是，以这一特质为原点，在小说里杨执中也可以发挥更为重要的作用。

---

① 杨锺羲：《雪桥诗话》卷五，民国求恕斋丛书本。

② 王藻：《清明日城南看花招同沈文昌元沧、李侍读钟侨、郑安县羽达、尤处士秉元、沈处士清正、陆舍人庆元、丁助教凝、顾编修成天、符主事曾、纳兰户部峻德、保户部禄、陆上舍琳、沈上舍廷芳、商吉士盘、张上舍栋谦集怡园各赋七言古诗一首追和宋苏子瞻、明杨孟载两先生作。十日以侍直不与会而诗至者，张阁学熙、杨编修炳、刘编修统勋、彭修撰启丰》，载《莺脰湖庄诗集》卷八，5a—5b。

③ 闵华序，《莺脰湖庄诗集》卷首，13a。

④ 厉鹗：《广陵倡和录》序，载《广陵倡和录》卷首。

⑤ 袁枚：《随园诗话》，第114页。

⑥ 《苏州府志》（道光）卷第一百一。

⑦ 厉鹗：《广陵倡和录》序，载《广陵倡和录》卷首。

⑧ 有两次分别只有闵华和陆钟辉的诗作，而无别人唱和之作，姑且不算入。

　　杨执中是小说中的一个主要人物，但和之前出现的主要人物例如周进、范进、二严兄弟等人不同，杨执中的故事并没有形成一个相对独立的叙事单元，而是和其他主要人物——二娄公子、权勿用等人的故事糅合在一起，并与蘧公孙、鲁编修、鲁小姐的故事相穿插，形成了另一种叙述形态，如果说周进、范进的故事可以称为"周进传""范进传"，二严的故事可名之曰"二严合传"，那杨执中等人的故事则可以叫做"莺脰湖士人群传"，而在这一群传中，尽管杨执中不具备二娄公子的显贵身份，也没有权勿用那般有"管、乐的经纶，程、朱的学问"①，但杨执中却是其中隐性的核心，这首先就体现在这一群体最为显著的标志"莺脰湖"上。

　　莺脰湖士人是小说中第一个出现的士人群体，并与小说此后陆续出现的西湖士人、莫愁湖士人、泰伯祠大祭士人等相互连缀，形成了小说中一条士人群体叙述的隐线。便如此后的西湖诗会、莫愁湖之会一般，这一群体是藉由莺脰湖雅集这一中心事件所形成的，而如前所说，莺脰湖便是王藻的家乡，也是其诗集名字的由来。实际上，吴敬梓不止是借莺脰湖点出了杨执中的原型人物王藻，他还通过对于莺脰湖的运用实现了地域叙事的顺畅流转。

　　王藻友人鲍鉁曾在《平望迟曾七明府》的诗作中写道："三吴相望水云昏，路转提封第一村"，下有小注"平望为江浙分界处"②，而王藻便是苏州府吴江县平望镇人，恰恰处于江浙两省的交界。小说中的杨执中则是湖州府德清县新市镇人，湖州府与苏州府又恰是比邻，而莺脰湖既相当于江浙两省的交界，也正处于湖州府与苏州府之间。由此可以知道吴敬梓在地域方面的巧妙用心：他将原型人物王藻的家乡以莺脰湖为圆心做了一个腾挪，将其从苏州府吴江县移到了与之比邻的湖州府德清县。这样做至少有两个显著的益处。

　　其一，《儒林外史》整部书在地域叙事方面有着颇为详密的设计，并由此形成了三大地域叙事板块③，杨执中及其前后出现的二娄公子、蘧公

---

　　①　《儒林外史汇校汇评本》，第 154 页。

　　②　鲍鉁：《平望迟曾七明府》，载《道腴堂诗稿》卷四，第 34 页。

　　③　参见叶楚炎《地域叙事视角下的〈儒林外史〉结构》，《明清小说研究》2013 年第 1 期，第 104—107 页。

孙、权勿用、马二先生、匡超人等人一样，都属于第二个即浙江叙事板块，虽然腾挪范围并不大，但将杨执中的家乡从苏州挪到浙江湖州，便维护了第二个叙事板块内部的整饬。

其二，在将杨执中故事归入浙江叙事板块的同时，基于苏州与湖州之间的莺脰湖正处于江浙交界处的特殊位置，吴敬梓可以巧妙地将莺脰湖纳入进来，作为众名士雅集的场所，这样既不破坏地域叙事的规则，同时也通过莺脰湖将原型人物和小说人物连贯在一起。颇具意味的是，在娄三公子所说的"不日要设一个大会，遍请宾客游莺脰湖"这句话后面，天二评曾道："莺脰湖今属苏州府之吴江界，岂当时属湖郡邪？"① 而将原型人物王藻引入进来，再由此梳理吴敬梓围绕莺脰湖所做的精巧安排，这样的疑问也便可以迎刃而解了。

但由此也会产生另外的疑惑：即便将人物的家乡从苏州改换到湖州，出于关连原型人物的目的，小说似乎也可以在杨执中的故事中通过其他的方式点出莺脰湖，而不用特意将这些名士雅集的地点安排在这里。有趣的是，离湖州最近的湖应是名声更响的太湖，湖州之名便来源于此，小说完全可以将这次雅集的地点置于从地域上说更为便利也更合情理的太湖，而不是更远一些且令人生疑的莺脰湖。

实际上，小说之所以这样安排，或许正是为了突出杨执中在整个莺脰湖士人群体中的核心位置和隐喻意义。可以看到，在北京和扬州两地，王藻都曾是士人集体唱和的核心人物，从这一意义上说，其不仅是一个诗人，还往往是诗歌唱和活动的组织者和发起者。但莺脰湖之会众名士是否曾进行诗歌唱和却成为了一个悬案。在莺脰湖之会中，唯一提及诗的是"牛布衣吟诗"②，小说并没有明写这里的"吟诗"是否就是写诗，而这也成为后文中聚讼不已的一个话题。

在小说的第十七回，景兰江号称"小弟当时联句的诗会，杨执中先生，权勿用先生，嘉兴蘧太守公孙骢夫，还有娄中堂两位公子——三先生、四先生，都是弟们文字至交"，由此可知莺脰湖名士应是有诗歌唱和的，但联系景兰江前面所说的"鲁老先生就是小弟的诗友"之语，便如

---

① 《儒林外史汇校汇评本》，第 162 页。
② 同上书，第 163 页。

评点者黄富民所言，这应是"谎"①。可在第二十一回，"牛布衣诗稿"中却有一首"娄公子偕游莺脰湖分韵，兼呈令兄通政"，明白显示出莺脰湖之会诸人曾分韵作诗。对此，黄富民认为："游莺脰湖并未分韵作诗，不过借诗写出娄公子娄通政耳。"天目山樵持相似的看法："莺脰湖之会未闻作诗，此牛布衣拟补，以成末卷丁陈一案。"② 这里所说的丁陈一案发生在小说临近末尾的第五十四回，陈和尚与丁言志两人一个说"你可知道莺脰湖那一会并不曾有人做诗？"另一个则说："我不信。那里有这些大名士聚会，竟不做诗的。"并为此事大打出手，最后是陈木南出面调解，以"思老的话倒不差。那娄玉亭便是我的世伯，他当日最相好的是杨执中、权勿用。他们都不以诗名"③ 之语为这次争论做了一个终结。

据上所举，直至小说的末尾，莺脰湖之会一直在被提及，而焦点便在于这次雅集究竟有没有作诗。从诸位评点者的评语以及陈木南具有总结意味的陈述来看，莺脰湖之会没有写诗的可能性更大，但玄妙之处便在这里，应当是与诗歌唱和无关一次的雅集，有关写诗与否的疑云却一直笼罩其上。这与在杨执中故事中一反常态密集出现的三处韵文颇有异曲同工之用：在隐约提及的同时又不断瓦解。因此这些疑云看似是将莺脰湖之会置于一种模糊不清的言传状态中，其实反倒像是在提醒读者注意莺脰湖雅集中诗的缺失。

由此可见，从小说的叙述看，吴敬梓不仅是遮蔽并瓦解了杨执中身上的诗人身份，还顺带屏蔽了此次雅集所有参与者的诗歌写作，但同时又通过后文密布的各种疑云提醒读者关注诗在此次雅集中的缺失。换言之，莺脰湖之会与王藻曾组织并参与的以诗歌唱和为目的的诸多雅集都形同而实异，而整个莺脰湖之会的情节张力就不止来源于与会九大名士面目各异、令人"笑杀"④ 的表现，也更源自对于这种"名存实亡"的雅集的变形书写。放在当时"那里有这些大名士聚会，竟不作诗的"的文化语境之下，这种书写比之诸名士打哄说笑、怪模怪样的热闹表现具有更为深刻的

①　《儒林外史汇校汇评本》，第 221 页。
②　同上书，第 263 页。
③　同上书，第 655、656 页。
④　同上书，第 163 页。

讽刺力度和文化内涵。

就此而言，对于杨执中个体性诗人身份的屏蔽与瓦解只是人物塑造的目的之一，通过个体诗人身份的去除消融莺脰湖士人群体的诗歌写作特质才是更为重要的命意。正是由于诗歌写作特质的集体性消融，众名士都脱离了诗人名号的统一遮盖，并处于缺乏底色的虚弱状态，因此不得不振作精神，用形色各异的奇怪表现来维持他们名士的盛名：张铁臂的舞剑、陈和甫的说笑、蘧公孙的风流俊俏甚至二娄公子的雍容尔雅等都由此而来。从这一意义上说，无论是诗人身份的若有若无，还是对于自我空白底色的遮掩，杨执中在小说中所经历的一切，不只属于他个人，更是对于这一士人群体的一个集中隐喻。这也是吴敬梓舍近求远，将此次雅集的地点放在王藻家乡莺脰湖的缘由所在。

杨执中的集体隐喻作用也不止体现在莺脰湖名士这一单个士人群体中。可以注意到，便如卧评所说："'举业'、'杂览'四个字后文有无限发挥"①，在《儒林外史》中，由周进对于魏好古的驳斥为起点，"举业"和"杂览"之间的冲突也成为横贯小说的一条隐线。而杨执中的出场则可以视为举业与杂览在小说中一次正式的对决。

如前所说，杨执中等人的故事可以名之曰"莺脰湖士人群传"，但在这一群传中，还插进了鲁编修、鲁小姐的故事，鲁氏父女并不在这一士人群体中，除了鲁编修和二娄公子的世谊之外，能够和这一群体发生密切联系的便是鲁家的赘婿蘧公孙，蘧公孙也是莺脰湖九大名士之一，这或许是将鲁编修、鲁小姐的故事穿插到群传中的原因。需要指出的是，尽管鲁氏父女不是名士，可在"求名"之心上，他们与莺脰湖士人却并无二致：只不过他们所求的并非名士之名，而是功名之名。而两种求名途径的差异，正构成了"举业"和"杂览"之间的冲突。

因此，表面看来鲁氏父女与蘧公孙的翁婿抵牾、夫妻矛盾是对于举业与杂览之间冲突的最为主要的敷衍，但其实在整个这一部分的叙述中相关的敷衍远不仅于此，鲁编修与杨执中的对立或许更能反映举业与杂览之间冲突的实质。事实上，虽然同在湖州，但鲁编修与杨执中却始终未曾谋面，他们的对立是以一种隔空对话的方式进行的。

---

① 《儒林外史汇校汇评本》，第46页。

在鲁编修露面之初，便在与二娄公子的谈话中对杨执中发出过一段评价：

> 但这样的人，盗虚声者多，有实学者少。我老实说：他若果有学问，为甚么不中了去？只做这两句诗当得甚么？就如老世兄这样屈尊好士，也算这位杨兄一生第一个好遭际了，两回躲着不敢见面，其中就可想而知。依愚见，这样人不必十分周旋他也罢了。①

由于王藻原本的诗人身份在杨执中身上被遮蔽并瓦解，鲁编修所标举的举业其实是在一种没有对手的状况下与杂览进行对决，能够毫不费力地取得完胜，因而在评点者眼中，这段有关举业与杂览的议论"未尝不是""虽是官话，然别有感叹，其阅历颇深""所料亦近情"。但或许是对手太过弱小，鲁编修居高临下用力太过，只在一席话之间，便被二娄公子看出这是一个"俗气不过的人"②。由此可见，鲁编修这段看似义正辞严、无可辩驳的"正论"，实际的效果却是两败俱伤：杨执中空白一片的底色固然通过这段议论得到充分地揭橥，鲁编修热衷功名的俗人面相却也在这段话里袒露无遗。但微妙的是，由于鲁编修的俗，却反而遮掩了杨执中的空白底色，令人对之将信将疑；而基于杨执中的空白底色，又在某种程度上衬显出鲁编修勘破惯常俗情的通脱。两人的性情由于这番纠葛在经历了短暂的澄清之后又陷入了新一轮的暧昧和疑惑。

事实上，鲁编修不仅在小说中从未与杨执中见面，就两人的经历而言，也有极大的差距："编修"便标识了鲁编修科举之途的顺达，这与杨执中"乡试过十六、七次，并不能挂名榜末"③形成了鲜明的对比；入翰林的鲁编修到达了科举的顶峰，而杨执中只是一个小小的岁贡，并且还曾有做商贾的经历，可谓身居科举的底层；在《儒林外史》中，鲁编修只有姓而无名字，可谓全书中称谓最为简单的主要人物，这也标志着其身份的单一：就是一介显宦。而如前所论，杨执中则是整部小说中称谓最为复

---

① 《儒林外史汇校汇评本》，第130页。
② 同上书，第130、131页。
③ 同上书，第149页。

杂的主要人物，并处在诸多身份带来的迷失和混乱之中；鲁编修只有女儿
而没有儿子，杨执中却至少有两个儿子；鲁编修虽然没有儿子，但家教极
好，而杨执中虽至少有两个儿子，却全无家教；鲁编修的宅子"是个旧
旧的三间古老房子"①，显示出其世家旧族的底蕴，而杨执中的家则是
"几间茅屋"，只是普通百姓的贫寒家居②。还可算上两人对于举业和杂览
的不同态度，在以上列举的所有这些方面，鲁编修和杨执中二人都截然相
反，因此，两人在同一故事单元中却不曾会面，也正直观地显示出两个士
人彼此之间天差地别、全无交集。

值得注意的是，尽管两个士人的经历有如此大的差距，可在性情与人
生面相方面却又极其酷似。鲁编修的一段话同时呈现出了两人的特质，但
这两种特质又并非他们所独有：就"俗"与"空白"而言，精通举业的
鲁编修和疑似杂览的杨执中两人其实并无本质的差别。如前所论，杨执中
的"俗"在其客座杂凑而胡乱的陈设中得到了一个充分的展现，并且由
于诗人身份的遮蔽，所有看似雅致精洁的器物、诗画、花卉之好，也都成
为遮掩其空白底色的幌子。对于鲁编修而言，在举业上的造诣是其声称的
"实学"和"学问"，但所谓实学显然并非"只是时文八股，中举人、中
进士耳"③，因此这同样是一个底色空白的士人，而举业八股则是他对于
自己空白底色的遮掩。杨执中迷失在诸多混乱的身份中，并且找寻不到自
己的位置。身份简单而显贵的鲁编修也同样如此：他身居翰林，却觉得这
是一个"穷"官，眼中只看着"现今肥美的差都被别人钻谋去了"，因此
不愿在京城"赔钱度日"，要"告假返舍"。可归乡后，他又"身在江湖，
心悬魏阙"，以至于"忧愁抑郁"④ 最后则是在正要升官回京之际，因为
欢喜过度而一命呜呼。从这些叙述可以看到，其实这仍是一个杨执中式的
不安于位之人，而无论是京城还是家乡，不管在何种境遇下，他都找寻不
到应当停留那个位置。混乱而微贱的身份会带来迷失，简单而显贵的身份
同样会如此。

---

① 《儒林外史汇校汇评本》，第 137 页。
② 同上书，第 124 页。
③ 同上书，第 130 页。
④ 同上书，第 129、151 页。

就此而言，虽然鲁编修并不在以杨执中为代表的莺脰湖名士之列，且通过"只管结交这一班人？"① 之类的话语对杨执中等人充满鄙夷与不屑，但究其实质，却正与之雷同。这不仅表现为他的世兄弟二娄公子、赘婿蘧公孙、门客陈和甫都是名士，因此他自己也与莺脰湖名士有千丝万缕的联系，更体现在他与这些名士在精神气质、人生面相等各个方面的逼肖。这也形成了小说中的绝妙一笔，当鲁编修站在科举顶峰，以成功者的身份凌视科举底层的杨执中的时候，却万万没有料到他与杨执中之间并没有如此悬殊的距离，两人靠得原来如此之近。小说中两条看似不甚相关的叙事线索，由于这两个素未谋面的人物的对立得以水乳交融，在小说中凝聚为一个有机的叙述整体。而看似极端特殊的杨执中，也在和鲁编修天差地别的比对中，与之合为一体。

由此再回到小说中举业与杂览的二水分流，两者之间其实也并非判若云泥，而是同源异流并终将汇合一处。因而，小说不只是通过杨执中与鲁编修的对立演绎了二者间的冲突，更是借由杨执中这一人物在举业和杂览乍一对决的时候就实现了两者的合流。这也产生了更为深邃的小说意旨：小说中描写的士人或许会居于举业、杂览等划分而成的士林的不同区间，彼此之间的面貌、性情、经历等也会有千奇百怪的各种变幻，但作为同样的儒林中人，他们却都处于那种共同的矛盾、混乱、迷失、空虚、遮掩的人生状态，这可以解释为何鲁氏父女的故事可以与莺脰湖名士的故事融为一体，也是所有这些士人的故事能够组成一整部经典的"儒林外史"的缘由所在。

这也就意味着，借由对于原型人物王藻个体特性的种种承袭和改写，典型地体现了矛盾、混乱、迷失、空虚、遮掩等各种特质的杨执中就不止是莺脰湖士人群体的集中隐喻，更是对于全书所有士人人生和命运的一个凝练。

综上所述，基于王藻与杨执中两人在出身、经历、科名、家境、癖好、性情等各个方面的相类乃至相同，当时在士林中交游广阔且在诗坛颇具声名的诗人王藻应当就是《儒林外史》中杨执中的原型。在塑造杨执

---

① 《儒林外史汇校汇评本》，第 163 页。

中这一人物时候，吴敬梓将王藻诸多方面的个人信息都带入小说并附着在杨执中的身上，这为我们勾连两个人物之间的关联提供了很多线索，同时也使得杨执中成为一个具有强烈现实感的经典小说形象：其在各种混乱身份中的迷失便来源于此。

但与此同时，吴敬梓又在某些方面做出了根本性的改变，其中最为关键的变化便在于将王藻原本的诗人身份从杨执中身上进行了遮蔽和瓦解。实际上，在所有现在已知的原型人物中，王藻在诗坛的声名可能最为卓著，考虑到这一点，这一改变则更为显眼。

诗人身份的消磨使得杨执中只能徒具名士之表而内里却是一片真空，因此他只能通过种种方式对之进行遮掩，这也带来了人物性格方面更为复杂而深刻的变化，并进一步增加了这一人物在矛盾而混乱的身份中的困窘与尴尬。与此同时，杨执中个体诗人身份的抽离也带来了群体性的反应，整个莺脰湖名士群体都与写诗绝缘，也因此陷入了群体性的空虚和恐慌，由此而产生的种种奇怪表现既是他们的应对之道，也更为彻底地暴露了他们虚弱的人生底色。进一步看，诗人身份的退隐也使得以鲁翰林为代表的举业几乎可以不战而胜，但恰是这种力量悬殊的对决反而将对峙的双方拉入同样的境地，而杨执中这样一个看似怪异而特殊的士人也由此超脱了作为个体抑或群体士人存在的简单状态，从而具备了更为深刻而普遍的儒林意义——以上所有这一切几乎都由对于王藻诗人身份的遮蔽和瓦解而触发。

此外，由此我们也能够看到杨执中在相关叙事中的重要。虽然蘧公孙、二娄公子都先于杨执中而出场，并成为这一部分叙述主要的"内视角"[1] 人物，尽管"当世第一等人"权勿用的才学似乎要远过于"车载斗量"[2] 的杨执中，甚至连张铁臂的舞剑都能让一无所能的杨执中相形见绌，但杨执中在这一士人群体以及此部分的叙事中可能却发挥着至为重要的作用——这从小说将九大名士雅集的地点特意选在莺脰湖便可以看出些许端倪。更为重要的是，对于杨执中的"三顾茅庐"占据了二娄公子故事大半的篇幅；蘧公孙与鲁小姐的故事则是在三顾茅庐的间隙蜿蜒而行；

---

① 申丹：《叙事、文体与潜文本》，北京大学出版社 2009 年版，第 100 页。

② 《儒林外史汇校汇评本》，第 162 页。

而权勿用的故事则直接由杨执中引出，并由杨执中做终结；鲁编修则更是与杨执中形成了一组隐性的对峙，由此数端便可看到，即使不论杨执中身上所蕴藉的群体意义，仅从叙事的角度看，这也是一个值得深究的重要人物。而这一叙事方面的特质也仍然可以从王藻在当时士林中的活跃及其在诗坛所处的地位中找到根源。

事实上，基于《儒林外史》在原型人物方面的写作特性，以及王藻这一原型人物与士林及诗坛的关联，王藻还为其他原型人物的考索指明了方向，而笔者后续的一系列考察也将顺着这一方向行进。

生日与《红楼梦》婚恋故事的艺术构思

——从芒种饯花与怡红寿宴谈起

曹立波

中央民族大学

《红楼梦》中主要人物的生日设置都是有艺术思考的。贾家的小姐从元春的正月初一、探春的三月三，写到巧姐的七月七。钗黛虽为外姓亲眷，但都是与宝玉的婚姻爱情密切相关的女子，所以把宝钗的生日写在正月二十一，作者让这个有"停机德"的女子生在穿天节，与无才补天的通灵宝玉相呼应①。将富有"咏絮才"的黛玉安排在二月十二的花朝节，百花的生日，姹紫嫣红，诗意盎然。同理可知，绛洞花主宝玉的生日也一定与情与花有缘。

贾宝玉的生日在哪一天，书中没有直接写，因而学界看法纷纭，较有代表性的如：其一，是四月二十六日说。周汝昌先生主张四月二十六芒种节为宝玉生辰："到四月二十六，正交芒种节——书中明以此节为'饯花'标目，却又暗写这是宝玉生辰（与后文'开夜宴寿怡红'对应），是

---

① 参见白鹿鸣《试论〈红楼梦〉"以节日写生日"的方法》："'穿天节'生日的宝钗与无才补天的顽石宝玉之间仿佛还有更深一层的联系。明杨慎在《同品》中写道：'宋以正月二十三日为天穿日，言女娲氏以是日补天……'而宝玉所佩戴的玉石也恰是女娲补天剩下的顽石幻化。清代的穿天节日期在不同地区有所不同，有正月二十一，也有正月二十、正月二十三甚至更多的记载。"（《红楼梦学刊》2013年第5辑，第296页）

时宝玉十三岁。"① 其二，有四月十五日说。据胡文彬先生 1995 年 3 月 28
日的记载："最近读到吴克岐的《犬窝谈红》，在这本书中提到一个'残
抄本'，说这个'残抄本'上写明了宝玉的生日是四月十五日。原文云：
'当下又值宝玉生日已到'作'次日是四月十五日，却系宝玉生日。'吴
克岐说：'正与第一回甄士隐梦游幻境时，长夏永昼相合。'"② 其三，为
四月二十或二十一日说。胡联浩先生通过对物候、节气因素，以及贾敬灵
枢进城、贾琏偷娶尤二姐、贾敬百日祭等日期的推算，认为："综合来
看，贾宝玉生日是四月二十日或二十一日。"③ 以上观点都集中于农历四
月中下旬，对应在公历二十四节气的芒种节前后。此外，另有宝玉生于其
他月份的，如三月④等说法。从小说艺术构思的角度考虑，作者将宝玉生
日设置在四月二十六芒种节的可能性更大些。

　　在二十四节气中，曹雪芹对芒种节颇为关注，几位红楼金钗的经典情
节，从黛玉葬花、宝钗扑蝶，到湘云醉酒，甚至妙玉传帖，虽然几个故事
没有写在同一年中，但都发生在芒种节。还有一个更值得重视的日子，即
怡红公子宝玉的生日也与芒种节有关。如果将怡红寿宴，与钗黛、与湘妙
联系起来看，那么，曹雪芹以芒种节为契机，穿连起的金玉良缘和怡红快
绿两条线索，包括主线（钗黛）和副线（湘妙）的关系链，都得以呈现。

一　黛玉葬花

　　第二十七回写芒种节"饯花会"，虽然现在很难查阅到有关芒种饯花
习俗的记载，可是《红楼梦》中却用很多笔墨写道：

　　　　至次日乃是四月二十六日，原来这日未时交芒种节。尚古风俗：
凡交芒种节的这日，都要设摆各色礼物，祭饯花神，言芒种一过，便

---

　　① 周汝昌：《红楼夺目红》之《年月无虚》，作家出版社 2003 年版，第 252 页。

　　② 胡文彬：《魂牵梦萦红楼情》之《宝玉生日——读〈犬窝谈红〉之二》，中国书店 2000
年版，第 193 页。

　　③ 胡联浩：《红楼隐秘探考》之《贾宝玉生日新考》，中国戏剧出版社 2004 年版，第 238
页。亦见《红楼梦学刊》2000 年第 4 辑。

　　④ 国嘉：《三月二十二日是宝玉生日》，《黑龙江教育学院学报》2009 年第 1 期。

是夏日了，众花皆卸，花神退位，须要饯行。然闺中更兴这件风俗，所以大观园中之人都早起来了。那些女孩子们，或用花瓣柳枝编成轿马的，或用绫锦纱罗叠成干旄旌幢的，都用彩线系了。每一颗（棵）树上，每一枝花上，都系了这些物事。满园里绣带飘飘，花枝招展，更兼这些人打扮得桃羞柳让，燕妒莺惭，一时也道不尽。①

曹雪芹颇有兴致地说"闺中更兴这件风俗"。小说前八十回中并没有正面写黛玉如何过生日。要了解曹雪芹对黛玉生日的描写，可到第二十七回去找。作者似乎把花朝节要做的事，赏花、扑蝶，都移到了芒种节，而芒种节应该是宝玉的生日。把黛玉生日花朝节这天的风俗，拿到宝玉生日芒种节去写，且第二十七回安排的回目构成钗黛对峙，即"滴翠亭杨妃戏彩蝶，埋香冢飞燕泣残红"，可见，曹雪芹在宝玉和黛玉故事的构思上是综合考虑的，情节的安排也有所调整。由此也可看出，《红楼梦》第二十七回的"饯花会"，是黛玉和宝玉两人的生日组合。《红楼梦》中最精彩的两个情节"黛玉葬花"和"宝钗扑蝶"，是花朝节的习俗和芒种节的时令糅合在一起而形成的艺术经典。黛玉生日与祭饯花神的关系表明，作者对她的构思是一位花仙子。"绛珠仙草"和"阆苑仙葩"也进一步说明了这一点。

第二十七回中写宝玉因不见了林黛玉，便去寻找，看到了几种落花：

因低头看见许多凤仙石榴等各色落花，锦重重的落了一地，因叹道："这是他心里生了气，也不收拾这花儿来了。待我送了去，明儿再问着他。"说着，只见宝钗约着他们往外头去。宝玉道："我就来。"说毕，等他二人去远了，便把那花兜了起来，登山渡水，过树穿花，一直奔了那日同林黛玉葬桃花的去处来。将已到了花冢，犹未转过山坡，只听山坡那边有呜咽之声，一行数落着，哭的好不伤感。宝玉心下想道："这不知是那房里的丫头，受了委曲，跑到这个地方来哭。"一面想，一面煞住脚步，听他哭道：花谢花飞花满天，红

①　曹雪芹：《红楼梦》，人民文学出版社 2008 年版。本文引文均出自此版本，下文不再赘注。

消香断有谁怜？游丝软系飘春榭，落絮轻沾扑绣帘……

这一段引出了婉转缠绵的七言歌行体长诗《葬花吟》自不必说，几样花卉值得留意。一是宝玉低头看到的"许多凤仙、石榴等各色落花"，这显然不是初春之景，而是暮春初夏的气象了。另外，写宝玉"把那花兜了起来，登山渡水，过树穿花，一直奔了那日同林黛玉葬桃花的去处来。"与第二十三回呼应，当日宝黛二人在落英缤纷的桃花树下共读西厢，那是"三月中浣"。而此回已是四月二十六，凤仙花、石榴花有开有落。与北京的各种花的花期和节令对看，《红楼梦》所写的地点，应该在北京。

黛玉如泣如诉地"哭道"她的《葬花吟》，宝玉是第一个听众，佳人才子，高山流水，意境感人。富有戏剧性的是，《葬花吟》的第二个听众，大约是潇湘馆的鹦鹉。第三十五回开头部分写道：

> 那鹦哥便长叹一声，竟大似林黛玉素日吁嗟音韵，接着念道："侬今葬花人笑痴，他年葬侬知是谁？试看春尽花渐落，便是红颜老死时。一朝春尽红颜老，花落人亡两不知！"黛玉紫鹃听了都笑起来。紫鹃笑道："这都是素日姑娘念的，难为他怎么记了。"

紫鹃解释道："这都是素日姑娘念的，难为他怎么记了。"这个细节从侧面反映出黛玉诵读这首长诗的频率之高，竟然让鹦鹉都学会了，也反映出，黛玉身旁的生灵都是聪明伶俐的。《红楼梦》在乾隆五十六年初刊时，程伟元和高鹗在书前加的绣像中，林黛玉的经典造型不是手把花锄，而是笑对鹦鹉，并有一首题诗："人间天上总情痴，湘馆题痕空染枝。鹦鹉不知侬意绪，喃喃犹诵葬花诗。"可见程高对这一情节的理解和概括还是比较到位的。

二　宝钗扑蝶

《红楼梦》第二十七回的回目是"滴翠亭杨妃戏彩蝶，埋香冢飞燕泣残红"，也就是说，宝钗扑蝶的情节发生在黛玉葬花之前。只是相对简略，宝钗说着"我叫林姑娘去就来"，接着写道：

> 说着便逶迤往潇湘馆来。忽然抬头，见宝玉进去了，宝钗便站住低头想了想：宝玉和林黛玉是从小儿一处长大，他兄妹间多有不避嫌疑之处，嘲笑喜怒无常，况且林黛玉素习猜忌，好弄小性儿的。此刻自己也跟了进去，一则宝玉不便，二则黛玉嫌疑。罢了，倒是回来的妙。想毕抽身回来。刚要寻别的姊妹去，忽见前面一双玉色蝴蝶，大如团扇，一上一下迎风翩跹，十分有趣。宝钗意欲扑了来玩耍，遂向袖中取出扇子来，向草地下来扑。只见那一双蝴蝶忽起忽落，来来往往，穿花度柳，将欲过河去了。倒引的宝钗蹑手蹑脚的，一直跟到池中滴翠亭上，香汗淋漓，娇喘细细。宝钗也无心扑了，刚欲回来，只听滴翠亭里边喊喊喳喳有人说话。

《红楼梦》对宝钗形象的塑造，与黛玉的基调不同，黛玉侧重随性率真，而宝钗侧重随分从时。作者为诠释"可叹停机德"，在亲情友情方面，写了宝钗为家族、为母亲，为兄长，甚至为香菱和邢岫烟等薛家的人着想，还有为湘云、为黛玉等闺蜜们考虑。在爱情婚姻方面，作者写了宝钗的许多情不自禁而又含蓄内敛的情节，比如看玉、探伤、绣花等。这一回借宝钗扑蝶，透过"香汗淋漓，娇喘细细"，提醒读者，她还是一个豆蔻年华的女孩，理应有她天真无邪，无所顾忌，甚至随口随性的时候。宝钗扑蝶的情节，可以说在丰富宝钗形象方面，起了重要作用。

从第二十七回，把宝钗和黛玉两个女主角写在一回，同时出现在回目中这一细节，再联系第二十二回写的宝钗点戏和宝玉听曲，到第二十三回的黛玉听戏，双玉读曲。都可以看出，作者对贾宝玉婚姻和爱情悲剧故事的设置，是统筹考虑的。当然，都是对第五回《终身误》和《枉凝眉》之曲，没有爱情的婚姻，以及没有婚姻的爱情的具体诠释。

三 湘云醉酒

第六十二回写宝玉生日，突出写了两个情节，即回目强调的"憨湘云醉眠芍药裀，呆香菱情解石榴裙"。大观园红香圃内为宝玉等四人贺寿，在讨论有创意的游戏和酒令时，湘云思维活跃，反应机敏，但是行酒令之后的效果是湘云难逃一次次地被罚酒，直至醉眠于芍药花丛。例如第六十二回的湘云对酒令的要求：

> 酒面要一句古文，一句旧诗，一句骨牌名，一句曲牌名，还要一句时宪书上的话，共总凑成一句话。酒底要关人事的果菜名。

这里的"时宪书"，即旧时之历书。这个难度较大的酒令，黛玉对出一个，即"落霞与孤鹜齐飞，风急江天过雁哀，却是一只折足雁，叫得人九回肠，——这是鸿雁来宾。榛子非关隔院砧，何来万户捣衣声？"另外两首，都是史湘云凑出来的。一醉一醒，饶有情趣。先看清醒时的：

> 奔腾而砰湃，江间波浪兼天涌，须要铁锁缆孤舟。既遇着一江风，不宜出行。这鸭头不是那丫头，头上那有桂花油？

酒面要一句古文，欧阳修《秋声赋》："初淅沥以萧飒，忽奔腾而砰湃。"一句旧诗，杜甫《秋兴》诗："江间波浪兼天涌，塞上风云接地阴。"一句骨牌名，"铁索缆孤舟"。一句曲牌名，"一江风"。还要一句时宪书即"黄历"上的话，"不宜出行"，共凑成一句话。酒底要关人事的果菜名，即鸭子头。再看湘云醉酒的场景和醉梦中的酒令：

> 正说着，只见一个小丫头笑嘻嘻的走来："姑娘们快瞧云姑娘去，吃醉了图凉快，在山子后头一块青板石凳上睡着了。"众人听说，都笑道："快别吵嚷。"说着，都走来看时，果见湘云卧于山石僻处一个石凳子上，业经香梦沉酣，四面芍药花飞了一身，满头脸衣襟上皆是红香散乱，手中的扇子在地下，也半被落花埋了，一群蜂蝶闹穰穰的围着他，又用鲛帕包了一包芍药花瓣枕着。众人看了，又是爱，又是笑，忙上来推唤挽扶。湘云口内犹作睡语说酒令，唧唧嘟嘟说：泉香而酒冽，玉碗盛来琥珀光，直饮到梅梢月上，醉扶归，却为宜会亲友。众人笑推他，说道："快醒醒儿吃饭去，这潮凳上还睡出病来呢。"湘云慢启秋波，见了众人，低头看了一看自己，方知是

醉了。

酒面的古文是欧阳修《醉翁亭记》："酿泉为酒，泉香而酒冽。"一句旧诗，李白《客中作》诗："兰陵美酒郁金香，玉碗盛来琥珀光。"一句骨牌名，"梅梢月上"。一句曲牌名，"醉扶归"。一句时宪书上的话，"宜会亲友"。共凑成了完整而有趣的一段话。

《红楼梦》第六十二回，围绕怡红公子宝玉的寿辰，叙写了大观园中众女子与宝玉共度寿宴的欢乐场景，并详细描述了"憨湘云醉眠芍药裀"的细节。史湘云醉卧花丛，头枕花瓣，睡在石凳子上。众人推她笑她，并用"醒酒石"和"酸汤"帮她解酒，独黛玉对这一细节深有感触。第六十三回的酒令虽然是游戏，却通过照应之笔，交代了前几回丰富的情感积淀。作者写事后只有黛玉还记得"石凉"，体谅湘云醑醉的情景下潜在的凄凉；也只有湘云还记着宝玉痴呆的诳语中对黛玉的痴情。

贵族出身但又经济拮据，同为小姐，却做着丫鬟的活计，湘云的心中怎能没有委屈和辛酸？然而尽管"有情芍药含春泪"，这朵美丽的"芍药"带给别人的却只有欢声和笑语。凭着真心来对待身边的每一个人，湘云的单纯带给大观园以难得的真诚，也让读者看到了那混浊社会中的一丝美好。

《红楼梦》中不止一次地说到麒麟，似乎都与湘云有关，又都牵涉宝玉。先有第二十九回张道士送麒麟给宝玉，贾母等人便说起湘云也有同样的麒麟。小说写道：

> 贾母因看见有个赤金点翠的麒麟，便伸手拿了起来，笑道："这件东西好像我看见谁家的孩子也带着这么一个的。"宝钗笑道："史大妹妹有一个，比这个小些。"贾母道："原来是云儿有这个。"

接着张道士给宝玉提亲，提的虽然是前日在一个人家看见的小姐，但由麒麟引出黛玉对宝钗含讽带刺的话，似乎都与"金玉良缘"有某种关联。到了第三十一回，回目写"因麒麟伏白首双星"，直接写到了湘云和宝玉的某些天缘巧合。湘云人未到，先由黛玉的风凉话引出：

宝玉笑道："还是这么会说话，不让人。"林黛玉听了，冷笑道："他不会说话，他的金麒麟会说话。"一面说着，便起身走了。幸而诸人都不曾听见，只有薛宝钗抿嘴一笑。

后又有湘云的丫鬟翠缕和她论阴阳，话题最后转到麒麟的阴阳问题。

再者，还点出曹雪芹艺术构思上的意图。己卯本第三十一回回前评语写道："金玉姻缘已定，又写一金麒麟，是间色法也。何颦儿为其所惑？故颦儿谓'情情'。"可见，脂砚斋告诉读者，湘云的麒麟只不过是为宝玉和宝钗之间的金玉良缘起"间色"作用的，是出于艺术上的考虑，使故事情节更为曲折摇曳。诸多说法比较而言，笔者更倾向于麒麟在艺术衬托上的作用。也就是说，金麒麟之"金"，是《红楼梦》金玉良缘故事的副线。同时，从第三十二回因金麒麟掀动的涟漪过后，宝黛互认知己的现象来看，湘云的金麒麟也为宝黛爱情的成熟，起到了催化的作用。

四 妙玉传帖

宝玉是妙玉的"槛内"知己，虽然走进大观园时，妙玉十八岁了，宝玉才十二三岁，但是，从对二十三岁的傅秋芳之品貌的遥慕来看，宝玉面对她欣赏的女子，年龄似乎不是问题。妙玉的身世与黛玉相似，所不同的是，妙玉年幼多病，买了替身也无济于事，最后只好"亲自出家"了。所以，她的出家不是厌世，而是恋世的表现。后来的《红楼梦》中人陈晓旭的艺术人生，尤其是她最后的日子，因病魔缠身而出家的经历，与妙玉有相似之处。

《红楼梦》第六十三回"寿怡红群芳开夜宴"中，写宝玉在夜宴之后的清晨，意外收到了妙玉托人送来的生日贺卡：

> 这里宝玉梳洗了正吃茶，忽然一眼看见砚台底下压着一张纸，因说道："你们这随便混压东西也不好。"袭人晴雯等忙问："又怎么了，谁又有了不是了？"宝玉指道："砚台下是什么？一定又是那位的样子忘记了收的。"晴雯忙启砚拿了出来，却是一张字帖儿，递与宝玉看时，原来是一张粉笺子，上面写着"槛外人妙玉恭肃遥叩

芳辰。"

　　宝玉看毕，直跳了起来，忙问："这是谁接了来的？也不告诉。"袭人晴雯等见了这般，不知当是那个要紧的人来的帖子，忙一齐问："昨儿谁接下了一个帖子？"四儿忙飞跑进来，笑说："昨儿妙玉并没亲来，只打发个妈妈送来。我就搁在那里，谁知一顿酒就忘了。"众人听了，道："我当谁的，这样大惊小怪。这也不值的。"宝玉忙命："快拿纸来。"当时拿了纸，研了墨，看他下着"槛外人"三字，自己竟不知回帖上回个什么字样才敌。只管提笔出神，半天仍没主意。因又想："若问宝钗去，他必又批评怪诞，不如问黛玉去。"

　　看到妙玉"槛外人妙玉恭肃遥叩芳辰"的生日贺卡，宝玉的第一反应是"直跳了起来"，接下来他的"忙问""忙命"，和身边丫鬟们的"忙一齐问"和"忙飞跑"，足见怡红院主仆对此事的重视。在宝玉面对"槛外人"，不知该怎么回复的时候，他在咨询谁的思考过程中，也有对宝钗和黛玉的取舍，最后他选择去问黛玉。可巧遇到了妙玉的闺蜜邢岫烟。书中写了邢岫烟见到宝玉，听说妙玉送她贺卡之后的反应：

　　岫烟听了宝玉这话，且只顾用眼上下细细打量了半日，方笑道："怪道俗语说的'闻名不如见面'，又怪不得妙玉竟下这帖子给你，怪不得上年竟给你那些梅花……"

　　邢岫烟像是明白了妙玉和宝玉为何互相欣赏了，她慷慨地告诉宝玉该如何回复妙玉：

　　他常说："古人自汉晋五代唐宋以来皆无好诗，只有两句好，说道：'纵有千年铁门槛，终须一个土馒头。'所以他自称'槛外之人'。……如今他自称'槛外之人'，是自谓蹈于铁槛之外了；故你如今只下'槛内人'，便合了他的心了。"

　　于是，宝玉就写了"槛内人宝玉熏沐谨拜"的回帖，给妙玉。其实关于槛内槛外，虽然在这一回邢岫烟加以解释了，但是在《红楼梦》第五十回"芦雪广争联即景诗"中,宝玉写的《访妙玉乞红梅》七言律诗中,已经提到"不求大士瓶中露,为乞嫦娥槛外梅",把妙玉比作"槛外"嫦娥,赞赏其脱俗之美。

红楼十二钗正册中的四位宾客,即钗、黛、湘、妙四位女子,在思想上分别带有儒、道、玄、佛的色彩,在构筑小说的婚恋理想中,都承担了各自的角色。其中妙玉的品茶、赠梅、联诗和传递彩笺等,既显示出了文人雅士的高洁志趣,也是她与宝玉惺惺相惜而不为黛玉所嫌的重要原因。妙玉形象在小说中起到烘云托月的作用,她与湘云一起成为金玉良缘和怡红快绿的副线,给宝玉造成四面埋伏,让黛玉听到三面楚歌,并使小说情节更为波澜起伏、人物关系更加错综复杂。

《红楼梦》与明代四大奇书相比,在小说结构上颇为特殊。《三国演义》《水浒传》和《西游记》的小说结构皆为线性的,无论其微观结构为辫子、链子,还是钩子的形状。《红楼梦》与《金瓶梅》虽然同为世情小说,但《金瓶梅》只是围绕着西门庆一家的暴发暴亡史进行叙述的,《红楼梦》则是从家族、婚恋和人生三方面悲剧入手的。因而,同为网状结构,《金瓶梅》属于阡陌纵横、星罗棋布的平面网状,《红楼梦》则属于立体网状,犹如一张网①。红楼结构之网,其纲领应为前五回的总写。在此总纲中,贾宝玉成为贯穿三条主干线的枢纽。第一回和第二回演说家族的兴衰,第五回倒叙众女子的命运。第三回和第四回,分别写了林黛玉和薛宝钗进贾府,恰为婚恋悲剧的主要成分。在婚恋故事的构思中,没有爱情之婚姻的"终身误"与没有婚姻之爱情的"枉凝眉",与前人的才子佳人题材相比,已属创新。而曹雪芹还是嫌这个故事不够丰富,又增设了史湘云和妙玉,与这两钗相关的故事多为补叙,湘云有十年前的闺蜜细语、妙玉有五年前的梅花雪水等,"乐中悲"和"世难容",从作为金玉良缘和怡红快绿之副线的角度来解读,说服力较强。

2016 年 6 月 5 日芒种节讲稿

2016 年 11 月 7 日立冬重校

---

① 曹立波:《〈红楼梦〉立体式网状结构模型的构建》,《红楼梦学刊》,2007 年第 2 辑。收入曹立波《红楼梦版本与文本》,中华书局 2007 年版,第 32 页。

论《红楼梦》中婚姻习俗的文学意蕴[*]

刘相雨

曲阜师范大学

《礼记·昏义》曰："昏礼者，将合二姓之好，上以事宗庙，而下以继后世也，故君子重之。是以昏礼，纳采、问名、纳吉、纳征、请期，皆主人筵几于庙，而拜迎于门外，入，揖让而升，听命于庙，所以敬慎、重正昏礼也。"①

婚礼的仪式在我国古代是备受重视的，一般包括纳彩、问名、纳吉、纳征、请期和亲迎六道程序，即所谓的"六礼"。"六礼"体现出古代人们对于婚姻的重视。同时，婚礼中"合二姓之好，上以事宗庙，而下以继后世也"的目的，也带来了相应的问题：婚姻反映的往往不是结婚者个人的意愿，而是一个家庭或家族的意愿。

《红楼梦》是一部以家庭生活为主要内容的世情小说，其中涉及很多古代的婚姻习俗，已经有一些学者对此进行了较为深入的研究。如高国藩从民俗的角度，对《红楼梦》中的订婚、婚礼等进行了论述；王海鹏、刘兆安对《红楼梦》中的指配婚、收屋婚和自主婚进行了论述；孔令彬对《红楼梦》中的陪房制度进行了研究；王平论述了《红楼梦》等作品中婚俗描

　＊　本文是 2012 年教育部人文社会科学研究规划基金一般项目"明清世情小说中的民俗研究"（项目编号：12YJA751040）和山东省社会科学规划项目"中国古代小说中的民俗意象"（项目编号：08JDC103）的阶段性成果。

　①　杨天宇：《礼记译注》，上海古籍出版社 2004 年版，第 815 页。

写的文学功能，等等①。从总体上来看，学术界的研究针对的大多是《红楼梦》中的婚姻习俗本身，对于这些习俗在《红楼梦》中的作用及其文学意蕴则论述较少，本文拟对这一问题进行探讨，并就教于诸位方家。

一　《红楼梦》中婚姻习俗的特点

（一）《红楼梦》对婚姻习俗的描写多是侧面的、零散的，极少正面的、完整的描写。

《红楼梦》之前的世情小说，对婚姻习俗多进行正面的、详细的描写。如《金瓶梅》不但描写了西门庆娶潘金莲（第九回）、孟玉楼（第七回）、李瓶儿（第十九回）等人的情况，还描写了西门庆死后孟玉楼再嫁李衙内（第九十一回）、陈经济再娶葛翠萍（第九十七回）等人的情况；《醒世姻缘传》不但描写了狄希陈与薛素姐（第四十五回）、童寄姐（第七十五、第七十六回）的婚姻，还写了晁梁与姜小姐（第四十九回）、薛如兼与狄巧姐（第五十九回）的婚姻等。再如《林兰香》中的耿家，也是一个典型的贵族之家，其家庭成员的人数比《红楼梦》中的贾府要少多了，该书先后描写了男主人公耿朗与林云屏（第三回）、燕梦卿（第十一回、第十三回）、宣爱娘（第十三回）、平彩云（第十四回）、任香儿（第六回）、春畹（第四十三回）等人的婚姻。在这些作品中，对于婚姻习俗的描写，无论是篇幅还是所占的比例上，都要高于《红楼梦》。

《红楼梦》中的贾府是一个四世同堂的贵族大家族，被称为"钟鸣鼎食之家，诗礼簪缨之族"②，其中的主子和奴才有三四百人③，时间跨度十

---

①　高国藩：《〈红楼梦〉中的婚俗》，《红楼梦学刊》1984 年第 2 期；王海鹏、刘兆安：《女奴婚恋的悲歌：〈红楼梦〉婚俗描写初探》，《延边大学学报》1996 年第 3 期；孔令彬：《一种封建婚姻习俗中特殊的陪嫁品——论〈红楼梦〉中的陪房》，《红楼梦学刊》2004 年第 4 期；王平：《明清小说婚俗描写的特征及功能——以〈金瓶梅〉、〈醒世姻缘传〉、〈红楼梦〉为中心》，《东岳论丛》2007 年第 3 期。

②　本文所引《红楼梦》，如无特别说明，均以中国艺术研究院红楼梦研究所校注《红楼梦》，人民文学出版社 2008 年版为准，不另注。

③　据徐恭时统计，《红楼梦》总计写了男子 495 人，女子 480 人，两计 975 人，其中宁荣二府及其亲戚统计为 393 人。见徐恭时《红楼梦究竟写了多少人物》，《上海师范学院学报》1982 年第 2 期。

余年；但是《红楼梦》中对于婚礼场面的详细描写却很少：在前八十回中，只有贾琏娶尤二姐的过程，写得稍微详细一些；在后四十后中，只有贾宝玉娶薛宝钗的过程，写得稍微详细。《红楼梦》中本来可以详细描写的婚礼，也往往被一笔带过。如贾蓉的妻子秦可卿在第十三回就死了，贾蓉又续娶了新的妻子，至于贾蓉在什么时候续娶的，续弦妻子是个什么样的人，《红楼梦》都没有交代，只是到了第二十九回中忽然出现了一句，"刚要说话，只见贾珍和贾蓉的妻子婆媳两个来了，彼此见过"①，显得十分突兀。再如，第七十回提到"王子腾之女许与保宁侯之子为妻，择日于五月初十日过门"，这次婚礼的规模应该是比较大的，但是《红楼梦》于此也是一笔带过。

《红楼梦》中本来应该举行的婚礼，也多被故意延迟。如薛宝琴在第四十九回就已经许配给了梅翰林之子，准备结婚了，可是到了第一百零八回，两人尚未结婚；薛蝌在第五十七回就与邢岫烟订婚了，到了第一百一十四回才"将将就就的娶了过去"。史湘云在第三十一回中，就已经"有人家来相看，眼见有婆婆家了"，到了第九十九中才"有了出嫁的日子"，到了一百零六回，两人才结婚。

"金陵十二钗"中的女子，如黛玉、宝钗、妙玉、惜春、巧姐等人的婚姻，在前八十回中，均未提及；第七十七回中虽然已经有"官媒婆来求说探春"，但是探春的婚事到了第一百回才定下来。

而《红楼梦》对于葬礼的描写却十分详细，如第十三回至第十六回秦可卿的葬礼，第六十三回至第六十六回贾敬的葬礼，第一百一十回到第一百一十三回贾母的葬礼②。

葬礼意味着家族人员的减少，婚礼意味着家族人员的增加，详细描写葬礼而简略描写婚礼，透露出贾府将会后继乏人，必然走向衰亡，也突出

---

① 不同的版本对此的处理是不一样的。程甲本此处为："刚要说话，只见贾珍之妻尤氏和贾蓉新近续娶的媳妇婆媳两个来了，见过贾母"，程乙本此处为："刚要说话，只见贾珍之妻尤氏和贾蓉续娶的媳妇胡氏婆媳两个来了，见过贾母。"程甲本未交代贾蓉续娶妻子的姓氏，程乙本交代了贾蓉续娶的妻子姓胡。程甲本在第九十二回通过贾政道出贾蓉续娶的妻子是"从前做过京畿道的胡老爷的女孩儿"。庚辰本第五十八回有"贾母、邢、王、尤、许婆媳祖孙等皆每日入朝随祭，至未正以后方回"。尤氏后面的许氏，在此前未出现过，似是贾蓉续娶的妻子。程甲本、程乙本第五十八回均以"贾母婆媳祖孙等俱每日入朝随祭"一语带过。

② 参看刘相雨《论红楼梦中的丧葬习俗》，《红楼梦学刊》2016 年第 1 期。

了以贾府为代表的四大家族处于封建社会"末世"的特点。

（二）《红楼梦》中婚礼的仪式，大多是残缺不全的，且缺少结婚的喜庆氛围。

根据《礼记·昏义》的要求，正式的婚礼仪式应包括"六礼"；但是"六礼"的要求过于烦琐，南宋的朱熹在《朱子家礼》中就把"六礼"简化为纳彩、纳币和亲迎三个方面。孟元老的《东京梦华录》卷五《娶妇》则详细记载了宋代民间娶亲的种种风俗，如"起草帖子""起细帖子""缴檐红""插钗子""下财礼""过大礼""铺房""撒谷豆""撒帐""合髻""交杯酒"等①。吴自牧的《梦粱录》卷二十《嫁娶》对于婚礼风俗的介绍更加详细，对"定礼"中"花红羊酒"的介绍颇为详细，"若丰富之家，以珠翠、首饰、金器、销金裙褶，及段匹茶饼，加以双羊牵送，以金瓶酒四樽或八樽，装以大花银方胜，红绿销金酒衣簇盖酒上，或以罗帛贴套花为酒衣，酒担以红彩缴之"②。

《红楼梦》前八十回中，就没有正面描写过娶妻的情况，只是零散地写到了一些娶妾的情况。贾雨村娶娇杏为妾，只送了"两封银子、四匹绸缎"，甄家就"乘夜只用一乘小轿，便把娇杏送进去了"（第二回）；贾赦娶鸳鸯不成，后来花了八百两银子买了嫣红为妾（第四十七回）；两者均未见举行任何婚姻仪式。

《红楼梦》前八十回，对柳湘莲与尤三姐的"定礼"进行了描写：柳湘莲将祖传的鸳鸯剑作为"定礼"送给尤三姐，"弟纵系水流花落之性，然亦断不舍此剑者"（第六十六回）；后来，柳湘莲反悔了欲索回定礼，尤三姐就用这订婚的鸳鸯剑自刎而死。结婚的"定礼"一般应有"花红羊酒"，而柳湘莲以宝剑作为"定礼"，自然是不符合一般的婚礼习俗的！清代评点家王希廉认为，"剑虽至宝，毕竟是凶器，以此定亲，殊非吉兆"。③

《红楼梦》前八十回中，贾琏娶尤二姐为妾，是描写得比较详细的。虽然婚礼的基本仪式和环节都有了，但是明显缺乏婚礼应有的热闹的氛

---

① 孟元老等：《东京梦华录》（外四种），文化艺术出版社 1998 年版，第 32—34 页。

② 同上书，第 297 页。

③ 冯其庸纂校订定：《八家评批红楼梦》，文化艺术出版社 1991 年版，第 1643 页。

围。贾蓉告诉尤老娘，"他父亲此时如何聘，贾琏那边如何娶"。贾琏"使人看房子打首饰，给二姐置买妆奁及新房中应用床帐等物"（第六十四回），还安排了两个小丫鬟及鲍二夫妻服侍尤二姐。两人结婚时"一乘素轿，将二姐抬来。各色香烛纸马，并铺盖以及酒饭，早已备得十分妥当。一时，贾琏素服坐了小轿而来，拜过天地，焚了纸马"（第六十五回）。由于贾琏娶尤二姐是在"国孝""家孝"期间，结婚时用的是"素轿"，贾琏穿的是"素服"，这使结婚的喜庆氛围减少；又由于要瞒着凤姐等人，其婚礼是悄悄地举行的，贾府中知道此事的人很少，婚礼也比较冷清、简单。虽然两人婚后"如胶授漆，似水如鱼，一心一计，誓同生死"（第六十五回），但是好景不长，不久两人的婚姻就发生了变故。

《红楼梦》后四十回中，宝钗和宝玉的婚姻，是描写得比较详细的。两人的婚姻由于是亲上作亲，便省去了媒人说亲的环节，由王夫人直接对薛姨妈说了，薛姨妈就答应了（第八十五回），到了结婚前，才"议定凤姐夫妇作媒人"（第九十七回）。

"过礼"是婚姻过程中较为重要的环节，一般的家庭都会广宴宾朋，以示郑重。薛姨妈叫薛蝌："办泥金庚帖，填上八字，即叫人送到琏二爷那边去。还问了过礼的日子来，你好预备。"（第九十七回）可是，宝玉与宝钗的婚姻在"过礼"时，薛家"不惊动亲友"，没有请亲戚朋友来参加，贾家也"不叫亲友们知道，诸事宁可简便些"。当然，贾家送给薛宝钗的订婚礼物还是比较贵重的，有金项圈和金珠首饰八十件，妆蟒四十匹，各色绸缎一百二十匹，四季的衣服共一百二十件。但是，过礼中最具有象征性的"羊酒"却没有预备，只预备了"折羊酒的银子"，可见其过程的仓促、简慢，也预示了两人的婚姻难以吉祥、长久[1]。

宝玉、宝钗结婚时，薛宝钗的"装奁一概蠲免"，"好日子的被褥"也是贾府准备的。本来，妆奁和结婚时的被褥都应该是薛家准备，现在一切从简，都由贾家来准备了。结婚那天，"一时大轿从大门进来，家里细乐迎出去，十二对宫灯，排着进来，倒也新鲜雅致"，"傧相赞礼，拜了天地。请出贾母受了四拜，后请贾政夫妇登堂，行礼毕，送入洞房。还有

---

[1] 参看武迪《无"祥"难"久"的金玉姻缘——以羊酒为视角》，《红楼梦学刊》2016 年第 2 期。

坐床撒帐等事，俱是按金陵旧例"（第九十七回）。两人的婚礼，同样没有宴请宾朋。而且，因为贾宝玉已经病得疯疯傻傻了，凤姐等人又用了所谓的"掉包计"，潇湘馆的人都被瞒住，婚礼更显得仓促、草率。

在贾宝玉、薛宝钗举行婚礼的时候，林黛玉因绝望而悲惨地死去。因此这种婚礼表面的"热闹"，又带有了讽刺和悲剧意味。

（三）《红楼梦》中的婚姻写得越详细，其悲剧色彩亦越浓郁。

宝玉与宝钗的婚姻是写得最详细的，其悲剧色彩亦最浓；贾琏与尤二姐的婚姻，亦以尤二姐"吞金而逝"的悲剧收场。"金陵十二钗"中另一个婚姻写得比较详细的是迎春，亦是悲剧结局。

第七十二回，已有官媒婆朱嫂子来说给迎春说亲，第七十九回贾赦答应了孙绍祖的求亲，"贾赦见是世交之孙，且人品家当都相称合，遂青目择为东床娇婿"。不过，贾赦之所以答应孙绍祖的求亲，并不是因为孙绍祖的"人品家当都相称合"，而是因为他欠了孙家五千两银子。迎春结婚以后，孙绍祖就对她说："你别和我充夫人娘子，你老子使了我五千银子，把你准折卖给我的。好不好，打一顿撵在下房里睡去。"（第八十回）后来，迎春"被女婿打闹，甚至不给饭吃。就是我们送了东西去，他也摸不着。近来听见益发不好了，也不放他回来。两口子拌起来就说咱们使了他家的银钱"（第一百回）。"元迎探惜"四姐妹中，性格最为懦弱的迎春，偏偏遇上了最为蛮横不讲理的"中山狼"孙绍祖，令人徒唤奈何！贾家被抄家后，孙绍祖更是落井下石，找贾政去要那五千两银子，"说大老爷该他一种银子，要在二老爷身上还的"（第一百零六回）；当贾赦被发往台站效力赎罪时，迎春欲去送别，孙绍祖也不允许，怕沾染上贾府的晦气，迎春"扭不过，没有来，直哭了两三天"（第一百零八回）。迎春结婚一年多，就被孙绍祖折磨而死（第一百零九回）。

史湘云的婚姻，开始时是幸福的，她的丈夫"长的很好，为人又和平"，而且"才情学问都好的"（第一百零六回），可是婚后不久，她的丈夫"得了暴病，大夫都瞧了，说这病只怕不能好"（第一百零九回），后来"不过捱日子罢了"（第一百一十回）。史湘云最后也与薛宝钗一样，青春守寡。

婚后生活相对幸福一些的，大概是贾探春。她虽然远嫁给镇海总制之子，但是后来尚能回来探亲（第一百一十九回），与第五回判词中"千里东风一梦遥"的预言颇有些不同。

"覆巢之下，安有完卵"，在整个社会大厦倾覆的情况下，个人生活的幸福又如何会有保障呢？

二 "金玉良缘"与"木石前盟"的较量

"金玉良缘"指贾宝玉与薛宝钗的婚姻，是在父母或其他家族长辈安排下的婚姻；"木石前盟"指贾宝玉和林黛玉的爱情，是自由爱情的体现。婚姻是听从"父母之命，媒妁之言"，还是自己去找一个志同道合的知己，《红楼梦》明显倾向于后者。这从它对宝玉和黛玉之间真诚、炽烈爱情的歌颂，即可看出。不过，尽管宝玉和黛玉敢于主动地追求爱情，却不敢明确地反对"父母之命，媒妁之言"。他们希望自己的感情能够得到父母和家庭的认可，至于如何达到自己的目的，他们又显得束手无策。在"自由爱情"与"父母之命，媒妁之言"之间，他们尚未找到一个合适的平衡点。贾宝玉后来听从"父母之命"与薛宝钗结婚，黛玉因此含恨而逝。那么，宝玉、黛玉、宝钗之间的爱情与婚姻纠葛是如何变化的呢？

（一）在前八十回中，贾宝玉与林黛玉的爱情，几乎是贾府公开的秘密。贾母、凤姐等人都支持他们。

林黛玉在贾府，起初是颇受贾母宠爱的。贾母第一次见到黛玉时，把她"一把搂入怀中，心肝儿肉叫着大哭起来"（第三回），并且"寝食起居，一如宝玉，迎春、探春、惜春三个亲孙女倒且靠后"（第五回）。

在《红楼梦》中，凤姐是第一个拿宝玉、黛玉的婚事来开玩笑的人，她在宝钗、李纨等众人面前打趣黛玉说："你既吃了我们家的茶，怎么还不给我们家作媳妇？"并指着宝玉道："你瞧瞧，人物儿、门第配不上，根基配不上，家私配不上？那一点还玷辱了谁呢？"（第二十五回）凤姐是荣国府的管家少奶奶，如果不是事先得知了贾母、王夫人的旨意，凤姐是不会拿宝黛的婚姻大事开玩笑的。甲戌本批语也指出"二玉事在贾府上下诸人，即看书人，批书人，皆信定一段好夫妻，书中常常每每道及，岂其不然，叹叹"。①

贾母对于贾宝玉和林黛玉之间的关系，也是心知肚明的。她曾感叹说："我这老冤家是那世里的孽障，偏生遇见了这么两个不省事的小冤家，没有一天不叫我操心。真是俗语说的，'不是冤家不聚头'。几时我闭了这眼，断了这口气，凭着这两个冤家闹上天去，我眼不见心不烦，也就罢了。偏又不咽这口气。"（第二十九回）贾母称宝玉、黛玉两人为"小冤家"，是恨极语，也是爱极语。庚辰本在该回回首总评曰"二玉心事，此回大书，是难了割，却用太君一言以定，是道悉通部书之大旨"②。清代评点家张新之认为"不是冤家不聚头"是"通部书所自出，而书正为解此一语而作也；借此老一醒出之，是大眼目"③。

在中秋节的家宴上，黛玉流露出了与宝玉的亲密之情，"至黛玉前，偏他不饮，拿起杯来，放在宝玉唇上边，宝玉一气饮干"（第五十四回），贾母看到后也只是借评价才子佳人作品《凤求鸾》，对黛玉的行为进行了旁敲侧击，此后并未采取什么措施阻止二人交往。

第五十七回紫鹃以林姑娘"要回苏州去"的话来试探宝玉，结果宝玉"眼也直了，手脚也冷了，话也不说了，李妈妈掐着也不疼了，已死了大半个了"。宝玉以一种极端的方式向贾母、王夫人等表明：离开了黛玉，他就没法活。而贾府众人"都知宝玉原有些呆气，自幼是他二人亲密，如今紫鹃之戏语亦是常情，宝玉之病亦非罕事，因不疑到别事去"④。贾府内其他的人可能"不疑到别事去"，但是，以贾母之聪明以及她对宝玉、黛玉关系的了解，她应该能够想到紫鹃戏语的真正意义。薛姨妈在该回中看望黛玉时，说："你宝兄弟老太太那样疼他，他又生的那样，若要外头说去，老太太断不中意。不如竟把你林妹妹定与他，岂不四角俱全。"婆子们因也笑道："姨太太虽是顽话，却倒也不差呢。到闲了时和老太太一商议，姨太太竟做媒保成这门亲事是千妥万妥的。"薛姨妈此语，定非空穴来风，她还是比较了解贾母的心思的。

---

① 陈庆浩编著：《新编石头记脂砚斋评语辑校》（增订本），中国友谊出版社 1987 年版，第 463 页。

② 同上书，第 523 页。

③ 冯其庸纂校订定：《八家评批红楼梦》，文化艺术出版社 1991 年版，第 694 页。

④ 此数语程甲本、程乙本无。

贾母明知宝玉和黛玉的亲密关系，却没有采取什么限制、隔离措施，应该说贾母对他们的关系是默许的、支持的，连贾琏的小厮兴儿都认为："将来准是林姑娘定了的。因林姑娘多病，二则都还小，故尚未及此。再过三二年，老太太便一开言，那是再无不准的了。"（第六十六回）甚至到了第八十二回，袭人仍然认为，"素来看着贾母王夫人光景及凤姐儿往往露出话来，自然是黛玉无疑了"，薛家的两个老婆子也认为"怨不得我们太太说这林姑娘和你们宝二爷是一对儿，原来真是天仙似的"，"这样好模样儿，除了宝玉，什么人擎受的起。"

（二）"木石前盟"的失败。

笔者认为，宝玉和黛玉的爱情发生变故，主要有两个方面的原因：

首先，宝玉与黛玉只顾着谈爱情，并未就他们的婚姻做出应有的努力。特别是贾宝玉，他从未向贾母或王夫人提出自己要娶林黛玉。如果他向贾母提出自己的想法，说不定贾母会同意的。在这一点上，他们就不如司棋和尤三姐表现得更为大胆。

司棋和表弟潘又安从小"便都订下将来不娶不嫁"，长大后又"海誓山盟，私传表记"（第七十二回），这与宝黛爱情十分相似。王熙凤等人抄检大观园时，查出了司棋与潘又安来往的物品，司棋只是"低头不语"，"也并无畏惧惭愧之意"（第七十四回）。当潘又安回来找她时，司棋对母亲说："一个女人配一个男人。我一时失脚上了他的当，我就是他的人了，决不肯再失身给别人的。我恨他为什么这样胆小，一身作事一身当，为什么要逃。就是他一辈子不来了，我也一辈子不嫁人的。妈要给我配人，我原拼着一死的。今儿他来了，妈问他怎么样。若是他不改心，我在妈跟前磕了头，只当是我死了，他到那里，我跟到那里，就是讨饭吃也是愿意的。"（第九十二回）当母亲拒绝两人在一起时，司棋就撞墙而死，潘又安也殉情而死。虽然他们的婚姻以失败告终，但是毕竟积极去争取了。

尤三姐对柳湘莲一往情深，她发誓说"这人一年不来，他等一年；十年不来，等十年；若这人死了再不来了，他情愿剃了头当姑子去，吃长斋念佛，以了今生"（第六十六回）。虽然尤三姐因为在爱情中太主动而引起了柳湘莲的疑惑，"难道女家反赶着男家不成"，但是她为爱情所付出的努力也是值得肯定的。

与司棋、尤三姐相比，宝玉和黛玉为婚姻所付出的努力是远远不够的，他们太依赖贾母了。

其次，后四十回中的贾母对宝黛爱情的态度发生了巨大的转折。

如果说前八十回中的贾母对于宝黛爱情是默许的、支持的，那么，后四十回中的贾母是公开地反对宝黛爱情的。

贾母在第八十三回开始表现出对于黛玉的厌烦，这在此前是没有过的，"林丫头一来二去的大了，他这个身子也要紧。我看那孩子太是个心细"。

贾宝玉的婚事在第八十四回"试文字宝玉始提亲　探惊风贾环重结怨"始正式提出。贾母对贾政说："提起宝玉，我还有一件事和你商量。如今他也大了，你们也该留神看一个好孩子给他定下。这也是他终身的大事。也别论远近亲戚，什么穷啊富的，只要深知那姑娘的脾性儿好模样儿周正的就好。"从贾母给宝玉定亲的标准来看，她对于女方的穷富是不太在意的，只要那姑娘的"脾性儿好模样儿周正"即可①。从表面来看，贾母的这一标准并不高；实际上贾母的眼光颇高，一般的姑娘，她是看不上眼的。如宝玉身边的丫头，贾母认为只有晴雯尚可，"这些丫头的模样爽利言谈针线多不及他，将来只他还可以给宝玉使唤得"（第七十八回）。如果以"脾性儿好模样儿周正"的标准来衡量，黛玉的模样应该是没有问题的，但是就脾性儿来说，黛玉可能就比不上宝钗了。

第八十四回中，贾母夸奖宝钗说："我看宝丫头性格儿温厚和平，虽然年轻，比大人还强几倍。前日那小丫头子回来说，我们这边还都赞叹了他一会子。都像宝丫头那样心胸儿脾气儿，真是百里挑一的。不是我说句冒失话，那给人家做了媳妇儿，怎么叫公婆不疼，家里上上下下的不宾服呢。"这里，贾母已经从"给人家做了媳妇儿"的角度来称赞宝钗，特别看重宝钗的"心胸儿脾气儿"。如果我们将贾母这次对宝钗的夸奖与第三十五回相比，就会发现贾母对黛玉和宝钗的评价已经悄然发生了变化。

> 贾母道："提起姊妹，不是我当着姨太太的面奉承，千真万真，

---

① 这也是贾母一贯的标准，第二十九回中贾母就提出，"不管他根基富贵，只要模样配的上就好，来告诉我。便是那家子穷，不过给他几两银子罢了。只是模样性格儿难得好的"。

从我们家四个女孩儿算起，全不如宝丫头。"薛姨妈听说，忙笑道："这话是老太太说偏了。"王夫人忙又笑道："老太太时常背地里和我说宝丫头好，这倒不是假话。"宝玉勾着贾母原为赞林黛玉的，不想反赞起宝钗来，倒也意出望外，便看着宝钗一笑。——第三十五回

贾母在这里所说的"我们家四个女孩儿"，除了迎春、探春、惜春外，另外一个应该是指黛玉，因为元春早已入宫为妃，已经不在贾家了。贾母虽然夸奖了宝钗而没有夸奖黛玉，但是她把黛玉算作"我们家四个女孩儿"之一，其与黛玉的关系明显要比与宝钗的关系亲密得多。

第八十四回，贾母开始批评黛玉"心重"、待人不够"宽厚"，"林丫头那孩子倒罢了，只是心重些，所以身子就不大很结实了。要赌灵性儿，也和宝丫头不差什么；要赌宽厚待人里头，却不济他宝姐姐有耽待、有尽让了。"

其实，林黛玉的性格在前八十回与在后四十回中并没有明显的变化，此前贾母对于黛玉的脾气、性格一直是包容的，此时却屡屡公开批评黛玉。这种对钗、黛的不同态度，表明贾母在钗、黛的选择上，开始倾向于宝钗。

后四十回中，贾母对宝黛爱情态度的变化，主要表现在以下方面：

第一，当凤姐提出宝玉与宝钗的婚姻时，贾母并未反对，亦未考虑此事对宝玉、黛玉会产生的影响。一向精明的贾母，此时似乎忘记了宝玉和黛玉的亲密关系。

第二，后四十回中的贾母，显得狠毒、冷酷，与前八十回中慈爱、善良形成了鲜明的对比。第八十九回，黛玉以为宝玉与别人订婚了，便"有意糟蹋身子，茶饭无心"，后来"竟是绝粒，粥也不喝，恹恹一息，垂毙殆尽"；而当她得知"老太太的主意亲上作亲，又是园中住着的"（第九十回）的消息后，以为将来与宝玉定亲的肯定是自己，不久病就好了。这种情况说明，与宝玉的爱情是黛玉活下去的唯一动力。紫鹃也认为，"那一年我说了林姑娘要回南去，把宝玉没急死了，闹得家翻宅乱。如今一句话，又把这一个弄得死去活来。可不说的三生石上百年前结下的么"（第九十回）。黛玉这次"病也病得奇怪，好也好得奇怪"，贾母"略猜着了八九"。不过，贾母并没有采取措施成全贾宝玉和林黛玉，而

是加速了给宝玉成亲的进程：

> 贾母皱了一皱眉，说道："林丫头的乖僻，虽也是他的好处，我的心里不把林丫头配他，也是为这点子。况且林丫头这样虚弱，恐不是有寿的。只有宝丫头最妥。"王夫人道："不但老太太这么想，我们也是这样。但林姑娘也得给他说了人家儿才好，不然女孩儿家长大了，那个没有心事？倘或真与宝玉有些私心，若知道宝玉定下宝丫头，那倒不成事了。"贾母道："自然先给宝玉娶了亲，然后给林丫头说人家，再没有先是外人后是自己的。况且林丫头年纪到底比宝玉小两岁。依你们这样说，倒是宝玉定亲的话不许叫他知道倒罢了。"——第九十回

这里，贾母等人明明知道，宝玉离开黛玉会变得疯傻，黛玉离开宝玉就会死去，可是她们还是不肯成全二人！退一步说，贾母等人即使不为黛玉考虑，也总该为宝玉考虑吧。因此，贾母的性格与前八十回是很不一致的，但是小说并未交代贾母的性格为何会发生这样的变化。

第三，后四十回中的贾母显得愚昧而糊涂，与前八十回中的开明、睿智形成了鲜明的对比。袭人认为，如果让宝玉娶薛宝钗而不是林黛玉，"除非是他人事不知还可，若稍明白些，只怕不但不能冲喜，竟是催命了！我再不把话说明，那不是一害三个人了么"（第九十六回）。连袭人都知道，如果让宝玉娶薛宝钗那就是"摧命"，而且会一下害了三个人。袭人将情况告诉王夫人、贾母以后，她们仍然没有终止这种荒唐的做法。王夫人让凤姐试探宝玉，发现"提了林妹妹，虽说仍旧说些疯话，却觉得明白些。若真明白了，将来不是林妹妹，打破了这个灯虎儿，那饥荒才难打呢"（第九十七回）。

后四十回中的贾母反对宝玉和黛玉谈恋爱，她认为"孩子们从小儿在一处儿顽，好些是有的。如今大了懂的人事，就该要分别些，才是做女孩儿的本分，我才心里疼他。若是他心里有别的想头，成了什么人了呢！我可是白疼了他了。你们说了，我倒有些不放心"，"咱们这种人家，别的事自然没有的，这心病也是断断有不得的。林丫头若不是这个病呢，我凭着花多少钱都使得。若是这个病，不但治不好，我也没心肠了"（第九

十七回）。黛玉死后，贾母眼泪交流说道："是我弄坏了他了。但只是这个丫头也忒傻气！"（第九十八回）

与前八十回相比，凤姐的性格也有很大的差异。前八十回中的凤姐，遇到不好的事件，往往要推卸责任的，如贾赦欲娶鸳鸯为妾，凤姐就把自己的责任推得干干净净，清代评点家姚燮评说："凤姐一生做事，总不肯于自己身上担一是非。"① 后四十回中的凤姐，却主动惹火烧身，不怕宝玉知道真相后与她闹翻么？

如果仅仅从贾母对宝黛爱情的态度来看，前八十回与后四十回的作者应该不是一人，后四十回对贾母形象的塑造与前八十回有着很大的差异。

贾母的这一决定，直接导致了黛玉之死、宝玉出家以及宝钗的青春守寡。贾家这个贵族大家庭也丧失了最后一点让人同情和怜悯之处，只盼着其尽快灭亡，以免戕害更多年轻的生命。

《红楼梦》在后四十回中，把宝黛爱情的悲剧归结到了封建家长身上，从而在某种程度上削弱了作品的悲剧色彩。人们也许会想，假如宝、黛遇到的不是贾母、王夫人那样的糊涂家长，也许他们能够幸福地生活在一起！而《红楼梦》在前八十回中，突出的是"千红一哭""万艳同悲"的时代悲剧，生活在这个时代的每一个阶层的青年男女都难逃厄运。

（三）"金玉良缘"的悲剧。

贾宝玉与薛宝钗的婚姻，是凤姐首先提出来的：

> 凤姐笑道："不是我当着老祖宗太太们跟前说句大胆的话，现放着天配的姻缘，何用别处去找。"贾母笑问道："在那里？"凤姐道："一个'宝玉'，一个'金锁'，老太太怎么忘了？"贾母笑了一笑，因说："昨日你姑妈在这里，你为什么不提？"凤姐道："老祖宗和太太们在前头，那里有我们小孩子家说话的地方儿。况且姨妈过来瞧老祖宗，怎么提这些个，这也得太太们过去求亲才是。"——第八十四回

也就是说，宝玉与宝钗的婚姻，首倡者既不是贾政和王夫人，也不是贾

---

① 冯其庸纂校订定：《八家评批红楼梦》，文化艺术出版社 1991 年版，第 1105—1106 页。

母，而是凤姐。那么，凤姐为什么改变了早期的主意呢？根据凤姐的性格特点，她应该是注意到了贾母或王夫人感情的微妙变化，善于见风使舵的她才会提出这一建议。

宝玉与宝钗的亲事提出以后，出现了一系列异样的征兆。

首先，宝玉的"通灵宝玉"在晚上"放起光来了，满帐子都是红的"，凤姐等人认为这是"喜信发动了"（第八十五回）。清人张新之认为，"提亲便是结怨。在宝黛原为喜信，在钗凤则为凶信也。认凶为喜，误尽苍生"①。笔者认为，这是"通灵宝玉"是在示警，并非吉兆。"通灵宝玉"的反面曾注明其功能"一除邪祟，二疗冤疾，三知祸福"（第八回），其"除邪祟"、"疗冤疾"的功能在第二十五回"魇魔法姊弟逢五鬼红楼梦通灵遇双真"中已经应验，此回应是其"知祸福"功能的显现。宝玉与宝钗结婚的提议，对于宝玉、黛玉来说，显然是"祸"不是"福"。

其次，黛玉弹琴时，琴弦忽然断了。"断弦"意味着失偶，暗示着宝玉将失去黛玉，黛玉将不久于人世（第八十七回）。这也是与宝玉一起听琴的妙玉"站起来连忙就走"的原因。清人张新之认为，"黛死宝亡，演以作结，人人得而知之"②。

再次，怡红院里枯萎的海棠在十一月违时开放。李纨认为海棠开花"必是宝玉有喜事来了，此花先来报信"；林黛玉也认为"草木也随人的。如今二哥哥认真念书，舅舅喜欢，那棵树也就发了"。探春则认为"草木知运，不时而发，必是妖孽"（第九十四回）；凤姐认为"这花开得奇怪，叫你铰块红绸子挂挂，便应在喜事上去了"；贾赦也认为"必是花妖作怪"。海棠花在十一月开放，这是违反天时和自然规律的，肯定是不吉利的，也是对贾母等人的警告。可惜贾母等人一意孤行，听不进别人的劝告，反而说"若有好事，你们享去；若是不好，我一个人当去"（第九十四回）。

最后，"通灵宝玉"失去，宝玉变傻。黛玉在"通灵宝玉"刚刚失去的时候，"想起金石的旧话来，反自喜欢"，因为"果真金玉有缘，宝玉

---

① 冯其庸纂校订定：《八家评批红楼梦》，文化艺术出版社 1991 年版，第 2081 页。
② 同上书，第 2141 页。

如何能把这玉丢了呢。或者因我之事，拆散他们的金玉，也未可知"（第九十五回）。但是，黛玉的心事竟化为空，宝玉终于与宝钗定婚。

自汉代董仲舒提出"天人感应"说以来，每当遇到地震、山崩、日食、月食、水灾、旱灾等特异的天象时，往往被认为"上天示警"，天子和臣民就要斋戒、自省。"金玉良缘"提出后，出现了如此多的异样征兆，并没有警醒贾府众人，亦没有人反躬自省，贾宝玉与薛宝钗的婚姻仍在悄然进行！

凤姐提出宝玉与宝钗的婚姻后，薛姨妈很快就答应了，"姨妈倒也十分愿意，只说蟠儿这时候不在家，目今他父亲没了，只得和他商量商量再办"（第八十五回）。到了第九十五回，薛姨妈才征求薛宝钗的意见，"我还没有应准，说等你哥哥回来再定。你愿意不愿意？"宝钗对母亲说："妈妈这话说错了。女孩儿家的事情是父母做主的。如今我父亲没了，妈妈应该做主的，再不然问哥哥。怎么问起我来？"宝钗的这段话，说得冠冕堂皇，正大光明，其实宝钗的内心应该是愿意的。因为宝钗此时并未见到过失去"通灵宝玉"的宝玉，她印象中的宝玉仍然是以前那个光彩照人的宝玉。当薛姨妈正式答应二人的婚事后，宝钗"始则低头不语，后来便自垂泪"（第九十七回）这时，宝钗明白，她与宝玉的成婚，是为了"给宝兄弟冲冲喜，借大妹妹的金锁压压邪气"。宝钗成为"冲喜"的工具，也就预示了其婚姻的悲剧性质。

三　任人宰割的羔羊——《红楼梦》中女仆的婚姻

《红楼梦》中贾府丫鬟的婚姻，大多是由主子指配的，她们根本没有自我选择婚姻的权利。邢夫人在劝鸳鸯为妾时，曾经说："若果然不愿意，可真是个傻丫头了。放着主子奶奶不作，倒愿意作丫头！三年二年，不过配上个小子，还是奴才。"（第四十六回）《红楼梦》具体写到了这种指配婚的方式：

> 又有林之孝开了一个人名单子来，共有八个二十五岁的单身小厮应该娶妻成房，等里面有该放的丫头们好求指配。凤姐看了，先来问贾母和王夫人。大家商议，虽有几个应该发配的，奈各人皆有原故：

第一个鸳鸯发誓不去。自那日之后，一向未和宝玉说话，也不盛妆浓饰。众人见他志坚，也不好相强。第二个琥珀，又有病，这次不能了。彩云因近日和贾环分崩，也染了无医之症。只有凤姐儿和李纨房中粗使的大丫鬟出去了，其余年纪未足。令他们外头自娶去了。（第七十回）

也就说，贾府内部的小厮和丫鬟都是由主子指配为婚的，他们的后代自然也是贾府的奴仆。而且，小厮到了二十五岁才结婚，明显比主子结婚的年龄要晚。

当然，如果主子开恩，她们也可能到外面"聘作正头夫妻去"。即使有这种机会，她们也一定能找到自己满意的伴侣。如彩霞是王夫人的丫鬟，本来已被"开恩打发他出去了，给他老子娘随便自己拣女婿去罢"（第七十二回），但是凤姐的陪房来旺的儿子看上了彩霞，就找凤姐和贾琏帮忙。虽然来旺的儿子"酗酒赌博，而且容颜丑陋，一技不知"，但是迫于凤姐的压力，"彩霞之母满心纵不愿意，见凤姐亲自和他说，何等体面，便心不由意的满口应了出去"（第七十二回）彩霞的婚姻，极有可能是悲剧。

晴雯病中被王夫人逐出大观园以后，王夫人"就赏他家配人去也罢了"（第七十八回），晴雯不久就病死了。

元春省亲时那些唱戏的女孩子，多是被父母、兄弟等家人所卖（第五十八回）。后来，王夫人命令"唱戏的女孩子们，一概不许留在园里，都令其各人干娘带出，自行聘嫁"（第七十七回）。按照常理来说，王夫人免除了这些女孩子的奴仆身份，她们应该感到高兴才对，可是芳官、藕官、蕊官三人"寻死觅活，只要剪了头发做尼姑去"。可见，她们对未来的婚姻生活已经绝望，宁愿去做尼姑，也不愿在世俗中生活。

元春省亲时的小尼姑、小道姑，王夫人"叫赖大那些人带去，细细的问他的本家有人没有，将文书查出，花上几十两银子，雇只船，派个妥当人送到本地，一概连文书发还了，也落得无事。若是为着一两个不好，个个都押着他们还俗，那又太造孽了。若在这里发给官媒，虽然我们不要身价，他们弄去卖钱，那里顾人的死活呢。"（第九十四回）这些小尼姑、小道姑的婚姻和命运，想来也不会好到哪里去。

结语

　　《红楼梦》涉及清代婚礼的诸多方面，但是对婚礼本身的描述大多比较简略，从一个侧面反映了贾府这一大家族必然衰落，贾家必然会后继乏人。《红楼梦》中无论主子还是奴才，都无法掌握自己的婚姻，而这些婚姻又多以悲剧收场。《红楼梦》中有一些自主择婚的，亦以失败而告终。这反映了当时婚姻制度的残酷性和不合理性，也预示着这一制度将激起人们的反抗并最终埋葬这一制度。《红楼梦》中贾母对于贾宝玉、林黛玉爱情态度的变化，凸显出贾母性格的前后不一，也揭露了封建家长的冷酷无情。婚礼是贾府日常生活的一面镜子，这面镜子中折射出贾府上下的悲欢离合。

《红楼梦》私人空间及相关物象①书写的文化意蕴

刘紫云

北京工商大学

引言

中国传统住宅建筑空间，尤其是宋代以来的住宅，被视为一个礼的空间，一种新儒学价值观的具体化，住宅空间布局充分诠释了儒家的家庭伦理规范和原则；同时，在家国同构的文化逻辑中，"家庭住房不是一个私人性的世界，不是逃避国家的庇护所，而是一个微型的国家"②。除了承载儒家伦理秩序之外，传统家庭住宅所发挥的另一个关键作用，便是用空间区隔标志出家庭内部的性别差异。传统住宅"提供了妇女生活的物质性框架，予男性和女性领域的分离以具体的形式"③。

两性区隔直接体现在住宅空间布局上。《礼记·檀弓上第三》规约明礼君子"非致斋也，非疾也，不昼夜居于内"④，除非祭祀前斋戒，除非生病，否则不能昼夜待在内宅。司马光《家仪·居家杂仪》进一步发挥

---

① "物象"指以语言为媒介所呈现的物质形象（参见刘紫云《雅俗龃龉中的林黛玉——从物象描写角度论人物场域的建构》，《红楼梦学刊》2016 年第 3 期，第 281 页）。

② ［美］白馥兰（Francesca Bray）：《技术与性别：晚期帝制中国的权力经纬》，邓京力译，江苏人民出版社 2006 年版，第 47 页。

③ 同上书，第 44 页。

④ 王文锦：《礼记译解》，中华书局 2001 年版，第 77 页。

内外之别："凡为宫室，必辨内外。深宫固门，内外不共井，不共浴堂，不共厕。男治外事，女治内事。男子昼无故不处私室，妇人无故不窥中门。有故出中门，必拥蔽其面。"① 在宋代宅院中，"以'中门'为限，强调了内外分界：'妇人无故不窥中门'，而当'有故'之际，所出也只是'中门'，这样就从规范上把女性完全框在了宅院之中"②。"中门"区隔出两性在住宅建筑中的活动范围，形成了空间乃至文化上的"内""外"之别。

在内外有别的空间格局基础上，根据个体与群体的不同关系模式，又可将住宅空间细分为公共空间与私人空间③。宽泛而言，闺房、卧内、书斋等建筑形式是个体日常起居之所，构成私人空间；而厅堂、祠堂等则是群体活动如会客、祭祀之所，属于公共空间。传统住宅建筑空间以内外有别、公私分明为区隔原则，进一步规约两性在家庭生活不同领域的分工。私人空间的相关物象书写，也因此折射出礼法规约、性别限定与价值认同等丰富的文化内涵。

一　私人空间物象与人物对礼法的依违

《红楼梦》中以家庙宗祠为中心而建立起来的荣宁二府，正是比较典型的传统住宅建筑，男女之别、公私之别的空间区隔原则在此也有十分显著的体现。第三回叙述者借林黛玉的视点，向读者呈现了荣国府的空间布局。荣国府大致分为左中右三路，林黛玉初入荣国府走的是西路，从西边角门由轿夫抬进去，走了一射之地轿夫退出，此处为贾府男女两性活动范围的分界线；往后另换三四个十七八岁的小厮抬轿，至垂花门前退下，由

① 司马光：《书仪》卷四，《影印文渊阁四库全书》经部，台湾商务印书馆1983年版，第142册，第480页。

② 邓小南：《"内外"之际与"秩序"格局：兼谈宋代士大夫对于〈周易·家人〉的阐发》，载邓小南主编《唐宋女性与社会》，上海辞书出版社2003年版，第99页。

③ 公与私的区分并非绝对，还要考虑其他的因素，而且也会有其他的表现方式。例如已婚男性的私人空间，除了书房，也包括中门以内的内室。又，书房这一私人性较强的空间，有时也会临时性地起到公共空间的作用，例如《儒林外史》中娄氏兄弟延请友朋至其书斋进行社交活动的场景。另外，《红楼梦》中贾政就既有内书房，又有外书房，前者分布在女性、内部空间中，而后者则在男性、外部空间中。

婆子扶黛玉下轿，过穿堂直抵正房大院，而垂花门正是贾府女性活动范围的临界点。

宋代以来的家规家仪都明确规定女性在家庭住宅中的活动范围。妇女送迎不出门，外来的女客乘坐轿子、肩舆，通常到中门厅事而下，男性仆从不入中门，女主人则到厅事或中门迎客入内，送客亦至于中门厅事。荣国府中起到类似空间区隔作用的除了西路的"垂花门"，还有中轴线上的"仪门"。林黛玉见过贾母，又要去见两个舅舅。邢夫人领着她出西角门，由东角门（黑油大门）进入荣府东路，至仪门前众小厮退出，仪门以内非男仆可到之处。林黛玉到了三层仪门以内，"邢夫人让黛玉坐了，一面命人到外面书房去请贾赦"①。贾赦以身体不适为由回避，黛玉遂作辞出来，仍旧由西角门进入荣府，去拜见贾政和王夫人。贾政和王夫人的院落，处于荣府的中轴线上，"仪门内大院落，上面五间大正房"，便是"正经正内室，一条大甬路，直接出大门的"（第三回，第43页）。若以西路"垂花门"和中、东路"仪门"为基点勾连出横向坐标轴，往南往北延伸则是纵向坐标轴，分别标识出荣国府的"内"与"外"：内为女眷的住宅空间，包括贾母、王夫人的院落，再往后一进则是王熙凤的院子；外则为男性的空间，这一回中并未做详细的交代，但在它处提及贾政、贾赦、宝玉等人的外书房等。由于第三回借黛玉之眼呈现荣国府，而女性身份限制了她对男性空间的观察，因此荣国府空间格局的描写显得"内详外略"。《红楼梦》虽未直接描写宁国府的建筑布局，但我们可以通过荣国府大致想象宁国府的布局，并且可以肯定一点，即荣宁二府中的女性私人空间处在"内外有别"的传统住宅建筑之"内"，大体坐落在仪门以内。

在大观园营建之前的荣国府中，小说曾两次叙及人物的私人空间，一为借黛玉之眼写王夫人的小正房，一为借宝玉之眼写秦可卿的私室。第三回林黛玉跟着婆子去见贾政和王夫人，发现王夫人日常起居并不在正室内，而在东廊三间小正房内。叙述者借黛玉的视点呈现小正房的物质环境：

---

① 曹雪芹、高鹗著，中国艺术研究院红楼梦研究所校注：《红楼梦》，人民文学出版社1996年版，第三回，第42页。下文中引文随文标注回数、页码。

> 正房炕上横设一张炕桌，桌上磊着书籍茶具，靠东壁面西设着半旧的青缎靠背引枕。王夫人却坐在西边下首，亦是半旧的青缎靠背坐褥。见黛玉来了，便往东让。黛玉心中料定这是贾政之位。因见挨炕一溜三张椅子上，也搭着半旧的弹墨椅袱，黛玉便向椅上坐了。王夫人再四携他上炕，他方挨王夫人坐了。（第三回，第45页）

这段描写的意旨，可以指向小说人物，亦可指向小说家。如甲戌夹批所言，正房内坐具和座次的描写乃为"写黛玉心到眼到"[1]；而"桌上磊着书籍茶具"这一细节，是"伤心笔，堕泪笔"[2]，是小说家的情感流露。然而，更为直接的创作意图应当指向对王夫人和贾政这两个人物的塑造。这一段描写中，"半旧的"一词总共出现了三次，暗示此为王夫人与贾政的日常起居之处，故多家常之物。此外，"半旧的"还暗示了贾政夫妇节制有度、合乎礼法的物质追求。

小说家对物象的选取和描写往往与特定道德立场相结合，并蕴含其对人物的褒贬态度。通过对小正房物质环境的描写，曹雪芹向读者允诺并塑造了恪守礼法的男女主人形象；而在贾政缺席的情况下，这一描写又着重指向了王夫人。小正房中的摆设完全合乎礼法，尤其是坐具的摆放次序暗示人物对礼法的依循。此外，对服饰器用的态度折射出女性的道德和志趣所在。小正房的摆设虽不能说朴素，但却很节制，完全合乎礼法，同时也是妇德的外化。

然而，小说家对秦可卿私室的描写恰恰与此相反。上文通过林黛玉的视点呈现王夫人的小正房，而秦可卿私室则借助贾宝玉这一男性人物视点来呈现。选择何种性别何种人物的视点来呈现私人空间，无疑包含了小说家的立场和姿态。颇为讽刺的是，贾宝玉正是在秦可卿房中梦入警幻仙境，得警幻仙子接引，预览十二钗册、品仙茗、饮仙醪、听仙曲，又得神秘女子秘授云雨之事：

---

① ［法］陈庆浩：《新编石头记脂砚斋评语辑校》，台北联经出版事业公司1979年版，第73页。

② 同上。

> 警幻便命撤去残席，送宝玉至一香闺绣阁之中，其间铺陈之盛，
> 乃素所未见之物。更可骇者，早有一位女子在内，其鲜艳妩媚，有似
> 乎宝钗，风流袅娜，则又如黛玉。（第五回，第86页）

叙述者在描写警幻仙境的"香闺绣阁"时，虽仅以"素所未见之物"略括"铺陈之盛"，但其景其情实则与宝玉在秦可卿私室这一幕相映照。据警幻仙姑披露，这位女子"乳名兼美字可卿"，正与宁国府的秦可卿同名。结合宝玉的心理活动"其鲜艳妩媚，有似乎宝钗，风流袅娜，则又如黛玉"，我们可推知"兼美"这一命名的含义，即兼备钗黛之美。由《红楼梦》套曲中《终身误》的曲词可知，无论对宝钗还是黛玉，贾宝玉都有"美中不足"之叹恨。宝玉憧憬着宝钗的身体（第二十八回），在精神上却又与林黛玉更为契合。为了弥补"美中不足"的叹恨，小说家试图塑造一位"兼美"的理想女性形象，并且通过人物命名在警幻仙境的"兼美"与宁府的秦可卿之间建立关联。这样一位"兼美"的女性形象，在小说中得到了众口之誉，"然而可怪的是我们在书中却看不见她什么具体行动，足以证实她的那些良好的反映。作者偏偏对于她的卧室做了一番很奇特的记载"，论者皆以为"这不是什么文艺描写，而是有意作出象征性的说明"[1]。

宝玉在秦可卿房中闻到的是"细细的甜香"，看到的是"春睡图"，小说家用"眼饧骨软"一词形容宝玉身处秦可卿私室时所感受到的感官上的刺激。秦可卿私室中的宝镜、金盘、木瓜、卧榻、联珠帐、纱衾、鸳枕等物象，还牵动着一连串以香艳著称的女性及其艳史，弥漫着暧昧的气息。庚辰本"秦太虚写的一幅对联"后存一批语曰："艳极，淫极。"[2] 无论是早期评点者还是后来的读者，都不难读出这段描写所蕴含的道德上的贬抑。

《金瓶梅词话》第五十九回中的情节及其描写，正可与此参照、类比。此回叙西门庆至名妓郑爱月儿处，登堂入室：

---

① 王昆仑：《红楼梦人物论》，北京出版社2004年版，第46页。
② ［法］陈庆浩：《新编石头记脂砚斋评语辑校》，第115页。

正面黑漆镂金床，床上帐悬绣锦，褥隐华裀；旁设褪红小几，几上博山小篆，香霭沉檀。楼鼻壁上，文锦囊、象窑瓶，插紫笋其中；床前设两张绣甸矮椅，旁边放对鲛绡锦帨。云母屏，模写淡浓之笔；鸳鸯榻，高阁古今之书。西门庆坐下，但觉异香袭人，极其清雅，真所谓神仙洞府，人迹不可到者也。①

这是一种名妓之室所特有的气氛，一种富于性的挑逗的暧昧气氛。最后一句"西门庆坐下，但觉异香袭人"，与宝玉"刚至房门，便有一股细细的甜香袭人而来"，二者的写法何其相似。在郑爱月儿、秦可卿私室的描写中，小说家"在这里勾勒的事物都绝对是女性房间专用的"，而且这些物象暗示了男性人物的感官体验，"唯有这类知识能够加强读者对他所经历的情欲的联想"②。

不过，二者在艺术手法上存在较大差异。《金瓶梅》中这段描写是纯写实性的，其间所涉及的物象不具备象征性意义。出于为尊者讳的考虑，曹雪芹则通过用典、譬喻委婉地描写秦可卿私室，这在《红楼梦》全书中也是绝无仅有的。早期读者将物象描写视为譬喻之笔，正如甲戌本"鸳枕"后夹批所云："一路设譬之文，迥非《石头记》大笔所屑，别有他属，余所不知。"③"不知"之词，乃是有所保留的托辞。不过，可以肯定的是，对秦可卿私室的描写，与宝玉不愿进的功名之屋形成对比，具有功能性、象征性意义。

二　私人空间物象与人物性别意涵的拓展

在荣宁二府中，两性空间有着十分清晰的界限和区隔，正如王夫人和秦可卿的私室均坐落于仪门之"内"，与仪门之"外"的男性空间隔断。

---

① 兰陵笑笑生著，陶慕宁校注：《金瓶梅词话》，人民文学出版社 2000 年版，第 729 页。

② ［美］曼素恩（Susan Mann）：《缀珍录——十八世纪及其前后的中国妇女》，颜宜葳译，江苏人民出版社 2005 年版，第 166 页。

③ ［法］陈庆浩：《新编石头记脂砚斋评语辑校》，第 115 页。

然而，大观园的建成，构成整部小说空间叙事的转折点，催生了新型的空间结构关系和两性相处模式。① "大观园是完全虚构的建筑，但曹雪芹严格按照中国的园林建筑样式和造园原则来描述"②，这一开放、流动的园林结构赋予人物以更多的活动自由。

第十七至十八回贾政在清客的簇拥下游览大观园，绕过假山，出了石洞，过沁芳亭：

> 忽抬头看见前面一带粉垣，里面数楹修舍，有千百竿翠竹遮映。……入门便是曲折游廊，阶下石子漫成甬路。……出去则是后院，有大株梨花兼着芭蕉。……后院墙下忽开一隙，得泉一派，开沟仅尺许，灌入墙内，绕阶缘屋至前院，盘旋竹下而出。（第十七至十八回，第221页）

潇湘馆俨然再理想不过的文人书斋，连贾政都情不自禁地赞叹道："若能月夜坐此窗下读书，不枉虚生一世"（第十七至十八回，第221页）。彼时黛玉尚未入住潇湘馆，叙述者主要着力点乃在其周遭环境之清雅，不过以寥寥数笔略括其内部空间结构。一直到黛玉入住大观园约莫半年后，读者才得以借刘姥姥之眼领略潇湘馆的内部风景：

> 刘姥姥因见窗下案上设着笔砚，又见书架上磊着满满的书，刘姥姥道："这必定是那位哥儿的书房了。"贾母笑指黛玉道："这是我这外孙女儿的屋子。"刘姥姥留神打量了黛玉一番，方笑道："这那像个小姐的绣房，竟比那上等的书房还好。"（第四十回，第532—533页）

---

① 大观园内的私人空间，应放在大观园世界的内在结构中加以观察。大观园房屋的配置呈现出其内在空间结构，这一结构又与诸人在情榜上的位置及其与宝玉感情之深浅远近遥相呼应。第十七回宝玉为大观园题联额，正面描写的仅四所院落，依次为潇湘馆、稻香村、蘅芜苑和怡红院。潇湘馆出现在第一位，又与怡红院的距离最近，由此可见宝、黛感情深密之至（参见余英时《〈红楼梦〉的两个世界》，上海社会科学院出版社2002年版，第49页）。

② 张世君：《〈红楼梦〉的空间叙事》，中国社会科学出版社1999年版，第23页。

刘姥姥对潇湘馆总体风格的印象——书房而非绣房——十分富于象征意味。读书，既是林黛玉的爱好和生活方式，还赋予她以超凡脱俗的文人品格。

小说家对潇湘馆内外的呈现，尤其是物象的选取及描写，乃与文人书斋的书写传统遥相呼应。对私人空间的书写兴趣，较早出现于以载道为任的文人散文传统中，以书斋题材为最具代表性，成为文人通过书写进行自我塑造、获得身份认同的经典方式。与此同时，诗歌传统中亦不乏文人对书斋的吟咏，"书斋"在诗歌的书写与呈现中成为具有独特"书斋意趣"①的审美对象。书斋在空间意义上成为住宅或官署中不可或缺的一部分，也象征着儒家文人群体私人领域的诞生与形成。然而，在章回小说中，对私人空间的书写兴趣并非出自小说家群体自我呈现或建构身份认同的诉求，而是出于设置小说人物身份与建构特定人物场域的需要。

在描写潇湘馆的外部环境时，小说家选取了关键物象——竹。在传统文化语境中，竹子象征传统文人对理想人格的憧憬。潇湘馆以竹闻名，小说家十分细腻地通过竹影与竹声的描写来渲染潇湘馆的氛围。虽然潇湘馆被视为理想的书房，但它却绝不是小说家对传统文人书斋亦步亦趋的模仿。传统书斋题材散文预设了这一前提，即书斋的所有者是男性文人。这一性别身份潜在规约了书斋物质环境中的物象描写，而物象所隐含的文化意蕴反过来又强化了文人的性别身份。竹本是典型的文人化物象，但小说家却选择突出竹文化意蕴中的另一面，即其纤细柔嫩、伤感幽渺的阴柔意涵。潇湘馆中所种之竹为斑竹，而斑竹典出神话中娥皇、女英的事迹。通过这一层关系，小说家将沉潜于竹文化的女性气质从暧昧不明的背景中引至聚光灯下，从而赋予黛玉的"书房"以女性的色彩和气息。

此外，小说家还为潇湘馆增设了一些富于女性气质的物象，其中最夺人眼目的是一只活泼好言的鹦鹉。第三十五回黛玉调弄鹦哥的闲适场景，十分难得地描绘出黛玉优游物外的自遣之状。很显然，鹦鹉能言善记的特征与口角伶俐的林黛玉相契合。可见，鹦鹉是女性私人空间的专属品，"女性的物品是男性不能拥有也不能在自己的房间使用的"，甚至"鹦鹉

---

① 张蕴爽：《论宋人的"书斋意趣"和宋诗的书斋意象》，《文学遗产》2011年第5期，第65页。

的图象不能出现在男人的家具上"①。改琦绘《红楼梦图咏》中，黛玉置身潇潇竹林中，左上方便有一只鹦鹉相伴②。这一构图更多地受到传统仕女图以人物为主、动物为点缀绘画传统的影响，但也间接证明了鹦鹉这一物象或图像的女性化色彩。

从潇湘馆内部陈设看，小说家突破了传统女性私人空间的性别界限，将文人化书斋"挪至"女性私闺，并使林黛玉这一人物超越既有性别书写的限定而获得更丰富的文化内涵。就潇湘馆的外部环境而言，斑竹与鹦鹉这两种物象则从另一方向拓展了传统书斋空间的性别意涵。潇湘馆既有文人书斋的格局，又萦绕着仕女私闺的气氛，这一理想私人空间的双重特质同时也是林黛玉这一人物场域的双重基调，即文人精神与仕女气质的结合。林黛玉嗜书善诗，孤介寂傲，是其文人精神的一面；而她纤细柔弱的形象、细腻敏感的内心，又带有典型的仕女气质。

在传统住宅建筑格局中，一般而言，书房是男性的私人空间，而绣房则是未婚女性的私人空间。然而，《红楼梦》中两性私人空间的书写并不墨守既定性别身份的界限，而不断拓展着性别身份的边界，甚至模糊、颠倒传统的性别设定。最为显著的便是林黛玉潇湘馆与贾宝玉怡红院的对举，用刘姥姥的话，一个是"哥儿的书房"，一个是"小姐的绣房"。

贾母携刘姥姥游览大观园时，醉酒的刘姥姥误入宝玉之室，"忽见一有一副最精致的床帐"，仰身睡倒，后来被袭人赶出，还不解地念叨着"这是那个小姐的绣房，这样精致？"（第四十一回，第 559 页）此后，给晴雯看病的大夫也说宝玉"那屋子竟是绣房一样"（第五十一回，第 698 页）。无疑地，怡红院给两位外来者留下了深刻的印象，其富于女性气质的室内陈设从感官上给他们以强烈的冲击；除了精致考究的床帐之外，他们或许也瞥见了贾宝玉的妆台。第四十四回平儿受凤姐侮辱心中委屈，哭坏了妆容，被宝玉劝到怡红院理妆。平儿是贾琏爱妾兼凤姐心腹，宝玉因此不肯与她亲近，但又因不能尽心而引为恨事。及至得了这样的机会，岂不亲力亲为？宣窑瓷盒盛放着玉簪花棒，白玉盒子装着胭脂以及专用竹剪

---

① ［美］曼素恩：《缀珍录——十八世纪及其前后的中国妇女》，第 133—134 页。

② 改琦绘，张问陶、王希廉等题咏《红楼梦图咏》，北京图书馆出版社 2004 年影印光绪五年（1879）刊本。

刀——宝玉向平儿亮出他的珍藏，而他对妆奁的熟稔也令平儿大为吃惊。庚辰本脂批如是揣度小说家构思这一情节的出发点："宝玉最善闺阁中事，诸如胭粉等类，不写成别致文章，则宝玉不成宝玉矣。然要写又不便，特为此费一番笔墨，故思及借人发端"，因此这一段为平儿理妆，实则是为"放手细写绛芸闺中之什物也"①。

贾宝玉调脂弄粉的癖好，在妆台前展露无遗。妆台乃闺中重地，得近妆台者，自然是极亲昵者。两人共凑于妆台之前，于镜中看到彼此的花容月貌，此一场景意味深长。例如，宝玉为麝月篦头，晴雯撞见冷笑道："哦，交杯盏还没吃，倒上头了！"（第二十回，第272页）晴雯心直口快，以嘲讽口吻道破了这一举动的亲密意味。宝玉与麝月二人在镜内相视会意之景，更传达出彼此神领意会的默契和亲密无猜的率真。可与之对举的是湘云为宝玉梳篦编辫的场景。宝玉坐在镜台前，见"镜台两边俱是妆奁等物，顺手拿起来赏玩，不觉又顺手拈了胭脂，意欲要往口边送"（第二十一回，第280页），结果被湘云将胭脂打落。宝玉深知湘云素不喜他这吃胭脂的癖好，心中本也有所顾忌。但是，对妆奁之物近乎非理性的喜爱，令他忘乎所以，情不自禁"赏玩"起来。上文宝玉协助平儿理妆，看似为平儿献勤效力，实则也是与年轻女性共享赏玩的乐趣。

将李纨的妆奁与宝玉的妆奁进行对比，更能见出宝玉十足的"脂粉气"。第七十五回尤氏从惜春处赌气出来，到李纨处，还没洗脸，李纨命素云取自己的妆奁给尤氏暂用：

> 素云一面取来，一面将自己的胭粉拿来，笑道："我们奶奶就少这个。奶奶不嫌脏，这是我的，能着用些。"（第七十五回，第1041页）

这一段与平儿理妆的背景极为相似，上文宝玉向平儿一一介绍他的妆奁，以显示他对妆奁的熟稔、对脂粉的考究以及对女性之细心；而此处则直接由李纨的贴身侍女交代李纨素少此物。一繁一简、一实一虚，前者强化了宝玉的女性气质，而后者则弱化了李纨的女性气质。妆奁本是女性闺

① ［法］陈庆浩：《新编石头记脂砚斋评语辑校》，第588页。

中必备之物，但在《红楼梦》中却成为宝玉卧室内的亮点。

性别身份界定了私人空间的物象描写及其文化内涵，而曹雪芹显然不满足于以刻板的单一性别身份构建人物场域与气质。基于对人物性别及气质、人物性格的丰富复杂性的认识和思考，曹雪芹在私人空间的书写中进行着双向拓展的试验。他一方面对林黛玉的私人空间进行文人化的拓展，另一方面又将女性气质融入对宝玉私人空间的书写中。

三 私人空间物象与人物价值追求的分化

同样是在刘姥姥再登贾府那一回，秋爽斋与蘅芜苑首次进入了读者的视野，向我们打开了通往私密空间的门扉：

> 探春素喜阔朗，这三间屋子并不曾隔断。当地放着一张花梨大理石大案，案上磊着各种名人法帖，并数十方宝砚，各色笔筒，笔海内插的笔如树林一般。那一边设着斗大的一个汝窑花囊，插着满满的一囊水晶球儿的白菊。西墙上当中挂着一大幅米襄阳《烟雨图》，左右挂着一副对联……案上设着大鼎。左边紫檀架上放着一个大观窑的大盘，盘内盛着数十个娇黄玲珑大佛手。右边洋漆架上悬着一个白玉比目磬，旁边挂着小锤。（第四十回，第538—539页）

在不到二百五十字的描写段落中，"几乎所有的摆设都突出了'大'和'满'，这恰是探春大气充盈的象征"①，由此可见其高旷开朗的气象与胸襟②。论者以为，"大观园中惟一具备政治风度的女性是探春，她是行将没落的侯门闺秀中的一个改革者"③。无疑地，探春具备管理大家族的才能，亦毫不掩饰其对经世致用这一传统文人价值实现的向往。这一志趣十分明晰地体现于秋爽斋的诸多细节中。

首先，有别于大观园内其他院落，秋爽斋的内部空间以开放性格局独

---

① 王慧：《大观园研究》，中国社会科学出版社2008年版，第156页。
② 王昆仑：《红楼梦人物论》，第69页。
③ 同上书，第68页。

树一帜。文中叙"探春素喜阔朗，这三间屋子并不曾隔断"，这意味着睡卧之处并未被单独隔开，而同其他空间打通连在一起。然而，小说家并未选择描写探春的睡卧之处，这与后文叙蘅芜苑时聚焦宝钗睡卧之具的描写形成对比。

其次，秋爽斋中的陈设物及其安排暗合文人审美传统。在传统住宅建筑空间中，"正式的、公共的空间与非正式的、更私人性空间之间的差别也由装饰品、家具及其布置来标志"①。作为日常起居之所的私人空间，其陈设风格往往会透露出个人爱好和自我期许。秋爽斋中占据核心位置的花梨大理石大案，无论从款式还是从用材的描写上看，都继承了明式家具风格②，而描写这一家具及其陈设范式的语汇和修辞，实则沿袭宋以来文人清玩的书写传统。以大观窑大盘盛放大佛手，是秋爽斋引人注意的一个陈设，与晚明文人书斋中的"香橼盘"如出一辙：

> 香橼出时，山斋最要一事。得官、哥、定窑大盘，青冬磁龙泉盘、古铜青绿盘、宣德暗花白盘、苏麻尼青盘、朱砂红盘、青花盘、白盘数种，以大为妙。每盆置橼二十四头或十二、十三头，方足香味，满室清芬。其佛前小几上，置香橼一头之橐。旧有青冬磁架、龙泉磁架最多，以之架玩，可堪清供。否则，以旧砂雕茶橐亦可，惟小样者为佳。③
>
> 馀为"餘"之简化字，仍旧。

《考槃馀事》所载香橼陈设法，对盛放器具及其规制、香橼的数量等均有所规定，并形成一套文人的审美规范。"中国的知识阶层对实践领域加以细心的关注，对身体行为塑造身份特性的方式、对人们生活于其中的物质世界如何产生一种社会的和道德的存在，皆十分敏感。"④ 值得寻味的是，

---

① ［美］白馥兰：《技术与性别：晚期帝制中国的权力经纬》，第62页。

② 王世襄：《明式家具珍赏》，文物出版社、三联书店香港分店1985年版，第43、402、289、291页。

③ 屠隆：《考槃余事》卷三，《四库全书存目丛书》子部，齐鲁书社1995年影印中国社会科学院图书馆藏明万历绣水沈氏刻宝颜堂秘笈本，第113册，第220页。

④ ［美］白馥兰：《技术与性别：晚期帝制中国的权力经纬》，第32页。

这些潜在的审美范式在秋爽斋的陈设中一一得到印证。秋爽斋中陈设的佛手，又称"五指香橼"；盛放佛手的大观窑大盘，正是"以大为妙"；而"数十个"之数，也与"十二十三头"不相上下。

小说家对秋爽斋的描写，虽为写实笔法，但亦不妨作象征笔法来读。秋爽斋凛然不可侵犯、令人肃然起敬的氛围，正如探春之欲得人之敬畏一般。探春虽为庶出，但心性才气却都不让他人。她对自己的出身极其敏感，不得不在意别人的看法，亦希望通过一切可见的努力去改变别人的偏见。她的努力，从秋爽斋两件名贵瓷器中可见一斑。这两件瓷器分别是汝窑花囊和大观窑大盘。《红楼梦》全书仅三处提及汝窑瓷器，第三处便是秋爽斋。明人王世懋《窥天外乘》中称："宋时窑器以汝州为第一，而京师自置官窑次之。"① 可见，汝窑乃北宋瓷器中的珍品，而拥有这样一件珍品，与其说是财富的象征毋宁说是地位尊贵之象征。另外一件"大观窑"，程高本作"大官窑"②，乃是后来的抄书者不知大观窑来历所致。宋人周辉《清波杂志》载"饶州景德镇，陶器所自出，于大观间窑变，色红如朱砂……比之定州红瓷器，色尤鲜明"③。论者以为"大观窑乃窑变之一种，是难能可贵的稀有瓷器，比定窑还好"④。细览大观园诸人院内陈设，除宝玉之外，就古董珍藏之多少而言，探春可谓首屈一指。

与探春显露锋芒并汲汲得到认可的心态不同，宝钗无意于凭借外在事物来向他人证明什么。不同于探春积极有为、经世致用的志趣，"宝钗有才能，但她所奉行的却是'女子无才便是德'的'女教'，只想做一个身居正位而品德贤淑的闺范，此外皆非所取"⑤。二人对私人空间的经营，很好地诠释了她们的价值认同和追求：

　　　　贾母因见岸上的清厦旷朗，便问"这是你薛姑娘的屋子不是?"

---

① 王世懋：《窥天外乘》，王世贞、王世懋：《凤洲杂编觚不觚录》，载王云五主编《丛书集成初编》，上海商务印书馆1937年版，第2811册，第20页。

② 曹雪芹：《程甲本红楼梦》，北京图书馆出版社2001年影印，第2册，第1048页；曹雪芹著，陈其泰批校：《程乙本红楼梦》，北京图书馆出版社2001年影印，第2册，第1176页。

③ 周辉著，刘永翔校注：《清波杂志校注》卷五，中华书局1994年版，第213页。

④ 陈诏：《红楼梦小考》，上海书店出版社1999年版，第277页。

⑤ 王昆仑：《红楼梦人物论》，第68页。

众人道："是。"贾母忙命拢岸，顺着云步石梯上去，一同进了蘅芜苑，只觉异香扑鼻。那些奇草仙藤愈冷愈苍翠，都结了实，似珊瑚豆子一般，累垂可爱。及进了房屋，雪洞一般，一色玩器全无，案上只有一个土定瓶中供着数枝菊花，并两部书，茶奁茶杯而已。床上只吊着青纱帐幔，衾褥也十分朴素。（第四十回，第541页）

上文写秋爽斋，未曾描写其外部环境，单写室内陈设之器物；此处叙蘅芜苑，则从外部环境写起，未入其室而"异香扑鼻"，又见"奇草仙藤"，如入仙境。第十七回叙贾政至蘅芜苑，见院中山石群绕、异草攀援，先厌嫌其"无味"，而后笑称其"有趣"，态度的转变值得玩味。清代读者曾评云："其人固别开生面，作者意象布置亦别开生面。"[1] 蘅芜苑中没有任何器玩摆设，唯一的装饰品是土定瓶插花。"土定瓷器是定窑瓷器之一种，一般指河南涧磁村定窑窑场以外的地方烧制者，其特点是胎土白中发黄，比较粗松，胎体厚重，釉色白中闪黄或赤"[2]，是定瓷中之价低者。《扬州画舫录》云："浅黄白色曰密合。"[3] 小说第一次写宝钗的穿戴，多作"蜜合色"[4]，与土定瓷瓶低调沉着的色泽十分接近。

宝钗出身皇商之家，名贵瓷器并不难致，但她却弃而不用，而选择了较为劣质的土定瓶插花。出生于同样的家庭，薛蟠被小说家塑造得极为不堪，不仅不学无术、浑浑噩噩，而且目无法纪、恣行无德；这样不堪的生活方式和个人风格，印证并加强了读者有关富室子弟的想象。然而，小说家却没有将这样的逻辑简单化地运用到宝钗身上。无论是物质生活还是道德生活，宝钗都标志出与其兄长奢靡铺张、放荡不羁的作风格格不入的另一种想象和追求，即物质生活上的简朴与道德上的克己。

土定瓶白中发黄的色泽、厚重的质地、古朴浑厚中又不失雅致，与宝钗笃行女德的稳重作风相契合。第四十二回宝钗对黛玉的劝解之言，同时也是一番自我剖白。她认为读书明理、辅国治民、经世致用，那都是男人

---

① 冯其庸：《重校八家评批红楼梦》，江西教育出版社2000年版，第368页。

② 陈诏：《红楼梦小考》，第281页。

③ 李斗著，汪北平、涂雨公点校：《扬州画舫录》，中华书局1960年版，第30页。

④ 唯独乾隆百二十回抄本作"水绿色棉袄"（参见曹雪芹《乾隆抄本百廿回红楼梦稿》，人民文学出版社2010年影印本，第90页）。

的分内之事，女孩儿家只该做些针线纺织的事。她并不像探春那样热衷于从外部经验中获得认可和价值实现，宝钗所笃信和践行的是内在的德行。有关床帐的描写，经由贾母之言反衬出其于物质生活极为克制的态度，而这正是宝钗道德生活中克己之欲的外化。

结语

私人空间作为个人性格的延伸①这样一种信念，普遍存在于中西文学创作中。《红楼梦》中，无论是王夫人正房端方克制的铺陈、秦可卿私室香艳淫佚的气息，还是潇湘馆清幽洒落的氛围、怡红院精致讲究的脂粉气，抑或秋爽斋器宇轩昂的架势、蘅芜苑清爽简净的格调，都成为人物各自的性情写照。不仅如此，私人空间中的物象书写还映射出丰富的文化意蕴。首先，传统住宅空间是礼法对人伦进行规约的空间，王夫人与秦可卿私室中的物象描写折射出小说人物对礼法的依循或违背。其次，性别区隔原则构成传统住宅空间的结构原则，而大观园世界的出现打破了这一绝对区隔原则，有关潇湘馆与怡红院中的物象描写，双向拓展了私人空间的性别内涵。最后，对私人空间的经营透露出人物的价值认同和自我期许，秋爽斋充分诠释了探春通过外部经验实现自我价值的孜孜以求，而蘅芜苑则隐藏着宝钗经由内在道德生活获得平淡自足的心曲。

---

① 宋淇：《论大观园》，载余英时、周策纵、周汝昌等《四海红楼》，作家出版社2006年版，第611页；余英时：《〈红楼梦〉的两个世界》，第49—50页。

《红楼梦》演述《牡丹亭》折子戏的功能与价值

杨绪容

上海大学

《牡丹亭》对《红楼梦》的深刻影响人所共知。此前已有学者统计，《红楼梦》提到的《牡丹亭》折子戏共有八出，含舞台本的《游园》、《惊梦》两出（即是汤显祖《牡丹亭》原著第十出《惊梦》）、《寻梦》（原著第十二出同名）、《写真》（原著第十四出同名）、《离魂》（原著第二十出《闹殇》）、《拾画》（原著第二十四出同名）、《还魂》（原著第三十五出《回生》）、《圆驾》（原著第五十五出同名）[①]。不仅如此，古今《红楼梦》批评家还注意到上述《牡丹亭》折子戏在《红楼梦》中的埋伏与影射作用，不过一般只下判断而少分析，即使有所分析也比较简单。本文拟进一步探讨这八出《牡丹亭》折子戏如何在《红楼梦》的中心人物塑造、关键情节叙事、重点结构功能与主要思想矛盾诸方面构建起《红楼梦》的基本内核。

《还魂》《离魂》与黛玉之死

《红楼梦》演唱《牡丹亭》折子戏，最早出现的是《还魂》。《红楼

---

① 详情请参见徐扶明《〈红楼梦〉中戏曲剧目汇考》，收入徐著《红楼梦与戏曲比较研究》，上海古籍出版社 1984 年版；王潞伟、张颖《从〈红楼梦〉中演剧考证》，《曹雪芹研究》2014 年第 3 期；邹自振《汤显祖与〈红楼梦〉》，《福州大学学报》2000 年第 3 期；等等。

梦》第十一回，叙贾敬寿辰，凤姐儿点了一出《还魂》，一出《弹词》，说："现在唱的这《双官诰》完了，再唱这两出，也就是时候了。"① 其中，《双官诰》和《弹词》都不是汤显祖戏曲，大体用于预示凤姐的夭亡和贾府的没落②。《还魂》出自《牡丹亭》第三十五出《回生》，演柳梦梅领人掘开坟墓，杜丽娘为情还魂。《红楼梦》文本中林黛玉多次以杜丽娘、崔莺莺自比，而古今《红楼梦》批评（特别是脂砚斋评语）也大体以杜丽娘、崔莺莺比附林黛玉，故该戏应预示林黛玉因情丧命，魂归太虚。

《红楼梦》演唱《牡丹亭》折子戏，其次出现的是《离魂》。《红楼梦》第十八回，叙元妃省亲，点了四出戏：第一出《豪宴》、第二出《乞巧》、第三出《仙缘》、第四出《离魂》。其中，李玉传奇《一捧雪·豪宴》、洪昇传奇《长生殿·乞巧》与《红楼梦》的爱情主人公宝黛无关，而《仙缘》和《离魂》则与宝黛有关③。《仙缘》为汤显祖《邯郸梦》第三十出《合仙》，舞台演出本改称《仙圆》，亦称《仙缘》《八仙拜寿》。剧演卢生拜见八仙，被张果老点醒，预示宝玉出家，其富贵荣华终如邯郸一梦。《离魂》出自《牡丹亭》第二十出《闹疡》，演杜丽娘游春回家，梦中与书生柳梦梅相爱成欢，后一病不起，至中秋之夜病逝。杜丽娘遗言葬身于梅树之下，藏真容于太湖石底。该戏预言林黛玉未嫁而逝。

综上，《还魂》《离魂》被《红楼梦》简单提及，大体预示黛玉夭

---

① （清）曹雪芹、高鹗：《红楼梦》，人民文学出版社 1982 年版。本文所引《红楼梦》原文皆出自该本，以下仅在正文中注明某回。

② 《双官诰》一名《双冠诰》，为清代剧作家陈二白所作传奇。剧演冯瑞为仇家所害，弃家行医。冯瑞之妻妾闻其死讯，俱信以为真，先后改嫁。冯瑞侧室所生之子冯雄，被扔下不顾，为冯瑞通房婢女冯三娘（碧莲）抚养成人。冯瑞后来得到于谦重用，冯雄也赶考高中，碧莲受到双份官诰，故曰《双官诰》。一般研究《红楼梦》戏曲的文章均认为，该剧预示贾府遭仇家陷害被抄家一事。而笔者认为该剧另有所指。具体而言，《双官诰》与凤姐有关的情节是，凤姐夭亡，留下弱女巧姐儿，被其通房丫头平儿抚养成人，平儿后被贾琏扶为正室。《双官诰》大约是对凤姐、平儿命运的预言。《弹词》为《长生殿》第三十八出，演内廷供奉李龟年，在安史之乱后流落江南，抱琵琶唱曲谋生，常常弹唱天宝遗事。该戏大体预言贾府衰落结局。

③ 参照庚辰本双行夹批："《一捧雪》中伏贾家之败。""《长生殿》中伏元妃之死。""《邯郸梦》中伏甄宝玉送玉。""《离魂》伏黛玉死。所点之戏剧伏四事，乃《牡丹亭》中，通部书之大过节、大关键。""大关键"云云，说明庚辰本批语主要是从叙事角度来分析这四出戏的，认为这四出戏揭示了《红楼梦》的主要线索。

亡，其主要功能就是预叙。

《游园》《惊梦》与宝黛爱情启蒙

在《红楼梦》演述的《牡丹亭》折子戏中，与《还魂》《离魂》仅被《红楼梦》简单提及不同，《游园》《惊梦》被浓墨重彩地加以渲染。汤显祖传奇《牡丹亭》第十出《惊梦》，被舞台本析为《游园》《惊梦》两出。《红楼梦》第一次提及《游园》《惊梦》，是在第十八回，叙元妃省亲，贾蔷命龄官做《游园》《惊梦》二出。龄官不从，改唱月榭主人作明传奇《钗钏记》中的《相骂》《相约》①。

《红楼梦》第二十三回第二次提及《游园》《惊梦》，叙黛玉听到梨香院的女孩子演习《牡丹亭》：

> 这里林黛玉见宝玉去了，又听见众姊妹也不在房，自己闷闷的。正欲回房，刚走到梨香院墙角上，只听墙内笛韵悠扬，歌声婉转。林黛玉便知是那十二个女孩子演习戏文呢。只是林黛玉素习不大喜看戏文，便不留心，只管往前走。偶然两句吹到耳内，明明白白，一字不落，唱道是："原来姹紫嫣红开遍，似这般都付与断井颓垣。"林黛玉听了，倒也十分感慨缠绵，便止住步侧耳细听，又听唱道："良辰美景奈何天，赏心乐事谁家院。"听了这两句，不觉点头自叹，心下自思道："原来戏上也有好文章。可惜世人只知看戏，未必能领略这其中的趣味。"想毕，又后悔不该胡想，耽误了听曲子。又侧耳

① 《钗钏记》属明传奇，月榭主人（或曰松江王玉峰）作。《今乐考证》著录，存清康熙间抄本，《古本戏曲丛刊二集》影印本。全剧凡三十一出。演皇甫吟、史碧桃为韩时忠诳取钗钏，致生无限波澜。《相约》一出，演史家丫鬟芸香，请皇甫吟的母亲向其子转达史碧桃的约会。《相骂》一出，舞台本亦称《愤诋》或《讨钗》，演芸香又到皇甫吟家，谴责其接受约会，并收取碧桃所赠的钗钏金银而又不娶亲的行为，皇甫吟母亲则谓其子未曾赴约，未得到钗钏金银，因此两人争吵不休。《红楼梦》无一闲笔，可谓句句有所指。有人认为，《相骂》《相约》表达了龄官对贾府的不满与反抗（如上引王潞伟、张颖《从〈红楼梦〉中演剧考证》）。而在笔者看来，龄官演出这出两戏，埋伏贾府家长及元妃打灭宝黛婚姻之意。古今学者多谈及林黛玉父亲留下的巨额家产被贾府侵占，主要用于建设省亲别墅。贾府收取了黛玉的"钗钏金银而又不娶亲"，被龄官预骂了一场。

时，只听唱道："则为你如花美眷，似水流年……"林黛玉听了这两句，不觉心动神摇。又听道"你在幽闺自怜"等句，亦发如醉如痴，站立不住，便一蹲身坐在一块山子石上，细嚼"如花美眷，似水流年"八个字的滋味。忽又想起前日见古人诗中有"水流花谢两无情"之句，再又有词中有"流水落花春去也，天上人间"之句，又兼方才所见《西厢记》中"花落水流红，闲愁万种"之句，都一时想起来，凑聚在一处。仔细忖度，不觉心痛神痴，眼中落泪。

该回描写甚为细致，从多个方面显示了《红楼梦》与《牡丹亭》"游园惊梦"的同构性。

一是环境。大观园与杜丽娘家后花园都时当落英缤纷的春日。《红楼梦》中，"那一日正当三月中浣，早饭后，宝玉携了一套《会真记》，走到沁芳闸桥边桃花底下一块石上坐着，展开《会真记》，从头细玩。正看到'落红成阵'，只见一阵风过，把树头上桃花吹下一大半来，落的满身满书满地皆是。""落红成阵"出自《西厢记》杂剧第二本第一折【混江龙】，正与大观园对景，宝玉不免深怜落花，拾之洒入水中。黛玉来后，两人一同葬落花"花冢"中。所谓《会真记》即《西厢记》。紧接下文描述，"林黛玉把花具且都放下，接书来瞧，从头看去，越看越爱看，不到一顿饭工夫，将十六出俱已看完，自觉词藻警人，余香满口。"林黛玉显然一看就爱上《西厢记》了。其书乃是"十六出"，属金圣叹批点本的可能性很大。《红楼梦》描绘桃花纷飞的大观园与《西厢记》的"落红"相映成趣，自然不会逊色于"姹紫嫣红"的杜丽娘家后花园。

二是人物。两书中都出现了爱情故事的男女主角，一对才子佳人，其中才子均对佳人表白了爱情。《牡丹亭·惊梦》这出戏，演杜丽娘因游春唤醒青春情愫，并在梦中接受柳梦梅求爱，相与成欢。在《红楼梦》中，贾宝玉与众姊妹刚搬进大观园不久，宝黛恰从懵懂少年而初通人事。一个春日，宝黛先后来到大观园中，二人葬花毕，共读《西厢记》。贾宝玉对黛玉戏言："我就是个'多愁多病'的身，你就是那'倾国倾城'的貌！"这是他首次明确表白对林黛玉的爱情。林黛玉佯装生气，贾宝玉便告饶，黛玉骂他"呸！原来也是个银样蜡枪头！"黛玉言谈间自拟为莺莺，等于接受了宝玉的表白。

三是情节。两书都以女主人公的独自游园为重点。在情节上又有一些差异。其一，情节繁简有别。《牡丹亭·惊梦》情节更为复杂，主要包括：游园——赏花——回家——怀春——昼眠——梦游花园——杜柳相见——杜柳云雨欢爱——花神保护——被母惊醒。而《红楼梦》该回也有青年女子游园、赏花、怀春，男女青年相见、爱情表白等核心情节，总体上较为简单一些。其二，梦游与否有别。《牡丹亭》演杜丽娘先独自游园，后梦游花园并与柳梦梅相见成欢。而在《红楼梦》中，宝玉先自游园，黛玉后来相遇；宝玉因事先行，黛玉再独自游园。且二人均非梦游。其三，惊梦与否有别。《牡丹亭》有"游园惊梦"的情节，《红楼梦》只有"游园"，并无"惊梦"。

四是思想。在《牡丹亭》与《红楼梦》中，"游园"的核心思想都是爱情的启蒙。《牡丹亭》中杜丽娘唱"姹紫嫣红开遍"，"如花美眷，似水流年"，抒发了青春的美好与爱情的觉醒。在《红楼梦》中，贾宝玉被贾母派人叫走后，黛玉独回潇湘馆，听到梨香院的女伶演习"游园惊梦"，恰对【皂罗袍】和【山桃红】两曲感触尤深。《红楼梦》叙黛玉读《西厢记》、听《牡丹亭》，特以崔莺莺、杜丽娘故事为参照，映照出黛玉青春的觉醒，揭示了宝黛爱情的正式发生。不同的是，《牡丹亭》与《西厢记》讴歌性情合一之爱，《红楼梦》则力主"意淫"，即情爱，反对"皮肤淫滥"（第五回）。

总而言之，爱情启蒙乃是《红楼梦》引述《游园》《惊梦》最核心的价值。在这一点上，《红楼梦》与《牡丹亭》的思想完全合拍。

《寻梦》与宝黛爱情的升华与家族矛盾

在《牡丹亭》的折子戏中，《红楼梦》两次提及《寻梦》，其笔墨也相当隆重。《寻梦》是《牡丹亭》第十二出，演杜丽娘在与柳梦梅梦中欢爱之后，怅然若失，再次来到后花园中追寻旧梦。《红楼梦》通过一出折子戏，牵扯出一种文学类型，又强化其主要人物个性，反映其思想矛盾，可谓独具匠心。

第一次是在《红楼梦》第三十六回，叙宝玉读《牡丹亭》已两遍，尚不过瘾，便去梨香院找龄官唱《寻梦》。杜丽娘寻的是与柳梦梅云雨欢爱之旧梦，宝玉寻的是杜丽娘之梦，其主体有男女主角之别。宝玉寻梦看似与己无关，实则不然。《红楼梦》与《牡丹亭》的"寻梦"主体有男女主角之别，但在"爱"的觉悟上甚为一致。

大观园中的贵族公子贾宝玉，自以为是众女儿的偶像，去梨香院找龄官唱《寻梦》，不想被身份低贱的女戏子坚决拒绝。龄官正色说道："嗓子哑了。前儿娘娘传进我们去，我还没有唱呢。"娘娘传唱"游园惊梦"而被拒一事，在此重被提起，不仅承上启下相互呼应，而且凸显了龄官的独立人格。龄官之意是说，只要自己不愿意唱，即使以皇帝娘娘之尊也不能相强。贾府戏班中另一位女孩子宝官便出来圆场，对宝玉说道："只略等一等，蔷二爷来了叫他唱，是必唱的。"宝玉不知究竟。再一细看，原来龄官就是那日所见在蔷薇花下画"蔷"字的女孩儿（第三十回）。只见贾蔷从外头来了，兴兴头头往里来找龄官，说"买了个雀儿给你玩，省了你天天儿发闷"。不料，自认深陷贾府"牢坑"学戏的龄官，觉得把雀儿装入笼中耍玩，是"弄了来打趣形容我们"。贾蔷便立即将雀儿放飞。龄官说起早期咳出两口血来，叫贾蔷去请大夫。贾蔷起身便要请去，龄官又叫："站住，这会子大毒日头地下，你赌气去请了来，我也不瞧！"贾蔷听如此说，只得又站住。宝玉看到龄官与贾蔷相互间的关心体贴，便明白龄官的唱与不唱，并不由身份地位决定，而只在于一个"情"字。

小说写"宝玉此刻把听曲子的心都没了"，而此时不听胜于听。

> 那宝玉一心裁夺盘算，痴痴的回至怡红院中，正值林黛玉和袭人坐着说话儿呢。宝玉一进来，就和袭人长叹，说道："我昨儿晚上的话，竟说错了。怪不得老爷说我是'管窥蠡测'。昨夜说你们的眼泪单葬我，这就错了，看来我竟不能全得。从此后，只好各人得各人的眼泪罢了。"（第三十六回）

贾宝玉因此顿悟"泛爱"之非，此后便转向对黛玉的专爱。而林黛玉和袭人正好为之旁证。大观园中杜丽娘的扮演者龄官，在未唱《牡丹亭》的情况下，启发了贾宝玉爱情观的升华。在此，《红楼梦》又一次展示了《牡丹亭》的思想力量。

《牡丹亭》折子戏《游园》《惊梦》《寻梦》，促进了杜丽娘和柳梦梅爱情的发生与升华。这三出戏被借鉴到《红楼梦》中，再次促进了林黛玉和贾宝玉爱情的发生与升华。《游园》《惊梦》《寻梦》的思想价值与艺术功能在《牡丹亭》与《红楼梦》中显示出惊人的一致性。

第二次是《红楼梦》第五十四回，叙元宵节家宴，荣国府里赏灯听戏，贾母命家养戏班唱一出《寻梦》、一出《惠明下书》。

此次演唱《牡丹亭·寻梦》至少有两层意义。从艺术形式上来说，表现贾母对戏曲表演推陈出新的要求。贾母笑道："如今这小戏子又是那有名玩戏的人家的班子，虽是小孩子，却比大班子还强。咱们好歹别落了褒贬，少不得弄个新样儿的。叫芳官唱一出《寻梦》，只用箫和笙笛，余者一概不用。"贾母言谈中表现出对自己的戏曲修养与家养戏班均颇自负。

> 薛姨妈笑道："实在戏也看过几百班，从没见过只用箫管的。"贾母道："也有，只是像方才《西楼楚江情》一支，多有小生吹箫合的。这合大套的实在少。这也在人讲究罢了，这算什么出奇？"又指湘云道："我像他这么大的时候儿，他爷爷有一班小戏，偏有一个弹琴的，凑了《西厢记》的《听琴》，《玉簪记》的《琴挑》，《续琵琶》的《胡笳十八拍》，竟成了真的了。比这个更如何？"众人都道："那更难得了。"（第五十四回）

薛姨妈的恭维、贾母的自谦，都证实了贾母的"讲究"。同样，贾母叫唱《惠明下书》"不用抹脸"也同样是"出奇"的"讲究"。

从思想价值上来说，表现贾母对才子佳人文学的反对态度。在点戏之前，有两个女先生提议说一段新书曰"凤求鸾"，立即遭到贾母的驳斥。贾母一言以蔽之道："这些书就是一套子，左不过是些佳人才子，最没趣儿。"贾母之意，主要针对才子佳人故事中幽期密约、私订终身那些常套。她甚至否认这类故事的主角是真正的"才子佳人"："把人家女儿说的这么坏"，一个大家小姐"只见了一个清俊男人，不管是亲是友，想起他的终身大事来"，如此"鬼不成鬼，贼不成贼，那一点儿像个佳人？""比如一个男人家，满腹的文章，去做贼，难道那王法看他是个才子就不入贼情一案了不成？"

贾母进一步批判了才子佳人文学的创作观念。"可知那编书的是自己堵自己的嘴"、"前言不答后语",这是客观逻辑不当。"编这样书的人,有一等妒人家富贵的,或者有求不遂心,所以编出来糟蹋人家。再有一等人,他自己看了这些书,看邪了,想着得一个佳人才好,所以编出来取乐儿。他何尝知道那世宦读书人家儿的道理!"这是主观动机不纯。

当然,在私下里,贾母是喜欢才子佳人故事的。贾母接下来说道,"所以我们从不许说这些书,连丫头们也不懂这些话。这几年我老了,他们住的远,我偶然闷了,说几句听听,他们一来,就忙着止住了。"她承认自己偶尔听才子佳人故事解闷,但坚决禁止年轻人听。贾府"姐儿们"已长大成人,贾母担心才子佳人故事引发她们渴慕私情,这也是她反对"凤求鸾"的直接原因。

然而吊诡的是,贾母接着就命家养戏班唱一出《牡丹亭·寻梦》、一出《西厢记·惠明下书》。难道《牡丹亭》与《西厢记》不是才子佳人戏吗?或者,才子佳人爱情故事的翘楚《牡丹亭》与《西厢记》不在贾母批驳的"才子佳人"之列?或者,贾母一般地反对才子佳人故事,而不反对《牡丹亭》与《西厢记》?

贾母反对才子佳人故事的态度与《红楼梦》作者有一致之处。在《红楼梦》第一回中,作者借"石头"之言曰:

> 石头果然答道:"我师何必太痴?我想历来野史的朝代,无非假借汉唐的名色;莫如我这石头所记,不借此套,只按自己的事体情理,反倒新鲜别致。况且那野史中,或讪谤君相,或贬人妻女,奸淫凶恶,不可胜数,更有一种风月笔墨,其淫秽污臭,最易坏人子弟。至于才子佳人等书,则又开口文君,满篇子建,千部一腔,千人一面,且终不能不涉淫滥。在作者不过要写出自己的两首情诗艳赋来,故假捏出男女二人名姓,又必旁添一小人,拨乱其间,如戏中的小丑一般。更可厌者,'之乎者也',非理即文,大不近情,自相矛盾。"(第一回)

作者借"石头"开口,批判才子佳人书"开口文君,满篇子建,千部一腔,千人一面,且终不能不涉淫滥","非理即文,大不近情,自相矛盾"，与贾母的才子佳人文学观颇为相近。

但《红楼梦》作者就一定赞成贾母意见吗？非也！双方看法相似而意图迥异。贾母进一步批驳起才子佳人故事来，就说到自己身上："别说那书上那些大家子，如今眼下，拿着咱们这中等人家说起，也没那样的事。"贾母的话，一来撇清贾府儿女与市井流言的关系，二来何尝不为贾府儿女们之训诫。不知有意无意，贾母对面前众儿女明示了劝惩之意。这对于内心早已相爱却不敢明言的宝黛而言，其威慑力不可小觑。贾母作为贾府的最高统治者，与向往爱情自由的宝黛代表了两条相互对立的思想路线。贾母才子佳人文学观的实质是崇尚礼制而反对婚恋自由。而《红楼梦》的作者显然是同情宝黛爱情，并深切了解《牡丹亭》与《西厢记》的思想力量的①。

后来宝玉定亲，贾母弃黛玉而选宝钗，最重要的原因就为杜绝儿女私情：

> 那时正值邢王二夫人、凤姐等在贾母房中说闲话。说起黛玉的病来，贾母道："我正要告诉你们。宝玉和林丫头是从小儿在一处的，我只说小孩子们怕什么？以后时常听得林丫头忽然病，忽然好，都为有了些知觉了。所以我想他们若尽着搁在一块儿，毕竟不成体统。你们怎么说？"王夫人听了，便呆了一呆，只得答应道："林姑娘是个有心计儿的。至于宝玉，呆头呆脑，不避嫌疑是有的。看起外面，却还都是个小孩儿形像。此时若忽然或把那一个分出园外，不是倒露了什么痕迹了么？古来说的：'男大须婚，女大须嫁。'老太太想，倒是赶着把他们的事办办也罢了。"贾母听了，皱了一皱眉，说道："林丫头的乖僻，虽也是他的好处，我的心里不把林丫头配他，也是为这点子；况且林丫头这样虚弱，恐不是有寿的。只有宝丫头最妥。"（第九十回）

---

① 有学者明白注意到："《红楼梦》虽对才子佳人创作模式提出了批评，但是对《西厢记》剧作本身则是肯定和赞赏的。""《红楼梦》对《西厢记》不是否定，而是热情赞颂。"伏涤修：《〈红楼梦〉对〈西厢记〉的接受与评价》，《淮海工学院学报》2009 年第 1 期。

黛玉终于闻知"宝二爷娶宝姑娘"事实，回房病危。贾府上下前来探视后退出：

> 贾母心里只是纳闷，因说："孩子们从小儿在一处儿玩，好些是有的。如今大了，懂的人事，就该要分别些才是做女孩儿的本分，我才心里疼他。若是他心里有别的想头，成了什么人了呢！我可是白疼了他了！你们说了，我倒有些不放心。"因回到房中，又叫袭人来问，袭人仍将前日回过王夫人的话并方才黛玉的光景述了一遍。贾母道："我方才看他却还不至胡涂。这个理我就不明白了。咱们这种人家，别的事自然没有的，这心病也是断断有不得的！林丫头若不是这个病呢，我凭着花多少钱都使得；就是这个病，不但治不好，我也没心肠了！"（第九十七回）

贾母严禁黛玉"有别的想头"，明确表明了对宝黛爱情的坚决反对与无情扼杀，甚至不惜酿成宝黛一死一出家的人生悲剧。

总之，宝玉与贾母都喜欢听唱《寻梦》，实则各有怀抱。宝玉是在古书中寻找同道，贾母则不妨借来训诫。宝玉从正面来理解《寻梦》的爱情理想，与《牡丹亭》的思想倾向甚为一致；贾母则倾向于维护礼制，免不了拿《牡丹亭》这样的才子佳人文学经典充作自由爱情的反面教材。宝黛爱情愈挫弥坚，至死不渝，贾母等人终究难掩《牡丹亭》的思想光芒。

《写真》《拾画》《圆驾》与黛玉宝钗思想分歧

《红楼梦》还曾简要提及《牡丹亭》的其他内容。《红楼梦》第五十一回，薛宝琴将素昔所经过各省内古迹为题，做了十首怀古绝句。其中前八首都咏历史人物；第九首《蒲东寺怀古》咏崔莺莺、张生、红娘，第十首《梅花观怀古》咏杜丽娘、柳梦梅，属于文学形象。《梅花观怀古》诗云：

> 不在梅边在柳边，个中谁拾画婵娟？团圆莫忆春香到，一别西风

又一年。

其中内容涉及《牡丹亭》中《写真》《拾画》《圆驾》三出戏。该诗立即惹起黛玉与宝钗的思想交锋：

> 众人看了，都称奇妙。宝钗先说道："前八首都是史鉴上有据的；后二首却无考，我们也不大懂得，不如另做两首为是。"黛玉忙拦道："这宝姐姐也忒'胶柱鼓瑟，矫揉造作'了。两首虽于史鉴上无考，咱们虽不曾看这些外传，不知底里，难道咱们连两本戏也没见过不成？那三岁的孩子也知道，何况咱们？"探春便道："这话正是了。"李纨又道："况且他原走到这个地方的。这两件事虽无考，古往今来，以讹传讹，好事者竟故意的弄出这古迹来以愚人。比如那年上京的时节，便是关夫子的坟，倒见了三四处。关夫子一生事业，皆是有据的，如何又有许多的坟？自然是后来人敬爱他生前为人，只怕从这敬爱上穿凿出来，也是有的。及至看《广舆记》上，不止关夫子的坟多，自古来有名望的人，那坟就不少，无考的古迹更多。如今这两首诗虽无考，凡说书唱戏，甚至于求的签上都有。老少男女，俗语口头，人人皆知皆说的。况且又并不是看了《西厢记》《牡丹亭》的词曲，怕看了邪书了。这也无妨，只管留着。"宝钗听说，方罢了。（第五十一回）

宝钗首先发言，思想犀利而说话委婉。所谓"无考"云云，指其非历史掌故，而是荒诞不经的文学人物，原本不足为凭；"我们也不大懂得"云云，表明了对《西厢记》《牡丹亭》的排斥态度。黛玉立即反驳，指出宝钗"胶柱鼓瑟，矫揉造作"，不仅迂拘而且伪饰。她说明，无人不晓崔莺莺、杜丽娘，不读《西厢记》《牡丹亭》原著也看过这两本戏。争论的双方，黛玉获得探春、李纨赞同，宝钗则显得势单力孤。

在大观园的青年之中，黛玉背后有贾宝玉、薛宝琴、探春、李纨等同情者，薛宝钗背后有史湘云、袭人等同情者。而在贾府的家长中，贾母批驳佳人才子故事"最没趣儿"，王夫人把有姿色的女子斥为"狐狸精"，贾政骂思想叛逆的宝玉"弑君弑父"，自然都不喜《西厢记》《牡丹亭》

这类正统人眼里的"邪书"。这样，宝钗黛玉双方的后援力量对比就显而易见了。

对于《西厢记》《牡丹亭》的认识和评价，薛宝钗和林黛玉的意见严重分歧，发生了多次争论和交锋。在《红楼梦》第四十回，贾母与众人在大观园玩骨牌行酒令，各人说诗词歌赋、成语俗话，要求上下句叶韵。鸳鸯当令，轮及黛玉：

> 鸳鸯又道："左边一个天。"道："良辰美景奈何天。"宝钗听了，回头看着他。黛玉只顾怕罚，也不理论。鸳鸯道："中间锦屏颜色俏。"黛玉道："纱窗也没有红娘报。"（第四十回）

黛玉随口引用《西厢记》《牡丹亭》做酒令。过了几天，宝钗借此"审"黛玉，黛玉一想，方想起来昨儿失于检点，那《牡丹亭》《西厢记》说了两句，不觉红了脸：

> 宝钗见他羞的满脸飞红，满口央告，便不肯再往下问，因拉他坐下吃茶，款款的告诉他，道："你当我是谁？我也是个淘气的。从小儿七八岁上；也够个人缠的。我们家也算是个读书人家，祖父手里，也极爱藏书。先时人口多，姐妹弟兄也在一处，都怕看正经书。弟兄们也有爱诗的，也有爱词的，诸如这些西厢、琵琶以及元人百种，无所不有。他们背着我们偷看，我们也背着他们偷看。后来大人知道了，打的打，骂的骂，烧的烧，丢开了。所以咱们女孩儿家不认字的倒好。男人们读书不明理，尚且不如不读书的好，何况你我？连做诗写字等事，这也不是你我分内之事，究竟也不是男人分内之事。男人们读书明理，辅国治民，这才是好；只是如今并听不见有这样的人，读了书，倒更坏了。这并不是书误了他，可惜他把书糟蹋了。所以竟不如耕种买卖，倒没有什么大害处。至于你我，只该做些针线纺绩的事才是，偏又认得几个字。既认得了字，不过拣那正经书看也罢了，最怕见些杂书，移了性情，就不可救了！"（第四十二回）

黛玉对宝钗语重心长的教导大为感激。后来两人开玩笑，黛玉借题发挥道："颦儿年纪小，只知说，不知道轻重，做姐姐的教导我！"（第四十二回）黛玉甚至因此转变了对宝钗的敌视态度。她对宝钗叹道："你素日待人，固然是极好的，然我最是个多心的人，只当你有心藏奸。从前日你说看杂书不好，又劝我那些好话，竟大感激你。往日竟是我错了，实在误到如今。"黛玉从此对宝钗摒弃前嫌，亲如姐妹，连宝玉也暗暗纳罕"是几时孟光接了梁鸿案"？（第四十五回）待到黛玉说明《西厢记》《牡丹亭》酒令原委，宝玉方恍然大悟："原来是从'小孩儿口没遮拦'就接了案了"。（第四十九回）

虽然黛玉与宝钗的感情因此事一度转向亲厚，但她们的思想却并未趋于一致。薛宝钗始终崇尚"仕途经济"，其话被贾宝玉斥为"混帐话"，其人被贾宝玉斥为"国贼禄蠹"。而从不说此类"混帐话"的林黛玉被贾宝玉敬为"知己"。黛玉在与宝钗一度亲厚之后，其实并未改变其思想认识，不仅不把《牡丹亭》《西厢记》看成"邪书"，也不怕被这类"杂书""移了性情，就不可救了"。上述第五十一回薛宝琴作诗谜，黛玉与宝钗公然争论《牡丹亭》与《西厢记》之正邪，明确显示了各自思想的分歧。

在其他方面，黛玉与宝钗亲厚之时，也没有完全听其劝告。在第四十二回，宝钗劝黛玉就有"咱们女孩儿家不认字的倒好"，"连做诗写字等事，这也不是你我分内之事"等语。到第四十五回，黛玉邀宝钗"说话"而阻于风雨，便在灯下，"随便拿了一本书，却是《乐府杂稿》，有《秋闺怨》、《别离怨》等词，黛玉不觉心有所感，不禁发于章句，遂成《代别离》一首，拟《春江花月夜》之格，乃名其词为《秋窗风雨夕》"。黛玉"杂书"照读，诗照做，并且愈爱逞才使气。在诗才方面，黛玉确有骄傲的资本。《红楼梦》中黛玉诗词反映出高度的艺术水平，即使置诸康乾诗坛也毫不逊色。

宝钗与黛玉有关《牡丹亭》与《西厢记》之争，分别对应着叛逆青年与旧式淑女的人生选择，在更深层次上又分别对应着创新秩序与维护现状的社会意识。宝钗守旧思想之顽固甚至超过贾母。前言贾母虽反对"才子佳人"文学，却也不免喜欢听唱《牡丹亭》与《西厢记》，而宝钗直斥《牡丹亭》与《西厢记》"杂书"。《红楼梦》巧妙借助《西厢记》《牡丹亭》情节，展示宝钗、黛玉的文艺观，推动其性格的深入，揭示其命运的必然。

合而言之,《红楼梦》提及的《牡丹亭》折子戏,大致囊括了《牡丹亭》的关键情节,并反映了康乾舞台上《牡丹亭》演出的流行趣味。分而言之,《牡丹亭》在《红楼梦》的中心人物塑造、关键情节叙述、重点结构功能与主要思想矛盾方面都发挥了重要作用。首先在结构上,《牡丹亭》促进了宝黛爱情的发生、发展与结局,贯穿了《红楼梦》的关键情节。《红楼梦》用《还魂》《离魂》预言黛玉之死;以《游园》《惊梦》促进宝黛爱情的发生,以《寻梦》促进宝黛爱情的升华;而《写真》《拾画》《圆驾》则重点揭示了宝钗与黛玉的思想分歧。其次在思想上,这些《牡丹亭》折子戏进一步牵扯出宝黛爱情与贾府家长之间自由与礼教之争,并由此而引发了众儿女的悲剧命运。再次在叙事上,《红楼梦》先演《还魂》《离魂》预言黛玉之死,再演《游园》《惊梦》《寻梦》映照宝黛爱情的发生与发展,然后提及《写真》《拾画》《圆驾》,在整体的顺叙之中又有局部倒叙的效果。最后在总体上,《牡丹亭》与《西厢记》具有共生关系。在大多数情况下,《红楼梦》以《牡丹亭》带出《西厢记》,或者以《西厢记》带出《牡丹亭》。在《红楼梦》中,不论述及全书,还是局部情节,抑或个别字句,《牡丹亭》与《西厢记》互有先后,相伴而生,具体承担且强化了几乎相同的功能及效果。

家庭文化视野下的王熙凤

段江丽

北京语言大学

传统家庭伦理中的"父子、夫妻、兄弟"三伦都是泛称,"父子"包括父母与儿女、翁姑与儿媳、伯叔与侄儿乃至祖孙关系;"夫妻"包括夫妻、夫妾乃至妻妾关系;"兄弟"包括姊妹、叔嫂、伯与弟妇、妯娌等除夫妻之外的一切同辈人之间的关系。

王熙凤是贾府中角色身份最复杂的一个,就"父子"关系而言,她上有贾母、贾赦夫妇、贾政夫妇三重长辈、下有年幼体弱的女儿;就"夫妻"关系而言,她既要面对淫荡成性的丈夫,还要面对平儿、尤二姐、秋桐等错综复杂的妻妾关系;就"兄弟"关系而言,她既要面对尤氏、李纨一对各有优长的妯娌,还要面对宝玉、贾环、探春、惜春等性情各异的叔叔、小姑;而作为当家少奶奶,她除了要直接处理千丝万缕的人情往来,还要直接面对各色奴仆丫鬟。如果全方位地观察凤姐在贾府这一人生舞台上扮演的种种角色,我们会发现,尽管王熙凤的确既"辣"又"狠",既"贪"又"毒",但是,这个人物绝对不是简单地以"辣""狠""贪""毒"等几个词语所能形容得尽。在传统家庭文化的背景之下,深入地、多角度地考察这位"脂粉队里的英雄"作为妻子、母亲、儿媳、管家奶奶等不同角色的各种表现,庶几可以还原一个立体的、具有极强生命质感的熙凤形象。

一 作为妻子的凤姐

凤姐在婚姻关系中，要处理与丈夫贾琏以及贾琏之侍妾平儿、尤二姐、秋桐等人之间的关系。

先看凤姐与贾琏的关系。

传统妇道要求女子在丈夫面前恭敬顺从，可是，凤姐却全然不受这一规范的约束。作为妻子，她给人最深的印象就是在丈夫面前事无巨细处处都要占先。第15回，贾琏的乳母赵嬷嬷为两个儿子谋事，凤姐趁机贬损贾琏，接下来暗中与贾蓉、贾蔷结盟，玩弄贾琏如傀儡；第23、24回，贾芹、贾芸谋差，凤姐均抢占主动，不给贾琏情面。针对凤姐抢先向贾蔷推荐贾琏乳母的两个儿子这一举动，庚辰本批语云："再不略让一步，正是阿凤一生短处。"对于凤姐在夫妻关系中的强势作为，旁观者看得非常清楚。第2回冷子兴对贾雨村介绍说，贾琏"于世路上好机变言谈去得，……谁知自娶了他令夫人之后，倒上下无一人不称颂他夫人的，琏爷倒退了一射之地"；第65回，贾琏的心腹小厮兴儿对尤二姐说，"我们共是两班，一班四个，共是八个。这八个人有几个是奶奶的心腹，有几个是爷的心腹。奶奶的心腹我们不敢惹，爷的心腹奶奶的就敢惹。"（第65回）可见凤姐在夫妻关系中的强势甚至影响到了双方的小厮，因此被丈夫视为"夜叉星"（第44回）。

凤姐的行为在一定程度上背离了男尊女卑、夫为妻纲的传统，因此，两百多年来的许多读者也都与贾琏一样，视其为母夜叉。其实，作为妻子，凤姐也有娇媚、性感而又体贴周到的一面。

贾琏与凤姐，一个是荣国府的长子嫡孙，一个是金陵王家的金闺娇女，门当户对、亲上加亲，无疑是传统社会美满婚姻的典范。事实上，故事刚开始的时候，他们是一对你侬我侬的甜蜜小夫妻。第7回所写贾琏与凤姐之间的风月情事，虽然被卫道者指责为"白昼宣淫"（护花主人语），如果从人性的角度看，恰好是年少夫妻鱼水和谐的含蓄写照。第23回，他们夫妇商量人事安排时各有盘算，最后贾琏做了让步，趁机打趣："果这样也罢了。只是昨儿晚上，我不过是要改个样子，你就扭手扭脚的。"凤姐的反应是："嗤的一声笑了，向贾琏啐了一口，低下头便吃饭。"这类细节描写，充分体现了凤姐在丈夫面前表现出来的柔情及女人味；而且，凤姐正因为在情欲层面配合甚至逢迎丈夫，"年少不知保养"，才导致日后的"下红之症"。

凤姐对贾琏的柔情蜜意在"小别"期间表现得最为充分。黛玉父亲病、丧期间，贾琏送黛玉回南方，凤姐的思念牵挂之情溢于言表，要么慵懒"无趣"，要么"屈指算行程"。（第 13 回）在她为协理宁国府疲于奔命时，贾琏的随侍昭儿回来报信请安，凤姐白天当着人未及细问贾琏情况，"耐到晚上"迫不及待"细问一路平安消息"；打点好包裹之后，"再细细追想所需何物"；临别"又细细吩咐昭儿：'在外好生小心伏侍，不要惹你二爷生气；时时劝他少吃酒，别勾引他认得混账老婆'"云云，满纸思妇柔情。待贾琏小别归来，凤姐于百忙之中"拨冗接待"。对此次夫妻远别重逢、"谑不伤雅婉转可听"（眉批）的一段打趣文字，写尽凤姐之娇俏柔媚，庚辰本批语云："娇音好闻，俏态如见，少年好夫妻有是事。"遗憾的是，凤姐的强势掩盖了她的柔情；更加遗憾的是，在第 44 回，凤姐在自己的"好日子"变生不测、撞破贾琏与鲍二媳妇的丑事之后，这一对"少年好夫妻"关系迅速恶化，"竟至拳脚相向，刀剑相逼，势不两存，冲突公开"。[①] 至后来贾琏偷娶尤二姐，凤姐借剑杀人，夫妇之间的矛盾更加尖锐复杂。

一般说来，传统婚姻涉及缘法、情欲和情分等因素。缘法是对婚姻的超验解释；情欲主要指夫妻之间的性爱；情分则既包括夫妻之间的情义，也包括双方家庭的情义。抛开缘法以及双方家庭的情义，仅就比较纯粹的夫妻关系而言，贾琏与凤姐之间明显是性爱重于情义。不幸的是，贾琏是个"惟知以淫乐悦己，并不知作养脂粉"的毫无底线的滥情人，这就决定了凤姐的婚姻只能是悲剧的下场。因此，凤姐同样是曹雪芹无限哀怜的"千红""万艳"之一。

在"泼醋"与"借剑杀人"这两件事上，论者大多强调凤姐的"泼"与"狠"，较少有人关注她内心的苦与痛、委屈与伤心。凤姐出身高贵、能力出众、心性高傲，不可能像出身低微又是继室的邢夫人和尤氏一样，或"一味怕老爷"，或一味隐忍。她能主动把平儿

---

① 张俊、沈治钧：《新批校注红楼梦》（二），商务印书馆 2013 年版，第 800 页。

"收在房里"并与之和睦相处，已是向封建妇道和婚姻制度妥协的极限。在贾琏的小厮兴儿看来，凤姐这样做的目的，"一则显他贤良，二则又拴爷的心"，这一评价本身是客观的，但是，如果因此而批评凤姐自私、虚伪则实在有失公允。站在人情人性的立场，爱情本身是自私的，具有强烈的排他性。凤姐为了"贤良"之名并留住丈夫的心而主动让平儿"分享"贾琏，甚至为了维持婚姻关系的相对平衡而放下身段"央及"平儿，已属委曲求全、以理制情。可是，浪荡成性的贾琏却既不珍惜他们的夫妻感情，也不顾及她的颜面，成日家偷鸡摸狗，腥的臭的，都拉到屋里去。"泼醋"一节，凤姐在荣、宁两府女眷合众为自己庆寿的好日子无意间撞破丈夫的奸情，并亲耳听见两人在咒骂自己、称赞平儿。此情此景，令凤姐情何以堪！因此，"气的浑身发软""乱战"的凤姐接下来厮打、迁怒、寻死等一系列"泼醋"行为实在是情有可原。即使如此，待众人前来劝解时，"凤姐儿见人来了，便不似先前那般泼了，撂下众人，便哭着往贾母那边跑。"庚辰本夹批对此评曰："天下奸雄妒妇恶妇，大都如此。只是恨无阿凤之才耳。"凤姐气急之下撒泼，是情绪使然；见人来了便不再似先前那般泼，是理智使然，如果没有这样的理性自觉，凤姐就与夏金桂无异了。在这件事上批评凤姐为"妒妇""恶妇"，显然是站在不公平的男性立场说话。这场"变生不测"的风波让向来好强要胜的琏二奶奶颜面扫地，尽管如此，她还是不得不接受男子们"从小儿人人都打这么过"的现实，在老祖宗的调停下，不了了之。这是凤姐的悲哀，也是那个时代所有女性的悲哀。

如果说在"泼醋"故事中，凤姐是受害者的话，在"借剑杀人"故事中她已经由受害者转化为加害者。从闻秘事训家童、赚尤二姐入园、大闹宁国府、借秋桐除二姐，凤姐以一连串令人惊悚的心机和手段，逼死了尤二姐。"闻秘事"之初，凤姐的第一反应是："天理良心，我在这屋里熬的越发成了贼了。"当得知"新房""就在府后头"时，又对平儿说："咱们都是死人哪，你听听！"类似这样的感慨，包含了多少委屈、羞恼与不甘心！对于明了"贾二舍偷娶尤二姨"的全过程的读者来说，如果能放下男性主体的立场以及对凤姐的成见，读到此处，对凤姐应该会有一

种同情与怜悯，而不是像张新之那样讽刺挖苦。① 至于凤姐此后的种种行
为，虽然站在情的立场有些可以理解，但是因为最终的结局是导致尤二姐
惨死，因此，已经超出道德的底线。尽管泼醋事件中也有人命，但鲍二媳
妇是羞愧自尽，与凤姐没有直接关系；尤二姐之死则是凤姐步步设计的结
果。对于她借剑杀人的计谋，姚燮评曰，"其毒胜于蛇虺"，已成公论。
在尤二姐事件中，凤姐原本是受害者。贾琏"偷娶"对她的伤害远远超
出"偷情"，不说事情本身带给凤姐的羞辱与打击，尤二姐的年轻美貌、
好性子以及可能生下男孩等因素，都直接威胁到她未来在婚姻和家庭中的
地位，因此，她反击的手段也就格外的激烈。可是，无论如何，为了维护
自己的利益而处心积虑置他人于死地都已超出"自卫"的合理限度和道
德底线。顺便提及，凤姐在贾瑞事件中同样存在"报复"过当的问题。
对尤二姐之死，贾琏悲痛之余，"想着他死的不分明，又不敢说"，心中
已埋下不可解的仇恨，夫妻关系不说破裂也已大为疏远，因此，有一种探
佚学的观点认为，凤姐最后的结局应该是被公婆和丈夫休弃。②

　　再看凤姐与平儿、二姐、秋桐的关系。

　　笼统地说，平儿、尤二姐、秋桐三人都是贾琏之妾，可是，一则她们
来源不同、身份地位不同；再则她们的人品个性不同，因此，凤姐对待她
们的态度也就不同。简单地说，平儿是凤姐的随嫁丫鬟，后来凤姐主动促
成"收房"使之成为贾琏侍妾；尤二姐是贾琏偷娶的妾，感情最为深厚；
秋桐则是来自贾赦的赏赐。对凤姐来说，平儿是"心腹"（第6、44 回）
和"总钥匙"（第 39 回），尤二姐和秋桐则是插在心窝里的"刺"（第 69
回），因此，凤姐对待她们的态度自然有别。

　　凤姐与平儿，除了主仆名分，还有姐妹之情、知己之情。青山山农
说，平儿待凤姐有"有古名臣事君之风"，我们认为，凤姐待平儿亦有古
明君御臣之风。前者已成公论，后者则少有人关注。评点家涂瀛评价平儿
与凤姐关系时说："平儿者，有色有才，而又有德者也。然以色与才德，
而处于凤姐下，岂不危哉？乃人见其美，凤姐忘其美；人见其能，凤姐忘

---

　　① 张新之对凤姐"我在这屋里熬的越发成了贼了"之语夹批云："自招承语如闻。"见冯
其庸纂校订定《重校八家评批红楼梦》（中），江西教育出版社 2000 年版，第 1539 页。

　　② 梁归智：《红楼探佚红》，作家出版社 2007 年版，第 33 页。

其能；人见其恩且惠，凤姐忘其恩且惠。夫凤姐固以色市、以才市而不欲人以德市者也，而相忘若是。凤姐之忘平儿与？抑平儿之能使凤姐忘也？呜呼！可以处忌主矣。"① 这里主要强调的是平儿能"处忌主"的大本能，但是，深究起来，如果凤姐真是心胸狭隘的"忌主"，只怕平儿本事再大也很难达到主仆之间相得益彰、灵犀相通的境界。按常识，人际关系处得不好不会是单方面的责任，处好了也不会是单方面的功劳。凤姐对平儿的信任以及对平儿之劝的从善如流，与平儿对凤姐的忠诚一样难能可贵。凤姐对平儿最为人诟病的举动是在"泼醋"一节迁怒、责打平儿，让平儿深受委屈。对此细节应该一分为二地看：一方面的确形象地揭示了平儿周旋于"贾琏之俗，凤姐之威"之间的艰难处境；另一方面，则不宜因此而否定凤姐与平儿之间存在的特殊情谊与良好关系。凤姐捉奸在床，因盛怒和酒劲而责打平儿，实乃一时情绪失控的过激反应，这一点连平儿自己都看得很清楚。事后凤姐对自己"无故给平儿没脸"的行为不禁暗自"愧悔"，且再三私下或者当众道歉、抚慰，说到动情处，主仆两人都曾心酸落泪。在一定程度上，这场因她们共同的"丈夫"贾琏的下流不堪而导致的风波，非但没有使她们的关系疏远，反而因惺惺相惜使她们更为亲厚。对此，作者有淋漓尽致的描写。第55、56回，在凤姐卧病、探春理家期间，平儿代凤姐传话、为凤姐辩护并先斩后奏代凤姐表态等情节是凤、平关系如鱼得水的最佳写照，而这些故事恰好发生在"泼醋"之后不久。当凤姐嘱咐平儿要如何应对探春的改革措施时，平儿非常得意自己的先斩后奏：

> 平儿不等说完，便笑道："你太把人看糊涂了。我才已经行在先了，这会子才嘱咐我。"凤姐笑道："我是恐怕你心里眼里只有了我，一概没有他人之故，不得不嘱咐；既已行在先，更比我明白了。这不是，你又急了，满嘴里'你'呀'我'的起来了。"平儿道："偏说'你'！你不依，这不是嘴巴子，再打一顿。难道这脸上还没尝过的不成？"凤姐儿笑道："你这小蹄子儿，要掂多少过儿才罢。你看我

① 涂瀛：《红楼梦论赞》，载一粟编《古典文学研究资料汇编·红楼梦卷》，中华书局1963年版，第128页。

病的这个样儿，还来怄我呢。过来坐下，横竖没人来，咱们一处吃饭是正经。"

清陈宏谟《教女遗规》卷下引唐翼修《人生必读书》云："子弟幼时，当教之以礼。……门内门外，长者问何人，对必以名，不可曰'我'曰'吾'。"[①] 这里说的是子弟在长者面前不能以"我"相称。事实上，即使是朋友之间，也不能轻易以尔汝（你我）相称，更不用说主仆。在上述引文中，平儿不仅很自然地与凤姐以你我相称，还主动拿第44回自己无辜挨打之事来打趣，而凤姐不以为忤，反而示弱、求饶并进一步示好，邀请平儿一处吃饭，足见主仆两人是何等的亲密无间。

平儿之于凤姐不但不是威胁反而是得力的臂膀和心腹，无论是"凤姐之忘平儿"还是"平儿之能使凤姐忘"，这一对主仆用她们自幼结下的情谊以及超人的智慧和心胸共同演绎了一种相知相惜、相得益彰的妻妾关系，散发出人性的温暖。

如果说平儿是上天赐给凤姐的恩典，尤二姐与秋桐则是凤姐生命旅程中骤然而生的、棘手的芒刺。如前所述，贾琏"偷娶"对凤姐的伤害远远超出"偷情"。贾琏与鲍二媳妇偷情，凤姐失去的只是面子，而偷娶进门的"新二奶奶"则无论从情感上还是从实际地位、利益上都对她这个"旧二奶奶"构成了巨大的威胁。正当她处心积虑算计尤二姐时，贾琏又带着"得意骄矜之色"带来了贾赦赏赐的秋桐，一刺未除，又添一刺。这意料之外、接连而至的两根"刺"彻底扎痛了凤姐的心，也扎醒了她生性中或许已经休眠的恶。第61回平儿劝凤姐"得放手时须放手"，同时讲了一番要放手施恩、不要结怨小人、不要操劳过甚、凡事不要过于较真的道理，"一夕话，说的凤姐儿倒笑了，道：'随你们罢，没的怄气。'"可见凤姐愉快地接受规劝。第67回，作者毫无预警地忽然从莺儿眼中写出凤姐的怒容。莺儿悄悄对宝钗说："刚才我到琏二奶奶那边，看见二奶奶一脸怒气。……看那个光景，倒像有什么大事的是的。"此"大事"即贾琏偷娶之事也。事实上，自平儿劝说、凤姐"笑着"纳谏，到贾琏偷娶之事发，凤姐过了一段由善念主宰的"欢天喜地"的日子。尤二姐与

---

① 转引自张俊、沈治钧《新批校注红楼梦》（二），商务印书馆2013年版，第1004页。

秋桐的出现，彻底打乱了凤姐相对平静愉快的生活，再次激发了她天性中的阴险、狡黠与邪恶。

凤姐于尤二姐，先哄骗入府，再败坏其名誉，再令奴婢辈折挫之，再挑拨秋桐恶言辱骂之，终致尤二姐绝望自尽。凤姐于秋桐，原本计划"等秋桐杀了尤二姐，自己再杀秋桐"（第 69 回），尤二姐死后，大概因为秋桐已被贾琏疏远、对凤姐不再构成威胁；再则从艺术构思上说，秋桐不过是凤姐"借剑杀人"之工具，主要发挥情节结构功能，所以，尤二姐死后，凤姐与秋桐的关系也就不了了之了。

凤姐对贾琏的三位侍妾，于平儿有超越主仆名分的姐妹、知己之情；于尤二姐是刻骨的忌恨；于秋桐是随手利用。三人之中，凤姐待尤二姐最为恶毒，在其死后犹不解恨，一则蛊惑老祖宗、贬抑其丧礼，二则在金钱上刁难贾琏，以至让姚燮感叹："吾愿生生世世不遇此等人。"凤姐之所以深恨尤二姐，原因就在于贾琏待尤二姐最为情厚。贾琏"偷娶"，无疑是对凤姐感情的背叛与利益的挑衅。问题是，按封建婚姻制度和妇德要求，她不能"问罪"于丈夫，也不能光明正大地维权，只能以见不得人的阴毒手段去伤害同样是男权制度受害者的另一位弱女子，结果却使自己由令人同情的受害者转而成了罪不可赦的加害者。因此，在这件事上，凤姐之恶的根源还在于男权中心的封建婚姻制度。

二 作为"三层"媳妇的凤姐

第 68 回，凤姐曾对尤二姐说："我要真有不容人的地方儿，上头三层公婆，当中有好几位姐姐、妹妹、妯娌们，怎么容的我到今儿？"[1] 虽是凤姐自辩之辞，可是她要侍奉三重长辈一事却是实情，这三重长辈就是贾母、贾政夫妇、贾赦夫妇，根据"女主内"的分工原则，凤姐在"父子"关系中需要直接面对的是贾母、邢夫人和王夫人这三重婆婆。

凤姐与贾母的关系。有学者曾概括总结说："对凤姐与贾母的关系历代研究者的认识大体一致，即凤姐对贾母既孝敬、巴结又更利用，贾母对

---

[1] 中国艺术研究院红楼梦研究所校注本此段文字略有差异："若我实有不好之处，上头三层公婆，中有无数姊妹妯娌，况贾府世代名家，岂容我到今日。"此本以庚辰本为底本。

凤姐也是喜爱与利用融会无间。王朝闻更指出了凤姐与贾母之间在维护封建秩序方面的继承性与共同性。"① 这一说法大致成立。我们希望指出的是，过分强调凤姐与贾母之间的利害关系，② 显然是过于看重人际关系中的功利性而忽视了情感的因素。

无论从哪个角度看，凤姐对贾母是孝顺的。传统孝道中的"事亲"包括侍亲、养亲、顺亲、娱亲等诸多方面，凤姐的孝道主要表现为"娱亲"，她给老祖宗带来了数不胜数的畅怀欢笑。值得注意的是第 54 回，回目中有言："王熙凤效戏彩斑衣"；正文里，凤姐也直言自己是效法二十四孝上的"斑衣戏彩"，要让"老祖宗笑一笑，多吃一点东西"。评点家二知道人曾概括指出："贾媪暮年，善于自娱，但情之所钟，未免烦恼。锁媪之眉者黛玉也，牵媪之肠者宝玉也，能开媪之笑口者，熙凤一人耳"；"凤姐陈笑话于贾媪，媪每为之解颐。"（《红楼梦说梦》）不能不承认，凤姐将彩衣娱亲的功夫做到了极致。

凤姐"娱亲"，并非单纯为了取乐，很多时候都有明确的目的，比如，有时候是为了贾母的饮食与健康，典型如第 38 回，凤姐拿贾母鬓角上幼时受伤留下的疤痕打趣，话未说完，惹得"贾母和众人都笑软了"，贾母嗔怪凤姐敢拿自己取笑，凤姐道："回来吃螃蟹，怕存住冷在心里，怄老祖宗笑笑儿，就是高兴多吃两个也无妨了。"还有的时候，是为了化解尴尬局面、让贾母从不愉快的情绪中解脱出来，典型如第 46 回，贾母为贾赦夫妇谋娶鸳鸯一事气极而迁怒于王夫人，探春解释之后气氛虽然有所缓和，仍然尴尬，凤姐见缝插针，接住话头，先给贾母"派不是"，再将话题引到贾琏和自己身上，终于引得贾母和众人开怀一笑。王希廉批语云："探春劝贾母，开脱王夫人；凤姐派贾母不是。一个劝得有理，一个派得有趣，真是善于劝解者。"相比之下，探春只是开脱了王夫人，凤姐则更是机巧过人、一箭数雕：既推卸了自己的责任，又奉承了贾母与鸳鸯，还开脱了贾赦，末尾再不惜自抑自嘲、令众人解颐、化尴尬于无形。

---

① 杜贵晨主编，常金莲编著：《红楼人物百家言·王熙凤》，中华书局 2006 年版，第181 页。

② 代表性说法如，王朝闻先生说："凤姐与贾母之间，那温情脉脉的关系，归根结底是一种利害关系"；"正因为贾母在贾府是最高权威，凤姐才无微不至地逢迎她，也无微不至地利用她。"相关论述见《论凤姐》，百花文艺出版社 1980 年版，第 340—344 页。

难怪乎姚燮眉批云："倒底是凤姐儿口齿便利，真真恨杀人，又真真爱杀人"；"以凤姐一谑收作余波，真好利口！"事实上，从上面的论述中可以看出，凤姐"娱亲"行为的背后，除了"真真恨杀人""又真真爱杀人"的口齿与智慧之外，还有对贾母的真心真情。在贾母去世之后，凤姐"总理"丧事，她左支右绌，劳累委屈到吐血晕厥，可说是贾母众多儿孙中唯一一个为丧事操碎了心的人。由此亦可证明，凤姐对贾母有一份真正的孝心在。

人人都知道贾母溺爱宝玉，其实，贾母对王熙凤亦有一份不能自已的溺爱。如果说，贾母溺爱宝玉主要因其"异"（衔玉而生），溺爱凤姐则主要因其"才"与"乖"。贾母曾当着贾府众女眷开玩笑说："到底是我的凤丫头向着我。"张新之批曰："欢爱如闻，此之谓溺。"这一老一少两位女性在一起的时候，有着数不胜数的畅怀欢笑，与其说是凤姐刻意讨好老祖宗以固宠，毋宁说是一种心有灵犀的默契和愉悦。贾母临终无限深情地劝勉凤姐："我的儿，你是太聪明了，将来修修福罢。"（第 110 回）可见她对凤姐的狡猾和心机明了于心，平日里却因为爱、因为欣赏而包容甚至纵容，所谓"凤儿嘴乖，怎么怨得人疼他？"（第 35 回）

凤姐与邢夫人、王夫人的关系。对愚昧刻薄的婆婆邢夫人，凤姐基本采取敬而远之的态度，当然，这个"敬"只是拘于礼法的表面文章，"远"才是真实写照。具体来看，"远"又表现在两个方面：一是物理距离之"远"，凤姐夫妇帮着贾政夫妇料理家务，并未与贾赦夫妇住在一起；二是情感距离之"远"，凤姐本来就是王夫人的内侄女，在邢、王这"两重"婆婆之间，感情上自然与姑妈兼婶婶王夫人更近。凤姐与邢夫人、王夫人之间这种特殊的关系成了下人们有意无意挑拨离间的根由。第 43 回，在贾母率众商谈凤姐生日的礼金时，赖大的母亲曾打趣凤姐说："这可反了！我替二位太太生气。在那边是儿子媳妇，在这边是内侄女儿，倒不向着婆婆姑娘，倒向着别人。这儿媳妇成了陌路人，内侄女儿竟成了个外侄女儿了。"这里的"儿媳妇成了陌路人"格外刺人耳目，而"内侄女儿外侄女儿"之说不过是修辞上的陪衬而已。如果说赖大母亲只是无心，那么，邢夫人身边的"一干小人"则时时利用这一点大作文章、挑拨离间，说凤姐"只哄着老太太喜欢了他好就中作威作福，辖治着琏二爷，调唆二太太，把这边的正经太太倒不放在心上"，终于导致邢夫人

"着实恶绝凤姐"（第71回）。凤姐与邢夫人之间的冲突始于鸳鸯拒婚。

　　在这场风波中，凤姐的确有些无辜。当邢夫人找凤姐商议时，她第一反应是诚心劝阻；劝阻不成，即违心奉承，并借故脱身；事败之后，又在贾母面前巧妙地为公公婆婆解围。自始至终，用王蒙先生的话来说是，"这次凤姐处理得真好！"她"在此事中应对进退，有理有利有节，举措得体，料事如神，无懈可击"①，这件事非常典型地体现了凤姐对人事入微的洞察力和把握能力。可是昏庸愚昧的婆婆非但不领情，反而迁怒、记恨，此后多次故意当众折辱凤姐，让其下不了台。如第71回，贾母生日当天，邢夫人故意当着许多人的面为两个被捆的老婆子陪笑向凤姐求情，令凤姐当时"又羞又气"，事后"越想越气越愧，不觉的灰心转悲，滚下泪来"；再如第110回，贾母丧事期间，邢夫人一边死拿住银子不放松，一边故意让人传话，责备凤姐不周到、不用心，凤姐只能"含悲忍泣"，并受下人们作践。再有，因秋桐之事遭婆婆"数落"，凤姐亦无半句言语，只能默然受之。向来杀伐决断、乖滑伶俐如凤姐，面对婆婆的折辱和刁难，都只能委屈隐忍、暗自悲苦，从来没有半点忤逆之举，甚至不敢有忤逆之心，这就是传统"父为子纲"伦理规范的强大作用。《礼记·内则》中有云："子甚宜其妻，父母不说，出。子不宜其妻，父母曰：'是善事我，子行夫妇之礼焉。'没身不衰。"至汉代，《大戴礼记》更是将"不顺父母"列为女子"七去"之首。因此，在传统的婆媳关系中，媳妇处于绝对弱势。王熙凤扬言"从来不信什么是阴司地狱报应的"，却不能不遵守人间的婆媳伦理。

　　至于凤姐与王夫人之间，虽然有姑侄血脉之亲，可是在贾府的日常互动中似乎并无徇私之举，相反，很多时候，王夫人反而有意约束凤姐以避嫌疑，如：绣春囊之事王夫人第一个责问的是凤姐；贾母丧礼期间，王夫人也是一味听邢夫人挑唆，毫不体恤凤姐的处境。前者有关风化，凤姐不能不"双膝跪下""含泪"自辩；对后者，凤姐则"不敢辩""不言语"，只能"含悲忍泣"（第110回）。针对凤姐平日里的插科打诨，贾母曾说："我喜欢他这样，况且他又不是那不知高低的孩子。"（第38回）这里的所谓"高低"，就是长幼有序、进退有据的一整套传统家庭伦理。凤姐在

---

①　王蒙：《红楼启示录》，生活·读书·新知三联书店1991年版，第128页。

赚骗尤二姐时曾自我辩白："若我实有不好之处，上头三层公婆，中有无数姐妹妯娌，况贾府世代名家，岂容我到今日。"（第 68 回）平心而论，凤姐在处理老幼尊卑各种复杂的关系方面，的确遵礼守制，表现出了大家庭成员应有的教养，因此，是"不识书却能达理"的人。① 她承欢贾母，并对邢夫人与王夫人的承顺隐忍，就是"达理"的具体表现。此外，作者还通过一些日常生活细节，表现了凤姐作为大家闺秀的"守礼"意识，典型如第 13 回，凤姐答应协理秦氏丧事之后，贾珍从袖中取出宁国府对牌，让宝玉送给凤姐，"凤姐不敢就接牌，只看着王夫人，等着吩咐。脂批云："凡有本领者，断不越礼。接牌小事，而必待命于王夫人者，诚家道之规范，亦天下之规范也。看是书者，不可草草从事。"（戚序本夹批）的确如此，此类细节透露的正是无所不在的历史文化气息。

三 作为母亲的凤姐

作为母亲，凤姐的表现最为纯粹、也最能动人，就是凭着母亲的本能一味去呵护疼爱。女儿出痘，宣称不信阴司地狱报应的凤姐赶紧供奉痘疹娘娘，让贾琏搬出外书房斋戒，自己与平儿一起"随着王夫人日日供奉娘娘"（第 21 回）；女儿着凉发热，凤姐问神送祟，并放下高傲的身段，恳求刘姥姥取名，以保"遇难成祥，逢凶化吉"（第 42 回）；女儿惊风，日理万机的凤姐亲自把秤称药，并因贾环弄翻药罐而"急的火星直爆"（第 84 回）。正如蒙府本批语所云，这些细节"写尽母氏为子之心"（第 21 回夹批）。凤姐临终已是万念俱灰，唯一放不下的是女儿，故而托孤于平儿："你还顾我做什么？我巴不得今儿就死才好。只要你能够眼里有我，我死后你抚养大巧姐儿，我在阴司里也感激你的情。"（第 106 回）《红楼梦曲》中关于巧姐的"曲子"云："留余庆，留余庆，忽遇恩人；幸娘亲，幸娘亲，积得阴功。"（第 5 回）巧姐后来遭遇危难全赖"娘亲"生前积下的恩情，得刘姥姥和平儿救护。凤姐一生多有恶行，却能积下余荫佑护弱女于身后，与其说是偶然，不如说是母爱无边。

---

① 刘梦溪：《〈红楼梦〉与民族文化传统》，《红楼梦学刊》1986 年第 2 期。

四　作为管家奶奶的凤姐

对凤姐的管家才能，有目共睹。对此，隐含作者、叙述者和早期的评点者多有赞誉之词，例如，凤姐的判词云："凡鸟偏从末世来，都知爱慕此生才"（第 5 回），既欣赏其才干又惋惜其生于末世的命运。秦可卿临终托梦凤姐："婶婶，你是个脂粉队里的英雄，连那些束带顶冠的男子也不能过你。"秦氏之语是对凤姐才能最精练的概括，而协理宁国府的表现恰好是这一断语最有力的注脚。对于凤姐协理宁国府一事，叙述者云："金紫万千谁治国，裙钗一二可齐家"（第 13 回）；脂批云："大抵事之不理，法之不行，多因偏于爱恶，幽柔不断。请看凤姐无私，犹能整齐丧事，况丈夫辈受职于庙堂之上，倘能奉公守法，一丝不苟，承上率下，何有不行？"（戚序本第 14 回回后评）前者借俗语毫无保留地表达了赞赏之情，后者甚至将凤姐理家与丈夫辈理政进行类比，肯定其"无私"的做法。今人王蒙先生说："王熙凤其人虽然没有高水平的战略眼光，个人品德上也颇可非议，但她的精明强悍机变却使她成为能够胜任贾府的日常管理的唯一的、无可替换的人物。"[1] 当为的论。这里，我们透过凤姐杀伐决断、骄大专权的行为，对其作为管家少奶奶的心理状态和处事谋略稍加分析。

从心理上说，凤姐具有强烈的表现欲和责任感。协理秦氏丧事是凤姐管理生涯中浓墨重彩的华章，作者通过这个典型案例描写了凤姐表现欲与责任感兼重的心理状态。贾珍提出让凤姐帮忙料理丧事的请求之后，王夫人担心凤姐经验不够，惹人耻笑，凤姐却"心中早已欢喜"，跃跃欲试。对此，叙述者介绍说："那凤姐素日最喜揽事办，好卖弄才干，虽然当家妥当，也因未办过婚丧大事，恐人还不伏，巴不得遇见这事。"（第 13 回）待接管之后，凤姐"不畏勤劳"，每天卯正二刻也就是早上六点半即到宁国府点卯理事，忙得"茶饭也没工夫吃得，坐卧不能清净。刚到了宁府，荣府的人又跟到宁府；既回到荣府，宁府的人又找到荣府。凤姐见如此，心中倒十分欢喜，并不偷安推托，恐落人褒贬，因此日夜不暇，筹

---

① 王蒙：《红楼启示录》，生活·读书·新知三联书店 1991 年版，第 219 页。

画得十分的整肃。""凤姐儿见自己威重令行，心中十分得意。"（第14回）这里，"最喜揽事""好卖弄才干""不畏勤劳""恐落人褒贬""十分欢喜""十分得意"等说法将凤姐争强好胜的表现欲与不辞辛劳的责任心描述得淋漓尽致。对凤姐的"不畏勤劳"，脂批的解释是，"一则任专而易办，二则技痒而莫遏。"（戚序本夹批）也就是说，凤姐之所以"不畏勤劳"，一则因为大权在握、好办事；二则因为技痒难耐、好表现。

如果说王熙凤协理宁国府时表现欲占上风的话，那么，操持贾母丧礼时则主要是靠一种责任心在支撑。贾母去世时，贾府已是繁华扫地、人心涣散，再加上贾政夫妇昏庸、邢夫人掣肘，王熙凤左支右绌、力不从心，但仍然尽心尽责、委曲求全，直至吐血晕厥。

丧仪大事如此，平日里凤姐亦不愿有半点松懈，甚至因操劳过度导致小产，小产之后犹自恃强壮，察三访四。对凤姐的好强要胜，论者多以"好权"论之，当然不错，但是，我们也应该看到，凤姐在专权要强、好出风头的同时，的确有一份强烈的责任心，而这种责任心恰好在贾府男性身上很少见到，故而清人焕明在《金陵十二钗咏》中说："门户全凭妇主持，风流公子让娥眉"，"倜傥风流四座惊，金闺独许占才多"。对凤姐的责任心与好强心，叙述者多有强调，第19回写荣宁两府为迎接元妃省亲，"人人力倦，各各神疲"，尤其是凤姐，"事多任重，别人或可偷安躲静，独他是不能脱得的；二则本性要强，不肯落人褒贬，只挣扎着与无事的人一样。"正是超负荷的"事多任重"与"本性要强"，使她落下了病根，以致沉疴不起。

能干与好强、责任感与表现欲往往是一体两面、很难区分开来。当好强心、表现欲过于强烈时，则很容易演变为负面能量。凤姐弄权铁槛寺，间接害死两条人命，其行为动机与其说是为了三千两谢银，还不如说是畸形的好胜心作祟。老尼请托之初，她原本不想干涉，狡猾的老尼转而采取激将之法："如今不管这事，张家不知道没工夫管这事，不稀罕他的谢礼，倒像府里连这点子手段也没有的一般。"凤姐果然中计，立即"发了兴头"："凭是什么事，我说要行就行。你叫他拿三千两银子来，我就替他出这口气。"再加上老尼"一路话奉承的凤姐越发受用"，于是第二天便假托贾琏所嘱，修书请托，干下了仗势弄权、包揽词讼的恶行。

从处事谋略上说，凤姐是看人下菜碟、恩威有别。作为大家庭的管家少奶奶，凤姐要面对主子和奴才两个不同的群体。如前所述，凤姐其实很善于处理老幼尊卑各种复杂的关系，综合来看，在实际操作中，她主要基于对伦理规则和人性本质的洞察，针对两个不同的人群采取了看人下菜碟、恩威有别的态度和相应措施。

首先，看凤姐对大小主子们的态度。凤姐非常清楚，要在钟鸣鼎食的贾府站稳脚跟，除了要努力做贤妻，还需要扮演好贤媳、贤嫂、贤妯娌等各种伦理角色，总之，要处理好与所有"主子"们的关系。正因为这样，我们看到她对家族中的大小主子，基本上都采取"作福""施恩"的策略。

面对长辈，在贾母面前承欢膝下、克尽孝道；在嫡亲的姑妈王夫人面前，礼数周全，从未恃亲而骄；即使是面对婆婆的故意刁难，也一再忍气吞声，尽可能扮演"顺媳"的角色。

在平辈面前，对全家的活宝贝、小叔子宝玉的百般呵护自不待言；妯娌之间，对守寡的李纨处处礼让，与尤氏在贾琏"偷娶"之前亦能嬉笑玩闹、和睦相处；与侄媳秦可卿之间更有一份相知相惜的深情；对迎春、探春、惜春三位小姑子以及黛玉、宝钗等寄住的亲眷都能照应周全。当大观园众人起诗社时，凤姐曾说："我不入社花几个钱，不成了大观园的反叛了，还想在这里吃饭不成？"（第45回）看似玩笑话，其实是凤姐用心维护她与大观园众人关系的真实心理写照。抄检大观园时，她不得不奉命行事，却能见机行事，阻抄宝钗、回护黛玉，面对探春之迁怒、惜春之冷语，始终和颜悦色、耐心解劝。诸如此类细节，从超验的层面解释，她乃位列"情榜"的大观园中同道；从现实的层面解释，她的确是一位通情达理的嫂子。即使对顽劣猥琐的贾环，凤姐尽管心中无比厌嫌，表面上还是维持了叔嫂之礼，极力避免正面冲突。① 与贾环形成对比的是赵姨娘，后者因为是半主半奴的身份，凤姐不必礼让，且赵姨娘阴微卑贱的为人委实招人厌嫌，所以凤姐对其不时有"弹压"辱骂之举。

不光是善待主子，凤姐对正经主子们的心腹丫鬟也是"敬"屋及乌、礼敬三分，例如，袭人回家探母病，凤姐从仆从、车辆、包袱、手炉，到

---

① 第84回，贾环打翻巧姐儿的药罐子，凤姐气急之下的斥骂在贾环"跑了"之后，且让丫鬟传言时针对的是赵姨娘而非贾环。

衣裳质地、颜色，一一检点、样样亲嘱，并将自己一件珍贵的凤毛裘子送给袭人。凤姐与鸳鸯的良好关系更是让其他人望尘莫及，以至贾琏有求于鸳鸯时都要走她的门路。

值得指出的是，凤姐的施恩，并非一味出自功利目的，有时也会出于情义而对弱者施恩，如她对邢岫烟就是因敬其人品而生关爱怜惜之情。

其次，看凤姐对奴才们的态度。如果说凤姐与主子们之间的互动更多考虑的是伦理规则，与奴才们的关系则在主尊奴卑的伦理规则之上还多了一份人性的考量。凤姐给人的第一印象是待下严苛无情。其实，仔细阅读文本就会发现，凤姐待下分两种情况：对有才能或者有担当的人，她能够欣赏乃至敬重。凤姐对自己的心腹大丫鬟平儿的欣赏与信任不必再赘言，其他如，见红玉口齿伶俐，凤姐就要认做干女儿并颇费周折把她从宝玉处要过来；抄检大观园时意外查获司棋与其表弟的私情，凤姐原本幸灾乐祸，后见司棋敢作敢当，并无畏惧愧悔之意，"倒觉可异"，不再取笑。说到以才取人，凤姐不仅对下人如此，对具有主子身份的人同样如此。她不把合族中许多妯娌放在眼里，独与侄媳秦可卿交厚，主要原因就是秦氏与她一样聪明伶俐；她厌恶赵姨娘母子，却对"才自精明志自高"的探春欣赏有加，在其代理家政期间特意嘱咐平儿协助之，对此，脂批强调说："凤姐有才处全在择人，收纳臂膀羽翼，并非一味倚才自恃者可知：这方是大才。"（第55回己卯本夹批）涂瀛《红楼梦问答》曾以凤姐比曹操："'凤姐古今人孰似？'曰：'似曹瞒'。"在重才惜才这一点上，凤姐与曹操确有类似之处。

凤姐待下，更多的时候是疾言厉色、冷酷无情。之所以如此，除了主尊奴卑的伦理规则之外，应该与凤姐对人性的认知有关。凤姐在贾琏面前炫耀自己协理宁国府的出色表现时曾说："你是知道的，咱们家所有的这些管家奶奶，那一个是好缠的？错一点儿他们就笑话打趣，偏一点儿他们就指桑骂槐的报怨，'坐山观虎斗'，'借刀杀人'，'引风吹火'，'站干案儿'，'推倒了油瓶不扶'，都是全挂子的本事。况且我又年轻，不压人，怨不得不把我搁在眼里。"这段话有两个要点，一是高度概括了贾府上下明争暗斗的情状，二是担心自己年轻，不能伏众。正是基于这两方面的考量，无论是协理宁国府还是平日里管理荣国府，凤姐都采取"作威"的策略。协理宁国府时对迟到者的严惩，初见刘姥姥时"忙欲起身，犹未起身"（第 6 回）的倨傲，对惊慌失措的小道士的打骂（第 29 回），动不动要让下人们"垫着磁瓦子跪在太阳下"（第 61 回）的想法，等等，都是从"立威"着眼。正如《颜氏家训》所说："中人之性，遇强则避，遇弱则肆。"基于人性的弱点，对于管理者来说，适当的严是需要的，李纨、探春代理家政时刁奴们种种"欺主"的伎俩以及贾母衰礼中下人们"七颠八倒、不成事体"（第 111 回）的表现就是有力的反证。在协理宁国府之前，甚至也有下人说："论理，我们里头也得他来整治整治，都忒不像了"。

不过，如果一味严苛，又难免失于厚道，并进而失去人心。下人们对凤姐的评价有两段经典的说辞，一段出自宁国府都总管赖升之口："那是个有名的烈货，脸酸心硬，一时恼了，不认人的。"（第 14 回）另一段出自贾琏的心腹小厮兴儿之口："她心里歹毒，口里尖快。""'嘴甜心苦，两面三刀'，'上头笑着，脚底下就使绊子'，'明是一盆火，暗是一把刀'，他都占全了。"（第 65 回）这两段话都是典型的仆人视角，画出了仆人眼中的凤姐。如果我们忽略说话人的身份和立场，对赖升和兴儿之辞照单全收，将其作为评价凤姐的断语，则无疑有失偏颇，连兴儿极力讨好的对象尤二姐都对兴儿的一面之词持怀疑态度："你背着他这么说他，将来背着我还不知怎么说我呢"，"但只我听见你们还有一位寡妇奶奶和几位姑娘，他这么利害，这些人肯依他么？"（第 65 回）客观地说，凤姐待下的确不如贾母甚至不如王夫人宽厚，因而招人怨恨，对此，不仅平儿曾劝她"得放手时须放手"，"乐得施恩"（第 61 回），凤姐自己亦有清醒的认识，她在嘱咐平儿协助探春之后曾推心置腹地自我剖析："按正理，天理良心上论，咱们有他这个人帮着，咱们也省些心，于太太的事也有些益。若按私心藏奸上论，我也太行毒了，也该抽头退步。回头看了看，再要穷追苦克，人恨极了，暗地里笑里藏刀，咱们两个才四个眼睛两个心，一时不防，倒弄坏了。趁着紧溜之中，他出头一料理，众人就把往日咱们的恨暂可解了。"（第 56 回）由此可见，凤姐深知大家庭管家之难为，戚序本回后评语对此深以为然：

> 噫！事亦难矣哉！探春以姑娘之尊，以贾母之爱，以王夫人之付托，以凤姐之未谢事，暂代数月，而奸奴蜂起，内外欺侮，锱铢小

事，突动风波，不亦难乎！以凤姐之聪明，以凤姐之才力，以凤姐之
权术，以凤姐之贵宠，以凤姐之日夜焦劳，百般弥缝，犹不免骑虎难
下，为移祸东吴之计，不亦难乎！况聪明才力不及凤姐，权术贵宠不
及凤姐，焦劳弥缝不及凤姐，又无贾母之爱，姑娘之尊，太太之付
托，而欲左支右吾，撑前达后，不更难乎！

冷子兴向贾雨村介绍贾府时曾说："生齿日繁，事务日盛，主仆上下，安
富尊荣者尽多，运筹谋画者无一。"（第 2 回）脂批云：此"乃古今富贵
世家之大病。"（甲戌本夹批）而此类富贵世家的管理，实在不是一般的
难事。明乎此，我们对凤姐管家少奶奶的角色及表现，或许会多一份理
解、体谅乃至同情。

五　小结

综上，从家庭角色来说，凤姐乃《红楼梦》中最为血肉丰满的人物。
作为妻子，凤姐并非天生的母夜叉，她在丈夫面前，原本不乏闺中少妇的
柔情蜜意，甚至按照封建妇德的要求，为博取贤良之名而主动让丈夫
"收了"自己的陪房丫头平儿，希望能过上妻妾和睦的日子，却因丈夫无
底线的滥情而一再受到伤害，而强烈的好强心和嫉妒心又使她无法真正做
忍气吞声的顺妇，随着"泼醋""借刀杀人"等戏码的上演，她与丈夫的
关系渐行渐远；至逼死尤二姐，犯下"法不容诛"（戚序本第 68 回回末
评）的罪恶，她已经由男权制度的受害者转而成为残忍的加害者，沦为
狠毒的恶妇。作为上有"三层公婆"的媳妇，她在长辈面前进退有度、
礼数周全，即使面对婆婆的故意刁难折辱，也能以理自制，扮演"顺媳"
角色。作为母亲，她表现出了人性中本能的、无私的母爱，对唯一的女儿
疼爱有加，临终托孤令人动容。作为荣府管家少奶奶，她的精明能干无人
能及，从心理上来说，她在骄矜专权、争强好胜的同时，也有着一份难能
可贵的责任感；从方法谋略上来说，她对主子和奴仆两大群体采取了不同
的应对方式：对大小主子乃至主子们的心腹丫鬟，尽量采取施恩、作福的
策略，以维持良好的人际关系，确保自己的地位；对奴仆下人，则主要采
取严苛、作威的策略，以便达到威重令行的管治效果。而无论对主子还是

奴仆，凤姐有一个共同的原则就是"以才择人"，这一点使她赢得了"大才"的美誉。她对主子群体的恩待，主要出于传统家庭伦理的要求；而对奴仆群体的苛求，一乃主尊奴卑的伦理规则使然，再则有人性方面的合理性。就后者而言，凤姐以其自小的历练以及过人的智慧，对大家庭的弊端洞若观火，所以，才有协理宁国府时的有力举措。平心而论，如果对众多奴仆缺乏钤束、任其施为，一个几百号人口的大家庭要正常运转几乎是痴人说梦。正因为如此，凤姐的严苛，站在不同的立场会有不同的评价，在主子们看来，是精明能干，有时甚至能让"合族上下无不称叹"（第14回）；站在奴仆的立场，则是心硬狠毒，自然招人怨恨。作为读者，我们可以批评凤姐待下有失宽厚，却不能全盘否定其从严整治的方略。

要之，凤姐出身名门，嫁入公府，又天资聪慧、心性好强，她深谙传统家庭文化的规矩仪节，又能洞察大家庭内部的各种弊端，因此，她在扮演各种家庭角色时，有时候深明大义，表现出了大家庭成员应有的教养；有时候坦率诚恳，表现出了人性中本有的善良与柔情；有时候杀伐决断，表现出了过人的才能和责任感；有时候虚情假意，表现出了令人惊悚的心机和手段；有时候争强好胜、好出风头，甚至心狠手辣，在恶念的驱使下逾越道德的底线，沦为戕害同类的恶魔。在家庭文化视野之下，如此性格复杂、血肉丰满的人物，有着深厚的文化和人性的双重烙印，任何单一的、标签化的评价都会失之偏颇。

论清代《红楼梦》批评"幻不失真"的审美观念

薛 蕾

河南大学

　　描摹虚幻境象的艺术幻设是我国古代小说创作中重要的艺术手法。幻境不仅是神幻题材文学作品中常见的艺术意象，同时，历史演义、英雄传奇及世情小说等现实类题材作品中也将幻境描写作为进行文学叙事、塑造人物形象、设置情节架构的重要途径。然而，《三国演义》的幻笔中出现"状诸葛之多智而近妖"①的缺憾，《水浒传》则被指陈为"不好处只在说梦说怪说阵处"②，这些幻境描写均因幻而失真而受人诟病。相较而言，《金瓶梅》与《红楼梦》的作者则成就了实中融幻、幻不失真的典范。尤其《红楼梦》更是以石头入世—回归的循环框架、神瑛侍者与绛珠仙子的三世情缘框架以及太虚幻境框架，将宏大的现实叙事纳入立体多维的神幻架构中，从而使作品呈现出人间性与神话性、生活原生态和幻觉神秘感相交融的雄丽深邃的审美境界。以此经典的文学创作实践为基础，批评家们深入思考以《红楼梦》为代表的现实类作品之幻笔应达到的艺术境界，

---

① 鲁迅：《中国小说史略》，载《鲁迅全集》第九卷，人民文学出版社2005年版，第135页。

② 《明容与堂刻水浒传》，上海人民出版社1975年版，第15页。《水浒传》评本系列中，题为李卓吾所评者有两种：一种为明万历容与堂刻本，名为《李卓吾先生批评忠义水浒传》，一种为明万历袁无涯刻本，名为《出像评点忠义水浒传》。因对于评点者还存在争论，本文在注释中标明评点所出版本。

进而提出"幻不失真"的观念，即幻境的设置以生活的真实为源发点，遵循情节发展的逻辑而与现实场景自然交融，从而展现艺术形象的本真自我与潜隐心理，艺术地展现作者对社会人生的深刻思考。

一

批评家们注意到，幻境与实境处于不同的时空维度，在以写实为主的作品中，幻境与实境的自然整合就显得极为重要。批评家们从文学叙事的角度对幻笔叙事如何达到艺术真实进行深入思考，从而认识到，幻笔叙事要能够与写实性叙事相互佐证，从而使幻境的创设符合情节发展的逻辑，使读者感到幻境的出现水到渠成，从而在文学语境中感受到艺术的真实。

《红楼梦》将异幻与梦幻交融、幻境与实境相映，呈现出幻中有幻、幻中有真的艺术特点。批评家们注意到幻境设置从时间叙事层面体现出前后相承的因果逻辑，不仅出现于情节发展不同阶段的幻境遥相呼应，且幻境与实境之间也紧密相连。幻境与实境形成一组逻辑链条，自然融入情节的发展之中。《红楼梦》中多次以幻笔写到宁荣二公之事。王希廉便注意到其中的关联，于第五回指出："宝玉入梦，因在秦氏房中，然无端入梦，便觉无因。故托宁荣二公嘱警幻仙点化之说，即为后半埋根，梦亦有因而起。"① 批评家指出，第五回中宝玉于秦可卿房中沉睡，睡梦中游历太虚幻境。然无端写此一梦未免显得突兀，于是作者便以宁荣二公之灵魂央告警幻仙姑将贾宝玉引上仕途经济之道引出宝玉游太虚之梦。异度空间的神灵成为引发现世之梦幻的缘由。同时，警幻仙姑是到了贾府方才遇见宁荣二公之灵，暗示二者的灵魂依然栖身于贾府之中，这又成为七十五回"开夜宴异兆发悲音"的逻辑前提。此时贾家已是危机四伏，但贾珍等人却不知醒悟，仍旧沉醉于奢靡的生活。贾珍于中秋之夜在会芳园大开宴席饮酒作乐，突然听见祠堂墙下有长叹之声，然而却不见人影，只有一阵怪风。贾珍与众家人惊恐不已。庚辰本中第七十五回脂砚斋评道："未写

---

① （清）曹雪芹、高鹗：《新评绣像红楼梦全传》（双清仙馆本），北京图书馆出版社（影印）2004年版，第429页。

'荣府庆中秋'，却先写'宁府开夜宴'，未写荣府数尽，先写宁府异兆。"① 王希廉于第七十六回指出："贾珍夜宴，鬼声悲叹。贾母赏月，笛音凄楚。深浅不同，其不吉之徵无异。"② 批评家揭示出实境中子孙的不肖成为祖先显灵的原因。且指出此次幻境描写与第七十六回中贾府夜宴时显露出的凄清之态势的关联。第七十六回中，贾母带众人于园中赏月，听得桂花阴里呜咽的笛声，不免深感凄凉伤心。贾氏家族之大厦将倾与宁府贾珍等人的骄奢淫逸有直接关系，"漫言不肖皆荣出，造衅开端实在宁"。批评家揭示出，正是由于幻境与幻境以及幻境与实境之间隐伏着紧密的因果逻辑，使幻境描写嵌合于现实叙事之中，从而使读者感受到幻境设置的合理性，进而感受到其存在的真实性。

批评家还从空间叙事层面揭示出，幻境与实境从虚实的角度虽处于不同的维度，作者却通过叙事的场景化，将构幻与写实的不同场景同时呈现于读者面前，使其交错叠合，互相映现。《红楼梦》中的太虚幻境本是出现在贾宝玉梦幻中的仙境，可谓"幻中之幻"。而读者却并未感觉其虚无缥缈，而是认为在作品的艺术世界中，太虚幻境确乎存在。批评家对这种艺术效果进行了分析。作品第十七回"大观园试才题对额，荣国府归省庆元宵"以浓墨重彩描绘出大观园的盛景，而其中时时映现出太虚幻境的影像。此回中叙写贾宝玉随贾政等人为刚竣工的大观园各处题对联匾额，来至一座玉石牌坊，"宝玉见了这个所在，心中忽有所动，寻思起来，倒象在那里曾见过一般，却一时想不起那年月日的事了。"王希廉指出："玉石牌坊，宝玉心中忽若见过，直射第五回梦中所见太虚幻境的牌坊。"③ 姚燮也批道："忽将太虚梦一影，真耶幻耶？""富贵闲人忽有所动，盖寻思太虚幻境，仿佛相似。"④ 批评家们注意到，作者将太虚幻境与大观园的场景叠合在一起，将不同维度的场景立体化地交错在一起，使

① （清）曹雪芹：《脂砚斋重评石头记》（庚辰本），人民文学出版社 2010 年版，第 1823 页。

② （清）曹雪芹、高鹗：《新评绣像红楼梦全传》（双清仙馆本），北京图书馆出版社（影印）2004 年版，第 2611 页。

③ 同上书，第 740 页。

④ （清）曹雪芹、高鹗：《增评绘图大观琐录》，北京图书馆出版社（影印）2002 年版，第 432 页。

幻境在实境中不时地显露出印迹，从而增强幻境的质实感。此外，第九十八回"苦绛珠魂归离恨天，病神瑛泪洒相思地"在写到林黛玉香消玉殒时也将幻境与实境交织在一起。洪秋蕃对此进行了细致的评析："大家哭了一阵，只听远远一阵音乐之声，侧耳一听，却又没有了。探春、李纨走出院外再听，惟有竹梢风动，月影移墙，好不凄凉冷淡。呜呼！绛珠本仙女，历劫归真，天乐相迎，固其宜也。作者犹恐后人不信，以为宝玉新房之乐，风送入来，故于文前先着一笔，潇湘馆离新房甚远，所以大家痛哭，那边并没听见，以明新房乐声吹不到潇湘馆来。又接说道：探春、李纨走出院外再听，只见凄凉冷淡，并无所闻。如果新房之乐风送入来，则院外更自悠然可听。既寂寂无闻，断非新房之乐，其为天乐无疑。初本甚近，因大家痛哭，未及留心，及哭罢侧耳，其去已远，故即寂然。写得十分真切。"[1] 批评家指出，在写实笔墨中若隐若现的神幻描写为黛玉的离世笼上一层凄美的诗意，使现实生活中兰心蕙质、卓而不群的林黛玉与神幻境界中的阆苑仙葩合而为一。读者也置身于幻境与实境自然融合所营造的艺术氛围中，感受到诗意化的真实。

批评家还指出，作者以穿梭于幻境与实境之间的人物，将两个不同时空的场景联系在一起，实现构幻与写实的自然对接。美国叙事学家詹姆斯·费伦提出关于作品人物多重意义的理论，认为作品中的人物除了作为形象本身的意义外，还作为组织结构和表达主题观念的人物而存在。明清小说批评家对于人物联结幻境与实境的线索作用有明确的认识。《红楼梦》中的甄士隐出入于真幻之间，沟通仙境与凡尘两个世界。士隐之梦为红楼诸梦中的第一梦，石头神话、绛珠神话以及太虚幻境尽呈现于此梦之中。作品开卷的石头神话只交待到那僧袖了石头，同道人飘然而去，不知投奔何方。当通灵宝玉第二次出现，便是在甄士隐的梦中，且紧承前述神幻情节，乃是那道人问僧人携着石头意欲何往。甲戌本脂评指出此处衔接之妙："是方从青埂峰袖石而来也，接得无痕。"[2] 石头乃是贾宝玉尘俗遭遇的见证者。而石头坠入红尘之前的还泪神话与太虚幻境所涉及的恩怨纠葛，则只能由作者通过补叙加以交代。若作者一并以神幻笔墨叙述，便

---

[1] 洪秋蕃：《红楼梦考证》卷十四，上海印书馆1935年版，第17页。
[2] （清）曹雪芹：《脂砚斋重评石头记》（甲戌本），人民文学出版社2010年版，第17页。

成为纯粹的神话，与现实场景割裂开来，难免令读者感到虚幻无稽。而以现实场景中的人物甄士隐的梦幻作为沟通实境与仙境的桥梁，便使处于异度空间的场景自然衔接。之后，作者又借甄士隐出梦来结束对神幻情节的叙述：士隐大叫一声，定睛看时，只见烈日炎炎，芭蕉冉冉。脂砚斋指出："醒得无痕，不落旧套。"且作者令士隐醒来后将所梦之事忘了大半。脂砚斋评道："妙极！若记得，便是俗笔了。"① 张新之也指出："'忘了一半'最妙，写出梦，笔特简劲。"② 紧接着在现实场景中，甄士隐又在街市上看到那一僧一道。姚燮评道："真耶幻耶？似从梦境来者，妙在写得恍惚迷离。"③ 批评家们揭示出，作者以写实场景中的人物为媒介，将幻境与实境加以贯通，使人物在幻境中的经历在实境中得到延续，幻境成为构成整个叙事单元的有机组成部分，因而读者在追随人物的脚步而游走于幻境与实境之间时，俨然是在统一的艺术世界的不同区间穿行。无论幻境抑或实境，均是一种合理的存在。此外，王希廉指出第十一回中贾宝玉在连接幻境与实境中所发挥的作用："宝玉看见画联，触起前梦；一闻秦氏絮语，不觉泪下。回环照应，妙手深笔。"④ 洪秋蕃也指出："作者必谓其正瞅着那幅《海棠春睡图》并那秦太虚写的对联，想起梦到太虚幻境之事，听得秦氏此言，如万箭攒心，不觉流下泪来，所以证太虚幻境之可卿，即病在休褥之可卿也。"⑤ 总之，批评家们从叙事的角度思考人物对于幻境与实境的融合所发挥的衔接作用。尤其线索人物的梦幻体验本身就具有亦真亦幻的特点，以此为过渡，消融了幻境与实境的界域，将其整合为一个交错相通的立体的艺术时空，从而使读者的阅读视线超越绝对化的时空切割，思绪在线索人物的引领之下在不同时空自由穿越，从而在审美的愉悦中感受到艺术的真实。

中国古代小说叙事理论中的章法论得到普遍的关注，而对其时间空间

---

① （清）曹雪芹：《脂砚斋重评石头记》（甲戌本），人民文学出版社 2010 年版，第 21 页。

② （清）曹雪芹、高鹗：《妙复轩评石头记》，北京图书馆出版社（影印）2002 年版，第103 页。

③ （清）曹雪芹、高鹗：《增评绘图大观琐录》，北京图书馆出版社（影印）2002 年版，第 163 页。

④ （清）曹雪芹、高鹗：《新评绣像红楼梦全传》（双清仙馆本），北京图书馆出版社（影印）2004 年版，第 587 页。

⑤ 洪秋蕃：《红楼梦考证》卷十四，上海印书馆 1935 年版，第 17 页。

叙事观念则还未展开广泛的探讨。实际上，从小说的艺术创作实践来看，中国古典小说展现出丰富的时间空间叙事艺术。其中，以幻境叙事是运用较多且表现力极为丰富的艺术手法。批评家们敏锐地捕捉到幻笔在时空叙事方面所展现出的艺术真实，并加以细致地分析。从时空叙事层面对幻笔的艺术真实进行分析，不仅体现出批评家们理论视角的多元化，且这种视角不再沿袭文章学的思路来审视作为文学样式的小说，而是从小说本体出发，探讨其具有艺术特质的时空叙事，从审美的角度对小说加以观照。

二

鲜明的性格是文学典型形象的艺术生命所在，"鲜明地表现性格，是作家在表现人物特征的过程中最当着力用笔之处。"[1] 批评家们深入剖析艺术幻设在塑造艺术典型时应遵循真实性原则，即幻境设置应与人物的性格心理相契合。

《红楼梦》将艺术形象加以意象化，使人物的性情特质得以彰显，赋予人物浓郁的象征意味。批评家对于这种艺术表现给予深入剖析。其中，作者在塑造贾宝玉、林黛玉这一对全书灵魂人物时所运用的幻笔成为批评家们分析的重点。

"绛珠还泪"故事对应着作为《红楼梦》情节主线之一的宝黛爱情，是宝黛爱情悲剧以及黛玉"泪尽而逝"的悲剧结局的一种神话式解说。林黛玉是"金陵十二钗"之首，寄托着作者对人性之美的憧憬，因而作者以"绛珠还泪"的神话使这一艺术形象浸润于不染纤尘的意境之中，使其至情至性、超凡脱俗的特质得以凸显。文中叙写生于灵河岸边三生石上的绛珠仙草，因受到顽石幻化的神瑛侍者的甘露灌溉，脱胎成为女体，想到自己受了他的甘露之惠，却并无此水可还，若神瑛侍者下世为人，自己也同去走一遭，要用一生所有的眼泪还他。批评家们揭示出此神话展现出林黛玉对贾宝玉的纯真而深挚的感情。甲戌本脂评云："顽石草木为偶，实历尽风月波澜，尝遍情缘滋味，至无可如何，始结此木石因果，以

---

[1] ［德］莱辛：《汉堡剧评》，张黎译，上海译文出版社1980年版，第125页。

泄胸中悒郁。古人之'一花一石如有意，不语不笑能留人'，此之谓耶？"① 东观主人指出："还泪之说甚奇，然天下之情，至不可解处，非还泪不足以极其缠绵固结之情也。卷中林黛玉自是可人，泪一日不还，则黛玉尚在，泪既干枯，黛玉亦物化矣。"② 蒙府本第三回脂批云："补不完的是离恨天，所余之石岂非离恨石乎。而绛珠之泪偏不因离恨而落，为惜其石而落。可见惜其石必惜其人，其人不自惜，而知己能不千方百计为之惜乎？所以绛珠之泪至死不干，万苦不怨。"③ 批评家们指出，绛珠下凡，因还泪而来，只因三生石畔受了灵河之水的灌溉之恩，得以久延岁月，因此欲以自己生命之水——眼泪还报神瑛侍者。黛玉对宝玉的情感也呈现出以真情为生命的品质。同时，以泪报恩这种具有超现实意味的情感表达方式又饱含着悲情，使宝黛之情充满悲剧色彩，也使这种至死不渝的情感更具有震撼人心的深度。

以幻写情是《红楼梦》强化人物个性心理的重要艺术表现方式。戚序本第一回脂评云："出口神奇，幻中不幻；文势跳跃，情里生情。借幻说法，而幻中更自多情；因情捉笔，而情里偏成痴幻。"④ 批评家强调了"情"在《红楼梦》中的重要地位，而幻笔则更加充分地展现出这种至情。批评家所言之"情"不仅指具体的人物的情感，还具有哲学范畴的意义，指中国哲学思想中与"理"相对的"情"，是禀承天赋情感的人性。如冯梦龙所言："天地生于情，不生一切物；一切物无情，不能环相生；生生而不灭，由情不灭故。"⑤ 批评家们指出，当这种本真的"情"达到极致，往往表现出悖逆于现实中以"理"为规范所建立的逻辑秩序，因而作者以神话与梦幻等超现实叙事来表现这种本质的真实，乃是以极幻之事表达极真之情。

批评家对作品以幻境展现宝玉潜意识中的本真自我也加以深刻剖析。

---

① （清）曹雪芹：《脂砚斋重评石头记》（甲戌本），人民文学出版社 2010 年版，第 18 页。

② （清）曹雪芹、高鹗：《新增批评绣像红楼梦》（东观阁本），北京图书馆出版社（影印）2004 年版，第 90 页。

③ （清）曹雪芹：《蒙古王府本石头记》，书目文献出版社（影印）1986 年版，第 123 页。

④ （清）曹雪芹：《戚蓼生序本石头记》，人民文学出版社 2006 年版，第 38 页。

⑤ （明）冯梦龙：《情史叙》，载丁锡根编著《中国历代小说序跋集》，人民文学出版社 1996 年版，第 614 页。

作品第五十六回中贾宝玉听得江南甄府家的管家娘子言及甄宝玉与自己的体貌性情极为相似，于是在梦中与甄宝玉相见。当二人交谈时，听得有人说老爷叫宝玉，二人皆慌，一个宝玉就走，另一个宝玉忙叫："宝玉快回来，宝玉快回来！"姚燮批道："二人之慌，一人之慌也。以彼玉叫此玉，自叫自也。倒底醒后之假不如梦中之真。"① 洪秋藩也指出："甄家妇女口述之宝玉尚是金陵之宝玉，而宝玉梦中所见之宝玉实即怡红院内本来之宝玉。"批评家们分析指出，作者借梦境中甄、贾宝玉的相遇，以表象的形式体现做梦主体贾宝玉自我意识的分离。贾宝玉梦中的甄宝玉，是其自己心中之"我"的外化。作为梦中之梦，甄宝玉言其梦中见到正在睡觉的贾宝玉"空有皮囊"，甄、贾宝玉各自在梦中都被对方家里的丫鬟骂为"臭小厮"。这些梦幻情景与贾宝玉醒觉状态下的心境不无关系。贾宝玉视经济文章为身外之物，追求心灵的澄澈与自由，女儿国则是他心灵的栖居地。然而，他自己身为"须眉浊物"，又不得不面对正统的主流文化所施加的压力，此前贾政对他的毒打便是这种压力的形象化体现。因此，贾宝玉虽多有恣情任性、"乖僻邪谬"的言行，其精神却处于被压制的境地，其真纯的情性难以得到完全的释放，于是在梦境中流露出对自我生存状态的反思与慨叹。正是因为批评家们洞悉作者在幻境中所蕴含的深刻意味，故而指出甄宝玉乃是贾宝玉内在的心理镜像。此外，贾宝玉于梦中还看到如此一幕：榻上的甄宝玉叹了一声。一个丫鬟笑问："宝玉，你不睡又叹什么？想必为你妹妹病了，你又胡愁乱恨呢。"洪秋藩评道："身外之身，梦中之梦，尚殷殷然以妹妹之病为念，其待妹妹之心为何如耶？此即绛云轩之梦也。"② 指出贾宝玉梦境中出现的甄宝玉竟也为妹妹而牵肠挂肚，这实际上是贾宝玉内心情思的反映，展现出贾宝玉对林黛玉的刻骨铭心的情感。这与第三十六回中的梦境描写异曲同工。作者于此回中叙写宝钗坐在于绛云轩中沉睡的宝玉身边，听到宝玉梦中喊到"什么是金玉姻缘，我偏说是木石姻缘"。此梦语亦是宝玉的真实心声。"宝玉的梦是

---

① （清）曹雪芹、高鹗：《增评绘图大观琐录》，北京图书馆出版社（影印）2002年版，第1155页。

② 洪秋藩：《红楼梦考证》卷八，上海印书馆1935年版，第81页。

围绕着情字展开，表达的都是'俺只念木石前盟'的心音。"①

　　王希廉即指出："《红楼梦》一书，全部最要关键是'真假'二字。读者须知，真即是假，假即是真；真中有假，假中有真；真不是真，假不是假。明此数意，则甄宝玉、贾宝玉是一是二，便心目了然，不为作者冷齿，亦知作者匠心。"② 可见，批评家们领悟到梦境描写所具有的心理分析的意味。甄宝玉乃是贾宝玉的影子，是主人公自我的另一种形式的存在，代表其内心的某一部分意识。正如蒙府本第二回脂评云："灵玉却只一块，而宝玉有两个，情性如一，亦如六耳、悟空之意耶？"③《西游记》中的六耳猕猴正象征着孙悟空内心挣扎的另一个"我"，是其潜意识的表现。甄宝玉亦是贾宝玉之"真我"的体现。只是，前者体现出的是人格中的冲突，后者则使主人公的真性情得到进一步彰显。因此，看似生活于两个世界中的人物，通过梦境实现了交流与融合。而这正是作者的匠心所在。戚序本脂评明确指出："叙入梦景极迷离，却极分明，牛鬼蛇神，不犯笔端，全从至情至理中写出。"④ 批评家深刻认识到，梦幻中的场景虽然迷离幻渺，但却能够更加自由而充分地展现人物极富个性的情感思想，这些性情往往是蛰伏极久、潜隐极深而又极真实的人性。所谓"幻不失真"，正因为其"至情至理"。

　　对于幻笔彰显人物性情之真的认识建立在"情理"论的基础之上。明清批评家对典型形象的艺术真实进行了深入探讨。其一，批评家认识到，现实生活中人们的情思是小说人物情感表达与性格发展的基础。李卓吾于《水浒传》容与堂本第十回回评中指出："《水浒传》文字原是假的，只为他描写得真情出，所以便可与天地相终始。即此回中李小二夫妻两人情事，咄咄如画。"⑤ 其二，对于人物性格的立体展现不仅要描摹其言谈举止，更要展现主导其外在表现的个性与心理。李卓吾即提出"化工"之说。他于《水浒传》容与堂本第二十回的回评中论道："此回文字逼

---

① 胡文彬：《红楼梦与中国文化论稿》，中国书店 2005 年版，第 277 页。

② 王希廉：《红楼梦总评》，载（清）曹雪芹、高鹗《新评绣像红楼梦全传》（双清仙馆本），北京图书馆出版社（影印）2004 年版，第 83 页。

③ （清）曹雪芹：《蒙古王府本石头记》，书目文献出版社（影印）1986 年版，第 70 页。

④ （清）曹雪芹：《戚蓼生序本石头记》，人民文学出版社 2006 年版，第 2099 页。

⑤ 《明容与堂刻水浒传》，上海人民出版社 1975 年版，第 12 页。

真，化工肖物。摩写宋江、阎婆惜并阎婆处，不惟能画眼前，且画心上；不惟能画心上，且并画意外。"① 指出展现人物性格所达到的较高艺术层次在于，使人物摆脱作者的"匠心"，而由其性格的必然性所支配自然而然地进行言语与动止，从而实现无雕琢之痕的"化工"境界。其三，人物性格应具有鲜明的特点，从而使此形象成为艺术典型。金圣叹便认为："《水浒传》所叙，叙一百八人，人有其性情，人有其气质，人有其形状，人有其声口。"②《红楼梦》庚辰本第四十三回脂评云："尤氏亦可谓有才矣，论有德比阿凤高十倍，惜乎不能谏夫治家，所谓人各有当也，此方是至理至情。最恨近之野史中，恶则无往不恶，美则无一不美，何不近情理之如是耶？"③ 张竹坡指出："做文章不过是'情理'二字。如今做此一篇百回长文，亦只是'情理'二字。于一个人心中，讨出一个人的情理，则一个人的传得矣。"④

在此理论认识的基础上，批评家在对《红楼梦》的分析中进一步强调，幻设笔法在展现人物性格心理时更应该谨遵真实性原则。现实类作品中的幻笔不同于幻想类作品中的幻笔，后者因以奇形异术的人物、离奇玄幻的情节、光怪陆离的环境所营造的超现实语境为基础，所以具体到某一艺术形象，其与现实生活中人物言行迥异之处易被读者理解和接受。相较而言，在写实语境之下，人物的奇幻经历与荒怪梦境若要达到艺术真实，则需更加准确地把握住人物性格的核心以及潜隐心理，以此为基础来进行幻境设置。值得注意的是，批评家们还捕捉到，现实作品中以幻笔描摹的艺术形象往往具有极致化的性格，甚至性格中有难以见容于世俗道德规范之处，这种"真性情"不能用世俗人物的性格逻辑为参照加以衡量。幻境与现实的疏离感不仅与人物性格超脱世俗之处相契合，且使人物呈现出意象化的特点，其形象成为某种极致性格或理想人格的象征。因而这些典

---

① 《明容与堂刻水浒传》，上海人民出版社 1975 年版，第 20 页。

② （清）金圣叹：《水浒传序》，载《贯华堂第五才子书水浒传》（上），《金圣叹全集》第一册，江苏古籍出版社 1985 年版，第 10 页。

③ （清）曹雪芹：《脂砚斋重评石头记》（庚辰本），人民文学出版社 2010 年版，第 1823 页。

④ 张竹坡：《金瓶梅读法》，载（明）兰陵笑笑生著，秦修容整理《金瓶梅会评会校本》，中华书局 1998 年版，第 1503 页。

型形象不仅达到艺术的真实，且这种艺术真实能够给予读者更加强烈的心灵冲击，因而更富有审美张力。批评家们对现实类作品中以幻笔塑造艺术形象时达到的艺术真实所进行的辨析拓展了中国古代小说典型论的理论视野，深化其中性格论的理论深度。

三

　　批评家们进一步思考艺术幻设的表现形式与作品主题思想之间的联系，从而洞察到，幻境描写中往往寄寓着作者对社会历史的思考，对人生真谛的领悟，尤其蕴含着具有形而上意味的哲思。幻境对于质实生活的疏离感，使其能够展现更加立体的叙事时空。并且，幻境与宗教哲学思想关于彼岸与此岸世界的"真"与"假"的思考具有密切的联系，因而其艺术形式中亦隐喻着一定的思想意蕴。因此，当幻笔这种艺术形式与作品的主题相呼应时，便能够更形象而深刻地反映具有哲学意味的思想内涵，从而实现艺术的真实。

　　《红楼梦》的幻境设置中就蕴含着作者对社会人生的深入思考。作品第一回明确提出：此回中凡用"梦"用"幻"等字，是提醒阅者眼目，亦是此书立意本旨。姚燮指出："读此书能时时将'梦''幻'二字提醒，便不堕入魔障，一切有为相皆作如是观可也。"① 这种认识强调了"梦""幻"描写在揭示作品主题方面所发挥的重要作用，并将其提升到反映社会人生哲学的高度。第一回石头入世的神幻情节中，茫茫大士、渺渺真人对石头说："那红尘中却有些乐事，但不能永远依持；况又有'美中不足，好事多磨'八字紧相连属，瞬息间则又乐极悲生，人非物换，究竟是到头一梦，万境归空，倒不如不去的好。"甲戌本脂评云："四句乃一部之总纲。"② 批评家指出《红楼梦》将贵族家庭的盛衰纳入石头入红尘历劫又回归大荒山无稽崖的神话，乃是对现实的梦幻性质的深刻揭示。女娲补天所余的顽石，由一僧一道带入尘世化为美玉，经历钟鸣鼎食之家的

---

① （清）曹雪芹、高鹗：《增评绘图大观琐录》，北京图书馆出版社（影印）2002年版，第157页。

② （清）曹雪芹：《脂砚斋重评石头记》（甲戌本），人民文学出版社2010年版，第9页。

富贵荣华与凋敝衰落，后又回归石头本相，重归于冷寂之地。以此带有宗教况味的神话来结构全篇，表现出作者对于人生的参悟：红尘的诸相不过是各种因缘的暂时聚合，没有恒常不变的真正自体，因而虚妄不实，"如梦幻泡影，如露亦如电"①。世界万物的本体是空，人生的终极意义是空，人们的种种追求，不过是谋虚逐妄。只有看破诸相的"假有""真空"，放下对喧嚣尘世的留恋与对欲望的执着，方可不受世俗之累。批评家把握住作者以宏大的神幻架构及丰富的梦幻情节抒写人生体悟的创作思想，认识到神幻叙事并非刻意张皇鬼神，而是对现实叙事的深化。

此外，姚燮指出："是书欲唤醒世人，故作迷离幻渺之谈，然皆实情实理。河汉荒唐，何可掺入！托诸梦中，自无妨碍。起于梦，结于梦，不自知其梦也，觉而后知其梦也。"② 批评家明确指出作者有意识地采用"迷离幻渺"的艺术形式，寄寓"实情实理"，从而实现"唤醒世人"的思想价值。批评家还以庄子的梦幻观念进一步阐释作品的思想意蕴。庄子《齐物论》云："梦饮酒者，旦而哭泣；梦哭泣者，旦而田猎。方其梦也，不知其梦也。梦之中又占其梦焉，觉而后知其梦也。且有此大觉而后知此其大梦也。而愚者自以为觉，窃窃然知之。"③ 指出梦境乃是一种虚幻，与真实的存在往往并不一致，只有大觉者才知梦之为梦。人生即如一场梦，看透人生之虚幻性者方为大觉的圣人。姚燮以此观念论及《红楼梦》以梦始以梦结的文学架构，指出其中所蕴含的富贵繁华皆如梦之喻，剖析出作者旨在提醒世人，沉湎于功名富贵者如生活于人生之梦境中，参透其只是幻梦一场，才是真正的醒悟。二知道人《红楼梦说梦》云："古今皆梦也：功列旅常，名垂竹帛，正梦也；福泽将至，微兆先成，吉梦也；庄周栩栩为蝶，幻梦也；郑人蕉隍覆鹿，痁梦也。至于轻丝帽影，老于风尘，此梦之劳者也；结庐在廉让之间，倚树而吟，据槁梧而瞑，不复问尘市事，此梦之清者也。外此则噩梦、觭梦、喜梦、惧梦、妖梦，莫不有寓

---

① 《金刚般若波罗蜜多经》，鸠摩罗什译：《大正藏》卷八。

② （清）曹雪芹、高鹗：《增评绘图大观琐录》，北京图书馆出版社（影印）2002年版，第2261页。

③ 陈鼓应注释：《庄子今注今译》，中华书局2009年版，第95页。

目之兆焉，而最易沉醅者，红楼梦也。雪芹一生无好梦矣，聊撰《红楼梦》，以残梦之老人，唤痴梦之儿女耳。"① 批评家指出，人生如梦是中国哲学与文学古老的主题，从庄周梦蝶、郑人蕉鹿、《枕中记》、《南柯太守传》到《红楼梦》都在演说着这样一个主题。书成于作者对自己所经历的如梦人生的体悟，因而通过对现实的神幻化叙事，展现红尘世界的梦幻性质。

这种"以幻寓真"的观念在诸多小说批评家的论析中均有所体现。李卓吾于容与堂本第一百回评道："施、罗二公，真是妙手，临了以梦结局，极有深意，见得从前种种，都是说梦。"揭示出作者在幻笔中寄寓的对社会历史的深刻思索。金圣叹对《水浒传》的删改与评点中也体现出他有意识地以幻笔表达其思想。他将原书的"引首"和第一回改为"楔子"，使主体故事从殿帅府太尉高俅逼走八十万禁军教头王进写起，揭示了"乱自上作"的社会终将走向末世的趋势；结尾则在一百单八位英雄排座次之后，添加了卢俊义"惊恶梦"的情节，又隐含着对"犯上作乱"的抨击，透露出评论家对社会"治乱"的拷问与思索。他在评点中便强调："晁盖七人以梦始，宋江、卢俊义一百八人以梦终，皆极大章法。"② 金圣叹在评点《西厢记》时也体现出"以幻寓真"的艺术追求。他删去《西厢记》第五本"张君瑞庆团圆"，而在第四本"草桥店梦莺莺"结束。且于评论中道："此有大悲生于其心，即有至理出乎其笔也。今乎天地，梦境也；众生，梦境也。无始以来，我不知其何年齐入梦也；无终以后，我不知其何年同出梦也。"③ 指出以幻笔在此爱情故事中融入对人生之悲欢离合的深度思考。张竹坡也指出《金瓶梅》的幻境描写中所蕴含的人生思考。第一百回中有月娘于梦中见到孝哥儿死于云理守刀下的情节，张竹坡评道："月娘本是梦中人，非梦不足以化。又瓶儿有梦，西门有梦，敬济有梦，周二有梦，合以月娘一梦结之。又一部繁华富贵，以灯

① （清）二知道人：《红楼梦说梦》，载一粟编《红楼梦资料汇编》，中华书局 2004 年版，第 83 页。

② 《贯华堂第五才子书水浒传》（下），《金圣叹全集》第二册，江苏古籍出版社 1985 年版，第 527 页。

③ （元）王实甫著，（清）金圣叹批评：《金圣叹批评本〈西厢记〉》，凤凰出版社 2011 年版，第 183 页。

影描之，以梦境结之，大是儆人痴念处。"① 也指出小说结局处的梦境中所寄寓的苍凉的人生空幻感。

相较而言，小说批评家对《红楼梦》幻境的剖析不仅集中于具体的梦幻场景，且从作品的整体架构入手，分析作者表达人生如幻的主题所运用的艺术表现形式——神幻架构与情节，指出作者以幻笔作为表现形式能够使读者更深切地体会作者想要表达的对历史、人生的形而上的思考。因此"以幻寓真"是一种深刻的艺术真实。

对《红楼梦》"以幻寓真"审美意蕴的阐释便建立在对小说的寓言性具有广泛认识的理论基础之上。批评家们进一步指出，在现实类小说的幻境描写中也寄寓深刻的思想内涵，尤其用以表达作者对生活真谛进行高度提炼概括的具有哲学意味的思想。中国古典小说具有一种独特的美学现象，即作品的艺术形式中往往也蕴含着对思想内涵的隐喻。"一篇叙事作品的结构，由于它以复杂的形态组合着多种叙事部分或叙事单元，因而它往往是这篇作品的最大的隐义之所在。他超越了具体的文字，而在文字所表述的叙事单元之间或叙事单元之外，蕴藏着作者对于世界、人生及艺术的理解。"② 小说批评家认识到，《红楼梦》以幻笔作为艺术表现形式，将现实场景蒙上一层宗教色彩和命运感，使形式也成为主题的一种隐喻。"以幻寓真"的观念体现出批评家对现实类作品中幻笔所达到的艺术真实的深刻认识，即艺术幻设的表现形式与对社会人生具有形而上意味的哲学思考的高度统一。这种文艺观念中体现出批评家对小说艺术形式与思想内涵之间辩证关系的深入思考。

综上所述，清代小说批评家对《红楼梦》"幻不失真"的审美阐释从三个方面拓展了中国古代艺术真实论：其一，从叙事学角度提出，幻笔叙事要能够与写实性叙事相互佐证，从而使幻境的创设符合情节发展的逻辑。这种从时空叙事层面对艺术幻设所进行的分析，体现出批评家跳出以文章学的章法论分析小说的传统思路，而从小说本体出发，对其进行审美观照。其二，从典型论角度强调，人物的奇幻经历与荒怪梦境若要达到艺

---

① （明）兰陵笑笑生著，秦修容整理：《金瓶梅会评会校本》，中华书局1998年版，第1463页。

② 杨义：《中国叙事学》，人民出版社1997年版，第39页。

术真实，需更加准确地把握艺术形象性格的核心以及潜隐的心理，从而实现以极幻之笔写极真之情。这些理论探讨拓展了中国古代小说典型论的理论视野，深化其中性格论的理论深度。其三，从主题论角度揭示出，具有寓言性的幻境设置中寄寓着深刻的思想内涵，尤其是对生活进行高度提炼的具有哲学意味的思想。"以幻寓真"的观念体现出批评家对小说艺术形式与思想内涵之间辩证关系的深入思考。

《风月鉴》作者生平及家世考

贾海建
河南科技大学

　　清代章回小说《风月鉴》共十六回，学界一般将其看作《红楼梦》的仿作。[①] 虽然与其他的《红楼梦》仿书一样，《风月鉴》难免有东施效颦之讥，但其自身也存在一些值得关注的特点，如回目采用二字联（如第一回《投胎解笑》，第二回《幻梦刁宴》等），异于其他小说，可见明清传奇对白话小说的影响；男主角嫣娘之"钟情"，与《红楼梦》中贾宝玉之"情不情"也有一定的比较价值。因此，在研究清代小说或才子佳人小说的学术著作中，《风月鉴》还是经常被提及的。不过，由于对《风月鉴》的作者知之甚少，学界在对作者的姓名、籍贯等基本问题的认识上还存在着一定的混乱。

一

　　关于《风月鉴》的作者，孙楷第在《中国通俗小说书目》中说："贻先字荫南，号爱存，疑河南光山县人。"[②] 魏同贤在《古本小说集成·风月鉴》前言中指出："刻本称作者为吴贻先，抄本则作吴贻棠。……作者

---

　　① 赵建忠：《一粟未著录的仿作〈新红楼梦〉、〈风月鉴〉及其它》，《红楼梦学刊》2001年第 2 辑。

　　② 孙楷第：《中国通俗小说书目》，作家出版社 1957 年版，第 128 页。

字荫南，号爱存，河南弋阳（今河南光山县）人。"① 石昌渝《中国古代小说总目》云："作者吴贻先，据本书序、跋，字荫南，号爱存，中州弋阳（今河南潢川）旧族，乾隆嘉庆间人。"② 凡论及《风月鉴》的作者问题，大抵不出以上三种观点，而这些观点所存在的差异主要体现在两个方面：

　　一是作者的名字是贻棠还是贻先。《风月鉴》现存有一部刻本和一部残抄本（阙第十三回、第十四回），③ 刻本除了比抄本多出八幅图像及题赞外，与抄本内容相同（包括作者自叙及书后方钰④所作之跋⑤），版式一致（皆为半叶六行，行十六字）。不过，两个版本在个别文字上存在差异，其中最重要的一处不同出现在《跋》中对作者名字的介绍上：刻本作"姓吴氏，讳贻先"；抄本作"姓吴氏，讳贻棠"。（见附图一《刻本与抄本〈风月鉴〉比较》之一）由于难以判断刻本与抄本孰先孰后以及《跋》中的表述孰正孰误，因此，到底以哪种表述为准让人无所适从。就目前搜集到的资料来看，现在的学术著作及小说整理出版时的署名多是采纳了刻本《跋》中的说法即认为作者为吴贻先。除上面提到的《中国通俗小说书目》《中国古代小说总目》外，江苏省社会科学院明清小说研究中心《中国通俗小说总目提要》、吕友仁《中州文献总录》、栾星《中原文化大典·著述典》以及中国戏剧出版社（2000 年）、时代文艺出版社（2003 年）所出版的排印本《风月鉴》等皆将作者著录为吴贻先。

　　二是作者的籍贯是河南光山县还是潢川县。对于《风月鉴》作者籍贯的确定，其依据主要是《跋》中对作者"中州弋阳旧族"身份的交代

---

　　① 魏同贤：《风月鉴·前言》，载《古本小说集成》第二辑，上海古籍出版社 1991 年版，第 1 页。

　　② 石昌渝：《中国古代小说总目·白话卷》，山西教育出版社 2004 年版，第 74 页。

　　③ 刻本《风月鉴》国家图书馆、天津图书馆、广东省立中山图书馆均有收藏，残抄本收藏于浙江图书馆。两种版本《风月鉴》皆曾影印出版：《北京图书馆藏珍本小说丛刊》第一辑所收《风月鉴》（书目文献出版社 1996 年版）据国家图书馆藏刻本影印，《古本小说集成》第二辑所收《风月鉴》（上海古籍出版社 1991 年版）据浙江图书馆藏抄本影印。本文所引用的《风月鉴》刻本、抄本之内容即来自上述两种影印版本，为避免繁琐，下文不再一一注明。

　　④ 据跋文可知，方钰与《风月鉴》作者的关系极为亲密，方钰之父与作者"为莫逆交"，方钰幼时即入吴氏家塾读书，作者视其如己子，而方钰则自称为寄男。

　　⑤ 为行文方便，下文提及作者自叙时以《叙》称之，方钰所作之跋以《跋》称之，专指刻本或抄本时予以注明，如刻本《叙》即指刻本《风月鉴》中的作者自叙。

以及刻本《叙》后所钤的"中州弋阳吴氏"阴文印章。很明显，"弋阳"使用的是地名的古称，其有弋阳县和弋阳郡两种内涵："弋阳县，古县名。西汉置，治今河南省潢川县西。属汝南郡。""弋阳郡，三国魏分汝南、江夏二郡置，治弋阳县（今河南潢川县西）。辖境相当今河南省淮河以南，竹竿河以东，灌河以西及湖北省东北部。西晋后屡有伸缩。……大业及唐天宝、至德时又曾改光州为弋阳郡。"① 据此，"中州弋阳"所指的地区有两种可能：一是指潢川，一是指光州。而光州"南朝梁置，治光城县（今河南光山县）"，② 即光山县曾为古弋阳郡的治所驻地，因此也就具有了以弋阳指称的资格。基于以上原因，《风月鉴》作者的籍贯出现了河南光山县和潢川县两种说法。不过需要注意的是，古代的弋阳及光州为郡州的建制，辖境不止一县（如清雍正以后光州为直隶州，下辖固始县、商城县、息县等县），那么，除治所驻地外，其他的辖区也是可以以弋阳来代指的。

二

我们前文提到，关于《风月鉴》作者的名字，刻本《跋》作"贻先"，抄本《跋》作"贻棠"。其实，在刻本中也是出现过"贻棠"之名的。刻本《叙》后有八幅图像，每幅图像后皆有手写体的题赞，而题赞后都钤有印章（有一些为闲章，如第五幅图像题赞后的"爱"，第六幅图像题赞后的"月色溶溶夜""花荫寂寂春"）。其中第二、三、四幅图像题赞后的印章即为"贻棠"（不知为何此前学者都未提及）。因此，作者名为贻棠的可能性是非常大的。

笔者在查检文献时发现了五则有关河南光州固始人吴贻棠的材料，或有助于《风月鉴》作者相关问题的解决，现列如下：

第一，吴玉纶在《香亭先生年谱续编》中记载了自己在归田后与族人的一些活动，其中，"己未（笔者按：嘉庆四年即1799年）余年六十八岁"曰：

① 戴均良等：《中国古今地名大词典》，上海辞书出版社2005年版，第210页。
② 同上书，第1133页。

二月，立道堂寺祖茔续葬禁碑。按，碑载固始县正堂王为晓谕事。据新蔡县训导吴山，生员琛，原任兵部侍郎、翰林院检讨玉纶，监生玉华，候选主事玉森，主事玉堂，生员玉泉，监生玉藻，镇平县教谕廷撰，福建粮道鼎雯，原任甘肃安西直隶州知州贻桂，生员鼎和，两淮盐经历廷奎，四川试用直隶州州判国鸿，原任内阁中书鼎飏，生员涵揩，生员鼎闻、振洛，荫生候选主簿廷淮，布政司经历贻椿，监生贻植，候选盐经历贻棠，候选运判鼎辅，候选主事鼎铭、之远，候选从九以约，候选司务鸿经，副榜以醇，生员震之、东林等，呈为存案，颁示永禁续葬事。①

第二，20 世纪 80 年代河南省淮滨县文物普查时，在张庄小学院内发现了一通嘉庆十九年（1814）所立的"张庄义学学规碑"，现节录相关碑文如下：

具呈监生吴玉华、教谕吴廷撰、生员吴鼎和、知县吴国鸿、中书经吴鼎飏、经历吴贻椿、同知吴贻植、盐经历吴贻棠、监生吴若霭、司务吴鸿经、训导吴震之、监生吴之骦为妥议条规、以重乡学、以收实效事。窃张庄集有至善义学，本县口天建口于前，其祖岁贡生吴用烈捐田襄成其事，原为延师造就后学之地，乾隆壬寅岁生族捐资重修，迄今三十余载，房宇颓圮。合集人等于嘉庆十七年正月，禀明停师二载，积租变价修补在案，将租价另行报销外，今届期满延师。……嘉庆十九年岁次甲戌仲春之吉②

第三，"世居固始县"的吴云鹗，其同治丁卯（1867）科河南乡试朱卷的履历中提及：

---

① 吴玉纶：《香亭先生年谱续编》，载《北京图书馆藏珍本年谱丛刊》第 108 册，北京图书馆出版社 1999 年版，第 170—171 页。

② 李绍曾在《淮上文物史迹纵横谈》一书中收录了碑文的全文及拓片。参见李绍曾《淮上文物史迹纵横谈》，河南人民出版社 1993 年版，第 96—100 页。

（胞伯祖）贻棠：贡生，长芦盐运使司经历署兴国场盐课大使，敕授征仕郎，貤赠文林郎、广东英德县知县。①

第四，光绪十三年（1887）《光州志》卷三《选举志·贡生》：吴贻棠，恩贡，任直隶长芦盐运司经历。②

第五，吴华修《固始吴氏秉义堂支谱·世系源流考》十世祖：

贻棠公，字荫南，号景召，国学生。长芦盐运使司经历、兴国场盐课大使，敕授修职郎。以弟台贵，貤赠文林郎；以侄龑梅贵，貤赠奉正大夫。公生于乾隆己亥年八月二十一日亥时，卒于道光己丑年十二月十七日亥时，葬固邑南乡华祖庙后乾山巽向。配任氏，敕封孺人，貤赠宜人。生于乾隆壬寅年十一月初九日子时，卒于嘉庆丙子年十一月二十二日丑时，葬固邑西北隅某山某向。继配周氏，旌表节烈，敕封孺人，貤赠宜人。生于嘉庆戊午年七月初六日午时，卒于道光己丑年十二月十九日亥时，合葬公墓。无子，以胞弟台公之子侗公承祀。③

那么，以上五则材料中的吴贻棠是不是《风月鉴》的作者呢？上述材料中的吴贻棠为河南固始县人，而清代固始县隶属于光州（古称弋阳），则吴贻棠的籍贯与《风月鉴》作者为"中州弋阳吴氏"的说法是相符的。此外，据《跋》可知，作者字荫南，曾"仕长芦"，"先生归田越数载，先生之嫡配任母捐世。次年，先生续弦于周。"即作者有嫡配任氏、继配周氏两任妻子。这些信息与上述材料中吴贻棠的情况也是完全吻合的。因此，我们可以断定上述五则材料中的吴贻棠与《风月鉴》的作者为同一人。

---

① 顾廷龙：《清代朱卷集成》第 225 册，台北成文出版社 1992 年版，第 304 页。

② 杨修田：《光州志》，载《中国地方志丛书·华北地方》第四八四号，台北成文出版社 1976 年版，第 353 页。

③ 吴华修：《固始吴氏秉义堂支谱》，国家图书馆藏，民国十八年（1929）铅印本。

三

　　基于以上文献资料，抄本《跋》中对作者名字的交代是正确的，即作者的名字应为贻棠而非贻先。吴贻棠兄弟三人，名字的后一字分别为栋、棠、楷，皆与树有关，符合传统社会中兄弟间起名的文化习俗。同时，《固始吴氏秉义堂支谱》指出吴贻棠"号景召"，这一名号应源于《诗经·召南·甘棠》："蔽芾甘棠，勿翦勿伐，召伯所茇。蔽芾甘棠，勿翦勿败，召伯所憩。蔽芾甘棠，勿翦勿拜，召伯所说。"① 由此"甘棠召伯""召棠"等成为后世常见的典故。② 而古人在起字号时与名字保持一定的关联是常见的命名方式，"景召"之于"贻棠"就是如此：景召即向召伯学习。因此，贻棠应该是作者的本名。

　　不过，刻本之所以将作者名字写作"贻先"应该不是刊刻之误，因为刻本《风月鉴》为家刻本，由与作者关系亲密之人主持刊刻："钰堂弟存智为先生理家计时，居其家，钰与商之，付诸剞劂……"（《跋》）且"棠"与"先"的字形相差甚大，因此可以排除"贻先"为刊刻之误。同时，家谱及地方志的选举志中皆未提及吴贻棠有其他名字（古人科考时改名较多见），所以也基本可以排除"贻先"为吴贻棠后改之名。

　　至于造成抄本与刻本《跋》中《风月鉴》作者的名字存在差异的原因，应与抄本和刻本孰先孰后这一问题密切相关。既然二者内容相同，版式一致，具有承继关系③，那么是抄本据刻本抄录，还是刻本据抄本刊刻的呢？经过比对我们发现，与刻本相比，抄本《风月鉴》存在大量错字。如抄本《叙》云："余于戊寅冬得痿疾，阅三载而未就痊，起坐虽可，稚不倩人，而步履维艰矣。镇日独坐甚觉岑寂。时文侄可邨、甥居亭皆课于余家，每为小谈。"其中，"痊"为白字（全作金），"稚不倩人""文侄"等语不可解。刻本《风月鉴》中"痊"无误，"稚不倩人""文侄"处分

---

① 周振甫：《诗经译注（修订本）》，中华书局 2010 年版，第 22 页。
② 赵应铎：《汉语典故大辞典》，上海辞书出版社 2007 年版，第 814 页。
③ 如刻本《叙》后钤有两枚印章，抄本《叙》后虽无印章，但在相应位置却有大小相当的两个墨框。见附图一《刻本与抄本〈风月鉴〉比较》。

别作"稍不倩人""世侄",表意清楚。(见附图一《刻本与抄本〈风月鉴〉比较》之二)抄本《叙》的落款为:"嘉庆庚辰夏仲爱存氏言略于茹芝小堂",其中"存氏"二字反复修改,已不易辨认①;"言略"(略为上下结构)之义不可解。而刻本《叙》的落款"嘉庆庚辰夏仲爱存氏自书于茹芝小堂"则明白无误。②(见附图一《刻本与抄本〈风月鉴〉比较》之三)抄本《跋》中也有类似错误:"周母来归,其间繁冗多故,皆命钰劝之。""书成,亲友索观之,俱唤为静者心多妙也。"从句子的语义来看,两句中的"劝之""唤为"不通,而刻本《跋》中的两词分别作"勸之""叹为",表意明确。从以上情况来看,抄本的这些错讹应该不是依据刻本抄录时由于笔误或字形相近导致的,如果是这样的话不至于将"世侄"写作"文侄"、"勸之"写作"劝之"。③ 最可能的情况是:抄本《风月鉴》是刊刻前请人所抄的誊抄本(抄本《跋》的书写笔迹与正文相同,且抄本自叙后留墨框而未钤印,因此可排除抄本是稿本的可能性),所依据的即是作者的稿本(自叙后有钤印,因此誊抄时在相应位置留下两个墨框),由于稿本存在书写不清的情况,加之誊抄之人文化水平不高,所以造成了抄本在文字上存在诸多错讹之处。而在刊刻之际,刊刻者又据稿本对誊抄本进行了校对,纠正了誊抄本的错误,也正是在此时将"贻棠"改为了"贻先"。

此前各种书目中皆依据《叙》的题署时间将刻本《风月鉴》的刊刻时间著录嘉庆庚辰年(1820),恐怕不确。据《叙》《跋》可知,1818年冬天,吴贻棠患痿疾,1820年夏天,完成《风月鉴》的创作并写了序言(《风月鉴》是吴贻棠在患病后开始写作的,大体用了一年多的时间)。而《风月鉴》跋中云:吴贻棠"因编《可是梦》《风月鉴》二种以为消遣。书成,亲友索观之,俱叹为静者心多妙也。"而方钰等"付诸剞劂"也是

---

① 石昌渝《中国古代小说总目·白话卷》辨读为"爱痛民"(山西教育出版社2004年版,第75页),丁锡根《中国历代小说序跋集》称之为"爱楼氏"(人民文学出版社1996年版,第1203页)。

② 现存抄本的自叙应该不是作者"自书",作为贡生,为官多年的吴贻棠不至于在文字上出现这么多低级错误,更不至于连自己的名号都写错。

③ 此外,刻本与抄本《风月鉴》的正文中还有个别异文,如第七回《花归珠还》,刻本"一个白玉大瓶"一句(书目文献出版社1996年版,第931页),抄本作"一个白磁大瓶"(上海古籍出版社1991年版,第139页),这也可作为抄本非据刻本抄录的佐证之一。

《可是梦》《风月鉴》两部作品。从吴贻棠的自叙来看，《风月鉴》是其病后最先完成的作品，也就是说1820年仲夏之时，《可是梦》尚未动笔。因此，《风月鉴》自叙并不是为了刊刻而作，方钰之跋则作于《风月鉴》刊刻之际。

《跋》中对《风月鉴》作者的介绍，刻本作"讳贻先"，抄本作"讳贻棠"，提及名字时皆使用了"讳"字。一般来说"生曰名，死曰讳"，即人死之后提及其名字时才表述为"讳某"。因此，方钰之跋的写作时间有可能在吴贻棠死后即1829年之后。或许方钰与其堂弟存智在吴贻棠生前既已启动了《风月鉴》的刊刻工作（刻本图像后有吴贻棠的题辞、钤印），但直至吴贻棠去世后才刊刻完成。作为家刻本，并且《跋》的写作者方钰自称寄男，对吴贻棠以父事之，因此，刻本《跋》中将贻棠改为贻先以避讳。即使考虑到"今人往往书人讳某，是明以死与人，而受者安之，反以称名某者为嫚"① 的情况，即方钰作跋、刊刻《风月鉴》时吴贻棠尚在世，那么，《风月鉴》的刊刻时间也应在1820年之后，同时，刻本《跋》中将贻棠改为贻先是由于避讳的原因也是最为合乎情理的解释。

四

结合上文的五则材料及《风月鉴》之《叙》《跋》中所提供的线索，现对吴贻棠的生平简单考述如下。

吴贻棠（1779—1829），字荫南，号景召，又号爱存、大觉先生（刻本《叙》后除了"中州弋阳吴氏"阴文钤外，另有"长芦委吏大觉先生"阳文钤），河南光州固始县张庄集（今河南淮滨县张庄乡）人。

吴贻棠曾任长芦盐运使司经历，"秩从七品，掌领解京部河工饷课，兼管京盐张湾引目、循环单照。运使、运同事务无大小，悉委办焉。驻天津……俸银四十五两，养廉三百两。"② 《续天津县志》卷九《职官上》

---

① 阮葵生：《茶馀客话》，中华书局1959年版，第502页。

② 黄掌纶等：《长芦盐法志》，载《北京图书馆古籍珍本丛刊》第57册，书目文献出版社1996年版，第505—506页。据嘉庆十年刊本影印。

对截止同治年的历任长芦盐运使司经历都有收录，嘉庆十二年（1807）之前无吴贻棠之名，但"自嘉庆十二年至道光十四年各任无可考"，① 说明吴贻棠出任长芦盐运使司经历的时间应在嘉庆十二年之后。方钰在《跋》中介绍说："先生归田越数载，先生之嫡配任母捐世。"据《固始吴氏秉义堂支谱》所记，任氏卒于嘉庆二十一年（1816），而此时吴贻棠已"归田越数载"。能称之为"数载"，至少应在两年以上，因此，吴贻棠归田应在嘉庆二十年之前。中国第一历史档案馆所藏嘉庆十七年（1812）《长芦盐政祥绍为遵旨查封总商查有圻天津资产事奏折》中提到"委派盐经历平和、盐知事胡尊仁、候补盐知事侯铸等查访"，② 可见嘉庆十七年的盐经历是平和。再结合《张庄义学学规碑记》中盐经历吴贻棠等"于嘉庆十七年正月，禀明停师二载"的说法，最可能的情况就是嘉庆十七年已归田在家的吴贻棠联合族人上书县令重整张庄义学。而嘉庆十七年到任氏逝世大体四五年的时间，与跋中的"越数载"也正好相符。因此，吴贻棠出仕长芦的时间大体在嘉庆十二年到嘉庆十七年之间。

此外，据《固始吴氏秉义堂支谱》的记载，吴贻棠还曾任兴国场盐课大使。兴国场盐课大使为正八品，"掌催灶课，巡视锅团，督修场舍以豫凌阴，浚卤池以备煎晒。有包纳折锱和土卖筹者，闻于分司禁治之。驻天津。"③《长芦盐法志》卷十四《职官下·场官表》中从乾隆五十三年（1788）到嘉庆九年（1804）兴国场盐课大使无更替记录，《续天津县志》卷九《职官上》从乾隆五十三年后也只记录了嘉庆十一年（1806）刘权、张有摽两任兴国场盐课大使（并未注明不可考），而其他像富国场、丰财场的盐课大使则更替比较正常。结合吴玉纶《香亭先生年谱续编》的记载，吴贻棠出仕长芦之前为"候选盐经历"，那么吴贻棠应如吴云鹖在其朱卷的履历中所介绍的："盐使司经历署兴国场盐课大使"，即以长芦盐运使司经历兼任同驻天津的兴国场盐课大使，因为大使"职微任重，甚

---

① 吴惠元：《续天津县志》卷九，天津图书馆藏，同治九年刻本。

② 叶志如：《嘉庆十七年长芦盐砒舞弊案》，《历史档案》1989 年第 4 期。

③ 黄掌纶等：《长芦盐法志》，载《北京图书馆古籍珍本丛刊》第 57 册，书目文献出版社 1996 年版，第 507 页。据嘉庆十年刊本影印。

难得人"，存在"以原衔管大使事"的情况①。

光绪《光州志》说吴贻棠为恩贡生，而依据《固始吴氏秉义堂支谱》对吴贻棠生卒年的记载推算，嘉庆元年（1796）时，吴贻棠的年龄为十七岁，他不可能在此之前即在乾隆朝成为贡生（乾隆朝最后一科恩贡为乾隆五十五年，当时吴贻棠仅十一岁）。查《清实录·仁宗实录》（中华书局1986年版）可知，嘉庆朝恩贡共有四次，分别为嘉庆元年（1796，因嘉庆即位）、四年（1799，因嘉庆生母仪纯皇后神主升祔太庙）、十四年（1809，因嘉庆五旬万寿）、二十四年（1819，因嘉庆六旬万寿）。结合《香亭先生年谱续编》中的记载，嘉庆四年二月吴贻棠已经是"候选盐经历"了，那么，他只可能是嘉庆元年的恩贡。虽然吴贻棠的仕途并不顺利，候选十余年才得以正式出仕长芦，但十七岁时就能成为贡生，相比于大多数读书人来讲无疑也算是幸运的。

另外，将《风月鉴》之《叙》《跋》所述与《固始吴氏秉义堂支谱》《张庄义学学规碑记》等的记载相对照，我们还可以对吴贻棠的生平有以下认识：1812年归田在家的吴贻棠与族人决定继承祖志，将张庄义学停办两年以进行修整，1814年修缮完毕后修订学规并立碑以志其事。1817年，吴贻棠娶小自己19岁的周氏为继配（周氏逝世的日期只比吴贻棠晚两日，且被旌表节烈，可见应是殉夫而亡）。1818年冬天，吴贻棠患痿疾，手脚皆不灵便。1820年夏天，创作完成小说《风月鉴》（此外尚有《可是梦》一部，未传）。1829年，吴贻棠逝世，因无子，以其弟吴台之第五子吴侗承祀。

五

方钰在《风月鉴》跋中称吴贻棠为"中州弋阳旧族"，而刻本第七幅图像题赞后也有"弋阳旧族"阳文钤，可见吴贻棠家族在当地应颇有声望。从《固始吴氏秉义堂支谱》等材料来看，所谓"弋阳旧族"即是固始吴氏家族。固始吴氏是清代河南的世家大族，"由明以来河南甲族推新

---

① 黄掌纶等：《长芦盐法志》，载《北京图书馆古籍珍本丛刊》第57册，书目文献出版社1996年版，第497—498页。据嘉庆十年刊本影印。

安吕氏，今吕氏寝衰矣，而固始吴氏盛焉。"① 据统计，"从明末到清末的四百年间，代有闻人，先后二十余人进士及第。"②

吴贻棠高祖吴宏绪，廪生，"博学而志大"，刘墉为其写有《赠资政大夫吴力堂公传》（见吴玉纶《香亭文稿》卷九及乾隆五十一年《固始县志》卷二六）。曾祖吴用烈，岁贡生，曾任淇县训导。"经史性理诸书无不淹贯，尤精研四子书。"③ 因于洪水之际出资救助数千人，"其义行详州志、省志、续一统志"。④ 程晋芳为其写有《赠资政大夫吴南长先生传》（见吴玉纶《香亭文稿》卷九及乾隆五十一年《固始县志》卷二六）。祖吴士元（1702—1776），乾隆五十一年《固始县志》卷二十、光绪《光州志》卷九有传，"生有凤慧，读书过目不忘，少为名诸生。雍正乙卯与兄士恒同举于乡"，曾任台湾府凤山县令，归田后"家居课子孙，以诗书事其业。族子弟有不能得师者，延至家教之，戚族闻有少孤者，恩育之，岁饥尝出粟，存活千余人"。⑤ 父吴锐（1731—1795），字衡宇，号退庵，附贡生，候选刑部司狱，参与了谢聘、洪亮吉所撰修《固始县志》的校阅工作。"慷慨好义，邑人倚重之。卒之前数月，督修城工，解囊千金竣其事。"⑥ 吴贻棠兄弟三人，兄吴贻栋（1751—1786），字荫棠，号蓉峰，拔贡生。乾隆五十一年《固始县志》有传，称其"为文颖异过人，尤工于诗"。⑦ 曾任中书科中书，四库全书校录。弟吴台（1786—1839），原名贻楷，字次峰，号季膺，举人。曾任滑县教谕，广东英德县知县等官。

吴贻棠家族兴盛于其祖父辈。祖父吴士元兄弟九人（士元行七），兄吴士恒（行四），乾隆五十一年《固始县志》卷二十、光绪《光州志》

---

① 程晋芳：《赠资政大夫吴南长先生传》，参见吴玉纶《香亭文稿》卷九，载《四库未收书辑刊》拾辑第 24 册，北京出版社 2000 年版，第 192 页。据乾隆六十年滋德堂刻本影印。

② 崔来廷：《明清甲科世家研究》，知识产权出版社 2013 年版，第 271 页。

③ 谢聘：《固始县志》卷二二，国家图书馆藏，乾隆五十一年刻本。

④ 吴华修：《固始吴氏秉义堂支谱》，国家图书馆藏，民国十八年（1929）铅印本。

⑤ 金榜：《清台湾府凤山县令吴士元夫妇合葬墓墓志铭》，参见李绍曾《淮上文物史迹纵横谈》，河南人民出版社 1993 年版，第 94—95 页。

⑥ 钱棨：《香亭先生年谱》，载《北京图书馆藏珍本年谱丛刊》第 108 册，北京图书馆出版社 1999 年版，第 104 页。

⑦ 谢聘：《固始县志》卷二二，国家图书馆藏，乾隆五十一年刻本。

卷九有传，进士，曾任鸡泽县令。兄吴士功（行六），《清史稿》卷三百九《列传九十六》有传，进士，历任郎中、御史、陕西布政使、福建巡抚等职。著有《湛山诗钞》。在父辈中，三叔吴珣为贡生，乾隆五十一年《固始县志》卷二十、光绪《光州志》卷九有传，四叔玉森为举人、五叔玉堂为进士。① 此外，堂叔吴玉纶（吴士功子），进士出身，在吴贻棠的父辈之中官位最高，名气最大，② 对吴氏家族名望的提升发挥了很大的作用（刘墉、程晋芳为吴家祖辈撰写家传就是受吴玉纶所托）。据吴玉纶自撰之《香亭先生年谱续编》，其晚年荣归故里时，"王信斋邑侯率同城官吏迎于郊"，③ 并时有过往官员登门拜访请教。吴贻棠作为当时家族盛况的见证者，或许也在一定程度上加深了其对"旧族"的理解与感受（吴贻棠出生时祖父辈的吴士元、吴士恒等皆已过世）。

综上所述，吴贻棠是完全有资格以"弋阳旧族"自称的。《风月鉴》第一回《投胎解笑》所写："这家本是历代簪缨相传，是明季常遇春之后。现在家中良田万顷，还有几处当典。这常兴之父是山东道台，常兴却是守祖上余业，也无心仕路，日日在家好善，凡乡中贫苦，无不周济。只是上天不佑，善人至六旬无子。"不难发现其中就有吴贻棠祖辈及自己的影子。④ 此外，虽然《风月鉴》被看作《红楼梦》的仿作，但其对于科举的态度却与《红楼梦》大异其趣，主人公嫣娘与诸女性的日常交谈中对科举的话题多有涉及，并且嫣娘在中解元后也颇为自矜，此种差异的产生恐怕与吴贻棠科举世家的出身不无关系（吴贻棠家族的科举情况可参见附图二《吴贻棠家族世系简表》）。

---

① 吴士元有五子，分别以仁义礼智信作为堂号，《固始吴氏秉义堂支谱》即为吴锐一支的家谱。

② 吴玉纶（1732—1802），字廷五，号香亭，历任翰林院检讨、兵部右侍郎、吏部左侍郎、内阁学士等职，与纪昀、刘墉、程晋芳、钱大昕、蒋士铨、翁方纲等多有交往唱和。有《香亭文稿》十二卷、《香亭文稿续编》一卷、《香亭诗稿》六卷传世。

③ 吴玉纶：《香亭先生年谱续编》，载《北京图书馆藏珍本年谱丛刊》第108册，北京图书馆出版社1999年版，第160页。

④ 《风月鉴》第十六回《梦觉情释》写道："以后嫣娘也无心仕路，日日同引香诸人啸月嘲风，优游自乐，又起个别号为'大觉先生'。"而刻本《风月鉴》第一幅图像题赞后的钤印为"长芦委吏大觉先生"，即"大觉先生"也是吴贻棠的别号。可见吴贻棠在《风月鉴》中对自身是有所投射的。

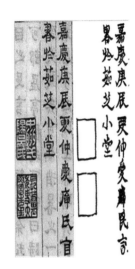

之一　　　　　　之二　　　　　　之三

附图一：刻本与抄本《风月鉴》比较

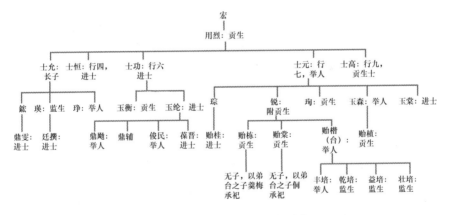

附图二：《吴贻棠家族世系简表》

资料来源：此图据钱棨《香亭先生年谱》、吴华修《固始吴氏秉义堂支谱》、乾隆《固始县志》、光绪《光州志》等整理而成

《老残游记》三论

苗怀明
南京大学

　　《老残游记》这部小说能得到后人很高的评价，广为流传，与其在思想、艺术上的特色与成就有关。就思想内涵而言，这部作品提出了一些不同于俗流的新见解，这些见解不仅有着鲜明的时代色彩，也带有突出的个人风格，对此学界已有不少探讨，认识也不尽一致，仍有可以继续深入探讨的空间。以下笔者在前人研究的基础上，谈谈对作者刘鹗这些新见解的认识。

一

　　一是对清官的独到认识。刘鹗在作品中塑造了玉贤、刚弼这两位比较特别的清官形象，他们与《包公案》《三侠五义》《海公案》《施公案》《彭公案》等传统小说中所描写的包拯、海瑞等清官形象完全不同，并不是作为正面人物来歌颂的，而是明确将其作为负面人物进行揭露和谴责，这无疑是《老残游记》的一大创新，正如作者本人在第十六回的评点中所说："历来小说，皆揭赃官至恶，有揭清官之恶者，自《老残游记》始。"①

---

① 本文所引作品及评点，皆依据王继权校点《老残游记》，百花洲文艺出版社1993年版。后文不再一一出注。

在传统小说、戏曲作品中，包公、海公往往是极力歌颂的对象，他们清正廉洁，爱民如子，或通过微服私访等方式为民洗冤，或采取朝廷抗争的方式将豪门权贵绳之以法，成为弱势民众的保护神。这显然带有较多的理想成分，在古代历史上，这样的清官不能说是绝无仅有，但数量则是极少的。

刘鹗笔下的两位清官则不是这样，从表面上看，他们确实不贪污，不受贿，地方治理效果也是不错的，达到路不拾遗的程度，玉贤为此而得以升迁。但真实的情况则令人触目惊心，这两位清官的好名声是以当地百姓的鲜血和生命换来的，他们获取美名的目的不是出于个人的理想，更不是出于爱民，而是为了自己的名声和前程。准确地说，刘鹗笔下的所谓清官并不是真正的清官，只是具备传统意义上清官的某一项素质而已，而其他方面并不符合，比如草菅人命，刚愎自用等，在道德上存在严重的污点，因此按照传统小说的描写，这些人是不能被称作清官的，准确地说，刘鹗笔下的这两位清官被称作酷吏更为合适，在中国历史上，这样的官员代不绝人。刘鹗称这些人为清官，目的是为了表达自己对此类官员的独到理解，也是为了引起读者对这类官员的关注。

刘鹗常年混迹于官商之间，有着十分丰富的人生阅历，了解中国社会的游戏规则，他以写实的手法揭露了所谓清官的真相，以残酷的事实打破世人的清官梦，对此他有很清醒的认识："赃官可恨，人人知之。清官尤可恨，人多不知。盖赃官自知有病，不敢公然为非；清官则自以为我不要钱，何所不可？刚愎自用，小则杀人，大则误国。"[①] 这固然有与传统文学作品唱反调的意味在，也是刘鹗对中国社会深刻观察的结果。

因为不贪污、不受贿，这些所谓的清官反而有了胡作非为的底气，比如那位玉贤，在其高压、严苛的治理之下，固然有路不拾遗的所谓好名声，但这是以老百姓的鲜血和生命换来的，正如作品中所说的："大凡酷吏的政治，外面都是好看的。"不到一年，玉贤就用站笼站死了两千多人，比盗匪杀死的还多，其对百姓的危害超过盗匪。由此可见他的价值判断和选择，选择以百姓的鲜血和生命来换取自己的名声和前程。他虽然不贪赃，不受贿，但是其恶行比贪赃受贿的那些贪官还要令人发指。

---

① 《老残游记》第十六回评点。

以清官为遮羞牌，玉贤为所欲为，刚愎自用，残暴成性，草菅人命，制造了一个又一个冤案。小说描写了他亲手制造的三桩冤案：第一桩，于朝栋一家四口冤死案，不仅衙门里的衙役看不过去，就连栽赃陷害的强盗都感到后悔，可见玉贤的血腥和残暴已经达到病态的程度。第二桩，一位王姓小青年仅仅因为发些牢骚，表达对玉贤的不满，竟然被投进站笼站死。第三桩，仅仅是地痞无赖的诬告，就将客栈的掌柜投进站笼站死。就案件的结果来看，玉贤几乎都是站在栽赃诬陷者的立场上，打击的则是善良、有正义感的平民百姓。和贪官相比，他手上沾满鲜血，更为可恨，可谓为官一任，祸害四方。但就是这样一位残暴成性、劣迹斑斑的所谓清官，居然得到升迁，从代理知府升为知府，赏加二品衔。可以想见，这样的人官升得越大，对百姓、对国家的危害就越大。显然，不仅仅是玉贤，玉贤背后的官府体制也都是有问题的，都是病态的，需要治理。老残走街串巷想要治疗的，也正是这种病。

这位玉贤是有生活原型的，那就是毓贤（？—1900），字佐臣，汉军正黄旗人。历任山东曹州知府、山东按察使、山东巡抚。光绪二十六年（1900）出任山西巡抚。他在为官期间，以善于治盗、不惮杀戮而闻名。据记载："毓初任曹州守。曹故多盗，莅官日，即置站笼，每捕盗至，辄非法毙之。中多冤死。然盗氛以戢，郡境肃然。由是上官谓其能，累疏荐，洊擢至鲁抚。"① 刘鹗在评语中也专门点出这一点："毓贤抚山西，其虐待教士，并令兵丁强奸女教士，种种恶状，人多知之。至其守曹州，大得贤声，当时所为，人多不知，幸赖此书传出，将来可资正史采用。"②

至于那位刚弼，也好不到哪里去，说起来也是个清官，而且是那种"清廉得格登登的"，信奉程朱理学，实则是一个残暴得近乎变态的酷吏。刚接手魏家的案子，上来就是一通酷刑，把一件尚存在诸多疑点的案件弄成一件板上钉钉的冤案。所谓的清官，也不过是一块蒙在狰狞面孔上的遮羞布而已。

有人认为刚弼的原型是刚毅（1837—1900），字子良，满洲镶蓝旗人。历任山西、江苏、广东巡抚，后升至军机大臣、工部、兵部尚书。这

---

① 龙顾山人纂，卞孝萱、姚松点校：《十朝诗乘》卷二十三，福建人民出版社 2000 年版。
② 《老残游记》第四回评点。

位刚毅曾于光绪二十六年（1900）电奏清廷，要求将刘鹗明正典刑。不过对照两人的生平事迹来看，并不一致，存在较大的差别。从作品的描写来看，刚弼是一个有些概念化的人物形象，即为了彰显清官更为可恨而虚构出来的人物，在其身上有着大学士徐桐（1819—1900）、山东巡抚李秉衡（1830—1900）的影子，这两人在当时都有清廉之名。作者在第十六回回后的批点中也点出了这一点："吾人亲目所睹，不知凡几矣。试观徐桐、李秉衡，其显然也。"

需要说明的是，玉贤、刚弼这两位人物形象有其共性，那就是以清官之名行酷吏之实，凶狠残忍，草菅人命，但他们也有区别，代表着所谓清官的两种类型，前者追求清官之名意在个人的升迁，后者则是思想迂腐固执，作者对他们的态度也是不一样的。可以这么说，前者是一位酷吏型清官，后者则是一位理学化清官。

放在中国小说史乃至中国思想史上来看，刘鹗并不是第一位批评清官者。早在明代中期，李贽就曾指出所谓清官的危害："余每云贪官之害小，而清官之害大；贪官之害但及于百姓，清官之害并及于儿孙。余每每细查之，百不失一也。"[①] 明清时期的小说作品，尽管歌颂清官者居多，但也有从负面角度来写清官的，比如《喻世明言·滕大尹鬼断家私》中的滕大尹，他虽然能做到依法办案，但与民间歌颂的清官明显不同，他是"最有机变的人，看见开着许多金银，未免垂涎之意"[②]，最后竟以装神弄鬼的手段骗走事主的一千两黄金，可谓一位有道德污点的清官。类似的作品还有《初刻拍案惊奇》卷二十六"夺风情村妇捐躯 假天语幕僚断狱"，作品中的林断事虽然精明多智，断出无头案，但其个人品格有瑕，他喜爱男风，袒护行为不法的门子，这与人们心目中的清官形象也是颇有差距的。

到清代，纪昀对那种"所至但饮一杯水，今无愧鬼神"的所谓清官、好官，也不是无条件地认同，他明确指出："设官以治民，下至驿丞闸官，皆有利弊之当理。但不要钱即为好官，植木偶于堂，并水不饮，不更

---

① 李贽：《党籍碑》，载《焚书》卷五，中华书局 1975 年版。

② 许政扬校注：《古今小说》，人民文学出版社 1958 年版，第 168 页。

胜公乎?"① 可见对于清官问题,虽然歌颂者居多,但也不乏有志之士的
清醒认识。

　　刘鹗身为候补道员,虽然未获实职,但长年混迹于官商之间,也算是
官场中人,对其运作情况十分了解。从治河到修路,从开矿到赈灾,为了
兴办实业,他整日在官场周旋,他了解官场运作的潜规则,经常打点各类
官员,上至朝廷重臣,下至地方官吏,按说他对贪官赃官更为熟悉,应该
更为痛恨才是,何以放过他们不谈,却专门来说清官之可恨呢?对于晚清
官场,可以谈论的话题有很多,刘鹗何以不去抨击贪官污吏的误国之举,
却单单拈出清官可恨这个话题呢?以往学界对此问题几乎没有涉及,这里
稍作探析。

　　点出清官之可恨,这并非是刘鹗标新立异,故意唱反调,而是另有缘
由。结合其生平经历来看,这一观点显然是有针对性的,有着鲜明的现实
色彩。应该说这是刘鹗在亲身实践中得到的独到体会。在他看来,那些贪
官赃官固然在道德上有污点,但是他们"自知有病,不敢公然为非",反
而会约束自己的行为,不敢公然为非作歹,而且受了人家的贿赂,还是要
做些事情的。而事实上,行贿送礼并非都是在做违法乱纪的事情,比如像
修建铁路、开办矿业这些事情,尽管都很正当,但在晚清当时的社会环境
中,要想获得经营权,不向主事者进行打点,肯定是行不通的。刘鹗正是
这样做的,无论是修建芦汉铁路,还是在山西、河南等地开办矿业,他都
采取了行贿送礼的方式,在京城找关系、走门路,为此也得到了许多恶
名,承受着社会舆论的强大压力。正是这种丰富的阅历促使刘鹗认真思考
这一问题,贪官赃官固然可恨,但他们毕竟还做了一些事情,而当时的清
官如毓贤、李秉衡之流,他们就没有问题吗?他们对社会的贡献就一定超
过贪官赃官吗?

　　应该说,正是怀着这一心态,刘鹗在《老残游记》中专门对那些所
谓清官的言行进行描写,写出其比贪官赃官更为可恨之处,让读者认清他
们的真面目。刘鹗这样写,显然也有为自己辩护的意味在,这种辩护贯穿
作品的始终。如果没有对官场多年的深入了解和思考,是不会提出这一问
题的。刘鹗所提清官可恨的命题未必一定是受李贽、纪昀等人的影响,即

---

　　① 纪昀:《阅微草堂笔记》之《滦阳消夏录》一,上海古籍出版社 1980 年版。

便是受到他们的影响，他也结合自己的亲身经历进行了新的解读和发挥，将《老残游记》与前代作品的同类描写放在一起对读，可以明显看到这种差别。

同时还要注意的是，在《老残游记》中，刘鹗塑造了多种类型的官员形象，其中既有玉贤、刚弼这样的负面人物，也有白子寿这样的正面人物。白子寿是作者心目中真正的清官形象，他不仅为官清廉、体恤下情，而且"人品学问，为众所推服"，在老残的协助下，审清了魏氏冤案，符合人们心目中的清官标准，尽管作者没有这样明确称呼他。此外如张宫保、申东造、黄人瑞、王子谨等人，虽都有一些缺点，或识人不精，或胆识不够，或才能不足，但也都还不俗、不糊涂，可见刘鹗并不是见到官员就反对，更不是逢清官就反，将清官一笔抹倒，而是反对那种以清官之名行酷吏之实的所谓清官，认为这种清官比贪官更可恨。认识到这一点，对《老残游记》这部作品会有更为全面、深入的了解。

二

二是对太谷学派思想的宣传。刘鹗是太谷学派的虔诚信徒，其平生事业都是在践行太谷学派的学说。在初编的第八回至十一回，刘鹗通过文学化的笔法阐述和宣传太谷学派的主要思想。鲁迅在评论该书时，曾专门谈及这一点："作者信仰，并见于内。"① 尽管鲁迅只是点到为止，并没有展开论述，但这句话毫无疑问是解读《老残游记》的一把钥匙，不了解刘鹗的思想信仰，不了解在当时颇为流行的太谷学派，就不知道作者到底在说些什么，会坠入其设置的神秘氛围中，更谈不上对作品准确、深入的理解。

如果说有关玉贤、刚弼残暴成性、草菅人命的描写是在寻找病源的话，这一部分的描写就是在开药方。对太谷学派思想的阐释主要通过玙姑、黄龙子两人与申子平的对话实现的，故事地点在桃花山，这是一个远离尘世的世外桃源，也是一个作者所向往的理想世界。按照作品的设计，玙姑、黄龙子是太谷学派的代言人，而申子平则是一位聆听者和见证者，

---

① 鲁迅：《中国小说史略》，人民文学出版社 1973 年版，第 260 页。

在这一部分内容中，他还起到串联情节的线索作用。

按照玙姑的讲述，儒释道如同"三个铺面挂了三个招牌"，道面子各有分别，不过"儒家的铺子大些，佛、道的铺子小些"，至于道里子则"都是同的"，"其同处在诱人为善，引人处于大公"。相比之下，"儒教公到极处"，而佛、道则"有了偏心"，但是韩愈、宋儒及今之学宋儒者对儒教的理解是错误的，她认为"好色乃人之本性"，发乎情，止乎礼义，"此正合圣人之道"。玙姑对儒释道三教都是既有肯定，也有否定，各有取径，没有偏废，可见作者三教合一的思想，这正是太谷学派的基本思想。

随后进行的音乐演奏也是有寓意在的，这场小型音乐会不是独奏，而是玙姑与黄龙子一起合奏的。他们的演奏之所以能"妙到极处"，是因为外人"所弹的皆是一人之曲，如两人同弹此曲，则彼此宫商皆合而为一"，前者为"自成之曲"，后者为"合成之曲"。这实际上是以音乐的形式来让申子平感受一个道理，那就是玙姑所说的"相协而不相同"，这也是对圣人所说"君子和而不同"的独到诠释，随后玙姑、扈姑、胜姑与黄龙子四人的合奏也是在诠释这个道理。这同样是太谷学派的思想，该学派在五伦之中特别注重朋友一伦，朋友之间没有血缘关系，完全是靠道义来建立，来维系，但每个人的性格禀赋不同，因此既要同心协力，才能做成事情，也要尊重各自的性格，这正需要君子和而不同的精神。

黄龙子的讲述则从其对时局的预言开始，他预测一年之后，小有变动，"五年之后，风潮渐起；十年之后，局面就大不同了"，未来发生的具体事件就是北拳南革。支撑这个预言的理论基础是"坏即是好，好即是坏；非坏不好，非好不坏"的历史循环论。他认为这是世界在相互对立、势均力敌的上帝和阿修罗之上，有个势力尊者，它是宇宙运行的动力，可以使上帝与阿修罗相辅相成，调和生杀正变，世界于是循环不已。他的建议是无论遇到北拳还是南革，"若遇此等人，敬而远之，以免杀身之祸，要紧，要紧"。

这个黄龙子实际上是刘鹗的化身，借助这个人物，刘鹗将自己对太谷学派思想的理解将浅显易通的方式讲述出来。

从玙姑说道到合奏音乐，再到黄龙子预言，作品以文学化的方式，借助人物形象之口，从天理、人伦和现实三个层面较为系统地阐释了太谷学派的基本思想。这是刘鹗所理解和接受的太谷学派思想，也是他在作品中为医治社会之病所开出的药方。对于这部分内容，有人认为是封建迷信，有人则当作神秘预言看，显然这是不了解刘鹗思想和信仰所产生的误读。

在二集中，作者又设计了一个新的人物，即泰山斗姥宫的尼姑逸云，通过她的经历和说法继续阐释太谷学派的思想。逸云原名华云，从华云到逸云的过程也是其悟道的过程。在悟道之前，逸云执着于世相，结果陷入爱欲之中，产生许多烦恼，难以自拔，后来醒悟，达到无相的状态，这才得到解脱。她的悟道过程具有浓厚的禅宗色彩，不是靠外力的推动，而是自己不断探索的结果，即通常所说的自度自救。逸云说法的过程其实也是传教的过程，其结果是在她的感召下，老残的姜环翠出家，德慧生夫妇也由此虔诚学道。至于老残，早已达到逸云的境界，在做着和她同样的事情。这部分描写在初集对太谷学派思想全面介绍的基础上，进一步指出悟道的途径。

一般认为二集中所写的青龙子和黄龙子影射太谷学派的第三代传人蒋文田和黄葆年，而赤龙子则是刘鹗本人的化身。这种说法有其道理。在这一集中，除了宣传太谷学派的思想外，刘鹗也有为自己辩诬的用意在，特别是第七回到第九回老残到阴曹地府这一部分的描写。老残之所以被叫到这里，是要接受阎罗王对其有无罪过的查问。老残认为自己"凡所做的皆自以为无罪的事"，在阳间，他"干国法的事没有做过"，至于阴间，则是"凭着良心做去"。如果按照佛家的戒经科罪，则杀律、盗律、淫律皆曾犯过，但这是所有人都会犯的公罪。经过一番询问，虽然阎罗王没有做出裁决，但老残显然是无罪的，因为他没有受到什么惩罚，可以在阴曹地府间随意走动，而且身上散发出檀香味，这是"在阳间结得佛菩萨的善缘"，是可以到西方极乐世界的。

这三回的情节与前六回没有多大关联，可见刘鹗是特意写出的，借老残之口为自己辩解，他坚信自己的清白，没有做违法之事，即便说有罪过的话，那也是人人都会犯的公罪，而且这种公罪是可以补救、抵消的。所谓罪过云云不过是严格按照阴间的戒律来说的，且不说阴曹地府也有娼妓，在阳间则是无罪的。有位研究者认为"《老残游记》虽是一部小说，但实质上却是作者以自我辩白为根本意图的忏悔录"①，这个论断还是颇有道理的。

刘鹗之所以在作品中花费如此多的笔墨为自己辩解，是有其现实背景的。当时的他正承受着社会舆论的巨大压力，因为修铁路、办矿业，被人目为出卖国家利益的汉奸。他的行为不仅世人不理解，就连太谷学派的同门对其也多有指责，于是他便借助作品中人物之口表明个人心迹，回应社会各方面对他的误解和指责。在作品中，他特别提到口过之罪的严重，指出"这罪比什么罪都大，除却逆伦，就数他最大了"，因为"往往一句话就能把这一个人杀了，甚而至于一句话能断送一家子的性命"，"世界上的大劫数，大概都从这里起的"。显然此处系有感而发，由此也可以看出刘鹗对自己被诬陷的痛恨。这也是《老残游记》较多议论和说教的一个重要原因。

这里还有一个有趣的问题，那就是刘鹗本人相信鬼神吗？在作品中，刘鹗对阴曹地府的情景进行了十分生动形象的描绘，目的在借助阎罗王的终极审判为自己辩诬。如果刘鹗不相信鬼神的话，为什么要搬出阎罗王呢？这固然可以用文学手法作为理由来解释，但对刘鹗来说，为自己辩诬是件很郑重的事情，以文学手段而言，可供选择的方法很多，为什么偏偏就选择阴曹地府呢？

结合相关材料来看，刘鹗虽然接受了不少来自国外的新思想，但他还是相信鬼神的。这可以从其儿子刘大绅所写《刘鹗所语之异事》一文看出，该文介绍了十五件与刘鹗相关的异事，大多为鬼神灵异之事。这些故事都是听刘鹗本人讲述的，"姑记所闻于先君之言而已，谓为记侠事也可。谓为述异闻也，亦无不可"②，可见刘鹗对鬼神还是抱相信态度的，否则他不会郑重其事地一件件讲给自己的儿子听。加之刘鹗又是虔诚的太谷学派信徒，对佛、道两教多有借径和接受，而佛、道两教都是信奉神灵的。不过刘鹗又不同于一般的善男信女。就理性的思考而言，他是不相信鬼神的，即便谈鬼神，也有神道设教的用意在，但在现实生活中，对鬼神

---

① 王学钧：《刘鹗与老残游记》，辽宁教育出版社1992年版，第123页。

② 刘大绅：《刘鹗所语之异事》，载刘德隆整理《刘鹗集》，吉林文史出版社2007年版，第556页。

则似乎是抱着宁可信其有的态度的。有研究者认为刘鹗具有"自然主义的泛神论世界观","既然认为天地人性都具有神性和魔性，因而实质上也就是一种不彻底的无神论"①，其对刘鹗鬼神思想的概括还是比较准确的。可见刘鹗的思想是复杂多面的，不可一概而论。

三

三是对时局的认识，这主要表现为作者的政治态度。在《老残游记》一书中，刘鹗对"北拳南革"皆持反对态度，由此可见其对时局的独到认识及政治态度，因为这个缘故，该书在 1949 年之后受到批判和指责，刘鹗也被戴上汉奸、反动文人等帽子。长期以来，这几乎成为人们公认的《老残游记》思想的一大缺陷。在极"左"思潮盛行，以意识形态取向论作品高下的年代里，这是一个敏感的问题，难以进行客观、公正的探讨。如果抛开各种非学术的因素影响，单独就事论事，对这一问题，究竟该如何去认识和评价呢？

要解决这个问题，首先要看作品是如何写的。从作品的相关描写来看，刘鹗确实是反对北拳南革的，其态度也是很明确的。他借小说人物黄龙子、玙姑、申子平之口，认为北拳南革"都是阿修罗部下的妖魔鬼怪"，北拳"鼓惑乡愚"，南革则"破败了天理国法人情"。相比之下，他更反对南革，认为南革对国家危害更大。在作品开篇的那段梦境中，作者对那些"只管自己敛钱，叫别人流血"的所谓英雄是持否定态度的，并在回后批语中提示读者，这是"为近日造时世的英雄写一小照；更唤醒许多痴汉，不必替人枉送头颅"。这里所说的英雄显然是有所指的，主要是指鼓动民众反抗的革命党人。作者的政治立场是相当明确的，在作品中也表达得很清楚。

其次要结合刘鹗的生平经历。从生平经历来看，刘鹗出身于官宦之家，后为太谷学派信徒，以养天下为己任，虽为候补道员，但并未担任实职，对政治参与不多，更多是投身于各类实业。但他关心国事，具有忧国忧民的情怀，对当时列强瓜分中国的局势是十分担忧的。相比之下，他更

---

① 王学钧：《刘鹗与老残游记》，辽宁教育出版社 1992 年版，第 127 页。

务实，不赞成激进的革命，也不赞成排外的拳民，而是希望发展实业，以此作为富国强民的手段。其政治立场趋于保守，相比之下，对改良有着较多的认同，他曾于光绪二十四年（1898）加入维新派创建的保国会，想借助官府的力量实现其人生理想，据一位与刘鹗有过交往的人说："刘铁云的思想，实实在在是一个维新派。他提到满清的政治，就愤慨得很。对于当时维新派的六君子，他是满口称赞的。"① 此话还是比较符合实际的。

刘鹗对北拳南革的反对并不只是在作品中体现，在创作小说的前后，他曾撰文公开反对义和团，在"义和拳已纷纷于乡野间"的时候，他"于报纸力诋其非"；对革命党人，他同样反对，比如他曾公开撰文，提出"夫天下之乱，革命党之利也"，"革命党果可以成大事也耶？曰：否"②。需要说明的是，政治立场不同，并不妨碍刘鹗与革命党人的交往，比如他与参加自立军起义的沈荩、狄楚青就有着较多往来。可见刘鹗的思想也是丰富、复杂的，不是一两个词汇就能概括的。

刘鹗固然在作品中写出清官酷吏的危害，写出黄河水患带来的灾难，但对当时的清政府是抱有希望的，从作品第一回的那段寓言就可以看出来，此外他在作品中也描写了一些值得依靠的官员，如申东造、白子寿等。他不愿意走革命党人推翻清政府的道路，也不认同义和团盲目排外的方式，而是以改良的方式来实现国富民强的梦想。应该说刘鹗的思想还是有代表性的，代表了当时不少人的思想。我们不能以日后革命党人的革命成功来指责刘鹗的选择，毕竟在当时的形势下，存在多种解决危局的可能和选择，革命不过是其中的一种，未必别的道路就一定行不通。需要说明的是，刘鹗的这一立场是其思想的真实表达，我们不能以后人的思想观念来苛求古人。

总的来说，刘鹗属于务实派，信奉太谷学派思想，以养天下为己任，他既痛恨当时官场的腐败、昏庸和黑暗，也反对北方的义和团和南方的革命党，主张以实业救国。当时大清帝国正处于风雨飘摇中，各种学说纷纷出现，呈现出众声喧哗的景象，刘鹗的政治态度在当时并非主流，但也代

---

① 刘大杰：《刘铁云轶事》，《宇宙风》第 11 期（1936 年 2 月）。

② 以上参见刘鹗《风潮论》，载刘德隆整理《刘鹗集》，吉林文史出版社 2007 年版，第677 页。

表了相当一部分人，自有其合理性，并非汉奸、顽固等词所能涵盖。

结合作品的自序及相关内容来看，《老残游记》所写从表面上看是一位游方郎中的游历生活，实则是老残发现社会病源并探讨医救方法的过程，可以说《老残游记》是一部写心之作，写出了刘鹗的一段心路历程。

后　记

　　2016 年 11 月 25 日至 27 日，中央民族大学文学与新闻传播学院成功主办了"中国古代小说学术研讨会"，六十多位著名学者和青年才俊出席了这次会议，并提交了四十多篇论文，本书便是这次会议论文的一个选本。

　　在会议闭幕式上，我曾谈过三点参会感想。第一，这是一次高水平的学术会议。四十多篇学术论文，四十多场专题报告，对中国古代小说作者、版本、本事、文体、人物、叙事、评点、改编、传播等问题做了深入探讨，赢得了阵阵掌声。第二，这是一次纯粹的学术会议。所有参会人员都是专家学者和研究生，全部时间用于学术讨论，没有安排其他活动。主办单位没有任何功利目的，只是搭建一个学术平台。第三，这是一次愉快的学术会议。到会的代表都是研究古代小说的专家和研究生，新朋老友，欢聚一堂，畅谈学术，其乐融融。对于学术问题，虽然也有商榷、回应，但气氛融洽。从开幕式上苗怀明教授的致辞到闭幕式上罗书华教授的讲话，欢声笑语，不绝于耳。虽然会议结束之后，遇到一点不愉快的事情，但我并不后悔承办这次学术研讨会。

　　感谢院长钟进文教授从会议筹备、举行、善后到论文集的出版给予的大力支持，感谢曹立波教授、叶楚炎博士以及中国古代文学专业的硕士生、博士生为这次会议付出的辛劳，更要感谢各位专家光临这次会议，并慨允将大作收入本书公开出版，为古代小说研究界留下了这本既有学术价值、又有纪念意义的论文集。

傅承洲于 2017 年寒假